KB053711

옥실, 1592

옥 1592

이호천 대하역사소설

차례

1
⋮

전투

1

1592년 4월 14일, 고니시小西行長를 선봉장으로 삼은 일본군 제1군은 부산성과 동래성을 차례로 격파하고 벌떼처럼 조선의 수도 한양漢陽을 목표로 진격해갔다. 이어 가토加藤淸正가 이끄는 제2군이 경주를 거쳐 영천, 신령 방면으로 그 뒤를 추격했으며, 구로다黑田長政가 이끄는 제3군은 19일 죽도에 상륙, 그날로 김해를 점령한 후 창녕 쪽으로 나가 부대를 이분하여 무계, 성주 방향과 그리고 초계, 거창, 지례 방향으로 나뉘어 북상, 추풍령을 목표로 진격했다. 한편, 같은 날 부산포에 상륙한 제6군과, 7군 선발대는 동래를 거쳐 곧장 현풍 방면으로 침입했으며 후속 부대도 5월 중순 무렵에는 경상도 일대에 나누어 주둔하게 되었다.

제일 먼저 적군에게 유린당한 경상도 지역에서는 일본군이 상륙한 좌도 지역뿐만 아니라 우도 지역의 낙동강 연변 고을에서도 수령 이하 관군官軍은 물밀듯이 밀고 들어오는 일본군의 위력에 놀라 저항 의지를 잃고, 무기와 창고를 내버린 채 가족과 가산을 챙겨 산속으로 들어가 목숨을 부지하기에 바빴고, 백성들도 간단한 생활도구와 가보 등을 보따리에 챙겨 머리에 이거나, 지게에 지고 인근 산속으로 들어가 두더지처럼 구덩이를 파고 죽은 듯이 숨어 있다가 밤이 되어야 겨우 집으로 내려오는 형편이었다.

이 혼돈과 혼란한 틈을 타 평소 조정의 실정과 지방관들의 착취에 시달리던 농민과 천민들은 관가로 쳐들어가 관곡을 가져가거나, 주인 없는 빈집으로 들어가 물건을 훔쳤으며 그에 저항하는 사족士族의 여인들을 겁간하기도 했다. 그 뿐만이 아니었다. 이미 폭도로 변해 버린 그들은 평소 모시던 상전을 때려죽이고, 도둑과 강도로 돌변해 일본군보다 먼저 날뛰기 시작했는데 그 중 일부는 일본군에 투항해 그들의 길을 가르쳐 주는 향도가 되기도 하고, 그들의 짐을 져 나르며 일시적인 안위와 이득을 좇는 파렴치한 사람들도 나타났다.

일본군은 도요토미 히데요시豊臣秀吉의 사전 각본에 따라 조선 8도를 8개 군軍이 나누어 분할 통치할 계획이었다. 즉, 본국에서처럼 각 군의 지휘관들이 각 도의 지방영주가 되어 치안을 유지하고, 쌀 수확고에 따라 농민들에게 세금을 징수하며 자신들의 통치 철학에 따라 도민들을 통치하게 돼 있었다. 그래서 각 군에 배속된 외교전담 승僧들은 점령지마다 조선 민중들을 회유하는 방을 거리 곳곳에 써 붙여 선량한 백성들을 안심시키는 데 온 힘을 기울였다. 즉, 일본군이 지배하면 이제까지의 부당한 착취와 힘든 부역은 사라지고, 편안히 풍족하게 잘 살게 될 터이니 안심하고 집으로 돌아가 본래의 가업에 충실하라는 것이 그 내용이었다.

우도에 침입한 일본군은 김해, 창원, 칠원 등지를 약탈하여 그들의 소굴로 삼고, 다른 한 패는 남해안을 따라 출몰하기 시작했다. 그들의 목적은 창원, 함안을 지나 남강을 건너 전라도로 진출하거나, 남해안 도서 지역을 따라 서쪽으로 나아가 전라도를 통해 조선의 서쪽 해안 지역을 따라 올라가는 진격 루트를 확보하는 것이었다.

5월에 들어서면서, 의령 그리고 거창, 합천 지역을 중심으로 적은 숫자이기는 하나 지역 의병이 들고 일어나기 시작했다. 의령 지역에서는 곽재우가 자신이 부리고 있는 하인들과 친척들을 모아 제일 먼저 의병을 일으켰다. 그는 자기 재산을 털어 휘하에 모인 의병들을 집 앞에 있는 개울가 모래밭에서 군사훈련을 시키는 한편, 수령과 관군이 버리고 간 무기고와 창고를 인수해 무기와 군량을 확보했다. 하지만 그 행위가 도적질로 비쳐져 정부 관료와 관군 지휘관들의 질시와 의심을 받게 되자 그의 행동은 의기소침해졌다.

5월도 중순이 지난 어느 날, 의령 쪽에서 삼가로 갈라져나가는 한길 위로 한 사내가 헐레벌떡 땀을 흘리며 나타나더니 곧장 길에서 얼마 떨어져 있지 않은 정호鄭浩의 집으로 뛰어 들어갔다. 그는 마을을 돌며 의병을 모병하러 다니는 모집책으로 품안에는 의병의 궐기를 호소하는 격문이 들어 있었다.

사내는 사랑으로 들어가 정호에게 의병을 모병하는 격문을 보여주면서 전황을 설명했다. 즉, 한양은 이미 적의 수중에 떨어졌고, 일본군은 바야흐로 김해와 창원을 거쳐 함안 쪽에서 남강을 건너려고 호시탐탐 노리고 있고, 또 고성, 사천 쪽에서도 진주를 넘보고 있는데 그들은 모두 조련이 잘 되어 있는 군사들로, 무장도 훌륭하고, 병기도 우수하다는 것이 요지였다. 특히, 그들이 갖고 있는 조총은 먼 거리에서도 백발백중이어서 활과는 비교할 수 없을 정도로 치명적인 살상무기라고 강조했다. 그리고 대장들은 하나같이 말을 타고 온갖 색실로 수놓은 가죽 갑옷을 입고 있으며, 머리에는 도깨비처럼 뿔이 달린 투구를 쓰고 있다고 했다. 그의 말에 의하면, 곽재우군은 지금 낙동강에서 가까운 세간리에 모여 훈련중이며, 병력이 모이는 대로 전열을 갖춰 낙동강을 건너려는 일본군의 공격을 저지할 것이라며 국난을 맞이하여 관민이 일치단결하여 일본군을 이 땅에서 몰아내자며 침을 튀겼다.

약 삼십 분쯤 후, 사내는 정호의 집에서 나와 오른쪽으로 발길을 돌려 산기슭을 따라 올라갔다. 길가의 울창한 풀숲에서는 벌써 한낮의 뜨거운 열기가 피어오르고 있었다. 논 위에 앉아 있던 백로 한 마리가 그의 기척에 놀라 건너편 산등성이에 있는 소나무 위로 천천히 커다란 날개를 펄럭이며 날아갔다. 파랗게 펼쳐진 논에는 따가운 햇볕을 받으며 막 심은 초록의 어린모들이 한창 자라고 있었다. 산기슭을 따라 그림처럼 서 있는 울창한 밤나무 이파리들이 만든 어두운 그늘 위로 햇살이 폭포처럼 쏟아지며 흰 무명옷을 입고 있는 사내의 어깨를 노랗게 물들이고 있었다. 보통 때라면 농사일로 한창 바쁠 때였다. 헌데, 전쟁의 소문으로 집들은 텅 비고, 기괴한 공포와 정적 속에 착 가라앉아 있었다.

그날 저녁, 정호는 마을 사람들을 모두 자기 집 앞에 있는 커다란 정자나무 아래로 모이도록 했다. 중대한 일이 생기면 마을 사람 모두가 그 나무 아래 모여 마을 일을 의논하고, 각자의 의견을 내놓는 것이 통례였던 것이다.

사람들 가운데에 화톳불이 피워지고, 어둠이 내려앉은 들녘 너머로 개구리의 울음소리가 요란한 저녁이었다. 하지만 벌써 눈치 빠른 사람들은 피난을 가버려 이 빠진 그릇처럼 사람들의 숫자가 모자랐다.

「여러분!」

초여름이지만 잘 다린 흰 광목 두루마기로 정장을 한 정호가 사람들 앞에 서서 무겁게 입을 열었다.

「조선을 침략한 가증스러운 일본 놈들이 지금 우리의 형제자매들에게 온갖 못된 짓을 하면서 우리가 살고 있는 이곳을 향해 한 발 한 발 다가오고 있소. 관군은 뿔뿔이 흩어져 지 목숨을 지키는 데만 급급하고, 힘없고 의지가 없는 백성들은 누구를 믿고 따라야 할지 모른 채 거리로 내몰리고 있는 형편이오. 하지만 그럴수록 정신을 똑바로 차리고 있지 않으면 아니 되오. 집을 버리고 산속으로 도망을 가면 당장은 목숨을 부지하겠지만 영원히 살려한다면 우리의 힘으로 적을 막아내야 하오. 이번의 왜군은 이전처럼 잠시 분탕질만 하다가 지 나라로 고이 물러갈 위인들이 아닌 것 같소. 놈들은 이 땅을 통째로 자기들의 땅으로 만들 작정인 것이 분명하오. 그러니 이대로 앉아 왜놈의 칼을 받든지, 아니믄 적과 싸우든지 양단간의 결정을 해야 할 것 같소.」

그의 결연한 목소리에 잠시 웅성거리던 사람들은 다시 침묵에 빠졌다.

「지금 의령에서는 곽재우가 가동들과 식솔들을 데리고 의병을 일으켰고 초계, 합천, 고령에서도 의병들이 들고 일어난 모양이오. 그러니 우리도 구경만 하고 있을 것이 아니라 함께 일어나 그들과 힘을 합쳐 나라를 구하고 우리 고향을 지키는 데 힘을 합치기로 맹세합시다.」

그들은 회의 끝에 이튿날 아침 식사 후, 정호의 집 앞에 모여 곽재우군이 집결해 있는 장소로 갈 것을 약속하고 저녁 늦게 헤어졌다.

그날 밤, 정호는 쉬 잠을 이루지 못했다. 먼 길을 떠나는 전날처럼 마음이 들떠 좀체 가라앉지 않았기 때문이었다. 길가로 나 있는 창호지 문으로 달빛이 환하게 들어오고 있었다. 어디선지 개 짖는 소리만이 간간이 들려올 뿐 여느 때와 다름없는 평화로운 밤이었다. 그는 문을 열고 잠시 밖을 내다보았다. 개울가를 따라 펼쳐져 있는 논들 위로 달빛이 눈처럼 하얗게 쏟아지고 있었다. 그리고 그 너머로는 병풍처럼 둘러 선 산줄기들이 빛나는 별을 이고 늘 같은 자리에 우뚝 서 있었다.

고향! 단조롭고 또 때론 힘겹기도 하지만 늘 제자리에 서서 영원한 품이 되어 주는 어머니와 같은 곳. 그 땅이 지금 피를 흘리고 있었다.

그는 자리에서 일어나 벽에 걸려 있는 활을 꺼내 시위를 당겨 보았다. 그것은 그가 산에서 베어온 벚나무로 손수 만든 것으로 겨울에 사냥을 갈 때 갖고 다니는 손때가 묻은 활이었다. 그는 활을 무릎 위에 놓고 앉아 맞은편 벽에 붙여놓은 붓글씨 위로 시선을 던졌다.

"연묵이뢰성淵黙而雷聲 시거이용현尸居而龍見"이란 글자가 달빛 속에서도 선명히 보였다. 그것은 그가 즐겨 외우는 『장자長子』의 말로, 연못처럼 묵묵히 있다가 때가 되면 우레와 같은 소리를 내고, 시동처럼 가만히 앉아 있다가 때가 되면 용처럼 조화를 부리라는 뜻이었다.

정호가 잠을 못 이룬 채 뒤척이는 것을 눈치채고 윗방에서 영생永生이 건너왔다. 그는 몸매가 의젓하고, 양반집 사대부처럼 기품을 갖춘 사십쯤된 사내였는데, 농사일을 하지 않아 피부는 여자처럼 곱고, 옷 밖으로 내

보이는 손도 농기구보다는 책이나 붓에 더 어울리는 선비의 손을 갖고 있었다. 하지만 비록 외양적으로는 양반의 지적인 냄새를 풍기고 있었지만 그의 신분은 다소 애매했다. 그는 노비 팔월八月과 상주尙州의 어느 양반 댁 자제 사이에서 태어났기 때문이었다. 그녀가 임신한 것을 눈치 챈 그 댁 노마님은 아들 몰래 얼마의 돈을 장만해서 사람을 시켜 그녀를 내쫓았다. 그리하여 팔월은 먼 친척이 살고 있는 이곳에서 영생을 낳고, 혼자 살게 되었던 것이다.

영생은 다섯 살 때 정호의 집에 보내져 다른 아이들과 함께 훈장 선생님으로부터 『천자문』과 『동몽선습』 등을 배웠다. 그는 쉬는 시간에 다른 친구들이 밖에 나가 어울려 노는 동안에도 혼자 남아 정호의 아버지와 훈장 선생이 장기 두는 것을 지켜보는 것을 더 좋아했다. 그리고 일 년도 지나지 않아 인근에서는 그의 장기 실력을 당해낼 상대가 없었다. 나이가 들수록 영생은 자신이 노비의 아들이기 때문에 과거도 볼 수 없고, 관직에 나아가 일신 출세할 수도 없다는 것을 알고 의기소침해졌다. 물론 그는 성격이 느긋한 편이어서 눈에 띄게 자신의 운명에 대해 안달을 하지는 않았지만 함께 공부하던 친구들이 몇 번씩이나 과거를 치르고, 관직의 길로 들어선 친구들도 생기고, 하나 둘 장가를 들자 친구들과의 관계도 자연히 소원해졌다.

정호는 영생처럼 영민한 청년이 신분의 장벽에 막혀 아무 일도 못하고 그대로 사라져가야 한다는 사실에 늘 마음이 아팠다. 게다가 영생은 운도 없는 편이었다. 그를 돌보던 어머니가 병이 들어 일찍 세상을 떠나는 바람에 이제는 조석조차도 스스로의 손으로 끓여먹지 않으면 안 되었던 것이다. 그에게 호감을 품고 있던 정호는 그를 자기 집으로 불러들였다. 그리고 마을 어린애들에게 글을 가르쳐 주는 훈장 자리를 맡겼다. 아울러 의령에 있는 처가의 땅과 하인들의 관리도 맡겼다. 하지만 그 일도 그의 지병 때문에 그리 오래가지는 못했다. 항문 쪽에 심각한 문제가 있어 어디를 가거나 오래 앉아 있지 못하고, 항상 변을 보는 문제가 그를 괴롭혔기 때문이었다. 훈장 일을 마치면 영생은 곧장 변소로 달려가 오랜 시간을 화장실에 머물렀다. 그런 다음에는 얼굴이 하얗게 되어 종일 초죽음이 된 채 방에 누워 있어야 했다. 그 모습을 딱하게 본 정호의 부인 하河씨 부인이 그를 보살펴 줄 사람으로 애 하나가 딸린 과부 박씨를 집으로 불러들였다. 비어 있는 방 하나를 오갈 데 없는 그들 모자에게 내주고, 대신 영생의 식사와 빨래 따위를 돌보게 하려는 생각이었다.

박씨 부인은 키가 멀대마냥 크고, 호리호리한 몸으로 처음 얼마간은 말없이 영생을 마치 남편처럼 극진히 대했다. 그들의 양식은 영생이 훈장 일을 해서 학동들로부터 거두어들인 양식이었다. 하지만 데리고 온 아이가 커가면서 양식도 부족해지고 살림살이가 빠듯해지자 마치 마누라처럼 영생을 들볶아대기 시작했다. 그녀는 생전 일이라곤 해 본 적이 없는 영생을 집 앞에 있는 텃밭에 나가 콩이라도 심어 부족한 양식을 보태라고 내몰았고, 늘 우는 소리로 학동들에게 좀 더 양식을 내도록 해달라고 정호를 못살게 굴었다. 그 무렵, 영생은 지병과 싸우는 한편 쉬지 않고 지껄여대는 그녀의 잔소리를 한쪽 귀로 흘리면서 어두운 골방에 앉아 글을 쓰고 있었다.

글이 완성되자, 영생은 신이 나서 자신이 쓴 글을 정호에게 가져가 보여주었다. 정호는 그가 쓴 글을 집에 놀러오는 친구들에게 보여주었다. 내용은 정치와는 상관없는 순수한 철학적인 내용이었고, 간간이 마치 막간의 휴식처럼 시도 한 구절씩 끼어 있었다. 시는 자연에 대한 흔해빠진 감상이나, 달콤한 미사여구 따위는 어디에도 없었다. 그리고 세상에 대한 불평이나 한탄도 없이 그저 순전히 그 자신의 인생의 소회를 담담히 담고 있었다. 그의 글에는 아무런 장식도 없었고, 집착도 없었다. 그저 흘러가는 강물을 바라보는 사람처럼 시간 속의 한 인간이 무념의 상태에서 노래하는 세상의 모습이 수묵화처럼 담백하면서도 솔직하게 그려져 있었다. 함안에 살고 있는 부유한 선비가 그의 시에 흥미를 느껴 책을 내자는 제안을 해 왔다. 물론 돈은 자신이 대겠다는 것이었다. 영생은 정호로부터 그 소식을 전해 듣고는 어린애처럼 몹시 기뻐했다. 그렇게 말이 없고, 기쁨이라곤 눈을 씻고서도 찾아볼 수 없었던 사람의 얼굴에 모처럼 환한 웃음이 떠올랐기 때문이었다.

그날 저녁, 훈장 일을 끝낸 영생은 날듯이 집으로 달려가 방문을 박차고 방으로 뛰어 들어갔다. 마침내, 그의 재능이 세상에 알려지는 순간이었다. 그는 윗목에 쌓여 있는 종이 더미 속에서 고이 감춰놓았던 원고를 찾았다. 그가 한창 정신없이 종이 뭉치들 속에서 원고를 찾고 있는데 방문이 열리며 박씨 부인이 들어왔다.

「뭘 찾십니꺼?」

「시요, 내가 쓴 시를 못 봤는교?」

영생은 큰 소리로 외쳤다.

「그기 뭡니꺼? 어떻게 생긴 겁니꺼? 큰 긴교, 작은 긴교?」

박씨 부인은 건성으로 놀리듯 대꾸했다.

「이런, 젠장할.」

영생은 화가 나서 자신도 모르게 욕설을 퍼부었다.

「어머, 점잖은 양반이 욕을 할 때도 있네요. 호호. 참 밸꼴이네. 양반이 욕을 하니까 더 멋지네요.」

박씨 부인은 오랜만에 재미있다는 듯 웃음을 터뜨렸다. 그저 숙맥인 줄만 알았던 영생이 화를 내며 욕을 했기 때문이었다.

「여기 세워져 있던 종이 뭉치를 몬 봤는교?」

「봤심더.」

「어쨌는교?」

「오늘 아침 밥할 때 불쏘시개로 썼심더. 아주 잘 탑디더.」

영생은 아무 말도 하지 않고 그 자리에 털썩 주저앉았다.

그는 바보처럼 멍하니 앉아 자신이 평범한 범부였으면 행복했을 것이라고 생각했다. 그랬더라면 그는 여자를 아내로 생각해 가까이 했을 것이고, 그러면 그녀도 행복한 삶을 누렸을 것이다. 그냥 슬쩍 한 발을 담그고 적당히 몸을 더럽혔으면 모두가 좋았을 것을. 그동안 그는 얼마나 갈등을 느끼며 그녀가 잠들어 있는 방을 들여다보았던가? 하지만 그는 아무리 해도 여자에게서 성적인 욕망을 느낄 수가 없었다. 그는 자신이 병을 갖고 있다는 것을 알고 있었고, 그녀를 먹여 살리고 그녀의 어리석은 수다와 변덕을 견딜 인내심이 없다는 것을 잘 알고 있었다.

그의 건강은 점점 악화되어 갔다. 양식이 부족해지면서 그에게 돌아갈 것이 줄어들었다. 박씨 부인은 이 집 저 집을 다니며 일을 해 주고 스스로 먹을 것을 해결했다. 그러나 영생을 먹일 정도는 아니었다. 영생은 그녀와 아이가 먹고 남긴 음식 찌꺼기를 얻어먹었다. 늘 찬밥이었고, 어느 때는 쉬거나 상한 음식도 부지기수였다.

어느 날 아침, 박씨 부인이 한바탕 소동을 피우며 허겁지겁 정호의 집 대문을 두드렸다. 아침에 방문을 열어보았더니 영생이 죽었는지 통 기척이 없더라는 거였다. 하河씨 부인이 허둥지둥 달려가 방으로 들어가 보니, 아랫목에 영생이 죽은 듯이 반듯이 누워 있었다. 가까이 가서 들여다보니, 음식 찌꺼기 같은 것이 지저분하게 입가에 잔뜩 붙어 있고, 안색이 창백한 게 몰골이 말이 아니었다. 하씨 부인은 부들부들 떨고 서 있는 박씨 부인을 밀어내고 손수 머리에 두르고 있던 수건을 벗어 더운물에 담갔다가 그의 얼굴을 깨끗이 닦아주고, 수염 주위에 붙어 있는 더러운 오물을 씻겨주었다. 전날 저녁 때 먹은 음식물이 잘못된 것 같았다.

하씨 부인은 집으로 돌아와 흰쌀로 죽을 멀겋게 쑤었다. 그리고 그것을 체로 받쳐 건더기는 빼고 고운 물만 우려낸 다음, 그것을 가져가 손수 숟갈로 떠서 영생에게 먹였다. 그 정성이 지극해서 영생은 곧 자리에서 일어났다.

그 일이 있은 뒤, 정호는 자주 그를 불러 식사를 함께 하고, 자신이 직접 달인 한약을 먹여 그의 원기를 북돋워 주었다. 그리고 자신의 두 아들에게 글을 가르쳐달라고 부탁했다.

「이제 평화로운 세상은 끝난 것 같데이.」

잠시 침묵 후에 정호가 먼저 입을 열었다.

「일본군은 전력이 상당한 모양인데, 우리는 아무것도 준비해 놓은 것이 없으니 참 큰일이데이.」

영생은 묵묵히 말이 없었다. 그러다 마침내 입을 열었다.

「싸우러 나가실 겁니꺼?」

「나가야제. 내가 앞장서지 않으면 누가 위험한 사지에 나가려 할끼가. 언지나 지배층이 솔선수범하지 않으면 밑에서는 움직이지 않는 법 아이가? 자네는 우쩰낀가? 나와 같이 나갈끼가, 아니면 여기 남아 집안을 지킬끼가?」

「샌님과 같이 나가겠심더.」

영생의 짧은 대답에 정호는 흐뭇한 표정으로 그를 지그시 바라보았다.

「자네는 참 좋은 사람이레이. 자신을 받아들여 주지 않는 나라를 위해 기꺼이 목심을 버리려 하다니. 비록, 베슬은 몬했지만 난 누구보다도 자네를 존경한데이. 제발, 꺼져 가는 이 나라를 위해 조언과 충언을 부탁한데이. 난, 많이 부족하지만 자네는 보통 사람 이상으로 세상을 꿰뚫어보는 지혜의 눈을 갖고 있지 않는가. 그 눈을 나같이 부족한 사람을 위해 기꺼이 빌려주게.」

정호는 영생의 손을 잡고 잠시 그대로 앉아 있었다.

정호鄭浩의 집안이 이곳으로 오게 된 것은 증조부께서 존경하시던 사부가 갑자사화甲子士禍를 입어 가족 모두가 몰살을 당하자 그 참상을 보고 충격을 받아 그길로 어린 조부를 끌고 거창居昌에서 혈혈단신 산청으로 내려와 은거하게 된 데서 비롯되었다. 그 후 증조부께서는 의기소침해져 세상과 정치에 등을 돌린 채 조용히 글만 읽다가 세상을 떠났고, 조부는 늦게 한미한 말단 벼슬자리를 하나 얻기는 했지만 중앙에서 벌어지는 피비린내 나는 권력투쟁과 뇌물과 부패가 횡행하는 관료사회의 추악함에 염증을 느껴 낙향하고 말았다. 그 후 그는 모친으로부터 물려받은 얼마 안 되는 농토와 노비들을 갖고 처사처럼 경호강에 나가 낚시나 하면서 세월을 보내다 처가의 권유로 이곳으로 거처를 옮기게 되었던 것이다.

선조들의 처사處士적 태도는 그대로 정호에게로 이어져 그 또한 권력에는 별 욕심이 없어 직접 논에 나가 농사를 짓거나, 실용적인 일에 더 관심이 많았다. 그는 중국에서 간행된 농서農書를 어렵게 구해 농업에 관한 지식을 습득하고, 그것을 응용해 자신의 농지에서 더 많은 수확량을 얻으려고 노력했다. 그의 논을 경작하는 소작인들은 일 년 내내 허리를 펼 사이도 없이 일에 매달리지만 늘 식량이 부족해 장리쌀로 생계를 연명했다. 그리고 그것이 다시 사채로 확대되어 결국엔 집안이 파탄에 이르게 되는 악순환을 되풀이하고 있었다. 그는 그들이 잘 살아야 자신도 유익하다는 것을 알고 있었기 때문에 그들이 도움의 손길을 뻗쳐올 적마다 직접 보증을 서서 그들을 구해 주었다. 하지만 그들 중 일부가 빚을 갚지 않고 야반도주하는 바람에 그 빚을 고스란히 물려받은 적도 많았다. 가난한 소작인들은 손바닥만한 논에서 쥐꼬리만한 생산물을 얻지만 그것도 반은 주인에게 떼어주고, 또 나머지를 이것저것 세금으로 뜯기고 나면 손에 쥐어지는 것이 거의 없었다. 게다가 탐욕스런 관리들이 그들의 무지를 악용해 부당하게 부과하는 각종 세금과 시도 때도 없이 불러대 부려먹는 부역에 끌려 다니다 보면 몸은 몸대로 고단하고 농사일은 농사일대로 부실해졌다. 그는 그들을 가난에서 벗어나게 하려면 생산력을 늘리는 방법밖에 없다고 생각했기에 종일 책상다리를 하고 앉아 글을 읽는 대신, 직접 자연 속에서 몸을 움직이며 사물을 관찰하고, 효율적으로 일하는 방법을 궁리했다. 그는 산에서 베어온 나무를 손수 톱으로 켜거나, 대패질을 해 살림에 필요한 도구들을 직접 만들었다. 그래서 그의 부인도 그것을 본받아 살림살이가 망가지면 남편을 찾기보다 스스로 자신이 고쳐서 썼고, 그의 집일을 해 주는 노비와 일꾼들은 농기구가 망가지거나, 문제가 생기면 정호를 맨 먼저 찾았다. 그는 중국에서 나온 책자를 보고 수레를 만들어 짐을 나르게 했고, 냇가에 제방을 튼튼하게 쌓아 장마 때면 물바다가 되는 논을 막아 상당한 소출을 올렸다. 또한 그는 중국에서 들여온 본초학에 관한 책을 구해 읽고 약초에 관한 지식도 해박해서 집안에 익모초며, 천궁, 오미자, 당귀 등 지리산 부근에서 나는 각종 약초를 말려 천장에 걸어두고 손수 약을 달여 자신의 평생 고질병인 위장병을 치료했고, 아픈 이웃 사람들에게도 직접 처방을 해 주었다. 그리고 근래에는 침까지 배워 마을 사람들에게 직접 놓아주기도 했다.

그는 슬하에 아들 둘과 끝으로 딸을 하나 두고 있었다. 큰아들 창순昌淳은 장가를 들었지만, 병순炳淳은 아직 전이었다. 창순은 어려서부터 총기가 뛰어나 인근 사람들이 다 알아주는 문장가였다. 그에 비해 병순은 형과는 달리 야생말처럼 산과 들을 치고 달리며 무과에 들어 군인이 되기를 원했다. 그는 글공부보다도 또래의 금동金童과 어울려 냇가에 나가 헤엄을 치고, 친구들과 편을 나누어 칼싸움을 한다든가, 거칠고 육체적인 놀이를 더 좋아했다.

대대로 집안의 충직한 하인인 복대福大의 유일한 혈육인 금동은 다섯 살 때 어미를 잃고 하씨 부인의 손에 맡겨져 또래인 병순과 함께 자라났다. 비록 신분적으로는 주종관계였지만 둘은 사이좋게 거의 한 형제처럼 흉허물 없이 친하게 지냈다. 그럴 때마다 창순은 병순을 불러 노비의 자식인 금동과 어울리는 것을 나무라고, 책을 읽지 않고 천한 무리들과 어울려 산과 들을 쏘다니며 무인이 되려는 그의 행동을 꾸짖었지만 그때뿐 두 사람은 늘 쌍둥이처럼 붙어 다녔다.

병순은 나이 차이가 많이 나는 형과는 소원했지만, 세 살 어린 누이동생 옥실玉實과는 애정이 깊었다. 그는 금동과 함께 집 앞 냇가에서 물고기를 잡아 자신은 먹지 않고 손수 칼로 배를 따 내장을 깨끗이 발린 다음, 커다란 호박잎에 고기를 말아 정성껏 불에 구워 누이동생에게 먹이는가 하면, 산에서 나는 딸기며 머루를 따다가 한 움큼씩 손에 쥐어 주었다. 그리고 자기는 멀찍이 서서 동생이 조그만 입을 오물거리며 먹는 모습을 사랑스럽게 지켜보았다. 그는 옥실이 그네를 태워달라면 아버지가 광 안에 매놓은 그네에 태워 싫증이 날 때까지 밀어주고, 개울을 건너고 싶다면 물 한 방울 묻히지 않고 그녀를 업어 들꽃들이 만발한 숲으로 데려다 주었다. 옥실은 몸이 가려워 종아리와 팔이 마치 봄바람에 하늘거리는 어린 버드나무가지처럼 낭창낭창하고, 연약했다. 그래도 병순은 그런 여동생이 더없이 귀하고, 소중하게 생각되었다.

정호는 늦게 얻은 딸을 끔찍이 아껴 어려서부터 옥실에게 글을 가르쳐 주고, 붓글씨를 쓰게 했기 때문에 그녀는 오빠들이 읽는 책은 거의 다 읽고, 그 뜻도 헤아리고 있었다. 그녀는 어머니 하河씨 부인을 도와 바느질은 물론 수도 곧잘 놓았으며, 손재주가 좋아서 종이접기며, 그림에도 재주를 보였다. 다만, 걱정이 되는 것은 몸이 좀 허약하다는 것이었다.

마을 앞으로 너른 들판과 맑은 개울물이 흐르는 이곳 마을 사람들은 대부분 정호의 집 농사를 지으며 살아갔기 때문에 자연히 그의 집을 중심으로 모든 일상사가 펼쳐졌다. 마을 중심에 있는 그의 집 사랑에는 밤이면 궁유나, 의령 등으로 가는 나그네들이 찾아들어 하룻밤 묵어갈 것을 청하고, 필묵 같은 문방구류를 팔러 다니는 행상들도 들러 물건도 팔고, 아픈 다리를 쉴 겸 찾아와 밤늦도록 세상 이야기로 꽃을 피웠다. 또한 그의 집 사랑은 인근에 사는 그 또래의 친구들이 놀러와 밤늦게까지 술을 마시며 즐거운 시간을 보내는 사랑방이기도 했다. 그들은 정호의 아내가 손수 빚은 농익은 술을 마시면서 새로 부임한 수령의 인물됨이며 행적에 관해 토론을 벌이고, 각 마을에서 벌어지고 있는 시시콜콜한 스캔들과 중앙정계에서 펼쳐지고 있는 각 정파 간의 권력쟁투를 화두로 열띤 언쟁을 벌였다.

그들은 대부분 이곳 출신인 남명南冥 선생을 따랐기 때문에 서인西人과 남인南人을 미워하는 데 있어 동질의 정서를 공유하고 있었다. 원래, 그들은 남인과 같은 계파에 속해 있었다. 그러나 정여립 사건 때 서인의 공격을 받아 자파의 많은 사람이 희생되고, 다시 정권이 바뀌어 자파가 득세를 했지만 이번에는 서인에 대한 처벌문제로 자기들끼리 또 파가 갈라졌던 것이다.

그들은 겉으로는 학문이라는 이름을 내걸고 상대방을 공격했지만, 그속에는 첨예하게 현실적인 이해관계가 개재되어 있었기 때문에 그 안에 발을 담그고 있는 사람들은 누구라도 편견과 증오의 감정으로부터 자유로울 수가 없었다. 그들은 일단 권력을 잡으면, 자신들이 갖고 있는 가치를 일방적으로 내세워 자신들의 행위는 옳고, 상대방은 모두 그른 것으로 치부해 상대방을 돌이킬 수 없는 벼랑 끝으로 밀어붙였다. 그러한 불합리하고, 강압적인 폭력은 피를 불렀고, 자연 희생이 따랐다. 그리고 그 다음에는 시간의 편차를 두고 반대편의 복수가 똑같이 뒤를 이어 반복되었다.

정여립鄭汝立 사건은 이미 수년 전에 벌어진 사건이었지만, 희생된 측에서 계속 정치쟁점화 했기 때문에 그 후유증은 난리가 일어난 지금도 계속 진행중이었다. 그들은 각기 다른 계파의 이해관계 때문에 어떤 문제에 있어서도 의견의 일치를 볼 수가 없었다. 그것은 외교 문제에서도 예외가 아니어서 임진란 전에 일본에 파견된 통신사들이 돌아와 복명을 할 때에도 객관적 판단보다는 각 계파의 이익에 따른 편향된 의견을 냈기 때문에 2년이라는 귀중한 세월을 아무런 준비 없이 정치싸움만 하다가 이 난리를 맞게 된 것이었다.

추수를 끝내고 한겨울이 다가오기 전에 김장을 하고, 집 바깥벽에 겨울에 땔 나무들을 적당한 크기로 잘라 초가지붕의 추녀까지 닿을 만큼 충분히 쌓아 놓고 나면 본격적인 사냥철이 시작되었다. 정호는 자신이 손수 만든 활을 메고, 하인들은 몽둥이나 도시락을 싸들고 아침 일찍 집에서 이십여 리 떨어진 자굴산을 향해 떠났다. 그는 태어나면서부터 줄곧 이곳에서 자랐기 때문에 눈을 감고도 자신이 밟고 있는 땅의 촉감과 뺨을 스쳐가는 공기의 냄새를 분간할 수 있었다. 또한 골짜기에 앙상하게 웅크리고 서 있는 겨울나무들이며, 꽁꽁 얼어붙어 있는 시냇가에 보풀처럼 허옇게 들러붙어 있는 하찮은 마른 풀들도 모두 다 그의 몸의 일부처럼 친근하게 여겨졌다.

자굴산 정상에 서면 지리산 정상인 천왕봉이 바라보였다. 정호는 일 년에 한 번 그러니까 해가 바뀔 때면 꼭 지리산에 올랐다. 밝은 새해의 첫 햇살에 묵은 삶의 찌꺼기를 걷어내고 새로운 마음으로 한 해를 맞자는 생각에서 매년마다 벌이는 그만의 행사였다.

그는 하산 후 지리산 밑에 살고 있는 친구 집에 머물면서 그와 함께 며칠이고 눈 속에서 사냥을 했다. 그곳에는 노루와 여우는 물론 꿩과 토끼도 지천이었다. 십여 명의 장정들이 몽둥이를 하나씩 들고 골짜기 여기 저기서 소리를 지르며 노루를 몰아 눈밭을 치뛰고, 내뛰며 달리는 거며, 시위를 떠난 화살이 꿩의 몸에 박히는 순간의 기분은 말로 표현하기 힘들 정도로 통쾌한 것이었다. 사냥이 끝나면, 친구의 집에서 사냥에서 잡은 고기로 잔치가 벌어졌다. 양반들은 양반들대로, 그리고 하인들은 저희들끼리 자리를 잡고 앉아 고기를 안주로 삼아 술을 퍼마시고, 실컷 놀다가 사냥감을 어깨에 하나씩 걸러 메고 마치 개선장군처럼 마을로 돌아오는 것이었다.

2

이튿날, 정호의 집에 모인 사람은 모두 아홉 명이었다. 거기에 정호 자신과 영생, 그리고 그의 수족과 같은 하인 복대福大와 창순을 합하면 모두 열세 명이 되는 셈이었다.

그날 아침, 정호는 아내 하河씨가 간밤에 말끔히 손질하고 풀을 먹여 다린 흰 무명 저고리에 바지를 입고, 한 손에는 활을 들고 나타났다. 나머지 사람들은 대부분 머리에 흰 수건을 쓰고, 집에서 일할 때 입는 흙 묻은 옷차림 그대로였다. 그래서 모두들 싸움터로 가는 군인들 같지 않고, 밭으로 일을 하러 가는 일꾼들처럼 보였다.

그들이 무리를 지어 사랑하는 가족들을 뒤로 하고 마을을 출발하자, 여인들은 아쉬운 듯이 그들이 사라진 텅 빈 길을 잠시 생각에 잠겨 바라보다가 하나, 둘 각자의 집으로 돌아갔다.

정호의 옆에는 충직한 머슴 복대福大가 호위하듯 바싹 따르고, 그 뒤를 이어 영생과 창순이 나란히 걸어갔다.

몸매가 호리호리하면서도 얼굴 윤곽이 날카로워 보이는 창순은 영생의 옆에서 입을 굳게 다문 채 두 주먹을 꼭 그러쥐고 앞을 노려보며 걸어가고 있었다. 그는 인근에서는 글 솜씨와 문장으로 그중 앞날이 촉망되는 청년으로, 한창 과거시험을 준비하던 중에 아버지를 따라 나선 것이었다.

창순은 열여섯에 단성丹城에 사는 강씨와 결혼했는데, 얼마 전에 두 살 된 딸이 병에 걸려 죽는 바람에 다소 표정이 어두웠다. 강씨는 장사를 해서 크게 재물을 모은 부잣집 손녀딸로 몸매가 늘씬하고, 용모도 괜찮은 편이었다. 한 가지 흠이라면 부잣집 집안의 막내라 고집이 세고, 강짜가 있다는 것이었다. 그녀는 어찌나 샘이 많은지 밤낮 책에만 달라붙어 지내는 남편이 늘 못마땅했다. 특히, 아이가 죽고 난 뒤부터는 심성이 까다로워지고, 질투의 불길도 점점 거세졌다. 집안의 노비란 노비는 모두 건드리고, 진주의 색주가에게서도 모르는 사람이 없을 정도로 정욕적인 아버지의 뜨거운 피를 갖고 태어난 이 여인은 늘 자신의 욕정과 애욕을 주체하지 못해 안절부절이었다. 그래서 시어머니인 하씨 부인은 그녀를 달래느라 집안일을 시켜보고 함께 다소곳이 앉아 바느질을 하게 하는 등 이런 저런 일에 취미를 붙여 달뜬 마음을 진정시켜 보려고 애를 써봤지만 별로 효력이 없었다. 모든 것을 아랫것들이 다 갖다 바치는 생활에 익숙해 있던 그녀는 음식은 물론 바느질 솜씨도 형편없었다. 그래도 샘이 많아서 시누이인 어린 옥실이 무언가 예쁜 것을 만들면 질투로 이내 얼굴이 일그러지면서 눈빛이 험하게 변했다.

애당초 두 사람의 결혼은 창순에게는 어울리지 않는 혼인이었다. 하지만 두 집안의 어른인 돌아가신 정호의 아버지와 강씨 부인의 할아버지가 일방적으로 만나 혼사를 결정해 버렸기 때문에 아무도 그 결정을 번복할 수가 없었다. 집안에 벼슬한 사람이 없는 것 때문에 열등감에 젖어 있던 그녀의 할아버지가 창순의 총명함을 일찌감치 들어 알고는 정호의 아버

지를 구워삶아 혼인을 성사시켜 버렸기 때문이었다. 강씨 부인이 시집을
때 혼수를 지고 따라온 하인들의 줄은 십 리나 길게 이어질 정도로 혼수
품이 대단해 주변의 온 마을 사람들이 나와 그 화려하기 그지없는 행렬을
지켜보았고, 창순의 혼인을 모두 부러워했다. 지금도 그 댁에서는 명절이
나, 생일 때면 맛있고 귀한 은구어며, 곶감, 꿀 등을 소 등에 가득 실어 정
호의 집으로 보냈다.

　창순은 결백하지만 공명심이 강해 아버지의 처사적處士的 태도와는 반
대로 관리가 되어 중앙으로 올라가 임금을 모시고, 자신의 이름을 세상에
알리는 것이 꿈이었다. 그의 친구들 중 양반의 집안치고 그의 집안처럼 얼
마 안 되는 초라한 농토에 노비가 적은 집안은 없었다. 의령에 사는 그의
외삼촌은 끝이 보이지 않는 광대한 전답에 노비가 이백 명이 넘었다. 명
절 때마다 외삼촌은 정호의 집으로 온갖 과일과 생선 등을 보냈고, 세배
를 가면 모본단이며, 모초단 등 빛깔 고운 진귀한 중국 옷감과 화려한 중
국제 청화백자를 쉽게 볼 수 있었다. 창순은 과거에만 합격하면 그의 삶
은 180도로 달라질 것이라며 늘 아내 앞에서 으스댔다. 하지만 그래도 부
인의 강짜는 쉽게 수그러들지 않았다. 그녀는 표현은 안 했지만 창순이 밤
낮으로 들여다보고 있는 따분한 책들을 볼 적마다 모조리 불사르고 싶은
마음뿐이었다.

　「제기랄, 나쁜 놈들 같으니라고!」

　창순의 바로 뒤에서 아직도 어제 마신 술이 덜 깬 얼굴이 불콰한 무숭
武崇이 마른 먼지가 피어오르는 길바닥에 가래침을 뱉으며 말을 이었다.

　「백성들을 모두 내삐리고 지네들만 살겠다고 도망을 쳐!…그래, 그런 놈
들이 정말로 녹을 받아 처먹는 관리가 맞는가? 온갖 수단을 동원해 백성
들을 등쳐먹을 때는 똥파리처럼 떼를 지어 달려들더니 일본 놈들이 쳐들
어온다니까 뒤도 안보고 지부터 걸음아 나 살려라 하고 꽁무니를 빼? 에

이, 쳐 죽일 놈들. 안 그러느냐, 인마!」

　　그러며 그는 옆에서 고개를 처박고 걸어가는 광덕廣德을 힐끗 쳐다보았다. 무숭이 일부러 내지르는 걸쭉하면서도 울림이 큰 목소리는 앞에서 걸어가고 있는 정호의 귀에까지도 들릴 정도였다. 하지만 그는 그런 따위에는 신경 쓰지 않고 입에서 튀어나오는 대로 양반들에게 욕을 퍼붓고 있었다. 그는 양인 신분이지만, 워낙 가난해서 노비인 감자榧子를 아내로 맞아들여 살고 있었다. 그는 성격이 급하고, 난폭해서 뭐든지 자기 마음에 들지 않으면 분을 못 참고 싸움을 저지르거나 손에 잡히는 대로 때려 부수는 나쁜 버릇이 있었다. 해서, 관에서는 그의 이름만 들어도 고개를 홰홰 저을 정도였다. 그는 조금이라도 자신에게 부당한 일이 생기면 참지 못하고 관가로 달려가 아전들의 멱살을 잡고, 관아의 문을 때려 부수며 행패를 부렸다. 그래서 곧잘 관가로 끌려가 볼기를 맞고 나왔는데, 그것도 그때뿐 시간이 지나면 다시 그 버릇이 도졌다. 해서, 그의 어린 자식들은 그가 툭하면 분풀이로 어머니를 개 패듯이 두들겨 팰 때마다 다 쓰러져 가는 사립문 밖에 붙어 서서 서럽게 울면서 이다음에 크면 아버지를 죽이고, 엄마와 함께 먼 곳으로 가서 행복하게 살겠다고 맹세하는 것이었다. 그는 아내를 마당 가운데 있는 키 작은 살구나무에 묶어놓고 밤을 새우는가 하면, 치마를 벗기고 볼기를 쳤는데, 그의 말로는 남편을 남편답게 잘 모시지 못한다는 것이 주된 이유였다. 무숭이 내지르는 주먹에 주눅이 들어 한번도 제대로 오금을 펴지 못하고 사는 감자는 남편의 주먹이 무서워 숨도 제대로 쉬지 못하고 마을의 온갖 허드렛일을 해 주며 먹을 것을 얻어다 남편과 자식들을 먹여 살렸다. 그래도 무숭은 어디서 돈이 나는지 늘 술을 퍼마시고, 작부들과 히히덕거리며 놀러 다녔다. 그의 성격을 잘 아는 사람들은 그와는 눈도 잘 마주치지 않으려 했다. 하지만 그런 그가 일본군과 싸우러 나가는 데에는 제일 먼저 나선 것이었다.

「내 이번에 나가면 그놈의 새끼들 모가지를 서너 개 확 분질러 놓고 올 끼다!」

그는 어깨를 웅크린 채 양 손가락을 우드득 소리가 날 정도로 꺾으며 다시 말을 이었다.

「요새 통 쌈질을 못해 몸이 근질근질한데 잘 됐데이. 안 그러냐, 이 심통 아.」

별명이 심통인 광덕은 못마땅한 듯 곁눈으로 무숭을 힐끗 쳐다보았다. 피부가 새카맣고 키가 작달막한 그는 무숭의 어깨에 겨우 닿을락 말락 했 는데 그래도 몸은 차돌처럼 단단했다. 그는 상대방을 똑바로 보지 않고 밑 에서 치올려보는 습성이 있었는데, 그것은 그가 마음속에 무언가 뒤틀린 것을 안고 있는 것처럼 보이게 했다. 그는 별로 말이 없는 편이지만, 누가 자신의 비위를 건드리면 반드시 그것을 마음 속에 새겨 두었다가 상대방 이 질릴 때까지 똑같은 말로 그 원인을 따지고, 캐물으며 깐죽이는 거머리 같은 성격이 있었다. 그는 마을에서 제일 예쁜 마누라를 데리고 살고 있 었다. 하지만 그것 때문에 그의 마음은 늘 어두웠다. 그의 마누라 진금進 今이 지독한 바람둥이어서 처녀 때는 한때 무숭의 연인이기도 했고, 그 외 에도 무수한 스캔들을 뿌리고 다녔기 때문이었다. 해서, 그는 진금이 보이 지 않으면 불안해서 어쩔 줄을 몰라 했다. 그는 진금이 나물을 캐러 가면 함께 바구니를 들고 따라갔고, 어느 집 논일을 하러 가면 자기도 같이 따 라 나섰다. 광덕은 무숭이 진금의 옛 애인이었기 때문에 그를 보면 자기도 모르는 사이에 몸이 경직되고, 긴장되는 것을 느꼈다. 그것을 알고 무숭은 더 짓궂게 놀렸다.

광덕이 뚱한 목소리로 한마디 했다.

「난, 니가 설치다가 총알 밥이나 됐으면 좋겠데이. 화살은 까짓것 뽑아 버리면 그만이지만 고놈은 콩알만한 것이 내장까지 시커멓게 파먹는 데니까 한 방 맞으면 니는 아무리 용을 써도 뒈지고 말끼다.」

「아예 죽으라고 제사를 지내라, 이 문디 같은 자슥아! 니는, 항상 내가 죽었으면 하고 바라제? 이바구를 안 해도 난 니 뱃속을 다 안데이.」

무숭은 유쾌하게 말을 이었다.

「하지만 그칸다고 이 무숭이 금세 뒈질 것 같노? 천만에! 난, 천년만년 벽에 똥칠할 때까지 오래오래 살면서 니 두 연놈이 어떻게 사는지 지켜볼 끼다, 이 자슥아!」

「미친 놈.」

광덕은 경멸적으로 말을 내뱉었다.

「니가 빨리 뒈져야 니 여편네가 두 다리 쭉 뻗고 잘, 잘끼다. 그카니 니 마누라와 아들을 위해서도 니는 빨리 뒈지는 게 낫데이. 그리고 마을의 평화를 위해서도.」

「자슥, 남의 집 걱정하고 자빠졌데이! 난, 니 여시 같은 마누라가 이번 난리 통에 어디로 내빼지 않을까 그게 더 걱정이데이. 니 마누라는 니 같 은 놈팡이가 데리고 살기에는 너무 벅차다고 모두 안카나. 그카니 그런 아 들 장난감 같은 막대기는 집어치우고 퍼뜩 집으로 돌아가 여편네 궁디나 두드리면서 마음을 달래주는 게 나랏일보다 더 시급할끼다! 우리 마누라 야 길거리에 내놔봐야 개도 거들떠보지 않으니 그거 하난 좋데이.」

무숭은 낄낄거리며 광덕의 부아를 돋우었다.

그들의 뒤로 약간 떨어져 우직하게 생긴 대수大須가 옆에서 침을 튀기 며 열심히 지껄이고 있는 막개莫介의 애기를 들으며 뚜벅뚜벅 걸어오고 있 었다.

「그라몬 우리 조선도 총을 만들면 되지 않노?」

대수가 성난 듯이 되묻는 말이 침묵을 깨면서 묵직하게 들려왔다.

「하모, 그걸 누가 몰라? 그란디 그걸 언제 만들어서 싸우제?」

막개는 세수도 하지 않은 더러운 얼굴로 대수를 놀리듯 빤히 쳐다보았다. 그가 입고 있는 무명옷은 언제 빨래를 했는지 때가 까맣게 더덕 더덕 끼어 먹물이 흐를 정도였다. 게다가 소매 주위와 앞섶은 음식물을 흘린 자국이 그대로 층층이 눌어붙어 뭐라 말할 수 없는 퀴퀴한 냄새를 풍기고 있었다. 그러나 더 견딜 수 없는 것은 생전 이빨을 닦지 않아 입안에서 풍기는 시궁창 같은 냄새였다. 그는 연신 입가에 허연 침을 튀기며 계속 지껄였다.

「놈들은 지금 코앞에 있는 낙동강 건너까지 바싹 다가와 있는데 어느 세월에 쇠를 부어 총을 만들고, 총알을 만들제? 글고 화약은 어캐 하고. 생각을 좀 해 보라꼬, 생각을.」

대수는 그래도 이해가 잘 안가는지 묵묵히 땅만 응시하고 있었다. 어릴 때부터 너무 일을 많이 해 그의 뼈마디는 나무토막처럼 굵고 단단했다. 그리고 얼굴은 항상 볕에 그을려 숯덩이처럼 검었다. 그는 늙은 노모와 어린 자식을 키우느라 몸은 늘 고달팠지만 표정은 항상 밝고 씩씩했다. 그는 씨름을 좋아해서 누구건 만나기만 하면 한판 붙자고 덤비는 버릇이 있었다. 그는 마을 사람들 중에서 가장 열심히 일을 했지만 정호의 집에 생산량의 반을 떼어 주고, 이것저것 관가에 세금을 바치고 나면 늘 먹을 것이 부족했다. 그래서 보리가 팰 무렵이면 양식이 떨어져 아내가 산에서 해 오는 나물로 죽을 쑤어 근근이 하루하루를 버티는 형편이었다. 그는 빚을 몹시 두려워해서 굶어죽어도 장리 빚만은 얻지 않겠다는 확고한 결심을 갖고 있었다. 그래서 푼돈이라도 벌 요량으로 겨울이면 부지런히 새끼를 꼬고, 짚신을 삼아 장에 내다팔았으며, 농사일이 뜸하면 깊은 산으로 가 약초와 산삼 같은 것을 캐러 온 산을 헤집고 다녔다. 그는 원래 정호의 집 노비였으나 춘심春心과 혼인을 한 뒤 따로 나가 살림을 차렸다. 대수는 밖에서 일을 하고, 춘심은 집안일을 하면서 겨울이면 시어머니와 함께 긴긴 겨울밤을 새우며 삼을 삼았다. 춘심은 원래 천출이 아니라 자유로운 양인이었다. 하지만 아버지가 일찍 죽고 집안 형편이 기울자 중매쟁이의 말만 듣고 대수에게로 시집을 온 것이었다. 그녀의 아버지는 산청에서 도자기를 만드는 사기장沙器匠이었다. 논도 없고 딱히 해먹을 것이 없었던 그는 일찍이 자기소로 들어가 도자기 만드는 일을 배웠는데, 일은 고되고 살림 형편은 별반 나아지지 않았다. 왜냐하면 월급은 쥐꼬리인데다(그것도 이 핑계 저 핑계를 대며 안 나올 때가 더 많았다.) 일감이 불규칙해서 벌이가 시원치 않았던 것이다. 게다가 관리들이 사욕을 채우기 위해 그들에게 가외로 일을 시켰고, 사적인 심부름도 강요했기 때문에 전혀 자기 일을 할 수가 없었다. 그는 자기소에서 만든 그릇들을 몰래 빼서 시장에 내다팔아 평생 술은 실컷 마시다가 일찌감치 세상을 떠났다.

그가 죽자 춘심의 남동생 춘보春甫가 대를 이어 그 일을 배웠다. 하지만 그곳에 들어가 어느 정도 일을 배워 자기 몫을 하게 될 때쯤, 어디가 잘못됐는지 비실비실 아프기 시작하더니 급기야 자리에 눕고 말았다. 드난살이를 하는 어머니가 있었지만 술을 마시면 인사불성이 되는 버릇이 있었기 때문에 제대로 춘보를 돌볼 수가 없었다. 해서, 춘심이 동생을 자기 집으로 데려다 보살폈다. 대수는 집에 노모를 모시고 있는데도 불구하고 춘보에게 방 한 칸을 내주고 몸에 좋다는 약을 구해 정성껏 그를 간호하고 보살펴주었다.

「쇠를 부어 만들면 되잖아.」

대수가 생각 끝에 입을 열었다.

「그라몬 뭐해. 총알이 지대로 나가지 몬하는데.」

「우째서?」

「뜨거운 총알이 지나가려면 쇠가 단단해야 하는데, 조선은 그런 쇠를 만들지 몬하거든.」

「할 수 없지 뭐. 그카면 쇠스랑이나 호미라도 들고 싸워야지.」

대수는 우직하게 말했다.

「이런 빙신! 아직도 싸움이 힘으로 하는 것인 줄만 알고 있으니. 대갈배이를 좀 써보란 말이다. 대갈배이를!」

막개는 낄낄거리며 대수를 놀렸다.

「이눔아, 니는 그렇게 대갈배이를 잘 써서 요 모양 요 꼴로 사느냐!」

대수가 소리를 버럭 질렀다.

동네에서 손버릇이 나쁘기로 소문이 난 막개는 늘 순진한 대수에게 세상에서 일어나는 잡다한 일들을 전해 주는 연락병 같은 존재였다. 지금도 그는 피난민들로부터 주워들은 얘기를 나름대로 각색해서 한껏 우쭐대며 대수에게 들려주고 있는 참이었다.

「이 빙신아, 일본 놈들이 갖고 있는 무기나, 갑옷, 투구가 얼마나 근사한지 니는 모른다. 얼마나 요란하게 색색으로 꾸몄는지 십 리 밖에서도 일본 놈임을 한눈에 알 수 있다 안카나. 우리가 놈들에게 화살을 비 오듯이 퍼붓는다고 쳐봐라. 그라몬 그게 놈들의 갑옷을 뚫을 수 있을 것 같노? 거리가 멀어질수록 화살의 힘은 점점 기력이 쇠해 노인처럼 비슬거리다가 결국 아무런 위력도 발휘하지 몬하고 술에 취한 것처럼 비실비실 땅으로 떨어지고 말 것이라 이 말이다, 내 말은. 그러나 우리는 놈들이 쏘는 총을 한 방만 맞아도 뼈가 바스라지고, 총알이 살을 뚫고 들어가 속이 새카맣게 타들어가면서 죽게 된다 이 말이다. 알아들었냐?」

「이눔아, 글캐 무서우면 산속으로 도망가 숨지 왜 쫓아오는 기가? 니 같은 겁쟁이는 아무 짝에도 쓸모가 없다. 도망만 다니는 니 같은 놈은 아무도 붙잡지 않는데이.」

대수는 화가 나서 소리쳤다.

「글씨! 개죽음을 당하지 않으려거든 내 말을 잊지 마레이.」

막개는 대수에게로 바싹 다가서며 진지하게 말했다.

「절대로 놈들 앞에서는 대갈배이를 쳐들거나, 디밀지 마레이, 알았제? 그랬다카는 느그 단단한 대갈배이도 한 방에 바가지처럼 박살이 나 깨져 없어질 테니 말이다. 알아들었제?」

막개는 심각한 표정으로 말을 마치며 침이 잔뜩 붙어 있는 지저분한 입술을 시커먼 손바닥으로 쓱 문질렀다.

「은제쯤 이 난리가 끝이 날끼가. 이제 곧 풀도 뽑아줘야 카고, 김도 매주어야 카는데… 와, 하필 할 일이 태산같이 쌓여 있는 이때에.」

대수는 근심스러운 듯 말끝을 흐렸다.

「빨리 끝나긴 글렀다카이.」

막개가 무를 자르듯 냉정하게 말했다.

「그라몬, 한 몇 달 가려나.」

대수가 자신 없이 말했다.

「글씨, 명색은 명나라를 치려고 조선을 지나간다고 나발을 불지만 그기 그거 아이가. 내 이바구는 치러가던, 안 치러가던 어차피 조선은 놈들의 수중에 들 거라 이 말이다. 벌써 놈들은 점령지마다 곳곳에 항복하면 배불리 먹고 살게 해 주겠다는 방을 턱 붙여놓고 순진한 백성들을 살살 꼬시는 모양이더라. 그카니 어떤 놈들은 스스로 놈들의 짐을 져 날라주기도 하고, 또 어떤 놈들은 아예 대놓고 앞장서서 놈들의 길잽이로 나서기도 하는 모양이더라꼬.」

「됐다! 인자 그마해라! 쳐 죽일 놈들! 우째 인간이 한 몸뚱이를 갖고 두 가지 짓을 할 수 있노? 죽으면 죽었지 어캐 왜놈들 밑에서 사느냐꼬.」

대수가 분을 참지 못해 버럭 소리를 질렀다.

「너무 흥분하지 마레이.」

막개가 손을 흔들며 대수를 저지했다.

「백성들을 보살펴야 할 관리들은 다 도망가뻐렸는데, 우리보러 뭘 어캐 란 말이고. 죄다 주인을 잃은 낙동강 오리알 신센데 대체 뭘 어캐란 말이 냐꼬? 지금은 니도 살아 있으니까 큰소리 탕탕 치지 죽음 앞에 서 봐라. 살고 싶어질 테니. 목심은 더러분 거다.」

막개는 자신이 어디로 가고 있는지 잘 알고 있었다. 그는 집에 먹을 것 이 없어 거의 나물과 풀죽만 끓여먹고 있었다. 그런데 들리는 소문에 의 하면, 의병으로 나서면 부자 양반들이 곡간의 양식을 내고 집에 있는 소 를 잡아 병사들을 배불리 먹인다는 소식을 듣고 뛸 듯이 기뻤다. 그는 굶 주린 배를 해결하고, 이것저것 재미난 세상 구경을 할 수 있다는 생각에 정호의 뒤를 따라 나온 것이었다. 그는 자신의 아비가 누구인지도 모르는 비루한 출신이어서 어려서부터 온갖 수모를 겪으며 사는 데 익숙해 있었 다. 그래서 그의 몸에는 자연스럽게 사람들의 눈치를 살피는 것과, 어떡하 든 굶지 않고 살아야겠다는 동물적인 욕심만이 뿌리 깊이 박혀 있었다. 그는 굶주린 개처럼 이 마을 저 마을을 돌아다니며 얻어먹고, 남의 눈이 미치지 않으면 욕심에 쫓겨 슬쩍 도적질도 마다하지 않았다. 그렇게 짐승 처럼 살던 그가 어느 날, 몸매가 거대한 어떤 여자를 한 명 데리고 마을에 서 뚝 떨어진 산 밑자락에 있는 그의 꺼져 가는 움막으로 들어왔다. 그리 고 연이어 그녀의 몸에서 두 명의 여자애가 태어났다. 그는 정호의 집 농 사일을 해 주다 몰래 훔쳐온 씨앗을 집 앞에 있는 궁둥짝만한 밭에 심어 농사를 시작했다. 그리고 산에서 캐다 방안에 소중하게 모아두었던 약초 등을 내다 팔아 자식들을 먹여 살렸다. 하지만 먹성이 너무 좋은 아내는 끝내 둘째 애를 낳다가 영양실조에 병이 겹쳐 죽고, 그에게는 딸 둘만이 남았다. 큰딸 복래福來는 엄마를 닮아 사지가 모두 큼직큼직하고, 힘센 장 정처럼 허우대가 좋았다. 그녀는 막개를 도와 농사를 짓고, 집안일을 도맡 았다. 그에 비해 동생인 달래는 얼굴이 예쁘장하고, 몸매도 날씬한 편이어서 어려서부터 사내들을 달고 다녔다. 아내가 죽자, 막개는 마을을 벗어나 여자를 찾아다녔다. 불규칙하기는 하지만 그는 나이가 든 늙은 여자부터 출처가 불분명한 어린 여자들까지 여러 명의 여자를 솜씨 좋게 구슬려 그의 움막으로 끌어들이는 데 성공을 했는데, 그것이 마을의 풍기를 해친다고 정호의 집 마당에서 사람들로부터 멍석말이를 호되게 당하고 나서는 그 짓도 더 이상 계속할 수가 없었다. 그 후, 그의 여자 사냥은 다소곳해졌는데 요 근래는 으슥한 산속이나, 공동묘지 같은 곳에서 미친 여자나, 거리를 떠도는 정체불명의 여자들과 몰래 재미를 보고 온다는 소문이 파다했다.

그들은 울창하게 우거진 서늘한 밤나무 그늘 밑을 지나 다시 따가운 햇볕이 쏟아지는 오솔길로 접어들었다. 길가에 서 있는 커다란 느티나무 너머로 이제 막 모를 낸 논들이 파랗게 펼쳐져 있는 것이 보이고, 화창하게 맑게 갠 푸른 하늘에는 목화솜처럼 희고, 뜨거운 뭉게구름이 피어오르고 있었다. 맑은 날씨라 먼 산들은 주름 하나 없이 선명하게 초록빛 윤곽을 드러내고, 강렬한 햇빛은 두터운 나뭇잎에 부딪쳐 날카로운 각도로 허공으로 튀어 오르며 눈을 아프게 찔렀다.

이렇게 고요하고 화창한 대낮에 전쟁이 일어나다니 모두들 꿈을 꾸고 있는 기분이었다. 모든 것은 평상시와 마찬가지로 단조롭고, 고즈넉해 보였다. 아니, 매일 매일 펼쳐지는 반복적인 일상의 삶은 길가의 연못에 고인 물처럼 꼼짝도 않고 있었고, 논둑 위로 쏟아지는 햇살은 달팽이가 기어가고 있는 것처럼 권태롭고, 그지없이 지루한 일상의 단면을 그대로 보여주고 있었다.

하지만 그런 것과는 상관없이 정호를 선두로 한 십여 명의 무리는 자신들의 미래에 무슨 일이 다가오고 있는지도 모르는 채 앞서거니 뒤서거니 장난을 치고 웃고 떠들면서 농담과 음담패설을 섞어가며 떠들썩하게 전쟁터를 향해 걸어가고 있었다.

뒤에서 걸어오는 젊은 패들은 훨씬 더 왁자하고, 소란스러웠다. 녀석들은 모두 이십 대 초반의 혈기왕성한 청년들로 마치 천렵이라도 가는 것처럼 즐겁고, 흥겨운 분위기였다.

「오늘밤에 개울가에서 달래하고 만나기로 했는데, 이게 뭐꼬. 졸지에 싸움터로 끌려가는 몸이 됐으니.」

목이 착 달라붙은 작달막한 키에 불거진 눈을 재빨리 이리저리 굴리며 망내ㄷㄲ가 입을 열었다.

「이 자슥아, 그만 좀 작작하그라. 학, 패대기를 쳐버리기 전에.」

옆에서 걷던 덕춘德春이 망내의 팔목을 손으로 비틀며 소리쳤다. 그들은 친구이면서 또 달래를 가운데 놓고 경쟁하는 연적 관계였다. 그 옆에서 만동은 빙긋이 웃고만 있었다.

「인마, 달래가 니 마누라라도 되노? 거기다 도장이라도 찍었냐 이 말이다, 자슥.」

망내는 씩 웃더니 이번에는 목소리를 달콤하게 바꾸어 약을 올렸다.

「달 없는 그믐밤에 뒷산 대숲에서 우리는 만났제.」

「얼씨구!」

덕춘은 한마디 하고는 망내에게 달려들어 그의 바튼 목을 한 손으로 되게 내리찍어 눌렀다.

세 사람은 모두 총각으로 어려서부터 함께 자란 친구들이었다. 그중에서도 망내는 꾀가 많고, 사람들의 마음을 후리는 데 선수였다. 그의 어머니는 두 명의 남편을 얻어 각기 한 명씩 아들을 낳았는데, 망내는 두 번째 남편의 자식이었다. 그는 형과 나이 차이가 많이 나 어려서부터 시달림을 많이 받으며 자랐다. 술버릇이 나쁜 그의 형은 집안일을 모두 망내에게 시키고, 툭하면 어린 망내를 때리고 괴롭혔다. 그래서 망내는 형이 술을 마신 것 같으면 덕춘의 집 헛간으로 도망가 그곳에서 도둑잠을 잤다.

덕춘의 집안은 농사는 그저 명목뿐이고, 그의 아버지가 이따금 해산물 장사를 해서 벌어오는 돈으로 근근이 사는 형편이었지만, 식구가 많아 배를 곯는 날이 더 많았다. 그래서 할 수 없이 딸 은비銀非를 함안의 한 기생 집에 팔았는데 뜻밖에도 얼굴이 곱고, 예기藝妓가 출중해서 얼마 지나지 않아 어린 나이지만 돈을 많이 벌어들였다. 그 덕에 그의 가족들은 모두 무위도식하고, 흥청거리며 살았다.

덕춘은 용돈이 떨어지면 누이가 있는 술집으로 달려가 돈을 얻어 썼다. 효성이 지극한 은비는 부모님을 위해 항상 싱싱한 생선이며 옷감 등을 사 보냈다. 하지만 덕춘의 수중으로 들어가면 모두 술값과 노름으로 날아갔다. 그는 용돈이 궁해지면 장사를 하는데 밑천이 필요하다는 둥 온갖 핑계를 대어 누이동생에게서 돈을 뜯어냈다. 그 돈으로 그는 부잣집 아들처럼 으스대고, 달래에게 선물을 사주며 선심을 썼다. 먹을 것이 없어 늘 굶주림에 시달리는 막내는 덕춘에게 빌붙어 그가 흘리는 부스러기를 먹으며 지냈다. 돈으로 달래의 마음을 샀다고 판단한 덕춘은 공공연히 달래와의 관계를 친구들에게 자랑하며 돌아다녔다. 하지만 그건 그의 마음일뿐 실제로 혼사가 진행된 적은 없었다.

은비는 작년에 김해에 있는 술집으로 자리를 옮겼다. 그녀는 관기였던 할머니의 재능을 물려받아 몸놀림이며, 용모 외에도 서예와 시문에도 뛰어난 실력을 보였다. 게다가 후천적인 노력도 더해져 그녀의 몸값은 화류계에서 천정부지로 치솟았다. 그런데 난데없이 난리가 터진 것이었다. 지금 김해는 부산과 더불어 일본군의 전초기지로 일본군과 온갖 일본 색色으로 넘치고 있었다.

「난, 이번 전쟁이 끝나면 달래와 정식으로 혼인할끼다. 듣고 있노?」

덕춘이 눈에 잔뜩 힘을 주며 말했다.

「누구 맴대로? 막개 아저씨가 준다고 약속이라도 했는고?」

망내도 지지 않았다.

「자슥, 돈 몇 푼으로 달래를 어떻게 해 보려고 하는 모양인데, 글캐 쉽게는 안 될끼다.」

「가시나들은 원래 돈이면 다 넘어오게 돼 있다, 안카나. 글고, 인마, 니처럼 불알 두 쪽밖에 없는 놈이 어캐 예쁜 달래를 건사하려고 그라노. 그카니 일찌감치 냉수 먹고 속 차리라 이 자슥아!」

덕춘이 오금을 박았다.

망내의 집안은 어머니가 병으로 갑자기 쓰러지는 바람에 사는 것이 엉망이었다. 아버지가 목수였지만 그의 집은 몇 년째 지붕을 못 이어 바람이 불면 혹 날아가 버릴 정도로 초라하기 그지없었다. 그리고 헛간 지붕은 지난 태풍에 날아간 채 그대로 휑하니 버려져 있었다. 망내는 집에 들어가지 않고 밖에서 겉돌며 덕춘을 따라 노름판을 전전하면서 푼돈을 얻어 썼고, 그의 심부름도 해 주었다. 정말이지 달래와 그는 모든 면에서 정말 잘 통했다. 그녀는 돈 때문에 덕춘과 만나는 시간이 많았지만, 즐겁고 기억에 남는 시간은 망내와 함께 있을 때뿐이었다.

「만동이 니 들었제, 절마가 하는 말?」

망내가 뒤를 돌아보며 만동에게 말을 걸었다.

「니가 증인을 좀 서래이. 내 절마 주디에서 나중에 무슨 말이 나오나 두고 볼 테니. 단디 들었제?」

「알았데이. 하지만 난 느그들 중 누가 달래를 데리고 살건 관심없다.」

만동이 시큰둥한 표정으로 한마디 했다.

그들은 어느덧 길이 갈라지는 삼거리에 다다랐다. 여기서 왼쪽으로 가면 궁류로 나가고, 오른쪽으로 가면 정곡이다. 동쪽으로 흐르던 유곡천은 이곳에서 동북쪽으로 방향을 바꾸어 흘러가다가 낙동강과 합류한다. 의령에는 봄가을로 가난한 백성들에게 곡식을 대여해 주는 진휼미를 보관하는 창고가 세 군데 있는데, 북창北倉은 이곳에 있고, 임창任倉은 신반에, 그리고 강창江倉은 박진에 있다. 그러나 난리가 나자 창고들은 제일 먼저 난민들에 의해 약탈당하고, 건물들은 불에 타 없어지고 말았다. 막개는 그때 난민들과 도적들 틈에 끼어 쌀 한 말을 가져다 먹은 죄가 있었기 때문에 길을 걷다 말고 힐끗 창고 쪽으로 눈길을 돌렸다.

「이젠 한동안 노름판과도 작별이데이.」

망내가 아쉬운 듯 만동을 쳐다보며 말했다.

「걱정 마라. 전쟁은 더 신나는 노름판이니까.」

그러며 만동은 씽긋 웃음을 지었는데, 그 순간 오른쪽 눈가에 오래된 짙은 갈색의 상처 자국이 선명하게 드러났다.

「그건 또 뭐꼬?」

망내가 물었다.

「뭐긴 뭐꼬? 난리가 났으니 모든 게 다 뒤집어질 게 아이가. 그카니 나 같은 놈한테는 신나는 일이지 않고 뭐꼬?」

그리고 만동은 입을 굳게 다물었다.

만동万同도 정호의 집안일을 해 주며 살아가는 천한 노비의 자식이었다. 하지만 늦게 결혼한 그의 아버지가 사십도 되기 전에 골골거리다 세상을 떠났기 때문에 어머니 혼자 거친 농사일을 하면서 자식들을 키웠다. 큰아들 만덕万德은 어머니를 닮아 힘이 항우 장사였다. 그래서 스무 살 때 경호강 모래밭에서 벌어진 씨름대회에 나가 소를 한 마리 타고부터 단성, 산청, 의령, 합천 일대에서는 일약 유명 인사가 되었다. 어디를 가나 사람들이 그의 얼굴을 알아봤으며, 술집에 가면 색주가의 여인들이 너도 나도 그의 넓은 가슴에 한번 안기고 싶어 안달이었다. 그 유명세에 취해 그는 술을 퍼마시고, 여자들과 난잡한 생활을 했다. 씨름대회에서 타온 소는 술값으로 다 새나가고 수중에는 동전 한 닢 안 남았다. 그는 힘은 셌지만 만동만큼 사리에 밝지를 못했던 것이다. 그는 진주에 있는 색주가에서 만난 애향哀香이라는 기생과 잠시 살림을 차렸지만 여자가 집을 나가버리자 날마다 술에 취해 미쳐서 산과 들을 헤매다 결국 경호강에 빠져 죽었다.

그때의 충격 때문이었는지, 만동은 그 해 가을에 홀연히 집을 떠났다가 낙동강 나루터에서 포졸들에게 잡혀 다시 집으로 끌려왔다. 그는 정호의 노비였기 때문에 곤장을 맞고, 며칠 동안 헛간에 갇혔다. 그는 사흘 동안 물 한 방울 먹지 못했는데, 그러고도 끝내 자신의 잘못을 실토하지 않고 매를 맞으며 버텼다. 그때 매를 맞다가 생긴 상처가 눈가에 남아 있는 그 상처였다. 그때 그의 나이는 열여섯이었다.

만동은 농사일이나, 심부름 같은 일로 가끔 정호의 집에 들렀다. 하지만 그는 다른 노비들과는 달리 윗사람들을 봐도 겁먹은 표정을 짓거나, 눈을 내리뜨는 법이 없었다. 그래서 어른들은 그를 싫어했다. 그는 창순보다 한 살이 어렸지만 어려서부터 항상 그의 라이벌이었다.

열두어 살 무렵이던 어느 겨울, 남들 앞에서 우쭐대기를 좋아하는 창순은 동네 아이들을 모두 마을 가운데 있는 논에 모아놓고 자신과 썰매타기를 해서 이기는 사람에게는 커다란 갱엿을 주겠다고 큰소리를 쳤다. 그는 정호가 손수 소나무로 만들어준 튼튼한 썰매를 갖고 있었기 때문에 자신만만했던 것이다. 단단한 나무 밑에 날카로운 쇳조각을 댄 썰매는 한번 지치면 은판처럼 번쩍이는 빙판 위를 바람처럼 달려 나갔다.

시합은 이튿날 오전에 꽁꽁 얼어붙은 논 한가운데에서 벌어졌다. 백 미터쯤 떨어진 곳에 커다란 돌맹이를 하나 갖다 놓고 그곳을 돌아 다시 제자리로 돌아오는 경기였다. 경기에 참가한 썰매들은 모두 그 모양이 제각각이었다. 그러나 어디를 둘러봐도 창순의 것처럼 네모반듯하게 톱질이 잘 되고, 대패로 매끈하게 다듬은 썰매는 없었다. 경기는 해 보나 마나처럼 보였다. 게다가 창순이 양반의 자식이라 참가자 대부분이 정신적으로 눌려 있다는 것도 결과에 큰 영향을 미칠 수 있는 변수였다. 그러나 의외의 사건이 그날 발생했다. 만동이 이상하게 생긴 썰매 하나를 갖고 나타났기 때문이었다. 그가 갖고 온 썰매는 창순의 것보다 폭이 좁고, 길이도 짧아 두 발을 올려놓기에도 매우 빠듯해 보였다. 게다가 더욱 기발한 것은 썰매를 지치는 막대가 거의 그의 어깨까지 닿을 정도로 길고, 썰매 바닥에 두 개의 날을 대는 대신, 부엌에서 쓰다가 버린 녹슨 칼 같은 것을 한가운데에 박았다는 사실이었다. 경기는 예정대로 진행되었다.

시작! 소리와 동시에 여덟 대의 썰매는 목표를 향해 돌진했다. 창순의 썰매는 출발은 조금 앞섰지만 이내 만동의 썰매에 추월당했다. 그래서 창순이 반환점을 막 돌 때쯤에는 만동의 썰매는 벌써 목표지점을 향해 무서운 속도로 달려가고 있었다. 그는 외발 썰매에 온몸을 실은 채 거의 썰매 위에 꼿꼿이 서서 과감하게 날카로운 못이 박혀 있는 두 개의 막대를 논바닥에 찍어 힘차게 뒤로 밀었다. 그러면 그 반동으로 썰매는 싸늘한 겨울 공기를 폭풍처럼 뒤로 밀어내면서 엄청난 속도로 앞으로 질주했다.

창순은 마을 아이들이 모두 보는 앞에서 자신의 존재가 무참히 무너지는 것을 느꼈다. 그의 썰매는 톱질이 깔끔하고, 보풀 하나 없이 말끔했지만 너무 안전에 치중했기 때문에 위험을 강요하는 실제 경기에서는 속도를 낼수가 없었다. 하지만 만동은 대담하게 썰매를 지치는 막대의 길이를 거의두 배로 대폭적으로 늘였고, 날도 두 날을 달지 않고 위험하기는 하나 저항을 극소화하기 위해 과감하게 외날을 선택했기 때문에 거의 썰매 위에선 채로 압도적인 힘으로 막대를 지쳐 속도를 배가할 수 있었던 것이다.

그날부터 창순은 왠지 만동을 보면 경계감과 함께 어색한 거리감을 느꼈다. 녀석은 비록 노비 출신이지만 창순이 하는 것이라면 과거시험을 빼고는 뭐든지 해낼 수 있을 것 같았다. 만동이 마을 아이들과 어울려 산과 강을 넘나들며 자연에 맞서기도 하고, 또래의 아이들과 힘을 겨루며 거의 맨땅에서 스스로의 삶을 개척해 나가는 동안 창순은 사랑에 나가 아버지가 모셔온 훈장 선생님으로부터 소학이며 사서四書, 그리고 아름다운 문장을 배웠다. 그리고 혼기가 되자 부잣집 딸에게 장가를 들었던 것이다.

창순이 혼인을 하고 얼마 안 있어 아버지는 그에게 몇 가지 농사일을 맡기고 영생과 함께 며칠간 집을 비웠다. 어머니의 명의로 되어 있는 의령 땅에 문제가 생겨 그것을 해결하기 위해서였다.

이튿날, 그는 아버지의 지시로 하인들이 개울가 논에서 하고 있는 제초 작업을 감독하기 위해 점심을 먹고 느지막이 논으로 나갔다. 한창 7월의 폭염이 기승을 부리는 무더운 날로, 도착해 보니 논에는 사람의 그림자 하나 보이지 않고 풀도 전날 그대로 손 하나 대지 않은 채였다. 그는 뜨거운 땡볕 속을 걸어온 뒤라 화가 머리끝까지 뻗쳤다. 아랫것들이 자신을 깔본다고 생각하자 화는 몇 배로 부풀어 올랐다.

일꾼들은 막 점심을 먹고 나무 그늘 밑에 사이좋게 일렬로 누워 배를 하늘로 향한 채 달콤한 오수를 즐기고 있었다. 게다가 옆에는 탁주 동이까지 떡 하니 놓여 있었다. 그는 이것저것 생각할 겨를도 없이 단숨에 달려가 한 놈의 배를 걷어찼다. 그리고 하나, 둘 일어나는 대로 들고 있던 막대기로 머리며 등짝을 닥치는 대로 후려갈겼다. 그들은 핑계를 갖다 대느라 바빴다. 그것이 그들의 몸에 깊이 배어 있는 비굴한 노예근성이었다. 그들은 늘 핑곗거리를 둘러대면서 일하기를 게을리하고, 조금만 눈을 돌려도 양반들을 갖고 놀려고 했다.

창순은 인원을 점검했다. 모두 7명이어야 하는데 6명뿐이 안 되었다. 사라진 놈은 바로 만동이었다. 창순은 대수를 불러 만동을 찾아오도록 했다. 잠시 후, 좀 떨어진 으슥한 풀숲에서 만동이 어슬렁거리며 창순의 앞으로 걸어왔다. 그는 기다렸다는 듯이 몇 발자국 걸어가 오른손을 들어 녀석의 뺨을 보기 좋게 후려갈겼다. 그러나 잠깐 휘청거렸을 뿐 만동은 꼿꼿이 서서 창순을 똑바로 노려보았다. 창순은 막대기로 만동의 두툼한 앙가슴을 후려치면서 일의 자초지종을 추궁했다. 하지만 만동은 꿀 먹은 벙어리처럼 아무 말도 하지 않았다. 그럴수록 창순은 화가 더 나서 막대기로 녀석의 어깨며, 팔, 머리 등을 피가 나도록 사정없이 후려쳤다.

창순은 하인들에게 풀을 뽑도록 하고, 만동은 땡볕 가운데 무릎을 꿇고 있도록 명령했다. 만동의 얼굴에는 창순의 매서운 손자국과 함께 세로로 길게 그어진 회초리 자국이 선명하게 남았고, 풀어헤친 앙가슴에도 회초리에 맞아 피멍이 든 자국이 굵은 붓글씨의 획처럼 이리저리 어지럽게 내달리고 있었다.

만동은 창순의 집 노비여서 그들의 허락 없이는 아무데도 자유롭게 갈 수가 없었고, 그들이 시키는 일을 거역할 수가 없었다. 만약, 그를 어긴다면 심한 체벌을 받거나, 관가에 끌려가 호된 매질을 견뎌야 했다. 며칠 후, 집으로 돌아온 정호는 제초작업이 잘 되어 있음을 확인하고 흐뭇해했다.

첫 애를 출산한 뒤, 강씨 부인은 친정에 연락할 일이 생기면 친히 만동을 불러 심부름을 시켰다. 만동은 입이 무겁고, 머리도 잘 돌아가는 편이라 강씨 부인의 마음에 들었던 것이다. 게다가, 그녀는 처음 이곳에 시집왔을 때, 마당에 무릎을 꿇린 채로 매를 맞으면서도 당당히 고개를 쳐들고 있는 그의 모습을 보고 왠지 동정심과 함께 사내답고 당당한 모습에 끌리는 여자 특유의 묘한 감정을 느끼고 있었다.

탈출의 실패 후, 만동은 비록 겉으로는 조용히 지냈지만 그의 희망은 오로지 기회가 온다면 신분의 제약을 벗고 대처로 나가 장사를 하며 자유롭게 사는 것이 꿈이었다. 그가 살고 있는 마을은 한없이 단조롭고, 숨이 막힐 정도로 폐쇄적이었다. 이곳에서는 숟가락 하나가 없어져도 소문이 나고, 여자랑 눈만 마주쳐도 삼강오륜이니, 인륜이니 하는 말로 사람을 옴짝달싹 못하게 숨통을 옥죄였다. 그리고 무슨 계契니, 무슨 파니 작당을 해서는 서로 편을 가르고, 사소한 이해관계에 얽혀 서로를 헐뜯고, 질시하며 사는 것이 그는 너무 싫었다. 어머니는 정호의 집안일을 해 주고 밥을 얻어먹고 살면 되었다. 그는 어머니 몰래 수중에 조금씩 모아놓은 돈으로 배를 한 척 빌려 낙동강을 오르내리며 장사를 하던가, 대처로 나가 주막이라도 하나 열어 마음껏 소리치며 살고 싶었다.

만동은 망내와 덕춘이 달래를 가운데 놓고 다투는 것을 한 귀로 흘려들으면서 이번 난리가 어쩌면 자신에게는 자유와 해방의 기회가 될지도 모른다는 희망에 부풀어 있었다. 백성을 착취하던 관리들은 왜놈들의 기세에 놀라 모두 뿔뿔이 도망가고, 나라는 주인 없는 무인지경이 되어 있었다. 이제까지 노비들은 주인에게 묶여 자신의 고장에서 단 한 발짝도 자유롭게 벗어날 수가 없었지만 이번 전쟁은 그 모든 제약을 한번에 무너뜨리기에 충분했다. 벌써 하인들을 부당하게 학대하고, 억누르던 많은 양반들이 아랫것들에게 맞아죽고, 그토록 절개를 부르짖던 사족의 여인들도 왜놈들에게 무참히 짓밟힌 채 버려지고 있었다.

형이 죽은 뒤부터 그는 정신을 차려 어떡하든지 돈을 모아야겠다고 결심하고 한 푼 두 푼 돈을 모으고 있었다. 그는 장이 서는 날이면 장에 나가 물건들이 어디서 오고, 품종이 어떠한지, 그리고 값은 누가 어떻게 정하는가를 유심히 관찰했다. 그는 술은 별로 마시지 않았지만 내기를 즐기는 성격 때문에 노름을 좋아해서 돈푼깨나 있는 양반들은 물론 근방의 부랑배라든가 한량들도 많이 알고 있었다. 그리고 그들과 사귀면서 이 세상은 돈만 있으면 얼마든지 자유롭게 억압받지 않고 살 수 있다는 것을 깨달았다. 그는 이미 우물 안의 개구리가 아니었다. 세상은 바야흐로 한 귀퉁이가 무너져 내리고 있었던 것이다.

「이 자슥들아, 니들은 나라가 위란에 빠졌는데 기집질한 이바구만 해대고 있으니 니들이 진짜로 이 나라 백성이 맞노!」

비슷한 또래지만 일찍 장가를 가서 애가 둘이나 있는 귀남貴男이 벽력같
이 뒤에서 소리를 질렀다.

「인마, 세상에 그것밖에 재밌는 일이 또 뭐가 있노? 헤헤.」

망내가 뒤를 돌아보며 혀를 길게 내뽑았다.

「글고 나야 총각이니까 괜찮다만 니는 어카냐? 마누라를 집에 두고 왔
으니. 아무리 왜놈들이 치들어왔다고 해도 밤에 몰래 가서 한번씩 들여다
보거라. 니 마누라는 워낙 그게 세서 혹시 외간남자를 끌어들일지도 모르
니께.」

귀남은 퉁방울처럼 커다란 눈망울을 이리저리 굴리며 식식대다가 더 지
껄였다가는 또 무슨 말이 더러운 입에서 쏟아져 나올지 모른다고 판단했
는지 더 이상 말대꾸를 하지 않았다. 그는 마을에 일이 생기거나, 농번기
때 힘을 합해야 할 일이 생기면 늘 앞에 나서서 마을 일을 보는 마당발이
었다. 그래서 관에서건 마을에서건 무슨 일이 있으면 그를 찾았기 때문에
친구들 사이에서 좀 으스대는 편이었다. 그는 또래의 친구 중에서 누구보
다도 정치에 관심이 많았고, 또 오륜을 누구보다도 철저히 따르는 신봉자
였다. 아울러 제사, 장례 절차 같은 일상사에 대해서도 양반 못지않은 해
박한 지식을 갖고 있어서 친구들과 자주 말싸움을 벌였다. 마을에 삼강의
행실에서 벗어나는 자가 생기면 그는 제일 먼저 팔을 걷어붙이고 정호에
게 고발해 응징을 요구했다. 지금도 그는 나라가 위기에 처하자 임금의 안
위를 걱정하면서 누구보다도 열렬히 애국심에 불타고 있었다.

그와 단짝인 춘보는 병색이 완연했지만 애써 꿋꿋한 걸음걸이로 귀남
과 발걸음을 맞추고 있었다. 누이 춘심의 극진한 간호로 그는 건강이 많
이 회복되어 있었다. 그래서 요즘엔 친구들과 만나 술도 한잔씩 하고, 투
전판에도 얼굴을 내밀었다. 그는 성격이 낙천적이고, 밝아서 친구들이 많

았다. 그래서 친구들은 먹을 것이 생기면 싸가지고 와서 먹여주고, 여름엔 강에서 잡아온 물고기며, 산에서 캔 귀한 약초들도 갖다 주었다. 그는 살이 많이 빠져 귀남과 비교하면 몸이 한 움큼도 되지 않아 보였다. 그의 유난히 얇은 입술은 핏기가 하나도 없었다.

고개를 하나 넘어가자, 맞은편으로부터 시원한 강바람이 불어오면서 멀리 훤히 트인 시야 너머로 개울물이 하얀 거품을 일으키면서 낙동강을 향해 힘차게 굽이쳐 흘러가는 것이 보이고, 햇빛을 받아 반짝이는 푸르른 신록의 산봉우리들이 병풍처럼 나지막이 주위를 둘러싸고 있는 것이 보였다. 삼십 리가 족히 넘는 거리를 걸은 뒤라, 모두 내리쪼이는 햇빛에 얼굴이 수박 속처럼 발갛게 익어 있었다.

3

그들은 점심 때가 조금 지나서, 곽재우군이 주둔하고 있는 장소에 도착했다. 모두 온몸이 땀에 후끈 젖었기 때문에 우선 개울로 들어가 멱부터 감았다. 이곳은 경치가 꽤 좋았다. 야트막히 달리는 산줄기 사이로 좁다랗게 펼쳐진 들판을 따라 골짜기를 따라 흘러내려 온 맑은 개울물이 낙동강 쪽으로 흰 거품을 일으키며 흘러가고 있었다. 개울 왼편으로는 산기슭을 따라 십여 호쯤 되는 집들이 모여 있었고, 수양버드나무가 우거져 있는 개울 오른쪽 모래밭 위에 흰 천막을 쳐놓은 것이 보였다. 아마도 그곳이 의병들의 훈련장인 것 같았다.

정호가 마을 사람들을 이끌고 마을로 들어섰을 때, 곽재우는 보이지 않고 의병들에게 훈련을 시키는 군관 한 명과 참모인 듯 보이는 선비 타입의 사람만이 한 명 보였다. 선비는 달려 나와 정호에게 의병을 일으킨 것에 대해 치하하면서 전황에 대해 들려주었다. 그들은 적은 병력과 턱없이 부족한 무기, 그리고 군량 때문에 큰 작전은 펼치지 못하고 낙동강 강안을 따라 적을 기습할 수 있는 으슥한 장소에 몸을 숨기고 있다가 근방에 출몰하는 적을 발견하면 기습공격을 퍼부어 일본군이 자유롭게 행동하지 못하게 하는 것이 주요 작전인 듯했다.

정호는 밖으로 나와 마을 사람들을 그늘에 쉬게 한 다음, 점심을 해결하기 위해 선비에게로 다시 돌아갔다.

「운이 좋으십니더.」

선비는 껄껄 웃으며 말을 이었다.

「쪼매이만 참으시이소. 마침 의협심 강한 선비 한 분이 돼지 한 마리를 우리에게 기증해 저녁에 그걸 잡아 환영식을 할낍니더. 글고 내일부터 본격적인 훈련을 시작합시데이.」

나중에 알았지만 그 선비는 곽재우의 친척으로 곽재우가 의병을 일으키자 뒤에서 병사들이 효율적으로 싸울 수 있도록 무기며 군량 등을 지원하는 일을 맡고 있었다.

잠시 후, 오후의 훈련이 시작된 듯 북소리가 울리면서 그늘과 천막 아래서 쉬고 있던 장정들이 이십여 명 우르르 몰려나와 땡볕이 쏟아지는 모래 위에 열을 지어 정렬했다. 여름이라 그들은 모두 집에서 입는 베잠방이 차림이었고, 머리에는 흰 띠를 두르고 있었으며 손에 쥐고 있는 무기는 몽둥이와 관가에서 훔쳐온 창 등 각양각색이었다. 그들은 앞에 선 군관의 호령에 따라 몽둥이를 앞으로 쭉 내밀어 허공을 찌르기도 하고, 머리 위로 높이 들었다가 아래로 힘껏 내려치기를 반복했다.

정호는 점심을 먹고, 선비의 안내를 받아 그곳에서 얼마 떨어져 있지 않은 전쟁 지휘소 같은 곳으로 들어갔다. 그곳은 분위기가 매우 분주하고 어수선했다. 여러 사람들이 그곳을 드나들면서 무언가를 지시하기도

하고, 서둘러 어디론가로 나가는 모습이 자못 흥분된 분위기를 자아내고 있었다.

정호가 선비의 안내를 받아 안으로 들어서자, 높은 대청마루에 빙 둘러앉아 얘기에 열중하던 사람들이 일시에 정호에게 시선을 집중했다.

「어서 오시이소! 어디서 오시는 길입니꺼?」

한 사내가 크고 우렁찬 목소리로 뛰어나오며 정호의 손을 꽉 잡았다.

「삼가에서 왔십니더.」

「멀리서 오시느라 욕봤십니더. 자자, 위로 퍼뜩 오르시이소.」

사내는 정호의 손을 잡고 대청마루로 끌었다.

「지는 곽 장군을 뵈러 왔십니더.」

정호가 말하자, 그와 거의 동시에 호탕한 웃음소리가 그의 귀청을 세게 때렸다.

「내가 곽재우요! 내가 그 말 많고 탈 많은 곽재우랍니더.」

정호는 정중하게 그에게 인사했다. 말은 많이 들었지만 이렇게 가까이서 그를 보기는 처음이었다. 그는 정호보다 몇 살 아래로 보였지만 다소 안하무인격으로 상대를 대하는 건방진 구석이 있었다. 그것은 그가 이 일대에서 상당한 영향을 미칠 정도로 재력과 선대의 후광을 갖고 있었기 때문이었다.

정호는 옆으로 비켜서며 뒤에 서 있는 영생을 그에게 소개했다.

「이 사람을 참모로 쓰시이소.」

그는 영생의 손을 잡아 재우의 손에 쥐어주며 말했다.

「삼가와 의령 전체를 통틀어 이 사람과 장기를 다툴 사람은 아무도 없습니데이. 수가 무궁무진하고, 생각하는 게 물 흐르듯 유연하고 자연스럽십니더. 이 사람은 결코 무리하게 심을 쓰지 않십니더. 상황에 따라 적절하게 자신을 응용하니 과연 물과 같다 않겠십니꺼? 바람이 불어오면 풀잎처럼 몸을 낮추고, 물처럼 늘 아래를 향하니 말입니더. 이제 장정들이 구름처럼 이리로 몰려들 겁니더. 하지만 그들을 적재적소에 쓰고, 심을 효율적으로 모으려면 이런 참모가 반드시 필요할 것입니데이.」

재우는 영생의 얼굴을 지그시 바라보았다.

「어느 분의 문하에 계셨십니꺼?」

재우가 따지듯 영생을 보고 물었다.

「지는 서얼로서 비천한 몸이옵니더.」

영생이 이렇게 대답하자, 재우는 실망한 듯 몸을 돌려 대청 위로 성큼 올라갔다. 넓은 대청마루에는 곽재우의 친척과 가까운 친지, 그리고 그와 같은 문인들이 북적이고 있었다. 그들은 곽재우를 중심으로 일본군과 싸우기 위해 고향에서 함께 봉기한 사람들로 대개 이전에 관료생활을 했거나, 고을에서 부유한 지주로 행세하며 백성들을 좌지우지하던 자들이었다.

마을의 여자들은 거의 피난을 가고 남자들만 남아서 다가올 일본군과의 결전을 준비하고 있었다. 모병을 담당한 사람들은 대나무 꼭대기에 초유사가 쓴 초유문을 꽂아 각 마을을 돌며 의병을 모집하러 다니고, 군량을 담당한 사람들은 부유한 사람들의 집을 방문해 거의 반강제적으로 군량을 모아들였으며, 손재주가 있는 사람들은 마을 옆에 따로 공간을 만들어 활과 화살 등을 제작하고 있었다.

그날 저녁, 마을 가운데 있는 널찍한 공터로 인근에서 모인 백여 명쯤 되는 의병들이 모여들었다. 병사들에게 특별히 사기를 북돋아주기 위해 돼지를 잡았던 것이다. 산등성이의 나무들 위로 땅거미가 소리 없이 내리면서 진홍색 노을이 잠시 서쪽 하늘을 붉게 물들이는가 싶더니 어느새 주위는 어둠에 잠기고, 저녁별이 모습을 드러내면서 여기저기에 피워놓은 화톳불이 주위를 환하게 밝혔다. 오랜만에 고기 굽는 냄새가 느끼하게 초여름의 축 처진 저녁 공기를 팽팽하게 진동시키며 사람들의 입맛을 다시게 했다. 병사들은 마을별로 무리를 지어 모여 앉아 오래간만에 맛보는 고기 맛에 얘기할 틈도 없이 익기도 전에 고기를 손으로 집어 입안에 넣기에 바빴다. 그리고 정호의 부대원들을 환영하기 위해 막걸리도 나왔다. 지휘본부답게 곳곳에 흰 무명 바지에 하얀 두건을 머리에 두른 병사들이 창을 들고 사뭇 긴장된 얼굴로 보초를 서고 있고, 술잔이 부딪치는 소리며, 서로 누군가를 향해 고성을 내지르며 장터처럼 왁자하게 떠들고 있는 병사들의 머리 위로 곽재우가 텁텁하면서도 끝이 약간 갈라지는 칼칼한 목소리로 연설을 시작했다.

「이자 여러분들이 고대하던 일본군과 싸울 시간이 점점 가까이 다가오고 있다.」

그는 대청마루에서 내려와 큰 소리로 병사들을 향해 외쳤다.

「우리는 털끝만큼이라도 일본 놈들의 더러운 발이 우리의 젖줄 같은 낙동강을 넘어오지 못하도록 할 것이고, 만약 넘어온다면 낙동강이 바로 놈들을 수장시킬 무덤이 될 것이다!」

「옳소!」

여기저기서 사람들이 호응하듯 소리쳤다.

「우리는 지 목심만 구하느라 허겁지겁 도망간 비겁한 관군들보다 백 배는 더 훌륭하게 싸워 적들을 물리칠 것이다. 그들은 나라의 녹을 먹었으면서도 전쟁이 나자 백성을 버리고 도망간 역적들이다. 그러니 만약 어디서고 그놈들을 만난다면 난, 단숨에 그놈이 누구건 이 칼로 목을 벨 것이다!」

그리고는 사람들이 모두 볼 수 있도록 칼을 빼 하늘 높이 들어보였다.

「옳소! 옳소! 곽 장군 만세!」

다시 병사들의 환호성이 밤공기를 뜨겁게 달구었다.

곽재우는 다시 말을 이었다.

「내일부터는 좀 더 적극적으로 낙동강 건너편에서 호시탐탐 우리를 노리고 있는 적의 동향을 감시하고, 삼가에서 온 정호 부대는 훈련으로 들어간다. 시간이 없다. 나는 여러분들이 우리 땅을 침범한 적과 용감하게 싸우다 죽기를 바란다. 적이 있다면 나는 그곳이 설사 지옥이라도 쫓아갈 것이다. 여러분도 나와 함께 죽기를 각오하는가!」

곽재우는 다시 칼을 뽑아 머리 위로 높이 들어 올렸다. 칼날이 불빛을 받아 섬광처럼 반짝 빛을 발했다.

「만세! 만세! 곽 장군 만세!」

어둠 속에서 병사들이 외치는 만세 소리가 밤공기를 타고 멀리 멀리 퍼져나갔다.

그날 밤, 병사들은 술과 고기로 배를 불린 다음 마을별로 서로 통성명을 하고 이야기를 나누다가 느지막이 마당에 깔아 놓은 멍석 위에 되는 대로 누워 하늘의 별을 바라보며 잠을 청했다.

잠자리에 들기 전, 오랜만에 고기 맛을 본 막개와 대수는 무리에서 떨어져 나와 개울로 가 멱을 감았다. 낮에는 날씨가 꽤 후텁지근했지만, 밤이 되자 산으로부터 서늘한 바람이 불어와 공기가 약간 쌀쌀했다. 구름이 걷힌 하늘에는 여름 별들이 봄의 들판에 핀 들꽃처럼 아름답게 빛나고 있었다. 그리고 구부러진 반달이 맞은편 산봉우리 위에 비스듬히 등을 걸치고 걸려 있었다.

등목을 해서 기분이 상쾌해진 두 사람은 아직도 미지근한 모래밭에 누워 오랜만에 끝없이 펼쳐진 광활한 밤하늘을 바라보았다. 마을 뒤 숲속에서 뻐꾸기가 울어대고, 개울물 흘러가는 소리가 마치 자장가처럼 잔잔히 속삭이며 들려왔다.

「이래서 군인이 좋은 기다. 먹을 것도 주고 뭐든지 다 공짜 아이가.」

막개가 대수를 보고 말했다.

「이눔아, 공짜가 어디 있어? 잘못하면 목심을 내놓아야 하는 판인데….」

「우쨌든 내일 죽더라도 당장은 배가 고프지 않잖나?」

대수는 집을 떠날 때부터 농사일 때문에 종일 마음이 착잡했다. 올해는 좀 더 소출을 늘리기 위해 마을 가운데 있는 광덕의 논을 빌려 일거리를 잔뜩 벌여놨는데 재수 없게 난리가 난 것이었다. 집에서 일할 사람이라고는 어린 아들과 그밖에 없었다. 연로하신 어머니와 아내는 몸이 약해 집안일과 물레질만으로도 힘이 부쳤다.

그들은 잠시 얘기를 나누다 마을로 돌아가 잠자리에 들었다. 너른 마당 위에 멍석을 죽 깔아 놓고 그 위에 촘촘히 굴비 두름처럼 나란히 누워 사람들이 잠을 자고 있었다.

제일 먼저 잠에서 깬 것은 막개였다. 고기를 먹고 곧장 찬물에 뛰어든 것이 잘못됐는지 설사가 시작됐던 것이다. 그는 끙끙대면서 연신 잠든 사람들의 머리를 타넘으며 화장실로 기어갔다가는 또 돌아오면서 사람들의 다리나 팔을 건드려서 주위 사람들의 신경을 곤두서게 했다.

「미안합니데이. 미안해요. 맨날 피죽밖에 몬 먹다가 고기를 보니 뱃속이 환장을 한 모양입니다. 그러니 불쌍한 내 배를 용서해 주시오.」

그는 징징 우는 소리를 하면서 사람들에게 연신 굽실거렸다. 늘 멀건 죽에 풀만 먹던 뱃속에 기름진 음식이 들어가자 곧바로 탈이 났던 것이다. 그러나 그것은 대수도 예외는 아니어서 새벽녘이 되자 그도 설사를 시작했다.

아침을 먹고 곧 훈련이 시작됐지만 두 사람은 설사 때문에 훈련에도 참가하지 못했다. 결국, 그 소식을 들은 정호가 집에서 가져온 갈근을 물에 풀어 두 사람에게 먹인 뒤에야 두 사람의 뱃속은 겨우 잠잠해졌다.

정호 부대는 모래 위에서 군관의 호령에 따라 이리저리 뛰어다니며 열을 짓기도 하고, 갑자기 걸음을 멈추기도 하는 동작을 오전 내내 반복했다. 그러다 점심을 먹고 또 훈련이 시작되었다. 이번에는 북과 꽹과리 등이 등장하여 그 신호에 따라 행동하는 요령이 반복되었다. 이를테면 적을 향해 전진할 때와 후퇴할 때의 군호를 숙지하는 훈련이었다.

대원들은 이제껏 군사훈련이라곤 받아본 적이 없었기 때문에 움직이는 몸의 동작이며 보폭에 절도가 없고 완전히 제멋대로였다. 막개는 이찌된 셈인지 항상 대원들과 반대 방향으로 움직였고, 무숭은 벌건 얼굴로 연신 식식거리며 열 밖으로 혼자 뛰어나가곤 했기 때문에 결국 군관으로부터 호된 기합을 받았다.

훈련은 해거름 녘까지 계속되었다. 그래서 저녁에는 모두 처음 해 본 반복훈련에 지쳐서 모래 위에 드러눕거나 개울물에 뛰어들어 뜨거워진 몸을 식혔다.

훈련 중에도 틈만 나면 대수는 어디선지 반두와 다래끼를 들고 나타나 망내와 함께 개울로 들어가 잠방이 아래로 알이 단단히 밴 종아리를 드러낸 채 수초를 헤치고 고기를 잡는 데 여념이 없었다. 해질 무렵에 잠깐만 잡아도 파닥거리는 싱싱한 고기가 다래끼를 하나 채울 정도였다. 그렇게 잡은 고기를 주방으로 가져다주면 푸짐한 매운탕이 되어 나왔다.

훈련을 받은 지 며칠 되지도 않아 정호 부대는 본부의 명령을 받아 창순의 지휘로 낙동강 강안에 있는 야트막한 산 위로 이동했다. 정호는 복대와 함께 지휘소에 남아 무기 제작과 의료지원을 함께 담당했고, 영생은 명색뿐인 곽재우의 작전 참모로 들어갔다.

그들이 이동한 곳은 본부로부터 오 리쯤 떨어진 곳으로 나무가 우거져 적의 눈에 잘 띄지 않을 뿐 아니라 전망이 좋아 강 건너편의 모래밭이며 나루터를 한눈에 제압할 수 있는 곳이었다. 또한 상류 쪽에서 내려오는 배도 훤히 굽어볼 수 있어 강을 타고 내려오는 적과 강을 건너려는 적 모두를 제압할 수 있는 훌륭한 장소였다.

원래 이곳은 강 건너, 그러니까 창녕 쪽에서 건너온 사람들과 인근 산간 마을에서 물건을 해가지고 나온 사람들 간에 물물교환이 빈번히 이루어지는 장소였고, 또 낙동강 하류 지역으로 나가는 곡물들이 모아지는 집산지기도 해서 늘 배와 사람의 왕래가 빈번한 곳이었다. 하지만 지금은 난리통이라 나루터는 텅 비고, 곡물이며 소금, 생선 궤짝이 부려지던 모래밭의 선착장도 썰렁했다. 그리고 보통 때 같았으면 장사꾼들의 흥겨운 노랫소리와 젓가락 장단이 끊이지 않고 터져 나왔을 법한 강변의 주막들도 사람들의 발길이 뚝 끊긴 채 시름없이 흐르는 강물만이 쓸쓸히 모래밭을 스치고 지나갈 뿐이었다. 그리고 나루터 뒤쪽으로는 옹기를 만들며 살아가는 옹기장이 마을이 하나 있었다.

제일 먼저 해야 할 일은 산성 위에 비바람을 막을 수 있는 구축물을 만드는 일이었다. 즉, 십여 명이 머물 장소이니 음식을 만들 조리 시설도 필요하고, 잠자리도 필요했던 것이다.

「제기랄 성 쌓는 일이라면 이가 갈리는데, 여기서도 또 성을 쌓다니….」

망내가 투덜거리며 한마디 했다.

대원들은 난리가 나기 전부터 관리들의 독려로 생업을 팽개치면서까지 성 쌓는 일이며 자잘한 부역에 동원되곤 했기 때문에 성 쌓는 일이라면 모두 고개를 흔들었다. 무거운 돌을 등에 지고 가파른 비탈을 몇 번 오르내리면 온몸은 땀으로 후줄근히 젖고, 다리는 사시나무처럼 후들거렸다. 그래도 조금만 뒤에 처져 꾸물거리는 날이면 관리들의 회초리가 등 위로 사정없이 날아왔다. 제대로 먹는 것도 없이 그렇게 며칠을 시달리다가 집으로 돌아오면 농사 지을 힘도 없었다. 해서, 약삭빠른 이들은 어떡하든지 관리들의 눈을 피해 노역을 피하든가, 아전들에게 몇 푼 집어주고 고역을 면했다.

「인마! 니가 언제 부역에 나온 적이 있다고 개소리야?」

무승이 뒤에서 망내를 쥐어박았다.

「아재도 참. 서방님이 들으시면 진짠줄 아시겠심더. 지는 술병이 나서 딱 한 번 빠진 것밖에 없십니더. 안 그러냐, 덕춘아? 김해에서 억수로 퍼먹고 와서 뻗어버린 날 말이데이.」

「이 문디 자슥아, 잔말 말고 어서 일이나 해라. 니놈 빤질거리는 거 여기 모르는 사람이 어디 있다고 개수작 부리는 기가.」

그늘 밑에서 땀을 뻘뻘 흘리며 작업을 하고 있던 광덕이 볼멘소리로 호되게 쏘아붙였다.

저녁이 되기 전에 어깨 높이쯤 쌓아 놓은 토벽 위에 긴 나무를 몇 가닥 걸치고 잎이 붙어 있는 나뭇가지를 그대로 그 위에 얹어 지붕을 만드니 그런대로 잠을 잘 수 있는 공간이 마련되었다. 우선 이렇게라도 해서 햇빛을 막아놓고, 틈이 나면 집에서 짚을 가져다 이으면 장마가 져도 끄떡없이 잠을 잘 수 있을 것이었다.

그들은 사흘치의 식량과 부식을 확보하고 있었다. 그것이 떨어지면 다시 본부로 가서 식량을 타 와야 했다. 본부와 연락을 취하는 것은 귀남이 맡았다. 그는 2킬로 전방에는 어느 부대가 지키고, 후방에는 어느 마을의 누가 지휘를 하고 있는지 정확히 알고 있었고, 본부를 드나들면서 곽재우 군 전체가 돌아가는 분위기며 작전계획 같은 것을 주워들어 어느 틈에 대원들의 정보통이 되어 있었다.

밤이 되면 그들은 교대로 순서를 정해 보초도 섰다. 강가의 밤공기는 서늘하고, 시원했으며 식량도 충분했기 때문에 아무런 걱정 없이 시간이 흘러가는 것 같았다. 여름을 향해 달려가는 광활한 밤하늘 위에는 옛날과 마찬가지로 그들이 어렸을 때 보았던 별들이 제자리에서 빛나고, 무럭무럭 커가는 나뭇잎들은 밤이슬을 맞아 취할 듯 싱싱한 향기를 내뿜고 있었다. 밤이면 강물은 달빛을 받아 은빛 비단으로 온몸을 휘감은 채 강변으로부터 물가로 튀어나온 하얗게 도드라진 바위에 부딪쳐 물방울을 튀기며 하류로 흘러갔다. 그 속에서 새들은 어둡게 엉켜 있는 검은 나뭇가지 위에 지친 날개를 접은 채 강물 소리를 자장가 삼아 평화롭게 잠들어 있었다.

곽재우 부대는 황강과 낙동강이 합치는 합천과 초계의 경계 지역에서부터 낙동강 우안을 따라 낙서, 유곡 그리고 남강과의 합류지점인 기항나루에 걸쳐 주요 도하지점을 견제하면서 건너편 영산과 창녕 방면에 주둔하고 있는 일본군과 대치하고 있었다. 그리고 그 북쪽에는 김면과 정인홍이 각각 이끄는 의병부대가 거창과 성주 방면에서 치고 내려오려는 일본군을 견제하고 있었다. 그곳이 뚫리면 적은 육십령 고개와 팔랑치를 통해 남원을 거쳐 곧장 전라도 땅으로 진격할 수가 있었다.

성을 구축하고 나자, 이번에는 목책을 만들라는 명령이 본부로부터 내려왔다. 즉, 상류 쪽에서 강물을 타고 내려오는 일본군들의 선박을 공격하기 위해 1미터가량 되게 나무들을 잘라 배가 지나가는 길목에 적당한 간격으로 박아 넣어 배가 걸리도록 유인하는 작전이었다. 대원들은 모두 근처 산으로 들어가 나무를 베어다 적당한 크기로 자른 다음, 다음날 아침부터 목책을 강 가운데 설치하는 작업을 시작했다.

제일 먼저, 망내와 덕춘이 제1조로 옷을 벗고 강물에 뛰어들었다. 그들은 개헤엄으로 중간쯤 간 다음 물속으로 사라졌다. 목책을 박을 적당한 장소를 찾기 위해서였다. 몇 번 그 행동을 반복하더니 이윽고 알맞은 장소를 고른 듯 강가의 바위 위에서 기다리고 있던 대원들에게 신호가 왔다. 나무를 갖고 오라는 신호였다. 수영에 뛰어난 대수와 광덕이 나무뭉치를 먼저 강물로 던진 다음 몸을 던져 두 개의 나무뭉치를 손으로 밀면서 강 가운데로 나아갔다. 곧이어 나무를 강바닥에 박아 넣는 작업이 시작되었다. 강바닥에는 오랫동안 상류로부터 흘러와 쌓인 차진 진흙이 두껍게 쌓여 있었다. 해서, 일단 끝을 뾰족하게 깎은 나무를 강바닥에 깊이 박아 넣으면 나무는 웬만한 충격을 받아도 꿈쩍하지 않았다. 목책은 하류를 따라 이중, 삼중으로 곳곳에 설치되었다. 만약, 물길을 따라 내려오는 일본군이 탄 배가 그 중 한 곳에라도 걸린다면 중간에서 옴짝달싹도 할 수 없게 된다. 그때 집중적으로 적을 공격하려는 것이 곽재우군의 전략이었다.

정호 부대가 목책을 설치하고 나서 얼마 안 된 어느 날, 아침 나절에 전방에 있는 부대 쪽에서 적의 출현을 알리는 붉은 깃발이 힘차게 나부꼈다. 그와 동시에 정호의 부대에서도 같은 깃발을 산 정상에 서 있는 참나무 꼭대기에 걸고 연기를 피워 적의 침입을 본부에 알렸다.

창순은 막사 속에서 휴식을 취하고 있던 대원들을 집합시켰다.

「일본 놈들이 강을 타고 내려오고 있다꼬?」

무승이 뛰어나오며 큰 소리로 외쳤다.

「내 이놈들을 모두 강물 속으로 처박아 수장시키고 말아야제. 잘 됐다. 퉤퉤!」

그러며 식식거리며 연신 허연 침을 땅바닥에 뱉었다.

「아재도 참. 그놈들은 뭐 허수아빈줄 아십니꺼? 나 잡아먹어라 하고 기다리고 있게.」

그러며 망내는 손을 돌려 허리춤에서 무언가를 꺼냈다. 그것은 자루가 달린 손도끼로 그의 아버지가 애지중지 사용하던 것을 슬쩍 가지고 나온 것이었다.

하지만 뭐니 뭐니 해도 도움이 되는 것은 정호가 그들에게 만들어 준 방패였다. 그것은 두꺼운 소나무 널판 위에 여기저기 쇳조각을 붙인 것에 불과했지만 의병들이 일본군들이 발사하는 총알을 막아낼 수 있는 유일한 방패 막이었다.

산성 위로 올라가 상류 쪽을 바라보니, 맑고 깨끗한 아침 공기를 통해 좌측 암벽 위로 흘러내릴 듯이 초록빛으로 짙게 우거진 나무숲과 하얗게 빛나고 있는 건너편 모래밭 사이로 씻은 듯 파란 강물이 보이는 것 외에는 평상시와 다름없이 한가로운 아침 풍경이었다.

대원들은 공격에 대비해 돌을 모아 군데군데 모아 놓고, 무기를 준비했다. 그러나 칼은 모두 두 자루뿐이었고, 각자 집에서 가져온 몽둥이와 농기구 같은 사제 무기가 주였다.

약 이십 분가량 지났을 때, 본부 쪽에서 지원부대가 도착했다. 약 삼십여 명으로 편성된 그 부대는 주로 활을 잘 쏘는 무사와 양반들로 구성되어 있었는데 맨 앞에는 대장인 곽재우와 지휘관들이 말을 타고 있었고, 뒤에는 머리띠를 머리에 맨 일단의 장정들이 칼이며 창, 몽둥이 같은 것을 들고 숨을 헐떡이고 있었다.

곽재우는 공격 부대를 강안에 숨긴 채 창순과 함께 산성 위로 올라가 상류 쪽을 뚫어지게 노려보았다.

「목책을 친 장소가 어데요?」

곽재우가 쩌렁쩌렁 울리는 목소리로 물었다. 창순은 강 쪽으로 시선을 돌려 목책을 친 장소를 손으로 가리켰다. 그 뒤에서 귀남이 곽재우를 보호하듯이 부동자세로 버티고 서서 퉁방울눈을 부릅뜨고 있었다.

「이번에는 놈들이 단디 걸려들 겁니다! 대장님!」

갑자기 귀남이 앞으로 나서며 우렁찬 목소리로 말했다.

「자네가 그걸 우째 아노?」

곽재우가 웃으며 물었다.

「목책을 아주 촘촘히 빈틈없이 박았십니더. 저희 정호 부대원들을 믿어 주십시오.」

그 말에 모두들 웃음이 터져 나왔다.

「자네 이름은 뭐꼬?」

곽재우가 대견한 듯 물었다.

「엄귀남입니다. 대장님!」

잠시 후, 상류 쪽에서 배 한 척이 강 위로 모습을 드러냈다. 그리고 약간의 거리를 두고 또 한 척이 호위하듯 그 뒤를 따라왔다. 이곳은 유속이 느린 곳이라 배는 아주 천천히 접근해왔다. 투박한 조선 배와는 달리 삼나무로 만든 깔끔하고, 날씬한 배가 뒤에서 앞서고 있는 큰 배의 뒤를 바싹 붙어 조심스럽게 내려오고 있었다.

드디어, 적의 배가 산성 전방 백 미터 지점까지 접근했다. 일본군은 왼쪽으로 폭넓게 펼쳐져 있는 모래밭은 신경 쓰지 않고 우측 암벽 위 울창한 숲속에 숨어 있을지 모르는 복병을 경계하면서 천천히 강 가운데로 내려오고 있었다. 목책을 친 장소를 정확히 기억하고 있는 사람은 망내와 덕춘이었다. 그들은 강물의 흐름이 바뀌는 장소와 강바닥이 낮은 장소에 빈틈없이 목책을 박아 넣었다.

산성 전방 수십 미터 지점에서 선두 배가 비틀거리며 멈춰서더니 장애물을 넘으려고 안간힘을 썼다. 그러나 그럴수록 배는 육중한 무게 때문에 점점 더 옴짝달싹할 수가 없었다.

「걸렸데이!」

망내가 덕춘의 어깨를 탁 치며 말했다.

일본군 배는 순간 뒤엉켜 당황했다. 뒤따르던 배 난간 너머로 서너 명의 병사가 고개를 숙인 채 원인을 파악하려고 배 밑바닥 쪽을 내려다보는 것이 보이고, 또 다른 병사들은 배를 목책 바깥으로 빼내려고 허둥거렸다. 그들을 향해 조선군의 성급한 화살 공격이 퍼부어졌다. 하지만 거리가 상당해 화살은 배에 못 미치거나, 가까스로 뱃전에 날아와 부딪쳤다가는 힘없이 강물 속으로 떨어졌다.

삼각형으로 된 검은 헬멧을 쓴 적이 배 난간 위로 몸을 내밀더니 강변에 숨어 있는 곽재우군을 향해 위협사격을 한 방 가했다. 조용히 가라앉은 청명한 아침 공기 속으로 파란 화약 연기가 피어오르면서 코를 싸하게 하는 매캐한 화약 냄새를 바람 속으로 실어왔다. 그 연기 너머로 강을 가로질러 나르던 백로 한 마리가 급히 방향을 바꾸어 맞은편 강변으로 날아갔다.

「저게 조선군들이 젤로 무서버하는 총포란 기다.」

막개가 몸을 떨면서 대수에게 속삭였다.

「우찌나 빠른지 보이지도 않는데이. 글고 어떤 놈이 쏘는지 상판대기도 볼 수가 없데이. 그라니 니는 항상 조심해야 한다. 알았제?」

배를 목책에 묶어놓기는 했지만 가까이 접근해서 적을 공격할 방법이 마땅치 않았다. 곽재우의 주위에 참모들이 모여 웅성거리더니 곧 창순이 불려갔다. 화살공격을 하기에는 너무 먼 거리니 나루터에 묶여 있는 나룻배를 타고 최단거리로 배에 접근해 화살을 퍼부어 적의 저항을 약화시킨 다음에 적의 배에 올라 적을 일망타진한다는 작전이 세워졌다. 그리고 공격 부대로 정호 부대가 차출되었다.

창순은 헤엄을 못 치는 막개와 춘보를 제외한 나머지 대원을 모두 이끌고 본부에서 지원 나온 화살을 잘 쏘는 무사들과 함께 나루터로 향했다. 산비탈을 뛰어 내려가는데 상류 쪽에서 배 한 척이 노를 저으며 내려오는 것이 보였다. 그들은 낙서洛西 부대원들로 곽재우의 지시로 급히 응원군을 보낸 것이었다. 두 방향에서 동시에 적을 공격한다면 아무리 훌륭한 무기를 갖고 있는 적이라 해도 화력이 반으로 줄어들 것이었다.

그들이 배에 막 올라타려는데, 다혈질적으로 혈색이 벌건 중년의 양반한 명이 흰 말을 탄 채로 강가에 바싹 붙어 서서 연신 화살을 일본군 쪽을 향해 쏘고 있었다. 그러나 아쉽게도 화살은 거의 배 근처까지 날아가 강물 속으로 힘없이 사라졌다. 그것이 못내 아쉬운 듯 그는 자신도 모르게 말을 강물 속으로 조금씩 몰아넣고 있었다. 마침내 화살 한 대가 배 안으로 떨어졌다. 그 광경을 뒤에서 지켜보고 서 있던 사람들의 입에서 일제히 함성이 터져 나왔다. 그는 우쭐했다. 하지만 곧 총성이 울리며 그의 몸 가까이로 총알이 한 발 날아왔다. 그는 그때서야 위험을 자각한 듯 당황해서 말을 돌려 강 밖으로 나오려고 서둘렀다. 하지만 말의 발이 모래에 깊이 박혀 옴짝달싹할 수 없었기 때문에 그도 그 자리에서 꼼짝할 수가 없었다. 그것을 보고 눈치를 챈 일본군들이 마음 놓고 그를 향해 총을 쏘았다. 사내의 깨끗한 흰 무명 저고리는 연달아 날아온 세 발의 총알을 맞고 곧 피로 시뻘겋게 물들었다. 그리고 그는 곧 힘없이 고개를 떨군 채 말 등 위로 쓰러졌다가 강물 속으로 비스듬히 피를 흘리며 떨어졌다.

그것이 일본군 공격의 신호탄이 되었다.

대원들이 배에 올라타자, 사공은 삿대로 배를 힘껏 뒤로 밀면서 강 가운데를 향해 나아갔다. 정호 부대의 대원들은 정호가 망내에게 특별히 만들어준 방패를 제각기 뱃전에 대고, 총알을 피하기 위해 배 밑바닥에 몸을 낮춘 채 납작 엎드려 있었다. 배가 적의 배에 가까이 접근하면 화살을 퍼붓는 사이에 배를 밀어붙여 적의 배에 뛰어올라가 적과 접근전을 펼칠 계획이었다. 그러면 낙서 부대원들이 측면에서 그들의 공격을 지원할 예정이었다.

일본군들은 놀랄 정도로 침착하게 목책에 갇혀 옴짝달싹하지 못하는 큰 배에서 한 아름씩 무언가를 잔뜩 들고 호위배로 분주히 나르고 있었다. 그리고 총을 가진 자들은 난간에 바짝 붙어 서서 총신을 이쪽으로 겨눈 채 경계를 게을리하지 않고 있었는데, 그 숫자는 대여섯 명가량으로 보였다. 첫 번째 총알을 퍼붓고 나면 수십 초의 간격이 생겼다. 그 짧은 시간 안에 적보다 유리한 위치를 점해야 했다.

배가 나아감에 따라 강물이 뱃전에 부딪치는 소리와 삿대가 강물 표면을 휘젓는 소리, 그리고 물의 압력으로 선체가 비틀리며 내는 소리만이 신음처럼 나직하게 들려올 뿐 숨소리조차 들리지 않는 정적이 계속되었다. 창순은 머리를 방패 사이로 내민 채 흔들리는 배 밑바닥에서 유리처럼 또렷한 의식을 갖고 숨 막히는 정적의 순간을 하나 하나 빠짐없이 머릿속에 그려 넣고 있었다. 먼저 구름 한 점 없는 초여름의 하늘이 인식되었고, 이어 삶과 죽음의 경계선에 걸쳐 있는 자신의 구체적 현실이 인지되었다. 적들은 정교하고, 우월한 파괴적인 무력으로 그를 압도하고 있었다. 하지만 그들 또한 죽음의 공포를 똑같이 느끼고 있으리라. 강물이 출렁이며 뱃전에 와 부딪쳐 선체를 들어 올렸다가 바닥으로 가라앉으면 배도 그 리듬에 맞춰 부드러운 율동을 계속하고 있었다. 수많은 물방울들이 배를 떠받쳐 배를 앞으로 나아가게 하고 있었다. 하지만 이것은 꽃피는 봄날의 흥겨운 뱃놀이가 아니라, 죽음으로 가는 마지막 길이 될 수도 있다. 드디어, 튀어오르는 물방울 너머로 이쪽을 향해 총구를 정조준하고 있는 일본군의 검은 헬멧이 또렷이 보였다. 창순은 그 총구에서 나온 총알이 자신을 비켜가기를 절실히 바랐다.

갑자기 정적을 깨고 총소리가 들리면서 사공이 피를 흘리며 그 자리에 쓰러졌다. 총알이 그의 오른쪽 어깨를 관통했던 것이다. 그러자 광덕이 얼른 일어나 삿대를 잡고, 망내가 방패를 들어 그를 엄호했다. 광덕은 작은 키를 더욱 낮게 수그린 채 배를 적의 배가 멈춰서 있는 쪽으로 몰고 갔다. 또 한 방의 총소리가 들리는 동시에 무언가가 날카로운 마찰음을 끌면서 광덕의 머리 위를 낮게 스치며 지나갔다.

「방패 똑바로 대라! 누구 대갈배이 날아가는 것 볼라카나?」

광덕이 망내를 돌아보며 미친 듯이 소리쳤다.

적의 배가 점점 더 가까이 다가왔다. 조금 전까지 창순의 눈에 남아 있던 찬란한 햇빛과 파란 하늘은 어딘가로 사라져 버리고 이제 그의 전 의식은 배의 난간 너머로 보이는 일본군의 총구와 이쪽을 노려보고 있는 적의 긴장된 눈동자에 집중되었다. 또 한 방의 총소리가 귀청을 때렸다. 무사 한 명이 창순의 앞에서 활을 손에 쥔 채 왼쪽 어깨에 총알을 맞고 피를 흘리며 쓰러졌다. 그러자 사수들이 일제히 일어나 정신없이 적의 배를 향해 화살을 퍼부었다.

창순은 하얗게 굳은 얼굴로 안면의 근육을 실룩이면서 넘어진 병사의 어깨 뒤에 낮게 몸을 숨긴 채 난간 너머로 보이는 적을 향해 무의식적으로 화살을 쏘았다. 그러나 적은 난간 뒤에 몸을 숨기고 있었기 때문에 화살은 그저 시위용일 뿐 적에게 직접적인 피해를 주지는 못했다. 각진 투구를 쓴 적군들은 비좁은 배 위에서 자리를 바꾸어가며 교대로 일사불란하게 공격을 가해 왔다. 배에 접근할수록 적의 총성은 잦아지는 것 같았다. 광덕은 왼쪽에서 내려오고 있는 낙서 부대의 배를 힐끗 보면서 그 속도에 맞춰 배를 적당한 속도로 몰고 나갔다. '피융' 하며 공기를 찢는 파열음과 함께 그의 머리 위로 총알이 한 방 또 스치고 지나갔다. 그리고 이어 또 한 방이 방패 위에 맞아 방향을 바꾸며 강물 속으로 떨어졌다.

「인마야, 방패 똑바로 갖다 대라! 누구 대갈배이 박살나는 거 보려카나?」

광덕이 몸을 숙이며 신경질적으로 망내에게 외쳤다.

맞은편에서 낙서 부대의 배가 나타나자 정호 부대의 공격이 본격적으로 시작되었다. 적의 공격이 주춤해진 것을 틈타 광덕은 있는 힘을 다해 얼마 떨어져 있지 않은 적의 배 중심을 향해 맹렬한 속도로 배를 몰고 갔다. 창순의 눈에 피를 흘리며 죽어가는 자신의 모습이 잠시 스쳐 지나갔다. 그를 지우려는 듯 그는 온몸의 힘을 한 곳에 모아 적들이 타고 있는 배를 뚫어지도록 응시하며 화살을 한 대 날렸다. 그는 화살이 적 중 한 명의 살을 뚫고 들어가 뼈를 바수고, 내장을 꿰뚫기를 바랐으나 아쉽게도 화살은 적이 웅크리고 있는 난간을 살짝 스쳐 날아가 건너편 모래밭 위로 떨어졌다.

「자, 배를 쌔려 받을 테니 모두 정신 똑바로 차려라! 자, 간데이!」

광덕이 발악을 하듯 큰 소리로 외치며 온몸으로 배를 적을 향해 몰고 갔다. 창순은 이제 활 대신 칼자루를 꼭 틀어쥐었다. 적을 죽이지 못하면 대신 그가 죽을지 모른다는 생각이 그의 몸을 돌처럼 팽팽하게 굳게 했다.

총알이 또 '쉿' 소리를 내며 머리 위로 지나갔다. 그러나 그것이 끝이었다. 갑자기 적의 선도先導 배가 방향을 바꿔 하류 쪽으로 선수를 돌렸다. 그와 동시에 큰 배에 타고 있던 일본군 두 명이 손에 잔뜩 들려 있는 물건을 강물에 줄줄 흘리며 선도하는 배의 난간을 잡고 기어올랐다. 그들을 향해 화살이 퍼부어졌다. 한 명은 곧 화살을 등에 맞고 간신히 매달려 있었고, 다른 한 명은 목에 정통으로 화살을 맞고 강물 속으로 떨어졌다.

무숭은 눈 깜짝할 사이에 적의 배 위로 몸을 날려 난간에 매달려 있는 일본군의 목을 칼로 베고는 의기양양해 뒤를 돌아보았다. 그 순간, 달아나던 배 위에서 조준한 총알 한 방이 날아와 그의 머리통을 정통으로 맞췄다. 무숭은 얼굴이 피투성이가 되어 종이인형처럼 입을 크게 벌린 채 조용히 그림처럼 강물 속으로 떨어졌고, 칼끝에 꿴 적의 머리도 함께 강물로 떨어졌다. 그것을 지켜보고 있던 귀남이 언제 나타났는지 재빨리 물속으로 뛰어 들어 적의 머리를 손으로 움켜잡았다. 일본군들은 큰 배를 그대로 남겨둔 채 급히 하류 쪽으로 도망쳐버렸다.

건너편 강가에서 이 광경을 지켜보고 있던 의병들의 입에서 함성이 터져 나오고, 그에 맞춰 꽹과리와 북소리가 요란하게 울려댔다. 귀남은 의기양양하게 꽉 움켜 쥔 주먹을 강물 위로 불끈 치켜올려 보이고는 이내 적의 머리를 이빨로 물고 배를 향해 헤엄치기 시작했다.

광덕은 만동과 함께 이미 숨이 끊어진 무숭을 배 위로 끌어올렸다. 그는 갑자기 총알을 맞아 놀란 듯 두 눈을 크게 뜨고 있었다.

그들이 목책에 걸려 있는 큰 배로 다가가자 여자들이 흐느끼는 울음소리가 배 밑창에서 구슬피 들려왔다. 배에 올라가보니, 일본군은 모두 내빼고 그들이 잡은 조선 포로들과 한양에서 약탈해 싣고 온 각종 귀한 궁중 보물과 서적들, 그리고 오래되어 역사적 가치를 지니고 있는 불상이며 불화佛畵 같은 것들이 배 밑창에 차곡차곡 포장된 그대로 하나 가득 쌓여 있었다. 한양을 침공한 일본군들이 무방비로 비어 있는 궁궐과 종친 및 대갓집을 샅샅이 뒤져 조상 대대로 내려오는 귀중품들을 닥치는 대로 약탈해 일본으로 실어 가려다 조선 의병들에게 기습을 당한 것이었다.

삼십여 명쯤 되는 포로들은 모두 한양 인근에 사는 사람들로 양반 부인들과 일반 백성들이 한데 뒤섞여 있었다. 그들은 미처 피난을 가지 못하고 있다가 일본군에게 잡혀온 사람들이었다.

정호 부대는 적의 배를 강변으로 끌고 갔다. 그리고 일단 배를 선착장에 정박시킨 다음 낙서 부대와 함께 곽재우에게 전과를 보고하기 위해 산성으로 올라갔다.

귀남은 다른 대원들보다 앞질러 나가 곽재우에게 적의 목을 바쳤다. 점심을 먹고 나서, 적의 약탈 물건을 분류하고 본부로 옮기는 작업이 시작되었다. 전투에 참가했던 대원들은 쉬고 참가하지 않았던 사람들이 내려가 작업을 했다.

무숭의 거대한 시신은 숲속 서늘한 장소에 나뭇가지로 대강 덮여있었다. 이제 어둠이 깃들면 대원들은 그것을 나무로 만든 구조물에 싣고 고향으로 출발할 것이었다. 시신을 나르기 위해서는 최소한 6명은 필요했다. 거의 삼십 리를 걸어가야 하는 먼 길이기 때문이었다.

4

5월 말, 곽재우군은 경상도 서부 지역으로 이어지는 요충지 정암진에서 강을 도하해 남원, 임실 방면을 거쳐 전라도로 침입하려는 일본군을 격파해 크게 사기를 올렸다. 그들은 전라도 방면으로 진출하려는 일본군 제6군으로 조선 수군에 의해 남해 방면으로의 진출이 좌절되자 공격로를 내륙 쪽으로 바꾸었던 것이다. 그들은 곽재우군에 의해 도하를 저지당하자 영산, 창녕을 거쳐 북상하여 현풍 부근에서 낙동강을 건너려고 시도했다. 하지만 그곳에서는 김면이 이끄는 의병에 의해 저지되고 말았다. 그 뒤 낙동강에서의 전투는 소강상태로 접어들었다.

6월 초, 병순과 금동이 대원들이 갈아입을 옷가지며 먹을 음식을 지게에 지고 정호 부대원들이 주둔하고 있는 산성을 찾아왔다. 본부로부터 식량보급이 이루어지고는 있었지만, 그 양이 충분치 않았기 때문에 두 사람이 약 열흘 간격으로 집에서 대원들의 부식과 필요한 물품들을 가져오고 있었던 것이다.

그날 점심, 대원들은 오랜만에 땀에 전 옷을 마누라가 깨끗이 빨아 말린 산뜻하고 보송보송한 새 옷으로 갈아입고 시원한 그늘 아래 빙 둘러앉아 늘 들어도 질리지 않는 마을 소식을 들으며 부침개며 호박나물, 닭고기와 함께 하씨 부인이 손수 빚은 막걸리를 마시며 즐거운 시간을 보냈다.

그동안 병순과 금동은 강으로 나가 수영을 했다. 얼마 전에 내린 비로 불어난 강물이 강가에 자라고 있는 수초들을 붉은 진흙탕으로 뒤덮으며 누런 탁류를 이루고 있었다. 찌뿌드드하게 흐린 구름 사이로 간간이 엷은 햇살이 비치고 있었지만 두 사람은 누가 먼저랄 것도 없이 강물로 뛰어들어 건너편 강변을 향해 경쟁적으로 헤엄쳐 나아가기 시작했다.

병순은 부드러운 발놀림으로 누런 강물을 차면서 개구리헤엄으로 앞서

나갔다. 그러나 곧 금동이 제비처럼 재빠른 손놀림으로 강물을 가르며 병순을 앞서나갔다. 그가 유난히 흰 양팔을 교대로 힘차게 강물을 헤칠 때마다 까맣고, 동그란 머리통이 강물을 가르며 앞으로 쑥쑥 나아가는 모습이 사뭇 경쾌해 보였다. 그러다가 강 한복판에서 두 사람은 뒤엉켜 깔깔대고 웃으며 머리를 하늘로 향하고 누워 흐린 하늘을 바라보았다. 멀리 북쪽 하늘을 가리고 있던 비구름이 동쪽으로 물러가면서 간간이 그 틈으로 비에 씻긴 말간 푸른 하늘이 얼굴을 내밀고 있었다. 그와 함께 엷은 비구름 사이로 비쳐든 노르스름한 햇살이 부챗살처럼 눈부시게 퍼져 나오면서 강변을 따라 펼쳐진 초록의 산등성이와 강가에 우거진 싱그러운 나뭇잎들을 환하게 빛나게 했다.

얼마 후, 두 소년은 다시 강 건너편 모래밭에 모습을 드러냈다. 두 사람은 어려서부터 함께 자라 그런지 형제처럼 용모며 체격이 엇비슷했다. 금동은 떡 벌어진 어깨에 살결이 희고, 몸매가 유연하고, 부드러웠다. 반면, 병순은 가무잡잡한 근육질에 단단한 몸을 하고 있었다. 두 사람은 잠시 모래밭 위에서 장난을 치다가 다시 강물로 몸을 던져 다시 강을 가로지르기 시작했다.

산성으로 돌아온 병순이 창순과 집안 얘기를 하고 있는 사이에 금동은 대원들이 머물고 있는 간이 막사로 갔다. 그곳은 처음엔 엉성했지만 짚을 가져다 지붕을 잇고 기둥도 튼튼한 나무로 바꾸어 제법 아늑하고, 반영구적인 거처로 변모해 있었다.

「아재들, 아주 팔자가 피었심더. 대낮부터 축 늘어져 누워만 있으니. 지금 마을에는 갓난아 손이라도 빌릴 정도로 바쁜데 이곳은 아주 천국입니더.」

금동이 귀염성 있게 너스레를 떨었다.

「인마, 두 번이나 죽었다 살아났데이. 알기나 알고 지껄이가?」

막내가 제법 위엄 있게 말했다.

「알면 뭐합니꺼? 행님이 맨날 농땡이친다는 건 삼척동자도 다 아는 사실인데.」

「니 여기서 며칠 우리들하고 함께 자면서 일본 놈들하고 한번 붙어볼레이? 니도 이제 다 컸지 않나.」

덕춘이 옆에서 거들었다.

「내가 보건대 니는 딱 쌈 체질이데이.」

「하모, 나도 글고 싶지만, 큰마님이 허락을 안 하시거든예. 그카다고 다 팽개치고 올 수도 없고. 사실 나도 여기만 오면 몸이 근질근질하다고예. 머시마로 태어나서 이런 경험은 좀체 없는 거잖아예?」

그러며 금동은 한숨을 쉬었다.

「자슥, 저런 때 보면 완전히 다 큰 머시마네. 좋다, 그건 그렇고, 니 마실로 가거든 달래 누부에게 내가 며칠 내로 갈 테니 몸단장 잘하고 있으라고 꼭 좀 전해라. 알겠나?」

덕춘이 낄낄거리며 말했다.

「행님은 예 와서도 달래 누부 타령이요?」

「자슥, 니도 한번 커봐라. 옆에 가시나가 없는 게 얼마나 따분한 일인지 곧 알게 될끼다.」

덕춘이 한바탕 훈시조로 말했다.

「미친 눔. 얼라들 앞에서 못하는 소리가 없데이.」

밖에 서 있던 광덕이 나서서 오금을 박았다.

「얼라라뇨? 아재도 참. 지도 알 건 다 안다고예.」

금동은 혀를 쑥 내밀고는 냉큼 일어나 밖으로 튀어 나가버렸다.

「절마는 성격이 화끈해서 아무하고나 잘 어울릴끼다. 크면 단디 멋진 머시마가 될끼다.」

금동의 뒷모습을 바라보며 망내가 혼잣소리로 중얼거렸다.

금동은 밖으로 나와 출렁거리며 유유히 흘러가는 강물과 멀리 들판 너머로 시원스럽게 달리고 있는 초록의 미끈한 산줄기들을 바라보았다. 비에 씻겨 한층 깨끗해진 모래사장이 유난히 희게 도드라져 보였다. 태양이 구름 속으로 들어가면 대지는 그림자와 함께 어둑해졌다가 구름 밖으로 다시 얼굴을 내밀면 만물은 생기를 띠면서 빛을 발하고 있었다.

「무신 생각을 그캐 골똘히 하고 있는 기가?」

언제 나타났는지 병순이 다가와 금동의 어깨를 툭 치며 말을 걸었다.

금동은 복대가 나이 서른에 얻은 자식이었다. 그때까지 장가를 들지 못해 애를 태우다가 어떻게 산청에서 데려온 나이 어린 코흘리개 계집애를 얻어 키우다가 둘 사이에 태어난 것이 금동이었다. 하지만 그녀가 3년 뒤에 아이를 낳다가 죽는 바람에 그의 꿈같이 행복하던 시절도 끝이 나고 말았다. 그 충격이 컸던지 어느 날, 그는 아무 말도 없이 장사를 하겠다며 금동을 놔둔 채 홀연히 집을 나갔다가 1년 후에 다시 초라한 모습으로 정호의 집에 나타났다. 그는 그동안 어디서, 무엇을 했는지 또 어떻게 살아왔는지 정호에게 한마디도 말을 하지 않았다. 그래도 정호는 그를 다시 예전에 있던 자리로 순순히 받아들였다.

그들이 떠나고 나서 며칠 뒤, 산성 위에서 망을 보던 만동은 강 건너편 모래밭 쪽에 일단의 일본군이 출현한 것을 발견하고 즉시 창순을 찾았다. 보니, 열서너 명쯤 돼 보이는 일본군들이 연신 주위를 두리번거리며 막 나룻배를 타고 강을 건너려하고 있었다.

창순은 곧 춘보에게 봉화를 올리고, 적 침입을 알리는 붉은 깃발을 올리도록 지시하고 적의 동태를 예의 주시했다. 적은 그 규모나 숫자로 보아 무슨 작전을 벌이려는 것보다도 강을 건너와 양민들의 집을 약탈하거나, 부녀자를 겁탈하려는 의도가 있는 것 같았다. 사람들이 거의 산으로 숨거나 피난을 가버려 집들이 텅 비자 젊은 일본군들이 혈안이 되어 여자를 찾고 있었던 것이다.

잠시 후, 배에 오른 적은 강을 횡단하기 시작했다. 6월의 따가운 햇볕 아래 그들의 손에 들고 있는 조총의 장식과 허리에 차고 있는 칼들이 햇빛을 받아 날카롭게 빛을 발했다.

한참 후, 그들이 강물을 헤치며 맞은편 선착장에 도착하자, 창순은 망내와 덕춘을 불러 그들의 뒤를 밟도록 지시했다. 그러자 그늘에 가만히 앉아 있던 춘보가 자기도 따라가겠다고 나섰다. 그의 손에는 언제나처럼 새총이 들려 있었고, 주머니에는 강변에서 주운 반질반질한 조약돌이 가득 들어 있었다.

그들이 갖고 있는 무기는 창순이 정호로부터 받은 활과 녹슨 칼 두 자루, 그리고 망내가 집에서 가져온 도끼와 정호가 이곳 무기제작소에서 손수 기다란 박달나무 끝에 쇳조각을 촘촘히 박은 사제무기가 고작이었다. 그러니 조총을 소지한 적과 맞닥뜨렸을 때 접전을 벌인다는 것은 꿈도 꿀 수 없는 일이었다.

일본군은 저희들끼리 뭐라고 얘기를 하더니 곧 반은 그곳에 남아 탈출로를 확보하고, 나머지 반은 선착장 뒤에 있는 사기 마을 쪽으로 우루루 열을 지어 걸어갔다. 그들이 떠나고 나서 얼마 후, 갑자기 사기 마을 쪽에서 총성이 두 방 거푸 들려왔다. 그리고 곧이어 마을 쪽에서 무엇에 놀란 듯 일본군들이 허겁지겁 앞서거니 뒤서거니 달려오더니 서둘러 타고 온 배 위로 올라탔다. 그들이 타고 온 배가 강 중간쯤 이르렀을 때, 정찰 나갔던 세 사람이 희희낙락하며 초소로 돌아왔다.

「대체, 우찌 된 기가?」

창순이 망내를 보며 물었다.

「우찌 되긴요. 춘보가 새총으로 한 눔의 면상을 정통으로 맞추자 다들 놀라서 내빼부리더라고요. 그래서 우리도 기냥 돌아왔십니더.」

그리고 망내는 입을 다물었다.

정확한 상황은 이러했다. 그들은 적들보다 빠른 직선 코스로 사기 마을로 들어가는 길 왼쪽을 따라 이어지는 산비탈의 우거진 나무숲 속에 숨어 일본군들이 걸어 들어오는 것을 지켜봤다. 그들이 마을로 들어가는 좁은 초입으로 들어섰을 때, 그들은 대담하게도 계획대로 망내와 덕춘이 큰 돌 두 개를 굴렸고, 그와 동시에 춘보의 새총이 적의 면상을 공격했던 것이다. 그때, 놀란 적이 조총을 무의식적으로 발사했고, 계속해서 새총에서 떠난 돌이 면상과 가슴을 향해 날아들자 대병력이 자기들을 포위하고 있는 줄 알고 순식간에 줄행랑을 놓았던 것이다.

그날의 영웅은 춘보였다. 동네에서 새나 잡던 새총이 바야흐로 전쟁터에서 적 열 명을 일거에 물리쳤기 때문이었다.

지루한 장마가 시작되었다. 정호 부대원들은 허리쯤 올라오는 성벽 위에 짚을 이어 겨우 비를 피한 채 울적한 나날을 보냈다.

그런 어느 날, 잠시 비가 그친 사이에 산 아래로 내려갔던 망내가 비쩍 마른 개 한 마리를 잡아가지고 왔다. 주인을 잃고 돌아다니다 망내의 눈에 띈 것 같았다. 개는 먹을 것을 제대로 못 먹어 갈비뼈가 보일 정도였다. 그래도 대원들은 오랜만에 고기 구경을 하게 되어 모두들 구린내 나는 입에 군침을 흘리며, 눈들이 반짝반짝 빛났다.

이튿날, 막개는 노련한 솜씨로 개를 잡아 인근 마을 부엌에서 떼 온 커다란 무쇠솥에 넣고 푹 고았다. 그런 다음 숭덩숭덩 굵게 자른 파와 된장과 마늘을 듬뿍 넣고 고기가 흐물흐물해질 때까지 다시 한 번 고았다. 그는 오래전부터 마을 잔치 때면 돼지며, 개를 도맡아 잡아 그 방면에는 선수였던 것이다.

그날 밤, 오랜만에 개고기로 배를 채운 대원들은 꽹과리를 두들기며 홍 겹게 놀았다. 노래라면 빠지지 않는 대수가 숟가락 두 개를 마주대고 두드 리면서 감정을 잔뜩 잡은 채 구성진 목소리로 노래를 불렀다. 그러자 그 옆에서 망내와 덕춘이 얼싸안고 홍겹게 덩실덩실 춤을 추었다.

대수는 홍이 오르자 꽹과리를 치면서 상모를 돌리듯 연신 머리를 뱅글 뱅글 돌리며 땅재주를 부렸다. 그러자 덕춘이 그에 질세라 특유의 꼽추 춤을 추어 사람들의 배꼽을 잡았다. 그는 등을 새우처럼 웅크리고 두 팔 을 새대가리 모양 괴상하게 오므린 채 불편한 자세로 오직 머리와 어깨만 을 인형처럼 앞뒤로 까딱 까딱하면서 홍겹게 춤을 추었다.

장마가 잠시 멈춘 밤공기는 오랜만에 화창하게 개어 맑고, 투명했다. 강 변 너머로 까맣게 누워 있는 산등성이 위로 별들이 보석처럼 깜박이며 빛 을 발하고 있었다. 그리고 검푸른 비단을 펼쳐놓은 것 같은 동쪽 하늘에 는 잘 닦인 놋쇠처럼 노란 초승달이 등을 구부린 채 빛을 발하고 있었다. 강 위로 불어오는 서늘한 밤공기가 뜨거운 한낮을 이긴 두터운 나뭇잎들 을 파도처럼 흔들며 '쏴' 하고 지나갔다. 멀리 굽어보이는 강 좌우에 펼쳐 진 모래밭들은 달빛을 받아 눈처럼 하얗게 도드라져 보였다. 그리고 모래 위에는 장맛비로 강물에 실려 온 부유물들이 어지럽게 흩어져 있었다.

그날 밤, 창순은 늦게까지 잠을 이루지 못한 채 홀로 이리저리 몸을 뒤 척이고 있었다. 남편이 싸움터에 나와 있는데 아내로부터는 한 통의 편지 도 없었다. 그러나 그를 진짜 괴롭히고 있는 것은 난리가 나는 바람에 과 거시험을 볼 수 없다는 거였다. 그는 몇 년간 밤잠을 자지 않고 등과登科의 꿈을 꾸며 과거시험에만 몰두해왔다. 그런데 그 귀중한 시간들이 이렇게 난리와 함께 물거품이 될 줄 누가 알았겠는가? 그는 자신의 재능이 이렇 게 무력하게 헛되이 사라지는 것을 보면서 견딜 수 없는 분노를 느꼈다.

그는 동틀 새벽녘에 편지를 두 통 썼다. 한 통은 어머니께 부치는 안부 편지였고, 다른 편지는 아내에게 보내는 것이었다.

아침 식사 후, 그는 대수를 불러 심부름을 시키려다가 지난번에도 그가 집에 다녀온 지 얼마 안 되었다는 것을 깨닫고 만동을 불러 편지 심부름을 시켰다. 편지를 전해 주고 저녁 점호 때까지는 돌아와야 한다고 이른 다음 그를 출발시켰다.

만동은 부지런히 걸어 점심 무렵 전에 도착할 수가 있었다. 마을은 남자들이 집을 떠나 그런지 텅 빈 것처럼 쓸쓸했다. 풀을 베지 않아 논둑의 풀들이 허리까지 닿을 정도로 무성했고, 여자들은 남자들을 대신해 논일을 하고, 밭작물을 키워 밖에 나가 있는 사내들의 먹을 것까지 준비하느라 눈코 뜰 새가 없었다.

만동은 정호의 집 대문을 지나 마당으로 들어섰다. 하지만 다들 논에 나갔는지 아무런 인기척이 없었다. 그가 되돌아나가려고 하는데 건넌방 문이 열리며 강씨 부인이 머리를 손으로 매만지며 그를 불렀다.

「무신 일이냐? 싸움터에 있지 않고 와 여기서 서성대고 있노?」

「샌님께서 써 주신 편지를 갖고 왔심더.」

만동이 대답했다.

「그래? 그럼, 잠시 방으로 들어오너라. 답장을 써야 카니.」

만동은 건넌방으로 들어가 부인 앞에 편지를 내놓고 윗목에 가 앉았다. 그것을 보고 강씨 부인이 짓궂게 장난을 걸어왔다.

「와, 그리 멀리 도망가느냐? 넌, 내가 싫노?」

「아임니다. 어서 편지를 읽으시고 답장을 써 주십시오. 집에 잠깐 들렀다가 곧 부대로 돌아가야 합니더.」

「그새 군기가 바싹 들었구나. 호호. 온몸이 땀에 푹 젖어 있는 걸 보니 이 편지를 전하려고 서둘러 달려온 게 분명하구나. 그럼, 어디 사랑하는 낭군님의 편지를 좀 읽어볼까.」

만동은 윗목에 앉아 편지를 들여다보고 있는 강씨 부인의 모습을 바라보았다. 그는 오래전부터 부인이 자신에게 노골적으로 추파를 던지고 있다는 것을 눈치채고 있었다.

잠시 후, 부인은 편지를 옆으로 치운 다음, 만동에게 윗목에 놓여 있는 필묵을 가져오라고 일렀다. 그가 명령대로 필묵을 부인 앞에 갖다 놓자, 갑자기 부인이 그의 손을 잡았다.

「놀라지 마라.」

부인이 웃으며 말했다.

「이곳은 사내들이 떠난 뒤 아무 재미도 없단다. 그카니 내가 잠시 니와 함께 장난을 친다 해도 크게 죄 될 것은 없을 것이다. 그리 생각지 않느냐?」

부인은 만동에게 다가가 한숨을 쉬면서 장난을 치듯 그의 앞섶을 헤치고 앙가슴 속으로 한 손을 쑥 들이밀었다.

「나는 사내다운 남자를 원했는데 할아버지는 가시나처럼 수줍고, 신경질적인 머시마를 맺어주었어. 그래서 난 한번도 그 사람을 내 남자로 생각한 적이 없단다. 그저 어른들이 맺어준 것이니 할 수 없이 사는 거지. 허지만 난리가 니와 나를 이렇게 구해 주는구나. 그렇지 않느냐?」

부인은 만동의 가슴에 얼굴을 묻은 채 뜨거운 몸을 떨었다.

「좋십니더.」

만동이 부인의 등을 가볍게 두드리며 말을 이었다.

「기회가 오면 소인이 마님을 구해 드리겠십니더. 하지만 아직은 때가 이르지 않았으니 조용히 참고 기다리이소. 우선 편지를 먼저 쓰십시오. 그전에 오해받을 행동을 하시면 절대 안 됩니더.」

부인은 그의 말을 듣고 아이들처럼 고분고분 시키는 대로 편지를 쓰기 시작했다. 하지만 사랑의 감정으로 고무된 그녀의 손은 사시나무처럼 떨려 편지를 차분히 쓸 수가 없었다.

만동이 편지를 받아 가지고 밖으로 나오는데, 마침 어린 옥실이 밖에서 들어왔다.

「안녕하십니꺼, 아기씨.」

만동은 옥실에게 깍듯이 인사를 했다.

「큰마님은 어데 계십니꺼?」

「밭에. 곧 돌아오실끼다.」

그리고 옥실은 대문 안으로 톡 튀듯이 들어갔다.

오후가 되자, 다시 짙은 비구름이 몰려오면서 장대비가 쏟아지기 시작했다. 만동은 집에 들러 어머니를 잠시 보고, 부대를 향해 출발했다. 사방은 비의 장막에 가려 밤처럼 어두워 사방이 하나도 보이지 않고, 성난 빗줄기는 앞이 보이지 않을 정도로 거세게 숲과 나무 위로 물동이를 쏟아붓듯이 쏟아졌다.

이틀에 걸쳐 큰비가 오고 난 뒤, 모처럼 하늘이 환하게 트인 어느 날 아침, 덕춘이 제일 먼저 산성 밑에 간이로 만든 화장실로 달려가 구덩이를 깊이 파고 그 위에 걸쳐 놓은 나무판자 위에 앉아 볼일을 보고 있는데, 한 여자와 남자가 막 고개를 내려서서 나루터 쪽으로 걸어가는 것이 보였다. 평시라면 흔한 광경이었겠지만, 난리 통이라 그것은 좀 특이한 모습이었다.

덕춘은 서둘러 뒤처리를 하고는 망내를 찾았다. 그리고는 다짜고짜 그의 손을 잡고 산 아래로 끌고 내려갔다.

「아침밥 묵을 때가 됐는데 어데로 끌고 가는 기가? 이 자슥아.」

망내가 투덜거렸다.

「인마, 며칠 전에 개고기를 실컷 처묵었으면 됐지 뭘 더 처묵으려고 그러나. 글고 말이 나왔으니 말이지 사램이 밥만 묵고 사냐? 가끔 다른 것도 묵어야제. 잔말 말고 따라만 와라. 멋진 멕이가 걸려든 것 같으니.」

두 사람은 나루터가 가까워지자 달음박질을 하기 시작했다. 한 사내가 배를 끌어내려고 하다가 그들을 발견하고 흠칫 놀라 멈추어 섰다.

「웬 놈들이냐!」

덕춘이 날카로운 목소리로 호통을 쳤다.

「이곳은 적을 코앞에 두고 있는 최전선인데 어인 일로 배를 타고 역적들이 우글대는 땅으로 가려고 하는 기가? 우리 허락 없이는 아무도 강을 건널 수가 없다.」

그러면서 녀석은 허리춤에서 망내에게서 빌린 손도끼를 뽑아 들었다. 하인인 듯한 사내가 주뼛거리며 망내 앞으로 걸어왔다. 사내는 베잠방이에 머릿수건을 머리에 두르고 있었는데 삼십은 훨씬 넘어 보였고, 고개를 돌린 채 머리에 쪽을 짓고, 상복처럼 흰 무명 치마저고리를 입고 서 있는 여인은 이십 중반의 젊은 여자였다.

「지는 신반에 사는 최 진사댁 하인인데, 작은마님 어무이께서 갑자기 상을 당해 강을 건너려는 것이오.」

「상이라니? 이 난리에 상 안 당한 집이 대체 어디 있단 말이오. 임금도 한양을 버리고 뺑소니치는 마당에 우리 백성들이라도 집을 지키고 있어야제 어데로 간단 말이오? 잠깐 이리로들 따라오시오!」

덕춘은 으름장을 놓으며 여인이 손에 들고 있는 보따리를 잡아채 뺏어 들었다. 그리고는 잠시 조사할 것이 있다며 두 사람을 으슥한 숲 속으로 끌고 갔다.

「일본눔의 밀정들이 가끔 강을 건너와 몰래 염탐을 하고, 저그들끼리 은밀한 연락을 취하기 땜에 이카는 거요. 보따리나 뒤지고, 간단한 조사만 하면 되니 너무 걱정 마오.」

덕춘은 만약의 사태에 대비해 망내에게 망을 잘 보라고 이른 다음, 좀 더 나무가 우거진 곳으로 들어가 만약 서류 같은 것이 나오면 죽임을 면치 못하리라고 겁을 준 다음 사내부터 몸을 뒤지기 시작했다. 사내는 덕춘의 느끼한 눈빛과 손에 쥐어진 손도끼에 질려 꼼짝 못하고 당하고만 있었다.

덕춘은 사내의 몸 뒤짐을 끝내고는 망내가 있는 곳으로 가라고 명령했다. 사내는 여자를 두고 가는 것이 불안했기 때문에 얼른 발길을 돌리지 못했다. 그러자 덕춘의 불호령이 떨어졌다.

「봐라! 우리는 벌써 몇 달째 밤낮으로 일본군과 싸우느라 한심도 몬자고 있다. 이게 다 누구 땜에 이카는 기가? 나라를 위해 한몸을 바치고, 훌륭한 임금님을 지키기 위한 충성심이 아니고 모겠소? 하모, 조선은 엄연히 주자의 가르침을 따르는 예의의 나라이거늘 어찌 감히 거기 서서 양반의 아낙이 몸 뒤짐 당하는 것을 지켜보겠다는 거요? 썩 물러나 기다리시오!」

사내가 사라지자 덕춘은 여인을 더 안쪽 숲이 우거진 으슥한 곳으로 끌고 갔다. 여자는 고개를 수그린 채 그저 바들바들 떨고만 있었다.

「너무 걱정 마시오. 보따리나 뒤지고 버선속이나 뒤지면 다 끝나는 일이니. 벨거 아입니더, 하모.」

그는 보따리를 먼저 뒤졌다. 베로 만든 상복이 한 벌 나왔다. 이 난리통에 상복을 만들어 입을 정도면 대단한 집안이 틀림없었다. 그리고 여인들이 쓰는 자잘한 용품들이 몇 개 나왔다.

「마님, 쪼매이 참으시이소. 버선하고 몇 군데만 더 확인하면 곧 고향집으로 보내드릴 테니께. 그라니 아주 쪼매이만 참으시이소.」

덕춘의 손이 여자의 앞가슴에 닿자 여자가 비명을 질렀다. 그것을 덕춘이 손바닥으로 틀어막으며 한 손으로 한 줌밖에 안 되는 여자의 허리를 잡고 풀밭 위로 쓰러뜨렸다. 여자는 발버둥을 치며 손톱으로 덕춘의 목 언저리를 할퀴며 저항했다. 하지만 한창 때인 젊은 남자가 내리누르는 힘을 당해내지 못하고 곧 몸을 축 늘어뜨렸다.

얼마나 됐을까. 덕춘이 여자의 옷을 벗기고 한창 재미를 보고 있는데, 숲 밖에서 사내가 망내와 한판 붙었는지 치고받는 소리가 들려왔다. 사태가 심상치 않음을 느낀 덕춘은 얼른 일어나 바지를 입고 소리 나는 쪽으로 달려갔다. 두 사람이 뒤엉킨 채 풀밭 위에서 이리저리 구르고 있었다. 사내는 망내가 갖고 있는 칼을 뺏으려고 안간힘을 썼다. 칼집 위에서 두 사람의 손이 뒤엉킨 채 먼저 칼을 뽑으려고 엎치락뒤치락하는 상태가 계속되고 있었다.

잠시 재미있다는 듯이 그것을 지켜보고 있던 덕춘이 허리에 차고 있던 도끼를 뽑아들었다. 그리고는 망내의 몸 위에 올라타 있는 사내의 머리통을 사정없이 내리쳤다. '퍽' 하는 둔탁한 소리와 함께 사내의 몸이 망내의 몸 위로 굽은 자처럼 꺾어져 엎어졌다. 망내는 땅바닥에 누운 채로 피 묻은 도끼를 들고 웃고 있는 덕춘을 넋이 빠져 멍하니 바라보았다. 비록 눈은 뜨고 있었지만 혼은 반쯤 나간 그런 눈이었다.

「인마, 지금 무신 짓을 한 기고? 아, 무신 짓을 한 기냐고!」

이윽고, 망내가 사태를 깨닫고 소리쳤다. 하지만 덕춘은 요동도 않고 씩 웃기만 했다.

「어차피 이 자슥은 죽어야 된데이.」

덕춘은 냉정히 말했다.

「우리 얼굴을 기억하고 있으니 나중에 일이 생기면 골치 아프다 이 말이다. 알겠냐?」

덕춘은 뒤통수를 맞고 즉사한 사내의 축 늘어진 몸을 땅바닥 위로 질질 끌고 어둑한 숲 속으로 들어가 사람의 발길이 잘 닿지 않는 으슥한 곳에 뉘어 놓은 다음에 갖고 있던 도끼로 축축한 구덩이를 팠다. 그리고 몸을 기울여 녀석의 숨통이 완전히 끊어진 것을 확인한 다음에 시체를 구덩이에 묻고 흙과 썩은 나뭇잎으로 덮어버렸다.

망내는 정신을 잃은 듯 멍한 얼굴로 허깨비처럼 서서 덕춘의 행동을 바라보고만 있었다.

「인마, 뭐하노? 한번 하고 가야 할 거 아이가?」

덕춘이 호의를 베풀듯 여자가 있는 쪽을 향해 눈을 찡긋했다. 하지만 망내는 정나미가 떨어졌는지 말없이 고개를 옆으로 흔들었다.

「새가심! 이깟 일 갖고. 가자, 대원들이 알면 골치 아프데이!」

덕춘은 망내를 잡아채듯이 끌고 숲 밖으로 나갔다. 두 사람은 서둘러 산성으로 올라가 아무 일도 없었다는 듯이 대원들과 함께 늦은 아침밥을 먹었다.

그날 오후, 기강 나루를 지키던 한 병사가 상류 쪽에서 치마로 머리를 뒤집어 쓴 채 마치 하얀 연꽃처럼 떠내려 오는 여자의 시신 한 구를 발견했다. 여인은 바로 아침에 덕춘이 욕을 보인 바로 그 여자였다.

5

6월 말, 초유사는 삼가군을 곽재우군에 합류시켰다. 이로써 곽재우 부대는 의령 한 고을만을 지키는 것이 아니라 낙동강 중류인 현풍에서부터 낙동강 우안을 따라 남강에 이르기까지 곳곳에 병력을 배치해 의령 및 삼가, 초계 3개 면을 적의 공격으로부터 지켜내는 임무를 부여받았다.

그리고 정호 부대에도 작은 변화가 있었는데, 그것은 귀남이 본부로 발령을 받은 것이었다. 곽재우의 친척 중 한 명이 그의 오지랖 넓은 행동과 충성심에 반해 그를 곽재우를 보좌하는 측근 참모로 발탁한 것이었다.

7월 초, 귀남이 본부의 명령을 하달하기 위해 직접 정호 부대를 찾아왔다. 며칠 후, 삼가군과 합동으로 상류 쪽에서 작전을 펼치게 될 터이니 만반의 준비를 하고 있으라는 지시였다.

귀남은 창순을 만나 도망갔던 감사가 나타나 곽 장군과 트러블이 생긴 일이며, 명의 구원병이 곧 압록강을 건너려한다는 소식을 전했다. 성질이 불 같은 곽재우가 자신의 임지를 버리고 도망간 감사를 자기 손으로 직접 잡아 죽이겠다고 설쳐 우도 전체가 들끓고 있었던 것이다. 두 사람은 의주에 피난중인 왕에게까지 자신들의 행동이 옳음을 주장하면서 팽팽히 맞서고 있었다. 정부로서는 누구의 편도 들어줄 수 없는 난처한 입장에 처해 있었다. 나라에서 임명한 감사의 권위를 부정하는 것도 우습고, 민중의 숭앙을 한몸에 받고 있는 곽재우를 내치기도 어려웠던 것이다.

「봐라! 감사하고 싸움을 하건, 씨름을 하건 묵을 것이나 좀 넉넉히 보내레이. 제기랄, 배가 불러야 원정이고 나발이고 할 거 아이가.」

망내가 한마디 했다. 아닌 게 아니라 요즘 들어 식량이 부쩍 모자랐던 것이다. 귀남은 어깨를 한번 으쓱한 뒤 신경을 쓰겠다고 약속했다. 하지만 식량이 부족한 것은 정호 부대만의 문제가 아니었다.

「쪼매이 기다리라. 정부에서 몬 조치가 있을끼다.」

「조치는 무신 조치. 맨날 싸움질들만 하면서. 언제 우리 같은 놈들 생각해 준 적이 있노?」

덕춘이 비아냥거렸다.

「이번에는 억시기 획기적인 안이 준비될끼다. 이를테면 군량을 헌납하면 신분을 올려준다거나, 아니면 신분을 상승시켜 준다거나 하는 획기적인 조치 말이데이.」

귀남은 자못 열심히 지껄이고 있었지만 그의 말에 관심을 갖고 귀를 기울이는 사람은 없었다. 며칠 후, 곽재우는 일부 병력을 빼서 영산의 적을 견제케 하고, 나머지 병력으로 낙동강을 건너 현풍 쪽의 적을 공격한다는 거창한 작전을 세우고 회의를 개최했다.

그동안 그는 이 지역에서 낙동강을 건너 전라도 쪽으로 넘어가려는 일본군을 견제하는 데 성공함으로써 그 명성이 사뭇 높아져 있었다. 해서, 정부에서도 비록 의병이지만 그의 존재를 인정하고 물심양면으로 협조를 아끼지 않았다. 그래서 이제는 그도 뭔가 뚜렷한 전과를 올리지 않으면 안 될 처지에 몰렸다. 하지만 무기는 턱없이 부족했고, 군량도 부자나 양반들로부터 십시일반으로 불규칙이고, 임시응변으로 모으는 것이어서 대규모로 병력을 장기간 동원할 수도 없는 형편이었다.

첫날 회의에서 영생은 수적 열세를 보완하기 위해 정인홍군과의 합동작전을 제의했다. 그의 의견에 의하면, 원래 공격을 하려면 공격군은 방어군의 최소 3배가 되지 않으면 성공하기 어렵다는 것이 그 이유였다. 때문에 무기와 병참 면에서 부족한 상태에서 섣불리 덤벼들었다가는 이쪽의 피해만 키울 우려가 있다는 것이었다.

곽재우와 그의 측근들은 그 제안에 난색을 표명했다. 그들은 겉으로는 드러내 놓고 말하지 않았지만, 정인홍이 이끄는 합천 군사와의 합동작전을 탐탁지 않게 여기고 있었는데 그것은 정인홍이 남명의 수제자임을 자처하면서 독불장군처럼 합천 일대에서 무소불위의 권력을 휘두르고 있었고, 거기에 덧붙여 정여립 사건 이후 현재 집권하고 있는 남인측 인사들과 정치적으로 완전히 반대편 입장에 서 있었기 때문이었다. 그런 이유로 남인인 초유사 김성일은 정부의 지원을 끌어다 가능한 자기측 사람인 곽재우를 밀어주었고, 곽재우에게 호되게 당한 바 있는 감사 김수는 정인홍군을 전적으로 지원해 주었던 것이다.

「합천 군사와 공동 작전을 핀다는 건 꿈 같은 이바구요.」

곽재우의 친척 한 명이 한숨을 지으며 말했다.

「그건 그카고 댁은 어느 선생 밑에서 배우셨는교? 남명 선생님이오, 아이면 퇴계 선생이오?」

한 나이 든 선비가 앞에 앉아 있던 영생에게 느닷없는 질문을 던졌다.

「지금 그란 게 무신 소용입니꺼? 백성들이 모두 적의 총칼 아래 집을 잃고 뿔뿔이 흩어져 거리를 헤매고 있는 판에 남명이면 우예고, 퇴계면 우예겠십니꺼?」

영생이 쏘아붙였다.

「맞십니데이. 지금은 그런 걸 따질 때가 아입니더.」

정호가 끼어들어 영생을 두둔했다. 결국, 회의 끝에 영생이 합천으로 직접 가서 공동 작전의 필요성을 그쪽 사람들에게 설명하고, 설득시키는 것으로 결론을 내리고 회의는 끝이 났다. 합천의 정인홍은 자신이 나서지 않고 밑에 있는 부장을 보내 영생을 만나도록 했다. 결과는 예측대로였다. 그들은 북에서 언제 밀고 내려올지 모르는 일본군 때문에 병력을 뺄 수 없다며 영생의 제안을 정중히 거절했다.

영생이 돌아오자, 이튿날 곽재우군은 예정대로 낙동강을 건넜다. 이곳의 주민들은 이미 난초에 일본군의 약탈을 피해 집을 내버리고 강 건너 고령 방면으로 피난을 가버려 집들은 거의 텅 비고, 곡식이 무르익어 가야 할 논과 밭들은 버려진 채 잡초만이 무성하게 자라고 있었다.

현풍성과 창녕, 그리고 영산성은 최후방 김해의 일본군과 성주 라인을 잇는 고리다. 일본군 제1진이 한양을 향해 진격하면서 그 뒤를 이어 후속 부대들이 그 뒤를 이었다. 그들은 주요 거점에 성을 쌓으며 퇴로를 확보했고, 곳곳에 작은 지성을 쌓아 전후방을 잇는 통신과 보급의 거점을 만들어갔다. 그 중에는 천 명이 넘는 병력이 주둔하는 큰 성도 있었고, 수백 명 아니면 수십 명 주둔하는 작은 지성들이 부산으로부터 밀양, 성주, 인동, 상주, 음성, 죽산, 용인, 한양, 개성, 연안, 서흥, 풍산, 평양까지 개미 떼처럼 죽 줄을 이어 이어지고 있었다.

곽재우의 병력은 모두 합해야 이백 명이 될까 말까한 숫자였다. 게다가 화력은 전혀 갖추고 있지도 않았다. 병사들은 대개 칼과 창으로 무장했지만 개중에는 그것도 없어 몽둥이와 낫 같은 농기구를 휴대하고 있는 사람들도 섞여 있었다.

첫날, 병사들은 풀 위에서 야영을 했다. 다행히 비도 오지 않았고, 선선해서 마치 초가을과 같은 날씨였다. 이튿날, 대원들은 건너편 산 위로 떠오르는 아침 햇살에 눈을 떴다. 길가의 풀잎 위에 맺혀 있는 차가운 아침 이슬들이 햇빛을 받아 구슬처럼 영롱하게 반짝이고 있었다. 그리고 강에는 엷은 젖빛 안개가 띠처럼 길게 드리워져 있었다.

아침을 먹고 적의 동태를 살피기 위해 먼저 정찰대가 출발했다. 그동안 대원들은 나무 그늘에 앉아 휴식을 취했다. 저녁 때가 가까워서야 정찰대가 돌아왔다. 그리고 작전회의가 열렸다.

적은 사방으로 시야가 탁 트인 야트막한 구릉을 배경으로 약 일백여 명의 병력이 웅거하고 있었다. 정찰대 보고에 의하면, 적의 경계는 삼엄했으며 다소 경사진 산성을 공격하기 위해서는 성을 타고 올라갈 수 있는 공성무기 같은 것이 필요하다고 보고했다.

오후 늦게 정호가 주관하는 병기제작소에서 만든 대나무로 만든 사다리와 성벽을 타고 오르기 위한 쇠갈퀴 같은 무기들이 도착했다. 이튿날, 부대는 일찍 저녁 식사를 마친 다음에 3개 군으로 나뉘어 적의 성을 향해 출발했다. 어둠이 깃들기를 기다렸다가 기습공격한다는 것이 작전의 골자였다.

병사들은 오랜만에 긴장감을 느끼며 석양 무렵에 싸움터로 향했다. 지나치는 마을마다 집들이 텅 비어 음산하고, 을씨년스러운 풍경이 이어졌다. 이 지역 사람들도 일본군이 지나가는 길목이라 일찌감치 낙동강을 건너 가야산 방면으로 피난을 가버린 것 같았다. 집들은 대문이 쓰러지거나 아예 누군가에 의해 부서져 떨어져 나간 곳도 있었고, 벽이 뻥 뚫린 채 누군가 안으로 들어가 기물을 끌어내고 뒤진 흔적도 곳곳에서 눈에 띄었다. 그리고 현감이 머무는 소재지에는 향교며 관청 같은 주요 건물들이 모조리 불에 타 자취도 없었다. 길가의 한 마을을 지나는데 시체 한 구가 거리에 방치된 채 썩어가는 냄새를 풍겼다.

「시체 냄새가 나는 걸 보니 전쟁터가 곧 다가올 모양이데이.」

덕춘이 큰 소리로 짐짓 허풍을 떨었다. 그러나 사람들은 코를 움켜쥔 채 아무 말도 하지 않았다.

그들은 작은 고개를 하나 넘어 오른쪽으로 펼쳐진 산기슭 아래에 멈춰 전열을 가다듬으며 휴식에 들어갔다. 이곳에서 어두워지기를 기다렸다가 적이 잠자리에 든 시간에 기습공격을 펼칠 계획이었다.

「대열을 이탈하지 말고, 모두 앉은 자리에서 그대로 휴식을 취하시오. 공격은 밤새 계속될 끼니 잠깐 눈을 붙이는 것도 괜찮소.」

귀남이 각 부대를 돌며 반복해서 외치는 목소리가 들려왔다. 이제, 어둠은 더욱 깊어져 지척의 거리도 분간이 되지 않을 정도였다. 시커멓게 뻗어 있는 나뭇가지들 사이로 별들이 흐린 구름에 가려 간간이 희미하게 빛나고 있는 것이 보였다. 나뭇잎들은 한낮의 더위에 축 늘어져 꼼짝도 하지 않았다.

자정이 다가올 무렵에 진격 명령이 떨어졌다. 지척을 분간할 수 없는 캄캄한 어둠 속에서 부대는 셋으로 나뉘어 공격 목표를 향해 나아갔다. 이십 분쯤 걸어가니, 곧 툭 트인 들판 위로 짐승처럼 웅크리고 있는 야트막한 구릉이 하나 나타나고 그 옆으로 남북으로 이어지는 작은 길이 하나 나타났다. 일본군은 창녕과 영산을 잇는 그 도로를 제압하기 위해 그곳에 토성을 구축해 놓은 것이었다.

정찰대의 보고에 의하면, 산성에는 영산 쪽으로 한 개의 출입문이 있으며 좌측면은 가파른 경사 때문에 접근하기가 힘들지만 우측면은 다소 경사도가 낮고 완만해서 공격하기에 안성맞춤이라고 했다.

하지만 일본군이 구축한 토성은 의외로 견고했다. 그들은 구불구불 이어진 산 정상의 기복을 따라 돌과 흙으로 튼튼하게 성을 구축하고, 장기간 농성하기 위한 것인 듯 성안에는 병사들의 숙소도 따로 잘 지어져 있었다. 성 위에서는 사방 어디라도 시야가 확보되어 있었다. 게다가 성에서 육칠십 미터가량 떨어진 외곽에는 시야를 확보하기 위해 숲을 싹 베어내고 사방을 인근 숲에서 베어낸 소나무와 버드나무 등으로 목책을 쳐 적의 접근을 차단하고 있었다.

공격 부대가 정해졌다. 제1군은 정면에서 목책에 바싹 접근해 불화살을 쏘고, 2군은 우측면을 공격, 그리고 3군은 성 우측에서 약간 떨어진 숲속에서 횃불을 밝힌 채 꽹과리와 나발을 불면서 적을 혼란에 빠뜨리기로 했다.

「공격하라!」

자정 무렵, 캄캄한 어둠 속에서 요란한 꽹과리와 나발 소리에 맞춰 각 부대는 공격을 개시했다. 어둠 속에서 솜에 기름을 묻힌 불화살이 허공을 가르며 날아가고, 우측면에서는 2군이 성벽 너머로 돌과 화살을 퍼부었다. 하지만 일본군은 전혀 요동도 하지 않았다.

화살이 성에 미치지 못하자 용감한 병사 몇 명이 정호의 무기제작소에서 만든 대형 방패를 앞세우고 그 뒤에 몸을 숨긴 채 목책을 부수고 앞으로 나아갔다. 그것은 사방 2미터가 채 못 되는 나무판 곳곳에 철판을 붙이고 나무로 바퀴를 달아 사람이 뒤에서 밀고 갈 수 있도록 만든 것으로 서너 명이 그 뒤에 숨어 조금씩 밀면서 앞으로 전진하도록 되어 있었다. 일본군은 사정거리 안으로 들어올 때까지 기다렸다가 사정권 안으로 들어오자 조준 사격을 가해 왔다. 그것을 피하면서 방패 뒤에서 쏜 불화살이 거의 일직선으로 날아 성안으로 떨어졌다. 그러면 후방에 있던 병사들은 환호성을 질렀다.

잠시 후, 성안에 지어 놓은 병사들의 숙소 지붕이 불화살을 맞아 불길을 뿜으며 타오르기 시작하자 전투는 점점 치열해졌다.

일본군은 야트막한 성벽 위에 총포를 설치해 놓고 사방으로 서로 교차 공격으로 화력을 지원하고 있었기 때문에 성벽에 오르기가 쉽지 않았다. 정호 부대가 소속된 제2군은 오물과 돌멩이 따위를 성 안으로 집어던지면서 공격과 후퇴를 반복하고 있었다.

1차 공격이 거의 마무리 될 때쯤, 정호가 무기제작소에서 일하는 장인들과 함께 얼마 전에 제작한 총포를 시험하기 위해 일본군이 설치해 놓은 목책 앞에 섰다. 그것은 그가 일본군의 총을 모방해서 만든 총으로, 보기에도 일본군이 휴대하고 있는 총에 비해 모양이 투박하고, 구조가 조잡해 보였다.

잠시 긴장된 시간이 흐른 뒤, 정호의 명령에 따라 복대가 화약을 쟁여 넣고 심지에 불을 붙여 총알을 발사했다. 쾅하고 화약이 폭발하는 굉음과 함께 총알이 어둠을 뚫고 성 쪽으로 날아갔다. 사람들은 그 소리에 일제히 함성을 올렸다. 이어 두 번째 총알이 채워졌다. 그러나 발사 순간, 총신이 화약의 뜨거운 열과 폭발력을 이기지 못하고 엿가락처럼 휘어졌다. 순간, 정호의 얼굴은 어두워졌다.

총포 제작에서 가장 중요한 부분은 화약 폭발 때 생기는 순간 열과 압력을 견뎌 낼 수 있는 총신銃身에 있었다. 그것은 일본도 포르투갈 인들로부터 들여온 총을 모방해 만들 때 가장 애를 먹은 부분이었다. 하지만 일본도를 만들던 장인들이 마침내 그 문제를 극복하여 단단하면서도 강한 쇠를 만들어내는 데 성공했던 것이다.

조선의 쇠는 솥이나 농기구 같은 간단한 주물을 만드는 수준에 머물러 있었다. 그것은 불순물이 많이 섞이고 물러서 무기류를 제작하는 데에는 적당하지 않았다. 하지만 일본은 일본도를 만들면서 터득한 단조와 합금 기술을 바탕으로 화약폭발을 견딜 수 있는 강한 쇠를 만들어냈던 것이다.

곽재우군은 휴식을 취한 다음, 두 번째 공격을 개시했다. 두 번째 공격은 첫 번째 공격보다 적극적이었고 치열했다. 이십여 명이 넘는 독후대와 각 군의 지휘관들이 병사들의 뒤에 서서 공격을 독려했다. 그들에게는 후퇴하는 병사들을 칼로 벨 수 있는 권리가 주어졌다.

정문 쪽과 우측면에서 동시에 공격이 개시되었다. 어둠 속에서 용감한 병사들이 사다리를 들고 가 성벽 위로 접근을 시도했다. 그리고 사수들은 장애물 뒤에 몸을 숨기고 있다가 성 위로 몸을 보이는 적을 향해 화살을 퍼부었다. 그러나 그런 결의에도 불구하고 적의 위력적인 총포 앞에 애꿎은 병력만 몇 명 잃은 채 작전은 실패로 끝이 났다. 총알을 무력화시킬 보호장구라든가, 원거리에서 지원하는 화력 없이 접근전을 벌인다는 것은 무리라는 것이 드러났다.

동이 트기 직전, 부대는 일단 후퇴를 했다. 어느새 하늘은 잔뜩 흐려 있었고, 가는 빗방울이 안개처럼 부슬부슬 내리기 시작했다. 밤새 계속된 공격으로 병사들은 지쳐 있었고, 배도 고팠다.

부대는 공격 지점에 약간의 병력만 남기고, 성에서 2킬로쯤 떨어진 작은 야산 기슭에서 휴식을 취했다. 다행히 비는 곧 그치고 아침이 되자 들판 너머로 태양이 다시 얼굴을 내밀었다. 조리병들은 아침을 짓느라 분주하게 움직였다. 그동안 병사들은 비에 젖은 나무 등걸이나, 축축한 풀 위에 누워 후줄근한 몰골로 잠을 자거나 휴식을 취했다.

부대는 아침을 먹고 휴식을 취했다. 그동안 참모들은 곽재우를 중심으로 모여 다음 작전을 논의했다. 해가 높이 솟으면서 밝은 햇살이 주위를 환하게 비추었다. 이제, 들판의 풀과 나무들은 비를 맞아 다시 생기를 띠고, 만물은 온통 싱그러운 초록빛 속에서 저마다 빛을 발하고 있었다.

'나는 무엇을 위해 싸우고 있는 것인가?' 아침을 먹은 후, 창순은 비에 젖어 검게 얼룩진 키 큰 벚나무 둥치에 지친 몸을 기댄 채 이런 질문을 스스로에게 던지고 있었다. '우리가 주자 따위에 목을 매고 다투는 사이에 일본은 정말 엄청나게 발전했어.' 그는 자신에게 그렇게 말하고 있었다. '이 제 그런 것들은 사라져야 해. 대신 저들이 살아나야 해. 저들 말이야. 피 와 살로 이루어진.' 그는 짚으로 엮은 굴비 두름처럼 축축한 풀 위에 축 늘 어져 곤하게 자고 있는 대원들의 땀으로 얼룩진 얼굴을 보면서 생각했다. '진짜 필요한 것은 죽은 주자가 아니라 살아 숨 쉬고 있는 저들의 싱싱한 몸뚱이야. 그래. 저들의 가슴 속에는 양반들의 허위와 가식에 찬, 입에 발 린 말이 아니라 삶의 의지로 불타는 뜨거운 피가 솟구치고 있지. 들판에 서 있는 저 우직한 나무들처럼 말이야. 저들의 그을린 건장한 육체와 나 무 등걸처럼 뒤틀린 근육은 어떤 비바람에도 굴하지 않고 끈질기게 살아 가는 칡넝쿨처럼 오직 살겠다는 순수한 욕망으로 이루어져 있지. 하지만 저들의 홀쭉한 배를 보면 난 슬퍼. 양반들이 온갖 교묘한 방법으로 저 들의 고혈을 빨아 먹어치웠기 때문이지. 그뿐 아니라 양반들은 주자의 학 문을 끌어 들여서는 오륜이니 삼강이니 하는 그럴싸한 덕목으로 포장해 저들이 갖고 있는 삶의 투쟁 의지마저 모조리 죽여 버렸어. 삶의 의지가 없는 인간은 뿌리가 뽑힌 나무나 마찬가지야. 아무런 감정도 없는데 어떻 게 싸울 의욕이 나겠어? 그래서 저들은 싸우려 해도 힘이 없고, 용기가 나 지 않는 거야. 아, 저들에게는 무언가 중요한 것이 빠져 있어. 저들이 벌떡 일어나 폭풍처럼 몰아치는 힘으로 노도처럼 달려가 적들을 박살내기 위 해서는 중요한 뭔가가 빠져 있어. 대체, 그게 무엇일까? 그것을 알아야 해. 그것을 아는 것이 지금 싸우는 것보다 더 중요할지도 몰라. 하지만 내게 그런 시간이 남아 있을까? 전쟁은 단순히 두 개의 육체가 치고받는 싸움 이 아니라, 현명한 사고思考와 투지의 싸움이야. 현명한 생각은 승리를 안내하는 지도地圖이고, 투지는 끝까지 포기하지 않겠다는 의지이지. 그래, 그리고 효율적이고, 능률적인 무기와 충분한 보급. 하지만 저들이 입고 있는 다 해진 삼베옷과 손에 들려 있는 형편없는 무기를 좀 봐! 저들의 손에는 변변한 무기 하나 없어. 그리고 제 몸을 막아줄 보호장구 하나 없지. 저건 죽여 달라는 것과 똑같아. 그런데도 저들은 기꺼이 앞장서 달려가 총알받이가 되지. 자신이 믿을 거라고는 오직 뼈와 살로 된 제 몸뚱이가 유일한 갑옷이라는 것을 빤히 알면서 말이야.'

창순은 나무 등걸에 기대어 잠깐 조는 사이에 고향의 꿈을 꾸었다. 어린 시절, 병순과 함께 어머니가 벽장 깊이 감추어 둔 곶감을 훔쳐 먹는 꿈이었다. 그는 몸이 작은 옥실을 벽장 속으로 집어넣어 곶감을 꺼내라고 시켰고, 옥실은 오빠의 명령이라 잔뜩 겁에 질려 벽장 속으로 들어가 곶감을 꺼내 창순에게 주었다. 그때 어머니의 불호령 소리가 밖에서 들려왔다. 그는 놀라서 꿈을 깼다.

점심 무렵, 저녁을 먹고 다시 마지막으로 재공격을 한다는 결정이 내려졌다. 지휘관들은 부대원들에게 저녁을 먹인 다음 충분한 휴식을 취하게 했다.

곽재우는 밤이 되었는데도 꼼짝도 하지 않았다. 그러다 자정이 지나 새벽이 가까워 올 무렵에야 병사들을 집합시켰다. 전날보다 두어 시간이나 늦은 시각이었다. 그날의 공격은 어둠 속에서 아주 조용히 은밀하게 전개되었다. 꽹과리와 나발 소리도 없이 우측면으로부터 공격이 집중적으로 개시되었다. 정호의 무기제작소에서 급히 만든, 길이 4, 5미터쯤 되는 대나무 끝에 날카로운 낫을 고정시킨 무기가 그 위력을 발휘했다. 또한 영생의 제안으로 전 병사들에게 숯으로 흰 무명옷을 검정색으로 칠하도록 명령을 내렸기 때문에 아군은 적의 눈에 띄지 않고 성에 접근할 수가 있었다. 병사들은 언제, 어디서 구했는지 멍석이나 판자, 솜이 든 헝겊 조각 같은 것을 둘둘 말아 머리에 감고, 얼굴과 팔 등에도 까맣게 숯 검댕을 발라 자신의 모습을 완벽하게 은폐하고 있었다.

정호 부대는 정호가 제작한 무기를 휴대하고 맨 앞에서 공격을 주도했다. 그들은 성에 바싹 접근해서는 성벽 위로 몸을 내미는 일본군의 목을 베었다. 아울러 그와 동시에 화살이 한 곳을 향해 집중적으로 발사되고, 돌격대가 그 틈을 이용해 사다리를 타고 성벽으로 침투하기 시작했다.

조총이 토해내는 폭발음과 동시에 총알이 여기저기서 날아오기 시작했고, 접근전이 펼쳐지는 듯 고함 소리와 신음 소리가 성안으로부터 어수선하게 들려왔다. 누군가가 성안으로 침입한 모양이었다.

일단 구멍이 하나 뚫리자 조선군은 세찬 물줄기처럼 성안으로 뛰어 들어갔다. 일본군은 반대편으로 후퇴해 밀집대형을 이루어 총포를 집중적으로 발사했다. 조선군의 공격은 거기서 일단 저지되었다. 그들은 잠시 휴식을 취하면서 전열을 가다듬었다. 흩어진 병력을 모아 다시 3개군으로 편성하고, 예비조를 선봉에 세웠다.

공격개시 명령이 떨어졌다. 조선군은 마지막 남은 힘을 쥐어짜면서 성을 향해 공격을 개시했다. 불화살이 다시 불을 뿜었고, 함성이 귀를 먹먹하게 했다.

「일본군이 성을 버리고 도망친다!」

갑자기 성 위에서 다급한 목소리가 들려왔다. 정문을 통해 급히 쏟아져 나가는 일본 병사들의 모습이 보였다. 그들은 비록 후퇴를 할지언정 질서정연하게 대오를 짓고 있었다. 그 너머로는 어느덧 동이 트려는 듯 멀리 동쪽 하늘을 따라 길게 펼쳐진 구름 사이로 붉은 해가 피를 토하듯 시뻘겋게 내비치고 있었다.

곽재우는 흥분해서 각 부대에 일본군의 추격을 명령했다. 하지만 영생이 나서 그것을 제지했다.

「대장님! 저들을 추격해서는 안 됩니데이. 저들의 퇴각 모습을 좀 보시이소. 얼마나 질서가 정연합니꺼? 무조건 적을 쫓아가면 저들의 함정에 빠질 것입니더. 일부만 추격케 하고 병력의 중심은 후위에 두어야 합니더.」

「시끄럽다! 그물에 잡은 고기를 놓아줄 수는 없다. 추격하라! 이를 거역하는 자는 한 놈도 살아남지 몬하리라!」

그는 오직 일본군의 목을 하나라도 더 베어야 한다는 생각밖에는 아무 생각이 없는 듯했다. 영생은 거듭 추격을 만류했지만, 적의 후퇴에 한껏 기가 오른 참모들은 영생의 말을 콧등으로도 들으려 하지 않았다.

「예가 장기판인줄 아슈? 승세를 탔을 때 밀어붙여야제.」

「그카고 말고! 쇠도 한창 달아올랐을 때 때려야제.」

삼십 분쯤 지나자, 태양이 구름 사이로 얼굴을 비쭉 내밀었다. 폭이 좁은 개울이 하나 가로놓여 있는 옆으로 산 하나가 막 떠오른 아침 햇살을 받으며 들판 위로 엷은 그림자를 던지고 있었다. 부대는 개울을 건너 산을 관통하는 고개를 하나 넘어야 했다. 병사들은 개울 가운데 서서 손으로 찬물을 떠서 몇 번이고 얼굴을 씻었다. 그리고 게걸스럽게 물을 마시며 허기를 달랬다.

「퍼뜩 퍼뜩 앞으로 나가라!」

독후대의 울러대는 목소리가 병사들의 등을 떼밀었다.

「어데로 가는 기고?」

대수가 덕춘에게 물었다.

「어덴 어데요? 고택골로 가는 기지.」

그러며 녀석은 씩 웃었다. 어디선가 시체 썩어가는 냄새 같은 것이 났던 것이다.

「영산 쪽으로 가려면 저 산을 넘어 고개를 하나 지나야 하는데 양쪽에 잡목이 우거져 매복하기에 좋은 곳이라예.」

「인마! 지껄이지 말고 퍼뜩 퍼뜩 걸어! 적의 목을 하시라도 베어 임금님께 바치는 기 우리가 할 일이다!」

독후대가 바로 뒤에 따라붙으면서 으르렁거렸다.

「압니다, 알아! 이제 고만 좀 떠들라꼬!」

덕춘이 한마디 쏘아붙였다.

왜, 곽재우는 척후를 먼저 고개 쪽으로 보내지 않았는지 모를 일이다. 아마도 승리에 도취되어 잠시 전술의 첫 번째 원칙을 잊었는가 보다.

병사들은 막 뒤에서 비쳐오는 아침 햇살을 등진 채 고개를 향해 올라갔다. 길가의 우거진 풀들이 이슬에 흠뻑 젖어 바짓가랑이에 자꾸 감겨왔다. 밤새 잠을 못 잔 병사들의 얼굴에는 꼭두각시 인형처럼 숯 검댕이 우스꽝스럽게 잔뜩 묻어 있었고, 눈에는 피로와 졸음이 엉겨 붙어 있었다.

고갯길로 접어들자, 길가에 우거진 잡목들 사이로 가리마처럼 뚫린 노란 황톳길이 나타났다. 멀리 영산 방면으로 가는 길이 아득히 바라보였다. 병사들의 어지러운 발자국 소리에 새들이 햇빛을 흩뜨리며 하늘로 날아갈 뿐 주위의 공기는 이상할 정도로 조용했다.

「심을 내라! 어데선가 달짝지근한 일본 놈들의 냄새가 난다. 더워지기 전에 놈들을 때리잡아야 한다!」

귀남의 멱따는 목소리가 나른한 아침공기를 잠시 뒤흔들었다.

부대는 완만한 고갯마루를 내려와 다시 약간 경사진 길로 접어들었다. 길이 좁아지면서 나무와 풀이 짙게 우거져 시야를 막았다. 길 좌우는 온통 우거진 숲이었고, 칡넝쿨이 길가에까지 뻗어 나와 뱀처럼 얽혀 있었다. 병사들이 좁은 오솔길 속으로 막 들어섰을 때, 갑자기 정면으로부터 일본군 총포대의 집중 사격이 개시되었다. 먼저 도착한 일본군이 총포대를 맨 앞에 매복시키고 그곳에서 곽재우군을 기다리고 있었던 것이다. 8명씩 5개조로 편성된 일본군 총포대는 순차적으로 순서를 바꾸며 일사불란하게 땅에 한쪽 무릎을 꿇은 정자세로 조선군을 향해 조준 사격을 가해왔다.

갑작스런 총격에 부대는 대열을 흐트러뜨린 채 길 좌우로 무질서하게 흩어져 도망치기 시작했다. 그와 동시에 양쪽 풀숲에 숨어 있던 일본 병사들이 함성을 지르며 튀어나오더니 이리저리 갈팡질팡하고 있는 조선군의 목과 어깨, 가슴 등을 닥치는 대로 칼로 베고, 내리치기 시작했다. 눈깜짝할 사이에 조선 병사들이 흘린 피가 길가의 풀 위로 쏟아지고, 황토 흙을 붉게 물들였다. 조선군은 혼비백산해서 메뚜기처럼 이리저리 뛰면서 칼을 피해 도망가기에 급급했다.

정신을 차린 활 부대가 화살을 쏘려 했지만 너무 거리가 근접하고 양군이 뒤엉켜 활을 쏠 수도 없었다. 창순은 정호 부대원들과 함께 일본군에게 둘러싸여 있었다. 대수와 만동이 선봉에 서서 일본군의 공격을 막으며 퇴로를 뚫고 있었고, 그 뒤에서 망내와 덕춘이 그들을 엄호했다.

대수와 만동이 사력을 다해 쇠를 끝에 단 몽둥이를 좌우로 휘두르자 일본군이 뒤로 밀리면서 그 사이로 잠시 공간이 생겼다. 그 틈을 이용해 망내와 덕춘, 그리고 막개 등은 잡목이 우거진 언덕 아래로 도망쳤다. 그리고 대수도 쇠몽둥이를 휘두르며 그들의 뒤를 따라갔다. 하지만 뒤따르던 만동은 어느새 추격해 온 일단의 일본군에게 포위되어 꼼짝할 수가 없었다. 일본군 한 명이 그가 휘두르는 몽둥이를 피하면서 그의 옆구리를 향해 재빨리 칼을 찔렀다. 만동은 동물적인 감각으로 칼날을 피했지만 날카로운 칼끝은 그의 옷을 베고 들어와 두툼한 허리의 살을 살짝 베고 지나갔다.

맨 뒤에서 도망치던 창순은 만동이 적에게 둘러싸인 것을 보고, 거의 본능적으로 칼을 들고 그리로 달려갔다. 그리고는 칼자루를 양손으로 부러뜨릴 듯이 움켜잡고는 무섭게 얼굴을 찡그린 채 일본군들의 한가운데로 뚫고 들어갔다. 그와 함께 대열이 무너지면서 만동의 퇴로가 열렸다.

「어서 후퇴하라! 어서!」

창순의 고함 소리와 함께 만동은 잡목 숲 속으로 뛰어들어 사라졌다. 그러나 창순은 곧 뒤쫓아 온 일본군에게 포위되어 무참히 그 자리에서 베어졌다. 조선군은 이날 전투에서 순식간에 이십여 명의 사상자를 내고 간신히 후퇴했다.

창순의 시신은 그날 오후에 대수와 만동에 의해 수습되어 거적에 싸인 채 고향으로 보내졌다. 그리고 광덕은 일본군이 휘두르는 칼을 얼결에 막다가 왼쪽 손이 잘려 본부로 가 정호의 치료를 받았다. 이후, 창순의 죽음으로 대장을 잃은 정호 부대는 낙서 부대로 통합되었다.

2
⋮
사업

1

8월에 접어들면서, 의령 방면에서는 일본군의 공격이 잠잠해졌다. 그러나 진주 쪽에서는 고성과 사천 방면에서 일본군이 호시탐탐 진주성을 노리며 간헐적인 공격을 계속하고 있었다. 진주성은 남강을 끼고 있는 천혜의 거성巨城으로 만약 진주성이 함락되면 경상도는 물론 전라도도 자연스럽게 일본군의 수중에 들어가게 된다.

9월로 접어들자, 맑고 차가운 가을 날씨가 이어지면서 새벽이면 찬 이슬이 내렸다. 이제, 대원들은 밤이 되면 이불이 없으면 잠을 잘 수가 없었다. 해서, 대원들은 교대로 집으로 가서 잡다한 생활용품을 지게로 져 산성으로 날랐다. 그리고 마침 가을걷이가 한창 때였기 때문에 순번을 정해 집으로 가서 농사일을 거들고 부대로 다시 돌아오기도 했다.

일본군은 웅천, 김해, 창원, 진해, 고성, 성주, 선산 등 각처에 진을 치고 경상도 지방을 부분적으로 점령하고 있었다. 거기에 부산, 동래에 있는 적까지 합치면 약 5만의 대군이 경상도 지역에 주둔하고 있는 셈이었다. 가을에 접어들자, 일본군은 지금까지 산발적으로 취했던 소규모 군사 행동 대신 대규모의 병력을 동원, 일거에 진주성을 공략해 조선 의병의 저항의 근간이 되고 있는 진주를 뿌리째 뽑아버리기로 작전을 변경했다.

9월 하순, 만동은 대수, 망내, 덕춘과 함께 일본군 공격의 표적이 되고 있는 진주성을 구원하기 위해 차출되었다.

김해를 출발한 약 3만 명의 일본군은 9월 말, 창원을 점령한 다음 이어 함안에 진출하여 약탈과 방화로 그 일대를 쑥대밭으로 만들었다. 그리고 달이 바뀌자, 함안과 진주의 경계를 넘어 10월 2일에는 마침내 진주성 동쪽 이십여 리 지점까지 진출했다.

일본군의 공세는 거의 일주일에 걸쳐 계속되었다. 주공격 방향은 가장 취약 지점인 성 동쪽으로 일본군은 그 일대에 대규모 병력을 주둔시켜 놓고 온갖 방법을 동원해 성을 무너뜨리려는 공격을 시도했다. 그들은 민가의 대문이며, 울타리, 심지어는 지붕의 짚과 서까래까지 벗겨내어 공성무기로 활용했으며, 주위에 서 있는 소나무며, 대나무를 닥치는 대로 베어 공성용 사다리로 만들고, 성 외곽에 토성을 높이 쌓고 그 위에서 성을 향해 공격을 퍼부었다. 해서, 그 일대의 조선인 마을은 개미 떼의 공격을 받은 사체처럼 순식간에 뼈만 앙상하게 남은 허허 벌판으로 변했다.

진주성 안에는 조선군 약 4천 명의 병력과 그 외에 민간인이 함께 성을 방어하고 있었다. 그리고 성 주변에는 삼가, 의령, 초계, 합천, 고성 그리고 전라도에서 차출되어 온 의병 수천 명이 적의 후방에서 교란작전을 펼치고 있었다.

만동과 망내 등이 소속된 곽재우 부대는 성 동쪽 너머에 있는 향교 뒷산에서 밤마다 횃불을 밝힌 채 함성을 지르며 교대로 갈마들며 적을 교란했다. 산 위에서 내려다보면, 일본군 병사들이 개미 떼처럼 새카맣게 막사 사이를 걸어 다니고, 또 어느 곳에서는 울타리를 쳐놓고 무슨 작업인지를 하느라 분주했다. 곳곳에 대나무에 매단 색색의 울긋불긋한 부대 깃발들이 바람에 펄럭이며 춤을 추고 있었고, 날카로운 무기와 온갖 치장을 다한 투구 표면에 햇살이 비쳐 눈을 부시게 했다.

그들은 이제까지 그렇게 많은 군인들을 본 적이 없었다. 일본군은 흙을 넣은 가마니로 순식간에 급조한 높다란 토성 위로 올라가 밤이면 성을 향해 총알을 퍼붓고, 낮에는 낮대로 무언지 공격력을 극대화하기 위해 고안한 공성 무기를 만들며 조금도 쉬지 않고 집요하게 움직이고 있었다.

하지만 그렇게 수차에 걸쳐 집요하게 진주성을 집중 공격했지만, 일본군은 끝내 성문을 여는 데 실패했다. 병력 수는 적었지만, 조선의 민관군은 성을 배경으로 일사불란하게 일치단결하여 적의 공격을 저지했다. 그

러나 결정적인 요인은 각지에서 구원 나온 조선 의병들이 일본군의 후방
에서 치고 빠지는 교란작전을 펼치며 개 떼처럼 들락거리며 공격을 가해
왔기 때문에 일본군은 앞뒤로 전력이 분산되어 성을 집중적이고, 효율적
으로 공격할 수 없었던 것이다.

　추위가 점차 다가오면서 전 전선에 걸친 일본군의 공세도 주춤해졌다.
그들은 추위를 막아줄 충분한 방한복을 갖고 있지 못했고, 후방에서 산
발적으로 그들을 공격해 오는 조선 의병들의 등쌀에 식량과 보급 상황도
그리 좋지 못했던 것이다. 해서, 일본군은 이미 8월에 서울에 온 군감軍監
들과 각 군 지휘관들의 연석회의에서 금년 작전은 더 이상 전선을 확대하
지 않고 현 상태를 유지하는 것으로 결론을 내리고 있었다.
　평양에서 명明의 심유경과 일본의 고니시 사이에 잠정적이지만 50일 간
의 휴전조약이 맺어지고, 전선이 소강상태를 보이자 정부는 특별한 작전
도 없이 병량만 축내고 있는 의병들을 못 마땅히 생각해 병력을 축소하
고, 지휘체계를 일원화해 삼도三道 의병 조직을 전라감사 권율의 지휘 하
에 둔다는 조처를 취했다. 그에 따라 별 볼일 없이 무질서하게 의병 조직
에 가담해 민간인들에게 피해를 주고 있던 많은 의병들이 전선을 떠나야
했다.
　정부는 난 초기에는 워낙 상황이 급박해 의병에게 전적으로 의지했지
만, 차츰 전국이 안정을 되찾게 되고, 명과의 구원협상이 구체화되어 가면
서 전국에 난립해 있는 의병 조직을 통일적으로 관리할 필요를 느꼈던 것
이다.
　해가 바뀌고 나서, 평양에 주둔해 있던 고니시가 이끄는 일본군 제1군
이 이여송이 이끄는 약 4만에 이르는 명의 구원군과 8천여 명으로 구성된
조선군의 공격으로 무너지자 전황은 급변했다. 이제껏 잠잠하게 숨죽이고

있던 사람들이 튀어나와 한양 수복을 외치며 들끓기 시작했다. 특히 하삼
도 지역에서는 실제로 군대를 이끌고 한양으로 올라가 명군과 힘을 합해
일본군을 몰아내고 한양을 되찾으려는 시도가 있기도 했다.

삼도三道 의병을 총지휘하고 있는 권율도 이 기회를 틈타 전라도의 병력
을 이끌고 한양을 향해 진격하려고 했다. 정호의 부대원들은 이 문제로 의
견이 분분했다.

「나는 거기 안 낄기다. 나가 말라꼬 개밥에 도토리처럼 전라도 군대에
들어가 싸우노?」

덕춘이 투덜거렸다.

「그긴, 나도 마찬가지다. 우리는 할 만큼 했다 아이가. 그카니 고향으로
돌아가 이제는 좀 쉬야제.」

만동도 자기 의견을 냈다.

「그래, 맞다. 지금 움직이는 놈들은 어덴가에 꼭꼭 심어 있다가 상황이
유리해지니까 기어 나와 전공을 세워 한자리 차지하려고 눈이 시뻘건 놈
들이 분명하데이. 그카니 기냥 놔두라. 하지만 우리는 이곳을 떠나면 당장
입에 풀칠을 우예 하느냐가 시급한 문제라이. 작년 농사를 다 망쳤으니 말
이다.」

대수가 흥분해서 말했다.

「나도 대수 말에 찬성이데이.」

막개가 침을 튀기며 끼어들었다.

「우리가 목심을 바쳐 싸워줬더니 곽재우만 성주목사가 되고, 또 그 덕
에 귀남이도 원님 덕에 나팔 분다고 한자리 얻어 갔다 아이가. 하지만 우
리는 뭐꼬? 봐라, 이자 우리는 또 옛날처럼 찬밥 신세가 될 테니.」

「니가 뭘 했다고 그리 흥분하노? 오줌이나 질질 싼 거밖에 더 있노?」

대수가 벼락같이 소리를 질렀다.

「개소리 집어치워라! 우린 당연히 해야 할 일을 한 기다. 근데 이제 와서 공을 따지다니 그라도 느그들이 인간이가?」

그 한마디에 일동은 조용해졌다. 막개의 말대로 며칠 후, 권율이 이끄는 병력이 한양을 향해 출발하자 부식도 끊어지고, 본부와의 연락도 두절되자 대원들은 누가 뭐라고 할 것도 없이 하나 둘, 짐 보따리를 싸기 시작했다.

정부는 명군의 대규모 참전에 따른 군량과 병참 지원으로 의병들에게 신경을 쓸 여력이 없었다. 그래서 열심히 싸운 의병들은 자신들이 버려지는 것 같은 씁쓸함을 느꼈다.

1월 말, 정호 부대원들은 어깨에 초라한 짐을 하나씩 걸머지고 고향을 향해 출발했다. 해동이 되려는 듯 며칠째 하늘이 흐리고, 음산한 날씨가 이어지고 있었다. 산과 들판을 건너 온 바람 속에는 곧 다가올 봄의 생명과 설렘이 깃들어 있었다. 이제 비만 한두 차례 온다면 얼어붙은 숲 바닥에는 맑은 시냇물이 흐르고, 새 생명들이 얼굴을 내밀고 꽃을 피우리라. 그들이 낙동강을 뒤로 하고 앞서거니, 뒤서거니 농담을 하면서 한 오 리쯤 걸어왔을 때, 갑자기 망내와 덕춘 그리고 막개가 뒤로 처졌다.

「와 그라노? 집에 안 갈끼가?」

대수가 뒤를 돌아보며 말했다.

「야, 행님 먼저 가슈. 우린 천천히 뒤따라 갈테니.」

망내가 큰 소리로 말했다.

「알았다. 그라믄, 천천히들 오레이.」

그리고 대수는 잽싸게 발걸음을 놀렸다. 대수 일행과 헤어진 세 사람은 길가에 있는 바위 위에 엉덩이를 걸치고 잠시 말없이 앉아 있었다. 해동을 재촉하는 축축한 바람이 텅 빈 길을 휩쓸고 있었다.

「난, 다른 건 몰라도 배고픈 건 몬 참는다. 아나? 배가 고프면 느그들

뱃속에 들어 있는 것도 꺼내 묵는다.」

막개가 입가에 허연 침을 튀기며 말문을 열었다.

「아재는 참 대단하데이. 언젠가 때가 오믄 그 걸배이 같은 실력을 발휘할 때가 단디 올끼니 쪼매이 기다리이소.」

망내가 웃으며 대답했다.

「하모, 아재는 정말 대단한 사람이 아이가.」

덕춘이 끼어들었다.

「그란데, 우예 달래 같은 예쁜 딸을 낳았는지 모르겠데이. 혹시, 딴 데서 주워온 거 아이가? 도둑질하러 어느 집에 몰래 들어갔다가, 뭔지 물컹한 기 밟혀 양식이 들어있는 줄 알고 집어온 기 혹시 달래 아니유?」

「시상에 말이라고 다 말이가. 달래는 내 딸이다!」

막개는 달래 얘기가 나오자 펄쩍 뛰었다.

「그 아를 낳을 때 돌아가신 어무이가 자굴산까지 가서 지극 정성으로 백일기도를 드렸다 아이가? 그 아는 누가 뭐라캐도 산신령님이 내게 내려주신 귀한 선물이데이.」

「나가 알 게 뭐유? 치성을 드렸는지 어데서 주워왔는지.」

덕춘은 재미있는지 막개를 계속 놀려댔다.

「봐라, 느그들은 잘 모르는 모양인데, 나도 어렸을 때는 어무이한테 사랑을 억시로 받으며 자랐데이. 비록 어무이가 한때 정신이 오락가락한다고 마을 사람들한테 소문이 나 할 수 없이 마을을 떠나야 했지만. 그전에는 샌님 댁 일을 해 주며 밥 걱정은 안 하며 살았데이.」

「그라믄 그때부터 남의 것을 슬쩍하는 몬된 짓을 하게 된 기요?」

덕춘이 재미있는지 짓궂게 다시 물었다.

「마을 사람들이 우리 모자를 마치 걸배이처럼 취급하고 따돌렸기 때문이데이. 그캐서 난 그때부터 친구도 없이 시상을 겉돌다가 배가 고파 할 수 없이 도둑질을 시작하게 된 기라. 시상에 처음부터 도둑놈이 어디 있노. 묵고 살 수가 없으니까 할 수 없이 그캐 되는 기지.」

막개는 사뭇 진지해 보였다. 비록 나이도 제법 들고 몰골은 추레했지만 옛날 얘기를 꺼내자 마음이 아파오는 것 같았다.

태양이 구름 속으로 들어가면서 다시 주위의 산들이 침침해졌다. 들판을 건너 온 바람이 길가에 서 있는 앙상한 겨울 나뭇가지에 남아 있는 지난해의 마른 이파리들을 와삭와삭 흔들며 지나갔다. 해가 기울고, 바람이 옷깃을 파고들면서 몸이 으슬으슬 떨려왔다. 따뜻한 불길과 맛있는 음식이 그리워지는 시간이었다.

「인자 우쩰 기가?」

막개가 징징댔다.

「걱정 마이소, 아재. 우리 앞에는 억시기 많은 길이 펼쳐져 있으니. 시상은 넓고 크다 안 캅니꺼. 그라니 암말 말고 내 뒤만 따라와요. 내, 장인 대접을 단디 해 줄 테니.」

그러며 망내는 실실 웃었다.

「이 자슥아, 우째서 아재가 니 장인이가? 머리에 피도 안 마른 놈이.」

달래 얘기가 나오자 덕춘이 흥분해서 으르렁거렸다.

「걱정 마라, 이 자슥아. 내 이번에는 꼭 장인어른의 승낙을 받아 혼례를 올리고 말 테니.」

덕춘이 더 이상 참지 못하고 달려들어 두 손으로 망내의 모가지를 비틀었다. 그러자 망내가 다리를 걸어 덕춘을 땅바닥으로 넘어뜨렸다. 두 사람은 아이들처럼 길 한복판에서 구르며 한참 동안 싸움을 벌였다.

「봐라, 느그들은 허구한 날 이 무신 짓인고? 가시나 하나 땜에 만나기만 하믄 맨날 쌈질이니.」

막개가 할 수 없이 끼어들어 말렸다.

「좋다, 언젠가 때가 오면 이판사판 맞짱을 떠서 한 눔이 죽어서 뻗어뿌리던가, 아니면 멋진 내기를 해서 이긴 사램에게 내 아를 줄 테니 그때까지는 지발 점잖게들 있으레이.」

「좋심더!」

흙 묻은 옷을 털면서 덕춘이 의기양양하게 말했다.

「절마는 나한테 한 주먹거리도 안 되니 걱정마시이소, 장인어른. 자리가 잽히는 대로 그날을 미리 일러 주이소. 절마를 장사지내려면 미리 관을 짜 둬야 하니.」

망내는 말 같지도 않은지 들은 척도 않고 자리에서 일어나 앞장서 걷기 시작했다. 그날 저녁, 그들은 삼가를 지나 산청 못미처에서 외진 산골 마을로 들어가 의병 행세를 하면서 저녁을 한 끼 얻어먹고 하룻밤 신세를 졌다.

이튿날 모두 자리에서 일어나 아침상을 기다리고 있는데, 주인이 슬슬 눈치를 살피며 아침을 미루었다. 그러자 덕춘이 한바탕 소란을 피웠다. 그는 언제 챙겼는지 곽재우가 쓴 격문을 품속에서 꺼내 주인 앞에서 흔들며 소리쳤다.

「우리는 거년 봄부터 인자까지 나라를 지키느라 하루도 발 뻗고 펜히 쉴 날이 없었소. 헌데, 주인장은 고작 밥 한 끼 믹이는 기이 아까워 실실 눈치를 보는 기요? 참말로 뜨거운 맛을 봐야 정신을 차리겠소!」

덕춘은 칼을 뽑아 주인 앞에 들이댔다.

잠시 후, 덕춘은 집 주위를 돌면서 양식을 숨겨놓을 만한 장소를 샅샅이 뒤졌다. 곧 그의 오랜 경험에 의해 허름한 헛간 바닥에 숨겨 놓은 양식 자루가 발견됐다. 주인 사내가 울면서 안 된다며 극구 사정을 했지만 덕춘은 간단히 그를 땅바닥으로 쓰러뜨린 뒤 양식을 챙겨 유유히 그곳을 떠났다.

「아재! 인자부터는 아재가 부엌 책임자니까 이 양식을 잘 보관하이소. 당분간은 밥 굶을 걱정은 안 해도 될 기니.」

덕춘은 빼앗은 양식 자루를 막개에게 던지며 어깨를 한번 으쓱했다.

「우리는 영원한 자유인 아이가? 안 그러냐? 웬만크롬 할 일을 했으니 이자부터는 당당히 우리 길을 가자. 어깨를 쫙 펴고 말이다. 우리 앞길을 막을 자는 이자 아무도 없데이.」

덕춘은 신이 나는지 한껏 기고만장했다.

「가난과 설움에 찌들려 살아온 반평생이다. 인자 다시는 그리루 안 돌아갈 기다.」

망내도 신바람이 나서 덕춘의 말을 받았다.

「하모, 느그 말이 백번 옳다! 옳고말고.」

막개가 장단을 맞췄다.

아침 안개가 걷히면서 화창한 옥빛 하늘이 산봉우리 위로 펼쳐졌다. 숲 속의 나무들은 아직 잎을 달지 않아 앙상했지만 양지쪽에는 봄기운이 완연했다. 새들은 봄빛이 쏟아지는 나뭇가지 위에서 겨우내 다듬은 고운 목소리로 지저귀고, 대지 위로 쏟아지는 따스한 햇살을 받으며 산수유나무들은 노란 꽃봉오리를 막 터뜨리려 하고 있었다. 그리고 어두운 숲 바닥에도 파릇한 봄의 새싹들이 발돋음을 하듯이 검게 젖은 땅을 헤치며 고개를 내밀고 있었다. 멀리 안개 낀 산골짜기 너머로 나물을 뜯는 여인들의 모습이 아련히 보였다.

「아재, 지발 그 더러운 솜저고리 좀 벗을 수 없소?」

막개의 뒤에서 걷고 있던 망내가 소매가 너덜거리고, 땟국물이 줄줄 흐르는 막개의 솜저고리를 보고 한마디 했다.

「냄새가 나서 원. 인자는 이까지 우리한테 옮기려 하소?」

산기슭을 돌자, 지리산의 연봉이 솜처럼 하얀 봄 안개 너머로 그 모습을 드러냈다.

「참말로 지리산은 크구나.」

막개가 하품을 하면서 말했다.

「근데, 어데로 가는 기가?」

「지리산으로 갑시다.」

덕춘이 결심한 듯 말했다.

「거기로 드가서 발은 전라도 땅에 두고, 머리는 고향 땅에 두고 삽시다. 달래도 디리오고, 복래도 디리다 다 함께.」

「니 미쳤노?」

망내가 끼어들며 말했다.

「데리다 풀만 메기려꼬? 에라, 정신 차리라. 이눔의 자슥아!」

오후에 그들은 산청에 도착했다. 해는 이미 산 너머로 사라진 뒤였다. 그곳에서 망내는 하룻밤 묵어갈 셈으로 투전판에서 사귄 천만千萬의 집을 찾았다. 천만은 신분은 노비였지만, 자기 아버지가 장사를 해 번 돈으로 이 일대에서 크게 사채놀이를 해서 큰돈을 모은 부자였기 때문에 사는데 별 걱정이 없는 녀석이었다. 그는 한량처럼 건달들을 데리고 다니며 노름꾼들에게 이자 돈을 놓아 배를 불리고, 저녁에는 기생집에서 놀았는데, 망내도 그에게서 몇 번 돈을 빌린 적이 있었다. 그는 일찍 결혼을 해서 애도 딸려 있었는데, 아내는 거창 출신의 몰락한 양반집 딸로 가세가 급격히 기울게 되자 가족들을 위해 얼마의 돈을 받고 천만에게로 시집 온 것이었다.

전쟁이 나자, 천만은 친구들과 함께 김면金沔군에 참가해 거창 방면으로 침투하려는 일본군과 싸웠다. 그 와중에 천년 백년 살 것처럼 젊은 첩년에 미쳐 보약만 먹던 아버지가 갑자기 죽고, 그와 함께 첩년이 어린 자식과 아버지가 목숨처럼 아끼던 금붙이는 물론 각종 논문서와 밭문서 등을 챙겨 사라져 버려 눈에 불을 켜고 젊은 첩년을 잡으러 다니느라 혈안이 되어 있었다.

밖이 컴컴해지고 나서도 한참 있다가, 천만이 지친 얼굴로 집으로 들어왔다. 그는 오늘도 먼 거리를 헤매고 다닌 듯 몹시 지친 모습이었다.

녀석은 저녁도 안 먹고 손님들 앞에서도 오직 그 얘기만 해댔다.

「금붙이야 이름이 써 있는 게 아니니까 그렇다캐도 논문서는 뭣에 쓰려고 가지 갔을까?」

막개가 끼어들었다.

「누기 아니래요. 그 직일년이 나를 직이려고 환장을 한 모양입더. 그라지 말고 아재가 나 좀 도와주겠소? 섭섭지 않게 해드릴 테니.」

천만이 진지하게 말했다.

「글씨요, 우리는 계획이 있어서…한번 고려해 보죠.」

그리고 약간 뜸을 들이다가 막개는 다시 말을 이었다.

「내 생각엔 그 여자 뒤에 남자가 있을 것 같은데, 그리 되믄 문제는 결코 간단한 일이 아입니더, 아시겠소?」

「망내야, 니 나 좀 도와다고. 전에 니도 내 덕 좀 보지 않았나? 한번 고려 좀 해봐라.」

그들은 얘기를 하다가 늦게 잠자리에 들었다.

이튿날 아침, 그들은 천만에게 사례를 하고 지리산 쪽을 향해 발걸음을 재촉했다. 이곳에는 대개 지리산을 기대어 살아가는 사람들이 많았다. 그들은 산골 깊은 곳에 움막을 짓고 약초라든가, 버섯, 머루, 산나물, 꿀 등을 채취해서 장에 내다팔아 살림을 꾸려가고 있었다.

산에서 굴러 내려온 바윗덩어리들이 길을 가로막고 있는 경사진 산 계곡을 따라 얼마쯤 올라가자 강이 하나 나왔다. 거기서 똑바로 나가면 함양이었고, 좌측으로 강을 끼고 가면 마천이었다.

음지쪽에는 여전히 지난해의 눈이 굳게 얼어붙은 채 쌓여 있었고, 강기 슭에도 하얗게 얼음이 덮여 있었지만, 맞은편 양지쪽에는 햇살이 따사롭 게 비쳐 봄기운이 완연했다.

막개는 길을 걷다 말고 숲으로 허리를 구부리고 들어가 지난해의 낙엽 을 뚫고 올라오는 연초록의 새싹들을 하나하나 만지며 아이들처럼 기뻐 했다.

「애기앉은부채로구나.」

그는 천진난만한 얼굴로 아무도 없는 숲 가운데에서 혼자 중얼거렸다.

「참으로 이쁘기도 하다. 그 추분 겨울을 뚫고 살아나다니 기특하데이.」

맑은 강물에는 고기들이 뛰어놀고 있었다. 뺨을 간질이는 새봄의 바람 이 산비탈을 따라 서 있는 대나무 이파리들을 물결처럼 흔들며 지나갔다. 그러자 대 이파리 위로 쏟아지는 노란 봄 햇살이 금가루처럼 부서지면서 눈을 부시게 했다. 여기서 서쪽으로 더 가면 남원땅이고, 산줄기를 따라 남쪽으로 계속 내려가면 구례와 하동으로 이어진다.

강 위쪽으로 올라갈수록 그들처럼 유랑하는 사람들의 무리가 눈에 띄 기 시작했다. 그들은 외진 골짜기와 바람막이가 있는 곳이면 움막을 파고, 혹은 큰 바위나 동굴 같은 곳에 의지해 몇 명씩 무리를 지어 살고 있었다. 오랜 유랑 생활로 정신은 물론 육체까지 피폐해진 그들은 전쟁을 피해 산 으로 피신했거나, 아니면 임진란 전부터 세상을 등진 정체를 드러낼 수 없 는 부랑인과 범죄자들이 대부분이었다. 그들은 힘든 역役이나 각종 세금, 그리고 짓누르는 빚더미에 몰려 오갈 데가 없는 사람이었고, 돌이킬 수 없 는 잘못을 저질러 다시는 세상으로 되돌아갈 수 없는 사람들이었다.

강가를 따라 따뜻한 봄 햇살을 쬐면서 거렁뱅이들이 길게 줄을 이어 누 워 있었다. 그리고 강가에 서 있는 나무 위에는 빨래를 해 널어 놓은 무거 운 솜옷들이 땅에 닿을 듯이 겹겹이 걸쳐 있었고, 그 주위에는 시커멓고 겨우내 덮고 자 꼬질꼬질해진 더러운 이불이며 솥단지, 식기류, 그릇 등 잡다한 생활용품들이 어지럽게 흩어져 있었다.

그들이 얼마쯤 강가를 따라 걸어갔을 때, 갑자기 사람들이 나무 덤불 주위에 몰려 웅성거리고 있는 것이 보였다. 그 중에서도 키가 육 척이 넘는 허우대가 큰 한 사내가 눈을 끌었다.

「저거 대복이 성 아이가?」

망내가 손으로 키 큰 사내를 가리키며 말했다. 순간, 덕춘은 표정이 어두워지면서 가만히 망내를 길 아래로 세게 잡아끌었다.

「이거, 놔라.」

망내가 덕춘의 손을 뿌리치며 크게 소리쳤다.

「대복이 성!」

사내가 이쪽을 쳐다보더니 망내를 확인하고 반갑게 손을 흔들었다.

그곳으로 가 보니, 사십쯤 된 수염이 텁수룩한 한 사내가 뻣뻣하게 동태가 되어 죽어 있었다. 아마 간밤에 죽은 듯 사람들은 그의 시체를 어떻게 처치해야 할지 의논하는 중이었다.

「아니, 동상이 웬일이가? 이런 데서 만나다니.」

키가 크고 사내답게 잘 생긴 대복은 구부정히 서서 그의 어깨밖에 안 차는 망내를 끌어안으며 반가워했다.

「좌우지간 반갑데이.」

대복은 망내와 반갑게 악수를 나누고는 자신의 거처로 그들을 데려갔다. 그는 양지쪽 산기슭에 움막을 짓고 몇 명의 젊은이들과 함께 기거하고 있었다.

「헌데, 행님은 우찌 된 일이유? 이쁜 행수님은 대체 어데 두고 이 누추한 한데서 걸배이처럼 살고 계십니꺼?」

「그 야그를 하자면 또 길어진데이. 난, 암만해도 여복이 없는 모양이야.」

대복은 손님들을 자리에 앉힌 다음, 부하인 듯한 젊은이에게 점심을 차리라고 일렀다. 키가 어찌나 큰지 앉아 있는데도 머리가 움막 지붕에 거의 닿을 것처럼 아슬아슬했다.

대복은 함안에 있는 술집에서 은비를 한번 보고 그녀의 아리따운 용모에 반해 죽자 사자 쫓아다니던 사내였다. 그 덕분에 덕춘과 망내는 함안에 들를 때면 무슨 칙사처럼 대복의 환대를 받았다. 또한 그의 소개로 함안에서 주먹깨나 쓰는 녀석들과도 얼굴을 트고, 거리낌 없이 장터와 술집을 헤집고 다닐 수 있었다. 하지만 대갓집 양반들하고만 어울리는 은비에게 대복 같은 농투성이의 사내는 언감생심, 그림의 떡이었다. 결국, 대복은 은비가 김해로 자리를 옮기자 장가 밑천으로 모아놓았던 생돈만 모두 날리고 닭 쫓던 개꼴이 되고 말았다. 게다가 덕춘은 누이동생을 미끼로 돈까지 얻어서 노름으로 다 날려 버렸던 것이다.

그 후, 난리가 나기 얼마 전에 혼례를 올린다는 소식을 듣고 망내는 함안까지 가서 그의 결혼식을 보고 왔는데, 난데없이 예서 만난 것이었다.

「어데서 오는 길이십니까?」

대복이 허리를 깊이 구부리며 막개에게 인사를 하며 물었다.

「우리는 막 낙동강 전선에서 일본군들과 역시로 치열한 격전을 치르고 돌아오는 길입니다. 숱한 전우들이 그 전투에서 목심을 잃었십니다.」

막개가 점잖을 빼며 말했다.

「아재도, 참.」

덕춘이 끼어들었다.

「아재는 거그서 밥만 했제, 언지 싸운 적이 있다고 그리 생색을 내오. 우리가 이렇게 멀쩡히 살아 있는데.」

그 말에 좌중은 웃음이 터졌다.

「이 사람아. 꼭 칼을 든다 캐서 싸우는 것만은 아니네. 내가 자네들을 잘 믹이지 몬 했다믄 어떻게 일본 놈들과 싸웠겠나? 전장에는 병사도 필요하지만 항상 그 뒤에서 묵묵히 무기를 맨들고, 세 끼 밥을 챙겨주는 조리병도 있다는 기를 명념해야 한데이.」

「어르신 말씸이 맞십니다.」

대복이 웃으며 막개를 추어올렸다. 점심 식사 겸 술자리가 벌어졌다. 대복은 밖에 서 있는 젊은이들 중에서 가장 앳돼 보이는 갑석甲石을 불러들였다. 그는 막 소년티를 벗었지만 몸매가 다부지고, 눈매가 아주 초롱초롱했다.

「인사드리라. 다 니 행님뻘 되시는 분들이니까.」

대복의 명령에 그는 공손히 두 손을 모아 인사를 했다.

「갑석이라고 합니더.」

막개가 슬쩍 그의 손을 보니, 양 주먹으로 무엇을 매일 두드리는지 손가락 관절 부위에 혹처럼 굳은살이 흉측하게 곳곳에 박혀있었다.

「저 아는 내가 남원에 나갔다가 우연히 내 눈에 띄어 데려온 아요.」

갑석이 나가자 대복이 설명을 했다.

「아버지는 돌아가고 어무이는 아아들을 두고 다른 데로 재가를 한 모양입니더. 캐서 할매가 저 아와 동상들을 길렀는데, 이번 난리 때 할매도 뼁으로 돌아가서 졸지에 가장이 된 기요. 절마는 동상들을 믹여 살리느라꼬 도둑질은 물론 살인까지도 마다하지 않을 정도로 궁지에 몰려 있었다카더군요. 난, 지난 가을에 남원에 나갔다가 우연히 절마가 장터에서 지보다 큰 아아들에게 몰매를 맞는 것을 봤십니더. 아마도 남의 구역을 침범한 것 같았십니더. 금마들은 절마를 둘러싸고는 사정없이 패더군요. 코피가 터지고, 입술이 피범벅이 됐는데도 엎어져 있는 절마를 사정없이 돌려가면서 발로 짓밟았십니더. 하지만 절마는 한사코 무릎을 꿇지 않고 엉겨붙더군요. 지는 계속 숨어서 그 광경을 지켜봤십니더. 절마는 피투성이가 됐는데도 다시 일어나서는 지보다 덩치가 큰 아에게 뎀비더군요. 심이 모자라니께 나중에는 이빨로 손을 물어뜯고. 하지만 심이 약한 절마는 끝내 당해낼 수가 없었지요. 절마는 발길질에 다시 땅 위로 쓰러졌고, 이번에는 다른 아가 일으켜 세워 주먹으로 얼굴을 무자비하게 두들겨 패더군요. 잠시 후, 금마들이 모두 돌아간 뒤에 지는 그리로 가 절마를 일으켜 세웠죠. 울면서 할매를 부르더군요. 그게 다였어요. 나는 절마를 데리고 주막으로 가 뜨끈한 국밥을 한 그릇 시켜 주었습니다. 헌데, 동상들이 굶고 있다며 안 묵으려 하더군요. 순간, 지는 절마를 도와줘야겠다고 생각했습니다. 지는 양민들은 건드리지 않고 좀 있어 뵈는 집들을 골라 털어서 묵을 것을 해결합니다. 절마는 그 방면에서 그중 솜씨가 뛰어난 아랍니다.」

「지가 낳은 얼라들을 두고 가다니. 참말로 시상 믿을 기이 아무것도 없데이. 그 아지매, 사랑에 눈이 멀어도 단디 멀지 않았나.」

막개가 흥분한 듯 투덜거렸다.

「자, 술 한잔 따르라.」

대복이 잔을 내밀며 말했다. 그는 다시 잔에 술이 가득 차자 커다란 손으로 잔을 들어 한 번에 쭉 비운 다음, 다시 하던 말을 계속했다.

「참, 내 혼인 때 와 줘서 고맙데이. 게다가 술을 한 동썩이나 보내다니. 허지만 그 술통을 다 비우기도 전에 내 행복은 끝이 나고 말았다 아이가.」

「와요, 행님?」

망내가 참지 못하고 끼어들었다.

「난, 여복이 없나부다. 아무래도.」

대복은 쓴 웃음을 짓고는 말을 계속 이었다.

「니도 보았겠지만 내 각시는 그 근방에서는 억시로 곱게 생긴 여자로 유명했다, 안 카나. 일꾼들이 모지리 탐을 냈으니까. 주인 마나님께서 나보고 더 열심히 일하라는 뜻으로 특벨히 그 여자를 배필로 삼아 주신 기라.」

그는 말을 끊었다가 다시 말을 이었다.

「혼례를 치른 후, 나는 주인댁에서 내준 작은 초가집에서 신혼살림을 시작했다. 참말로 행복했데이. 헌데, 제기럴. 한창 신혼의 단꿈에 잠겨 있는 어느 날, 주인댁 아들놈이 나보고 하동엘 다녀오라고 안 카더냐. 그 집은 여기저기에 땅이 하도 많아서 항상 소작인들과의 관계며, 거기서 생기는 이런저런 잡다한 문제로 늘 골치 아픈 일이 생긴다는 것은 잘 알고 있었지만, 하필 와 한창 신혼 재미에 빠져 있는 나를 심부름 시키는지 속은 부글부글 끓었지만 주인 말을 거역할 수도 없어서 난, 이튿날 새벽에 그곳으로 떠났다. 보통 때 겉으면 난, 이튿날 저녁에 돌아오는 기 통례였데이. 허지만, 집에서 혼자 자고 있을 이쁜 각시를 생각하니 내 마음은 분주해졌다 이기다. 난 일을 마치고는 저녁도 드는 둥 마는 둥 나는 듯 서둘러 집을 향해 출발하지 않았겠나. 밤이 깊어 질은 잘 보이지 않았지만, 각시를 만날 생각에 하늘의 벨들은 사랑스럽기 그지없었지. 우쨌든 난, 새벽에 사공을 깨워 강을 건넜다. 하늘에는 여전히 벨들이 총총히 빛나고 있었제. 난, 나는 듯이 집에 당도해 사랑하는 각시를 놀려 주려고 몰래 방문을 열었다네. 헌데, 각시가 웬 사내와 함께 이불 속에 떡 누워 있지 않겠나. 캐서 일이 이렇게 되고 말았다 아이가.」

「제기랄!」

망내가 자기도 모르게 한숨을 푹 쉬었다.

「나는 금마의 머리를 마루 기둥에 처박아 단심에 머리통을 박살내고, 말리는 각시를 뒤도 돌아보지 않고 한걸음에 이곳으로 달려왔다. 이기 내 인생이라는 기다.」

「참말로 시상에는 사연 없는 사램이 하나도 없구려. 헌데, 그 직일 놈이 대체 우떤 놈입니꺼?」

묵묵히 듣고 있던 막개가 끼어들었다.

「누긴 누기요? 쉰댁 아들이죠. 금마는 오래전부터 각시와 관계를 맺고 있었는데 지와 혼인을 하게 돼 만날 수가 없게 되자 잔머리를 굴렸던 기죠.」

「에이! 그 얘기는 인자 집어치우고 술이나 빱시다!」

망내가 혀를 차며 화제를 다른 곳으로 돌렸다. 귀한 꿩 고기를 안주로 지리산 과실로 만든 술이 계속해서 나왔다. 그것은 그의 부하들이 사냥을 해서 잡아온 것들이었다. 그의 거처는 땅을 파고 지은 움막이기는 하나 나뭇가지와 마른 풀로 두텁게 지붕을 이어 안은 사뭇 따뜻하고, 아늑했다.

「이곳에 사는 놈들은 모지리 도둑질을 해서 묵고사는 놈들이데이.」

대복이 다시 말문을 열었다.

「떼를 지어 몰려다니다 만만한 놈을 만나면 목심을 협박해 갖고 있는 물건을 빼앗고, 여자들을 겁탈하지. 그런 놈들이 하나 둘이 아이다. 심만 쪼매이 있으면 저그들끼리 대갈배기 터지게 싸우면서 닥치는 대로 상대의 물건을 빼앗고, 여자들을 빼앗는 일은 백주 대낮에도 밥 묵듯이 벌어지는 기이 이 시상이다. 한마디로 무법천지가 따로 없데이. 게다가 개중에는 말은 안 해도 이 기회에 나라를 뒤집어 엎어뻐리고 새 나라를 세우겠다고 맘먹고 있는 녀석들도 섞여 있는 것 같더라. 새로운 나라가 우쨌고, 지가 그 말씸을 하늘로부터 직접 들은 사람이라는 둥 온갖 미친 소리를 하면서 멍청한 놈들의 머리를 돌아뻐리게 한단 말이데이.」

술자리는 밤이 깊도록 이어졌다. 외진 산 속이기는 하나 상이며 수저, 그릇 등 뭐 하나 없는 것이 없이 제법 규모 있게 살림살이가 갖춰져 있는 것으로 보아 이곳에서의 대복의 위치를 가늠해 볼 수 있었다.

「자자, 모지리 함께 건배를 합시다!」

대복이 잔을 높이 들어 일행을 환영하는 뜻으로 건배를 제안했다.

「행님, 혼자 사시더니 도통한 사램처럼 말씸도 유창하고, 생각도 깊어지셨소. 하지만 앞으로는 행수님도 새로 얻고, 이 동상들과 한번 재미나게 살아봅시다!」

망내가 대복의 마음을 위로하듯 한마디 했다.

「우리 같은 놈들이야 머 뺏길 기이 있십니꺼, 아니면 머 아쉬울 기이 있겠십니꺼? 꼴리는 대로 살다가 가는 기지요.」

「동상 말이 맞네.」

대복이 장단을 맞췄다.

「내 꿈은 그저 각시와 토끼 겉은 자식들과 함께 봄이면 씨 뿌리고, 여름에는 땀 흘려 일하고, 가슬이 오면 곡식을 거둬 이웃들과 오순도순 함께 모여 사는 것이었네. 헌데, 그 쪼매한 꿈조차도 마음묵은 대로 되질 않으니 대체, 내 꼴이 이기이 머꼬? 산 속에서 도적질이나 하면서 시월을 낚고 앉아 있으니. 내가 생각해도 참 한심하다는 생각이 들 때가 한두 번이 아이다.」

「행님, 그 주먹은 놔두었다 멋에 쓰려는 기요?」

이전에 대복에게 한 잘못 때문에 줄곧 가만히 앉아 있던 덕춘이 드디어 탈출구를 발견한 듯 험상궂은 눈으로 술잔을 움켜쥐며 말했다.

「이 기회에 양반 놈들을 싹 썰어버려야 합니더. 금마들이 이 나라를 이 꼴로 만든 기이 아니오! 그란 게 금마들을 싹 썰어 없이버려야 우리가 두 발 쭉 뻗고 잘 수가 있다 이 말입니다, 지 말은. 안 그렇소?」

막개는 술을 못 마시기 때문에 일찌감치 누더기 이불 속에 몸을 파묻고 한쪽 구석에 처박혀 코를 골며 자고 있었다.

「아, 저 인간은 코고는 소리가 진짜 장난이 아이네. 제기랄, 숨을 내쉴 때마다 지리산 전체가 부들부들 갱기를 일으키는구먼.」

덕춘이 막개의 옆구리를 주먹으로 한 대 쥐어박으며 투덜거렸다.

「달래만 아니면 기냥 질거리에 내삐리고 가도 되는데 말이야. 안 그러냐?」

「놔둬라. 인간은 저마다 다 쓸모가 있는 기니까.」

망내가 철학적으로 조용히 말했다.

이튿날, 새벽에 막개는 누군지 거칠게 숨을 몰아쉬며 나무줄기를 주먹으로 두드리는 둔탁한 소리에 맨 먼저 잠을 깨 밖으로 나왔다. 움막에서 조금 떨어진 공터에서 갑석이 키 큰 느티나무 앞에 바싹 붙어 서서 나무줄기에 감아 놓은 새끼를 연신 주먹과 발로 차고 있었다. 갑석은 상체를 벗은 채 입김을 허옇게 내뿜으며 재빠른 몸놀림으로 나무줄기를 가격했다. 그러면 그 타격음과 함께 나무줄기 속에서 나오는 텅 빈 울림이 계곡 위로 음울하게 퍼져나갔다.

그것은 그가 남원의 불량배들에게 몹시 얻어터진 뒤 자구책으로 시작한 독특한 그만의 운동방법이었다. 그는 새벽마다 지리산 정상까지 뛰어 올라갔다가 내려와서 아침 식사 전까지 그 운동을 시작했다. 그 덕분에 그는 이제 남원에 내려가도 누구 하나 감히 건드릴 수 없는 돌주먹이 되어 있었다.

「대단하구나. 대단해. 이크, 이크. 인자 저 나무를 직이겠구먼.」

막개는 멀찍이 떨어진 곳에 서서 갑석의 주먹이 칭칭 감아 놓은 새끼를 칠 때마다 흠칫흠칫 놀란 얼굴로 연신 몸을 떨었다.

산속의 아침은 아직 쌀쌀했다. 마른 풀잎 위에는 하얗게 서리가 내려앉았고, 계곡 아래쪽에 고인 물에서는 여전히 차가운 냉기가 밀려왔다. 운동이 끝나자, 갑석은 가쁜 숨을 몰아쉬며 계곡 아래 있는 물가로 내려가 얼음이 얼어 있는 물속에 몸을 담갔다.

망내 일행은 며칠 간 대복의 신세를 졌다. 그러자 식량이 곧 바닥이 났다. 망내는 대복에게 한탕 할 것을 제의했다. 몇 군데 장소를 물색한 끝에 함양 출신 머슴의 제안으로 그곳에 사는 부잣집을 털기로 결정했다. 갑석이 먼저 집의 구조며 탈출로 등을 조사해왔다.

며칠 후, 달이 없는 그믐밤을 이용해 그들은 작전을 개시했다. 그들은 일찌감치 저녁을 먹고 출발해 어둡기 전에 마을이 내려다보이는 고개 밑에서 휴식을 취했다. 그들의 작전은 사람들이 깊이 잠든 새벽 시간에 바깥에서 창고 벽체를 뜯어내고 쌀을 훔쳐내는 방법이었다. 갑석을 선두로 4명의 젊은이가 행동에 나섰고, 망내와, 덕춘, 막개가 그들의 뒤를 엄호했다.

그들은 작전 개시 삼십 분만에 미리 뜯어낸 벽체 사이로 쌀 두 가마를 털어 적당히 나누어 각자의 등에 지고 마을 밖 고개를 넘어 서남쪽으로 유유히 사라졌다.

날이 풀리자, 망내 일행은 대복의 거처에서 좀 떨어진 곳에 근처의 나무를 베어 솜씨 좋게 오두막집을 한 채 지어 분가했다.

살림은 막개가 맡았다. 그는 혼자 오랫동안 살아온 터라 요리솜씨도 능숙했고, 음식에도 관심이 많아 제격이었다. 그는 산속을 돌아다니며 막 돋아나오는 신선한 봄나물을 캐와 그것으로 죽을 쑤고, 무침도 했다. 그리고 시간이 좀 지나자 어디선지 닭을 한 마리 가져와 키우기 시작했다. 그뿐만이 아니었다. 나중에는 오리도 키우고, 또 개들도 데려와 키우기 시작해 그들의 거처 주변은 온통 동물들로 넘쳐났다.

덕춘은 개 냄새가 난다며 매일 막개를 나무랐다. 그래도 그는 들은 척도 않고 동물들을 키우는 재미에 흠뻑 빠져 시간 가는 줄을 몰랐다.

얼마 전까지만 해도 눈에 덮여 있던 지리산 응달의 산기슭에도 무거운 털모자가 벗겨지듯이 눈이 녹으면서 따뜻한 수증기가 안개가 되어 거품처럼 피어올랐다. 매일처럼 산골짜기에는 구름처럼 따뜻한 안개가 피어올랐으며, 새들은 귀가 따갑게 양지쪽 나뭇가지 위를 날아다니며 시끄럽게 지저귀고 있었다. 곳곳에서 얼음이 부서지면서 눈 녹은 물들이 경쾌한 소리를 내며 계곡을 타고 산 아래로 흘러내려갔다. 그리고 어느새 산기슭에는 봄꽃들이 화려하게 꽃망울을 터뜨리며 황폐한 겨울 숲을 밝은 봄의 고운 빛깔로 물들였다.

2

4월 초, 정호鄭浩는 오랜만에 복대福大와 함께 집으로 돌아왔다. 그는 그동안 진주성에서 그 지역 철鐵 장인 및 야금 장인들과 함께 총포를 제작하느라 한번도 집에 오지 못했던 것이다. 그는 하루 종일 용광로 옆에서 쇳물과 철광석 등을 다루느라 얼굴이 검게 그을어 있었다. 그리고 여기저기 데인 상처가 아물면서 거뭇거뭇한 흔적을 남기고 있었다.

그는 어떻게 해야 일본 사람들이 만든 총신처럼 단단한 쇠를 만들 수 있을지에 대해 늘 골몰했다. 그들이 제작한 총신은 조선에서 만드는 쇠와는 질적인 차이가 있었다. 그것은 강하지만 부러지지 않고, 부드럽지만 결코 열에 쉽게 변형이 되지 않았다. 사격의 정확도와 사거리를 일정하게 유지하려면 그들처럼 단단하고, 열에 강한 쇠를 만들지 않으면 안 되었다. 그러나 조선이 갖고 있는 기술로는 결코 쉬운 일이 아니었다. 그것은 단순한 형태의 문제가 아니라 쇠 자체에 대해 얼마나 정확한 지식을 갖고 있느냐의 문제였다. 즉, 누가 물질의 속성에 대해 더 많이, 깊이 알고 있느냐의 차이였던 것이다.

조선의 지도층들은 장인들과 공인들을 천시했다. 그래서 검게 칠한 나무를 주면서 쇠라고 해도 믿을 정도로 그들은 사물의 지식에 무지했다. 그들은 그보다 훨씬 쉽고 편하면서도 높은 지위를 차지할 수 있는 과거에 온생애를 걸었다. 그것은 아름다운 문장과 온갖 미사여구로 가득한 훈계와 도덕의 경귀를 암기하고, 더 아름답고 수식적인 언어로 포장하여 자신을 드러내는 행위였다. 그것은 다분히 관념적이고 윤리적인 내용으로 무엇이 옳고 그른 것인지를 증명하기가 어렵고 귀에 걸면 귀걸이고 코에 걸면 코걸이 식으로 누구나 자신의 의견을 낼 수 있는 것이어서 현실적으로 별로 가치가 없는 지식이었다. 그러한 지식은 쇠를 녹여 총알을 날아가게 하는 데에는 아무런 소용도 되지 않는, 있어도 되고 없어도 되는 그저 말장난에 불과하다고 할 수 있었다.

집에 머무는 동안, 정호는 복대와 함께 농사일을 서둘렀다. 작년에 쓰고 넣어두었던 쟁기며, 쇠스랑 등을 꺼내 깨끗이 손을 보고, 논에 뿌릴 볍씨 등을 확인했다. 그리고 오랫동안 돌보지 않은 집 안팎과 논을 둘러보며 여기저기 손볼 곳은 손을 보고, 그렇지 않은 곳은 복대에게 일일이 지시를 했다. 그는 대강 집안일을 단도리한 다음에 다시 진주로 돌아가 무기 제작 일을 계속하고 대신, 복대에게 농사일을 맡길 생각이었다.

복대는 단순하고 고지식하기는 하나 정호의 수족과 같은 하인이어서 그가 시키는 대로 농사일이건 바깥에서 벌어지는 일이건 간에 실수 없이 성실하게 일을 처리했다. 그는 술도 마시지 않았고, 투전판 같은 곳에는 얼씬도 하지 않는 사람이어서 정호는 집안일을 거의 그에게 일임했다.

영생은 몸이 아파 정호보다 앞서 집에 와 있었다. 객지에서의 조악하고, 불규칙한 식사와 늘 딱딱하고 차가운 땅바닥에서 잠을 잤기 때문에 평소 앓고 있던 치질이 급속히 악화돼 거동을 할 수 없었던 것이다. 그는 학식이 높았지만 작전 회의에조차 변변히 끼지 못했고, 친척도 혈족도 없는 천애고아라는 이유로 아무도 그를 제대로 대해 주지 않았다. 모든 것은 곽재우와 그 일가친척들, 그리고 남명 휘하의 이해관계가 일치하는 문인 집단에 의해 일사천리로 결정되고 진행되었다. 그래도 굳이 보람 있는 일을 한 가지 꼽으라면 한가할 때 그들의 바둑 상대가 되어 한 수 가르쳐 준 일이었다.

집을 떠나기에 앞서 정호는 영생을 만나 몸 상태를 묻고, 치료 방법에 대해 자세히 일러주었다.

「여보게, 정신을 차려 몸을 잘 돌보게.」

정호는 그에게 충고했다.

「아즉 자네가 할 일이 태산겉이 많지 않은가. 전쟁은 우리 같은 사람에게 맡기고, 자네는 그 머릿속에 들어 있는 훌륭한 생각들을 후세 사람들에게 남기게. 정신은 비록 값을 매길 수는 없지만, 인간의 최고 가치가 아닌가? 그카니 언지까지라도 좋으니 우리 집에 남아 저술을 하든지, 우리 자식들에게 자네의 지식을 전해 주게. 이기이 내가 자네에게 꼭 하고 싶은 말이네. 알아들었나?」

「고맙십니다. 하지만 몸이 점점 말을 안 들으니 난들 우찌하겠십니꺼?」

영생은 또 몸이 아파오는지 얼굴을 찡그리며 겨우 말을 이었다.

「지 한몸 추스르지 몬하는 놈이 시상을 위해 무신 보람 있는 일을 할 수 있겠십니꺼? 샘님과 부인께 오직 미안할 따름입니다.」

정호는 영생의 앞날을 생각하자 마음이 무거워졌다.

떠나기 전날, 그는 오랜만에 아내 하씨와 나란히 잠자리에 들었다. 아내가 올봄에 새로 바른 하얀 창호지 문으로 달빛이 비쳐 마치 신혼 때처럼 방안을 환하게 밝히고 있었다.

「이자 일본군도 물러가려는 모양인디, 좀 더 쉬었다 가시면 안 됩니꺼?」

하씨 부인이 아쉬운지 먼저 말문을 열었다.

「글씨, 그카고 싶지만 나라꼴이 저 모양이니 내 일신의 안녕만 돌보고 있을 수만 없지 않소? 게다가 일본 놈들은 속 다르고 겉 다른 사람들이라 함부로 믿을 수가 없소. 그들은 언지 또 우리를 공격해 올지 모르오. 우리가 나라를 잘못 다스려 이꼴이 되었으니 그 죄값을 혹독히 치르고 있는 기지요.」

  평양전투에서의 승리로 기세가 올랐던 명군은 곧 이은 벽제관에서의 전투에서 일본군에 크게 패하자, 송응창 등 명군 지휘부는 전략을 바꿔 더 이상의 추격이나 접전을 회피하고 대일협상자인 심유경을 다시 일본군 진영에 보내 강화협상을 통해 전쟁을 종식시키는 방향으로 전략을 변경했다.

  명明도 속사정을 가만히 들여다보면 결코 녹록한 편은 아니었다. 즉, 그들은 가정기嘉靖期부터 만성적 재정적자에 시달리고 있었고, 근래 임진란 외에도 영하寧夏의 변 등 예기치 않은 대외 원정을 치르게 되면서 통상적인 국방비 외에도 추가비용이 발생해 재정이 피폐해질 대로 피폐해진 상태였다. 그런 상황에서 계속적으로 조선에서의 전쟁을 위해 돈을 퍼부어야 한다면 그 피해는 바로 백성을 도탄에 빠뜨려 나라의 존망 자체가 위태롭게 될 위험이 있었다. 그들은 애초 조선 전쟁에 7만 정도의 병력을 동원하려 계획했다. 하지만, 실제로 동원된 병력은 약 4만 정도에 불과했다. 그들은 요동에서 병력과 전쟁 물자를 집결시켜 압록강을 건넜는데, 그동안 그들이 지나는 길목의 지방민들이 병참물자와 병량 등을 운반하는 데 총동원되어 갖은 고초를 당했기 때문에 이미 커다란 사회문제로 대두되고 있었다. 게다가 조선에 머무는 동안 병사들에게 지급될 월급이며, 식량, 부식, 말에게 먹일 건초까지 합하면 그 금액은 백만 냥 정도로 조선의 4년 국가예산에 맞먹는 엄청난 액수였다. 이 때문에 명은 백성들로부터 추가로 세금을 징수하지 않으면 안 될 형편에 처해 있었다.

  명은 비록 평양전투에서 일본군에 승리를 거두기는 했지만 동절기라 말들은 얼음에 미끄러져 쓰러지고, 병사들은 차디찬 눈 위에서 동상에 걸린 채 새우잠을 자고 죽은 말고기를 뜯어먹으며 겨우 목숨을 이어가고 있는 형편이었다. 그리고 그들이 지급받은 은전銀錢은 아직 조선에서는 통용되지 않는 무용지물이어서 필요한 물건을 구입하고 싶어도 살 수가 없었다. 명과 일본은 일찍부터 통상을 위해 은전을 사용했지만 조선은 유독 현물만을 고집하고 있었기 때문이었다. 그들은 조선에서 군량만이라도 대주기를 바랐지만, 와 보니 조선의 상황은 생각보다 훨씬 심각해 도움을 받기는커녕 도와줄 정도로 충격적인 것이었다. 게다가 설상가상으로 요동에서 쌀을 조선으로 실어온다 하더라도 조선에는 그것을 나를 수레가 없었다. 그리고 배로 수송한다 해도 조선의 선박들이 너무 작아서 그것도 여의치가 않았다. 만약, 전쟁이 일 년이고, 이 년이고 계속된다면 조선이 먼저 파탄날 것은 분명했다. 그러면 그 다음은 명의 차례가 아니라고 누가 감히 보장할 수 있단 말인가? 전력상으로 보더라도, 그들은 일본군이 결코 호락호락하지 않은 상대라는 것을 분명히 인식하고 있었다. 일본군은 잘 조련되어 있었고, 무기도 훌륭했으며 본토와 유기적으로 통신과 보급이 잘 이루어져 근 이십만에 이르는 병사들을 일사불란하게 조직적으로 운용하고 있었다. 게다가 더 두려운 것은 그들이 목숨을 아끼지 않고 끈질기게 악착같이 버티는 정신력도 함께 갖추고 있다는 사실이었다.

정호는 이런 저런 생각을 하느라 잠이 오지 않았다. 전쟁이 어떻게 전개될지 미래는 막막했고, 뭐 하나 시원한 돌파구가 보이지 않았다. 일본군을 이 땅에서 몰아내려면 그들을 압도할 결정적인 공격이 필요했지만, 조선이 갖고 있는 무력은 너무나 무력하고, 미미했다. 의식이 있는 자들은 모두 그것을 뼈저리게 깨닫고 있었다.

「참, 새애기는 우떻소? 얼굴이 마이 상해 있던데.」

정호가 침묵을 깨고 화제를 돌렸다.

「요즘 겉은 난리에 그런 사람이 한두 사람입니꺼? 이겨내야지요. 어차피 정씨 가문 사람이 됐시니 죽어서 나가기 전까지는 이 집 구신이 될 각오를 해야지요.」

하씨 부인의 말투는 냉정하고, 쌀쌀했다. 그리고 그 속에는 자신도 모르게 며느리에 대한 미움과 증오의 감정 같은 것이 짙게 배어있었다.

봄부터 집안 식구들은 옥실을 제외하고는 모두 힘을 합해 농사일에 매달리고 있었다. 하지만 강씨 부인은 창순의 죽음으로 충격을 받았는지 무엇을 하더라도 전과 달리 좀 멍하고, 넋이 나간 사람처럼 보였다. 그리고 간단한 일을 시켜도 깜빡하는 일이 많았다. 그녀는 전통적인 제례방식에 의해 매일 아침저녁으로 고인에게 상식上食을 올리고 곡을 해야 했다. 그래서 그녀의 목은 반은 늘 쉬어 있었다.

하씨 부인은 며느리의 그런 정신 나간 태도가 마음에 들지 않았다. 그래서 여러 번 알아듣게 타이르고, 야단을 치기도 했지만 그녀의 태도는 별로 나아지지 않았다. 그녀는 며느리만 생각하면 가슴이 답답하고, 속이 꽉 막힌 것처럼 소화도 되지 않았다. 그리고 또 하나 남편에게 터놓고 말할 수 없는 게 또 있었다.

그 일은 정호가 집에 오기 얼마 전에 일어난 일로, 마을은 지난해의 흉작을 벌충이라도 하려는 듯 서둘러 농사를 시작하느라 눈코 뜰 새가 없었던 때였다. 게다가 젊은이들이 모두 집으로 돌아왔기 때문에 마을은 오랜만에 활기를 띠고 있었다. 매일 아침 정호의 집에 있는 소는 쟁기질을 하느라 요령 소리를 힘차게 울리며 논으로 나가고, 사람들이 와자지껄하게 떠드는 소리로 마을은 오랜만에 활기를 되찾고 있었다.

병순은 금동과 같이 논에 나가 직접 쟁기를 잡고 논을 갈았다. 처음에는 경험이 없어 균형을 잡지 못하고 이리저리 쓰러졌지만 몇 번 실수를 하고 나서는 요령이 생겨 곧 재미를 붙였다. 아버지가 쓰던 쟁기는 소가 끄는 대로 앞으로 나가면서 번득이는 날카로운 날로 겨우내 얼어붙어 있던 땅을 파헤치면서 속에 있는 붉고 부드러운 흙을 밖으로 드러냈다. 그러면 생명의 냄새처럼 상쾌하면서도 싱그러운 흙냄새가 코 속으로 기분 좋게 밀려왔다.

봄은 하루가 다르게 따뜻하고, 부드럽게 부풀어 오르고 있었다.

그날도 하씨 부인은 밭에서 일을 하고 점심을 먹기 위해 집으로 돌아오고 있었다. 그녀가 집안으로 들어와 힐끗 며느리가 거처하는 방 쪽을 보니 문득 울타리 사이에 뭔지 하얀 종이가 접혀 꽂혀 있는 것이 보였다. 그녀는 울타리로 걸어가 그 쪽지를 빼내 방으로 들어가 읽어 내려갔다.

「바야흐로 긴 겨울은 지나고 만물이 소생하는 계절이 왔습니다. 우리의 사랑도 곧 봄처럼 활짝 꽃필 날이 오리라 믿습니다.」

하씨 부인은 눈앞이 캄캄했다. 아들이 죽은 지 얼마나 됐다고 벌써 이런 해괴한 편지가 날아든단 말인가? 편지를 보낸 자는 아래 마을에 사는 창순의 친구 재덕才德으로 추정되었다. 그는 창순의 친구로 양반이기는 하지만 글보다도 난봉으로 유명한 친구였다.

그 일이 있고 나서 하씨 부인은 며느리의 행동을 수시로 감시했다. 무슨 일이건 간에 만약 상을 당한 지 일 년도 안 돼 집안에 불미스러운 일이 생긴다면 가문 전체에 미칠 파장이 여간 큰 것이 아니었다. 게다가 난리 중이라 남편은 밖에 나가 있지 않은가. 그녀는 마치 자신이 불륜을 저지른 것처럼 부끄럽고, 죄스러운 기분이 들었다.

그 후, 재덕이 마을에 왔을 때 하씨 부인은 그를 불러 다시는 그런 불미스런 일을 하지 말 것을 경고했다. 그 후부터는 편지 같은 것은 눈에 띄지 않았고, 재덕도 얼씬거리지 않아 그 일은 흐지부지 되고 말았다.

그리고 또 한 사건이 있었는데, 그것은 옥실만이 알고 있는 비밀이었다. 한낮이었지만, 아직 점심시간은 안 된 어정쩡한 그런 때였다. 집안 식구들은 모두 일하러 들에 나가고, 집에는 강씨 부인과 옥실만 남아 있었다. 강씨 부인은 낮잠을 자는지 아무 기척이 없었다. 아마, 지난밤에도 저속한 이야기책을 읽다가 늦게야 잠이 든 것 같았다. 창순이 죽고 난 뒤 그녀는 점점 게을러지고, 제멋대로였다. 물론 아침저녁으로 상식을 올리고 곡을 하는 것은 빠뜨리지 않았지만, 겉으로 봐도 억지로 마지못해 하는 것이 어린 옥실의 눈에도 보일 정도였다. 옥실은 새언니의 행실이 늘 못마땅했지만, 워낙 나이 차가 많이 나 감히 뭐라고 할 수가 없었다.

그녀는 아침 나절에 어머니를 따라 밖에 나갔다가 야단만 맞고 집으로 돌아와 책을 몇 장 읽다가 그것도 싫증이 나자 그녀의 놀이터인 봄 햇살이 쏟아지는 뒤꼍으로 갔다. 그곳에는 장 등을 담은 다양한 크기의 장독들과, 겨울이면 김치를 묻어 두는 움집이 있었다. 그리고 장독대 옆에는 살구나무 한 그루와 배나무가 어깨를 나란히 하고 서 있었다.

그녀는 언제나처럼 장독대 앞에 있는 매끄러운 댓돌 위에 앉아 어깨 위로 쏟아지는 따뜻한 봄 햇살을 쬐면서 소녀다운 공상에 잠겼다. 하늘에는 흰 조각구름이 몇 개 한가로이 떠 있고, 박새와 참새들이 울타리 주위를 분주하게 뛰어다니며 시끄럽게 장난을 치고 있었다. 그곳은 볕이 잘 드는 곳이라 늘 빨래가 걸려 있었다. 아침에 어머니가 빨아 넌 빨래들이 빨랫줄에 높이 걸린 채 햇볕을 받고 있었다. 그리고 겨우내 굳게 입을 다물고 있던 살구꽃의 봉오리도 이제 곧 흰 꽃을 터뜨릴 듯이 팽팽하게 부풀어 있었다. 태양이 잠시 구름장 속으로 들어가자 대지를 물들이던 햇빛이 빛을 잃으면서 사방이 흐린 회색빛으로 어두워졌다. 그러자 알 수 없는 외로움과 슬픈 감정이 구름처럼 그녀의 작은 가슴에 그림자를 던지며 지나갔다.

그녀는 오빠의 죽음을 경험했고, 세상은 아직도 전쟁중이었다. 사람들은 이전의 행복했던 시절을 잊고 전쟁의 슬픔과 고통 속에서 힘겹게 하루하루를 살아가고 있었다. 하지만, 태양은 언제나처럼 만물을 키워내고, 슬픔에 빠져 있는 인간들에게 희망과 용기를 불러일으키고 있었다.

그녀가 이런 공상에 잠겨 있는데 부엌 너머로 만동이 건넌방 쪽으로 휙 스치듯 지나가는 것이 보였다. 근래 강씨 부인은 몸이 아프다는 핑계로 가끔 만동을 친정에 보내 약을 지어오도록 했기 때문에 옥실은 또 만동이 무슨 심부름을 하러 왔나보다고 생각하고 툭하면 친정에 의지하는 새언니의 행동을 패씸하게 여겼다.

옥실은 자리에서 일어나 살구나무의 꽃망울이 터진 것이 있나 가지들을 하나하나 살펴보았다. 그녀의 키 바로 윗가지에 언제 피었는지 막 꽃망울을 터뜨린 흰 꽃이 햇빛을 받으며 제일 먼저 그 자태를 뽐내고 있었다. 그녀는 너무 기뻐 발돋음을 한 채 그 꽃을 손바닥으로 안듯이 가만히 감싸주었다. 그러자 그녀의 눈가에 눈물이 한 방울 주르르 흘러내렸다. (세상은 얼마나 아름다운가! 그런데 인간은 왜, 그다지도 서둘러 죽는 것인가?) 그녀는 발길을 돌려 울타리 쪽으로 걸어갔다. 그곳에도 살구꽃들이 많이 피어 있었던 것이다. 처마 밑을 지나, 시커먼 굴뚝을 피해 뒤로 돌아가자, 이미 앞다투어 피어난 하얀 꽃들이 그녀의 마음을 들뜨게 했다.

그녀가 기쁨에 취해 살구꽃 속에 파묻혀 있을 때, 건넌방 쪽에서 새언니의 달뜬 목소리가 들려왔다.

그녀는 호기심이 끓어올라 자신도 모르게 그쪽으로 살그머니 다가갔다.

「가만 좀 있어 봐라…호호, 가심에 털이 이렇게 많다니…아, 사내답기도…어서 날 이 감옥에서 꺼내 줘라, 응.」

옥실은 자신의 온몸이 발가벗겨지는 것 같은 수치심에 그곳을 뛰쳐나와 장독대로 뛰어갔다. 그리고는 어찌할 바를 모른 채 현기증을 느끼며 댓돌 위로 주저앉고 말았다.

그 일이 있은 후, 옥실은 며칠간 잠을 이루지 못했다. 그러다 열병이 난 듯 몸이 불덩이처럼 펄펄 끓으며 몸져눕고 말았다. 그녀는 밥맛을 잃었고, 이 세상이 싫어진 것처럼 삶의 호기심을 잃어버렸다.

그녀는 이제 새언니를 똑바로 바라볼 수가 없었다. 그녀의 얼굴만 봐도 속이 뒤집어지고, 어쩌다 손길이 스쳐도 차가운 뱀이 기어가는 것처럼 소스라쳐 놀랐다. 그녀는 새언니에게 합당한 벌을 주어야 했다. 하지만 그녀는 어려서 아직 그럴 힘이 없었다.

하씨 부인은 안팎으로 챙길 일이 너무나 많았기 때문에 옥실의 병 따위에 신경을 쓸 겨를이 없었다. 그저 환절기에 찾아오는 감기쯤으로 생각하고, 거들떠보지도 않았다. 그것은 옥실이 혼자 지고 가야 할 문제였다.

「며눌아는 지만 괴로운 줄 압니다.」

한참 후, 하씨 부인이 말문을 열었다.

「자석을 가심에 묻고 먼저 보낸 부모의 맴이 우뗳다는 걸 백 분의 일이라도 알아줬으면 좋으련만. 죽은 창순이 너무 가여워요. 그 많은 재능과 실력을 한번도 몬 발휘하고 떠난 것이 너무나 안타깝십니더.」

부인은 마음이 아픈 듯 말끝을 흐렸다.

「너무 자신을 자책하지 마오. 임자는 훌륭한 에미 역할을 다하지 않았소.」

정호는 오랜만에 아내의 거친 손을 잡으며 떨리는 목소리로 말을 이었다.

「사람의 목심은 모지리 귀중한 것이오. 거기에 내 아, 넘의 아가 어데 있겠소? 부디, 맴을 굳게 묵고 내가 없는 동안에도 집안을 잘 이끌어 주시오. 자, 이제 그만 잡시더. 벌써 닭이 우는구려.」

정호는 그날 아침, 일찍 아침을 먹고 길을 떠났다.

3

명과 일본은 3월에 들어 심유경과 고니시小西行長를 내세워 용산龍山에서 본격적으로 강화회담을 시작했다. 명은 첫째, 일본이 점령하고 있는 조선의 영토를 반환할 것. 둘째, 인질로 잡혀 있는 조선의 왕자와 신하를 송환할 것. 셋째, 히데요시秀吉가 사죄문을 명 황제에게 바칠 것을 요구 조건으로 내걸었고, 반대로 일본측은 이에 대해 첫째, 명에서 강화사講和使를 파견할 것. 둘째, 명의 군사를 모두 요동으로 철수시킬 것. 셋째, 조선의 왕자와 신하는 모두 송환한다. 그리하여 그 조건들이 모두 충족되면 일본군은 4월 8일에 한양에서 모두 철수한다는 내용이었다.

그러나 4월 8일이 되어도 일본군은 조금도 움직일 기미를 보이지 않았는데, 그것은 명이 강화사를 파견하지 않았고, 또 군대를 요동으로 철수시키지 않았다는 것이 그 이유였다. 결국 18일이 되어 명의 강화사 일행이 서울에 들어오자, 일본군은 이튿날 한양을 철수했다.

그들은 명과의 강화회담을 통해 준비한 철수 계획대로 우선 포로로 잡은 조선인 천여 명을 향도로 삼아 철수 중에 발생할지 모르는 조선군의 산발적인 공격에 대비하고, 일본군 선두에는 명의 강화사 일행을 앞세워 안전을 확보하고, 그리고 후미에는 인질로 잡은 조선 왕자와 신하를 방패로 삼은 다음에야 일사불란하게 남쪽으로 무사히 후퇴했다.

5월에 접어들자, 일본군은 모두 부산 부근으로 퇴각하고, 일부 병력만이 상주에 주둔하고 있었다. 게다가 8일에는 명의 강화사가 고니시와 함께 부산을 출발, 23일 전쟁 사령부가 있는 일본 규슈의 나고야 성에서 히데요시와 면담함으로써 강화의 분위기는 무르익어 갔다. 그리고 6월 초에, 고니시는 다시 부산으로 돌아와 심유경의 입회하에 인질로 잡고 있던 조선의 두 왕자를 조선측에 인도함으로써 강화의 의지를 만천하에 드러냈다.

하지만 협상이 진행되고 있는 사이, 히데요시는 새로운 명령을 조선 주둔군 장수들에게 내렸는데, 그것은 지난해 실패로 끝낸 진주성 공격을 다시 시도하여 설욕하라는 내용이었다.

경상도와 전라도 지방에는 퇴각하는 일본군을 따라 남하한 명군과 조선군이 한데 얼크러져 일본군을 에워싸고 있었다. 명의 병력은 대략 약 3만 명 정도였다.

6월에 들어, 일본군이 대거 진주를 목표로 움직이고 있음을 포착한 조선군은 이 사실을 명군에 알려 구원을 요청했지만, 어쩐 일인지 명군은 꿈쩍도 하지 않았다. 조선군 지휘관들은 의령에 모여 진주성을 사수할 것인지, 아니면 버릴 것인지를 논의했다. 곽재우 등은 싸움을 피하고, 성을 비울 것을 주장한 반면, 왕王과 행주산성의 승리로 한껏 기세가 오른 권율, 전라도 의병장 김천일 등은 전라도 방어를 위해 반드시 진주성을 지켜야 함을 들어 결전을 주장했다.

김천일은 왕이 동인東人 세력을 견제하기 위해 임명한 인물로, 그의 부대는 대부분이 전라도 관군으로 진주성을 사수하고 있는 주력부대였다. 그리고 지휘관들도 대개 정치적으로 곽재우 등과 반대편에 서는 서인 계열의 인물들로 구성되어 있었다. 양측의 의견은 팽팽히 맞섰다. 결국, 격론 끝에 지휘부는 왕의 의중을 좇아 일본군과의 결전을 결의했다.

일본군의 대군이 창원을 출발, 함안으로 바싹 다가오자 권율 등은 그 엄청난 위세에 눌려 전의를 잃고 싸움 한번 해 보지 않고 전주로 퇴각해 상황을 지켜보았다. 그리하여 진주성은 1차전 때와는 달리 외부로부터의 지원과 구원을 전혀 받지 못하고 점점 더 밀려드는 적의 포위망 속으로 고립되어 갔다.

일본군이 다시 쳐들어온다는 소문이 퍼지자 의령, 삼가, 단성, 산청 일대는 거의 마비 상태에 빠져들었다. 뜨거운 땡볕이 내리 퍼붓는 초여름 무더위 속에서 마을과 마을로 통하는 모든 길은 가재도구와 솥단지 등을 지게에 진 사람들이 늙은 노모를 업고, 어린아이는 끌고 허겁지겁 피난을 가는 행렬이 다시 줄을 이었다. 점령지에 도착하면, 일본군은 아무 집이나 들어가 물건을 약탈하고 불을 지르는 것이 통상적인 의례였다. 그리고 사람은 물론이고, 살아 있는 가축도 모조리 칼로 베어 버리는 것이 그들의 전통적인 싸움 방식임을 이제 경험으로 알고 있었기 때문이었다.

정호가 사는 마을도 예외는 아니었다. 마을 사람들이 다투어 피난을 가버려 마을은 다시 폐허처럼 텅 비어 버렸다. 사람들은 봄에 심어 놓은 벼들을 작년처럼 또 내버려 둔 채 목숨을 부지하기 위해 두 번째 피난을 갔다.

후덥지근한 오후, 하씨 부인의 동생 하 진사가 근심 어린 얼굴로 정호의 집을 찾아왔다. 그는 식구들이 모두 그대로 집에 있는 것을 보고 어서 피난할 것을 종용했다. 그러나 하씨 부인은 완강히 그 제안을 거부했다.

「이미 금 같은 자석을 먼저 떠나 보낸 어미가 우찌 죽음 따위가 무섭겠느냐? 나 또한 내 아들처럼 왜놈들과 싸우다 죽겄다. 더 이상 구찮게 굴지 마라!」

하씨 부인의 태도는 단호했다. 그녀는 이미 식구들과 함께 진주성 안에 머물고 있는 남편의 곁으로 갈 결심을 굳힌 뒤였다. 하 진사는 결국 누이의 고집을 꺾지 못하고 어린 옥실만 데리고 돌아갔다.

동생이 떠난 뒤, 하씨 부인은 집안을 정리하기 시작했다. 중요한 가보들을 나무궤짝에 담아 헛간 땅 속에 깊이 파묻고, 성 안에서 얼마간이라도 살기 위해 필요한 의복이며, 살림살이들을 꼼꼼히 챙겼다. 그런 다음, 집에 남아 있던 하인들을 모두 제 살 곳으로 가라고 내보냈다.

강씨 부인은 하씨 부인의 서슬 퍼런 명령에 감히 꼼짝도 못했다. 하지만 마을이 한 집, 한 집 비어가자 그녀는 공포감에 질려 거의 혼이 나간 사람처럼 정신을 잃고 허둥거렸다. 보다 못해 하씨 부인이 소리를 질렀다.

「정신을 차리라, 아야! 죽더라도 가문의 이름에 누를 끼쳐서는 안 된다. 남편을 따라가는데 머가 두려워 어쩔줄 몰라하는 기가. 즐겁지 않노? 남편 곁으로 가는 기이!」

강씨 부인은 남편을 따라간다는 말에 사색이 되어 몸을 벌벌 떨었다. 일부러 죽으러 가다니. 그녀는 정말 죽고 싶지 않았다. 어떡하든 목숨을 보존해 살아남고 싶었다!

이튿날 아침에 일찍 밥을 지어먹고 길을 떠나기로 하고 모두 일찌감치 잠자리에 들었다. 하늘에는 허리가 두툼해진 초승달이 떠올라 사람들이 떠난 텅 빈 집들과 논들을 쓸쓸하게 비추고 있었다. 바깥사랑채에서 들려오는 영생의 밭은기침 소리가 그날따라 무척 크게 들려왔다. 그는 몸이 아파 집에 남겠다고 했다. 사람의 기척이 없으니 개들도 짖지 않았다.

그날 밤 늦게 달이 기울고 어둠이 대지를 뒤덮자, 강씨 부인은 옷을 입은 채로 자리에서 일어나 안방의 기척을 살폈다. 잠시 인기척을 살피던 그녀는 방 뒷문을 살그머니 열고 나와 울타리 사이로 살찐 몸을 들이밀었다. 그리고는 곧 만동의 집이 있는 산 쪽을 향해 내달리기 시작했다.

일본군은 제1군에서 5군까지 총 9만여 명의 병력으로 진주성 주변을 개미 새끼 한 마리 빠져나가지 못하도록 포위한 다음 서서히 공격망을 옥죄어 왔다. 특히, 지세가 완만한 성 동쪽은 주공主攻 방향이라 눈길 닿는 곳 어디나 수십 리에 걸쳐 온통 일본군들로 인산인해를 이루고 있었다. 홑이불처럼 대지를 가득 메운 수많은 막사와 셀 수도 없이 많은 울긋불긋한 깃발들이 바람에 펄럭이고 있었고, 곳곳에 쌓아 놓은 공격용 무기며 무구들 그리고 부식과 공성 무기의 제작에 필요한 재목이며, 곳곳에 쌓아 놓은 풀더미와 흙더미, 각기 크기별로 잘라놓은 대나무 등이 사방을 온통 어지럽게 뒤덮고 있었다. 그래서 높은 산 위에서 그 일대를 조망하면 조그만 먹이를 앞에 놓고 수백만 마리의 개미 떼들이 사방에서 새카맣게 몰려드는 것 같은 형국이었다.

조선군은 김천일이 이끄는 전라도 관군과 약간의 의병을 합해 약 사천 명에, 인근에서 모여든 민간인 수만 명이 집결해 결전을 기다렸다.

적은 예상대로 성 동쪽으로부터 집중 공격을 가해왔다. 공격의 선봉에 선 것은 주전파인 가토加藤清正와 구로다黑田長政가 이끄는 부대였다.

일본군은 성 북쪽에 있는 해자를 파괴해 그 안에 든 물을 남강으로 모두 뽑아낸 다음, 흙이 마르기를 기다렸다. 그런 다음에 그 안에 돌과 흙, 마른풀 등을 채워 메운 다음 다양한 폭과 길이를 갖춘 사다리를 총 동원해 성벽 위로 기어오르기 시작했다.

조선군은 어린이는 물론 노인과 부녀자 등을 총 동원해 성 위에서 돌과 화살, 뜨거운 물을 퍼부으며 저항했다. 그 공격이 하루 종일 아침저녁으로 서너 차례씩 사흘에 걸쳐 반복되었다. 일본군도 동료가 죽으면 그것을 밟으며 쉬지 않고 공격을 반복했다.

사흘째 되던 날부터 적은 성 가까이에 대나무로 만든 높은 루를 설치해 놓고 그 위에 올라 성을 내려다보면서 총포 공격을 가해왔다. 그로 인해 조선측에서 많은 희생자가 발생했다.

개전 닷새째, 적은 성으로 서신을 던져 항복을 권유하고, 장수 한 명을 보내어 성안에 있는 무구한 백성들의 생명을 구할 것을 회유했다. 하지만 조선측은 그 제의를 거부하고 계속 항전할 것을 결의했다.

적의 공격이 점점 더 가열되자, 정호는 복대와 함께 성 북서쪽에 있는 무기제작소에서 화살을 만들고, 쇳물을 끓여 적의 머리 위로 퍼붓도록 독려했다. 일본군이 침입하기 전까지만 해도 그는 그곳에서 야금 장인들과 함께 일본군이 갖고 있는 것과 같은 종류의 총포를 제작하는 데 온힘을 기울였다. 하지만 일본군의 공격이 코 앞에 다가온 지금 그에게는 목표한 것을 만들 시간이 없었다.

총알을 발사하는 총포로 변해야 할 쇳물이 일본군의 머리 위로 퍼부어지고, 허공으로 흩어져 헛되이 사라져 가는 것을 보면서 정호는 얼마 남지 않은 용광로 안의 쇳물이 다하면 자신의 목숨도 다하리라는 것을 예감했다. 용광로 옆에 산더미같이 쌓여 있던 땔감과 숯 등도 이제 얼마 남아 있지 않았고, 철광석은 모래 더미 위에 그대로 방치되어 있었다.

일본군은 사다리 공격이 끝나자, 개미처럼 달라붙어 이번에는 흙으로 높이 토산을 쌓은 다음, 그 위에서 성 안을 내려다보면서 총포를 발사했다. 싸움이 계속되면서 이제 성안에는 시체가 부패하면서 썩어가는 냄새가 진동했고, 상처를 입어 썩어가는 부위에서는 고름과 구더기가 들끓고, 파리들이 까맣게 몰려들기 시작했다.

병순과 금동은 동쪽 성문 위에서 성벽을 기어오르려는 적을 상대로 돌을 던지며 맹렬히 싸웠다. 그리고 하씨 부인은 다른 여인들과 함께 병사들에게 돌을 날라 준다든가, 먹을 것을 챙겨주며 후방에서 쉴틈 없이 몸을 움직이고 있었다. 그녀는 며칠째 밤잠을 못 자 눈은 붉게 충혈이 돼 있었고, 옷은 온통 흙투성이요, 쪽진 머리카락이 다 풀려 산발한 채였지만 두 눈만은 여전히 투지로 불타고 있었다.

그녀는 성 쪽으로 다가가 어둠 속에서 밀려오는 일본군을 내려다보면서 문득 여러 생각에 잠겼다. 창순도 저들과 싸우다 죽은 게 아닌가? 그렇다면 어미도 당연히 저들과 싸우다 죽는 것이 옳지 않은가? 그녀의 생각은 말끔히 하나로 정리되어 갔다. 게다가 그녀는 사랑하는 남편과 함께 싸우다 죽는 것이 아닌가? 그것은 여자의 최고 명예요, 자존심이 아닌가? 그녀는 두 주먹을 부르르 쥐면서 흐트러지려는 자신을 다그쳤다.

싸움이 일주일째로 접어들 무렵, 일본군은 시커멓게 가죽으로 겉을 싼 네모진 궤짝 같은 것 속에 병사들을 숨겨 성 밑으로 파고 들어왔다. 그리고는 둥근 통나무 끝에 박아 넣은 크고 날카로운 쇠 송곳 같은 것으로 성 하단에 있는 돌을 뽑으려고 시도했다. 어찌나 나무가 두꺼운지 그 위로 돌을 굴려도 끄덕하지 않았고, 기름을 붙인 덤불을 집어던져도 잘 타지 않았다.

일본군은 이번에는 동문 밖에 큰 나무들을 연결하여 높다랗게 세운 구조물 속에 몸을 숨기고 성안을 향하여 불화살을 쏘았다. 그 바람에 성안에 있는 초가집들이 불길에 휩싸였다. 날은 점점 견딜 수 없이 푹푹 찌는데 곳곳에서 거대한 불덩어리들이 치솟으며 사람들의 살을 태워버릴 듯이 혀를 날름거렸다. 하지만 햇빛 속이라 불길은 보이지도 않았다. 다만, 맹렬한 열기만이 사람들의 지친 육체를 녹여 버릴 것처럼 공기를 뜨겁게 달구고 있었다. 열기는 사람들의 숨길을 막았고, 저항의지를 녹여버렸다.

초췌한 한 노인이 불길이 다가오는지도 모르고 불 옆에 하염없이 앉아 있는 것이 보였다. 불길이 노인의 치맛자락 위로 기어오르고 있었지만 지친 노인은 무슨 생각을 하는지 행복한 얼굴로 어딘지 허공만 멍하니 바라보고 있었다. 사람들이 어서 그곳을 떠나라고 소리쳤지만 노인의 귀에는 아무것도 들리지 않는 것 같았다. 죽음의 불길은 그녀의 더러운 치마를 지나 조금씩 위로 번져가고 있었다. 누군가 달려가 노인을 끌어내려 했다. 그러나 노인은 그대로 쓰러져 눈을 감았다. 피로에 지쳐 옷 밖으로 튀어나온 바싹 마른 뼈다귀는 나무토막처럼 뒤틀리고, 잔뜩 움켜쥔 구부러진 손가락에는 흙과 돌을 나르느라 긁힌 상처와 때가 까맣게 끼어 있었다.

노인의 죽음을 애도하듯 밤부터 비가 쏟아졌다. 사람들은 지쳐 여기저기 빗속에 누워 있었다. 빗물은 그들의 초췌한 얼굴을 적시고 비에 젖은 옷자락 속으로 하염없이 흘러들어 갔다. 그래도 누구 하나 그것을 훔치는 사람이 없었다. 그리고 그 옆에는 전날, 아니면 그 전날 죽은 시체들이 고인 빗물 가운데 그대로 방치되어 있었다.

시간이 흐를수록 삶과 죽음의 경계선은 점점 더 유명무실하게 되었다. 이제 사람들은 내장을 드러낸 채 죽어 있는 시체들을 보아도 아무런 감정을 느끼지 못했고, 살려달려고 애원하는 병사들의 고통스런 신음 소리도 들리지 않았다. 그저 무의식적으로 정신이 가물거리는 가운데 어딘가 먼 곳에서 자신이 아닌 다른 육체가 힘겹게 움직이고 있는 것처럼 느껴졌다. 그 비에 젖은 절망감을 비웃듯이 항복을 권유하는 적의 전단이 성 곳곳에 빗줄기와 함께 또다시 휘날리기 시작했다.

이튿날, 적은 동, 서 양쪽의 성문 밖에 여러 개의 흙으로 만든 인공 언덕을 쌓아 놓고 각 언덕을 연결하여 대나무 방책을 만든 다음에 성 안을 내려다보면서 집중적인 총포 공격을 가해왔다. 그리고 전일에 이어 궤짝 안에 병사들을 태워 성 밑으로 파고들어 성의 주춧돌을 뽑는 작업을 계속했다.

해질 무렵, 정호는 복대와 함께 사람들을 독려해 용광로에 남아 있던 마지막 쇳물을 모두 가져오라고 명령했다. 그리고 그것을 성으로 밀려오고 있는 일본군의 머리 위로 퍼붓도록 지시했다. 복대의 지시로 천 도가 넘는 뜨거운 쇳물이 때마침 서쪽으로 기우는 석양빛을 받으며 일본군의 머리 위로 검붉은 폭포처럼 쏟아졌다.

「계속 퍼부어라! 기속!」

정호는 성벽 위에 붙어 서서 미친 듯이 소리쳤다. 뜨거운 쇳물을 뒤집어 쓴 적군이 미친 듯 팔다리를 흔들며 쇳물에 온몸이 까맣게 녹아 쪼그라들면서 땅바닥으로 가라앉았다. 그와 동시에 적의 총포도 일제사격을 시작했다.

정호가 뭐라고 입을 여는 순간에 갑자기 비틀거렸다. 어디선가 날아온 총알 한 발이 그의 가슴을 정통으로 맞추었던 것이다. 옆에 있던 복대가 그를 재빨리 안아 땅으로 내려놓았다. 복대는 정호를 무릎 위에 뉘이고, 피가 방울방울 솟구쳐 나오고 있는 흰 저고리를 헤치고 손을 넣어 가슴을 헤쳤다. 하씨 부인이 늘 깨끗이 빨고, 다림질해 준 흰 저고리를 붉게 물들이며 뜨거운 피가 출구를 찾지 못해 답답한 듯 찔끔찔끔 나오다가 저고리를 젖히자 샘물처럼 즐겁게 밖으로 흘러나왔다.

「샌님! 심을 내십시오!」

복대는 큰 소리로 울부짖었다.

「아이다, 난 이제 틀렸다.」

정호는 한 손을 힘없이 저으며 겨우 말을 이었다.

「마지막으로 부인과 애들을 불러다오.」

복대는 정호를 내려놓고 사람들과 시체 사이를 뚫고 하씨 부인이 있는 곳으로 달려갔다. 그러나 병순과 금동은 보이지 않았다. 그래서 할 수 없이 부인만 모시고 정호가 누워 있는 곳으로 급히 달려왔다.

「부인…」

정호는 하씨 부인의 손을 잡은 채 말을 잊지 못하고 눈가에 희미한 눈물을 보였다.

「우리야 죽어도 되지만 아들은…」

그리고 그는 더 이상 말을 잊지 못하고 고개를 옆으로 떨어뜨렸다.

태양이 구름 속으로 파고들면서 죽음처럼 푸르죽죽하고 침울한 회색빛을 띤 창백한 햇살이 녹슨 낙엽처럼 성 안을 쓸쓸히 비추었다. 대지 위의 사물들은 모두 빛을 잃고, 죽음과도 같은 정적이 주위를 온통 에워싸고 있었다.

병순을 보지 못해 그런지 정호는 눈을 반쯤 뜨고 있었다. 그래서 할 수 없이 부인이 손으로 한참을 쓰다듬은 다음에야 그는 겨우 눈을 감았다.

성이 곳곳에 균열을 보이기 시작하자 공포에 질린 사람들이 하나, 둘 성을 빠져나가기 시작했다. 그들은 어둠을 틈타 비로 불어난 강물로 뛰어들거나, 일본군들이 친 방어선을 뚫고 필사의 탈출을 시도하다가 칼에 맞아 죽거나, 구사일생으로 목숨을 건졌다.

밤낮없이 이어지는 싸움으로 성 안의 사람들은 거의 탈진 상태에 빠져 저항력이 현격히 떨어져가고 있었지만 선두에 서서 싸움을 독려하는 지휘부의 저항 의지가 워낙 강했기 때문에 성은 여전히 굳건히 버티고 있었다.

일본군은 교대로 새로운 예비병력을 투입하면서 밤낮없이 성을 공격해 왔다. 게다가 설상가상으로 계속된 비로 인해 성 곳곳이 무너져 내릴 징후를 보이기 시작하고 있었다.

작전 10일째 되던 날, 일본군은 여명과 함께 전날 밤에 몰래 구멍을 뚫어 놓은 서문 쪽으로 밀려들어 왔다. 조선군은 군관민이 사력을 다해 그를 격퇴시켰지만, 저항군을 주도하며 이끌던 황진黃進이 전사함으로써 사기는 크게 위축되었다.

그날 밤, 또 비가 추적추적 내렸다. 그 속에서 하씨 부인은 다른 여자들과 함께 부상자들을 돌봤다. 피가 흐르는 사람들에게 그녀는 입고 있던 무명치마를 찢어 상처를 싸주었다. 그녀가 작고 촘촘히 박혀 있는 이빨로 천을 찢을 때마다 날카로운 비명처럼 그 소리가 밤공기를 갈가리 찢었다.

이튿날, 여명과 함께 적의 공격이 다시 시작되었다. 그들은 세 대의 나무 궤짝 속에 병사들을 투입시켜 동문 성벽에 접근시킨 다음, 철정을 이용해 비에 흠뻑 젖어 있는 성벽의 돌을 빼내는 작업을 시작했다. 정오 무렵, 큰 돌 몇 개가 뽑혀 나가면서 비에 젖은 성벽의 흙과 돌이 함께 무너져 내렸다. 그리고 그 사이로 일본군이 밀물처럼 밀려들어 왔다. 사태를 직감한 하씨 부인은 복대와 금동 그리고 병순을 불러 마지막 말을 남겼다.

「자, 인자 헤어질 때가 온 것 같다.」

부인은 흘러내리는 머리카락을 손가락으로 넘기며 침착하게 말을 이었다.

「곧 적이 밀어닥칠 기다. 돌아가신 아버지께서도 젊은 사람들은 살아야 칸다 하셨다. 그러니 무신 수를 쓰던지 각자 목심을 구해 이곳을 빠져나가기라. 이기이 내 마지막 부탁이다.」

부인은 손가락에서 자신이 끼던 가락지를 뽑아 병순의 손에 쥐어 주며 훗날 옥실을 만나게 되거든 그것을 전해달라고 부탁했다. 그리고는 그들을 뒤로 하고 밀려오는 군중 속으로 휩싸여 들어갔다. 그 뒤를 복대가 눈물을 흘리며 따라갔다.

금동과 병순은 손을 잡은 채 밀려오는 사람들 속에 떠밀리며 남쪽으로 흘러가기 시작했다. 동문 쪽에서 후퇴하는 사람들과 서북문 쪽에서 후퇴해 오는 사람들이 몰리는 극도의 혼란 속에서 걸음을 제대로 옮길 수조차 없었다. 사람들은 미친 듯이 몸을 움직이고 있었다. 죽음을 눈치챈 동물들이 그러하듯 그들도 두려움과 공포에 질려 주변의 상황과 스스로의 행동을 의식하지 못한 채 그저 주변에서 벌어지는 약간의 변화에도 놀라 허둥대면서 그저 맹목적으로 사람들의 뒤를 따라가고 있었다. 병순은 어머니가 사라진 쪽을 바라보았지만 엄청나게 쏟아져 내려가는 군중들 속에서 이제 어머니는 그림자도 보이지 않았다.

두 사람은 촉석루 쪽으로 가고 있는 군중들 속에서 벗어나 성 서쪽으로 향했다. 그곳이 강으로 뛰어내리기에 좋을 것 같았기 때문이었다. 그곳에 도착해 보니, 이미 많은 사람들이 성을 탈출하려고 그곳에 와 있었다. 그들이 도착했을 때, 흰옷을 입은 한 여인이 용감하게 강물을 향해 꽃잎처럼 몸을 던졌다. 하지만 불행하게도 여인의 몸은 강물에 닿지 못하고, 성과 강물 사이에 있는 바위 위로 떨어졌다. 내려다보니, 검게 젖어 있는 바위를 따라 그와 같은 시체들이 낙엽처럼 셀 수도 없이 떨어져 검붉은 피로 물들어 있었다.

강물은 예나 다름없이 평화롭게 성 밑을 스치며 낙동강을 향해 굽이쳐 흘러가고 있었다. 다만, 다행인 것은 잦은 비로 강물이 불어나 강폭이 많이 넓어졌다는 것이었다. 사람들은 성 위에 올라 마치 기도라도 하듯 잠시 구름 사이로 비치는 푸른 하늘을 바라보다가 차례로 강물로 뛰어들었다. 강물 너머에는 도망하는 조선 사람들을 사살하려는 일본군들이 진을 친 채 그들을 기다리고 있었다.

병순과 금동은 운을 하늘에 맡기고 출렁이는 강물 속으로 몸을 던졌다. 그리고 잠시 후, 두 사람은 차가운 강물 속으로 들어가 강물을 따라 천천히 하류 쪽으로 흘러내려갔다.

금동은 머리만 살짝 내놓은 채 헤엄을 치면서 가능한 강 한가운데로 떠내려갔다. 그리고 그 뒤를 병순이 따라갔다. 강물은 며칠 전에 내린 비로 수량이 늘어 물살이 셌으며, 나뭇가지 등 부유물들이 어지럽게 떠다니고 있었다.

삼십 분쯤 지났을까. 병순이 쥐가 나는지 뒤처지기 시작했다. 군데군데 강변을 따라 일본군들이 포진해 있는 것이 보였다. 그래서 금동은 병순을 한 손으로 끌면서 어떡하든 그곳을 벗어나려 안간힘을 썼다.

잠시 후, 운 좋게도 오른쪽으로 수초가 우거진 강변이 나타나자 금동은 병순을 그쪽으로 끌고 갔다. 그곳에서 잠시 쉬었다가 사천 방면으로 도망칠 생각이었다.

금동은 먼저 물 밖으로 나가 강변에 서 있는 버드나무 가지를 잡고 강변에 쌓은 둑 위로 올라가 손을 내밀어 병순을 끌어올리려고 손을 뻗쳤다. 바로 그때, 갑자기 어디선가 총성이 크게 울려왔다. 그는 잡고 있던 손을 놓고 재빨리 물속으로 뛰어들었다.

그는 머리를 물속에 처박고 강물에 몸을 맡긴 채 그대로 얼마를 떠내려가다가 정신을 차려 뒤를 돌아보았다. 그는 병순이 뒤쫓아오는 줄 알았는데 어찌된 셈인지 그의 모습이 보이지 않았다.

<h1 style="text-align:center">4</h1>

낙상지가 이끄는 명군 약 삼천 명은 협상약속에 따라 후퇴하는 일본군의 뒤를 따라 남하, 남원南原에 주둔하면서 남해안에 웅거하고 있는 일본군과 대치했다. 남원은 예로부터 전라도와 충청도를 방어하는 서남지역의 중요한 전략적 요충지였다.

명군은 모두 절강성 등지에서 지원해 온 남군南軍으로써 이전에 중국의 동남해안을 침략하던 왜구와 싸운 경험이 있는 바로 그 부대였다. 그들은 기병을 주축으로 편성된 북군과는 달리 거의 보병으로 편성되어 있었으며, 총포는 물론 다양한 폭발력을 지닌 우수한 포를 많이 보유하고 있었다. 평양성전투에서 명군이 일본군을 패배시키는 데 있어 결정적이었던 것은 순전히 그들이 보유하고 있는 우수한 화력 덕택이었다.

명明 제독 이여송은 평양성전투에서 성을 공격하는 선봉부대에 은 1만 냥의 거금을 내걸고 병사들의 공격을 독려했다. 그래서 남군 병사들은 목숨을 내걸고 밀려드는 정월의 한파와 칠흑 같은 어둠속에서 성벽을 타고 공격을 감행해 고니시의 만오천 명에 이르는 일본군을 차가운 성 밖으로 밀어냈던 것이다. 그들은 북군보다 5전 더 많은 1량 5전을 월급으로 받고 있었다. 이제, 거기에 상금까지 더한다면 모두 오랜만에 목돈을 두둑이 만지게 되는 셈이었다.

조선의 한적한 남쪽의 한 부府에 불과했던 자그마한 남원은 이내 명 군인과 그들을 뒤따라온 상인들로 번화한 도시처럼 북적댔다. 거리 곳곳에 병사들에게 팔 물건들을 가득 실은 짐수레들이 가득했고, 거기에 더해 조선어 통역관이며, 명나라 장수들과 작전을 의논하러 오는 조선 관리들까지 더해 거리 전체가 하루 종일 분주하고 활력이 넘쳤다. 사람들이 모이자 어디서 나타났는지, 떡이며 엿 같은 것을 만들어가지고 나온 아낙네들이 명군이 주둔하고 있는 부대 부근에 삼삼오오 나타나 명군을 상대로 장사를 시작했고, 술집들도 문을 열었으며, 그와 함께 돈을 벌기 위해 명군을 상대로 몸을 파는 여자들도 등장했다.

구경이라면 사족을 못 쓰는 막개는 매일 아침을 먹고 나면 그곳으로 가서 명군이 주둔하고 있는 지역을 기웃거리며 그들의 거동을 관찰하고, 부대 안으로 출입하는 여러 부류의 사람들과 물건들을 구경하는 것이 낙이었다. 그는 변죽이 좋아 먼 남방에서 돈을 벌기 위해 낯선 이국땅에 온 젊은 보초에게 다가가 히죽 히죽 웃으며 광대처럼 손짓발짓으로 고생을 많이 한다고 치하하고, 어디서 왔으며, 가족 관계는 어떻게 되느냐는 등 별별 것을 다 온몸을 동원해 물으며 진드기처럼 그 주위를 떠나지 않고 맴돌았다. 해서, 얼마 안가 그의 더럽고, 우스꽝스럽게 생긴 얼굴은 곧 명군들 사이에 널리 알려져 그를 모르는 병사들이 없게 되었다.

따뜻한 봄날 아침, 그날도 보초병과 농담을 하면서 너스레를 떨고 있는데, 갑자기 성문이 열리며 안에서 병사들 몇이 커다란 통 몇 개를 수레에 싣고 나오는 것이 눈에 띄었다. 그와 동시에 푹 삭은 음식 냄새가 코를 찔렀다. 병사들이 먹다 버린 음식 찌꺼기를 성 밖으로 버리러 가는 것이었다.

막개는 순간, 버리는 음식들을 가져다 집에서 기르는 짐승들에게 먹이면 좋겠다는 생각이 번득 들었다. 그래서 병사들이 다시 돌아왔을 때, 그 중 나이가 들어 보이는 병사의 소매를 붙잡고 자기가 매일 아침 음식 쓰레기 버리는 일을 맡겠다고 자청을 하고 나섰다. 그러자 그는 얼씨구나 하고 그 일을 막개에게 맡겼다.

그 일을 맡게 되자 그는 망내와 의논해 아예 거처를 남원으로 옮기기로 결정했다. 그들은 명군으로부터 빌린 수레를 이용해 닭이며, 개, 돼지 등을 며칠에 걸쳐서 새로 이사한 장소로 실어 날랐다.

그곳은 장수 쪽에서 흘러드는 개천 옆 완만한 구릉 아래 있는 장소로 명군 부대에서 그곳까지는 오 리쯤 되는 거리였다. 망내는 서둘러 나무를 베어 기둥을 세우고 대강 지붕을 이어 거처할 곳을 짓고, 이어 나무들을 빙 둘러 짐승들의 우리도 새로 만들었다.

막개는 매일 아침 망내와 함께 수레를 끌고 명군이 먹다버린 음식 찌꺼기를 수거하러 갔다. 전투도 없이 무료한 나날을 보내고 있던 명군들은 막개가 지나가면 슬며시 다가와 심심풀이로 그의 어깨를 두드리기도 하고, 빙긋 웃거나 더러운 소매를 잡아당기며 장난을 치고 또 저희말로 뭐라고 지껄이면서 잠시나마 고향의 향수를 달래는 것이 낙이었다.

이곳 병사들은 모두 포병이라 길고 늘씬하게 생긴 포들을 막사 밖에 죽 늘어놓고 상관의 명령에 따라 훈련을 하기도 하고, 녹이 슬지 않도록 포탄을 집어넣는 포신과 몸통을 자기 몸처럼 정성껏 갈고 닦는 것이 하루 종일 하는 중요 일과였다. 그런 막사들을 십여 개 지나가면 으슥하고 외진 구석에 커다란 음식 쓰레기통이 놓여 있었다.

남군은 원래 주식이 쌀이기 때문에 대부분 밥 찌꺼기가 많았다. 그 쌀은 멀리 요동에서 가져온 것이었다. 요동에 사는 명나라 사람들이 쌀을 압록강까지 가져오면, 이번에는 조선 사람들이 그것을 받아 머리에 이거나, 등에 지고 릴레이식으로 남쪽으로, 남쪽으로 운반을 했다. 쌀이 지나가는 길목에 사는 백성들은 아이 어른, 남녀 구분 없이 모조리 그 일에 동원되어, 봄이 되어도 씨 뿌릴 시간이 없었다. 정부는 어떡하든지 명의 병사들을 먹이는 게 급선무였기 때문에 관리들을 총동원해 필사적으로 식량 운반에 매달렸다. 그 중간에 쌀이 새나갔다. 그러면 명 지휘관들은 일 처리가 개판이라며 조선 관리들을 다그치고, 주먹질을 해댔다. 결국, 지칠 대로 지친 백성들은 더 이상 노역을 이기지 못하고 산 속으로 도망갔다. 그러면 조선 병사들이 대신 그것을 져 날랐다.

눈치가 빠른 망내는 명의 상인들이 조선 사람들로부터 무슨 물건인가를 구하려 한다는 것을 알고 조선인 통역을 통해 그것이 병사들에게 먹일 고기와 신선한 야채라는 것을 알아냈다. 물론, 약빠른 명나라 상인들이 말린 고기며 술 등을 본국에서 가져와 병사들에게 팔고 있었지만, 현지에서 조달할 수밖에 없는 물건들이 있었던 것이다.

6월에 들어 일본군이 진주성을 공격하기 위해 움직였을 때, 낙상지의 부대도 일본군을 견제하기 위해 구례로 이동했다. 그리고 그들의 뒤를 따라 각종 먹을 것을 바리바리 챙긴 명나라의 상인들이 수레를 끌고 아니면 말 등에 싣고 따라갔다. 망내는 이때 처음으로 명 상인들에게 닭이며, 오리, 돼지고기 등을 팔았으며, 막개는 아예 명 상인들을 따라 구례까지 내려갔다. 막개의 애기에 의하면, 명 상인들은 고기를 모두 꼬치에 꿰어 두었다가 병사들이 돈을 내면 즉석에서 불에 구워 판다고 했다. 상인들은 병사들이 주둔하는 곳이면 어디든 따라가, 바로 앞에서 총알이 날아와도 눈 하나 깜짝하지 않고 물건을 파는 데 여념이 없다며 그는 혀를 내둘렀다.

한 달 후, 일본군이 남해안으로 물러가자 낙상지군은 다시 남원으로 철수했다. 망내는 거래 물량이 차츰 늘어나자 혼자서는 안 되겠다고 판단하고, 대복과 천만 등을 불러 함께 사업하기를 권유했다. 그는 대복에게는 함양 지역을, 그리고 천만에게는 산청 지역을 맡겨 그곳에서 구할 수 있는 신선한 야채며, 지역 특산물인 버섯, 인삼, 꿀 등을 구입해달라고 했다. 그리고 그것을 명 상인들에게 이윤을 붙여 팔 생각이었다.

일손이 딸리자, 막개는 의령에 있는 두 딸을 불러들였다. 그리고 그때 마침 진주성 함락 후 도망쳤던 금동이 그들의 소식을 전해 듣고 합류해왔다.

사업이 번창하자, 여기저기서 돈 냄새를 맡은 인간들이 파리처럼 달려들었다. 그중에서도 구례求禮는 경쟁자가 너무 많아 골치가 아팠다. 상당한 이권이 있음을 냄새 맡은 그 지역 양반들과 재물에 이골이 난 관노며, 아전 나부랭이까지 그 일을 하려고 덤벼들었기 때문이었다. 납품업자가 되려면 어느 정도 재력과 자신이 부릴 수 있는 사람이 필요했다. 결국, 그 지역 양반인 임세창世昌이 구례의 사업자로 낙점되었다.

세창은 벼슬은 없었지만 선대로부터 물려받은 재산과 약삭빠른 처세술로 돈을 모은 재력가였다. 그는 중앙에서 새로운 수령이 부임해 오면 제일 먼저 기생집으로 데려가 접대를 했고, 구례의 특산물을 안겨주면서 자신의 이권을 청탁했다. 그는 그러한 처세술 덕택에 중앙 정치판과도 관계를 맺고 있었고, 그를 바탕으로 어느 편에 줄을 대야 가장 안전하게 자신의 이익을 극대화할 수 있을지를 판단하는 근거로 삼았다. 그는 임진란이 일어났을 때에도 창고에 쌓여 있는 곡식을 한 톨도 내놓지 않고 버티다가 정부에서 작위를 준다고 하자 그때서야 벼 다섯 섬을 내고 공명첩을 받았다. 그러면서 자신이야말로 진정한 이 나라의 애국자라고 나발을 불며 다녔다.

세창은 구례에서 수차례에 걸쳐 남원으로 와 망내를 집요하게 설득한 끝에 결국 그 지역 납품권을 얻었다. 망내 또한 사업을 하려면 그의 인맥이 필요했다. 산청이나, 단성 쪽은 이미 일본군이 한번 휩쓸며 할퀴고 간 뒤 모든 것이 쑥대밭이 돼 버렸기 때문에 돈이 있어도 물건을 구하기가 힘들었다. 하지만 구례나 순창 쪽은 그래도 일본군의 발길이 닿지 않아 농산물 구하기가 훨씬 쉬웠다. 세창은 모든 일을 집에서 부리는 하인들에게 맡기고 자신은 대부분 남원에 머물면서 명나라 장수들이 드나드는 술집에서 시간을 보냈다.

술집들은 명나라 군인들과 장수들을 접대하는 조선 관리들로 늘 붐볐다. 그리고 거기서 한발자국만 나가면 끼니를 굶어 행색을 알아볼 수조차 없는 불쌍한 거지들이 죽 늘어서 있다가, 손님들이 나오거나 들어갈 때마다 손을 벌리며 달려들어 동냥을 구했다. 그러면 술집 주인이 나가 물을 뿌리며 그들을 쫓았다. 명나라 군인들은 그꼴을 보려고 일부러 그들의 머리 위로 먹다 남은 음식을 던졌다. 그러면 거지들은 서로 다투어 땅에 떨어진 음식을 집어 먹기 위해 한바탕 법석을 떨었다.

어느 날, 세창은 명나라 장수들과 인맥을 많이 맺고 있는 망내에게 술자리를 한번 만들어달라고 부탁했다. 망내는 그 제안을 한귀로 흘려버렸지만, 그의 끈질긴 성화에 못이겨 결국 알고 지내는 명나라 장수들을 불러내 한번 술자리를 만들었다.

명군 측에서 망내와 안면이 있는 장교 두 명이 나왔고, 그들의 물건을 구입해 주는 명나라 장사꾼까지 합쳐 성대한 주연이 베풀어졌다. 망내는 명나라 상인과 마주앉아 주로 사업 얘기를 나누었고, 명의 장수들은 오랜만에 조선 여인의 품에 푹 빠져 넋이 나가 있었다.

술자리가 파할 때쯤, 세창이 먹을 가져오도록 해 흰 종이 위에 자신의 이름 석 자를 써서 맞은편에 앉아 있는 명나라 장수에게 건넸다. 자신의 이름을 잊지 말고 부디 조그만 수령 자리라도 좋으니 하나 마련해달라는 청탁이었다. 그리고 자리를 얻게 되면 더 많은 재물로 보답하겠다는 약속도 빠뜨리지 않았다.

명나라 장수들은 그의 이름을 읽고, 세창의 얼굴을 한번 쳐다보았다. 이해가 잘 안 간다는 표정이었다. 하지만 명 상인이 나서서 통역을 하자, 그때서야 껄껄 웃음을 터뜨리며 뭐라고 저희들끼리 수군거리더니 한 장교가 붓과 종이를 청해 그 위에 일필휘지로 글씨를 써내려갔다. 거기에는 큰 글씨로 이렇게 쓰여 있었다.

「全羅監司 任世昌」

세창은 자리에서 벌떡 일어나 넙죽 엎드려 명 장수들을 향해 큰절을 올렸다. 그는 돈은 많이 모았지만 벼슬을 하지 못한 게 늘 천추의 한으로 가슴에 남아 있었다. 그런데 뜻밖에 귀인貴人을 만나 그 한을 풀게 되었으니 그 기쁨이 이루 말할 수 없었던 것이다.

그 후, 세창은 혹시나 하는 기대감을 갖고 감사의 임명장이 내려오기를 학수고대하는 것이 유일한 낙이었고, 사람들은 농으로 그를 감사님이라고 불렀다.

금동이 합세하게 되면서 덕춘은 점점 자신의 입지를 잃어갔다. 그는 매달 이익금에서 자기 몫만큼을 받았지만, 술값과 남원에서 사귄 건달들과 노름을 하는 데 다 날려버리고 늘 빈털터리였다. 그러면 그것을 벌충하기 위해 납품업자들에게 돈을 빌리거나, 돌아갈 돈을 중간에서 슬쩍 당겨쓰거나, 아니면 가격을 속여 업자들에게 돌아갈 이익금을 가로채는 등의 수법으로 돈을 착복했다. 그 짓이 점점 더 심해지자 납품업자들은 누구도 그를 믿지 않게 되었다. 해서, 그는 점점 뒤로 밀려나고 대신 금동이 그가 하던 일을 하나, 둘 맡게 되었던 것이다.

반면, 망내는 막개와 죽이 잘 맞아 힘을 합해 한 푼도 쓰지 않고 돈을 모아 당장 고향으로 돌아간다 해도 이전처럼 배고픔에 굶주리는 생활을 면할 정도의 돈을 모았다.

사업은 달래가 참여하면서 박차를 가했고, 빈틈없이 돌아갔다. 그녀는 글을 배운 적은 없었지만 이재와 계산이 밝아 자신이 일일이 돈을 챙겼고, 한 푼이라도 지출할 일이 생기면 자신의 허락을 받도록 못을 박았다. 그래서 업자들이나 밑에서 일하는 일꾼들은 하나에서 열까지 그녀의 눈치를 보지 않으면 일을 처리할 수가 없었다. 그 대신 복래는 음식과 살림을 도맡았다.

달래가 오고 나서 덕춘은 이전처럼 선물 공세로 그녀의 마음을 되찾으려 했지만 이미 돈맛이 들린 그녀는 이전처럼 감격하거나, 호들갑을 떨지 않았을 뿐 아니라 오히려 더욱 더 냉랭해질 뿐이었다.

덕춘은 여전히 달래를 좋아하고 있었다. 그녀가 오고 나서 그는 마음을 잡은 듯 외출도 자제하고, 일도 열심히 하려고 노력하는 기미가 엿보였다. 하지만 아무리 마음을 다잡아도 작심삼일, 한번 못된 습관이 머리를 쳐들면 할 일을 모두 팽개치고 며칠 동안 술집 계집들의 치마폭에 빠지거나 노름판에 처박혀 코빼기도 보이지 않았기 때문에 사업에 막대한 손실을 입혔다.

어느 날, 며칠간 코빼기도 보이지 않던 덕춘이 느닷없이 나타나서는 달래 앞에 무릎을 꿇고 앉아 어린애처럼 손발을 빌며 자신의 잘못을 빌었다.

「시상은 이제 변했데이.」

그는 술 냄새를 풀풀 풍기며 습관처럼 한탄하듯 이렇게 말문을 열었다.

「옛날엔 참 좋았는디, 이곳에 와 돈맛들을 알고 나서는 모지리 변했데이. 니도 그카고 망내도. 모지리 돈 시는 데만 미쳐삐려서 살 재미가 하나도 없데이!」

「좋긴 머가 좋노? 맨날 굶기를 밥묵듯 했는데.」

달래는 벌처럼 재빨리 쏘아붙였다.

「아이다. 비록 배가 고프기는 해도 망내도 그카고 니도 그때는 참말로 순수했다. 그란데 지금은 모지리 돈독들이 올라가지고는 밤낮 돈 시는 데만 열심 아이가? 아침에 잠을 깨서는 밤새 누가 훔쳐가지 않았나 시어보고, 저녁에는 또 얼마나 벌었나 하고 시어보고. 지겹지도 않나? 진짜로 재밌는 일은 하나도 몬하고 말이다.」

「지발, 정신 차리라. 밥이 콧구멍으로 들어가는지 주디로 들어가는지 알고나 하고서 지껄이는 기가! 누가 지에게 밥을 믹여 주고 있는지 그기나 알고 있노!」

달래는 인정사정없이 퍼부었다.

「밥값을 좀 해라! 공짜로 믹여주는 것도 인자 한도가 있다 이 말이다. 아나?」

「달래, 우리가 사랑했던 많은 밤들을 생각해 보레이? 니도 좋지 않았나? 니도 나도 그때나 지금이나 하나도 안 변했데이. 난, 지금도 멋지게 새로 다시 시작할 수 있다. 망내같이 불알 두 쪽밖에 없는 놈하고는 차원이 다르데이. 니도 그기는 알고 있제?」

「유치하게 와 이라노? 니는 망내의 발뒤꿈치도 몬 따라온다. 아나!」

그가 술 냄새를 풍기며 가까이 다가오자 달래는 소름이 돋는지 놀라서 소리쳤다. 그 소리를 듣고 가축우리에 있던 복래가 황급히 달려와 그를 달랬다.

「에그, 이 불쌍한 화상아. 밥은 안 묵고 맨날 술만 퍼묵고 다니니. 꼴이 그게 뭐꼬? 은비가 보면 숭본다.」

「복래야, 난 아무짝에도 씰모가 없는 놈인가 보다.」

덕춘은 훌쩍거렸다.

「몬된 짓이나 하고, 사람들을 골탕 먹이는 데만 재주가 있으니. 안 그러카나?」

「씰모가 없긴. 니는 노래도 잘 부르고, 술만 묵으면 사람들을 즐겁게 해주는 재주가 있잖나? 그기도 한 가지 재주라. 사람은 저매다 한 가지씩 재주가 있는 기다. 나를 봐라?」

덕춘은 복래의 얼굴을 쳐다보았다. 예전에는 쳐다보지도 않았던 그저 크고, 넙대대하기만 한 못생긴 얼굴이 그날은 둥근 보름달처럼 포근하고, 사랑스러워 보였다. 그는 외로운 마음에 자기도 모르게 복래의 넓은 가슴에 얼굴을 파묻었다.

「바보! 달래가 쏘아붙인다고 그캐 기가 팍 죽으면 우떡하냐? 사내가 돼갖고.」

복래는 덕춘의 머리칼을 한 손으로 어루만지며 마치 어머니처럼 부드럽게 말을 이었다.

「자, 옷을 벗어라! 나가 니 옷을 깨끗이 빨아줄게. 그라고 새 옷을 입고 다시 보란 듯이 일하러 나가는 기다. 알겠제?」

달래는 이곳에 오고 나서 확실히 망내에게로 마음이 기울어지고 있었다. 모든 사업이 그의 머리와 손에서 이루어지고 있었기 때문이었다. 망내는 어린 시절의 배고픔과 덕춘에게서 받은 서러움을 잊기 위해 열심히 정직하게 장사를 했다. 그래서 사람들은 모두 그를 좋아하고 따랐다.

덕춘은 예전에는 자신을 따라다니며 팥고물이나 주워 먹던 망내가 이제는 모든 일을 좌지우지하는 것을 보면서 깊은 좌절감에 빠졌다. 그도 그처럼 멋지게 돈을 많이 벌어서 달래를 감동시키고 싶었지만 마음뿐 그에게는 그럴 만한 의지와 능력이 없었다. 오랫동안 누이가 벌어다 주는 돈으로 손쉽게 사는 방법에만 젖어 있었던 탓에 어느덧 게으르고, 나쁜 습관이 몸에 배인 것이었다. 그 때문에 그는 괴로워서 더 술을 마셨고, 돌이킬 수 없는 악행을 잊기 위해 또 술을 마셨다.

금동은 누구보다도 바쁜 여름을 보내고 있었다. 그가 맡은 일은 각 지역을 돌면서 현지에서 구매되고 있는 품목과 수량 등을 파악하고, 또 한편으로 긴급히 필요한 물품이 생기면 즉시 달려가 구매를 독려하는 일이었다. 그래서 그는 지리산 주변에 있는 마을은 안 다닌 곳이 없을 정도로 함양, 산청, 단성, 구례, 장수, 임실까지 높은 산과 강을 넘나들며 경상도와 전라도 땅을 종횡무진으로 누비고 다녔다. 뜨거운 여름도 이제는 거의 다 가고 선선한 가을바람이 불 무렵, 그는 장수로 볼일을 보러 갔다가 저잣거리에서 뜻밖에도 만동을 만났다.

「아이, 행님두. 멀리 간줄 알았더니 겨우 지 손바닥 안에 있었구먼요.」

금동은 외지에서 고향 사람을 만난 반가움에 만동을 마치 친형이나 되는 것처럼 꼭 껴안았다. 만동은 강씨 부인과 집을 나와 아마 덕유산 밑에 거처를 꾸민 것 같았다. 도피생활을 해서 그런지 몇 달만에 보는데도 행색이 이전보다 다소 초췌해 보였다.

「자자, 절로 들어가서 그동안 우찌 사셨는지 행님 얘기나 좀 들읍시데이. 하나도 숨기지 말고 다 털어놔야 되오!」

금동은 수다를 떨면서 그를 주막으로 데려가 뜨끈한 국밥을 한 그릇 대접했다. 그리고 만동으로부터 저간의 소식을 대강 들은 후, 새로운 사업 이야기를 꺼냈다.

「이 일은 행님 겉은 사람한테 딱 맞는 일이오. 그라니 눈 딱 감고 내 말대로만 하시이소. 돈 한 푼 없이도 내가 돈을 벌게 해 줄 기니까. 그라고 그 돈으로 행수님과 알콩달콩 행복하게 살믄 되지 않소?」

어수선하고, 위험한 일이 비일비재한 난리 통이었기 때문에 이런 일에는 만동처럼 뱃심이 있고, 힘깨나 쓰는 사람이 절실히 필요했다. 만약, 만동이 장수 지역을 맡게 된다면 사업도 안전해지고, 금동도 그만큼 짐을 덜게 되는 셈이었다.

만동은 지난 몇 달 동안 덕유산 밑에서 강씨 부인과 도피생활을 한 뒤라 슬슬 몸이 근질거리던 터였다. 그리고 평소에도 장사를 해서 한몫 보겠다는 마음이 늘 있었던 터라 순순히 금동의 제안을 받아들였다.

이튿날, 금동의 보고를 받은 망내도 만동을 받아들이기로 하고 물건 구매 대금을 선금으로 선뜻 내주었다. 이로써 장수 지역도 망내의 관할 지역으로 편입되었다. 만동이 장수 일을 맡으면서 사업 파트너로 등장하자, 덕춘은 왠지 더 기가 죽어 의기소침해지더니 어느 날 슬그머니 모습을 감춰버리고 말았다.

망내는 한 달에 한 번가량 납품업자들을 남원으로 불러 회의를 열었다. 즉, 서로 만나 각 지역의 고충 사항은 물론 명군의 주둔 상황이며 민심의 현황에 대해 얘기를 나누고, 물건의 공급과 수요의 양이 너무 차이 나지 않도록 적절히 조절을 하면서 앞으로의 계획과 본부에 하고 싶은 말을 허심탄회하게 토로하는 자리였다. 그리고 회의가 끝난 뒤에는 회식이 열렸다.

추석을 얼마 앞두고 갑자기 세창이 회의를 요구했다. 모임은 날씨가 좋아서 그늘진 너른 마당에 멍석을 쭉 깔아 놓고 빙 둘러 앉아서 열렸다.

「다들 알겠지만 사업이라는 기는 다 때가 있는 법이라 긁을 수 있을 때 왕창 긁어둬야 한당께.」

세창이 먼저 말문을 열었다.

「맞십니다. 계속 말씀을 해 보시이소.」

망내가 들어나 보자는 듯 거들었다.

「먼저 지금부터 내가 허는 말은 절대로 다른 데 가서 허지 않겠다고 약속을 먼저 했뿌려야 내가 말문을 열 수 있으니 다들 내가 한 사람씩 호명할 때마다 가부를 분명히 밝혀주시오, 아시겠소?」

일일이 호명을 해서 다짐을 받은 뒤 세창이 한 말은, 요즘 조정에서 군인들에게 줄 양식 때문에 난리가 아니라는 것이었다. 해서 지금 정부 관리들이 하는 일이란 게, 집집마다 가가호호 찾아가서는 강제적으로 양식을 거둬들이는 게 큰일이라는 거였다. 그래서 집집마다 곡식을 안 뺏기려고 잔머리들을 굴리느라 가관이 아니고, 뿐만 아니라 한때 그토록 기세등등하던 의병들도 죄다 개 끌리듯 끌려가 명나라에서 도착한 양식 가마니를 메고 명군 주둔 부대로 운반하는 일에 깡그리 동원되고 있다며 혀를 찼다. 결론은 이러했다. 즉 그렇게 모은 양식들이 관가의 곡창마다 쌓여 있는데, 정부의 계획에 의하면 반은 그대로 병사들의 양식으로 쓰고, 나머지 반은 현금화해서 다른 용도에 즉 무기나 다른 장비들을 구입하기 위해 알음알음 아는 사람들에게 팔 것이라는 거였다.

「감사님, 암만해도 뭔 냄새가 좀 나는데요.」

설명이 끝나자마자, 나이 어린 갑석이 끼어들었다.

「다들 굶어죽겠다고 야단들인데 와, 쌀을 몰래 아는 사람들에게만 판다는 겁니꺼. 이상하지 않습니꺼?」

「뭣을 알아야지 해묵지.」

세창이 딱하다는 듯 갑석을 쳐다보았다.

「난, 이 기회에 고생하는 네게 쪼깨라도 재산을 늘커주려고 애를 쓰는디, 니는 지금 초를 치고 있당가?」

「정당한 게 아닌 것 겉으니께 그라지요? 지 말이 틀렸습니꺼?」

갑석이 계속 물고 늘어졌다.

「이 구례 바닥이 다 아는 애국자 임세창이 자네 겉은 아한테 거짓부렁하겠나? 싫음 빠지뿌리라. 인마야, 시상 돌아가는 꼴을 잘좀 보그라. 시상은 주먹만 갖고 되는 게 아이다. 알았느냐? 무작스럽기는. 멀 알아야 감사를 하든, 수령을 하든 하지.」

「지가 배웠으면 을매나 배웠다고 큰소리야. 양반이면 단가? 다겉이 벌어묵고 사는 주제에. 죽통을 날리버릴까 보다.」

갑석도 지지 않고 식식거렸다. 그것을 옆에 앉아 있던 대복이 뜯어말렸다. 마지막으로 세창은 가격을 말했는데, 현 시가의 70퍼센트 수준이었다.

「허참, 나라꼴이 머가 될라꼬!」

대복이 장탄식을 하며 말했다. 세창이 말하는 요점은 자기가 그 루트를 알고 있으니 이 기회에 관곡을 싸게 구입해서 그것으로 한몫 챙기자는 것이었다. 대복은 그 제안에 반대했다.

망내는 명군들이 막걸리를 좋아한다는 것을 잘 알고 있었다. 만약 곡식을 싸게 사서 그것으로 술을 빚어 판다면 굉장한 이윤이 생길 것이었다. 그러려면 술집을 하나 내야 했다.

「아재는 그 정도 챙겼으면 됐지, 멀 또 더 묵으려고 하소? 조상 대대로 물리받은 땅 있겄다, 신분 확실하겄다 머 하나 부족할 기이 없는데 와 그란 더러분 일에 발을 담그려 하십니꺼?」

마지막으로 갑석이 작정한 듯 한마디 했다.

「와 그리 쌌나, 이 시상에 돈 싫어하는 사램있당가? 양반도 사람이다, 알았느냐, 이눔아! 돈 싫어하는 눔 있으면 어디 나와 보라고 해부라! 그라고 전쟁도 돈 있어야 하는 기다. 알았느냐? 돈이 없으니께 일본 놈들한테 꼼짝 몬하고 개박살이 나고 있는 기이 아니고, 멋이고. 쯧쯧. 참새가 봉황의 뜻을 워쩌크름 알리오.」

「좌우간 양반이란 족속들은 뒤만 맥히면 꼭 말발로 은근 실쩍 넘어가려 하는 건 여전해. 우리는 주먹으로 해결하는데. 안 그렇수, 행님?」

갑석이 대복에게 동의를 구하듯 히죽 웃으며 말했다.

「고만 해라.」

대복이 한마디 하자 좌중은 조용해졌다. 대복은 자신은 전면에 나서지 않고 갑석을 시켜 물건 구입과 납품일을 시키고, 문제가 있을 때만 자신이 나서서 일을 처리했다. 대신, 그는 약초에 관한 지식이 풍부해서 지리산에서 나는 좋은 약초를 캐서 명 상인들에게 팔아 목돈을 쥐었다. 그는 돈 욕심이 없어서 먹을 것이 생기면 주변에 있는 부랑아라든가, 굶주리고 병든 가난한 사람들을 불러 음식을 나누어 먹었다. 그런 점잖고, 너그러운 성품에 탄복해 많은 사람들이 그를 따랐고, 갑석도 대복의 말이라면 목숨을 내놓을 정도로 그를 흠모했다.

사업 얘기는 그쯤해서 끝나고, 술상이 들어왔다. 달래와 복래가 손수 음식을 마련했던 것이다. 넓은 상에는 고기가 그득했고, 서늘한 그늘에 땅을 파고 묻어 놓은 술독에는 누렇게 익은 탁주가 거의 독 주둥이까지 가득 차 있었다.

그들은 장사꾼들답게 명 상인들이 원하는 물건들에 대해 의견을 나누었고, 그중에서도 가격을 많이 받을 수 있는 품목들에 특히 관심이 많았다. 명 상인들은 군대의 뒤를 따라오면서 먹을 것은 물론이고, 병사들에게 필요한 일상용품 그리고 조선 사람들을 겨냥한 비단, 약 등 오만 가지 물건들을 다 골고루 구비하고 있었다. 그들은 자국 군인들에게서 번 돈으로 조선에서 값 나가는 물건을 사서 강화로 가져가 그곳에서 배로 중국으로 실어 날랐다. 약초와 인삼은 물론이고 근래에는 쇠붙이 등도 취급해 약삭빠른 도둑놈들이 솥이며 농기구 등을 인가에서 훔쳐 헐값에 명의 상인들에게 팔아넘기는 바람에 어떤 집은 조석을 끓일 솥이 없을 정도였다.

「행님, 돈 있으면 쪼깨 좀 빌려 주소?」

구석에 앉아 있던 천만이 세창에게 물었다.

「뭣에 쓰려고? 자네겉이 돈 많은 사채업자가 내게 손을 빌리다니 알 수가 없네.」

세창은 술잔을 만지작거리다 딴청을 피우며 말했다.

「요 근래 급매물로 나온 전답이 있어 사 두려는데 돈이 좀 모자라서요. 한 서너 달만 있으면 돈이 빠질 테니 좀 빌려주이소. 그라믄 그때까지 이자를 두둑이 쳐 드릴 테니.」

천만은 그동안 사람을 풀어 도망간 첩년을 찾아 귀중품은 못 찾았지만 논문서 등은 찾은 모양이었다. 그러나 부전자전이라고 그도 아버지처럼 큰돈을 벌어보겠다는 야심이 있어서 장사보다도 논을 담보로 굶주림에 몰린 사람들에게 돈을 빌려준 다음 그것을 제때 갚지 못하면 헐값으로 논을 빼앗는 수법으로 재산을 불려나가고 있었다. 난리 통이라 제때 농사를 짓지 못해 먹을 것이 없는 사람들은 비싼 이자를 물고라도 그의 돈을 빌려 먹을 것을 구하려 했다. 하지만 그는 땅만 많이 갖고 있었지 현금은 그리 여유가 없었던 것이다.

「난, 요새 현금이 벨로 없당께.」

세창은 딱 잘라 말했다.

「그라지 말고 여기 안주인한테 한번 부탁해 보랑께. 그리고 내 충고 하나 허겠는디, 자네 너무 땅에다 쌔리 묻어두는 거 아닌가? 한 군데 몰아넣어뿌리면 낭중에 빠져나오기가 힘들지라. 내 선배로서 한마디 허겠는디 고깝게는 듣지 말고.」

그리고는 슬쩍 빠지며 달래 쪽으로 화살을 돌렸다.

세창은 망내 옆에 바싹 붙어 앉아 가능한 빨리 관에서 뒤로 빼내는 양곡을 사 둘 필요가 있다며 그를 채근했다.

「좋은 제안이기는 하지만 싸 둘 곳도 마땅치 않고, 또 맹군이 영원히 이 땅에 주둔할 것도 아이고. 쪼깨 그라네요, 가격도 그렇고. 선뜻 결정하는 기이.」

「아, 참 사램도. 이 임세창을 못 믿겠다는 건가?」

「아니, 그기 아이라.」

「확실한 물건이니께 걱정 말지라. 이 임세창이 그렇게 허투루 일을 처리 허겠는가? 내, 미리 관리 놈들한테 쥐약을 먹여 놓았당께. 그러니 아무 걱정하지 말랑께.」

망내는 세창이 이렇게 들이대는 것은 자기에게도 떨어지는 게 있기 때문이라는 것을 알고 있었기에 계속 미적대다가 현금 지불 조건으로 가격을 60프로 선으로 떨어뜨렸다. 그는 그 쌀로 술을 빚어 명군에게 팔 생각이었다.

5

추석 날 아침, 늦잠에서 깬 금동은 사람들이 모두 추석을 쇠러 가고 텅 빈 숙소에서 잠시 빈둥거리다가 며칠 전에 만동과 한 약속을 생각하고 아침도 거른 채 장수를 향해 숙소를 나섰다.

산골의 가을 하늘은 유리를 깔아 놓은 듯 더없이 투명하고 푸르렀다. 멀리 바라보이는 덕유산의 산봉우리들은 창으로 찌르듯 하늘을 향해 우뚝 솟아 있고, 골짜기에는 여름내 짙푸르렀던 초록의 울창한 나뭇잎들이 어느새 노르스름하게 시들어 가고 있었다. 아직 부연 젖빛 안개가 걷히지 않은 가을 들판에는 곡식들이 누렇게 무르익어 가고, 부지런한 새들이 한 알의 곡식이라도 더 건지려는 듯 분주히 그 위를 맴돌고 있었다. 그 한가로운 풍경을 보면, 전쟁은 어딘가 먼 나라의 이야기처럼 들렸다. 하지만 가족이 죽거나, 피난을 가버린 집들의 농토는 그대로 버려진 채 잡초만 길게 우거져 있었다.

아침 나절에 출발했지만 그곳에 닿은 것은 오후도 훨씬 지나서였다. 동쪽 하늘에 높이 떠 있던 태양이 어느새 서쪽으로 기울며 산기슭에는 서늘한 그림자가 드리워지고, 덕유산의 넓은 허리를 부드러운 황금빛으로 물들이고 있었다.

만동의 집은 육십령 고개에서 얼마 떨어져 있지 않은 산자락 밑에 지은 방 한 칸에 부엌이 달린 아주 조그만 초가집이었다. 마당 한복판에는 호박이며, 산에서 해 온 나물 같은 것들이 멍석 위에 널린 채 기우는 오후의 햇볕에 마르고 있었고, 집 뒤에 있는 감나무에는 감이 주렁주렁 매달려 영글어가고 있었다. 그리고 부엌문을 통해 장독이 몇 개 보였고, 대나무를 세워 높이 매단 빨랫줄에 널어놓은 빨래도 보였다.

만동은 명절 때 홀로 있을 금동을 위로해 주려고 일부러 그를 부른 것이었다. 그 또한 형을 잃었기 때문에 명절 때가 되면 외로웠던 것이다.

금동은 마당으로 들어서자 큰 소리로 강씨 부인을 찾았다.

「행수님! 금동이가 왔심니데이.」

곧 방문이 열리며 말끔하게 머리단장을 한 강씨 부인이 나와 금동을 맞았다. 그녀는 몇 달 전과 비교해 사뭇 달라져 있었다. 옷은 그저 허름하게 산골 마을의 어느 아낙처럼 평범하게 입고 있었지만 거동이며 말투는 이전과는 달리 활기가 넘쳤고, 얼굴에도 완연히 생기가 가득 돌고 있었다.

안으로 들어가자, 방에는 이미 상이 차려져 있고, 곧이어 음식이 들어왔다. 이곳에서 나는 고사리 등 산나물은 물론, 버섯 등을 써서 만든 고기며, 전, 부침개 등이 상 위에 정성껏 푸짐하게 차려져 있었다. 그리고 마지막으로 술도 나왔다.

「금동아, 그동안 돈 마이 벌었노?」

강씨 부인이 술을 한잔 따르며 말했다.

「돈만 있으면 널린 기이 여자 아이가? 금동이는 사내다워서 여자들이 마이 따를 기다. 그란다고 너무 바람피우면 안 된데이. 여자는 무엇보다도 사랑이 필요한 기라. 돈도 권력도 다 소용없데이. 사람은 사랑이 있어야 사는 기쁨이 있는 기레이.」

「맹심하겠십니더, 행수님!」

금동은 호탕하게 웃으며 술잔을 들어 단숨에 쭉 들이켰다.

「금동이를 몬 만났으면 우리는 안즉도 어려운 살림을 하고 있었을 기다. 니는 우리의 은인이다. 술은 얼매든지 있으니 마이 마시라.」

만동이 금동을 치하했다.

「아, 벨것도 아닌 기이 갖고 와들 이러십니꺼? 술맛 안 나게.」

금동이 어색한지 손을 저었다.

「자자, 행님도 한잔 받으이소. 행님이 발이 부르트도록 열심히 돌아댕긴 건 지가 다 알고 있십니더. 그건 그카고 대체, 그 많은 돈은 벌어다 다 어데 숨기 놓았십니꺼?」

금동은 그러며 방안을 휘 둘러보았다.

만동은 누구보다도 정력적으로 일을 해 돈을 제일 많이 벌었다. 그는 장수는 물론이고 진안, 임실까지 때로는 무주까지 오가며 물건을 사들여 많은 이윤을 남겼다. 얼마나 걸어 다니는지 짚신은 하루를 버티지 못했고, 버선도 강씨 부인이 만드는 족족 이내 헤졌기 때문에 부인은 그것을 기우느라 밤잠도 모자랄 정도였다. 그렇게 물불을 가리지 않고 열심히 일한 덕분에 지금은 말을 한 필 사서 그 위에 짐을 싣고 다녔다.

「두 분이 이렇게 행복하게 사시는 걸 보니 지도 기분이 참 좋십니더.」

금동이 너털웃음을 지으며 말했다.

「그라믄, 니도 어서 장개를 가라.」

강씨 부인이 웃으며 말했다.

「행님, 그렇게도 좋수?」

「인마, 고만 수다 떨고 술이나 마시라.」

만동이 계면쩍은지 오금을 박았다.

금동은 강씨 부인이 만동을 위해 손수 젓갈로 음식을 집어주는 것을 힐끗 보면서 사랑을 하면 인간은 계급이나, 체면 따위는 다 소용없는 것이라는 생각이 들었다.

강씨 부인이 집을 나가자, 사람들은 모두 그녀의 뒤에 침을 뱉고, 욕을 퍼부었다. 그도 물론 부인의 행동을 탐탁지 않게 여겼었다. 허나, 이제 두 사람이 사는 모습을 보니 그것이 괜하고 부질없다는 생각이 들었다.

「행님, 참말로 재미가 우뗳소?」

잠시, 강씨 부인이 밖으로 나가자 금동이 물었다.

「머가 그리도 궁금하냐?」

「그라믄요. 행님, 지도 알건 다 압니데이.」

금동은 짓궂게 물고 늘어졌다.

「말도 마라. 장개를 드니까 한시도 꼼짝할 수가 없다. 한데서 잤다카는 그 이튿날로 그기가 뽑힐 지경으로 치도곤을 당한다, 안 카나.」

「하하하. 역시 행수님은 대단한 분이셔. 그란 분이 샌님이랑 사셨다니.」

금동은 이죽거리며 웃음을 터뜨렸다.

「허지만 이자는 지도 한심이 놓이는구만요. 모다 지 짝을 지대로 찾은 것 겉으니 말이요. 하하하.」

두 사람은 오랜만에 허리띠를 풀고 밤새도록 술을 마셨다. 그리고 새벽 녘이 되어서야 금동은 방 위쪽에 쌓아 놓은 곡식 가마니 옆에 쓰러져 잠이 들었다.

점심 때가 지나서야, 그는 얼굴로 비쳐드는 눈부신 햇살에 잠을 깼다. 방문을 여니, 두 사람이 함께 마당에서 사이좋게 가을걷이를 하고 있는 것이 보였다. 강씨 부인은 머릿수건을 쓴 채 멍석 위에 널어놓은 나물들을 뒤집고 있었고, 만동은 그 옆에서 콩을 털고 있었다.

금동은 늦은 점심을 먹고 그곳을 떠났다. 간밤에 퍼마신 술이 완전히 깨지 않은 상태에서 또 이별주로 한잔 더 마셔서 걸음걸이가 약간 비틀거렸지만 그에게 남원까지 가는 길은 캄캄한 밤에도 눈을 감고 걸어갈 수 있는 익숙한 길이었다.

한 십 리쯤 걸은 다음, 그는 개울가에 앉아 잠시 몸을 쉬었다. 덕유산 자락에서 흘러내려오는 맑고 깨끗한 시냇물이 바위에 부딪치면서 기우는 석양빛을 받으며 청동색으로 아름답게 부서지고 있었다. 서서히 끝이 말라 가는 가을 풀들 위로 잠자리 떼가 한가롭게 허공을 맴돌고 있었다. 그리고 길가에는 이름도 알 수 없는 온갖 들꽃들이 피어 색색의 작은 꽃송이들을 바람에 애처롭게 흔들고 있었다.

그는 개울로 들어가 찬물로 땀에 젖은 얼굴을 씻은 다음, 시든 가을 풀 위에 몸을 뉘었다. 이미 해는 서산으로 기울고 있었고, 가을 하늘은 온통 감청색으로 차갑게 물들어 가고 있었다. 그는 자장가처럼 들려오는 시냇물 소리와 뺨을 스치는 바람의 애무를 받으며 깜빡 잠이 들었다.

얼마 후, 그는 선뜻한 공기에 놀라 잠을 깼다. 어디선지 여인의 구슬픈 울음소리가 들려오고 있었다. 해는 어느덧 서산 너머로 사라지고 주위는 빠르게 어둠이 깃들고 있었다. 밭 하나를 사이에 두고 약간 경사진 언덕 위에 외따로 서 있는 초가집에서 불빛이 가늘게 새어나오고 있었다. 울음소리의 진원지는 바로 그곳이었다.

그는 호기심에 끌려 그곳으로 걸어갔다. 그리고 마당에 서서 사람을 불렀다. 잠시 후, 울음소리가 그치면서 중년의 나이 든 여인이 방문을 열고 밖으로 나왔다.

「질 가던 나그네요. 울음소리가 들리는데, 집에 무신 일이 있십니꺼?」

금동이 점잖게 물었다.

「사위가 며칠 전에 죽었으라우. 그래서 딸아가 곡을 하고 있는 중이라우.」

여인이 고개를 숙인 채 말했다.

「잠이 억수로 쏟아져 질을 갈 수가 없는데 쪼깨 눈좀 붙이고 갈 수 있 십니꺼?」

금동이 여인을 보고 물었다. 여인은 잠시 저어했다.

「사위가 엠벵으로 죽었는디, 행여 그 병이 옮기면 우째실라꼬.」

「괘안소. 까짓 엠벵쯤이야.」

금동은 큰소리를 치고 안으로 들어갔다. 안으로 들어가 보니, 진짜로 안방 윗목에 죽은 사위의 시체가 누워 있고, 그 앞에 병풍 같은 것을 쳐놓고 앉아 젊은 여인이 서럽게 곡을 하고 있었다.

「어서 윗방으로 건너가시라우. 엠벵이 옮을지 모르니께.」

여인이 재촉하는 바람에 금동은 윗방으로 올라가 그대로 누웠다. 울음소리가 끝도 없이 계속되었다. 그 훌쩍거리는 울음소리가 마침내 그의 신경을 건드렸다.

「아, 인자 고만 좀 하소! 시끄러워 잠을 몬 자겠네. 그란다고 죽은 사람이 살아온답니꺼?」

그가 소리를 지르자 여인은 찔끔해서 울음을 그쳤다.

사연을 들으니, 그 집 안주인인 남씨 부인은 남편이 죽자 농사일을 할 사람으로 나이는 좀 들었지만 성실한 사람을 데릴사위로 맞이했는데, 올여름 진주성싸움 때 하동에서 피난 온 친척이 한 달가량 머물고 간 뒤 엠병에 걸려 처음에는 머리가 무겁고, 밥을 잘못 먹더니 곧 열이 나고, 혀에 누렇게 설태가 끼면서 시름시름 앓다가 며칠 전 밤에 윗목에 놓여 있던 술지게미를 냉수로 착각하고 퍼 마신 뒤 이튿날 그대로 열이 머리까지 올라 죽고 말았다는 것이었다. 하지만 여자만 사는 집이라 여태 시체도 치우지 못하고 있다며 금동에게 하소연을 했다.

금동은 저녁을 얻어먹고, 내일 아침 일어나 시체를 치워줄 테니 염려하지 말라고 한 다음, 윗방에서 전날 못 잤던 잠을 벌충했다.

이튿날, 금동은 느지막이 일어나 아침을 먹고 안방으로 건너갔다. 시체는 홑이불로 잘 덮여 있었다. 아침 나절은 선선하다지만 낮은 아직 햇볕이 따가웠기 때문에 빨리 시체를 치우는 것이 좋을 것 같았다. 금동은 남씨 부인이 가르쳐 주는 대로 집 뒤에 있는 양지바른 곳에 한 길쯤 땅을 판 다음, 시체를 거적으로 둘둘 싸서 그곳에 갖다 묻었다.

「지금은 난리 통이니 이 정도로 대충 묻고, 나중에 평화로운 때가 오믄 예를 갖춰 장례를 치르이소.」

금동은 이마에 맺혀 있는 땀을 손으로 훔치며 부인에게 말했다. 그 옆에서 딸이 고개를 숙이고 있다가 작은 소리로 예를 표했다.

「고맙십니데이. 도령님이 아니었으면 지 혼자 우쨌거나 싶었는디 참말로 고맙스라우.」

「고맙긴요. 하룻밤 신세를 졌으니 나도 뭔가 해서 갚아야지오. 안 그렇소?」

여자의 이름은 분이粉伊로 결혼 2년째에 남편을 잃은 것이었다.

소슬한 가을바람이 건너편 산 쪽에서 불어오더니 마른 나뭇잎들을 우수수 흔들려 지나갔다. 집 앞 텃밭에는 가을걷이를 앞둔 밭작물들이 사람의 손을 기다리고 있었다. 여자는 이제 길고 긴 세월을 혼자서 외롭게 살아가야 할 것이다. 그러자 왠지 여자가 측은하게 생각되었다.

「나도 다섯 살 때 어무이를 여의었소. 글고 이번 난리에는 아부이를 잃었소.」

금동이 자기소개를 했다.

「하지만 너무 상심 마시오. 앞으로 살아갈 날이 더 마이 남아 있지 않십니꺼?」

「알고 있십니데이. 열심히 살아야지라.」

분이는 잠시 말을 멈춘 다음, 용기를 내어 물었다.

「여기 사시는 분은 아닌 것 겉은디.」

「하하, 나는 장사를 하기 땜에 안가는 곳이 없십니더. 그야말로 구름 나그네요. 하하.」

금동은 웃으며 힐끗 여자의 얼굴을 바라보았다. 그러자 여자는 얼른 고개를 숙였다. 여자는 눈 밑에 점이 하나 있었으며, 살빛이 희고, 다소곳했지만 귀엽고, 여자다운 구석이 있었다. 그녀는 이제, 곧 아이도 하나 낳고, 사랑하는 남편과 오순도순 행복하게 사는 맛을 막 맛볼 시기였다. 헌데, 느닷없이 난리를 만나 남편을 잃었으니 여자로서는 기댈 큰 산을 잃어버린 것이었다.

그녀의 어머니가 차려준 점심상은 산골 마을답게 푸짐하고, 온통 산나물로 넘쳤다. 점심 식사 후, 금동은 분이와 함께 산책 삼아 뒷산으로 올라갔다. 하늘은 맑고, 그지없이 푸르렀으며 장수 분지를 에워싸고 있는 산줄기들은 웅장한 모습으로 마지막 가을 햇볕에 불타고 있었다. 그곳에 서니 눈 아래로 장수의 너른 들판이 끝없이 펼쳐져 가슴이 툭 트이는 기분이었다. 그 속으로 산골짜기의 바람과 함께 시들어 말라가는 풀잎의 냄새가 코를 스치며 지나갔다. 덤불 속에는 이름 모를 가을꽃들이 색색의 별처럼 수줍게 피어 있었으며, 가지마다 열매들이 가득 매달려 있었다. 커다란 나무들이 줄지어 서 있는 그늘 밑으로 들어서자 밤송이며 도토리 등이 풀밭 위에 수북이 떨어져 그대로 뒹굴고 있었다.

그늘을 벗어나자 다시 넓은 대지가 펼쳐지며 새들의 지저귐이 요란하게 들려왔다. 누렇게 물들어 가는 완만한 산언덕 뒤로 멀리 푸르스름한 가을 연무에 쌓인 덕유산의 고봉들이 청록색으로 또렷한 주름을 새기며 가을 햇빛을 흠뻑 받으며 빛나고 있었다. 커다란 꿩 한 마리가 그들의 인기척에 놀라 덤불 속에서 푸드득 날아 올라 산 위쪽으로 날아갔다. 그 소리에 놀랐던지 분이는 얼결에 금동의 팔을 움켜잡았다.

금동은 붉은 꽃을 달고 있는 싸리나무 가지 끝에 앉아 있는 고추잠자리를 보고 어린애처럼 살금살금 다가갔다. 그것을 분이가 재미있다는 듯이 지켜보았다. 그는 짓궂은 아이처럼 허리를 구부린 채 긴장된 얼굴로 싸리나무 앞으로 바싹 다가가 잠자리를 잡으려고 손을 뻗쳤다. 하지만 잠자리는 그를 비웃듯이 먼저 눈치를 채고 날개를 펄럭이며 하늘로 날아올라 갔다.

「날아갔십니데이.」

분이가 웃으며 말했다.

「그라요. 저리 눈치가 빠른 걸 보니 암놈이 분명하오.」

두 사람은 풀밭 위에 앉아 계절이 바뀌어가면서 이파리가 듬성듬성해진 나무들의 성긴 모습과 점점 더 날카로워지고 있는 먼 산들을 바라보면서 잠시 서로의 생각에 잠겼다.

「저 하늘을 무심히 흘러가는 구름을 좀 보시오.」

금동이 하늘을 쳐다보며 말문을 열었다.

「어데도 근심이란 글자가 없지 않소? 그저 바람 부는 대로 흘러가다가 구름을 만나믄 비를 뿌리고, 연기처럼 흩어져 하늘을 가리고, 글고 다시 사라졌다가 산등성이 위로 살짝 나타나서는 길가는 외로운 나그네의 벗이 돼주지 않소. 하지만 인간 시상은 온갖 근심으로 넘치고 있으니. 한 달에도 몇 번씩 이 질을 지나다니면서 부인 겉은 사람이 이곳에 살고 있는 걸 몰랐다니. 사람의 인연이란 정말이지 알 수가 없는 것 겉소.」

금동이 한숨처럼 말을 던졌다.

「남원에 가시려면 더 늦기 전에 출발하시라우. 곧 어두워질 것 겉으니께.」

분이가 말머리를 돌렸다.

「걱정 마오. 눈 감고도 찾아갈 수 있는 질이니. 인자 이곳에 볼 일이 있이면 부인을 찾아오겠소. 그때까지 용기를 잃지 말고 사시오.」

겨울로 접어들어, 낙상지가 이끄는 명군이 철수를 준비하자 남원의 분위기는 파장 때처럼 쓸쓸해졌다.

망내는 봄에 새로운 부대가 주둔하리라는 정보를 갖고 있었기 때문에 사업준비를 하면서 좀 쉬기로 했다. 때마침 눈도 계속해서 내렸고, 곳곳에 길이 막혀 사람과 물건들이 다닐 수 없었기 때문에 오히려 잘 된 일이기도 했다.

그는 얼마 전에 정호의 집과 논이 매물로 나온 것을 알고 있었지만 바빠서 차일피일 미루다 이제 시간이 나자, 계약을 체결하기 위해 오랜만에 고향을 방문했다. 매도자는 삼가에 사는 정호의 사촌형이었다. 그는 정호의 가족 중 살아남은 사람이 한 명도 없는 것을 알고, 문중을 대표해 물건을 처분하려고 내놓은 것이었다.

고향 사람들은 모두 먹을 것이 부족해 추위 속에서 힘겹게 살아가고 있었다. 가장 좋지 않은 소식은 대수의 아내 춘심이 일본군에게 겁탈을 당해 그 충격으로 실성을 했다는 소식이었다. 그녀는 마을 사람들을 봐도 알아보지 못하고, 이전의 기억들을 거의 기억하지 못한다고 했다. 사람을 보면 겁에 질려 눈에 띄지 않는 구석으로 몸을 숨기고, 짐승처럼 이상한 소리를 질러대는 것이 고작이라는 거였다. 그리고 그녀의 태내에는 이미 일본군의 아이가 자라고 있었다. 대수는 병든 아내와 아직도 살아 계신 노모의 치다꺼리로 일 년 새에 십 년은 더 늙어 보였다.

돌아오는 길에 망내는 대수를 만나 위로하고, 사람을 시켜 쌀을 가져다 주도록 했다. 광덕은 전투에서 왼쪽 손목을 잘린 뒤 술만 마시면 남은 성한 팔로 아내를 두들겨 패는 버릇이 생겼는데, 그러면 진금도 지지 않고 대들었기 때문에 싸움은 늘 일진일퇴라고 했다.

덕춘의 집은 은비가 일본군과 내통했다는 혐의가 씌어져 집은 모두 폐가가 되고, 가족들은 어딘가로 뿔뿔이 흩어지고 없었다. 얘기를 들으니, 이 지역의 치안 유지를 맡게 된 귀남이 은비의 과거 행적을 상부에 알려 집을 때려 부수고, 덕춘의 애비는 곤장을 맞아 장독으로 쓰러졌으며 나머지 가족들은 모두 마을 밖으로 내쫓겼다는 것이었다.

귀남은 정부 측에 우호적인 지역 유지들 편에 서서 열렬한 애국자가 되어 있었다. 그는 정부 정책에 협조하지 않는 사람들은 가차 없이 반역자로 몰아 불이익을 주거나, 여러 가지 방법을 통해 마을에서 살 수 없도록 괴롭혔다. 그는 직업 관료도 군인도 아닌 평범한 농부에 지나지 않았지만 실낱같은 왕조王朝의 기존 권력을 유지하려는 전시戰時 관리 및 지역 유지들의 이해관계와 출세의 욕망이 맞아 떨어져 일약 왕조의 권력을 열렬히 신봉하는 마을의 대표자로 등장했던 것이다.

망내는 비록 지금은 불에 타 아무것도 남아 있는 것이 없지만 한때는 마을의 중심이었던 정호의 집터 위에 서서 잠시 마을을 둘러보았다. 겨울이라 마을의 풍경은 쓸쓸하고 스산했다. 이파리가 무성했던 마을의 느티나무는 잎이 다 떨어져 어스름한 황혼에 차갑게 물들어 있고, 굴뚝에서 연기가 피어오르는 집도 별로 보이지 않았다. 그저, 보이는 것이라고는 지붕이 기울어진 채 곧 땅으로 폭삭 주저앉을 것 같은 덕춘의 앙상한 집과 변덕스런 바람에 이리저리 흔들리고 있는 길가의 마른 풀잎뿐. 하지만 곧 봄이 오고, 꽃이 피면 그는 이 폐허 위에 새로 집을 짓고, 개울을 따라 펼쳐져 있는 논 위에 다시 씨를 뿌려 농사를 지으며 달래와 함께 행복하게 살 것이다.

그는 오직 이날을 위해 모든 것을 참고 견뎌왔다. 장사로 그는 많은 돈을 벌었고, 이제는 무슨 짓을 하든 사랑하는 달래와 태어날 아이를 위해 어떤 역경도 헤치고 나갈 자신이 있었다. 그는 자신에 만족한 듯 기우는 석양을 향해 기지개를 한껏 켜면서 무언가를 으스러뜨릴 것처럼 두 주먹을 불끈 움켜쥐었다.

설이 다가오자, 사람들은 모두 뿔뿔이 고향으로 돌아갔다. 하지만 가족이 없는 금동은 갈 곳이 없었다. 가축들이 있는 축사 지붕 위에는 며칠 전에 내린 눈이 그대로 쌓여 있었다. 막개만 가축들을 돌보느라 집에도 가지 못하고 남아 있었다.

금동은 숙소에서 며칠 뒹굴다가 설을 이틀 앞두고 막개에게 부탁해 닭고기와 돼지고기 등을 챙기고, 명나라 상인들에게서 산 빛 고운 비단 두 필을 보따리에 싸 가지고 장수로 향했다. 분이를 만나러 가는 금동의 발걸음은 바람처럼 상쾌하고, 가벼웠다. 일 관계로 여러 곳을 돌아다니는 편이라 간혹 주막집 같은 데서 들뜬 하룻밤 풋사랑을 느껴보기는 했지만, 이렇게 차분하고 따뜻한 감정을 여자에게 품어 보기는 처음이었다.

그토록 무성했던 초록의 세계는 사라지고, 낟알을 모두 털어버린 텅 빈 갈색의 들판을 달려온 바람이 길가의 마른 나뭇가지들을 흔들며 맵고, 톡 쏘는 것 같은 차가운 겨울의 냄새를 실어왔다. 마른 덤불 속에서는 살찐 겨울새들이 나무에서 떨어진 열매들을 주워 먹느라 분주했다. 겨울 햇빛은 눈앞에 펼쳐진 드넓은 들녘 위로, 그리고 산등성이를 따라 바람에 흔들리는 하얀 억새 위로 금빛 조각처럼 거침없이 부서져 반짝이고 있었다.

드디어 야트막한 산비탈 위로 잎을 다 떨어뜨린 앙상한 감나무와 언덕 위에 수줍게 몸을 숨기고 있는 눈에 익은 초가집이 보이자, 그의 가슴은 두근거렸다. 그는 얼음이 살짝 얼어 있는 작은 도랑을 건너 집 쪽으로 부지런히 걸음을 옮겼다. 하지만 방문 앞에 신발이 보이지 않았다. 툇마루에 앉아 사람이 오기를 기다리자 잠시 후, 집 뒤에서 모녀가 나무를 머리에 이고 나타났다.

「장모님, 지 왔십니더!」

금동의 넉살 좋은 인사에 남씨 부인은 좋아서 어쩔 줄을 몰라했다.

「하하. 와들 그리 놀라십니꺼?」

금동은 부인의 놀란 모습이 재미있다는 듯 웃으며 말했다.

「설이 다가오지만 어데 갈 곳이 있어야지예. 캐서 이렇게 설밑에 따님을 만나 명절의 기쁨을 함께 나누려고 한걸음에 달려왔십니더. 슬픔은 나눌수록 작아지고, 기쁨은 나눌수록 커진다 카지 않십니꺼? 그나지나 떡은 하셨십니꺼? 자, 여기 지가 쌀을 좀 가져왔으니 떡도 좀 하시고, 겨울 동안 양식으로 삼으시이소.」

분이는 곤혹스러운 듯 얼굴을 붉혔다. 그러나 남씨 부인은 입이 함박만 해져서 다물지를 못했다.

「이 추분 겨울에 먼 길을 달려온 사램을 언지까지 밖에 세워두실 깁니꺼?」

「퍼뜩 안으로 모시라. 우리를 도와준 귀한 분이 아닌개비여?」

부인이 머쓱히 서 있는 분이를 나무라며 말했다.

「자자. 들어가소, 도련님. 우리도 둘 뿐이라 적적했는디 잘 됐으라우.」

「도령은 무신. 난, 그저 머심이고, 하인일 뿐이오. 그라고 누가 머라 자꾸 캐묻거든 갱상도에서 피난 온 친척집 동상이라고 하시이소.」

그는 신발을 벗고 안으로 들어갔다. 그리고는 주인처럼 아랫목에 자리를 잡고 앉아 가지고 온 보따리를 분이 앞으로 내밀었다.

「그 안에 괴기가 좀 들어 있소. 명절 때 어무이 드시라꼬. 그라고 나도 좀 묵께.」

분이는 금동의 너스레에 아무 말도 못하고 어쩔 줄을 몰라했다.

그날 밤, 저녁을 먹고 나서 금동은 분이를 불러 또 다른 선물을 풀게 했다. 하지만 분이는 이런 선물을 받아도 되는가 하는 떨림과 불안감에 손가락을 떨면서 마지못해 보자기를 풀었다. 그녀가 곱고 작은 손가락으로 보자기 매듭을 풀자, 활짝 핀 복숭아꽃처럼 곱고, 환한 분홍 빛깔의 빛나는 비단 한폭이 구름처럼 방바닥 위로 흘러내렸다. 분이는 그 불타는 고운 빛에 잠시 넋을 잃은 듯 벙어리처럼 우두커니 앉아 있었다.

「약소하지만 설 선물이오. 필요한 기이 있으면 또 말하시오. 맹나라 상인들과 거래를 하기 땜에 돈만 있으면 무신 물겐이든 구할 수 있으니께. 하지만 난, 암만 알라캐도 사내라 여자들이 뭘 좋아하는지 잘 모르겠소.」

「도련님은 참말로 친절한 분이랑께.」

분이는 감격해서 말했다.

「은혜를 갚아야 할 사람은 진데, 오히려 지겉이 산 속에 사는 비천한 촌부를 또 찾아와 선물까지 주시니 이 몸을 어데 두어야 할지 모르겠으라.」

그렇게 말하는 그녀의 눈가에는 어느새 이슬처럼 감동의 눈물이 맺혀 있었다.

「고만한 것에 눈물을 흘리시다니. 잘못하다간 이불이 눈물바다가 되겠소. 눈물은 고만 흘리시고 개기 남은 것에 술이나 한잔 갖다 주시오.」

분이는 이곳 산골에서 태어난 평범한 촌부였다. 전쟁이 일어나지 않았다면 그녀는 이곳에서 남편과 함께 아이를 낳아 기르며 죽을 때까지 흙에서 일만 하다가 사라질 운명이었다. 그러나 전쟁은 그녀의 운명을 뒤집고 이제까지의 밋밋한 생활에 새로운 풍파를 일으키고 있었다. 그녀는 비단 옷을 입을 신분도 아니었고, 더구나 장신구가 필요한 기녀도 아니었다. 그녀의 몸에서는 노동의 시큼한 땀 냄새가 떠나지 않았고, 고운 손가락에는 늘 음식 냄새가 배어 있었다. 그녀가 바라는 삶은 그저 사랑하는 사람과 가족을 꾸미고, 오순도순 살면서 때로는 다투고, 또 때로는 그리워하면서 평범하고 소박하게 사는 그런 흔해 빠진 것이었다.

하지만 전쟁으로 그녀의 소박한 미래는 바람 앞의 등불처럼 흔들리고 있었다. 남편을 잃은 그녀의 앞에는 길고도, 예측할 수 없는 불안한 날들이 기다리고 있었다. 그녀는 늙은 어머니와 함께 농사를 짓고, 아무런 기쁨도 없이 살아가야 할 것이다. 그리고 사람들은 홀로 사는 그녀를 우습게 보고, 깔볼 것이다. 하지만 그 모든 근심을 비웃듯이 멋진 사내가 그녀 앞에 나타난 것이었다.

남씨 부인은 아침 일찍 일어나 음식 준비로 그 어느 때보다도 분주했다. 그리고 분이는 손수 더운 세숫물까지 떠왔다. 금동은 그런 일이 처음이라 다소 어리둥절했지만 어쨌거나 두 여자가 경쟁이라도 하듯 자신을 왕자처럼 대해 주니 기분은 좋았다.

그날 해가 뉘엿해질 무렵에 분이가 방으로 들어오더니 금동에게 잠시 일어나라고 재촉을 했다. 그가 자리에서 일어나자 그녀는 손에 들고 있던 긴 노끈으로 그의 품을 쟀다.

「머하는 기요?」

「잠시 움직이지 말고 그대로 계시라우. 도련님의 품을 재고 있응께.」

「내 옷을 말이오?」

「야.」

분이는 금동의 옷이 낡고, 솜이 여기저기 삐져나와 보기에 안 좋은 것을 눈여겨보았다가 집에 있던 천으로 그의 겨울옷을 한 벌 지어야겠다고 마음먹었던 것이다.

산골의 겨울밤은 참으로 길다. 분이는 금동이 잠든 뒤에도 종이 위에 본을 떠 가위로 천을 오려낸 다음, 밤을 새워 화로 옆에서 손을 호호 불어 가면서 천 사이에 솜을 넣고 촘촘히 누비질을 해 나갔다. 침침한 불빛 아래서 그녀의 작고, 고운 손가락은 미끄러지듯이 하얀 옷감 위를 헤엄쳐 나갔다. 그러면 눈 위에 찍힌 발자국처럼 하얀 실 자국이 일정한 간격을 두고 뒤에 남겨졌다.

그녀는 행복했다. 사랑하는 사람의 옷을 손수 짓는다는 것은 얼마나 즐거운 일인가? 설 전날, 분이는 자신이 손수 지은 두터운 동복을 두 손으로 받쳐 들고 윗방으로 건너와 금동 앞에 내려놓았다.

「한번 입어 보시라우. 지가 손수 지은 도련님 옷이랑께.」

그러며 그녀는 수줍은 듯 고개를 살짝 옆으로 돌렸다.

금동은 분이 앞에서 낡은 옷을 벗어 버리고, 산뜻한 새 옷으로 갈아입었다. 솜을 두텁게 넣고 누벼 눈보라가 치고, 매서운 겨울바람이 몰아쳐도 끄떡없을 것 같았다. 게다가 솜이 어찌나 가벼운지 옷을 입어도 마치 새 날개처럼 가벼웠다. 그는 어떻게 그렇게 빨리 옷을 만들 수 있는지 신기하다는 듯 손바닥으로 연신 옷의 표면을 쓰다듬어 보고, 촘촘히 옷 위를 달리고 있는 바느질 땀과 그녀의 고운 손길을 생각하면서 어린애처럼 행복해했다.

잠시 후, 분이가 옷이 품에 맞는지 보기 위해 가까이 다가와 금동의 주위를 이리저리 돌면서 살펴보았다. 그 모습이 마치 사랑에 취한 여인처럼 행복해 보였다.

「오늘밤은 암만 캐도 잠이 안 올 것 겉소.」

금동은 분이를 한 손으로 껴안으며 입을 귀에 바싹 갖다 대고 낮게 속삭였다.

「게다가 오늘은 일 년 중 밤이 젤로 긴 섣달 그믐밤이 아이오? 나는 참 을성이 없어서 이렇게 긴긴 겨울밤은 겐디지 못한다오. 촛불을 켜놓고 밤새도록 당신을 기다리겠소. 어무이가 잠들면 내 방으로 퍼뜩 새처럼 날라오시오. 아시겠소?」

잠시 후, 분이는 아랫방으로 내려가고, 방에는 금동만 남았다. 그는 자리에 누워 눈을 감았으나 여자에 대한 생각으로 마음이 설레어 잠이 오지 않았다. 어디선지 산 짐승이 구슬피 우는 소리가 들려오고, 들판을 달려온 밤바람이 한숨처럼 조용히 방문을 흔들었다. 분이와 남씨 부인이 뭐라고 얘기하는 소리가 도란도란 들려왔다. 그리고 이어 누군가 몸을 뒤척이는 소리가 먼 나라의 꿈처럼 아득히 밀려왔다가는 사라져갔다.

금동은 여자를 기다리며 꿈과 현실 사이를 오가고 있었다. 어릴 적 어머니를 여읜 후, 그는 늘 어머니에 대한 그리움을 가슴 깊이 파묻고 살아왔다. 그의 어머니 역할을 그래도 대신해 주었던 분은 하씨 부인이었다. 하지만 상전이라는 신분상의 제약 때문에 그는 늘 거북스러웠고, 자신의 감정을 억제하지 않으면 안 되었다.

얼마나 지났을까. 잠결에 뭔가 따뜻하고, 말랑말랑한 물체가 가슴을 스치는 것을 느끼며 그는 반의식 상태에서 깨어났다. 분이였다! 그녀는 먼 어둠 속을 급히 달려온 듯 가쁜 호흡을 억누르며 그의 가슴에 매달려왔다.

「도련님!」

분이가 낮은 목소리로 속삭였다. 밤이라 목이 약간 잠겨 있었다.

「지를 마이 욕하지 마시요.」

금동은 분이를 가슴에 꼭 껴안았다. 그녀가 새처럼 파닥이며 몸을 떨고 있는 것이 가슴에 생생히 느껴졌다.

「아따, 그란 말 마오. 내가 앞으로 당신을 꼭 지켜줄 기니.」

금동은 어둠 속에서 강물처럼 끝없이 밀려오던, 오래전에 잃어버렸던 어머니의 포근한 냄새를 맡고 있었다. 그것은 하룻밤 풋사랑에서 느끼는 들뜨고, 변덕스런 감정이 아니라, 지친 영혼을 애무하고, 사납게 날뛰는 육체를 어루만지고 위로하면서 영원한 세계로 끌고 가는 깊고, 아득하고, 제한이 없는 신비로운 세계였다.

금동은 이틀을 더 머문 뒤 그곳을 떠났다. 그동안 그는 산 속에 들어가 겨울에 땔나무를 두 지게나 해 오고, 새끼를 꼬아 두 사람의 짚신을 한 켤레씩 삼아주었다.

3
:

협상1

1

　1593년도 다 저물어 가는 어느 겨울 날, 남해의 한 작고 외로운 성 위로 한 사내가 모습을 드러냈다. 한겨울이었지만, 발 아래로 내려다보이는 남해의 푸른 에메랄드 빛 바다는 엷은 박무에 쌓인 채 부드럽고, 고요하게 조용히 몸을 뒤채고 있었다. 일본 규슈 지방의 날씨와 비슷한 날씨였다. 가운데를 깨끗이 밀고 뒤꼭지에 상투를 튼 사내의 맨머리 위로 남해의 미풍이 한 줄기 불어왔다. 바다는 서쪽으로 약간 기운 햇빛을 받아 은빛으로 희미하게 빛나고 있었다. 바다는 물결 하나 일지 않을 정도로 조용했다. 왼쪽 저 멀리 즉 가덕도 쪽으로부터 배 한 척이 물결을 가르며 이쪽으로 다가오고 있는 것이 아스라이 보였다. 일본 본토에서 오는 연락선이거나, 보급품을 실은 보급선이리라. 때는 오후가 제법 지난 시각이었다.

　그는 지난해 조선 출정 때 선봉군軍으로 제1군을 이끌었던 고니시小西行長로, 갑옷 대신 일본 장수들이 실내에서 입는 군청색 하까마 위에 통소매로 된 평상복과 소매 없이 양 어깨 위로 삐죽 솟아 있는 군청색 덧옷을 걸치고 있었는데 덧옷 위에는 그의 가문의 문양인 물레가 수놓아져 있었고, 그가 숨을 내쉴 때마다 가슴 한복판에서 나무로 된 십자가가 흔들렸다. 그는 독실한 그리스도 교도였다.

　지난여름 진주성을 함락시킨 뒤, 그는 바닷길이 확보된 이곳 남해 웅천熊川에 성을 쌓고 벌써 몇 개월째 병사들과 함께 주둔하고 있었다. 성은 본토에서 온 성곽 기술자의 도움과 일본 특유의 강행군으로 밤낮 없이 계속된 병사들의 노력 끝에 본토에 있는 성과 똑같은 양식으로 완성되었다. 물론, 성곽의 돌은 인근 조선의 성을 헐어 운반해 온 것을 썼지만, 자재는 대부분 일본 본토로부터 선박으로 실어왔고, 토목 방법과 성의 구조, 방어 양식은 일본식 그대로였다. 이 성은 조선군과 대치하고 있는 최선선 부대답게 다른 어느 성보다도 그 규모가 크고 견고했다.

성은 두 달에 걸친 강행군 끝에 완성되었다. 먼저 본토에서 온 기술자가 바닷가에 혹처럼 튀어나온 야트막한 산을 며칠에 걸쳐 꼼꼼히 살핀 다음, 그 융기와 침하 그리고 길이와 폭에 따라 도면을 그리고, 그에 따라 땅에 새끼줄이 쳐졌다. 병사들은 각 부대별로 나뉘어 지역을 구분해 삽과 가래 등으로 땅을 파내고, 움푹 들어간 곳은 메웠다. 이제껏 나무꾼 외에는 사람의 발길이 닿지 않던 남해의 한 작은 산은 며칠새 개미처럼 달라붙어 움직이는 병사들에 의해 울창한 나무들은 모두 베어지고 산들은 절개되고, 파헤쳐졌다. 그 위에 숙소며 부엌, 창고, 무기고, 마구간 등 각 용도별로 대지를 구분한 다음 석축공사가 시작되었다. 발가벗겨진 산등성이를 따라 성곽의 높이와 구배에 맞추어 제작된 나무 구조물이 걸리고, 각 구조물에는 규격과 길이를 알리기 위해 일정한 간격을 두고 줄이 그어지고 헝겊 표시를 매달았다.

성곽을 쌓는 데 필요한 돌은 약 1킬로쯤 후방에 있는 조선의 성곽을 헐어 충당되었다. 병사들은 각 부대별로 부대기를 앞세운 채 하루 종일 목도와 수레, 들것 등을 이용해 돌을 산 위로 져 날랐다. 경쟁을 위해 돌에는 각 부대의 이름이 쓰여졌으며, 서로 섞이지 않게 쌓아놓아 누가 얼마나 일했는가를 평가했다. 큼직한 주춧돌이 맨 밑에 놓이고 그 위로 어긋나게 각석을 쌓았다. 그리고 위로 올라갈수록 날카로운 각도를 이루는 외벽을 따라 안에는 각기 크기가 다른 자갈과 잡석을 빈틈없이 채워 넣어 장마 때의 수압과 토압을 이기도록 했다. 각 작업 지역에는 그곳을 담당하는 부대의 깃발이 바람에 휘날리고, 석공들이 비계 위에서 성곽을 쌓아 나가는 사이에 병사들은 산비탈을 부지런히 오르내리며 돌과 잡석을 댔다.

성을 쌓는 곳은 비단 이곳뿐만이 아니었다. 멀리 동쪽 서생포서부터 기장, 동래, 부산, 김해, 가덕도, 안골포, 웅천, 거제도에 걸쳐 모두 크고 작은

16개의 성이 구축되었다. 일본군은 이 성을 지렛대 삼아 조선에 대한 일정한 지분을 요구하고, 명과의 강화협상에서도 유리한 위치에 설 수 있는 발판을 마련한 셈이었다.

싱그러운 바닷바람에 실려 향긋한 소나무의 냄새가 밀려왔다. 성곽을 끼고 서 있는 조선 소나무들로부터 풍겨오는 냄새였다. 그것은 전쟁에 지친 그의 심신을 부드럽게 달래주는 효과가 있었다.

이곳 웅천 성은 동쪽으로 깊숙이 만을 끼고 있어 배를 정박시키기에 더없이 좋은 장소였다. 그곳 잔잔한 항만에는 수백 척의 선박이 만약의 작전에 대비해 정박하고 있었다. 그리고 그 다음 성은 가덕도와 연결되어 있었다.

그는 근래 기분이 좋지 않았다. 그가 주도적으로 추진하고 있는 명과의 강화협상이 매끄럽게 진행되지 못하고 있었기 때문이었다. 즉, 벌써 북경에 들어가 있어야 할 일본측 강화사들이 요동에 머물고 있던 명군 수뇌부의 '히데요시의 항복문서'요구로 인해 몇 개월이나 그곳에 억류되어 있다가 다시 한양으로 되돌아 왔기 때문이다. 그런 상황인데도 심유경은 부하를 보내 명 정부가 요구하는 히데요시의 항복문서를 요청하는 서신만 달랑 그에게 보냈던 것이다. 화가 난 고니시는 서신을 갖고 온 명의 사자를 성에 억류한 다음, 명의 무례한 행위를 격렬하게 비난하면서 만약, 유경과 명의 강화사가 이곳으로 내려오지 않는다면 다시 병력을 동원해 조선을 공격하겠다는 서신을 유경 앞으로 보냈다. 그리하여 오늘중으로 유경이 이곳에 도착하리라는 연락을 받고 지금 그를 기다리고 있는 중이었다.

강화講和의 싹은 올해 초 고니시의 평양성 패배로부터 싹트기 시작했다고 할 수 있었다. 즉, 겨울이 다가오면서 조선 주둔 일본군은 대륙의 극심한 추위와 식량난을 겪고 있었는데 그런 와중에 평양 패배에 이어, 벽제관에서 명군과의 치열한 격전이 있었고 이어 서울을 수복하려고 웅거하고 있던 행주산성의 권율 군을 공격하다가 민관의 끈질긴 저항으로 아무런 성과도 없이 작전이 끝나 그 후유증이 심각했던 것이다.

군감들은 일단 철수를 고려하기 시작했다. 하지만 그러려면 히데요시의 승인을 얻는 시간이 필요했기 때문에 강화를 통해 잠시 숨을 돌릴 필요가 있었다.

그런 절박한 필요에 의해 지난 3월 고니시와 심유경은 서울 용산에서 만나 두 차례의 회담을 통해 양측의 강화의지를 확인했으며, 일본측의 요구에 의해 명은 송응창의 부하 두 명을 명의 강화사로 위장시켜 서울을 철수하는 일본군을 따라 남하해 5월 중순경, 현해탄을 건너 나고야에 있는 전선사령부에서 히데요시를 면담했던 것이다. 그리고 명의 정식 사절처럼 극진한 환대를 받은 다음에 7개 항에 걸친 일본측의 강화조건 서한을 휴대하고 부산으로 돌아왔던 것이다.

그들이 도착하자, 가능한 강화를 빨리 체결하고 싶었던 고니시는 자신이 데리고 있던 고니시小西如安를 일본측 사신으로 삼아 유경의 안내로 서울, 평양을 거쳐 요동으로 들어가게 했던 것인데 그의 의도와는 달리 명측의 방해로 요동에 억류되고 말았던 것이다.

어디선지 조용한 해변의 공기를 찢듯이 세차게 두드리는 북소리가 들려왔다. 손바닥으로 빠르게 치는 북소리는 차츰 더 긴장을 더하고 소리가 커지면서 그 속도를 더해가고 있었다. 누군가 노우가쿠能樂를 연주하고 있었다. 올 초부터 히데요시는 노우에 부쩍 취미를 붙여 규슈에 있는 나고야 전선사령부에 노우 무대를 설치해 놓고 틈나는 대로 노우의 선생들을 친히 그곳으로 불러들여 연습에 몰두하고 있었다. 그것이 차츰 외부로 알려지면서 조선에 나와 있는 무사들도 너나없이 그를 흉내내어 노우能를 배우려는 유행이 경쟁적으로 각 성으로 번져나갔다. 그들은 본토에 있는 자신의 영지에 서신을 보내 노우에 필요한 의상이며, 각종 가면 그리고 북과 피리 등은 물론 노우 공연에 필요한 악보 등을 보내도록 해 한가한 시간을 노우의 실력을 연마하는 데 투자했다.

그것은 가면을 쓰면서 비로소 시작되는 극이었다. 즉, 가면을 씀과 동시에 본래의 자신은 사라지고 가면의 주인공이 새로 태어나는 것이다. 연기자는 가면에 의해 가려진 제한된 시야 속에서 오로지 대본에만 집중하면서 새로운 주인공의 세계를 사방 6미터의 공간 속에서 관객들에게 펼쳐보여야 한다. 그때, 무대는 그에게 하나의 절대적인 우주공간이 되며, 연기자가 혼신을 다해 연기를 끝내는 순간 모든 것은 다시 무無로 돌아간다.

그것은 빈틈없는 긴장의 미학이며, 엄격한 미의식과 힘을 한곳에 집중시킴으로써 정신과 육체의 극한을 추구하는 행위였다. 연기자는 거추장스러울 정도로 화려한 노우 의상을 겹겹이 입고서 양손으로 몸의 균형을 잡은채 단순히 무대 위를 오갈 뿐, 무대 위에는 아무런 장식도 극적인 효과를 줄 수 있는 그 어떤 것도 존재하지 않는다. 관객은 다만 연기자의 일거수일투족과 그의 가면 뒤에서 느리고, 단조롭게 흘러나오는 주인공의 지난날의 회고담과 그 목소리의 시적인 울림에만 온 신경을 집중해 오직 상상 속에서 주인공의 인생을 유추하고 아울러 그의 삶속으로 녹아들어가 함께 인생의 기쁨과 비애를 맛보며 인생의 의미를 되새기게 되는 것이었다.

인간은 시간 속에서 꽃잎처럼 덧없이 사라져간다. 그리고 그의 아름다운 육체와 기량은 나이가 들수록 어쩔 수 없이 쇠락의 길을 걷지 않으면 안 된다. 하지만 그럴수록 막판뒤집기로 인생의 무상無常함을 역전시키지 않으면 안 된다.

노우는 부단한 연습을 요구한다. 즉, 쇠락해가는 인생의 시간들에 그저 맥없이 복종할 것이 아니라 젊음과 똑같이 육체의 왕성함을 연마하여 시간이 제한하는 노령을 극복해 젊은이들을 압도해야 하는 것이다.

그렇다면 그 힘은 어디서 오는 것인가? 그것은 고요함 속에서 나온다.

공연자의 정신은 보행이 곤란할 정도로 격식화된 의상과 시야를 차단하는 나무가면을 쓴 채 호흡도 충분히 할 수 없는 어둠에 갇힌 외부세계에서 오로지 내면만을 향한다. 그의 추상적인 몸짓은 상징적으로 대본의 의미를 전하고, 그로부터 관객은 가면 속에 숨은 연기자의 내면을 상상할 뿐이다. 하지만 연기자의 모든 몸짓과 행위가 구체적인 모습으로 드러나지 않고 추상화되면 될수록 아무런 장치도 꾸며져 있지 않은 무대 공간은 그 텅 빈 무無로 인해 오히려 더 무한한 공간과 인간의 욕망을 창조해낸다. 그것을 내면의 힘으로 끝까지 견뎌내야 하는 것이다. 그리고 그것을 견디어냈을 때 관객들 앞에는 연기자가 의도한 세계가 활짝 열리는 것이다.

노우의 춤은 일정하고, 추상적인 동선을 반복적으로 되풀이한다. 연기자는 그저 양팔을 이용해 균형을 잡은 채 앞으로 나아가거나, 뒤로 물러날 뿐이다. 즉, 인간의 다양한 감정표현을 가능한 억제해 추상적이면서도 무기적無機的인 것을 지향하는 것이 바로 노우의 본질인 것이다.

북소리는 점점 더 빨라지고, 높은 공간에서 급작스럽게 떨어지는 물줄기처럼 더 세차고, 더 강해지고 있었다. 그 틈에서 새어나오는 반주자의 기합 소리는 고요함 가운데서도 억눌린 폭발적인 힘을 갖고 있었다. 연기자의 몸짓은 한층 더 빨라지고, 주위는 소용돌이를 치며 팽팽한 긴장감으로 끓어오른다. 바야흐로 인생의 극적인 클라이맥스가 펼쳐지려 하고 있는 것이다. 그래서 잠시도 긴장을 늦출 수가 없다. 바로 그때, 의외의 순간에 천둥처럼 천 길 낭떠러지 위에서 머리 위로 곧장 흘러 떨어지는 폭포처럼 대역전극이 펼쳐진다. 그것은 예외요, 기습이요, 집중력의 승리였다. 고요함 속의 세참, 극한으로 억눌린 다음에 터져 나오는 폭발적인 힘. 그 다음은 죽음, 고요, 낙화落花였다.

돌아가신 고니시의 아버지는 사카이堺의 상인으로 일찍이 명나라와의 무역에 종사하는 한편 약종상도 겸하고 있었다. 그는 사십 세 때, 일본에 파견된 포르투갈의 예수회 신부로부터 세례를 받았으며, 그 후 히데요시의 재정 담당이 되면서 그 능력을 인정받아 히데요시의 전국 통일을 위한 정벌전쟁 때에는 군수품 조달을 맡았고, 그 후에는 사카이의 장관으로 임명되어 히데요시 정권 수립에 일익을 담당했다. 뿐만 아니라, 그는 그리스도 신자로서 그리스도교의 자비 정신에 따라 자선병원을 세워 불우한 사람들을 돕는데도 많은 힘을 기울였으며, 또한 세례명이 막달레나인 그의 아내는 히데요시 부인의 서기 겸 비서로서 인품이 드높아 사카이 지역에서는 그 영향력과 감화력이 대단한 여자였다. 그리고 고니시의 형도 기독교도로서 지난해에 아버지가 돌아가시자 그의 뒤를 이어 자선병원을 운영하면서 가난한 사람과 빈곤한 사람들을 돕는 일에 진력하고 있었다.

세례명이 마리아인 고니시의 딸은 작년에 젊은 쓰시마 영주 소우宗義智와 결혼해 쓰시마에 살고 있었다. 그는 본토에 가거나 임지로 돌아오는 길에 잠깐씩 그곳에 들러 딸을 만났다. 사방 어디를 둘러봐도 거친 바다와 가파른 바위로 둘러싸인, 즐거움이라곤 하나도 없는 소금기만 잔뜩 배인 외로운 섬 쓰시마에서 마리아는 오직 그리스도를 섬기는 신앙인으로서, 그리고 영주의 아내로서의 본분을 다하며 살아가고 있었다. 원래 그녀는 사랑하는 남자가 따로 있었다. 하지만 조선전쟁을 획책하는 히데요시의 원대한 계획 앞에서 그녀의 꿈은 깨지고 말았다.

히데요시가 일본의 전국을 통일하고 명明 정벌을 발표했을 때, 조선과의 무역에 매달려 생존을 유지하고 있던 소우宗義智를 중심으로 한 쓰시마의 권력 집단은 조선과의 사이에서 생길지도 모르는 전쟁을 두려워해 어떡하든 히데요시와 조선의 중간에 서서 무력보다는 외교적으로 문제를 풀어보려고 애를 썼다. 고니시는 소우와 히데요시 사이에서 조선과의 외교교섭을 조정하는 역할을 맡았다. 소우는 외교승僧과 하카다博多의 상인

등을 동원해 끈질기게 수차에 걸쳐 조선을 협박, 회유해 '잠시 길을 빌려 명으로 들어가게 해달라'는 히데요시의 요구를 외교적으로 해결하려고 시도했다. 하지만, 조선이 완강하게 거부하는 바람에 교섭은 실패로 끝나고, 양측은 전쟁상태로 돌입하게 되었던 것이다.

조선과의 오랜 관계에서 많은 자료와 정보를 독점하고 있는 소우는 조선을 정벌하는 데 있어 절대적으로 없어서는 안 되는 인물이었다. 그 가치를 잘 알고 있는 히데요시는 그를 완전히 묶어두기 위해 전쟁 직전에 고니시에게 딸을 소우와 결혼시킬 것을 명령했다. 그리고 전쟁이 나자 두 사람은 장인과 사위로서 제1군에 속해 조선 침략의 선두에 서게 되었던 것이다.

고니시는 몸을 바다로부터 돌려 조선 사람들이 사는 마을 쪽으로 시선을 던졌다. 동서로 뻗어 있는 나지막한 산줄기 아래 옹기종기 모여 있는 한적한 마을의 집들이 몇 채 보였다. 겨울이라 모든 사물은 침울한 갈색을 띠고 있었다. 마을에서는 연기가 나는 굴뚝이 보이지 않았다. 사람들이 대개 피난을 가버려 텅 비어 있었던 것이다. 조선 사람들로부터는 아무것도 얻거나, 거래할 수가 없었기 때문에 모든 부식은 본토에 있는 지방 영지나 부산에 나와 있는 상인들로부터 구하지 않으면 안 되었다. 병사들은 일년 넘게 계속되고 있는 낯선 객지생활에 염증이 나 있었다. 이따금 부대를 이탈해 조선 마을로 들어가 행패를 부리고 오는 자들이 생겼고, 또 간혹 아예 부대로 돌아오지 않고 조선측으로 도망가 전선을 이탈한 자들도 있었다. 그 때문에 그는 본토에 있는 예수회 본부에 서신을 보내 피로와 향수병에 지친 병사들에게 굳건한 신앙과 정신적 평화를 불어넣어 줄 신부를 한 명 파견해 줄 것을 부탁했다.

고니시는 일찍이 히데요시 밑으로 들어가 가토加藤淸正, 구로다黑田長政, 이시다石田三成 등 젊은 무사 집단과 함께 히데요시의 전국 통일사업에 참가했다. 그는 여러 지역의 전투에 참가했으며, 구마모토熊本 지역에서 일어난 농민반란 때는 가토와 함께 출전, 그 공으로 두 사람은 똑같이 반란지역을 나누어 가졌다. 즉, 가토는 구마모토의 영주가 되었고, 고니시는 그 조금 아래에 위치한 우치宇土의 영주가 되었던 것이다. 그리고 두 사람은 조선정벌에서도 나란히 1, 2군으로 참전했다.

그러나 두 사람은 기질상 서로 맞지 않는 구석이 있었다. 고니시는 장수이기도 했지만 히데요시 밑에서 외교협상도 하고, 보급품 수송과 선박 운영 등에서 실력을 발휘한 행정과 외교 능력을 고루 갖춘 온건한 인물이었다. 반면, 가토는 전형적인 무인으로 고니시와 이시다石田三成 등 군감軍監들이 주도하고 있는 명과의 강화협상에 반대해 끝까지 한양 철수를 거부했다. 결국, 지휘관들의 합의에 밀려 일단 남해안으로 병력을 철수하고 말았지만 그의 마음속에는 늘 도망가기에 급급한 동료들에 대한 원망과 이시다를 중심으로 한 강화파에 대한 미움과 반감이 응어리져 있었다. 그는 제일 먼저 함경도 국경지역까지 진격했으며, 조선의 두 왕자를 인질로 사로잡기도 했다. 뿐만 아니라, 그의 점령지역에서는 제일 먼저 일본식 내정이 이루어져 조선 백성들에게 세금을 징수하면서 나름대로의 점령 정책이 펼쳐지고 있었던 터였다. 그리고 또 하나 두 사람은 종교도 달랐는데 고니시가 그리스도 신자인 반면, 가토는 일본 전통불교의 한 파인 일련교의 열렬한 신도였다.

두 사람에 대한 인사정책은 변덕스럽지만, 영악한 히데요시가 만든 인사人事의 결정판이었다. 그는 전혀 일치할 수 없는 두 인물을 전쟁의 전면에 내세움으로써 전쟁의 양상을 두 방향에서 보기를 원했다. 그는 어느 누구도 편을 들지 않았다. 다만 조용히 뒤에서 서로 색깔이 다른 두 인물이 전쟁이라는 위기를 헤쳐 나가는 모습을 지켜보면서 가장 효과적이고, 경제적인 선택을 하기만을 원할 뿐이었다. 그는 어려서부터 두 사람을 슬하에 거느리고 전쟁터를 돌아다녔기 때문에 그들의 특성을 누구보다도 잘 알고 있었다. 한 명은 물불을 가리지 않고 적을 향해 돌진하는 맹수와 같은 인간이었고, 또 한 명은 인간을 이해하고, 사랑하는 온유한 마음의 소유자였다. 그것을 언제, 어떻게 적재적소에 쓰느냐는 전적으로 히데요시의 손에 달려 있었다.

지난해, 가토와 함께 조선으로 건너와 선두에서 두 사람이 벌인 경쟁은 비록 전투적인 것이었지만, 강화협상을 앞에 놓고 벌어지고 있는 갈등은 그 이상의 긴장감을 고니시에게 강요하고 있었다. 즉, 히데요시 밑에서 일사불란하게 전국 통일사업을 벌이던 옛 동료들은 대명大明정벌이라는 커다란 목표 앞에서 여지없이 분열상을 드러냈다. 애초부터 가토를 중심으로 하는 강경파는 히데요시의 근신 이시다와 고니시가 전면에 나서 숙원인 대명정벌을 포기하고 대신 강화협상으로 선회하려는 태도에 극도의 불만을 품었다. 가토는 서쪽 방면을 담당한 고니시가 계속 진격했더라면 춥기 전에 압록강을 넘어 요동땅을 밟았을 것이라고 확신하고 있었다. 그런데 고니시는 거기서 멈춘 채 추위와 보급을 핑계로 더 이상 진격하려 하지 않았다. 그리고 그 결과는 평양전의 패배와 한양으로의 퇴각으로 이어졌던 것이다. 대륙의 맹렬한 한겨울 추위와 눈보라 속을 걸어 퇴각의 행진을 하면서 가토는 속으로 이를 갈았다.

이시다石田三成는 히데요시의 최측근 심복으로 히데요시의 대리로 조선에 나와 작전에 관여했다. 그는 위의 두 사람과 동료요, 같은 장수였지만 전투보다는 보급과 재정, 군정 같은 면에서 뛰어난 행정가로 히데요시의 명령을 받들어 각 지역 영주들에게 그것을 집행시키고, 감독하는 히데요시 권력의 핵심인물이었다. 그는 전선이 확대되면서 각 군 사이에서 트러블이 생기는 것을 보고, 본국으로 돌아가 친히 히데요시의 조선 도해渡海를 건의했다. 각 군 사이에 구심점이 없어 전력이 누수되고, 힘이 분산되는 것을 막으려면 반드시 히데요시라는 상징적인 인물이 필요하다고 판단했기 때문이었다. 하지만 히데요시의 도해는 그리 간단한 문제가 아니었다. 즉, 우선 후방에서 들끓고 있는 조선 의병의 공격으로 안전을 확보할 수 없었고, 또한 거처할 성을 짓는 것도 결코 쉬운 일이 아니어서 그의 건의는 무산되고 말았던 것이다. 대신, 히데요시의 조선 도해는 이듬해로 연기되었다.

이시다는 오직 진격만을 주장하는 가토보다는 인간적이고, 융통성이 있는 고니시와 더 가까웠다. 그래서 작전회의 때 그들이 히데요시의 권력을 등에 업고 좌지우지하는 것을 볼 때마다 가토는 끓어오르는 증오심에 사로잡혔다. 자신은 장대처럼 쏟아지는 빗속에서 전장을 달리고, 눈보라로 아무것도 볼 수 없는 얼어붙은 동토에서 발도 펴지 못하고 새우잠을 자는데 녀석은 따뜻한 막사에 앉아 지도나 들여다보면서 작전계획이 잘 됐느니, 못 됐느니 하면서 잔소리나 늘어놓고 있는 꼴이 영 못마땅했던 것이다.

가토는 고니시가 벌이는 강화협상을 지켜보면서 히데요시의 지시와 어긋나는 점이 있으면 어김없이 그것을 지적했고, 그 즉시 히데요시에게 그 내용을 서신으로 보내 보고했다. 그는 자신이 갖고 있는 별도의 정보망을 통해 히데요시가 명에 제안한 강화안이 어떻게 현지에서 구체적으로 진행되고 있는지 알고 있었고, 고니시가 심유경과 어떻게 짜고, 이용하는지도 대강 파악하고 있었다.

그뿐만이 아니었다. 두 사람은 영지 경영에서도 한시도 마음을 늦출 수 없을 정도로 긴장된 경쟁관계를 유지하고 있었다. 전쟁을 계속 수행하기 위해서는 영지로부터의 무기와 식량 등 지속적인 보급물자의 공급과 인적 지원의 충원이 이루어지지 않으면 안 되었다. 그리고 그것은 바로 영지민들의 경제력과 충성심에서 결정되는 것이었다. 그래서 전쟁중임에도 영주들은 틈틈이 영지에서 보내오는 각종 보고서와 세금 징수계획, 그리고 영주의 결정을 필요로 하는 주요한 영내 현안 문제들을 해결하지 않으면 안되었다. 가토는 토목과 건축에 뛰어났으며, 영내 문제에서도 필리핀과의 무역을 도모하는 등 전쟁 못지않게 영지 경영에서도 탁월한 실력을 발휘하고 있었다.

어느새, 북소리는 사라지고 공기도 차츰 차가워지고 있었다. 그는 안에서 포르투갈 상인들에게서 구입한 털로 짠 붉은 망토를 내오게 해 어깨에 걸쳤다. 그리고 밖으로 나가 생각에 잠겨 잔디 위를 거닐었다. 누렇게 시든 잔디 위로 미약하게 사라져 가는 마지막 햇살이 비껴들고 있었다. 그 위로 흰 버선을 신은 그의 발이 차갑게 비쳤다.

잠시 후, 성문 쪽이 어수선해지면서 유경 일행이 도착했다는 보고가 올라왔다. 헐벗은 겨울 나뭇가지 사이로 약간의 수행원만 데리고 성을 올라오는 그의 모습이 멀리 내려다보였다. 급히 서둘러 온 것이 분명했다. 그는 흰 비단옷을 입고 있었으며, 수염을 길게 기르고 있었다. 그 비단옷은 작년 평양 회담 때 고니시가 선물한 것이었다. 이제는 다소 쌀쌀해진 바람에 그의 하얀 수염이 멋지게 휘날리고 있었다.

그의 도착과 동시에 통역과 외교를 담당하는 외교승들과 고니시의 사위인 소우가 올라와 유경 일행을 반갑게 맞이했다.

유경은 예의 환한 얼굴로 고니시와 반갑게 손을 마주잡은 다음, 얼굴이 익은 외교승들과도 가벼운 목례를 나누었다. 그리고 일본측이 권하는 차 탁자 앞에 자리를 잡고 앉았다. 그들은 일본차를 대접했다. 그리고 잠시 가벼운 환담이 이어졌다. 유경은 친구이면서 통역이기도 한 심가왕沈嘉旺과 오른쪽에 앉고, 고니시는 그 반대편에 외교승 덴케이天荊, 겐소玄蘇 그리고 소우와 나란히 앉았다.

유경은 저장성 가흥嘉興 사람으로 얼마 전까지만 해도 별 볼일 없이 지

내던 무뢰배 출신이었다. 그러나 사업에 실패해 쫓기듯 북경으로 올라와 낙담하고 있던 중 우연히 병부상서 첩의 아버지와 알게 되면서 그의 운명은 달라졌다. 무언가 화끈하면서도 모험적인 일거리를 찾아 이곳저곳을 전전하고 있던 그는 마침 조선에서 전쟁이 일어나자 그를 통해 조선에 가기 위해 병부상서 석성石星에게 접근했다. 때마침 조정에서 공개적으로 일본에 대해 잘 아는 인물을 물색하고 있었다. 그는 전에 왜구에게 잡혀 일본에 오래 억류되어 있다 돌아온 고향 친구를 통해 일본에 대한 상세한 정보를 얻었다. 그리고 그것을 바탕으로 노련한 화술로 병부상서와 면담을 하는 데 성공했다. 그는 풍채가 훌륭하고, 미남형으로 한눈에 상대방을 끌어당기는 매력이 있었다. 게다가 언변이 능수능란하고 배짱도 두둑해서 이내 병부상서의 호감을 얻어냈다. 그는 일본이 무엇을 노리고 전쟁을 일으켰느냐는 질문에 간단히 무역 때문이라고 대답했다. 그것은 그의 고향이 바로 왜구의 소굴이어서 일찍이 비단을 얻기 위해 그곳에 밀려온 일본상인들의 행태를 잘 알고 있었기 때문이었다.

양자강 입구에 위치한 그의 고향은 땅이 비옥해 양질의 쌀을 산출했고, 또 제사와 견직물의 중심지였다. 해서, 오래전부터 외국 무역업자들과 배들이 끊임없이 밀려드는 국제적인 항구도시였다. 일본인들은 규슈의 후쿠오카에서 배를 타고 계절풍을 이용해 건너와 그곳에 일본인 거리를 만들고, 거주지를 확보하면서 중국의 비단과 도자기를 거래해 많은 돈을 벌었다. 그러자 명 정부는 당황했다. 왜냐하면 북방의 오랑캐들을 견제하느라 한창 재정이 쪼들리고 있는데 동남해안에서마저 탐욕스러운 일본인들에 의해 무역적자를 낳게 되자 체제의 위기를 느꼈던 것이다. 마침, 그때 독점적 무역권을 놓고 다투던 일본의 두 상인집단이 하역 문제로 싸움을 일으켜 그 지역을 쑥대밭으로 만들었다. 바로 유명한 닝보寧波의 난이었다. 이에 위기를 느끼고 있던 명 정부는 그 일을 기회로 삼아 일본과의 무역을 전면적으로 중단했던 것이다.

유경은 자신이 자라면서 듣고, 보아온 일본인들의 행태와 친구가 직접 가보고 겪은 일본의 사정을 잘 정리해 병부상서를 설득했다. 일본이 원하는 것은 바로 무역이었다. 즉, 돈이었다. 그러니 그것만 허락한다면 이번 전쟁은 굳이 피를 흘리지 않고도 조용히 끝낼 수 있을 것이라는 것이 그의 일관된 논리였다.

임진년 7월, 최초로 조선에 파견된 조승훈이 이끄는 명의 구원군이 평양전투에서 패하자 병부상서는 유경을 밀사로 급히 조선에 파견했다. 그리하여 공식적인 직함이 그에게 주어졌으며, 아울러 수행원도 따랐다. 게다가 그는 협상을 위해 필요한 자금을 조정에 요구해 상당한 은화도 휴대하고 있었다. 그는 고니시를 만나기 위해 무장 병력이 겹겹이 성을 에워싸고 있는 일본군 진영 속을 유유히 단신으로 평양성으로 들어갔다. 그리고 자신의 임무를 멋지게 수행해 양측 간에 50일간이라는 휴전 기간을 얻어내는 데 성공했던 것이다. 그것은 명군이 병력을 동원해 조선을 구원하는 데 있어 상당한 시간을 벌게 해 준 외교협상이었다.

그 당시 그는 눈썹 하나 까딱하지 않고 처음 만난 고니시에게 일본의 조선 침략을 질타한 다음, 백만 명의 군사를 동원해 일본군을 모두 바다 속으로 처넣겠다고 호언하며 허풍을 떨어 고니시를 당황케했다.

어쨌든 그의 멋진 연기는 성공이었다. 그리고 그 일로 인해 그는 일약 의지가지없는 백수건달 무뢰배에서 조선과 일본, 그리고 명의 운명을 쥐락펴락할 수 있는 주요한 인물로 역사의 전면에 나서게 된 것이었다.

명은 물론 또 다른 방면을 통해 국지적으로도 외교교섭을 벌였지만, 주요 외교 경로는 거의 유경의 선을 통해 이루어졌다. 그것은 병부상서와 그리고 조선에 나와 있는 지휘관 모두가 한 패가 되어 일사불란하게 정치적 협상을 통해 전쟁을 끝내려는 정책을 지지하고 있었기 때문이었다.

유경은 지난 3월에 있은 고니시와의 용산龍山 회담에서 피로에 지쳐 있는 일본군과 협상을 재개해 그들을 일단 한양에서 철수케 하는 데 성공했다. 그러나 명 외교의 최종목적은 조선에서 일본군을 완전히 몰아내는 데에 있었다. 하지만 그 후 일본군은 철수 조건으로 7개의 요구 조건을 내건 채, 조선의 남해안을 지렛대로 삼아 곳곳의 요충지에 성을 구축해 놓고 농성하면서 여전히 전쟁에서 완전히 발을 빼지 않고 완강하게 버티고 있었다.

「아직도 일만 냥짜리 목이 잘 붙어 있네요.」

유경이 맞은편에 앉아 있는 중 겐소의 깨끗이 민 머리통을 보고 웃으며 농을 걸었다. 그것은 명에서 히데요시와 겐소 두 사람에게 일만 냥의 은화를 현상금으로 내걸고 있었기 때문에 던진 농담이었다.

「덕분에. 하지만 유격께서도 그 목이 그리 튼튼해 보이지는 않는데요.」

겐소가 낭랑한 목소리로 유경의 말을 받았다. 그 말에 잠시 좌중에 폭소가 터졌다.

겐소玄蘇는 오십 중반의 지적이고, 섬세한 용모를 지닌 선승禪僧으로 원래는 하카다博多, 지금의 후쿠오카에 있는 한 절의 주지였으나, 쓰시마 영주 소우가 외교적 자문을 위해 초빙한 이래 줄곧 쓰시마에 머물면서 쓰시마와 조선 사이에서 벌어지는 외교 문제와 무역 문제를 조정하는 일을 맡고 있다가 전쟁이 나자 제1군의 외교승으로 발탁되어 종군하고 있었다. 그는 여러 차례 조선에 건너 온 경험이 있었고, 조선 관리들에게도 시문詩文을 좋아하는 사람으로 잘 알려져 있는 조선통이었다. 그는 제1군 사령관 고니시와 함께 종군하면서 조선 민중을 회유하는 격문을 썼고, 조선 관리들을 만나 일본의 침략 이유를 설명했다. 즉, 자신들은 결코 조선을 칠 생각이 없고 그저 명으로 가는 길을 좀 빌려달라는 것뿐인데 조선측이 저항을 하니 할 수 없이 공격을 했다는 것이 그가 주장하는 일관된 논리였다.

그는 조선을 빈번히 드나들면서 조선인들의 풍속과 생활 감정, 관리들의 장단점, 중요 지점에 흩어져 있는 군사 시설, 그리고 기후와 지형 등을 관찰하면서 꼼꼼하게 기록해 놓은 정보를 많이 갖고 있었다. 그것을 바탕으로 히데요시는 공격 침투로를 정했으며, 침투 후에는 어떻게 조선을 지배하고, 관할할 것인가를 결정하는 자료로 이용했다.

「늘 간당간당하지요.」

유경이 자신의 허옇고, 살찐 목을 손으로 쓰다듬으며 말을 받았다.

「그게 바로 우리 인생의 참모습 아닙니까? 하하하.」

「인생은 언제나 한바탕 꿈이죠. 특히 이런 전쟁터에 나와 있다 보면 그 말이 더 가슴을 치는군요.」

덴케이天荊가 끼어들었다. 그 또한 겐소와 마찬가지로 오산五山의 선승으로 이번 조선 전쟁에서 겐소와 함께 제1군의 외교 담당 승으로 종군하고 있었다.

그도 일찍이 규슈九州 장관의 사절로 두 차례에 걸쳐 조선과의 문물교류에 종사한, 조선문화에 매우 익숙한 인물이었다. 그는 겐소처럼 평양까지 종군하지는 않았지만 한양에 머물면서 각종 법규와 격문 및 외교상의 교섭문구를 기초하는 일을 맡았다.

「자, 울적한 얘기는 그만하고 이번에는 협상을 잘 마무리지어 모두들 고향으로 돌아가 사랑하는 가족들과 함께 즐거운 설을 보내도록 잘 해 봅시다. 여러분이 성 안에 갇혀 지내는 것을 보니, 내가 마치 새장에 갇혀 있는 것처럼 답답해 보이는군요.」

유경이 껄껄 웃으며 고니시를 힐끗 쳐다보았다.

「참, 유격은 아주 태평이시구려. 그렇게 분란을 일으켜 내 속을 뒤집어 놓고서는 마치 아무 일도 없다는 듯이 유유낙낙하시니.」

고니시가 조용히 비꼬아 말했다.

「너무 그렇게 저를 닭처럼 쪼지 마세요. 전, 일본과 조선 그리고 명나라 모두에게 화합과 평화를 드리기 위해 찾아온 귀한 손님 아닙니까.」

유경은 말을 마치고 시선을 밖으로 돌렸다.

멀리 짙은 자주색으로 물든 구름 너머로 태양이 바다를 붉게 물들이면서 막 가라앉고 있는 모습이 보였다. 그러나 그곳을 벗어나면 구름은 차가운 보라색을 띠면서 밤의 빛깔로 전이되고 있었다. 벌써 가까이에 있는 숲은 어두웠다. 바로 옆 소나무 숲에는 이미 어둠에 물든 나뭇가지들이 검게 모습을 드러내고 있었다. 밤과 낮이 교차하는 시각이었다. 하늘은 태양의 마지막 빛을 받아 온통 부드러운 은회색을 띠고 있었다. 그리고 그것이 바다의 표면을 물들여 온통 거대한 은빛 피륙을 말아놓은 것처럼 출렁이고 있었다. 물결이 일 때마다 바다의 표면이 좌우로 흔들리면서 길게 주름이 잡혔다. 그것은 영롱하게 수놓은 비단옷으로 치장한 아름다운 바다의 여신이 바닷물에 젖지 않도록 밑단을 살짝 쳐든 채 조심하면서 대지를 향해 걸어오는 것처럼 보였다. 먼 남쪽으로부터 밀려온 검고, 묵직한 바닷물은 여신의 발밑에서 조용히 소리 없이 무너져갔다. 그러면 또 다른 물결이 그 뒤를 이어 여력을 다하여 다가와서는 마지막 힘을 다해 발밑에서 또 무너져갔다. 마치, 안간힘을 쓰며 이루려는 인간의 무력한 노력을 비웃기라도 하듯 세상사의 온갖 복잡한 근심 걱정들이 자잘한 먼지가 되어 하나하나 바다 속으로 가라앉는 것 같았다.

잠시 후, 소나무 옆에 서 있는 석등石燈에 병사 한 명이 다가와 불을 붙였다. 태양은 이제 완전히 바다 속으로 사라진 것 같았다.

「오다 보니 조선 백성들의 생활이 말이 아니더군요.」

유경이 화제를 돌렸다.

「그리고 저 석등도 조선의 석등을 뽑아온 것 같은데. 돌까지 몽땅 뽑아간다면 저 사람들은 장차 어떻게 살라는 것입니까?」

「그 모두가 그들 자신이 불러들인 화죠. 우리는 그저 명에게 조공을 요청하기 위해 길목만 빌려달라고 했을 뿐 애초부터 전혀 싸울 의도가 없었으니까요.」

겐소의 말에 주위에 있던 일본인 모두가 동의하듯 고개를 끄덕였다.

「참으로 선승께서는 잘도 갖다 붙이십니다! 제가 어린아이인줄 아십니까?」

유경이 쏘아붙였다.

「이제 더 이상의 싸움은 무의미해요. 죄 없는 백성들이 너무 많이 희생되고 있어요. 그건 나중에 일본에게도 전혀 도움이 되지 않는 일입니다. 이제는 그들에게 온정을 베풀어 다시 살 수 있도록 해 주어야 합니다. 싸움만이 능사가 아니라 이 말입니다.」

「소인도 유격의 말씀에 전적으로 동감입니다.」

고니시가 조용히 나섰다.

「하지만 그러려면 명도 화끈하게 우리에게 무언가를 확실히 보여줘야 합니다. 죄 없는 강화사나 붙잡아 두고, 조선을 선동해 우리를 해하려 한다면 유격이 가져온 평화의 새는 곧 전쟁의 피로 바뀔 테니까요. 무조건 우리에게 물러나라고만 할 것이 아니라 의당 우리들이 요구하는 것을 듣고 구체적인 행동을 보여 주신다면 당장 내일이라도 전, 성을 불태우고 본국으로 돌아가겠습니다.」

두 사람은 각기 적의 대변자이면서도 처음부터 인간적으로 끌리는 면이 있었다. 유경은 대륙적인 기질의 소유자답게 호탕했고, 과장이 심했다. 그러나 고니시는 차분했고, 상대방의 이야기를 잘 듣는 편이었다. 그는 유경의 수다스러우면서도 유창한 이야기를 듣다가 가끔 자신이 가야 할 길을 잃어버리기도 했지만 곧 정신을 차려 일본이 가야 할 길을 찾아냈다. 그만큼 유경은 온갖 지각을 이용해 상대를 호리는 능력이 뛰어났다.

두 사람은 이번 협상을 잘 마무리 지으면 명성과 함께 각자의 정치판도에서도 두각을 나타낼 수 있었다. 무의미한 피를 흘리지 않으면서 서로가 바라는 바를 얻어낼 수 있다면 그거야말로 완벽한 외교적 승리가 아니고 무엇이겠는가? 그러나 거기에는 항복문서 외에도 많은 난관이 도사리고 있었다.

히데요시가 지난번 전선사령부 나고야名護屋에서 명의 강화사講和使에게 제시한 강화안 7개조는 모두 명이 받아들이기 곤란한 조건들로 채워져 있었다. 즉, 그는 일본군의 완전 철수조건으로 첫째, 명 황제의 공주를 일본의 왕비로 보낼 것. 둘째, 양국 간의 무역을 재개할 것. 셋째, 양국의 통호를 위해 양국 대신의 맹세문을 교환할 것. 넷째, 조선의 8도를 분할하여 한양과 그 이북의 4도를 조선에게 돌려준다. 다섯째, 조선의 왕자와 대신 1,2명을 인질로 보낼 것. 여섯째, 인질로 잡혀 있는 조선의 두 왕자를 풀어준다. 일곱째, 조선대신의 맹세문을 보낼 것 등을 요구했던 것이다.

그것은 이제까지 동아시아 전체를 보이지 않는 끈으로 묶고, 외부 세계와 차별되게 문화와 인적 교류를 통제하면서 동아시아의 정신적 세계를 주도하고, 현실세계에서는 그 이념을 군신君臣관계라는 의례로 변형시켜 연례적인 사신의 파견 등으로 구체화해 고착시키려는 중화주의中華主義의 상징인 책봉冊封체계를 밑바닥에서 무너뜨리고, 흔들어 이제껏 동양 문명을 이끌어 온 중화 세계를 혼돈에 빠뜨리고 정면 대결로 몰고 가겠다는 의도였다.

두 사람은 이제 머리를 맞대고 앉아 그 조건을 양측이 납득할 만한 수준으로 다시 조정해야 했다. 그리고 항복문서도 어떡하든 해결해야 할 문제였다. 시간은 참으로 너무나 빨리 지나가고 있었다. 요동으로 들어갔던 일본측 강화사가 갑자기 불거져 나온 명측의 항복문서 요구로 그곳에서 억류되고, 항복문서를 요구하는 사자가 다시 이곳 웅천으로 내려오고 하는 사이에 시간은 벌써 반 년이 훌쩍 지나가고 있었다. 협상이 늦어지면 고니시는 히데요시로부터 채근을 받았다. 그리고 그 질문을 해명하기 위해 어떤 때는 직접 본토로 건너가야 할 때도 있었다.

「자, 그럼 회의 일자를 정해 볼까요? 이번에는 속전속결로 모든 문제를 말끔히 털어버리고 새로운 기분으로 새해를 맞이합시다.」

겐소가 서두르자 유경이 손을 저었다.

「스님, 전 지금 요동에서 한달음에 달려오느라 숨이 끊어질 것 같습니다. 우선 오늘 저녁은 푹 쉬고 한숨 잔 다음에 천천히 일정을 잡도록 하죠. 아직도 정월이 되려면 한참이나 남아 있지 않습니까?」

유경이 버릇처럼 손가락으로 탁자 모서리를 톡톡 치면서 말했다.

「아예 이번에는 온 김에 설까지 이곳에서 지내고 갈 작정입니다. 요동에 있으면 높은 분들이 너무 많아 가만있어도 살이 빠진답니다. 이곳저곳 눈치를 보고, 여기저기 가서 같은 설명을 되풀이해야 하고, 그리고도 모자라 욕까지 들으면 정말 하루하루가 한 달처럼 길답니다. 하지만 여기서라면 난 아주 행복해요. 춥지도 않고, 공기는 따뜻하고, 귀찮게 구는 사람도 없으니 말예요. 이번 기회에 아주 푹 쉬었다 정신을 맑게 해서 천천히 요동으로 돌아갈 생각입니다. 괜찮겠죠? 고니시 님.」

「우리에게는 손님 접대에 관한 규정이 있습니다.」

소우가 나서서 냉정하게 말했다.

「만찬은 1회이고, 각 끼니의 양도 정해져 있습니다. 만약, 그 초과분에 대해서는 귀국의 비용으로 처리하시든가, 조선에서 얻어먹으십시오. 아니면, 식사량을 줄이시든지. 이 규정은 유격 님이 아니시더라도 누구에게나 똑같이 적용되는 것임을 양지해 주시기 바랍니다.」

「아따, 빡빡하기는. 잘못하다간 졸지에 객지에서 굶어죽겠네.」

그리고 유경은 히죽 웃으며 옆에 앉아 있는 가왕을 보며 물었다.

「가왕이, 은화는 충분히 가지고 왔겠지?」

저녁이 되면서 찬바람이 불어왔다. 검푸른 하늘에는 허리가 가느다란 초생달이 비스듬히 걸리고, 별들이 바람에 깜박이고 있었다. 잠시 후, 유경 일행은 고니시와 인사하고 아래에 있는 거처로 안내되었다. 거기에는 조촐하게 저녁상이 차려져 있었다.

2

이튿날, 유경 일행은 늦잠을 잔 다음에 점심을 먹고 겐소 일행과 앞으로 협의할 내용을 논의했다. 그러나 중요 현안은 유경과 고니시의 손에서 결정될 것이었다.

그날 저녁, 고니시의 숙소에서 조촐한 환영만찬이 열렸다. 거기에는 고니시와 겐소뿐 아니라 쓰시마의 젊은 영주 소우와 그의 가신 유나가와柳川, 그리고 그 외에도 제1군에 속해 있는 히라도平戶, 고도五島, 나가사키長崎 등 규슈 서북부 지역의 소小 영주들 몇이 가신들과 함께 등장했다.

이들은 옛날부터 조선 남해안에 출몰하여 해적질을 하며 살던 왜구의 후예들로, 그들의 선조들은 수십 척씩 혹은 십여 척씩 쓰시마에 있는 포구에 모여 있다가 때를 엿보아 떼를 지어 조선 해안을 급습, 부족한 양식을 약탈하고, 반항하는 사람들을 잔인하게 살육하고 마을을 불태웠던 바로 그 무리들이었다. 하지만 요즘에는 새로운 항로의 발견과 대형선박을 이용해 동東중국 해안을 따라 대만, 필리핀, 베트남, 태국까지 그 활동무대를 넓히고 있었다. 그곳에서 그들은 중국 상인은 물론 향료를 찾아 지구 반대편에서 진출해 온 서양 세력과 각축을 벌이고 있었다. 이 난폭하지만 영악하고, 모험적인 집단은 앞에서는 점잖게 무역을 하는 척하다가 상대방이 조금이라도 헛점을 보이면 무력으로 물품을 빼앗고, 닥치는 대로 사람들을 죽이는 것을 주저하지 않았다. 그러다 위기가 닥치면 정부의 도움을 요청했다. 그들의 뒤에는 돈 많은 호상豪商들이 버티고 자본을 대고 있었기 때문에 조금이라도 자신들의 사업에 장애물이 생기면 정치가들을 통해 무력동원을 요청했던 것이다.

요리는 풍성하지 않았지만, 오후에 도착한 신선한 생선과 찜, 그리고 튀김류로 구성되어 있었으며, 디저트로는 과일과 매우 단 전병이 나왔다. 그리고 그릇이며, 술잔 등은 일본에서 직접 가져온 칠기가 대부분이었다. 드디어 나무로 만든 술통의 마개가 열리면서 오랜만에 고니시가 머물고 있는 성은 유쾌한 웃음소리와 흥청거림으로 술렁이기 시작했다.

먼저 고니시가 강화협상의 성공을 위해 건배를 제안했다. 이어 명의 사절단을 환영하는 환영사가 쓰시마 영주 소우의 낭랑한 목소리로 낭독되었다.

「존경하는 유격과 사절단 여러분! 먼저 대륙의 차가운 겨울을 뚫고 온갖 신고를 겪으며 이 먼 남쪽 누추한 곳까지 한걸음에 달려오신 여러분들의 노고에 치하를 드립니다. 소인은 이 모든 고난과 역경이 먼 훗날 일명日明, 명일明日 양국 간에 화목과 친선을 이루는 데 커다란 기초가 되리라는 걸 확신합니다. 중국은 일찍이 동양 문명의 발상지로 이 땅에 태어난 사람들은 모두 그 혜택을 받지 않은 사람이 없습니다. 여러분은 뛰어난 글자를 만들어 사람들을 서로 소통케 하고, 인간의 미래를 이끄는 다양한 사상을 낳았고, 또 대지의 물산을 풍부하게 생산하여 우리들의 삶을 풍족하게 했습니다. 어찌 소인의 작은 머리로 그 모든 것들을 일일이 들추어낼 수가 있겠습니까? 그것을 들추자면 아마 이 밤이 다 모자랄 것입니다.」

그는 잠깐 말을 중단했다가 다시 말을 이었다.

「하지만 봄에 갓 태어난 여린 이파리도 가을의 서리와 함께 땅으로 떨어지고, 영웅도 시간이 흐르면 역사의 뒤안길로 쓸쓸히 퇴장하듯 모든 만물에는 변화가 있고, 인간사에도 쇠락과 부침의 파고가 여지없이 밀어닥친다는 것을 우리는 매순간 보고, 경험하고 있습니다. 자연의 순리에 따라 인간 또한 변합니다. 그리고 그에 따라 그가 속한 국가도 또한 변화하고, 새롭게 거듭 태어납니다. 지금 우리는 변화의 거센 소용돌이 한가운데 모두 서 있습니다. 여기서 저는 분명히 한 가지를 제안하는 바입니다!」

그는 갑자기 언성을 높였다. 그러자 좌중은 긴장했다.

「일본이 조선으로 나온 것은 조선과 분쟁을 일으키려는 것이 아니라 명과의 통교 때문이었습니다. 그런데도 조선은 가운데 나서서 우리의 길을 막고 그리고는 뒤에서 우리를 공격했습니다. 그래서 우리는 그들을 응징했던 것입니다. 결단코 그 이상도 그 이하도 아닙니다. 저는 명이 이제까지 안주했던 중화주의에서 과감히 벗어나 일본과 동반자로서 평화를 위해 헌신할 것을 제안합니다! 그리고 또 한 가지 분명히 말씀드리고 싶은 것은 만약 명이 조선을 위해 병력을 보낸다면 우리 일본 또한 언제라도 현해탄을 건널 준비가 되어 있다는 것을 잊지 마시기 바랍니다. 우리는 바라는 것이 이루어지면 등을 떼밀지 않아도 알아서 즉시 바다를 건너 돌아갈 것입니다. 그럼, 명 황제폐하와 우리 히데요시 전하의 건강과 양국의 무궁한 발전을 위해 건배를 제안합니다! 또한 먼길을 마다하지 않고 이곳까지 한달음에 달려오신 유격 님과 존경하는 고니시 님을 위해서도 강화협상의 성공을 위해 건배를 제안합니다. 건배!」

「건배!」

좌중에 앉아 있는 사람들은 일제히 술잔을 부딪치며 건배를 우렁차게 합창했다. 곧이어 유경이 일어나 답사를 시작했기 때문에 주위는 다시 조용해졌다.

「감사합니다, 여러분. 이렇게 저희들을 후대해 주셔서.」

유경은 다소 긴장하고 있는 소우를 향해 빙긋 웃어보이고는 다시 말을 이어나갔다.

「쓰시마 영주님의 연설은 정말로 흠잡을 데 없이 훌륭했습니다. 주제도 명쾌했고, 표현도 쉽게 이해할 수 있는 적당한 단어들을 잘 구사하셨습니다. 특히 자연의 순리라는 단어는 우리 인간이 지니고 있는 태생적 한계를 받아들이고, 무한한 욕망으로 점철된 헛된 삶을 버리라고 요구하고 있는 것처럼 들립니다. 존경하는 고니시 님, 그리고 객지에 나와 연일 고초가 많으신 스님 및 부대장 여러분! 저희 중화中華는 늘 외부세계를 포용하고 받아들이면서 흐르는 물처럼 세상에 적응해 왔습니다. 저희는 딱히 싫음도 없고, 또한 좋음도 없습니다. 그러므로 어떤 단어로도 중화의 세계를 한마디로 정의할 수가 없는 것입니다. 중화는 눈에 보이지 않으면서도 이 세상 모두를 포용하는 인류 공동의 광대한 공간입니다. 그 크기는 제한이 없고, 그 깊이는 누구도 아직 재본 적이 없죠. 그런데도 여러분은 중화를 침략하기를 원했습니다.」

그는 웃으며 좌중을 둘러보았다.

「중화를 원하는 자는 언제라도 중화에 들어올 수는 있지만 나갈 수는 없습니다. 왜냐하면 중화는 시작도 없고, 끝도 없는 공간이기 때문입니다. 우리는 여러분처럼 예의바르고 세련된 사람들뿐만 아니라 미개인과 야만인도 거절하지 않고 모두 받아들입니다. 중화는 허虛의 땅이며, 그 누구도 그 이름을 걸고 소유할 수 없는 광대한 공간입니다. 그러므로 여러분이 설사 정복을 원한다 해도 그것은 결국 부질없는 헛된 일이 되고 말 것입니다. 설령, 여러분이 자랑하는 그 날카로운 일본도로 중원을 친다고 합시다. 아마, 여러분은 억겁 년 동안 칼을 휘두른다 해도 광활한 중원을 다 베지 못하고 제풀에 쓰러지고 말 것입니다. 이것이 제가 여러분들의 무모한 욕망에 대해 답하고 싶은 대답입니다!」

그리고는 으쓱해서 보란듯이 주위를 휘둘러본 다음 다시 말을 이었다.

「조금이라도 현실에 대해 이성을 갖고 있는 사람이라면 조선이 오랫동안 중화의 속방屬邦임을 모르는 사람은 아무도 없습니다. 다 알다시피 조선은 군신君臣 관계에 의해 오래전부터 중화세계와 함께 역사와 문화, 정치 모든 방면에서 같은 길을 걸어 왔습니다. 그런 떼려야 뗄 수 없는 두 나라의 관계를 빤히 알면서 여러분은 중간에 칼을 들이댄 것입니다. 해서, 우리는 신하인 조선을 구하기 위해 황제의 병사들을 보내 위기에 빠진 가엾은 그들을 구해낸 것입니다. 조선의 아픔은 곧 중화의 고통입니다! 그들이 위기에 빠지면 명은 언제라도 바람처럼 달려와 그들을 구할 준비가 되어 있습니다. 하지만 이제, 고니시 님과 저는 부질없는 싸움과 오해로 인해 생긴 양국 간의 갈등을 치유하고 화해의 악수를 나누려 합니다. 그것이 어찌 명만의 이익에 머물겠습니까? 조선과 일본 모두가, 아니 위대한 중화세계를 중심으로 함께 조화롭게 살아가고 있는 모든 이들이 간절히 바라는 평화가 아니고 무엇이겠습니까? 우리는 이제 칼을 거두고 각자 그리운 고향으로 돌아가려 하고 있습니다. 저는 지금 그 시간을 일 초라도 앞당기기 위해 여기 서 있는 것입니다. 감사합니다.」

쥐죽은 듯한 적막 속에서 연설이 끝났다. 잠시 어색한 침묵이 잠시 흐르다가, 고니시의 제의로 곧 저녁 만찬이 시작되었다.

유경의 옆에는 그의 친구이면서 동시에 수다스러운 통역인 심가왕沈嘉旺과 차분한 외모를 지닌 외교문서 담당 사신이 나란히 앉아 있었다. 그리고 그 반대편에 고니시를 필두로 겐소, 쓰시마 영주 그리고 규슈 서북부 지역의 영주들이 나란히 자리를 잡고 있었다. 특이하게도 그들은 모두 겐소를 제외하고는 고니시처럼 모두 목에 십자가를 걸고 있었는데 그들은 대부분 영지가 규슈 서쪽 그러니까 외국 선박들이 많이 지나다니는 길목에 있어 일찍부터 포르투갈 상인들과 접촉해 무역의 길을 열고, 함께 배에 타고 왔던 포르투갈 신부들은 그것을 이용해 그들을 그리스도교로 개종시켰기 때문이었다.

예를 들어, 이번 전쟁에 참가한 오오무라大村順忠의 경우, 그의 집안은 규슈의 두 강자 류조우지龍造寺와 시마즈島津의 틈바구니에 끼어 늘 생존을 부지하기가 어려운 형편이었는데, 마침 포르투갈 상인들이 생사며 비단 그리고 군수용 초석과 납 등을 싣고 규슈 지역으로 와 선박을 정박시킬 항구를 찾자, 당시 독자적인 힘으로는 생존을 확보할 수 없었던 그는 포르투갈 신부들에게 자신의 영지인 나가사키에서 그리스도교의 포교권을 허락하는 대신 무역권과 무기를 사들여 자신의 힘을 강화하는 데 이용했던 것이다. 그리고 자신도 신부로부터 세례를 받았다. 그 후 포르투갈 상선과 중국 정크선이 몰려들면서 나가사키는 규슈의 한적한 어촌에서 일약 서양문물과 예수회 신부들이 드나드는 동양 포교의 창구로 번창했다. 그러자 오오무라의 성공에 고무 받은 다른 규슈의 영주들도 무역의 이득에 이끌려 세례를 받고 그리스도 교도가 되었다.

나가사키를 통해 많은 서양의 진기한 물건들이 들어와 일본 각 지역으로 퍼져나갔다. 부드럽고 말랑말랑한 빵이며, 카스테라, 수많은 빛의 조각으로 번쩍거리는 커트글라스, 샹들리에, 맛 좋은 포도주, 담배, 모직으로 짠 따뜻하고 화려하게 수를 놓은 망토, 촉감이 좋고 보드라운 빌로도, 땀 흡수가 좋은 메리야스, 사라사며 나사, 심지어 침대까지 상인들의 손에서 다이묘들에게로 팔려나갔다. 히데요시도 크고 화려한 침대를 몇 개인지 얻어서 자신의 창고에 잔뜩 쌓아 놓은 채 잠을 재우고 있었고, 다이묘들은 울긋불긋한 포르투갈산 망토를 걸치고 한껏 폼을 잡는 것이 그 시대의 큰 유행이었다.

술이 한 순배씩 돌면서 분위기는 차츰 흥을 띠기 시작했다. 일본 쪽에서 한 무사가 일어나 원숭이 흉내를 내기 시작했다. 손동작이 원숭이와 매우 흡사해서 웃음과 박수가 터져 나왔다. 그는 좌중을 웃기기 위해 코를 빨갛게 칠했으며, 옷 뒷자락을 들추자 빨갛게 칠한 엉덩이가 튀어나왔다. 그는 좌중을 뛰어다니며 사람들의 손을 잡고 인사를 하기도 하고 장난을 쳤다. 특히, 유경 앞에서는 그의 뺨을 쓰다듬기도 하고, 수염을 잡아당기며 일부러 짓궂게 굴었다. 그러나 유경은 그저 허허 웃기만 했다.

원숭이 흉내가 좌중을 한동안 소란하게 한 다음, 이번에는 몸매가 호리호리한 무사 한 명이 방 한가운데로 걸어 나와 그동안 열심히 연습했던 노우能 중 노노미야野宮의 한 대목을 연기했다. 그것은 〈겐지 모노가타리源氏物語〉의 남주인공과 사랑을 이루지 못해 아쉬워하는 한 여인의 독백으로, 연기자는 여자용 가발을 쓰고서 여인의 역을 연기해야 하는 작품이었다. 여인은 절에서 만난 중에게 사랑하는 남자의 본처에게서 받은 굴욕을 호소하면서 현세에서의 고통을 구원받고 싶어 한다. 그리고는 달빛 아래에서 사랑의 추억을 회상하면서 춤을 추기 시작한다. 이 부분이 작품의 하이라이트였다. 잠시 달빛의 효과를 극대화하기 위해 방안에 놓여 있던 등들이 소등되고, 단 하나만이 남아 달의 모습을 추상화했다. 달빛 속에서 여인은 애달픈 몸짓으로 서정적으로 춤을 추었다. 그러나 북받쳐 오르는 사랑의 추억에 견딜 수가 없는지 옛 추억이 되살아나면서 수치와 굴욕의 감정이 다시 그녀를 지배하기 시작한다. 여자는 이미 죽은 몸이지만 옛날에 받은 사랑의 상처에서 벗어나지를 못한다. 연기자는 죽음에 의해 순수해진 여자의 마음과 아집 때문에 아직도 상처받은 감정을 그대로 내부에 움켜쥐고 있는 여자의 이중 심리를 잘 헤아려 연기해야 했다. 연기자의 춤은 다소 서툴렀지만 가사를 읊는 대사는 매우 뛰어났다.

일본측의 연기에 대한 답례로 명측에서 사람이 한 명 나와, 당 태종과 양귀비의 애달픈 사랑의 이야기를 우아하고 감미로운 여자의 가성으로 구성진 곡조에 실어 노래했다. 화청지에서의 짧고, 달콤한 사랑은 끝나고 안녹산의 난이 일어나자 두 사람은 쫓기듯 촉나라로 피난을 간다. 하지만 수레는 더 이상 나아가지 못하고 도중에서 멈춘다. 신하들이 나라를 망친 양귀비의 목을 원했기 때문이다. 그녀는 사랑하는 임의 목에 감겨 있던 비단 천에 목을 매고 영원한 사랑을 노래하며 죽어간다.

연극이 끝나자 이번에는 또 한 명이 나와 붓과 투명한 유리병 하나를 들고 나왔다. 그리고 붓을 거꾸로 집어넣은 다음에 병 안에다 무언가를 썼다. 놀랍고도, 신기한 재주였다. 한참 후, 글씨가 빼곡히 적혀 있는 유리병이 가왕에게 건네지자 그가 즉시 유창한 일본어로 통역을 했다.

황하는 멀리 흰 구름 사이로 흐르고
한 조각 외로운 성은 만 길의 산 위에 있네.
오랑캐 피리는 어째서 절양류곡折楊柳曲을 원망하나?
봄빛이 옥문관을 넘어오지도 못하는데.

누군가 안으로 들어오더니 밖에 눈이 오고 있다고 전했다. 문 밖을 통해 어둠속을 내다보니 정말 거짓말처럼 하얀 눈송이들이 작은 먼지처럼 허공을 날아다니고 있는 것이 보였다. 이곳 남쪽에서는 참으로 오랜만에 보는 눈이었다. 방안에 있던 사람들은 모두 고개를 빼고 밖을 내다보았다. 방금 가왕이 통역해 준 시처럼 객지에 나와 눈을 보니 모두 새삼 감격스러운 모양이었다.

「유격! 길조입니다.」

고니시가 유경의 손을 잡으며 말했다.

「내일 아침에 날이 밝으면 말을 타고 나와 함께 바닷가를 달립시다. 멋진 아침이 될 것입니다.」

밖은 계속해서 눈이 오고 있었다. 눈송이들은 끝없이 펼쳐진 광막한 바다 위로, 그리고 드넓은 허공 위로 취한 듯 이리저리 갈지자로 비틀거리며 잠든 대지 위로, 그리고 대지 위에 서 있는 나뭇가지 위로 소리 없이 내리고 있었다. 허공을 떠돌고 있는 꽃 같은 눈송이들은 고니시의 병사들이 잠들어 있는 막사 위에도, 마구간 위에도 그리고 어둠 속에 보이지도 않고 잠들어 있는 조선인 마을에도 공평하게 내리고 있었다.

이튿날 아침, 일찍 잠을 깬 고니시는 마구간으로 가 자신의 말과 유경이 탈 말을 끌어내라고 지시했다.

태양은 아직 동쪽 산에 가려 모습을 보이지 않았지만 이미 빛은 온통 사방에 퍼져 사물을 빛나게 하고 있었다. 눈은 오자마자 거의 다 녹고, 응달진 솔밭 위에만 전날 밤의 숙취처럼 희끗희끗 빛나고 있었다. 눈 온 뒤의 맑고, 화창한 아침으로, 눈 아래 펼쳐진 남해의 푸른 바다는 벌써 기지개를 활짝 켠 채 붉은 아침 햇빛을 받으며 기분 좋게 온몸을 이리저리 뒤채고 있었다. 그럴 때마다 물결이 흔들리면서 바다는 거대한 진홍빛 천으로 변했다.

고니시는 쌀쌀한 아침 공기에 대비해 포르투갈 상인들에게서 산 포도주색 붉은 망토를 어깨에 걸치고 있었다. 그것은 모직으로 짠 것이어서 찬 바닷바람을 막아주고, 보온성이 뛰어나 따뜻했다.

말을 끌고 숙소 앞에 도착하니, 마침 유경이 문을 열고 밖으로 나왔다. 술 마신 기색은 전혀 보이지 않고, 비단옷 사이로 허옇게 살이 오른 피부가 힐끗 엿보였다. 유경은 그것을 굳이 가리지도 않고, 손을 집어넣어 가려운지 가볍게 긁고는 훌쩍 말 위에 올라탔다. 보기와는 달리 날렵한 행동이었다.

「설마 여기서 달리자는 건 아니시겠죠?」

유경이 웃으며 고니시에게 물었다.

「물론이죠! 이렇게 좁은 곳에서 어떻게 대인과 함께 대사를 의논할 수 있겠습니까?」

고니시가 말을 가까이 붙이며 말했다. 말들은 천천히 바닷가 쪽으로 난 길을 따라 걸어갔다. 상쾌한 남쪽 바다의 신선한 아침 공기가 두 사람의 얼굴에 기분 좋게 부딪쳐왔다.

「우리가 처음 만났을 때, 평양 위쪽은 명의 땅으로 삼고, 그 아래쪽은 일본이 통치하라고 하신 말씀을 기억하고 계십니까?」

고니시가 먼저 말문을 열었다.

「참, 고니시 님도. 잠도 깨기 전에 그렇게 기습공격을 하시면 어떡합니까? 더구나 간밤엔 사랑하는 연인과 만나는 꿈을 꿨는데.」

유경이 너스레를 떨었다.

「설마 또 오리발을 내밀려고 하시는 건 아니겠죠?」

고니시가 다그쳤다.

「글쎄요. 전 그런 말한 기억이 없는데요.」

유경이 시치미를 떼며 펄쩍 뛰었다.

「전, 다만 고니시 님이 용산 회담에서 한양 이북은 조선에게 양여하고, 나머지는 일본이 점령하겠다고 한 것만은 분명히 기억하고 있습니다. 하하.」

「아니, 일 년이 조금 넘은 일을 가지고 이렇게 오리발을 내밀다니 유격께서는 벌써 치매끼가 있으십니까?」

「치매라니요? 앞날이 창창한 사람에게 거 무슨 막말을. 제가 대체 언제 그런 말을 했습니까? 고니시 님께서 먼저 그런 희망사항을 말씀하셨지요.」

유경의 목청이 높아졌다. 잠시 큰 소리에 말이 놀라 비틀거렸다. 그러나 유경은 곧 균형을 잡고 고니시를 지그시 바라보다가 마치 타이르듯이 말을 이었다.

「고니시 님도 참! 조선에서도 제일 먼 남쪽 변방 끄트머리까지 쫓겨나셨으면서도 아직도 그 허황된 대륙의 꿈을 버리지 못하십니까?」

「우리가 지금 움직이지 않고 있는 것은 강화기간이기 때문입니다.」

고니시가 유경의 말을 가로막았다.

「정말이지 그렇게 계속 오리발을 내미신다면 나는 미구에 불어 닥칠 분란과 살육을 책임질 수 없어요. 특히 가토는 누구보다도 신이 나서 압록강을 건너기만을 이를 갈며 학수고대하고 있죠. 게다가 날이 풀리면 일본의 힘은 배가 되어 그 누구도 막을 수가 없을 것입니다.」

고니시가 은근히 겁을 주었다.

「고니시 님도.」

유경은 몸을 반쯤 돌려 고니시를 바라보았다.

「말이 난 김에 말이지만 조선 분할 안은 이미 흘러가 버린 강물에 지나지 않는 거 아닙니까?」

「아닙니다! 유격께서는 그리 생각하실지 모르겠지만 저희측에서는 누구도 그렇게 생각하고 있지 않습니다. 우리는 결코 아무 소득도 없이 빈손으로 본국으로 돌아가지는 않을 것입니다.」

「하하. 좋습니다!」

유경은 호탕하게 말을 이었다.

「그 얘기는 나중에 그러니까 일본이 평양을 재탈환했을 때 꺼내면 어떻겠습니까? 왜냐하면 이렇게 조선땅 맨 끄트머리에 있는 바닷가에 아슬아슬하게 발을 걸치고 서서 조선분할 안을 거론한다는 것이 뜬구름을 잡는 헛된 꿈처럼 들리니까요. 생각해 보세요. 차가운 삭풍이 몰아치는 평양이라면 몰라도 이 따뜻한 남쪽나라로 후퇴한 마당에 그런 얘기를 한다는 것이 분위기상으로 볼 때 어울리는 얘기입니까?」

고니시는 또다시 패배의 아픈 상처가 도지는 비애감을 맛보며 앞에서 멀어져 가는 유경을 바라보았다. 그는 임진년 이듬해 정월에 이여송이 이끄는 명군의 기습공격을 받고 차가운 혹한의 신새벽에 천신만고 끝에 겨우 목숨을 구해 부하들을 이끌고 평양성을 탈출해야 했다. 명군은 4만의 병력이었고, 고니시의 군은 고작 1만이 약간 상회하는 숫자였다. 명군은 강력한 화력을 동원해 개전 초기부터 압도적으로 고니시의 수비군을 몰 아붙였다. 그들은 이틀에 걸쳐 엄청난 숫자의 폭탄을 성 안으로 퍼부어댔 다. 말려서 빻아 체로 거른 인분을 집어넣어 만든 고약한 악취 폭탄은 물 론, 석회와 황을 섞어 만든 최루가스, 비소를 함유한 질식가스, 수비군의 신경을 마비시키는 마비가스, 그리고 독을 바른 도자기 조각 같은 온갖 종류의 발사체를 성 안으로 퍼부었던 것이다. 그렇게 수비군의 혼을 빼 저 항의지를 약화시킨 뒤에 미처 숨 돌릴 틈도 없이 또 다시 쉬지 않고 일본 군이 파놓은 구덩이를 넘고, 성벽에 기대 사다리를 세우고 쇠갈퀴를 던져 성벽을 기어오르고, 조총을 집중 사격하고 뜨거운 기름을 성 안으로 퍼부 었다. 그러면 일본군은 작대기로 사다리를 밀어뜨리고, 칼과 도끼로 총안 으로 도달하려고 안간힘을 쓰는 명군의 손목을 찍고, 잘랐다. 북방의 추 위와 칠흑 같은 어둠 속에서 성은 전체가 붉은 화광으로 물들었고, 명군 이 쏘아대는 포탄은 때와 장소를 가리지 않고 장대비처럼 성 전체를 유린 했다. 공격 이틀째 되는 날, 일본군은 명군이 한숨 돌리는 틈을 타 간신히 성을 빠져나와 남쪽을 향해 탈출했다. 명군은 기병 천 명으로 뒤를 추격 했지만 고니시 군을 구원하러 후방에서 달려온 일본군에 저지당했다.

성 아래에서 성책을 지키고 있던 병사가 빗장을 뽑았다. 짙은 갈색의 말 을 탄 고니시와 나이 든 흰 말을 탄 유경은 나란히 성책을 빠져나와 곧장 바다로 통하는 모래밭 위로 나아갔다. 막 태양이 동쪽 산 위로 떠오르고 있었다. 그 빛에 잠시 눈이 부셨다. 유경은 눈을 찡그린 채 고니시가 입고 있는 망토와 마구들이 햇빛을 받아 눈부시게 빛나는 것을 힐끗 바라보았 다. 그러다 바다로 몸을 돌려 말을 몰았다.

이곳은 누가 뭐래도 양항良港이었다. 앞에는 띠처럼 길게 섬들이 완만하게 누워 먼 난바다의 거친 물결을 막아주고, 옆에는 깊은 만을 끼고 있어 선박을 정박시키기에도 안성맞춤의 장소였다. 왼쪽 만 너머로 연기가 한줄기 피어오르는 것이 보였다. 그곳에 주둔하고 있는 일본군 병사들이 아침밥을 짓고 있는 것이었다.

두 사람은 말을 타고 천천히 가벼운 이야기를 나누며 오른쪽으로 부드럽게 휘어져나간 모래밭 위를 나아갔다. 바다는 왼쪽에서 속삭이듯이 물결치며 다가와서는 모래 위에서 조용히 하라는 듯 쉬 소리를 내면서 사라져갔다. 그리고 오른쪽으로는 막 떠오른 햇살을 받아 초록색으로 빛나는 소나무 밭이 이어지고 있었다.

「자, 저기 보이는 바위까지 달립시다!」

유경이 말의 옆구리를 발로 차면서 소리쳤다.

「좋습니다. 구보!」

고니시가 그의 말을 받으며 외쳤다. 말들은 겨울이라 다소 표면이 굳어 있는 모래를 발로 차면서 달리기 시작했다. 상쾌한 아침 공기가 폐부 깊숙이 밀려들어와 간밤의 술에 찌든 구취를 기분 좋게 밖으로 뿜어냈다. 동시에 바다 위를 달리는 것 같은 경쾌한 말굽 소리에 맞춰 막 잠에서 일어나 찌뿌드드한 몸이 빠른 혈액 순환과 함께 서서히 더워지면서 그 열기가 온몸으로 기분 좋게 퍼져나갔다. 얼마 안 가 고니시의 말이 유경의 말을 추월했다. 유경은 몸이 살이 쪄 숨을 헐떡이고 있었다. 하지만 고니시는 매일 아침 승마를 했기 때문에 전혀 지치지 않았다.

「내가 졌소. 전에는 펄펄 날았는데, 이젠 나도 늙은 것 같소.」

유경이 뒤쫓아 오면서 말했다.

「아닙니다. 그 말은 나이가 들어서 잘 달리지를 못합니다.」

고니시가 친절하게 설명했다.

「고니시 님은 참 친절하시군요. 우리가 이렇게 단둘이 호젓한 시간을 보낸 것이 도대체 얼마 만이오?」

말을 멈추고 유경이 물었다.

「어디 그렇게 오래 머무신 적이 있었나요. 언제나 급히 왔다가는 용건만 처리하고는 휑하니 가시곤 하셨지요.」

「오라. 그리고 보니 고니시 님은 정도 많으시네. 저 같은 몸을 그렇게 기다리셨다니.」

두 사람은 말을 돌려 성 쪽으로 다시 방향을 잡았다. 태양이 솟으면서 섬들 위로 연기처럼 엷은 안개의 띠가 드리워지고 있었다. 그 성긴 틈으로 햇살이 비쳐 바다를 붉게 물들이고 있었다. 성 곳곳에서 아침밥을 짓느라 연기가 피어오르는 것이 오늘 따라 무척 정겨워 보였다.

「유격, 한 가지 물어보고 싶은 게 있습니다.」

거리가 바싹 좁혀지자, 고니시가 생각난 듯 말을 던졌다.

「무엇입니까? 식전이니 가벼운 화제였으면 좋겠군요.」

유경이 씩 웃으며 말했다.

「좋습니다. 여기 오시던 날 밤, 연설하신 구절을 기억하고 계십니까?」

고니시가 물었다.

「그럼요. 뭐 행여 제가 고니시 님을 기분 상하게 한 점이라도 있었나요?」

「아닙니다. 말씀 중에 이해가 안 되는 대목이 있어서요. 이제껏 혼자 곰곰이 생각해봤지만 아무리 머리를 쥐어짜도 이해가 안 돼서요. 대체, 유격께서 말씀하신 속방이란 말은 무슨 뜻입니까?」

「아, 난 또 뭐라고?」

유경은 우습다는 듯 웃음을 터뜨렸다.

「말 그대로 속방이죠, 뭐.」

「내가 까막눈인 줄 아시나? 나도 그 정도는 읽을 줄 압니다. 내가 원하는 것은 그 말이 정확히 뭐냐 이겁니다.」

고니시는 계속 물고 늘어졌다.

「우리는 중화의 세계로 들어오는 자들에게는 따지지 않고 누구에게나 자유를 보장합니다.」

유경은 웃으며 딴청만 피웠다.

「그러다 위기가 닥치면 함께 힘을 합해 서로를 도와주죠. 상부상조, 도랑 치고 가재 잡고 그야말로 일석이조죠.」

「자유라. 참 근사하고, 번지르르한 말이죠.」

고니시가 비웃듯 말했다.

「그렇다면 조선도 자유의 나라입니까?」

그 말을 듣고 유경이 순간 움찔하는 것이 느껴졌다.

「다시 말하지만 우리는 그들이 무엇을 하건 상관하지 않습니다.」

유경은 여유 있게 고니시의 말을 받았다.

「단지 외부에서 오랑캐가 우리의 평화를 깨뜨릴 경우에만 힘을 합해 서로를 구하죠. 우리는 누구도 지배하지 않아요. 다만 위험할 때만 가족처럼 서로 도울 뿐이죠.」

「가족이라.」

고니시가 한숨을 지으며 말을 이었다.

「그러다 명의 울타리를 벗어나거나 말을 듣지 않으면 군대를 몰고 가 주먹으로 패고, 혼을 내주겠죠. 그게, 바로 유격께서 말하는 명의 속방이라는 거 아닙니까? 장황하고, 그렇고 그런 말은 모두 알맹이가 없죠. 그게 무슨 자유입니까? 무릎을 꿇리려면 확실하게 꿇리든가 속방은 무엇이고, 자유와 방임은 무엇입니까? 물이면 물이고, 술이면 술이지요?」

「아, 차갑기는.」

유경이 달래듯 말했다.

「그렇게 포용력이 없어서야 어떻게 세상을 품에 안을 수 있겠습니까?

줄 건 주고, 받을 건 받아야지요. 그리고 통치란 여자의 몸처럼 좀체 속을 드러내지 않으면서 펼쳐 보이는 게 아름다운 법이죠. 너무 드러내 보이면 추하기가 그지없죠. 안 그렇습니까?」

「보이지 않는 손이라.」

고니시가 혼잣말로 중얼거렸다.

「어쨌든 어떤 방법이 좋은 것인지는 역사가 증명해 주겠죠.」

그들은 각자의 생각에 잠겨 묵묵히 성책을 향해 나아갔다. 숲에서 새들이 지저귀는 소리가 차가운 아침 공기 속으로 구슬을 던지듯 낭랑하게 들려왔다.

「참, 항복문서라니 그건 대체 무슨 뚱딴지 같은 소리입니까?」

고니시가 다시 물었다.

「뭐, 지난해 용산 회담 때 나왔던 거 아닙니까. 저도 히데요시 각하께서 그것을 직접 써 주지 않으시리라는 것쯤은 잘 알고 있습니다.」

유경이 웃으며 말을 이었다.

「다만 세상 물정 모르는 순진한 북경의 샌님들이 천방지축으로 설치는 바람에 그런 상황이 터졌던 거죠. 항복문서 건은 우리 손에서 끝을 냅시다. 어쨌든 모로 가도 우리는 강화안만 끌어내면 되니까요.」

「참, 나중엔 별 잔머리를 다 쓰네요.」

고니시가 한심하다는 듯 말했다.

「애들 장난도 아니고.」

「북경에 앉아 있는 나리들은 자신들이 이 세계에서 최고라는 꿈에 늘 푹 젖어 있기 때문에 그저 히데요시 각하가 직접 와서 무릎이라도 꿇었으면 하는 마음뿐입니다. 아시겠어요?」

유경이 항변하듯 말했다.

「그러니 그들을 일일이 납득시키려면 아무리 짧아도 몇십 년은 족히 걸려야 협상이 겨우 이루어질까말까 할 겁니다. 그러면 우리는 죽지도 못하고 이 협상에만 매달려야 하겠죠.」

「하하하! 농담도 잘 하시네요, 유격께서는.」

「농담이 아닙니다.」

유경은 진지하게 말을 이었다.

「인간이란 일단 어떤 사물에 대해 자신의 생각을 한번 갖게 되면 죽을 때까지 그에 매달리는 고집불통입니다. 그리고는 오직 자기만 옳다며 상대방을 짓밟으려 하죠. 난, 이번 강화협상에서 지겹도록 그꼴을 보면서 내가 왜 장사나 하면서 자유롭게 살 걸, 사서 이 고생을 하나 하며 수도 없이 후회를 했답니다. 그리고 고니시 님이나, 나나 이 낯선 타국에서 서로의 흉금을 숨긴 채 서로를 미워하고, 의심하며 으르렁대는 걸 볼 때마다 인생 전반이 서글퍼져요.」

그리고는 슬쩍 고니시를 보며 다시 말을 이었다.

「이참에 난, 여기서 보름이고 한 달이고 푹 쉬었다가 요동으로 돌아가고 싶어요.」

「또 마음에도 없는 말을.」

고니시가 웃으며 말했다.

「아니, 고니시 님은 속고만 사셨나? 생각해봐요. 히데요시 각하의 문서를 받으려면 최소한 보름은 걸리지 않겠습니까? 저 거친 현해탄을 배로 왕복해야 하니까요. 그동안 고니시 님과 저 둘이서 알콩달콩 함께 항복문서를 꾸미는 겁니다. 어떻습니까? 제 휴가 계획이? 전, 지금 많이 지쳐 있어요. 그래서 좀 쉬고 싶어요. 하지만 요동에서는 어림도 없죠. 그곳은 부식도 형편없고, 높은 사람들이 너무 많아서 숨을 쉴 수가 없어요. 그러니 여기 고니시 님이 머무시는 성에서 연인처럼 산책이나 하고, 조선의 아름다운 쪽빛 바다를 거닐며 조용히 겨울을 보내고 싶어요. 그러니 부하들께는 그런 내색을 하지 마시고 무언가를 기다리고 있는 것처럼 연막을 쳐주세요. 그렇게 해 주실 거죠, 고니시 님!」

3

이튿날, 두 사람은 정식으로 양측의 통역을 대동한 채 강화안을 앞에 놓고 머리를 맞댔다.

명의 강화파講和派들은 히데요시가 요구한 7개 항 중 책봉, 즉 히데요시를 일본 왕으로 봉한다는 것과 조선 사신의 일본 파견 외에는 일고의 가치도 없는 것으로 판단하고 있었다.

일본이 요구하는 강화조건은 두 부분으로 나누어 생각할 수 있었다. 즉, 제1항부터 3항까지는 명明에 관련된 것이었고, 그 이하는 조선에 관계된 것이었다.

먼저, 제1항인 명의 황녀를 일본의 왕비로 맞는다는 것은 일본이 명과 대등한 위치해 서는 것을 의미했기 때문에 지금 상황으로서는 명이 결코 받아들일 수 없는 사항이었다.

중국은 예로부터 힘의 우위에 따라 변경의 주변 국가들과 부자지간이니, 형제지간이니 하는 인륜의 사슬로 인근 국가를 간접 지배하는 정책을 오랫동안 유지해 오고 있었다. 그런데 이제껏 중국의 책봉 체계 밖에 위치해 있던 일본이 난데없이 임진란을 일으키면서 그 평화로운 울타리를 부수고 넘어와 책봉체계의 근간을 뿌리째 흔들고 있었던 것이다. 만약, 명이 일본과 그런 관계를 맺는다면 조선도 그런 지위를 요구할 것이고 그러면 동아시아 전체에 대혼란이 일어나 이 지역의 맹주로 자처하던 명의 위신은 땅으로 떨어지고 마는 것이었다. 히데요시는 그것을 꿰뚫어 보고 일부러 그 문제를 맨 앞에 놓아 대담하게 명의 힘을 흔들어보고 있었던 것이다.

유경은 제1항의 부당함을 여러 가지 예를 들어 고니시를 설득했다. 고니시는 조선에 나와 조선 사람들과 명나라 사람들을 두루 접하면서 그러한 정신이 이 지역에 얼마나 뿌리 깊고, 완강하게 존재하고 있는 정서인가를 절실히 깨닫고 있었다. 즉, 명을 종주국으로서 절대적으로 떠받드는 전통은 일본으로서는 도저히 이해가 되지 않는 행동이었다.

고니시가 볼 때, 조선은 물론 따로 왕을 두고 있지만 자유로운 국가가 아니었다. 그런 이유로 비록 조선이 전쟁의 피해 당사자이기는 하지만 강화협상의 상대로 인정하지 않았던 것이다.

「히데요시 각하는 제1항부터 우리 중화를 한 대 먹이고 있군요.」

유경이 웃으며 말문을 열었다.

「하지만 이 제안은 불가하오. 일본이 우리 명을 굴복시키지 않는 한 말이오. 아시겠소? 이 제안은 상대가 우위에 있을 때 취할 수 있는 굴욕적인 요구사항이오. 보다 현실적인 문제부터 다루는 것이 좋겠소.」

「그렇다면 무슨 대안이라도 가지고 있단 말입니까?」

고니시가 조용히 되물었다.

「그 문제는 시간을 좀 갖고 다음에 만날 때 다시 우리 둘이 조정하기로 하죠.」

「그럼, 제2항은 어떻습니까?」

잠시 후, 고니시가 물었다. 그것은 명이 일본과 중단된 무역을 다시 재개한다는 내용이었다.

「제2항은 우리 두 사람뿐만 아니라 강화파들도 목을 매고 있는 항목이요. 만약, 이 요구가 거부된다면 다시 전쟁이 발발하리라는 것을 그들도 잘 알고 있으니까요. 하지만 북경의 선비들은 완고하게 반대할 것이오. 그들은 지난 날 왜구들이 동남해안에 몰려와 영파 일대를 쑥밭으로 만든 사건을 결코 잊지 않고 있소.」

「무슨 반대가 그렇게 심합니까? 우리는 명에게 새로운 요구를 하는 것이 아닙니다. 다시 이전으로 돌아가 두 나라가 자유롭게 장사를 하자는 건데.」

고니시가 걱정스럽게 물었다.

「만약 그 문제가 거부된다면 유격께서도 잘 아시다시피 이 협상은 별로 희망이 없어요.」

「그러려면 일본은 우선 책봉을 받아야 할 겁니다.」

「책봉이라뇨? 그럼, 우리보고 조선처럼 귀국에게 행동하란 말입니까? 그건 개도 웃을 일이요. 우리는 그런 건 절대 불가입니다. 그것을 하려고 우리가 그 숱한 병사들을 이끌고 이곳까지 온 줄 아십니까?」

고니시는 다소 흥분하고 있었다.

「모든 나라들이 책봉을 미끼로 중화에 들어와 많은 이득을 보고 있소.」

유경이 말을 이었다.

「그냥 입국해서 황제 폐하께 절 한번 꾸벅하고 예를 표하면 많은 이득이 따르는데 왜, 일본은 굳이 싸움을 일으키면서까지 그것을 거부하는지 모르겠습니다.」

「내가 볼 때 그것은 항복이나 다름없습니다. 우리는 그런 걸 절대 받아들일 수 없습니다.」

고니시가 단호하게 말했다.

「아무튼 대단한 고집이십니다.」

유경이 말을 받았다.

「나는 또다시 고니시 님과 적이 되어 피를 흘리며 싸우고 싶지 않아요. 이제부터의 전쟁은 전혀 무익한 싸움이에요. 증오심에 사로잡혀 그저 미친 듯이 사람을 죽이는 그런 싸움 말이요. 귀한 인명만 살상되고 적도 아군도 아무것도 얻지 못하는 그런 허무한 살상 말이오.」

「그렇다 해도 우리는 여기서 물러날 수는 없습니다.」

고니시가 조용히 말했다.

「히데요시 각하께서 왜 이번 전쟁을 일으켰는지 아시겠습니까? 각하의 꿈은 중화를 정복해 일본의 영지로 만드는 것입니다. 아시겠습니까?」

「아, 대단한 야망이십니다. 하지만 꿈은 꿈이고, 현실은 현실입니다. 지금 고니시 님께서는 분명히 히데요시 각하의 부서진 꿈을 보고 계시지 않습니까? 이곳은 북경이 아니라 조선반도의 끄트머리에 있는 조그만 성에 불과하오. 저는 고니시 님을 밀어 현해탄에 빠뜨릴 수도 있고, 조선군과 함께 남아 있는 일본군을 모조리 바다 속으로 밀어 넣을 수도 있습니다. 하지만 고니시 님이 할 수 있는 건 무엇입니까?」

유경이 웃으며 물었다.

「무력으로 저를 겁주시는 겁니까?」

고니시가 대답했다.

「저희들은 이미 현해탄을 건널 때 죽음의 공포를 집어던지고 온 사람들입니다. 그까짓 명군의 화포 몇 문에 등을 돌리고 도망칠 것 같습니까?」

「이미 도망치지 않으셨습니까? 제발 일방적인 고집만 부리지 마시고 현실을 보세요.」

그러며 유경은 말머리를 다른 데로 돌렸다.

「난, 어서 강화를 매듭짓고 나서 큰 배를 몇 척 사 일본과 닝보를 오가며 옛날처럼 다시 무역을 하고 싶어요. 어때요? 저와 함께 손을 잡고 크게 장사를 할 생각은 없으신가요? 제가 알기로는 고니시 님의 선조께서도 명을 상대로 장사를 해서 큰돈을 만지셨다고 하던데.」

「이 판국에 돈벌이 할 궁리를 하시다니. 유격도 참.」

고니시는 어이가 없는지 가만히 웃기만 했다.

「유격께서는 여기 와서 매일 뜨뜻한 방에 드러누워 그런 생각만 하고 계셨나요?」

「아니에요! 좋습니다. 그럼, 사업 얘기는 나중에 또 나누기로 하고 이번에는 조선 문제로 넘어갑시다.」

유경이 새로운 제안을 했다.

「하지만 여기 문제도 골치 아프기로는 장난이 아니죠.」

「네, 저도 잘 알고 있습니다.」

고니시가 맞장구를 쳤다.

「고니시 님께서도 대충 명과 조선의 관계에 대해 어느 정도 알고 계시겠지만, 우리는 예로부터 이와 잇몸처럼 한통속입니다.」

유경이 말했다.

「이는 음식물을 잘게 부수어 영양을 섭취하게 하는 중요한 신체의 기관이지만, 한편 잇몸이 없으면 외부에 그대로 노출되어 상처를 입거나 깨지기 십상이죠. 그 정도로 우리 두 나라는 떨어질래야 떨어질 수 없을 정도로 아주 가깝다는 뜻이죠.」

그러고는 목이 마른지 옆에 있는 찻잔을 들어 차를 한 모금 마셨다.

「계속하시죠. 난, 명 정부가 조선을 어떻게 생각하는지 솔직한 얘기를 듣고 싶습니다.」

고니시가 잠시 침묵을 지키고 있는 유경에게 재촉했다.

「예로부터 우리 중화中華는 우리와 관계를 맺고 있는 이웃이 어려움에 처하면 서로 힘을 모아 도와주는 게 오랫동안 전해 내려오고 있는 아름다운 전통입니다. 고니시 님도 아시겠지만 조선과 명은 부자지간으로 맺어진 사이입니다. 그러니 피를 나눈 아비와 자식이 어찌 하늘이 맺어준 천륜의 정을 끊을 수 있겠습니까? 그래서 우리는 고생하는 자식을 구원하기 위해 천 리 길을 마다하지 않고 한걸음에 요동에서 이 낯선 땅까지 달려온 것입니다.」

유경은 말을 끊고 고니시의 얼굴을 흐뭇한 눈길로 바라보았다.

「말을 아주 빙빙 돌려 아름답게 표현하느라 무척 힘이 드시는 모양이구려.」

고니시가 말했다.

「이와 잇몸이 동원되고, 간단하게 조선과 한패라고 하면 되는 걸 갖고 아름다운 전통이니, 부자지간이니 천륜이니 온갖 아름다운 형용사를 갖다 붙이시니 과연 어느 것이 진짜 알맹이고 쭉정이인지 무척 헷갈리는군요. 그렇게 빙빙 돌려 말씀을 하지 마시고 이번에는 단도직입적으로 간단히 말씀해 주십시오. 조선은 독립국입니까, 아니면 명의 속국입니까?」

「아, 그야 독립국이죠.」

유경이 황급히 대답했다.

「그렇습니까? 확실합니까?」

고니시가 다시 물었다.

「그들에게는 따로 왕이 있으니까요.」

「그럼, 우리 일본도 조선에 대해 명과 똑같은 대우를 요구할 수 있겠군요. 그렇죠? 일본이 독립국인 것처럼 조선도 독립국이니까요.」

고니시가 조용히 말했다.

「아, 그렇게 쇠귀에 경 읽기로 설명해도 아직도 속방이라는 말을 못 알아들으시네.」

유경이 답답한 듯 말했다.

「조선은 물론 독립국입니다. 하지만 형식적인 독립국이라 이 말입니다. 즉, 왕을 두고 저희끼리 자유롭게 살지만 명 황제께서 통치하는 세계의 법 아래에서만 자유롭다 이거에요. 아시겠어요?」

「참 나. 독립국이면 독립국이지, 형식적인 독립국은 또 뭡니까?」

고니시가 뚱해서 말했다.

「고니시 님도 잘 알고 계시다시피 중화는 물산이 풍부하고 인류를 이끌어가는 풍요로운 정신적 인문人文자산이 있습니다. 그리고 위대한 사상과 위대한 시인들과 인간의 생각을 담아내는 유려한 글과 문장도 바다처럼 넘치죠. 우리는 굳이 누구를 복종시키려 하지 않습니다. 가만히 있어도 제 발로 저희들이 물건을 들고 오거나, 아니면 책이라든가 문물을 구하려고 먼저 오니까요. 아시겠어요? 왜, 그들이 오는 겁니까? 이득이 있으니까 오는 거 아닙니까? 그리고 일본도 그것 때문에 조선을 볼모로 전쟁을 일으킨 것이고.」

「됐어요. 그만.」

고니시가 웃으며 유경을 제지했다.

「그거야 명나라 혼자 생각하시는 거고. 어차피 시간은 흐르고, 역사 또한 변하기 마련이니까 이쯤해서 끝을 냅시다.」

「아, 또 샘을 내시는군요. 광활한 중국 대륙을 먹음직스럽다고 일거에 탐내다니 일본은 아무튼 위대한 나라입니다. 좋아요. 단도직입적으로 말하죠. 명은 조선 분할안을 받아들일 수 없습니다.」

유경이 단호하게 말했다.

「만약 황제께서 그 말을 들으신다면 당장 병력을 일으켜 이번에는 온 천지가 전쟁의 불길에 휩싸이고 말 것이 분명합니다. 그렇게 되면 나도 외교 같은 건 때려치우고 직접 칼을 들고 고니시 님과 싸울 것입니다. 그럼, 대체 누가 그 이득을 주워먹을까요? 조선입니까? 다 부질없는 일입니다. 아무런 이득도 없이 왜 싸움을 합니까?」

「아, 장황한 얘기는 그만하고 조선 문제로 다시 넘어갑시다.」

고니시가 유경의 말을 잘랐다.

「그러니까 우리가 요구하는 것은 조선을 공평하게 나누자 이거 아닙니까? 딱 반으로 나눠서 서로의 울타리로 삼아 완충지대를 만들어 놓으면 만약, 우리 둘 사이에 싸울 일이 생겨도 서로 자기 땅에서 굳이 피를 흘리지 않아도 되고, 피 한 방울 묻히지 않고 조선에서 서로의 문제를 해결할 수 있는데 왜, 굳이 맞닥뜨려서 서로 간에 피를 보려고 합니까? 저는 정말이지 이해가 안 갑니다. 그리고 이 안은 유격께서도 일찍이 평양 회담 때 먼저 말씀하셨던 거 아닙니까? 그런데 이제 와서 오리발을 내밀다니 저로선 큰 실망입니다.」

「고니시 님도 참, 피곤하게 하시네.」

유경이 답답하다는 듯 혀를 차며 말했다.

「왜요, 우리끼리만 합의하면 간단한 문제인데 뭘 그리 복잡하게 생각하십니까?」

고니시가 재촉하는 투로 다그쳤다.

「일본은 하나만 알고, 둘은 몰라요.」

유경이 버럭 언성을 높였다.

「설혹 우리 두 사람이 여기서 눈을 질끈 감고 그 안에 합의한다고 칩시다. 그럼, 조선이 순순히 그것을 따를 것 같습니까?」

「아, 말끝마다 그놈의 조선, 조선!」

고니시가 신경질을 부리며 소리쳤다.

「유격, 우리가 왜 여기서 귀중한 시간을 허비하고 있는 것입니까? 일본과 명나라의 미래의 운명을 결정짓는 자리에 왜 툭하면 조선을 끌고나와 문제의 본질을 흐려 놓으시는 겁니까? 유격께서는 이미 조선은 엄연한 독립국이라고 말씀하셨습니다. 그렇다면 그 문제는 그들에게 맡겨두고 우리의 문제에 집중하셔야죠. 왜, 조선이 말끝마다 쌍둥이처럼 붙어 다니느냐 이겁니다. 제 말이 틀립니까?」

「아, 아무래도 고니시 님께서는 유교경전을 한번 읽어보시고 와서 협상을 하시는 게 좋겠어요.」

유경이 웃으며 말했다.

「아니, 그건 무슨 자다가 봉창 두드리는 소립니까?」

고니시가 발끈했다.

「거기에 중화의 모든 법이 숨어 있으니까요. 우리는 법도 중요하게 생각하지만 그에 못지않게 인륜도 소중하게 생각한답니다.」

고니시는 잠시 침묵했다. 쓰시마 영주도, 겐소도 그것을 꿰뚫어 보고 그 제안이 어려움을 말했었다. 하지만 그의 뒤에는 가토가 칼을 뽑아든 채 그를 앞으로 내몰고 있었다. 일본의 무장파들은 무력을 앞에 내세워 조선의 분할을 강력하게 요구하고 있었다. 해서, 만약 이 안을 대충 넘긴다면 그들에게 공격의 빌미를 주게 되어 고니시의 입지가 줄어들 것은 빤한 일이었다.

「유격.」

고니시가 나직이 입을 열었다.

「이 문제는 나중에라도 큰 화를 불러일으킬 수 있는 여지가 있는 문제입니다. 히데요시 각하도 명 황제처럼 이 문제가 트릿하게 해결된다면 불같은 그 성질이 가만있지 않을 겁니다. 그러면 가토는 양 날개를 단 듯이 전면에 떠올라 기다렸다는 듯이 무장파를 끌고 조선으로 건너올 것입니다. 이것은 제가 상상으로 지어낸 말이 아니라 늘 가슴 한쪽에 숨어 있는 두려움을 솔직하게 유격에게 표현한 것입니다. 전, 유격과 마찬가지로 전쟁이 여기에서 종료되기를 간절히 원합니다. 하지만 이 문제를 명이 소홀히 다루신다면 그 피해는 우리 강화파들 뿐만 아니라 죄 없는 조선인들에게도 고스란히 전가될 것입니다.」

「압니다. 고니시 님이 얼마나 이 문제로 심려하고 계신지를.」

유경이 위로하듯 말했다.

「하지만 우리는 이 문제를 논의할 뿐 결정권은 없습니다. 단지, 그렇게 되도록 노력할 뿐이죠. 요동으로 돌아가면 저도 온힘을 다해 가능한 고니시 님이 요구하는 점을 설득해 볼테니 오늘은 이쯤에서 끝내도록 합시다.」

「그래요.」

고니시가 선선히 말했다.

「조선 문제는 밤이 새도록 얘기해도 결말이 나지 않을 것 같군요. 유격의 충고를 받아 들여 저도 각별히 조선의 심기를 건드리지 않도록 유의하겠습니다.」

두 사람은 비록 적국을 대표하는 사람들이지만, 강화라는 똑같은 목표를 추구하고 있었기 때문에 운명의 배에 함께 탄 사람들처럼 강한 친밀감과 유대감을 느끼고 있었다. 거기다 성격적으로도 서로를 끄는 매력이 있었기 때문에 비록 격하게 다툴 때도 있었지만 늘 회담의 분위기는 좋았다.

이튿날, 고니시는 유경을 위해 다과회를 열어 그의 노고를 치하했다. 원래 다회는 별도의 다실에서 여는 것이 통례이지만, 전장에 나와 있는 장수로서 별도로 다실을 꾸민다는 것은 사치스러운 일이기에 고니시가 머무는 방에서 간단히 과자를 들면서 차를 마시는 것으로 했다.

그리고 이어 두 차례의 협상 끝에 두 사람은 히데요시가 제시한 강화 7개항을 다음과 같이 바꾸는 데 합의했다. 즉, 제1조는 조선을 명과 일본이 분할하는 것으로, 제2조는 양국이 통호를 위해 사신을 파견한다로, 그리고 제3조는 히데요시를 일본의 왕으로 봉해달라는 것, 제4조는 일본의 봉공을 허락해달라는 것, 그리고 제5조는 항표降表를 제출하는 것으로, 나머지는 이무기를 황금색으로 수놓은 관복과 충천관衝天冠을 청하는 것으로 바뀌었다.

정월도 초순이었지만, 바다 위에는 안개가 자욱해 배들이 움직이지 않았다. 오후가 되자 좀 나아졌지만 흐리기는 마찬가지였다.

최종안을 합의한 뒤, 두 사람은 홀가분한 마음으로 조선 마을이 있는 쪽으로 내려가 낙엽진 겨울 산길을 함께 거닐었다.

「이렇게 고니시 님과 나란히 호젓한 숲길을 산책하게 되다니. 아, 우리가 적이 아니라 평화로울 때 만났더라면 얼마나 좋았을까요?」

「내가 처음 유경을 만났을 때 반한 것은 그 거칠 것 없는 활달함과 멋진 수염이었죠.」

고니시가 화답했다.

「그것을 이제야 고백하시는 겁니까? 하하하.」

유경이 호탕하게 웃음을 터뜨렸다. 그 소리에 덤불숲에서 놀고 있던 새들이 놀라 마을 쪽으로 날아갔다.

고니시는 눈을 들어 주위를 둘러보았다. 흐린 구름 때문에 사방은 안개가 낀 것처럼 모든 것이 자욱하고, 흐리터분했다. 바다도 하늘도, 그리고 산과 대지도 섬들도 모두 구름에 가려 모습을 감추고, 태양도 서쪽 하늘 어디쯤에서 길을 잃고 꿈처럼 몽롱한 시간 속을 흘러가고 있었다. 하지만 아직 전쟁이 끝난 것은 아니었다! 가토와 무장파들이 힘을 쓰기 전에 강화협상을 끝내지 않으면 안 된다. 그래야 진정한 평화가 도래하는 것이다.

「무슨 생각을 그리 골똘히 하고 계십니까?」

어느 틈에 유경이 다가와 고니시의 소매를 잡으며 말을 걸었다. 찬바람을 쐬어 그런지 얼굴이 발갛게 상기되어 있었다.

「고니시 님, 해도 바뀌고 했으니 제가 떠나기 전에 만찬을 좀 준비해 주세요. 물론 경비는 내가 부담할 테니. 그리고 작년에 제가 내준 통행허가증의 유효기간이 거의 다 끝나가는 것 같은데, 어떡하실 작정이십니까?」

그것은 작년에 유경이 고니시의 부탁으로 일본군 병사들에게 조선인 마을을 출입할 수 있는 허가증을 내준 것을 말하는 것이었다. 유경은 고니시에게 그것을 내주고 대신 상당한 돈과 물건을 챙겼다. 그리고 그는 조선인 관리들을 불러 허가증을 소유한 자는 결코 건드리지 말라고 단단히 일렀던 것이다.

「아직 기한이 좀 남아 있지 않소. 좀 생각해 보고 연장할지 말지를 결정하겠습니다.」

「마음대로. 하지만 내가 이곳을 떠나면 그 일을 대신해 줄 수 있는 사람이 없어요. 그래서 말씀드리는 겁니다.」

유경은 고니시의 눈치를 살피며 말을 이었다.

「이번에는 큰돈을 요구하지는 않겠습니다.」

「돈이 떨어지셨나 보죠.」

고니시가 웃으며 말했다.

「영지의 재정이 그리 풍족하지 않다오. 전쟁 물자를 대느라 영지 주민들의 고충도 말이 아니에요. 그러니 우리도 경비를 아껴 쓸 수밖에요.」

두 사람은 어느덧 조선인 마을 부근까지 와 있었다. 초가로 이은 집들은 모두 굳게 닫혀 있고, 사람의 발길이 끊겨 휑뎅그렁한 채, 쓸쓸한 겨울 바람만이 빈 나뭇가지들을 흔들며 서둘러 지나가고 있었다.

「어쨌든 이번 강화협상을 꼭 성공시켜 병사들이 모두 사랑하는 집으로 돌아가 행복하게 살도록 합시다. 그게 우리의 할 일입니다.」

고니시가 다짐하듯 말했다.

「옳은 말씀입니다. 저도 꼭 그렇게 되도록 고니시 님을 돕겠습니다!」

유경이 맞장구를 쳤다.

두 사람은 발길을 돌려 다시 성 쪽으로 방향을 잡았다. 바람에 구름이 흩어지면서 노르스름한 태양이 구름 사이로 빠져나오려고 안간힘을 쓰고 있었다. 바다 쪽에서 습기를 머금은 축축한 바람이 불어오고 있었다.

그날 저녁, 식사 후 가왕이 유경의 숙소로 찾아왔다. 두 사람은 공식적으로는 상하의 구별이 분명했지만 어릴 적부터 친구여서 단둘이 있을 때는 흉허물 없이 너나 하는 사이였다.

「허가증 건은 얘기해 봤나?」

가왕이 초조하게 물었다.

「아, 그 건 때문인가? 헌데 이번엔 시큰둥하던데.」

유경이 대답했다.

잠시 후, 그들은 밖으로 나와 어둠 속에서 얘기를 나누었다.

「제기랄. 요동으로 가기 전에 끝장을 봐야 하는데.」

가왕이 투덜거리며 불평을 늘어놓았다.

「이런 건 기회가 매일 있는 것도 아니잖아? 난, 조선에서 은광 채굴 건이나 허가증 장사로 한 건 챙겨서 고향에 돌아가 조용히 살고 싶어. 정말이야. 맨날 이렇게 객지를 떠돌아다니는 것도 이제는 신물이 나. 사랑하는 여자도 없고, 매일 발이 부르트도록 객지를 떠돌며 남의 입 심부름만 하고 있으니 말이야. 내 말이 틀려? 옛날 고향에서 놀던 때를 생각해봐. 빚에 쪼들리기는 했어도 그래도 행복했잖아? 술과 여자가 떨어질 날이 없었고, 늘 흥청거렸지 않았어? 헌데, 이게 뭐냐고? 말도 통하지 않는 콧구멍만한 성에 갇혀서 돼지 새끼처럼 주는 밥만 먹고 있으니.」

그들은 한때 고향에서 절친한 사업 파트너였다. 당시, 생사와 비단을 취급해 돈을 벌고 있었던 유경은 친구들이 정크선을 빌려 일본과의 밀무역을 통해 떼돈을 버는 것을 보고 자신도 갖고 있던 돈과 여기저기서 끌어들인 돈을 투자해 본격적으로 사업에 뛰어들었는데, 그때, 끌어들인 인물이 바로 가왕이었다. 유경은 생사와 비단을 한 배 가득 사서 싣고는 가왕에게 항해와 결제 등을 맡겼다. 하지만 뒤로 넘어져도 코가 깨진다고 그의 물건을 실은 배가 일본 무역업자들과 사전 약속된 장소로 가고 있을 때, 그들의 목적지를 알고 뒤따라온 무장 선단에게 포위되어 물건을 몽땅 뺏기고 선원들도 모두 일본으로 끌려가고 말았던 것이다. 유경은 그들의 귀환을 기다리다가 배가 파산하거나, 강도를 만난 것을 예감하고 빚쟁이들을 피해 내륙으로 몸을 숨겼다. 그리고 이곳저곳을 전전하다가 북경까지 흘러들게 되었던 것이다.

「그만 좀 칭얼대게. 나도 머리가 아파. 이쪽저쪽 얘기를 들으며 머리를 굴려야 하니 늘 머리가 쪼개질 것 같다고. 근데, 자네는 그것도 모르고 여자 타령만 늘어놓고 있으니.」

유경은 한심하다는 듯 혀를 찼다.

「자네야 그래도 명색이 대표라 윗자리에 턱 앉고, 사람들이 굽신대니까 그맛에 지낸다지만. 난 뭔가? 조금만 통역이 늦어져도 면박을 받고, 언제나 자네가 한 말을 그대로 흉내만 내야 하니 새장에 들어 있는 앵무새와 내 신세가 대체 뭐가 다른가 말인가? 자꾸 이러면 난, 통역이고 나발이고 팽개치고 도망칠지도 몰라.」

「이봐, 제발 그놈의 입 좀 다물어.」

유경이 나무랐다.

「어찌 그게 한 나라를 대표하는 통역이 할 말인가? 제발, 체통을 좀 지키게. 체통을!」

「제기랄. 자네도 장관이니 임금이니 하는 작자들하고 놀더니 아예 말투가 변했군. 고상한 말만 하고, 애국이니 뭐니 하는 폼나는 소리만 지껄이고 있으니 말이야. 하지만 난 돈이 필요하다고. 돈, 돈 말이야.」

가왕은 안하무인으로 큰 소리로 떠들어댔다.

「조금만 참게. 난들 자네 맘을 왜 이해 못하겠나?」

유경이 달래듯 부드럽게 말했다.

「이번 강화 건(件)만 잘 해결되면 우리의 앞길에도 환한 빛이 비칠 걸세. 병부상서가 내게 분명히 한자리 약속했어. 어디 조그만 성의 장관 자리라도 하나 내주면 우리의 앞날에도 활짝 꽃이 피게 될 걸세. 게다가 조선 놈들을 족치면 자네가 평생 먹고도 남을 재산이 굴러들어올 텐데 그것을 내팽개치고 가서 깡패 친구들하고 다시 어울리겠다고? 그래, 정 하기 싫으면 가. 가서 매일 싸움질이나 하고, 사기나 치면서 잘 살아봐! 그런데 이 망난아, 뭘 그리 유심히 보고 있는 거야? 어디 예쁜 여자라도 나타난 거야?」

그들이 소나무 아래서 마치 싸움이라도 하듯 다투고 있는데, 멀리 성 아래 침침한 안개 속에서 불을 켠 배 한 척이 소리 없이 다가오더니 모래사장 부근에 멈추었다.

두 사람은 이상해서 유심히 그 광경을 지켜보았다. 보니, 어둠이 짙게 깔려 있는 모래사장을 따라 일본 군인들이 허깨비처럼 죽 일렬로 줄을 서 있는 것이 보였다. 그들은 거기서 배를 기다리고 있었던 것이다. 배에서 누군가가 나오자, 한 사람씩 배에 오르며 무언가를 그에게 건네고는 배 안으로 한 명씩 올라갔다. 그러다 어느 순간 정원이 다 찼는지 가리개가 쳐지고 붉은 불빛만이 가리개의 틈을 뚫고 희미하게 안개 속으로 먹물처럼 번져 나왔다. 거기서 조금만 벗어나도 주위는 온통 칠흑 같은 어둠이었다.

「저들은 대체 저기서 뭘 하고 있는 건가?」

유경이 혼잣말처럼 말했다.

「보면 모르나. 여자를 싣고 와서 장사를 하는 거야.」

가왕이 의미 있게 눈을 찡그리며 말했다.

「심심한데 나도 한번 가서 놀다 오면 안 될까?」

「에끼, 이 사람아 제발 그 입 좀 조심하게. 자네는 깡패나 무뢰배가 아니라 어엿한 대大 명나라의 대표 사신이라고, 알아?」

그것은 지난 연말부터 부산에 나와 있는 약빠른 일본 상인들이 조선 사람들과 의기투합해서 만든 바다 위의 즉석 홍등가로, 조선인은 여자들을 모집해 공급하고 일본 상인들은 선박과 자본을 대서 각 성을 돌면서 여자에 굶주린 병사들에게 돈을 받고 즐거움을 파는 그야말로 수지맞는 장사였던 것이다.

유경은 고니시와의 협상 틈틈이 가왕을 대동하고 조선 관리들을 만나러 다니느라 분주했다. 허가증도 새로 갱신해야 했고, 본국에 있는 관리들의 입막음을 하려면 그들 말대로 수금을 해야 했기 때문이었다. 그들은 아침 일찍 성을 나섰다가는 저녁 늦게 돌아오거나, 안 들어오는 날도 부지기수였다. 그들이 성으로 돌아올 때마다 항상 무언가를 잔뜩 등에 짊어진 종자들이 그들의 뒤를 따랐는데, 그것은 그들이 조선 관리들로부터 받은 뇌물이었다. 가왕은 그야말로 기고만장해서 조선인 마을을 설치고 돌아다녔다. 명나라의 사신을 누가 감히 건드리겠는가? 그 뒤에서 유경은 무게만 잡고 앉아 황제의 이름을 팔면 됐다. 일본 사람들은 이해타산이 밝아결코 명색 없이 돈을 쓰지 않았다. 하지만 조선인들은 적당히 미끼만 던지면 불물을 가리지 않고 덤벼들었다. 그들은 유경을 통해 인사人事를 청탁하기도 했고, 명과의 장사를 알선해 달라는 상인들도 있었다. 그리고 거기에는 언제나 이해관계가 개재되어 있었다.

허가증 관계가 일단락되자, 고니시와 유경은 거짓 항복문서를 꾸미는데 몰두했다. 유경은 이틀에 걸쳐 초안을 잡아 외교문서 담당에게 건넨다음, 그것을 다시 겐소에게 보여주도록 했다. 이틀 후, 겐소는 굴욕적이고 일본을 비하하는 단어를 삭제하고, 대신 자신들이 조선을 치게 된 핑계와 명에게 바라는 바를 장황하게 열거한 새로운 수정안을 유경에게 내놓았다. 내용은 천은天恩이며, 천조天朝, 창생蒼生 등 온갖 미사여구와 명을 칭찬하고, 우러러보는 어귀로 화려하고, 번지르르하게 치장했지만, 골자는 일본을 명의 무역권에 편입시켜달라는 것이었다. 그것은 항복문서가 아니라 완곡하게 일본의 요구사항을 적은 것이었다.

정월도 어느덧 중순에 가까울 무렵, 서쪽 하늘이 저녁노을로 붉게 물들어 있을 때 한 척의 배가 웅천성 바로 옆으로 미끄러지듯 다가오더니 화려하게 차려 입은 조선 기생 몇 명을 조용히 내려놓았다. 그들은 곧 일본 병사의 안내를 받아 성 안으로 들어갔다. 막사에서 무료한 시간을 보내고 있던 병사들은 화려한 오색 치마저고리에 높이 머리를 얹은 여인들의 아름다운 자태에 넋을 빼앗긴 듯 감히 시선을 떼지 못했다. 그들은 유경의 제안으로 김해에서 불러온 기생들로 그 중에는 은비銀非도 끼어 있었다.

이미 정월 초하루가 지난 지도 한참이 지났지만, 성 곳곳에는 일본식으로 새해의 길조를 바라는 푸른 소나무 가지들이 막사 입구마다 꽂혀 있고, 액을 막아준다는 흰 종이 장식들이 길게 매달려 바람에 흔들리고 있었다. 서쪽 하늘에는 갈가리 찢어진 구름 사이로 여전히 붉은 노을이 피를 토하듯이 쏟아져 나오고 있었다. 하지만 해안선과 산들은 이미 어둠에 잠겨 있었다. 병사들이 성을 돌아다니며 성 곳곳에 서 있는 각등에 불을 붙이고 있었다. 각등의 불빛은 남은 노을빛 때문에 잠시 침침하다가 이내 밀려드는 어둠과 함께 환하게 그 모습을 드러냈다. 어둠이 짙어지면서 날카롭게 솟은 성곽이 야트막한 산 위로 검은 윤곽을 위용 있게 드러냈다. 그것은 둥글둥글하고, 두루뭉술한 조선의 성과는 판연히 외관이 다르게 가파르고, 위로 올라갈수록 경사를 이루며 날카롭게 각이 져 응축되고 긴장된 선을 드러내고 있었다.

그날의 만찬은 명측에서 주최한 것이기 때문에 유경이 연회를 주도했다. 그는 예의 자신의 파트너인 고니시를 한껏 추켜세운 다음에 병사들에게도 새해에는 그리운 고향으로 모두 돌아갈 수 있으리라고 호언했다.

그는 기생 중에서 용모가 가장 뛰어난 은비를 자기 옆에 앉힌 다음 연신 술을 받아 마셨다. 그녀는 그곳에 온 기생들 중에서 가장 자태가 우아하고, 재능이 뛰어났다. 화장을 별로 하지 않았는데도 그녀의 피부는 배꽃처럼 희고, 화사했으며 입술은 작고, 도톰하여 붉은 산딸기를 입에 살짝 머금고 있는 것처럼 보였다. 그녀는 엷은 복숭아 빛 비단 저고리에 보라색 치마를 입고 있었는데 유경은 벌써 그 외모와 내부에서 우러나오는 예의 바른 행실과 기품 있는 태도에 푹 빠진 듯했다.

기생 한 명이 흥을 돋우기 위해 장구를 치며 조선 노래를 불렀다. 그러자 가왕이 기다렸다는 듯이 일어나 덩실덩실 춤을 추기 시작했다. 그는 온 방을 헤집고 다니며 사람들을 일으켜 세우기도 하고, 술을 권하며 수선을 피우고 다녔다. 그리고는 장구를 치고 있는 기생의 손에서 채를 빼앗아 자신이 직접 두드리며 사람들의 배꼽을 잡았다.

고니시는 유경과 가왕이 취한 것을 알고는 도중에 먼저 슬그머니 자리를 떴다. 그러나 유경과 가왕은 밤새도록 왁자하게 중국식으로 떠들면서 줄기차게 퍼마셨다. 술이 취하자 가왕은 기생들의 치마꼬리를 잡으며 온 방안을 휩쓸고 다니고 상 밑으로 들어가 술래잡기를 한다며 정신을 뺐다. 그것이 심해지자 남아 있던 일본측 사람들도 하나, 둘 자리를 떠나 명측 사람들만 남게 되었다.

유경은 기분이 좋은 듯 사람을 시켜 은자를 내오게 한 다음 기생들의 치마폭으로 늦었지만 세뱃돈이라며 은자를 한 움큼씩 집어던졌다. 그리고는 은비에게 시를 한 수 지으라고 명령했다.

시회詩會는 한밤중 무렵까지 떠들썩하게 계속되었다. 그러다 한밤중에 유경은 느닷없이 기생들을 데리고 밖으로 나왔다. 벗겨진 구름 사이로 보름이 지난 달이 바다 위에 걸려 있고, 차가운 밤바람이 옷깃을 파고들었다.

잠시 후, 시동 한 명이 무언가를 들고 와 유경에게 건넸다. 그것은 그가 북경에서 가져온 폭죽이었다. 유경의 지시로 먼저 폭죽이 한 발 주황색 불꽃을 길게 끌면서 하늘 높이 올라가 펑 소리를 내며 터졌다. 이어, 계속해서 폭죽이 하늘 높이 솟구치면서 아름다운 빛과 형상으로 어두운 밤하늘을 수놓기 시작했다.

「만세! 황제 폐하 만세!」

유경은 기분이 좋아서 미친 듯이 만세를 불렀다. 그 기세가 옆에 서 있던 기생들에게도 옮겨져 모두 만세를 부르며 합세했다.

밤 보초를 서고 있던 일본 병사들이 놀라 달려오고, 시끄러운 폭죽 소리에 잠을 깬 또 다른 병사들이 적이 침입했다고 생각했는지 잔뜩 놀란 얼굴로 무기를 손에 들고 막사에서 벌거벗은 몸으로 튀어나왔다.

가왕은 일본군들이 기웃거리는 것을 보자 더 신이 나는지 돼지처럼 꽥꽥 소리를 지르며 폭죽이 터질 때마다 괴성을 질렀다. 그 옆에서 기생들은 어두운 밤하늘을 물들이며 터지는 아름다운 불꽃을 보면서 넋을 잃었다. 이어, 소심한 일본군 병사들도 조금씩 가까이 다가오더니 밤하늘을 물들이는 폭죽의 장관에 넋을 빼앗긴 채 신이 나서 함께 손뼉을 치며 즐거워했다. 이미 설은 훨씬 지났지만, 유경은 한밤중에 적의 성안에서 폭죽을 터뜨리면서 일본군의 간담을 서늘하게 했던 것이다.

「계속 폭죽을 터뜨려라! 어둠이 물러갈 때까지 계속!」

기생들은 유경으로부터 은자를 두둑이 받고 기분이 좋아서 줄곧 참새처럼 재잘거리며 들떠 있었다. 허나, 은비만은 고향을 지척에 두고도 가지 못하는 슬픔에 마음이 무거웠다.

4

유경이 가고 나서 며칠 후, 고니시에게는 누구보다도 반가운 손님이 한 명 성을 찾아왔다. 그는 고니시의 부탁으로 일본 예수회 관구장이 특별히 선발해서 보낸 세스베티스 신부였다.

그는 아리마有馬晴信의 성에서 포교활동을 하던 중 관구장의 지시로 작년 연말에 급거 쓰시마로 건너갔다. 그리고 그곳에서 연말을 보내며 고니시의 딸 마리아의 후원으로 섬에 살고 있는 백성들과 가신들을 상대로 포교활동과 세례를 베푼 뒤에 이제 막 현해탄의 높은 파고를 헤치고 조선땅에 첫발을 내디딘 것이었다.

그는 스페인 출신의 예수회 회원으로 일본에 온 것은 그의 나이 26세 때였다. 그는 위아래가 붙은 검정색 신부복을 입고 있었으며, 일본인 전도사를 한 명 동반하고 있었다.

이튿날 아침, 성안은 무슨 축제라도 벌어진 듯 어수선하고 들떠 있었다. 각 지성枝城의 모든 영주와 병사들이 쌀쌀한 아침 공기를 헤치며 일찌감치 성으로 몰려들었다. 그들의 목에는 하나같이 십자가가 걸려 있었으며, 어떤 병사의 손에는 묵주도 들려 있었다. 그들은 전투가 벌어질 때마다 그것에 의지해 자신의 목숨을 하느님께 맡겼다. 그러면 왠지 마음이 평안해지는 것이었다.

막 아침 해가 하늘을 붉게 물들일 무렵, 성 가운데 있는 넓은 공터에서 미사가 거행되었다. 신부는 앞에 놓인 붉은 비로도로 감싼 탁자 앞에 서서 아침 공기로 상기 돼 있는 병사들의 얼굴을 잠시 하나하나 둘러보았다. 그리고는 오른손을 천천히 들어 성호를 그었다. "성부와 성자와 성령의 이름으로" 하고 신부가 선창하자 병사들이 일제히 "아멘"으로 화답해왔다.

순서에 의해 말씀의 전례가 시작되었다. 신부는 먼저 성서의 한 구절을 읽어 내려갔다.

「여러분은 무엇 때문에 서로 싸우고 분쟁을 일으킵니까? 여러분의 지체 안에서 욕심을 내다가 얻지 못하면 살인을 하고 남을 시기하다가 뜻을 이루지 못하면 싸우고 분쟁을 일으킵니다. 여러분이 얻지 못하는 까닭은 하느님께 구하지 않기 때문입니다. 구해도 얻지 못한다면 그것은 욕정을 채우려고 잘못 구하기 때문입니다.」

성서 봉독이 끝났다. 그리고 이어 신부의 강론이 시작되었다. 해는 이제 높이 떠올라 광장을 따뜻한 햇살로 물들이고 있었다. 모든 사물과 사람들의 얼굴이 햇빛을 받아 기쁨과 희망으로 통일되는 듯했다.

3년에 걸쳐 계속되고 있는 전쟁은 육체적으로도, 그리고 정신적으로도 병사들에게 엄청난 고통을 강요하고 있었다. 이미 상당수의 병력이 향수병을 견디다 못해 몰래 배를 타고 본국으로 탈영을 했고 그 때문에 일본군 지휘부는 탈영병 방지에 신경을 쓰고 있었다.

병사들을 위로하고 또 전선에서의 마음가짐에 관한 강론이 끝나자 병사들도 잘 알고 있는 그레고리 성가가 합창되었다. 그리고 이어 성찬의 전례가 이어졌다. 신부 옆에서 일본인 전도사가 그를 도왔다. 일본에서 직접 가져온 향로에서 향이 피어오르자 신부는 순서에 따라 간단한 의례를 거행한 다음, 병사 한 명, 한 명에게 성찬을 주는 의식을 거행했다. 많은 병사들이 신부 앞으로 나와 하얗고 납작한 성찬을 손바닥 위에 받아 경건한 마음으로 그것을 입안에 집어넣었다. 그것은 예수의 피요 몸이었다. 대열은 끝없이 뒤로 이어졌다. 맨 먼저 성찬을 받아먹은 영주들은 고니시를 필두로 앞에 죽 늘어놓은 진지용 간이의자에 경건한 모습으로 앉아 있었다.

고니시는 이렇게 직접 신부로부터 하느님의 은총을 받고 나니 참으로 오랜만에 정신적인 평온함과 함께 종교적으로 풍족해지는 기분을 느꼈다. 그러면서도 한편으로는 신부가 강독한 성서의 구절을 반복해서 머릿속에 떠올리고 있었다. "여러분은 무엇 때문에 서로 싸우고 분쟁을 일으킵니까?" 그는 미사 시간 내내 자신이 추진하고 있는 강화협상이 무사히 성사되어 고향으로 돌아가 그리스도의 사랑과 자비의 정신을 영지의 백성들에게 널리 알리고, 그리스도 정신에 따라 영지를 다스리는 자신의 모습을 그리며 마음의 평화를 얻었다.

굳이 피를 흘려 상대방에게 피해와 상처를 주지 않고 그 목적한 바를 얻어낼 수 있는 방법을 그는 체질적으로 좋아했고, 추구했다. 싸움은 맨 나중에 어쩔 수 없을 때 행하는 마지막 수단이었다. 그런 의미에서 그는 가토를 필두로 하는 강경파와 함께 설 수가 없었다. 그렇다고 그는 한번도 전선에서 등을 돌리고 도망을 간다든가, 비겁한 행동을 한 적이 없었다. 무인의 최고의 영광은 전장터에 나가 싸우다 죽는 것이었다. 그러면서도 그는 온몸을 다해 강화협상을 성사시켜 '평화의 사도'로서 자신의 이름이 이 낯선 이국땅에 남겨지기를 원했다.

미사가 끝나자 병사들은 하나 둘 각자의 지성으로 돌아가고, 고니시는 신부를 모시고 자신이 거처하는 곳으로 올라갔다. 그 뒤를 각 지성에서 온 영주들이 따랐다.

「날씨가 참 화창하군요.」

신부가 성 너머로 바라보이는 연둣빛 봄 하늘을 올려다보며 흐뭇한 얼굴로 말했다.

「신부님께서 오시는 줄 알고 하늘도 화답하는 모양입니다.」

고니시가 대답했다.

「규슈의 날씨와 비슷하군요. 바로 앞은 바다고.」

신부가 말했다.

「맞습니다. 그래서 더욱 고향 생각이 난답니다. 하하.」

고니시는 웃으며 신부의 손을 살짝 잡았다.

「참, 마리아 님께서 아버님께 안부 인사를 부탁하셨습니다.」

신부가 정색을 하고 말했다.

「그래요? 마리아는 잘 지내고 있나요?」

고니시는 딸을 생각하면서 걱정스런 얼굴로 물었다.

「그럼요. 마리아 님은 그리스도 신도로서, 그리고 영주님의 부인으로서 손색이 없으신 분입니다. 영내의 모든 이들이 우러러보고 따르고 있죠. 하지만 전쟁중이라 고생이 많으신 것 같더군요. 하루 종일 그곳을 오가는 병사들의 출입이 그칠 날이 없으니까요. 그러나 하느님의 은총으로 꿋꿋이 잘 헤쳐 나가실 것입니다.」

그들은 다다미가 깔려 있는 방으로 들어가 자리를 잡고 앉아 따뜻한 차를 마셨다. 차에서 우러나온 진한 녹색에서 어느덧 봄빛이 예감되는 날이었다. 문 밖에서 비치는 해는 졸음이 올 정도로 부드럽고 따스했다. 해는 이제 나날이 길어지고 땅속의 식물들은 얼어붙은 땅을 헤치고 새로운 세상으로 나올 준비를 하고 있었다.

「신부님, 어디서 배를 타셨습니까?」

아리마 영주가 물었다.

「나고야에서요. 하지만 전하께서는 그곳에 안 계신 것 같던데요.」

신부가 대답했다.

「하하, 그거야. 전하께서는 요즘 느지막이 얻은 아드님을 키우는 재미에 푹 빠져서 깨가 쏟아진답니다.」

아리마 영주가 친절하게 설명했다.

「그래서인지 이번에 요시노吉野에서 꽃놀이를 화려하게 개최하신다는 소문이 파다합니다. 높으신 분들이 다 모인다고 합디다. 그리고 그때 입고 오실 높으신 분들의 옷을 준비하느라 아랫사람들이 벌써부터 동분서주하고 있다고 하더군요.」

신부는 잔을 들어 차를 한 모금 마신 다음 다시 말을 이었다.

「이국땅에서 맛차를 마시니 그 맛이 또 일품이군요. 차의 향기에 솔잎의 향기까지 섞이니 정말 운치가 있군요.」

「하하. 신부님께서도 이제 일본 사람이 다 되셨군요.」

고니시가 웃으며 말했다.

「신부님, 이곳은 제 성입니다. 그러니 아무 걱정 마시고 천천히 머무시면서 저희들을 위해 좋은 말씀과 기도를 베풀어 주십시오. 그리고 이 낯선 이국의 땅이 그리스도의 영혼으로 가득 차기를 예수님의 이름으로 기도합니다.」

「고맙습니다. 고니시 님. 이렇게 저를 환대해 주시니. 하지만 이 모두가 하느님의 사랑과 은총으로 이루어지는 것임을 잊으시면 아니될 것입니다.」

그리고 신부는 가볍게 성호를 그었다.

젊은 쓰시마 영주는 조용히 신부가 하는 이야기를 경청하고 있었다. 그도 고니시의 권유로 세례를 받았고, 정략결혼이기는 하지만 그리스도 신자인 여자를 아내로 맞아 열심히 신앙생활을 하고 있었다. 하지만 이 젊은이의 내부에는 자신의 영지에서 벌어지는 정치상황과 이번 전쟁이 자신에게 가져올 이해득실에 대한 생각으로 늘 가득 차 있었다. 고니시를 장인으로 맞아들인 이상 그의 정치적 위치는 확고해졌다. 하지만 전쟁으로 인해 단절된 조선과의 무역은 쓰시마의 재정에 막대한 타격을 입히고 있었다. 농지라고는 섬 전체를 통틀어 4프로밖에 안 되는 바위투성이의 척박한 땅에서 그들이 살 수 있는 유일한 통로는 중앙정부와 조선정부의 중간에 서서 중재하는 외교행위와 그 대가로 조선과의 무역 독점을 통해 얻는 수입이 전부였다. 물론, 이번 조선 출정에서도 중앙정부로부터 약간의 지원을 받기는 했지만, 섬은 최전선의 선발대로 장정들이 모두 전장으로 빠져나가 이미 황폐해질 대로 황폐해져 있었다.

쓰시마가 갖고 있는 유일한 자산은 오랫동안 조선과의 교류에서 얻어낸 독자적이고, 독점적인 정보였다. 그것이 없었다면 히데요시도 굳이 고니시에게 딸을 내주라는 명령을 내리지 않았을 것이다. 그만큼 그들이 조선에 대해 갖고 있는 정보는 쓰시마의 생존에 사활이 걸려 있는 중요한 것이었다. 그는 끝까지 그것을 갖고 버티다가 히데요시로부터 자신의 영지 소유를 공식적으로 보장 받았고, 고니시 집안과 혈연관계를 맺은 다음에야 조선 정벌의 선도를 맡았다. 그리고 제1군에 소속되어 고니시 부대의 선봉장으로 전투에 임했던 것이다.

조선과의 무역 이득을 위해 겉으로는 짐짓 공손히 머리를 숙이고, 이익을 얻은 다음에는 더 큰 이익을 바라고 그러다 그것이 뜻대로 되지 않으면 떼거리로 몰려가 무력시위를 벌여 끝내 자신이 원하는 것을 얻어내는 방법은 그의 선조들이 오래전부터 취해 왔던 전형적인 전략이었다. 하지만 이제 그 전략은 일본이라는 보다 넓은 국가적 목표 속에서 부활하여 그 꽃을 피우고 있었다.

그는 어려서부터 쓰시마가 처한 지리적 위치와 정치적 무게에 대해 가신들로부터 귀에 못이 박히도록 들으며 성장했다. 거기서 그가 깨달은 것은 일본의 중앙정부로부터는 독립과 안전을 확보하고, 조선으로부터는 어떡하든지 무역을 통해 이득을 얻어내야 한다는 것이었다. 오랫동안 그들은 대對 조선의 유일한 외교 창구가 되어 그 대표성을 얻고, 그를 지렛대삼아 긁어낼 수 있을 때까지 경제적 이득을 얻어냈다. 그들은 조선과의 무역에 사카이나 하카다의 호상豪商들을 끌어들여 조선 물건을 사다가 일본 전역에 유통시켜 많은 이익을 얻어 냈다. 그리고 거기서 생기는 경제적 이득은 곧바로 쓰시마에 살고 있는 영지민들의 생활환경에 직접적인 영향을 미쳤던 것이다.

이제, 그의 앞에는 두 개의 길이 놓여 있었다. 즉, 하나는 강화안으로 만약 전쟁이 여기서 평화롭게 종지부를 찍는다면 그는 다시 조선과 일본 사이에 끼어 예전과 같은 생활을 할 수 있을 것이지만 만약 협상이 결렬되어 전쟁이 다시 불붙는다면 그는 싸움을 통해 조선의 어느 한 지역의 소유권을 분명히 정부에 요구할 생각이었다. 그는 바위투성이의 땅이 아니라 한 뼘이라도 좋으니 농사를 지을 수 있는 비옥한 땅이 절실히 필요했다.

차를 다 마시자, 점심이 들어왔다. 된장국과 밥 한 공기, 그리고 구운 생선 한 토막으로 차린 소박하고, 간단한 점심이었다. 해가 바다 위로 솟아오르면서 따뜻한 남해의 봄 햇살이 방 깊숙이 비쳐 들어왔다. 미풍에 살랑대는 공기 속에는 어느덧 봄의 냄새가 가득 배어 있었다.

식사가 끝났을 때, 신부는 전도사에게 손짓을 해 무언가를 가져오도록 했다. 잠시 후, 목이 가늘고 긴 유리병에 담긴 붉은 포도주 한 병이 전도사의 손에 들려나왔다.

「여러분의 노고에 치하하기 위해 특별히 포르투갈 상인에게 부탁해서 가져 온 최고의 술입니다.」

신부는 코르크 마개를 뽑으며 침을 삼켰다. 자신도 군침이 도는 모양이었다. 신부는 병마개를 딴 다음 자리에서 일어나 손수 각 영주들에게 술을 따랐다.

점심 식사 후, 영주들은 각자 자기가 책임지고 있는 성으로 돌아가고 신부는 고니시와 함께 성 아래로 산책을 나갔다. 두 사람이 성문 쪽을 향해 걸어 내려가고 있는데, 한 병사가 다가오더니 신부의 손을 잡으며 느닷없이 물었다.

「신부님, 인간에게 진짜 영혼이란 것이 있습니까?」

신부는 잠시 병사를 쳐다보며 미소를 지어보이다가 말했다.

「그렇습니다. 있습니다. 하지만 그것은 인간의 눈에는 보이지 않고 하느님의 눈에만 보이는 영묘한 것이죠.」

「그럼, 우리는 그것으로 하느님과 통하는 것입니까?」

병사가 다시 진지하게 물었다.

「그렇습니다. 그러니 항상 영혼을 순결하고, 소중하게 간직하십시오. 그러면 하느님께서 사후에 훌륭한 선물을 주실 것입니다. 부디, 이익에 얽매이지 말고 순수하게 영혼을 가꾸십시오. 그리고 오직 하느님만을 위해 기도하십시오.」

그리고 신부는 병사를 위해 기도했다.

「감사합니다. 신부님! 전 매일 밤 영혼과 얘기를 나눈답니다. 어서 빨리 고향으로 돌아가 마누라와 아이들을 만나게 해달라고 말예요. 그리고 제발 죽지 말고 고국으로 돌아가게 해달라고 빌죠.」

「아닙니다. 오늘부터는 당신과 얘기하지 말고 오직 하느님에게만 비십시오. 그래야 소원이 이루어질 것입니다.」

신부가 지나가자 병사는 한동안 말없이 서서 신부의 뒷모습을 지켜보다가 무슨 말인지 잘 이해가 안 가는지 고개를 저으며 천천히 막사 쪽으로 걸어갔다.

성 밖으로 나오자, 부드럽고, 검게 젖은 대지 곳곳에서 파릇파릇한 새싹들이 거뭇한 흙을 밀어 올리며 힘차게 올라오고 있는 모습이 곳곳에 눈에 띄었다. 그리고 지난해의 풀들이 그대로 말라붙은 풀더미 속에서는 작은 참새들이 분주하게 두 발로 깡충깡충 뛰어다니며 뭔가를 쪼아 먹다가 사람의 발소리에 놀라 후다닥 공중으로 날아올랐다.

「완연한 봄이군요.」

고니시가 말했다.

「일본에서 출발할 적에는 겨울이었는데, 이곳에 오니 어느새 봄이군요.」

신부가 대답했다. 그리고는 조선인 마을이 보이는 산기슭에서 사람들이 엎드려 무언가를 하고 있는 것을 보고 물었다.

「저 사람들은 무엇을 하고 있는 겁니까?」

「글쎄요. 땅에서 무언가를 캐고 있는 것 같군요. 우리도 올봄에는 성책 밖에 있는 땅에 야채를 조금 심을 생각입니다. 병사들에게는 신선한 야채가 필요하거든요.」

「저 사람들의 종교는 무엇입니까?」

신부가 다시 물었다.

「이곳 사람들은 오랫동안 중국의 그늘에 있어서 그곳 사람들과 생각하는 게 별 차이가 없답니다. 글도 그렇고, 관제며 통치 형태, 생각하는 것 등이 거의 중국과 흡사해요.」

「그럼, 누가 이곳을 지배하고 있는 겁니까?」

「왕이 있고 그 밑에 양반이라는 통치자들이 관직을 얻어 백성을 다스린답니다. 하지만 백성들은 몹시 가난하고, 불평이 많은 것 같아요. 양반들이 권력을 앞세워 부당한 방법으로 그들의 고혈을 짜내기 때문이죠.」

「그럼, 왜 반항을 안 합니까? 잘못된 것은 항의해야 하는 거 아닙니까?」

신부가 되물었다.

「그게 좀. 저로서도 좀 이해가 안 가는 것이지만 그들은 항거하기보다는 묵묵히 복종하는 것을 택하는 것 같아요. 참고 기다리는 거죠. 저희와는 기질이 완전히 다르죠.」

그들이 조선인 마을 쪽으로 가까이 다가가자 밭에서 나물을 캐고 있던 늙은 촌부들 몇이 고개를 들고 이쪽을 쳐다보았다. 두 사람은 발길을 돌려 성 쪽으로 다시 걸음을 옮겼다.

「참, 전에 영주님께서 마리아 님께 특별히 보내신 조선 처녀를 기억하시는지요?」

신부가 화제를 다른 곳으로 돌렸다.

「아, 진주성싸움 때, 불더미 옆에서 혼자 울고 있었던 애를 말씀하시는군요. 알다마다요. 참, 그 애는 잘 지내고 있습니까?」

「그 아이는 참으로 영민한 아이더군요. 작년 가을에 쓰시마로 왔는데 벌써 일본말을 능숙하게 한답니다. 마리아 님께서 어찌나 그 애를 귀여워해 주시는지 말로 다 표현 못할 정도입니다. 아무튼 영주님께서는 하느님으로부터 칭찬 받으실 큰일을 하신 것 같습니다.」

「별 말씀을. 참 그 애의 조선 이름을 알고 계십니까?」

고니시가 물었다.

「옥실玉實이라고 하더군요. 참으로 구슬처럼 소중한 아이입니다. 잠시, 그 아이를 위해 기도하게 해 주십시오. 부모를 다 여읜 천애고아니까요.」

신부는 잠시 걸음을 멈추고 옥실을 위해 기도했다. 고니시는 걸음을 옮기며 옥실과 처음 만나던 순간을 기억 속에서 다시 끄집어내고 있었다.

6월 말, 진주성이 함락되자 일본군은 인근 마을을 휩쓸며 닥치는 대로 불을 지르고, 살아 있는 모든 것들을 도륙했다. 그것은 그 전해에 당했던 굴욕적인 패배에 이은 것이었기에 그 잔인함은 극에 달했다. 7월 초, 어느 저녁 무렵 그가 말을 타고 한 마을을 지나가는데 한 계집애가 불타버린 초가집 옆에 앉아 넋을 잃고 울고 있는 모습이 눈에 띄었다. 순간, 그는 본능적으로 그 가련한 모습에 측은함을 느껴 말을 재촉해 소녀의 곁으로 달려갔다. 그리고는 소녀를 말등에 태워 자신의 부대로 돌아왔다. 소녀는 슬픔의 충격에 빠져 있기는 했지만 그 눈빛만은 총명하고 총기에 가득 차 있었다. 그녀는 맑은 눈으로 그를 똑바로 바라보며 자신의 이름을 말했다. 그리고 자기 가족이 진주성싸움에서 죽었다며 이제는 적장敵將의 손에 자신의 운명을 맡긴다는 듯이 체념한 얼굴로 고니시의 얼굴을 물끄러미 쳐다보았다. 순간, 그의 뇌리에 쓰시마에 있는 딸 마리아의 얼굴이 떠올랐다. 절해의 고도에서 외롭게 살아가고 있는 딸에게 이 총명한 아이를 맡긴다면 두 사람은 오누이처럼 오순도순 의지하며 잘 살아갈 것 같다는 생각이 퍼뜩 들었던 것이다. 그는 곧 편지 한 통을 친히 써서 쓰시마로 가는 보급선 편에 옥실을 따라 보냈다. 그리고 군무에 쫓겨 그 일을 까맣게 잊어버렸던 것이다.

「참, 이번 크리스마스 때, 도내의 유지들이 세례를 받을 때 그 아이도 같이 받았답니다. 교리를 어찌나 또박또박 잘 외우던지.」

신부가 칭찬을 늘어놓았다.

「세례명은요?」

「막달레나랍니다.」

「아, 저희 어머니하고 세례명이 같군요.」

고니시가 웃으며 말을 맺었다.

이튿날부터 신부는 주변에 있는 성을 돌면서 병사들에게 복음을 전하고, 세례를 베푸느라 고니시와 얼굴을 마주할 틈이 없었다. 고니시 또한 여러 경로를 통해 명나라로 간 강화사의 최근 소식을 수집하는 한편, 명의 태도 변화에 촉각을 세우고 있었다. 아울러 강화에 반대하는 조선측의 사정도 고려해야 했다. 그리고 영지로부터 날아오는 신년도 예산계획서며, 재정계획, 그리고 인사 문제 등에 매달려야 했다.

신부는 거의 매일 하루도 쉬지 않고 인근에 있는 성을 순방했다. 서양 신부 중 42번째로 일본땅을 밟은 신부는 15년간 일본 여러 지역을 돌면서 포교활동을 했다. 그리고 그 대부분은 일반 백성들이 아니라, 다이묘나 영주 등 고위 인사들이었다. 그들은 예의 바르고, 근면했으며, 청결했다. 그리고 그들의 머릿속에는 오랫동안 뿌리박힌 불교적 내세관과 정신적 수양 방법이 깊이 박혀 있었다. 해서, 모든 기독교 용어들은 불교 용어를 빌려 간접적으로 또 비유적으로 전달되었다. 기독교의 천국은 불교의 서방정토 西方淨土로 비유되었고, 예수는 석가모니와 동열에 섰다. 하지만 그들이 원하는 것은 석가모니가 아니라 유일신 예수를 그들이 믿게 하는 것이었다.

고니시가 관할하고 있는 규슈 서북부 지역은 그의 전폭적인 지원으로 교세가 제일 왕성했다. 그 지역에서는 가장 먼저 신사神社와 절 등이 파괴되거나, 불에 탔으며 그에 부속된 영지도 모두 몰수되었다. 또한 불상 등을 치우고 그곳을 교회당으로 개조해 사용하는 경우도 있었다.

일본에서의 예수회 포교활동이 활발해지자, 근래에는 마닐라를 지배하고 있는 스페인 세력을 등에 업은 프란시스코 수도사들이 일본 포교를 노리고 일본의 정치가들에게 접근해왔다. 일본의 정치 지도자들은 두 파가 일본 포교를 앞에 놓고 서로 질시하고, 다투는 것을 보고 몹시 불쾌했지만, 포르투갈과의 무역에서 얻는 경제적 이득이 워낙 크고, 또 전략적으로도 전쟁물자가 절실히 필요했기 때문에 비록 내색을 하지는 않았지만, 속으로는 내심 경계심을 늦추지 않고 있었다.

신부는 성으로 돌아오지 않고 밖에서 자고 올 때도 있었다. 그는 침침한 불빛 아래서 밤늦게까지 병사들과 머리를 맞대고 앉아 교리를 가르치기도 하고, 신앙상담도 했다. 신앙은 믿음과의 전쟁이었다. 그는 예수를 믿으면 반드시 천국의 문을 두드리게 될 것이라며 전선에 나와 흔들리고 있는 병사들의 마음을 회유했다.

제1군 지역에서의 활동이 거의 끝나갈 무렵, 신부는 고니시를 만나 다른 성에서도 포교를 할 수 있게 해달라고 부탁했다. 그는 좀 더 이곳에 머무르면서 고니시군뿐만 아니라 타군의 병사들도 설득해 한 명이라도 더 기독교도로 개종시키고 싶었던 것이다.

고니시는 난감했다. 자신의 영지인들이라면 몰라도 타군의 병사들에게 포교를 하려면 별도로 그곳 영주의 허락을 얻어야 했기 때문이었다. 그는 좀 기다려 보자고 대답했다. 그러자 신부는 이번에는 직접 조선 마을로 한번 내려가 보겠다고 고집을 부렸다.

「신부님, 그건 좀 곤란합니다.」

고니시는 손을 내저으며 강한 어조로 만류했다.

「저들은 우리 일본 사람들을 철천지원수로 여기고 있습니다. 그런데 만약 신부님께서 아무 무장 없이 그 괴상한 옷을 입은 채로 그들 앞에 나타난다면 그들은 당장 신부님을 가만두지 않을 것입니다. 그렇다고 군법상 병력을 빼서 신부님을 호위시킬 수도 없습니다.」

신부는 고니시의 말에 수긍한다는 듯 조용히 침묵을 지켰다.

「아침 산책길에 보니까 동백꽃이 막 꽃망울을 터뜨렸더군요. 오늘은 저하고 꽃구경이나 하러 나가실까요?」

고니시가 말머리를 돌렸다.

「전 아름다운 꽃을 보려고 이 땅에 온 것이 아니라, 하느님의 말씀을 전하기 위해 이 땅에 온 것입니다.」

신부는 완강했다.

「알겠습니다, 신부님. 제가 다른 성에도 한번 알아보지요. 하지만 결코 쉬운 일은 아니라는 걸 알아주십시오.」

신부가 오고 나서 계절은 이제 완연한 봄으로 바뀌어가고 있었다. 갈색의 헐벗은 대지는 어느새 초록의 불꽃 같은 새싹들로 뒤덮이고, 봄비를 잔뜩 머금은 매끈한 나뭇가지 위에서는 이름 모를 봄꽃들이 연신 꽃망울을 터뜨리고 있었다. 매일같이 안개가 꼈으며, 태양은 늦은 아침까지 안개속에서 잠을 자다가 점심 때가 거의 다 되어서야 둔중한 눈길로 불타는 태양의 원반을 바다 위로 던졌다. 그러나 바다는 고요했으며, 전쟁은 어딘가 먼 곳으로 가버린 것 같은 평온한 날들이 이어졌다.

고니시는 성 위에 서서 오랜만에 평화와 고요를 동시에 느꼈다. 증오와 미움으로 점철된 전투의 나날들은 가고, 서로에게 이득이 되는 강화협상이 무르익어 가고 있었다. 그러한 탓인가, 본토로부터 히데요시가 전쟁 후처음으로 요시노吉野로 봄꽃놀이를 간다는 소식이 날아왔다. 그곳은 벚나무가 지천이어서, 꽃이 만개하면 대지는 온통 분홍색 꽃구름으로 장관을 이루어, 급기야는 하늘까지 꽃구름으로 물드는 느낌이었다. 그 아름다운 꽃그늘 아래로 고운 비단 천 위에 색색의 다채로운 문양을 넣은 옷으로 한껏 단장한 여인들이 만개한 꽃의 아름다움에 뒤질세라 정성껏 꾸민 자신의 자태를 뽐내며 화창하게 퍼붓는 봄 햇살 속을 다투어 걸어간다. 그러다 땀이 나면 나무 그늘에 드리운 휘장 아래 앉아 오비 속에 감추어 둔

꽃무늬 손수건을 꺼내 이마에 맺힌 땀방울을 찍어내고, 간단한 음식을 들면서 이제까지의 삶의 발자취를 돌아보듯 걸어온 꽃길을 되돌아본다. 벚꽃의 거대한 꽃구름은 이제 하늘은 물론 땅으로 내려와 여인들이 입고 있는 옷조차도 그 분홍빛으로 물든다. 그 불타는 분홍빛 속에서 여인들이 신고 있는 하얀 버선발이 유독 눈이 부시다. 여인들이 입고 있는 옷감의 화려한 무늬, 각기 다른 빛깔, 꽃그늘 아래로 서로 겹치며 지나가는 일산日傘의 지붕과 눈송이처럼 햇빛 속으로 떨어지는 꽃잎들. 어디를 둘러봐도 만물이 소생하는 최고의 계절이다. 그 중에서도 벚꽃이 만개하는 이때는 인생의 최고의 정점에 다다랐을 때 맛볼 수 있는 황금黃金과도 같은 순간이었다.

히데요시는 바야흐로 인생의 최고 정점에 도달해 있었다. 천하는 모두 자기 손아귀에 쥐어져 있었고, 아들 히데요리의 탄생으로 불안했던 후계 구도도 확실해졌다. 그는 이 순간을 위해 모든 것을 수렴하고, 희생하고, 참아왔다. 이제, 자신이 죽는다 해도 아들은 그 권력을 영원히 소유하게 될 것이다. 그리고 또 한 명의 히데요시가 뒤를 이어 태어나 자신이 지금 쥐고 있는 것과 꼭 같은 권력을 계속 이어받게 될 것이다. 그렇다, 모든 것은 영원히, 영원히 계속될 것이다. 영원히! 그러한 탓일까? 히데요시는 이번에는 그 어느 때보다도 파격적이고 화려한 퍼포먼스와 현란한 볼거리를 준비하고 있었다. 그는 이번 꽃놀이를 위해 요시노의 산 위에 그의 모든 취미가 녹아든 다옥茶屋을 짓도록 명령하고, 행사에 참가하는 궁녀들에게는 가장행렬을 시킬 계획이었다. 즉, 그들에게 다양한 고급 염색 방법과 금은박을 입힌 화려한 의상을 각 3벌씩 준비토록 해 벚꽃이 만개한 요시노의 자연풍광과 경쟁을 시킬 계획이었다.

고니시가 따스한 봄 햇살을 쬐면서 잠시 봄꿈에 잠겨 거처 주위를 거닐고 있을 때, 전령이 다가와 편지를 한 통 전했다. 그것은 이시다가 보낸 편지였다.

편지는 다짜고짜 강화협상의 진행과정에 대한 힐난으로 시작되고 있었다. 작년 여름에 강화사가 떠난 이래 근 일 년이 돼 가고 있는데도 아무 소식이 없는 것은 무슨 이유인가? 정말 명은 강화의 의지를 갖고 있는 게 맞는가? 고니시는 조선땅에 머물면서 휴가라도 즐기고 있는 줄 아는가? 자꾸 협상이 늦어지면 참는 것도 한도가 있는 법, 전全 일본의 병력을 동원하는 것은 물론 자신도 직접 조선으로 건너가 명을 쑥밭으로 만들어 버리겠다는 히데요시의 엄포로 편지는 끝을 맺고 있었다.

고니시는 순간 찬물을 끼얹은 것처럼 정신이 번쩍 들었다. 히데요시는 언제나 이렇게 의외의 순간에 부하의 의표를 찔러 긴장케 하고, 분발케 하는 기술이 있었다. 만약, 강화협상이 결렬된다면 공은 가토를 중심으로 하는 강경파의 손으로 넘어갈 것이다. 그렇게 되면 강화파의 몰락은 불 보듯 빤했다. 고니시는 다시 긴장하기 시작했다.

고니시는 약속대로 여러 성에 부탁해 신부가 방문할 수 있도록 다리를 놔주었다. 그러자 신부는 어린애처럼 들떠 기쁨을 감추지 못했다. 하느님의 복음을 전하기 위해 지구 반대편까지 달려온 그였다. 무엇이 두렵고, 힘들다고 할 수 있단 말인가. 그는 즉각 포교를 서둘렀다.

그는 포교를 위해 포교교육 교재를 일본에서 가져왔는데, 그것은 유대교에서 쓰는 문답형식에 의한 교육방법으로 신자들이 세례받기 전에 반드시 알아두어야 할 신조며 주기도문, 십계十戒를 해설해 놓은 작은 책자였다. 그리고 그 외에도 〈그리스도 신자의 마음가짐〉 같은 소책자도 있었는데, 그 책의 간행이 가능해진 것은 얼마 전에 로마를 다녀온 일본 소년 사절단이 돌아오면서 들여온 인쇄기 덕택이었다. 그것에 의해 성서의 일부분이나마 일본어로 번역되어 신자들에게 대량으로 배포가 가능해졌다.

하지만 신부의 이러한 의욕에도 불구하고 포교는 끝내 좌절되고 말았다. 즉, 처음부터 조선에서의 신부의 활동을 의심스럽게 예의주시하고 있던 가토가 히데요시에게 직접 고니시를 헐뜯는 내용의 편지를 내어 그의 그리스도 포교활동을 불온한 정치활동으로 중상모략해 일본군이 주둔하고 있는 온 성이 발칵 뒤집혔기 때문이었다.

그 사실을 안 고니시는 크게 놀라 사위인 소우와 신부를 자기 방으로 불러들였다.

「이것은 좋지 않은 소식이오.」

고니시는 걱정스럽게 말문을 열었다.

「맞습니다. 가토 님은 열렬한 일런교도이기 때문에 결코 신부님을 받아들이려 하지 않을 것입니다. 게다가 이제 막 강화협상의 대단원이 막을 내리려는 판국에 괜히 벌집을 건드려 문제를 일으켜서는 곤란하다고 생각합니다.」

소우도 심각하게 말했다.

「고니시 님께서 난처한 입장에 계시다는 것을 십분 이해합니다. 일단 당분간은 근신하고 있다가 기장機張성에 있는 구로다 님만 뵙고 돌아가겠습니다.」

신부가 완곡하게 말했다.

「안됩니다, 신부님! 오늘 당장 짐을 싸십시오. 게다가 기장성은 바로 가토 님의 성과 인접해 있는 성입니다. 괜히 긁어 부스럼을 만들 필요는 없다고 생각합니다.」

소우가 단호하게 말했다.

고니시는 난처한 듯 침묵을 지켰다. 밖에는 봄비가 부슬부슬 내리고 있었다. 조선인 마을에는 붉은 진달래꽃이 활짝 피어 만발하고 있었다. 그위로 안개 같은 봄비가 실처럼 풀어져 내리고 있었다. 바다는 비안개가 끼어 아무것도 보이지 않았다. 처마에서 빗물이 떨어지면서 소리 없이 곳곳에 물웅덩이를 만들고 있었다.

「신부님, 쓰시마 영주의 말을 따르십시오.」

고니시가 결심한듯 조용히 입을 열었다.

「이건 제 운명이 걸린 문제입니다. 만약, 제가 잘못되면 그 화는 곧장 신부님은 물론 제 영지의 백성들에게도 미칠 것입니다. 그러니 이번에는 그냥 돌아가셨다가 다음 기회를 기다리시는 게 좋을 듯싶습니다.」

다음날, 신부는 일찍 조반을 먹고 부산으로 출발했다.

5

비록 강화협상이 진행되면서 일본군의 상당수 병력은 본국으로 귀환했지만, 부산은 여전히 일본군의 전초기지답게 일본인들로 북적이고 있었다. 일단, 일본에서 오는 모든 선박과 병력, 그리고 상인이나 민간인들은 물론 모든 전쟁 물자들이 이곳을 거쳐 가지 않으면 안 되기 때문이었다. 일본군이 이곳을 점령한 지 2년이 흐르면서 이곳은 빠르게 일본색으로 변모하고 있었다.

일본군은 이곳을 점령하자 부산성 안에 있는 관사를 모조리 헐고, 흙을 쌓아 백여 호의 집을 짓고, 성 밖 산기슭에는 삼백여 호에 이르는 가옥을 지어 후방 병참기지로서의 면모를 갖추었다. 그리고 전쟁이 장기전의 양상을 띠자 부산 왜성, 자성대성, 감포동성과 동래의 증산성을 지방민들을 강제 동원해 구축했다.

그 뒤를 이어 병사들을 위한 일본식 술집과 상점들이 곳곳에 자리를 잡고, 일본에서 건너온 유녀들과 조선 기생들이 뒤섞여 활기를 띠었다. 그리고 항구 뒷골목에는 조선인들의 초가집 사이로 일본인들이 지은 직선

구조의 집들도 더러 섞여 있었다. 일본군들이 총과 칼로 조선을 유린하면서 쳐 올라가는 사이 그 뒤를 이어 약삭빠른 상인들이 따라 들어왔다. 그리고는 본토로 가져가 팔 만한 물건들을 수집해 실어다 돈 많은 부자들에게 팔아넘겼다. 가장 인기가 있는 것은 단연 불교와 관련된 것들이었다. 그들은 전국 각지의 사찰을 돌면서 유교의 숭상으로 인해 거의 버려지다시피 방치되어 있는 불상과 탱화, 그리고 거대한 석등 등을 깡그리 뜯어내어 조선 인부들을 동원해 져 날랐다. 그들의 빈틈없이 계획적이고, 직선적인 사물들 사이에서 조선에서 가져온 완만하고, 비대칭적이며 일그러진 형태는 신선한 자극과 함께 삶의 여유로움 같은 것을 일본인들에게 불러일으켰다.

그러자 이번에는 그 유행이 도자기로 번지면서 조선의 부엌이 거덜나기 시작했다. 일본군들은 조선의 가정집을 뒤져 그릇이란 그릇은 몽땅 들고 나왔다. 아이들이 밥 먹던 밥사발이며, 이빨이 빠진 국그릇, 간장 종지, 술병 그리고 용도를 알 수 없는 온갖 사기로 만든 물건들이 본토로 흘러가 다도인茶道人들의 손에서 아름다운 미의 상징으로 추앙받았다. 아무런 빛깔도 없고, 화려함과는 거리가 멀지만 왠지 삶의 순수함과 서민적인 소박함을 상징하고 있는 조선의 사발들은 이내 호사가들에게 유행을 불러일으켰고, 그를 간파한 어떤 영지의 영주들은 일본에서 직접 자기를 만들 욕심으로 조선 도공들을 골라 강제로 일본으로 끌고 갔다.

신부는 하룻밤을 일본인이 운영하는 여관에서 잔 다음, 이튿날 쓰시마로 향하는 배에 올랐다. 항해는 언제나 그렇듯이 순탄치 않았다. 물결은 거칠었고, 삼나무로 만든 가벼운 일본배는 끊임없이 물결에 따라 롤링을 했기 때문에 뱃멀미를 하지 않는 사람이 거의 없었다.

신부는 전도사와 함께 배 밑바닥에 자리를 차지하고 앉아 있었다. 그리고 옆에는 조선에서의 임무를 끝내고 돌아가는 병사들과 장사 일로 나왔다가 본토로 돌아가는 상인들이 자리를 차지하고 있었다.

병사들은 고향으로 돌아간다는 사실에 들떠 유쾌하고 시끄러웠다. 그들은 모두 고바야가와小早川隆景 소속의 병사들로 임지인 가덕도에서의 임무를 모두 마치고 고향으로 돌아가는 중이었다.

「난, 벽제관에서의 전투를 죽을 때까지 못 잊을 거야. 죽음의 경계까지 거의 갔다가 돌아왔으니 말이야.」

한 병사가 안도의 숨을 내쉬며 말했다.

「그걸 어떻게 잊을 수 있겠나? 그 전투에서 전사한 부장들만 해도 열 명이 넘는다네.」

한 병사가 친절하게 덧붙였다.

「이봐, 난 그때 최선봉에 섰었어! 다찌바 영주님과 함께 말이야.」

또 다른 병사가 어깨를 으쓱하며 끼어들었다.

「우리는 모두 마지막 남은 한 방울의 피까지 쥐어짜면서 싸웠어. 몸의 피가 다 떨어질 때까지 말이야. 그 말이 무엇을 의미하는지 알아? 입은 바싹바싹 마르고, 더이상 침이 말라 나오지 않는데도 난 밀려드는 명나라 놈들을 칼로 베었다고. '이번 놈만 베고 난 죽는다' 하고 수없이 생각하면서도 난 여전히 놈들을 찌르고 있었지. 나중에는 인간이 아니라 그저 귀찮고, 묵직한 짐 보따리가 나를 향해 덮쳐오고 있다는 짜증스런 생각만 들더군. 만약, 그때 고바야가와 님의 부대가 도착하지 않았다면 우리는 모두 그 얼음과 진흙이 곤죽인 비좁은 골짜기에서 차가운 시체로 죽어갔을 거야. 지옥이 따로 없어. 정말이야.」

그리고는 아직도 그 순간이 생생히 기억나는지 입을 굳게 다물고 생각에 잠겼다.

1593년 정월, 평양전에서 대승을 거둔 명군은 여세를 몰아 한양을 목표로 남하하기 시작했다. 명의 대규모 공세에 겨우 목숨만을 부지해 한양으로 퇴각한 고니시는 작전회의에서 명과 맞서기보다 한양에서의 농성을 주장했다. 즉, 기세가 한껏 오른 명군과의 결전을 피하고 성 안에서 농성을 하자는 것이었다. 하지만 제6군의 총지휘관이며 조선 주둔군의 가장 연장 자이기도 한 고바야가와小早川隆景의 의견은 달랐다. 그는 농성을 하면 가뜩이나 취약한 보급로가 끊겨 모두 아사에 빠질 위험이 있다며 성 밖에서 명과의 일대 결전을 주장했다. 군감들은 대체로 고니시의 의견을 지지하는 입장이었다.

한양을 목표로 남하하던 명군은 1593년 1월 24일 선발대가 최초로 일본군 전초와 조우한 다음, 25일 여명에 총병력 2만으로 개성을 출발해 파주에 이르렀다. 하지만 이때까지만 해도 한양 주변에 주둔하고 있던 약 5만에 이르는 일본군은 농성과 결전 어느것도 결정짓지 못한 채 어정쩡한 상황이었다. 이 급박한 상황에서 농성을 거부하고 홀로 한양성 밖에 머물고 있던 고바야가와의 용단이 명과의 결전으로 몰고 가는 결정적인 역할을 했다.

26일 새벽에 척후부대가 명군이 접근해 오고 있음을 보고하자, 한양 내외에 주둔하고 있던 일본군 주력은 적을 맞이하기 위해 칠흑 같은 어둠 속에서 개성을 향해 출발했다. 선봉은 고바야가와 부대가 맡고, 본대는 한양에 머물고 있던 우키다宇喜多秀家 부대가 맡았는데 병력은 각각 2만 명씩이었다.

이날 새벽, 이여송이 이끄는 요동군 기병으로 편성된 명군 선발대 약 3천 명은 파주를 떠나 벽제관 조금 못미처에 있는 혜음령 고개를 넘었다. 날이 풀리면서 짙은 안개가 끼어 한 치 앞도 시야를 확보하기 어려운 상황이었다. 또한 이곳 지형은 기병이 자유롭게 운신하기에는 도로가 너무 협소하고, 구릉이 많은 지대였다. 게다가 새벽이 되면서 부슬부슬 비까지 내려 겨우내 굳게 얼어 있던 진흙이 비에 녹기 시작하면서 도로는 진탕으로 변했다. 보이는 것이라고는 눈에 와 달라붙는 축축한 안개의 입자와 안개 속에서 갑자기 튀어나오는 앙상한 겨울나무들뿐이었다.

동이 틀 무렵, 일본군 선봉대는 안개가 자욱한 구릉 사이로 난 좁은 지역으로 들어서는 적과 조우했다. 안개 속에서 총포가 일제히 불을 뿜었고, 그 뒤를 이어 장검을 든 보병대가 적의 중앙을 뚫고 들어가 닥치는 대로 적을 베기 시작했다. 적 기병대는 밀집대형에 갇혀 옴짝달싹하지 못한 채 무장이 훨씬 가볍고, 자유로운 일본군 보병에게 속수무책으로 당했다. 짙은 안개의 장막 너머로 사람과 말의 피가 분수처럼 튀어 올라 포물선을 그리며 신발에 달라붙어 발목을 잡아당기는 끈적이는 진창 위로 떨어졌다. 그 피와 진흙이 뒤섞인 진흙탕 속에서 양군은 뒤섞여 육박전을 전개했다. 안개는 시간이 흐를수록 더 자욱했고, 그 사이로 비는 피처럼 어둡게 추적추적 내리고 있었다.

일본군의 공격에 명군이 후퇴하기 시작하자, 일본군은 그 뒤를 추격했다. 그러자 전방으로부터 더 큰 규모의 명군 기병대가 좁은 지역으로 거대한 파도처럼 물밀듯이 밀려들어와 일본군 선발대를 덮쳤다. 일본군은 첫 번째 전투로 이미 상당한 힘을 쇠진한 터라 명군의 공격은 감당하기 힘든 높은 파도처럼 일본군을 후방으로 밀어버렸다. 일본군은 일시 버텼지만, 명군은 계속해서 새로운 병력을 투입하면서 일본군을 압박해왔다.

그때, 고바야가와가 이끄는 구원군이 안개 속에서 그 모습을 드러냈다. 격전을 시작한 지 거의 두 시간이 가까워오고 있었지만, 태양은 아직도 떠오르지 않고 있었고, 회색의 안개 덩어리만이 낮은 구릉과 앙상한 가지를 드러낸 채 서 있는 겨울나무들 위에 무거운 솜이불처럼 꾸역꾸역 겹쳐 답답하게 대지를 짓누르고 있었다.

고바야가와는 부대를 나누어 적의 좌우로 각각 전개시켰다. 명군은 오른쪽으로 공격해 오는 일본군 좌익부대를 거세게 밀어붙였다. 우익부대가 그것을 구원하려고 구릉을 내려왔지만, 고바야가와에 의해 저지되었다. 그것은 좌익부대가 밀리는 척하면서 언덕 아래로 후퇴할 때에 그 뒤를 추격하는 명군의 후위를 기습공격하기 위한 계략 때문이었다.

좌익부대가 언덕 밑으로 밀리는 척하면서 후퇴를 시작하자 명군은 폭발적으로 공격의 강도를 더했다. 작은 구릉 위에 서서 이 광경을 지켜보고 있던 고바야가와는 자신이 원하는 대로 상황이 무르익어 가고 있다고 판단하자, 그때서야 손에 들고 있던 쥘부채를 조용히 위로 쳐들었다. 공격 명령이었다.

안개 속에서 구릉 뒤에 몸을 숨기고 있던 일본군 전 병력이 좌우, 정면으로 나뉘어 명군을 향해 일제히 공격을 개시했다. 수만의 병력이 몸을 자유롭게 움직이고, 손발을 펴기에도 불편한 비좁은 공간에서 양군은 밀려드는 자욱한 안개로 시야조차 확보되지 않은 상태에서 한 치의 간격도 없이 바싹 몸을 붙인 채 상대방의 거친 숨소리를 코앞에서 들으며 살육전을 전개했다. 아침에 벌어졌던 전투와는 그 규모도 다르고, 사상자도 헤아릴 수 없이 많은 아비규환과 같은 전투였다.

명군이 후퇴하기 시작하자, 일본군은 그 뒤를 추격하기 위해 혜음령 고개를 향해 나아갔다. 하지만 그때 명의 양원楊元이 이끄는 총포부대가 나타나 일본군을 공격했기 때문에 추격은 거기서 끝이 났다. 명군의 그날의 패인은 전투력에 절대적으로 필요한 총포부대가 이미 상황이 종료된 뒤에 도착했다는 것이었다.

전투는 점심 무렵에 일찍 종료되었다. 하지만, 짧은 시간이었지만 양측의 피해는 엄청난 것이었다. 명군의 기병 중 거의 절반 이상이 그 전투에서 목숨을 잃었으며, 살아남았다 해도 상당수 병력이 팔다리가 잘리거나, 피를 많이 흘려 비몽사몽의 상태에서 진흙 속을 겨우 기어 도망쳤다. 축

구장보다도 작은 전쟁터는 마치 한 폭의 지옥도를 보는 것 같았다. 온통 피로 얼룩진 진흙탕 속에서 말의 시체와 사람의 시체가 뒤섞여 뒹굴고, 그 속에서 부상자들이 살려달라고 울부짖는 소리가 음울하게 축축한 공기를 뚫고 퍼져나갔다. 워낙 근접전이라 제대로 된 육신을 갖고 있는 시체가 거의 없었다. 주인을 잃은 수많은 팔다리가 날카로운 칼날에 잘린 채 마구 뒤섞여 있었고, 얼굴과 몸통을 난도질당해 형체를 알아볼 수 없는 병사도 수두룩했다. 이름도 알 수 없는 병사의 몸통 위에 어디선가 굴러온 머리통이 이상하게 매달려 있는 어색한 시체도 있었고, 위풍당당하게 바람에 휘날리던 울긋불긋한 부대의 깃발이며 반짝반짝 빛나던 군장과 무기, 그리고 갑옷이며 투구, 각반 같은 것들이 시체와 뒤섞인 채 어지럽게 진흙 위를 장식하고 있었다. 한낮이 되자, 그 위로 까마귀들이 몰려들기 시작했다.

이 전투의 패배로 명군은 기세가 꺾이고, 의기소침해졌다. 그리고 일본은 평양성에서 패한 자존심을 회복했다.

그들은 실제로 전투에 참가한 주고쿠中國 지역 출신의 보병들이었다. 그래서 전투 얘기만 한다 해도 며칠은 족히 걸릴 정도였다.

「신부님은 어디를 다녀오시는 길이세요? 설마 전투에 참가하지는 않으셨겠죠?」

한 병사가 신부와 눈이 마주치자 친절하게 말을 걸었다.

「병사들을 위로하기 위해 웅천성에 다녀오는 길입니다.」

「아, 웅천성이라면 바로 우리 이웃이네. 저희는 가덕도에 있었습니다.」

다른 병사가 반가운 듯 끼어들었다.

「그곳은 고니시 님의 성이죠. 그치요?」

「맞습니다.」

「신부님께 한 가지 부탁이 있습니다.」

최선봉에 섰다는 병사가 무거운 침묵을 깨고 말을 이었다.

「죽은 제 동료들을 위해 기도를 좀 해 주세요. 전, 그들을 생각할 때마다 죄스러워 잠을 잘 수가 없답니다. 제발, 그들의 영혼이 편안하도록 기도해 주세요. 비록, 그리스도 신자는 아니지만 그런 건 다 좋은 일 아닙니까? 그들의 불쌍한 영혼을 위해 기도해 주세요. 그들은 모두 좋은 친구들이었으니까요.」

신부는 그의 요청을 받아들여 즉석에서 기도를 시작했다. 병사들은 비록 그리스도 신자는 아니었지만, 신부라는 존재를 신뢰하고 있었기 때문에 엄숙한 얼굴로 함께 기도에 참가했다.

「고맙습니다. 신부님.」

기도가 끝나자 병사가 예의 바르게 사의를 표했다.

「자세한 내용은 모르지만 저희 할아버지께서도 그리스도교를 믿으셨던 적이 있다고 들었습니다.」

신부는 병사들의 고향인 야마구찌山口가 한때 일본 최초로 그리스도교를 들여온 지역이었다는 것을 잘 알고 있었다. 하지만 극심한 내전으로 포교를 계속할 수 없게 되자 규슈 지역으로 포교 중심을 옮겼던 것이다.

신부는 병사들에게 자신이 갖고 있던 교리책을 가방에서 꺼내 한 사람씩 나누어 주었다. 그리고 예수가 누구인지에 대해 설명하기 시작했다. 그는 로마서의 한 구절을 인용해 그것을 설명했다.

그 사이, 병사와 상인들을 가득 실은 배는 어느덧 쓰시마의 이즈하라嚴原항에 가까이 접근하고 있었다. 배는 여기서 잠시 멈춰 사공들을 쉬게 한 다음 물과 부식을 공급받고, 파손된 배의 일부를 수선한 다음 다시 출발할 예정이었다.

신부는 병사들과 헤어져 쓰시마 현청이 있는 쪽으로 발길을 향했다. 사방 어디를 둘러보아도 온통 울창한 삼림과 바위투성이뿐인 절해의 고도다. 하지만 전쟁이 나면서 이곳은 조선으로 가는 길목으로서, 그리고 군수품 보급로의 역할을 하느라 섬 곳곳이 몸살을 앓고 있었다. 전쟁터로 자식과 남편을 떠나보낸 집들은 이 섬을 스쳐 지나가는 병사들의 잠자리로 이용되었으며, 이 섬의 안주인인 마리아와 가신들은 본토에서 오는 높은 관리들의 편의를 봐주느라 하루도 쉴 날이 없었다.

때는 초봄이라 곳곳에 동백꽃에 이어 진달래꽃이 활짝 피어 있었다. 어디선지 망치질 하는 소리가 들려왔다. 누가 선창에서 배를 손보고 있는 모양이었다.

그를 보고 맨 먼저 달려온 사람은 옥실이었다. 그녀는 머리를 길게 땋고 치마저고리를 입고 있었는데, 이전보다 키도 좀 더 자라고 몸에 살이 붙어 보기에 좋았다. 그녀는 신부의 가방을 빼앗아 들고는 그 뒤를 따랐다.

「영주님께서 네 안부를 묻더구나. 잘 지내고 있다고 말씀드렸더니 아주 좋아 하시더라.」

신부가 웃으며 말했다.

「영주님께서는 평안하시온지요?」

옥실이 들뜬 목소리로 물었다.

「영주님께서는 이런 저런 일을 하시느라 몹시 바쁘시더구나. 나도 몇 번 뵙지 못했단다.」

그는 잠시 말을 끊었다가 다시 말을 이었다.

「명과의 강화협상이 잘 진행되고 있는 것 같더구나. 그러면 조선 사람들도 피난을 가지 않고 고향으로 돌아가 마음 놓고 농사를 지을 수 있게 되겠지.」

옥실이 이 절해의 고도에 온 지도 어느덧 반 년이 훌쩍 넘어가고 있었다. 처음 이곳에 도착했을 때, 그녀를 지배하고 있던 슬픔과 절망의 감정은 놀라운 속도로 사라지고 그녀는 본래의 총명하고 영민한 소녀의 모습을 되찾고 있었다. 그녀는 빠른 속도로 일본어를 배워 자신이 모시고 있는 마리아의 명령을 이해했고, 더구나 그녀가 내준 그리스도 신자들이 읽는 교본도 이내 외워버렸다. 처음에는 끊어지는 슬픔으로 하루하루를 견디기가 힘들었지만, 곧 자신의 처지를 똑바로 이해하고는 모든 것을 운명으로 순순히 받아들였다. 그러자 마음의 평화가 찾아왔고, 세상이 이전처럼 아름답게 보였다. 어릴 적부터 유난히 꽃과 나무를 좋아했던 그녀는 틈나는 대로 햇볕 가득한 정원으로 나가 이국의 땅에서 자라는 꽃나무가 커가는 것을 보고, 바위에 부딪혀 하얗게 눈부신 포말을 일으키며 사라져가는 파도소리를 들으며 마음의 안정을 찾아나갔다. 그러면서 답답하고, 때로 외롭기는 하지만 고기잡이와 소금을 구워 생업을 이어가는 이곳 거친 섬사람들과 어울리면서 섬 생활에 적응해갔다.

「신부님, 조선을 처음 본 소감이 어떠셨어요? 아마, 지금쯤 봄꽃들이 산마다 만발하고 있을 텐데. 전, 이맘 때 바구니를 하나 끼고 나물을 캐러 다니곤 했죠.」

옥실이 즐겁게 재잘거렸다.

「그래, 나도 보았다. 많은 아낙네들이 산기슭에서 무언가를 열심히 캐고 있더구나. 그리고 그들이 사는 초가집도 보았단다.」

옥실은 자신의 손을 신부에게 맡긴 채 즐거운 마음으로 경사진 언덕을 걸어 올라갔다. 좌우에 늘어 서 있는 소나무 사이에서 새들이 지저귀고 있었다.

진주성전투의 소식이 온 고을에 전해졌을 때, 옥실은 반은 정신이 나간 상태로 외숙의 집을 뛰쳐나와 집으로 달려갔다. 그리고 거기서 폐허가 되어 있는 집을 발견하고는 세상이 무너진 듯 충격에 빠져 그 자리에 주저앉고 말았다. 얼마나 그렇게 넋을 잃고 앉아 있었을까, 갑자기 들려오는 말

울음소리에 그녀는 놀라 정신을 차렸다. 그리고 바로 그 위에 고니시가 타고 있었던 것이다. 그는 동정어린 눈으로 옥실을 잠시 바라보다가 아무 말 없이 말에서 내려와 그녀를 안아 말안장에 태웠다. 처음에 그녀는 작은 새처럼 몸을 떨었다. 하지만 그녀를 안고 있는 두 손은 자신을 해치려는 손이 아니라, 보호와 자비를 베풀려는 손임을 깨닫고는 순순히 그의 의지에 따랐다.

열렬한 기독교 후원자이면서 또한 이 섬의 안주인이기도 한 마리아는 신부를 객실에서 반갑게 맞이했다. 밝은 미색 바탕의 천 위에 자잘하게 벚꽃이 찍힌 통소매 옷 위에 연두색 오비를 매고 있는 그녀는 길게 생머리를 기르고 있었으며, 피부가 무척 희어서 파란 핏줄이 그대로 비쳐 보일 정도였다. 하지만 커다란 두 눈은 언제나 상냥한 미소를 띠고 있었다.

「그래, 조선에서의 포교는 만족스러우셨나요?」

그녀가 먼저 신부에게 물었다.

「아버님께서 잘 보살펴주셔서 뭐하나 부족한 것이 없었습니다.」

신부는 웃으며 말을 이었다.

「고니시 님께서는 항상 마리아 님 생각뿐이시더군요.」

「아버님께 항상 성모님의 가호가 깃들기를!」

마리아는 먼 객지에 나가 있는 아버지를 위해 조용히 기도했다.

옥실이 옆에서 차 심부름을 했다.

「어서 전쟁이 끝나 평화가 찾아 왔으면 좋겠어요. 모든 사람이 다 가정으로 돌아가 예전의 생활을 할 수 있었으면 좋겠어요.」

「그래야지요.」

신부가 응답했다.

「그날을 위해 항상 기도해 주세요. 오는 길에 배에서 병사들을 만났는데 그들은 너무 끔찍한 전투를 치러 아직도 제정신이 아니더군요. 사람의 몸뚱이를 부대자루나 나무토막 같은 것으로 표현하더군요. 그만큼 이번 전쟁으로 무수한 사람들이 헛되이 죽어갔다는 뜻이죠. 마지막에는 생전 처음 본 저를 붙잡고 기도를 해달라고 애원을 하더군요.」

「끔찍한 일이에요. 죽은 사람뿐만 아니라 많은 조선 사람들이 우리 섬을 통해 본토로 끌려가는 것을 전 다 봤어요. 뱃멀미에 거의 초죽음이 되어 매를 맞으며 그들은 짐승처럼 끌려갔죠.」

마리아는 잠시 기도를 한 다음 다시 말을 이었다.

「어쨌든 신부님의 말씀이 병사들에게 큰 위로가 됐을 거예요. 하지만 쓰시마 병사들만큼 힘들고, 어려움을 겪고 있는 병사들도 없을 거예요. 통역이니, 길 안내니, 수로 안내인으로 깡그리 조선으로 차출되어 일할 사람이 한 명도 없으니까요. 또한 이곳을 스쳐 지나가는 높으신 분들의 잠자리며, 병사들의 치다꺼리 때문에 여자들도 한시도 쉴 틈이 없어요.」

마리아가 걱정스럽게 말을 맺었다.

전쟁으로 인해 섬의 재정은 극도의 내핍상태에 빠져 있는 게 사실이었다. 이전에 조선과 무역을 할 때는 무역에서 생긴 이윤으로 도민들뿐 아니라 조선 사신들을 대접하고, 사카이 창고에 쌓아 놓은 조선 물건을 언제든지 은화로 바꿔 영주로서의 품위를 유지할 수 있을 정도로 도의 재정이 풍부했었다. 하지만 지금은 중앙정부에서 지원해 주는 약간의 식량으로 겨우 기아를 면할 정도였다. 그들은 조선과의 무역이 중단되면 도의 재정을 메울 다른 방법이 없었다. 그들이 생산할 수 있는 것이라고는 바다에서 잡는 생선과 제염, 그리고 산비탈을 깎아 계단식으로 일군 화전에서 나오는 고구마가 고작이었다. 그런 이유로 그들은 조선 사태에 항상 신경을 곤두세울 수밖에 없었다.

「우리가 믿을 수 있는 것이라고는 강화협상밖에 없어요. 아시다시피.」

마리아가 다시 입을 열었다.

「전, 이번 조선 방문에서 고니시 님께서 강화협상에 모든 운명을 걸고 계시다는 느낌을 받았어요. 다만, 중간에 낀 조선의 태도가 좀 애매하더군요. 직접 피해 당사자이면서 현실적으로는 아무런 권리도 행사하지 못하고 있으니 말예요.」

「아버지께서 너무 서두르시는 게 아닌지 모르겠어요. 조선을 쏙 빼고 하면 우선은 쉽겠지만, 나중에 그것이 화근이 될까 걱정이 돼요. 그들은 우리 일본을 철천지 원수로 여기고 있기 때문에 당연히 강화를 반대할 거예요.」

마리아는 잠시 생각에 잠겼다가 다시 말을 이었다.

「혹시 조선에서 그곳 사람들을 만나셨나요? 그들에게도 하느님의 말씀이 전해졌으면 좋겠어요. 이렇게 힘든 시기에 하느님을 만날 수 있다면 얼마나 커다란 은총일까요.」

「유감스럽게도 전 성에서 한 발짝도 나갈 수가 없었답니다.」

신부가 웃으며 말했다.

「하지만 언젠가 다시 기회가 온다면 막달레나에게 조선어를 배워 그녀와 함께 다시 건너갈 생각입니다.」

그는 결연히 말을 맺었다.

「피곤하실 텐데 그만 가서 쉬세요. 막달레나가 자리를 펴놓았을 거예요.」

잠시 후, 신부는 옆에 붙어 있는 객사로 나가 방으로 들어갔다. 이곳은 부중府中으로 쓰시마의 중심이 되는 곳이다. 이곳에는 영주 소우가 정무를 보는 정청이 있고, 조선 통신사와 일본의 외교사절들이 쉬어가는 객사가 있다. 하지만 지금은 전쟁중이라 장수와 병사들의 숙소로 모두 이용되고 있었다.

신부가 방으로 들어가려는데 옥실이 막 청소를 끝내고 밖으로 나왔다. 신부는 옥실을 끌고 다시 방으로 들어갔다.

「내, 이번에 본토로 돌아가면 또 언제 이곳에 다시 올지 모르겠구나.」

「신부님, 왜 그런 말씀을 하세요?」

「난 내 자신이 아니라 하느님의 명령에 따라 사는 사람이란다. 그러니 만약 하느님께서 허락하지 않으신다면 언제 다시 이곳에 오게 될지 기약할 수가 없구나.」

사실 이번에 섬을 떠나면 그로서는 언제 다시 돌아올지 알 수 없는 일이었다. 물론, 신부들은 자신들을 보호해 주고, 후원해 주는 영주나 세력 있는 호상들이 찾으면 당연히 찾아가 신앙상담을 해 주고, 인생의 고민을 들어주는 것이 통례였지만 이곳은 워낙 뱃길이 멀고 파도가 험해 크게 결심하지 않으면 다시 오기가 그리 쉽지 않은 곳이었던 것이다.

「난, 네가 이렇게 빨리 슬픔을 딛고 일어나 하느님을 기쁘게 해드릴 줄 몰랐다.」

신부가 말했다.

「하느님께서는 우리가 슬픔에 잠겨있기보다는 빛과 희망 속에서 삶을 영위하기를 늘 원하시니까 말이다. 그런 점에서 넌 하느님의 둘도 없는 효녀란다.」

방은 다다미가 깔려 있었고, 뒤로 들창문이 하나 달려 있는 아무 장식도 없는 간소한 방이었다. 그러나 들창문을 통해 솔잎 냄새와 함께 바닷바람이 불어왔고, 오후의 햇살이 툇마루 깊숙이 비쳐들어 사람의 마음을 부드럽게 하고 있었다.

「전 이 세상에 아무도 없는 고아예요.」

옥실이 조용히 말했다.

「하지만 신부님께서 모든 것을 뒤로 하시고, 오직 하느님의 뜻을 실천하기 위해 이 지구 끝까지 오신 것에 비하면 아무것도 아니죠. 전, 그저 운명에 순종했을 뿐이에요. 하지만 신부님께서는 현실에서 누릴 수 있는 모든 부귀와 영예를 버리고 신앙의 세계로 몸을 던지셨으니, 저 같은 하찮은 몸보다는 훨씬 더 고귀한 행동을 하신 거지요.」

옥실의 그 한마디가 신부의 오랜 여독을 일시에 눈 녹듯 사라지게 했다.

「고맙구나. 난, 너로 해서 얼마나 많은 위로를 받는지 모른단다. 너는 하나를 가르쳐 주면 열을 깨달으니 분명 하느님의 도구가 되어 이 세상의 빛이 될 것이다. 난 언제나 네가 그렇게 되도록 쉬지 않고 기도를 한단다.」

잠시 후, 신부는 지친 여독에도 불구하고 옥실과 영혼에 관해 얘기를 계속했다.

「지난번에는 영혼이 어떻게 생겼는가에 대해 얘기했지?」

신부가 교육적인 말투로 말을 이었다.

「그럼, 어떻게 해야 우리 영혼이 죽지 않고 영원히 살 수 있는가에 대해 얘기해 볼까?」

「네. 말씀해 주세요, 신부님.」

옥실은 호기심에 자신도 모르게 신부님 앞에 바싹 다가앉아 턱을 괴고 물었다.

「그래, 영혼은 들판을 스치며 불어오는 바람처럼 자유롭고, 구름처럼 가벼워 보이지도 않고 만질 수도 없지만 오로지 인간은 그것을 통해서만 하느님과 만날 수 있기 때문에 인간에게는 없어서는 안 되는 소중한 것이란다. 악은 인간을 잠시 기쁘게 할 수 있지만, 우리의 영혼을 병들게 하기 때문에 본능적으로 인간은 악을 싫어하는 거란다. 하지만 영혼은 하느님과 인간이 소통하는 통로일 뿐 우리의 소유물은 아니란다. 그러기에 아무런 형태도 없고, 아무리 잡으려 해도 손에 넣을 수가 없단다. 다만, 우리가 하느님과 얘기할 때만 나타나는 빛과 같은 것이지. 인간은 자기의 욕망을 쫓으면 목숨만큼 살지만 그 빛을 따르면 하느님의 품에서 영원히 살 수가 있단다. 너는 어느 길을 택하겠느냐?」

신부가 웃으며 물었다.

「그야 물론 빛이죠, 신부님. 돌아가신 어머니께서도 그런 말씀을 제게 해 주시곤 하셨어요. 가엾은 어머니, 그분께 영원한 평화와 안식이 함께 하기를!」

옥실은 돌아가신 어머니를 위해 잠시 기도했다.

「어머니께서도 너의 기도를 들으시고 하늘나라에서 기뻐하실 게다. 막달레나를 이 땅에 보내주신 그분께 신부인 나도 늘 감사하고 있단다. 우리가 이렇게 지구 반대편에서 만나 비록 말과 풍습, 그리고 피부가 다르기는 하지만 하느님이 주신 똑같은 영혼을 바라보면서 함께 기뻐하고, 웃으며 이런 대화를 나눌 수 있다는 것은 어머님이 계셨기 때문에 가능한 것이 아니냐?」

「어머니는 훌륭한 분이셨어요. 하루 종일 가족들을 보살피느라 당신은 한시도 허리를 펼 사이가 없으셨죠. 그러면서도 어머니께서는 철부지인 제게 여자로서의 부족한 점을 채워주시느라 온갖 정성을 다하셨죠. 아마 어머니의 그런 노력이 없으셨다면 저는 이곳에서 천덕꾸러기나 되고 말았을 거예요. 어머니는 제게 여자로서의 품위를 잃지 않게 해 주셨고, 여자가 해야 할 일을 다 가르쳐 주셨어요. 그 짧은 시간에 말예요.」

옥실은 말을 끊고 어머니 생각에 가슴이 벅차오르는 듯 잠시 호흡을 골랐다.

그녀는 신부님을 만나 얘기를 할 때마다 이 세상에는 참으로 알아야 할 것이 많다는 것을 깨달았다. 신부는 옥실에게 자신이 알고 있는 천체에 관한 과학 지식은 물론, 아리스토텔레스의 철학과 서양에서 일어나고 있는 최근의 소식을 자세히 들려주었고, 그때마다 옥실은 귀찮을 정도로 질문을 해서 신부를 귀찮게 했다. 그녀는 자신이 알고 있던 이 세상이 고정된 것이 아니라 쉼 없이 운동을 계속하고 있으며, 이 지구상에는 중국과 일본 외에도 수많은 나라와 사람들이 공존하고 있다는 것을 알고 놀랐다.

이제까지 그녀가 인식하고 있는 세계는 중국 위주의 세계가 유일한 세계관이었다. 헌데, 포로로 끌려와 포르투갈 신부를 만나면서 그녀가 의지하고 있던 세계관은 일순간에 무너져버렸다. 세상은 그녀의 작은 머리로는 이해할 수 없을 정도로 복잡하고, 다양하게 뒤얽혀 있었다. 그녀는 자신이 알고 있는 지식이 고작 바닷가에 있는 모래 정도밖에 안 된다는 것을 깨닫고는 자신의 무지無知와 교만이 무척 부끄러웠다.

신부는 이튿날부터 포교를 위해 미로처럼 해안선이 얽혀 있는 섬 오지 마을을 일일이 걸어서 찾아다니기 시작했다. 그리고 시간이 늦어지면 현지에서 민박을 했다. 섬 주민들은 영주는 물론 마리아도 열렬한 기독교 신자였기 때문에 모두 신부를 환대했다.

그는 그들과 대화를 나누면서 동양인이건, 서양인이건 똑같이 모든 인간은 자신이 죽지 않고 영원히 존재하기를 바란다는 것을 알았다. 하지만 서양인은 육체의 영생이 아니라 영혼의 불멸을 바라는 반면, 동양인은 육체가 영원하기를 원하고 있었다. 인간은 신과 교류할 수 있는 영혼이라는 유일무이하면서도 소중한 정신을 부여받고 태어나지만 사는 동안에 탐욕과 유혹에 빠져 점차 순수성과 삶의 목표를 잃어버리고 죄의 유혹에 빠져 고통과 고독 속에서 죽어간다. 즉, 하느님으로부터 자꾸 멀어져 가는 것이다. 인간의 비극은 바로 그곳에 있었다. 많은 종교와 사상들이 인간을 구원하기 위해 이 땅 위에 혜성처럼 나타났지만, 인간의 어리석은 욕망과 죄는 여전히 동서양을 불문하고 계속 되풀이되고 있었다.

그는 열렬한 신앙심에 불타 멀리 아소만이 굽어보이는 먼 곳까지 나아갔다. 거친 길을 너무 걸어 신발창은 헤어졌고, 발바닥은 새빨갛게 부르터 피가 흐르고 있었다. 그리고 그의 손에는 초보자를 위한 그리스도 교본이 가득 든 무거운 가죽 가방이 들려져 있었다.

어느 날, 그는 굽이치는 해안 길을 따라가다가 잠시 만이 내려다보이는 높은 고지대에 올라 지친 몸을 쉬었다. 눈 아래로 펼쳐진 만은 너무나 고요하고 평화로워 바다가 아니라 은빛 비단을 끝없이 펼쳐놓은 것 같았다. 그리고 그 위에 밥공기를 엎어 놓은 것 같은 작은 섬들이 수없이 흩어져 안개 속에서 햇빛을 받으며 초록의 점처럼 봉긋이 떠 있었다. 엷게 드리워져 있는 은빛 안개 속에서 바닷물이 섬 사이로 사라졌다가는 다시 안개 속에서 햇빛을 반짝이며 모습을 드러냈다. 그때마다 신부는 그 눈부심에 눈을 찡그렸다. 고기잡이 배 한 척이 마치 신선이 배를 몰고 선경으로 들어가듯 비단처럼 펼쳐진 바다 위에 숨결처럼 주름을 지으며 어딘가로 가고 있었다. 그것은 그가 귀로만 듣던 동양인들이 이상향으로 여기는 무릉도원 바로 그것이었다.

그가 앉아 있는 뒤로 야트막히 쌓은 성이 길게 이어지고 있었다. 그 성은 몽고군의 침입 후, 이곳 섬 주민들이 만 입구에서 쳐들어오는 몽고군을 방어할 목적으로 쌓은 것으로 약 3킬로미터에 걸쳐 이어지고 있었다. 당시, 이 섬의 지배권을 확립하고 있던 소우宗義智의 선조들은 이곳에서 약 10킬로 후방에 있는 고모다小茂田 해안에서 겨우 80명의 가신들과 함께 몽고군과 싸워 모두 전사했다.

또한 그가 지금 앉아 있는 곳은 왜구의 집결지로 각광을 받던 곳으로, 쓰시마와 잇끼壹岐 그리고 마쓰우라松浦 지역의 주민들로 구성된 왜구들이 이곳 미로처럼 얽혀 있는 해안선 깊숙이 숨어 있다가 바람이 잦아들기를 기다려 무리를 지어 현해탄을 건너 조선 남해안으로 침입했던 출발지이기도 했다.

지금 신부가 넋을 잃고 바라보고 있는 이 섬은 조선과 일본을 가르는 현해탄 한가운데 창끝처럼 비스듬히 그 머리를 조선에 두고 누워 있었다. 그리고 히데요시가 찌른 공격의 예봉은 쓰시마에서 조선을 지나 명을 겨냥했지만, 지금 그가 찌른 창끝은 조선반도에 걸려 더 이상 나아가지 못한 채 빼도 박도 할 수 없는 상태에 빠져 있었다.

이런 사정을 아무것도 모르는 신부는 해가 기우는 것도 잊은 채 오로지 낯선 동양의 신비스런 자연의 풍광에 취해 있었다. 그는 종교개혁으로 실추된 교황의 권위를 되찾기 위해 이역만리 떨어진 동양으로 달려온 것이었다. 하느님의 복음을 전하는 일이라면 지구 끝까지라도 달려가야 하는 것이 그의 임무였다. 게다가 언어가 다른 사람들을 한 명이라도 더 그리스도의 복음 아래 모아 사랑을 베풀 수 있다면 그는 지금 당장 이 자리에서 죽는다 해도 기꺼이 행복하게 두 눈을 감을 수 있었다.

태양이 서쪽으로 기울면서 부드러운 빛줄기가 오래된 성벽의 돌을 엷은 오렌지빛으로 물들였다. 오래전에 쌓은 성벽의 돌은 비바람에 쓸려 여기저기 깨지고 부스러져 있었지만, 역사는 그날의 함성을 잊은 듯 다시 되풀이되고 있었다.

태양을 등진 만 맞은편 숲들 위로 서서히 어두운 그늘이 드리워지고 있었다. 그는 아마도 이곳 일본땅에서 모든 것을 바치고, 죽게 될 것이었다. 고향 마드리드와는 거의 지구 반대편에 있는 깨끗하고, 예의 바르며 자존심이 강한 이 나라에서. 그는 청빈, 정결, 순명을 서원했고, 예수 그리스도처럼 살면서 하느님의 보다 큰 영광을 위하여 신과 인류에게 봉사하고 헌신하는 사람이 될 것을 약속했다. 그것이 그가 예수회에 가입한 목적이었다.

이미 그가 무작정 포교에 나선 길도 어느덧 나흘째가 되고 있었다. 그는 포구에 흩어져 있는 빈한한 어촌에서 제대로 된 밥 한 그릇조차 얻어먹지 못한 채 스스로에게 강행군을 강요하고 있었다. 전쟁이 발발한 이래 도민들의 삶은 극도로 피폐해져 겨와 감자 따위로 겨우 연명하고 있었기 때문이었다.

그는 자리에서 일어나 산길을 내려와 해안선을 따라 다시 걷기 시작했다. 바닷가를 따라가다가 사람이 사는 집을 만나면 들어가 한 끼 얻어먹고, 잠시 쉬면서 예수가 이 땅에 전하기를 원하는 복음을 들려주고, 그리고 다시 어딘가에서 예수의 사랑을 기다리고 있을 사람을 찾아 다시 정처 없이 길을 따라갔다.

그는 일정한 목표도 없이 왼쪽으로 바다를 낀 채 해안선을 따라 걸어갔다. 해가 지면서 공기가 싸늘해졌다. 바다 위에 잔잔히 떠 있는 섬의 어두운 나무 위에도 서서히 어둠이 내려앉고 있었다. '저 모퉁이를 돌아가면 마을이 나타나 나를 반겨주겠지'그는 그러한 마음으로 앞으로, 앞으로 걸어갔다. 하찮은 한 명의 인간이라도 그에게는 전 인류의 가치를 지니고 있었다. 그는 낟알 하나라도 줍는 농부의 심정으로 전도의 길을 계속 가고 있었다. 하지만 한참을 걸어가도 집들은 보이지 않고 해안선만 끝없이 이어졌다. 어둠이 몰려오면서 배고픔과 피로가 찾아왔다. 그는 바람을 피할 수 있고, 체온을 따뜻하게 유지할 수 있는 덤불 같은 곳을 찾았다. 어둠 속에서 무리하게 걸음을 재촉하기보다는 차라리 여기서 일찍 잠자리에 들었다가, 아침에 길을 떠나는 것이 현명한 방법처럼 여겨졌다.

그는 숲으로 들어가 커다란 바위가 있는 후미진 공간에 자리를 잡고 마른 가랑잎들을 긁어모아 이불처럼 덮고 누워 잠을 청했다. 들리는 것이라고는 한숨처럼 조용히 해안에 와 부딪히는 파도 소리와 숲을 지나가는 바람 소리뿐 모든 것이 깊은 정적에 잠긴 밤이었다.

인간이 위대한 것은 어떤 고난과 힘든 역경 속에서도 동료로서의 인간 전체에 대한 사랑과 믿음을 결코 잃지 않는다는 것이었다. 인간은 비록 자기 한몸으로 이루어져 있지만, 영혼은 인류라는 크고, 광대한 세계 속에 합류해 스스로의 책임을 다하고, 인간 전반의 가치를 드높이기 위해 헌신해야 할 의무가 있었다. 바로 그것이 인간이 동물과 다른 이유요, 끊임없이 신과 교류해 나갈 수 있는 원동력이었다.

오직 인간을 위해 이 한몸이 스러질 수 있다면 그보다 큰 하느님의 선물이 어디 있을까? 또한 그를 위해 이 한몸이 먼지가 되어 사라질 수 있다면 얼마나 커다란 축복인가. 오, 주여! 그 선물을 제가 받을 수 있도록 끝까지 지켜 주시옵소서!신부는 그날 밤, 꿈속에서 길을 잃고 헤매는 무서운 꿈을 꾸었다. 캄캄한 어둠 속에서 앞으로 가도 가도 천 길 낭떠러지와 험준한 산비탈이 나타나 그는 번번이 미끄러지고, 발을 헛디뎌 앞으로 나갈 수가 없었다. 하지만 예수님의 명령을 받들기 위해서는 결코 그길을 포기해서는 안 되었다.

그때, 문득 하늘 저 위로부터 한 줄기 빛이 쏟아지면서 예수께서 나타나 그를 불렀다. 그는 눈을 비비며 위를 쳐다보았다. 그곳에는 온통 흰옷을 입은 예수가 놀랍게도 막달레나와 나란히 함께 서 계셨다. 그는 너무나 기뻐 막달레나의 이름을 부르며 산 정상을 향해 올라갔다. 그때, 꿈이 깼다.

아직 동이 트려면 먼 시각이었다. 하지만 신부는 예수를 보았기 때문에 그의 마음은 온통 기쁨으로 충만해 있었다. 그는 자리를 박차고 일어나 몸을 단정히 하고 기도를 시작했다. 그 기도가 쉬지 않고 계속되었다. 그는 동이 텄는지도 모른 채 기도에 빠져 있었다. 그러다 지쳐 다시 잠이 들었다.

어디선가 그를 부르는 소리에 그는 잠이 깼다. 숲 위로 환한 빛줄기가 비쳐드는 것으로 보아 이미 해가 높이 솟은 모양이었다. 그러나 그는 너무 지쳐 그 소리에 답할 힘도 없었다.

「신부님. 저예요, 막달레나예요! 어디 계세요? 답을 하세요!」

그것은 앳되면서도 절박한 옥실의 목소리였다. 너무 오랫동안 신부가 안 돌아오자 섬의 신자들과 함께 배를 타고 직접 그를 찾아 나선 것이었다.

「신부님, 대답하세요. 어서요, 제가 왔어요. 막달레나가.」

신부는 힘을 내어 숲 밖으로 느릿느릿 걸어 나갔다. 정면에서 바다 위로 비친 강한 햇빛이 바닷물에 반사되면서 흰 저고리에 검정색 치마를 입은 막달레나의 모습을 온통 붉은 빛으로 휘감아 그의 눈을 뜰 수 없게 만들었다.

결국, 신부는 배에 실려 이즈하라로 돌아왔다. 그리고 그곳에서 며칠을 요양하면서 휴식을 취했다. 그를 간호한 것은 옥실이었다. 그녀는 신부의 얼굴과 손을 더운 물로 깨끗이 씻기고, 손수 끓인 미음을 숟갈로 떠서 신부에게 먹여주었다.

몸이 회복되자 신부는 규슈로 돌아갈 준비를 했다. 그는 아소만에서 길을 잃어 죽을 뻔한 일이며, 꿈속에서 예수님과 함께 나타난 막달레나의 모습을 결코 잊을 수 없었다. 그리고 그를 사지에서 구해 준 그녀와의 신비스러운 해후 또한 영원히 잊을 수가 없었다.

떠나는 날, 아침에 신부는 막달레나를 따로 불러 자신의 목숨을 구해 준 것에 대해 감사를 표한 다음, 자신의 목에 걸고 있던 나무 십자가를 빼서 막달레나의 목에 걸어주었다. 그것은 그가 신부가 되고 나서 줄곧 목에 걸고 있던 것이었다. 이제 그 임자가 나타난 것이었다.

「전쟁은 너의 부모와 형제들을 모두 앗아갔지만, 너는 이렇게 남아 하느님의 종이 되어 세상을 위해 귀하게 쓰이고 있으니 이는 분명 하느님의 크나큰 은총이 아니면 이룰 수 없는 일이니라.」

신부는 옥실의 손을 잡고 마지막 말을 이었다.

「부디 이 세상의 빛이 되어 가난하고 헐벗은 사람들을 위해 네 온몸을 바치거라. 그럼, 하느님께서는 그보다 몇 배나 더 큰 영광으로 너를 축복해 주실 것이다. 부디, 몸조심하고, 쉬지 않고 하느님을 위해 기도해라. 그리고 쉬지 않고 인간을 사랑해라. 잘 있어라!」

4
⋮
혼돈

1

금동이 장수에서 분이와 달콤한 시간을 보내고 남원으로 돌아왔을 때, 그곳은 곧 역모가 있으리라는 흉흉하고, 확인되지 않은 소문으로 들끓고 있었다. 즉, 지리산과 덕유산, 속리산 등에 흩어져 있는 역적의 무리들이 일시에 들고 일어나 일거에 방어선을 뚫고 한양으로 쳐 올라가 낡고, 무능한 정부를 뒤집어엎고, 새로운 정부를 세워 새 세상을 만든다는 것이었다.

금동은 남원으로 돌아오는 길에 추위와 굶주림에 지쳐 정처 없이 세상을 떠돌고 있는 불쌍한 사람들을 수도 없이 만났다. 그들의 몰골은 처참하기 그지없었다. 누덕누덕 기운 옷은 걸레처럼 해져 때가 켜켜이 쌓여 유지를 바른 듯 까맣게 반질거리고, 언제 감았는지 모를 머리카락은 산발하여 짚북데기 같았으며, 오랫동안 몸을 씻지 못해 몸에서 나는 역겨운 냄새가 몇 초도 견디기 힘들 정도였다. 그리고 얼굴도 잘 씻지를 못해 오래된 때가 시기별로 흑갈색 유약을 덧칠한 것 같았으며, 두 눈은 툭 튀어나온 광대뼈 속으로 십 리는 더 들어간 곳에서 우리에 갇힌 짐승의 눈처럼 힘없이 세상을 바라보고 있었다. 그들은 몇 명씩 무리를 지어 양지쪽에 앉아 햇볕을 쬐면서 졸고 있거나, 옷을 뒤집어 이를 잡고 있다가 이따금 무의식적으로 허공을 향해 무거운 머리를 들었다. 하지만 그 눈 속에는 아무런 의욕도 희망도 없었고, 그저 숨이 붙어 있으니 할 수 없이 산다는 느낌이 더 강했다. 그들은 어디서 훔쳐왔는지, 아니면 구해 온 것인지 모를 때가 까맣게 끼고 더러운 이불 쪼가리들을 걸레처럼 온몸에 휘감은 채 가능한 햇볕이 들고 바람이 닿지 않는 곳에 무리를 지어 앉아 애처롭게 몸을 부들부들 떨고 있었다.

이미 오래전에 집과 농토를 버린 그들은 호적은 물론, 어디에도 의지할 곳이 없이 세상을 떠도는 가련한 백성들이었다. 그들은 백성으로서의 당연한 권리이자, 의무이기도 한 징집 대상에서도 탈락되고, 국가를 위한 부역이며, 각종 세금의 대상에서도 탈락된 이를테면 세상의 모든 근거를 잃어버린 사람들이었다. 그리고 그 숫자는 임진란 이후 폭발적으로 증가하고 있었다. 아사자가 속출하자 정부는 그들에게 구호사업을 펼치기 위해 안간힘을 썼다. 하지만 구호미는 쥐꼬리만큼밖에 없는데 굶주린 난민들은 각지로부터 수도 없이 몰려들었기 때문에 사업은 곧 중단되고 말았다. 정부가 보유하고 있는 얼마 안 되는 곡식은 조선에 주둔하고 있는 명나라 군사들에게 우선 제공되고 있었다. 그러나 그것조차도 제대로 조달할 수가 없는 정부의 입장에서는 백성들이 굶어죽는 것을 뻔히 알면서도 속수무책이었다.

정부는 지난 가을에 한양으로 환도했지만, 모든 것이 불에 타거나 파괴되어 제대로 남아 있는 것이 없었다. 궁궐과 관아 등 왕조를 상징하는 모든 건물들은 이미 난 초에 정부에 적대적이었던 극빈층과 불만 세력들에 의해 불에 타 없어졌고, 그 뒤를 이어 일본군이 들어와 조직적으로 궁궐과 정부관서, 그리고 고위 관리들의 집을 뒤져 각종 보물이며, 역사적 가치를 지닌 문화재와 서적 등을 깡그리 털어 모두 일본으로 실어 갔던 것이다. 인적이 끊긴 텅 빈 거리에는 작년에 죽은 시체가 그대로 방치된 채 썩어가고 있었다. 하지만 그것을 치울 사람이 없었다. 관리들은 거리 곳곳을 뒤지며 일할 백성들을 찾아 나섰지만 아무도 호응하는 사람이 없었다.

전쟁은 끝나지도 않았고, 그렇다고 전투도 없이 미적미적 한 해를 넘기고 있었다. 일본군은 여전히 남해안을 끼고서 여차하면 조선을 재공격할 틈을 호시탐탐 노리고 있었고, 그것을 견제하기 위해 명군이 주둔하고 있었다. 하지만 명군이 주둔하면 할수록 조선의 부담 또한 만만치 않았다. 모든 곡식과 생산물은 우선적으로 명군에게 배정되었고, 백성들은 그들의 군사작전을 위해 부역과 착취의 대상으로 전락하고 있었다.

그 무렵, 삼남 지방은 곧 역모가 있으리라는 소문에 술렁이고 있었다. 시간이 흐를수록 삶의 희망은 점점 더 절망으로 변하고, 고통은 배가 될 바에야 무언가 화끈하고, 새로운 변화가 필요했다. 그 원초적인 배고픔과 함께 생존의 의욕을 잃어버린 유랑민들 사이로 날쌔고, 확실한 목표를 갖고 있는 의욕적인 사람들이 소리 없이 움직였다.

작은 시냇물이 모여 큰 내를 만들고, 그 내가 또 다른 내와 합쳐 강물을 이루듯 여기저기 흩어져 있던 난민들이 하나 둘 그들을 중심으로 모여 들기 시작했다. 난전부터 부역을 피하기 위해, 아니면 죄를 짓고 도망한 유랑민이며, 빚에 쫓겨 할 수 없이 야반도주한 사람에, 떼거리를 지어 몰려다니며 사람들을 해치고 도적과 강도짓을 일삼던 못된 무리들까지 모두 그 속에 섞여 진흙탕을 이루며 소용돌이를 쳤다.

역적들이 반도들을 규합하여 군기와 군량을 준비해 한양을 노리고 있다는 소문에 접한 충청병사는 병력을 거느리고 온양에 주둔하고 있었지만, 역적들의 소재조차 파악하지 못한 채 우왕좌왕할 따름이었다.

역적의 무리를 따르는 유랑민들은 전라도와 충청도, 경기도에 걸쳐 폭넓게 퍼져 있었다. '임금은 사악하고, 전혀 뉘우침이 없으며 부역은 점점 더 무거워져 백성은 하시도 평안할 날이 없다. 그러므로 은殷의 현인 백이·숙제에 부끄럽지만 백성을 위로하고, 죄를 벌하기 위해 부득이 천심天心을 회복하기 위해 천명을 받들어 역성혁명을 일으킨 탕무湯武에 의지하지 않을 수가 없다.' 이것이 그들이 주장하는 혁명의 논리였다. 즉, 무능한 왕을 몰아내고 새로운 왕을 뽑아 새로운 정치를 펴겠다는 것이었다.

정월도 중순이 가까워올 무렵, 날이면 날마다 북쪽을 향해 무리지어 올라가는 어둡고, 우울한 유랑민의 행렬이 망내 등이 거처하고 있는 숙소 옆을 지나갔다.

막개는 가축 축사 옆에 서서 이따금 걸레 같은 보따리를 하나씩 메고,

옷은 여기저기 솜이 뭉쳐 불룩 튀어나오고 소매는 솜이 다 빠져 바람에 너덜거리는, 뼈다귀만 앙상하게 남은 초라하고 추레한 인간들이 그래도 한 줄기 부푼 희망을 가슴에 안고 걸어가는 모습을 보면서 혼자 웃음이 터져 나오는 것을 억지로 참았다. 그러면서도 오죽하면 저렇게 거리로 나서겠는가 하는 측은한 마음도 일었다.

「보소! 대체 어디로들 그리 부지런히 가고 있는 거요? 머, 존 일거리가 있으면 나도 좀 같이 끼입시다.」

어느 날, 햇볕이 따사롭게 내려 쪼이는 한낮에 너댓 명쯤 되는 유랑민들이 참새처럼 축사 가까운 곳에 쪼르르 앉아서 쉬고 있는 것을 보고 막개가 말을 걸었다. 그들은 어디로 가는지 더럽고, 시커먼 보따리를 하나씩 옆구리에 끼고 있었다.

「임금을 만나러 한양으로 가는 중이랑께.」

늙수그레한 사내가 활기차게 대답했다.

「그카면 당신들은 아주 높은 사람들인가 보네. 그건 그카고, 임금은 도망쳤다가 언지 돌아왔소?」

막개는 시치미를 떼고 물었다.

「난, 아즉도 요동 어딘가에 있는 줄 알고 있는데.」

「아따, 시상일에 아주 깜깜하구면.」

사내가 다시 말했다.

「그는 벌써 맹군의 꽁무니에 붙어 들어와시는 다시 큰소리를 치고 있다 안 하오. 궁궐은 텅 비고, 백성들은 다 굶어 죽어가고 있는 판에 지 혼자만 살아서 허공에 대고 큰소리를 치고 있으니 허벌나게 웃기지 않소? 백성은 하나도 없는디 지 혼자 뭘 하겠는가 그 말이오, 내 말은.」

「빈집일망정 그래도 어른이 한 명쯤은 있어야지요. 집이라도 지키게. 하하, 안 그렇소?」

막개가 기름을 쳤다.

「어른도 어른 나름이지요잉!」

성깔깨나 있어 보이는 젊은이가 오랫동안 세수를 하지 못해 때가 덕지덕지 낀 빤질거리는 얼굴을 들고 날카롭게 끼어들었다.

「그는 우리들을 버리고 지만 살라고 도망쳤다고라. 백성들은 모다 일본놈들의 총칼에 맞아죽고, 겁탈 당하고, 짐승처럼 끌려가고 있는디 대체 그는 어디서 멋을 하고 있었는가 말이요? 내 말은. 그런 임금을 임금이라고 부를 수 있당가? 함께 죽어부렸어야지. 우리에게는 그란 임금이 필요하당께. 아시겄시라우!」

「아따, 내게 너무 그리 들이대지 마슈. 이래도 난 낙동강 전선에서 전우들과 피를 흘리며 고향을 지킨 사램이요. 곽재우 밑에서 말이요. 그러니 난, 내 의무는 다했다 이기요.」

막개가 침을 튀기며 열변을 토했다.

「거그는 어느 전선에서 싸웠소?」

「나는 진주성까지 원정을 갔다가 간신히 목심을 구해 살아왔지라우.」

또 한 사내가 꾀죄죄한 옷깃에 거추장스럽게 걸려 있는 길고, 더러운 머리카락을 한 손으로 어깨 뒤로 넘기며 대답했다.

「겁나게 끔찍했당께라우. 증말이지, 사람이라면 다시 보지 못할 광경들을 봤당께라우. 그놈들은 조선 사람들을 푸줏간에 매달린 괴기덩어리처럼 칼로 마구 베 죽였당께. 글구 나중에는 칼질이 힘드니까 창고처럼 널찍한 건물에 모지리 쓸어 넣고 불을 질러 사람을 이처럼 태워 버렸당께. 생지옥이 따로 있당가? 그기 바루 생지옥이제. 그란디, 정승이니 뭐니 하는 작자들은 그때 머하고 있었는감! 우라질! 뼛골 빠지게 부려먹을 때는 언지고 단물을 다 빨아먹었으니 다 뒈져도 괜찮다 이거야, 뭣이야? 이기 나라요. 이기?」

「우리에게는 아무런 희망도 없소. 적의 칼에 맞아 죽거나, 굶어서 죽거나 둘 중에 하나를 택할밖에. 이기 우리들의 냉정한 현실이란 말이오, 현실. 아시겠소?」

젊은이가 울분에 가득 찬 얼굴로 말을 맺었다. 그들은 일어나 다시 걸음을 재촉했다. 노랗게 쏟아지는 오후의 햇볕이 그들의 옷과 때묻은 보따리를 더욱더 초라하게 비추고 있었다. 그들은 전주 쪽으로 가는 지름길을 버리고 덕유산 방향으로 사라졌다.

그 무렵, 왕세자가 머물고 있는 전주全州도 역모의 소문이 퍼지면서 크게 동요하고 있었다. 사람들이 다니는 중요 길목마다 역적들을 경계하는 방이 붙여지고, 그 속에는 만약 역적을 신고하거나, 잡을 경우 대대적인 포상이 따르리라는 달콤한 내용도 담겨 있었다.

역적들은 정월 모일某日, 모시某時에 각지에서 일제히 봉기해 일거에 북상, 아산에 있는 병기창고를 기습공격해 무기를 탈취해 무장한 다음, 세상에 등을 돌리고 있는 유랑민들과 굶주림과 불만에 가득 차 있는 백성들을 설득해 단숨에 한양을 목표로 쳐 올라갈 계획이었다. 정부는 명군의 치다꺼리를 하느라 정신이 나가 있고, 관군은 빈약한 보급품과 명군의 보조 인력으로 전락해 사기가 땅바닥에 떨어져 제 한몸 지키기에 급급할 뿐이어서 적을 방어해야 하는 주요 방어선에는 병사라고는 개미 새끼 한 마리도 보이지 않았다. 그러니 탄탄대로, 분노로 가득 차 있는 민중들을 선동해 선두에 내세우고 천안天安쯤 가면 반란의 소식이 마른 들판에 번지는 불길처럼 일거에 한양까지 퍼져 성 안에 있는 백성들이 얼씨구나 하고 모두 두 손을 들고 나와 성문을 활짝 열고 그들의 거사에 화답해 올 것이다. 그리고 그 소식은 이내 양주와 개성, 춘천에까지 퍼져 온 백성들이 괭이며 호미 등을 손에 쥐고 거리로 쏟아져 나와 새로운 세상을 만드는 데 동참하게 될 것이다.

세상이 온통 이렇게 역모의 소문으로 죽 끓듯 들끓고 있을 때, 진천에 살고 있는 한 무사武士가 자기 조카가 역적의 무리에 끼어 활동하고 있는 것을 눈치채고 그를 직산稷山에 있는 집으로 은밀히 불러들였다. 그는 오랫동안 운동으로 단련된 무사였기에 단숨에 조카를 잡아 컴컴한 창고에 가둬놓고 공포의 분위기를 조성한 다음 협박과 회유로 자세한 역모의 내막을 털어놓도록 유도했다. 그의 조카는 정부에 반항적인 인물로 역도의 무리에서 제법 높은 위치를 차지하고 있었다. 그는 자세한 일자는 모르지만 거사의 분위기가 한껏 무르익어 이미 전국 각처에 퍼져 있는 도당들에게 밀서가 발송되고, 오직 행동개시만을 기다리고 있는 형국이라고 실토했다.

　무사는 조카로부터 역적 일당의 자세한 신상과 역모의 구체적인 계획을 알아낸 다음에 계략을 써서 역적 일당들을 자기 집으로 초청했다. 즉, 자기와 몇몇 무사가 역적의 일당에 들고 싶으니 역모를 일으키기 전에 한번 만나자는 제안이었다.

　그리하여 조카는 의젓하게 생긴 양반을 한 명 앞세우고, 그 뒤로 참모들을 몇 명 거느리고 그를 찾아왔다. 무사는 그들을 안방으로 안내했다. 그들이 들어서자, 무사 두 명이 기다란 상 앞에 앉아 있다가 벌떡 일어나 역적 괴수에게 공손히 예를 갖춰 인사를 했다.

「과연 듣던 대로 훌륭한 분들이시군요.」

　괴수가 점잖게 인사에 답하며 말했다. 그는 희끗희끗한 수염을 말끔히 기르고, 하얀 두루마기에 갓을 쓴 선비 타입의 예의 바른 중년 사내였는데, 그 온화한 눈매며 밝은 얼굴빛으로 봐서는 결코 역적의 괴수 같지 않았다.

「앉으시지요. 먼 길을 오시느라 정말 수고가 많으셨습니다.」

　집주인인 무사가 손님을 이불 한 채가 놓여 있는 아랫목으로 인도하며 말했다.

「미천한 제가 직접 찾아뵈어야 마땅하지만 때가 때인지라 사람들의 이목을 피하느라 격식을 차리지 못함을 너그러이 용서해 주십시오.」

수인사가 끝나고 양측은 상을 가운데 놓고 서로 얼굴을 마주보고 앉았다. 역적의 괴수는 힘세고 날랜 젊은 무사들이 힘을 보태어 자신과 한 패가 된다고 생각하니 무척 흐뭇한 듯 연신 얼굴에 미소를 띠고 있었다. 그의 옆에는 오 참봉이라는 꾀가 넘쳐 보이는 참모가 앉고, 그 옆으로 총리라 불리는 사내가, 그리고 문 쪽에는 힘좀 쓸 것같이 어깨가 딱 벌어지고 인상이 험하게 생긴 경호대장이 엉거주춤하게 앉아 툭 튀어나온 눈으로 불안한지 연신 사방을 휘둘러보고 있었다. 그리고 밖에는 그의 명령을 따르는 두 명의 경호원들이 집 밖을 지키고 있었다.

「어디서부터 시작해야 할지 모르겠지만, 저희들은 도탄에 빠진 백성을 구하고, 깨끗하고, 정직한 정부가 들어서는 것을 늘 목마르게 기다려 왔습니다.」

집주인 무사가 유창하게 입을 열었다.

「지금 백성들은 야만스런 적에게 집과 논밭은 물론 고향산천까지 빼앗긴 채 의지가지없이 산과 들로 갈 곳을 잃고 헤매고 있습니다. 일찍이 권력을 쥔 자들이 자신의 탐욕만 채우고, 정녕 보살펴야 할 백성들을 버린 벌을 지금 톡톡히 받고 있는 셈이죠. 저 또한 무사로서 이 나라를 위해 목숨을 다하고 싶었지만, 썩어빠진 관리들은 자기 배 채우기에만 급급하고, 미관말직을 구하려 해도 돈이 따르지 않으면 안 되는 형국이라 이 몸은 평생을 갈고 닦은 무예를 한번도 제대로 써보지 못한 채 이 시골구석에서 허무하게 썩어가고 있습니다. 부디, 재주는 미천한 몸이지만, 귀하신 어른 편에 서서 이 썩어빠진 정부를 단숨에 무너뜨리고, 가련한 백성들에게 꿈과 희망을 줄 수 있는 새로운 정부를 세워 누대로 이어질 후손들에게 떳

땟이 얼굴을 들 수 있도록 저희들의 힘과 무예를 거두시어, 그 빛나는 지혜의 빛으로 저희들을 이끌어 주십시오. 저희들은 기꺼이 새 나라의 건설에 온몸을 던져 하나의 작은 밀알이 되겠습니다.」

「고맙소.」

괴수는 흡족해서 말을 이었다.

「우리는 아직 새 임금이 없소. 일단 썩어빠진 정부를 무너뜨린 뒤에 참신하고, 백성에 봉사하는 진정한 새 임금을 선출할 것이오. 우리들은 그저 그 다리가 되는 것뿐이죠. 아시겠소? 그만큼 우리의 거사에는 사심이 없습니다.」

「앞으로의 행동계획은 어떻게 되는 것입니까?」

다른 무사가 물었다.

「그런 자세한 건 알 필요가 없소.」

오 참봉이라는 자가 나서서 말을 잘랐다.

「그대는 우리의 병력만 잘 통솔하면 되오. 정부의 새로운 조직과 인사에 대해서는 우리가 알아서 처리할 것이오.」

「판서 대감님, 여기서 이리 지체하면 안 되십니다. 어서 말씀을 짧게 하시고 다음 목적지로 자리를 옮겨야 합니다. 그게 경호의 제일 원칙입니다.」

불안한지 경호대장이 끼어들었다.

「저희는 판서님을 위해 그리고 도탄에 빠진 백성을 구하기 위해 신명을 바치겠습니다.」

세 무사가 마치 합창이라도 하듯 우렁찬 목소리로 각본에 따라 맹세를 했다.

「우리는 여기서 곧장 아산으로 가 병기고를 습격해서 무기를 탈취할 것이오. 그 다음에는 탈취한 무기를 우리를 따르는 백성들에게 나누어 주고 지체 없이 한양을 향해 올라갈 것이오. 한양의 허술한 방비는 이미 파악해 두었소. 그러니 빠르면 내일 오후에는 상황이 종료될 수 있을 것이오.」

판서란 자가 스스럼 없이 계획을 털어놓았다.

「그렇게 빨리요?」

집주인인 무사가 놀랍다는 듯 눈을 둥그렇게 뜨고 물었다.

「물론이오. 그대들과 내가 공격의 선봉에 서게 될 것이오.」

이번에는 총리란 자가 나섰다.

「기꺼이 선봉에 서서 거사가 성공할 수 있도록 신명을 바치겠습니다.」

무사들이 다시 맹세를 했다.

「그건 그렇고 그대들은 그리 고생한 사람들 같아 보이지 않는데 왜 굳이 귀중한 목숨을 내놓고 역모에 가담하려는 거요?」

오 참봉이라는 자가 의심의 눈으로 집주인의 얼굴을 살피며 물었다.

「아버지는 뭐하는 분이오?」

총리라는 자가 이어 물었다.

「우리를 속이려 든다면 단칼에 목을 벨 것이니 조금도 숨김없이 말하시오!」

문 앞에 앉아 있던 행동대장이 펑퍼짐한 궁둥이를 들썩거리며 호통을 쳤다.

「괜한 꽁수를 피우면 이 칼이 용서치 않을 것이다.」

「좋습니다. 다 말씀드리죠. 제가 왜 역모에 가담하려는지, 우리 집안이 그간 어떻게 사회의 홀대를 받아왔고, 권력의 압제 하에서 숨도 못 쉬고 살아왔는지 그 이유를 낱낱이 말씀드리겠습니다. 그것을 다 들으신 다음에 저희들을 판단하셔서 쓰시던, 아니면 버리든 결정을 하시고, 우선 간단한 소찬을 마련했으니 천천히 드시면서 제 이야기를 들려드리도록 하겠습니다.」

집주인은 공손히 말하고 밖을 향해 술상을 들여오라고 소리쳤다.

잠시 후, 기다렸다는 듯이 여인 둘이 음식을 담은 상을 마주 들고 들어왔다. 그리고 이어 술동이가 들어왔다. 밖에서 보초를 서던 부하들에게도 마루에 따로 상이 차려졌다. 마침 점심 무렵이라 한창 출출할 때였다.

곧이어 식사가 시작되고, 술을 한잔씩 마시며 자리가 무르익어 갈 무렵, 갑자기 밖에서 '적이다!'라는 고함 소리가 황급히 들려왔다. 그와 거의 동시에 이불 옆에 앉아 있던 무사가 이불 속에 손을 들이밀어 재빨리 그 안에 숨겨놓은 칼을 꺼내 옆에 있는 집주인에게 건네며 소리쳤다.

「꼼짝 마라! 네 이놈 송유진, 너를 역적의 괴수로 체포한다!」

무사가 괴수의 목에 칼을 들이대며 벽력같이 소리쳤다.

경호대장이 용감하게 송유진의 앞으로 뛰어들어 이불 옆에 앉아 있던 무사를 향해 칼을 내리쳤다. 무사는 머리를 순간적으로 숙여 칼을 피했지만 칼날은 그의 어깨를 베어 이불 위로 피가 튀었다. 잠시 좁은 공간에서 쌍방 간에 치고받는 칼싸움이 벌어졌다. 하지만 밖에서 집을 포위하고 있던 무사측 사람들이 보초들을 처치하고 방으로 밀려들어 왔기 때문에 송유진 일당은 꼼짝 없이 잡히는 몸이 되고 말았다.

송유진 일당은 그날 바로 한양으로 압송되어 열흘 후, 추국 끝에 자신들의 죄를 순순히 자백하고 칼을 받았다. 송유진의 난은 이렇게 쉽게 수습이 되었지만, 그것으로 혼란이 모두 끝난 것은 아니었다. 아니, 송유진의 난은 그 혼돈의 시작일 뿐이었다. 굶주림과 전쟁에 지친 백성들은 전국 곳곳에서 마른 풀에 불이 붙듯 들고 일어나 정부의 공권력을 비웃듯 민가를 약탈하고, 무고한 양민들의 생명을 빼앗고 있었다. 특히, 그중에서도 남원과 운봉, 임실, 진안 등의 산간 지역은 그 무리의 사나움이 심해 백주 대낮에도 사람들이 길에 나서기가 무서울 정도였다.

이런 어수선한 경황 중에 산청 지역의 납품업자인 천만千万이 채무자의 칼에 맞아 잔인하게 살해당한 사건이 발생했고, 곧이어 삼가로부터 폭도들이 한밤중에 귀남의 집을 습격하여 귀남의 처를 윤간하고, 말리는 노모를 살상하는 사건이 발생했다는 소식이 들려왔다.

망내와 함께 일하는 사람들은 모두 천만의 집으로 문상을 갔다. 사건의 내용은 천만으로부터 돈을 빌려 쓴 사람이 연말부터 심한 빚 독촉에 시달리게 되자 앙심을 품고 있다가 천만이 재차 사람들을 동원해 돈을 요구하자 돈을 주겠다고 꾀어내서는 인적이 없는 으슥한 장소에서 돈 대신 그곳에 숨겨놓았던 칼로 잔인하게 온몸을 찔러 숨지게 했던 것이다.

4월에 접어들어, 유정劉綎이 이끄는 명군이 낙상지군에 이어 남원에 주둔하게 되자 그들은 다시 사업을 재개했다.

망내는 명군 주둔지에서 가까운 곳에 집을 한 채 빌려 술집을 열고, 만동을 책임자로 앉혔다. 그래서 만동 대신으로 전라도 쪽을 담당할 사람이 필요했는데 마침 순창 사람인 한종漢宗이라는 자가 납품 일을 맡겠다고 나섰다. 그는 겉으로 봐서는 장사꾼 같아 보이지 않아 망내는 시큰둥했는데, 그 자는 그 점을 눈치채고는 가까운 친척과 딸린 식구들을 총동원해 사업을 펼치면 연고지가 그쪽이기 때문에 사업에 유리하리라는 이유를 대면서 진드기처럼 달라붙어 결국 그에게 그쪽 지역을 맡겼다. 사실, 순창과 임실, 담양, 광주 쪽은 일본군의 약탈이 심하지 않아 경상도 쪽보다는 신선한 농산물을 출하할 수 있는 물량이 많았기 때문에 망내로서는 이득이었다.

망내는 명나라 장수들과 조선 관리들을 몇 명 초청해 술집 개업식을 열었다. 저녁부터 시작된 연회가 밤새도록 이어져 남원 전체가 오랜만에 흥겨운 풍악 소리와 사람들이 흥청대는 소리로 시끌벅적했다. 세창의 권유로 추녀마다 달아놓은 청홍靑紅의 청사초롱이 화려하게 어둠을 밝히고, 악사들이 불어대는 흥겨운 피리 소리와 해금 소리가 기생들이 부르는 낭랑한 노랫소리와 함께 전쟁을 비웃듯이 봄밤의 공기 속으로 퍼져나갔다. 방마다 명나라 장수들이 가득 찼으며, 그 옆에는 조선 관리들이 그들의 비위를 맞추느라 집에도 못가고 늦게까지 그들의 시중을 들고 있었다.

세창은 능숙한 사교 솜씨로 방방을 돌아다니며 높은 지위에 있는 사람들에게는 점잖게 인사를 건네고, 기생들에게는 가벼운 눈인사를 던지며 흥겨운 분위기를 만들었다. 그는 풍류에 능한 한량답게 기생과 악사들을 추천해 주었으며, 만동을 불러 물장사를 하려면 손님들의 변덕과 취향을 잘 파악해야 한다는 둥 수다를 늘어놓았기 때문에 만동은 벌써 세창이라면 고개를 흔들 정도였다. 그래도 세창은 구례는 물론 순창, 남원, 임실 등에 두루 아는 사람들이 많았기 때문에 그가 있다고 해서 손해될 것은 없었다.

망내는 만동에게 술집 경영을 일임했다. 그는 덕춘처럼 거래를 속이거나, 자신이 할일을 게을리하는 사람이 아니었고, 여자관계도 분명했기 때문에 더없이 적합한 인물이었다. 그렇다고 세상 물정을 모르는 꽉 막힌 사람도 아니어서 사람들을 부리는 데는 적격이었다. 그 대신, 망내는 명나라의 높은 지휘관들과 조선 관리들의 접대와 술청에 내갈 술과 고기 등 음식 관리를 맡았다.

막개는 짐승들을 잡아서 부위별로 선별하는 일만 해도 손이 딸렸다. 그래서 근래에는 일꾼을 두어 음식물 수레를 끌게 하고 부대 출입만 관여했다.

봄도 한창 무르익어 가는 어느 날, 명군의 주둔지에서 음식물 찌꺼기를 수거해 가지고 부지런히 축사로 가기 위해 막 고개를 내려와 평지로 들어서려는데, 갑자기 나무 그늘에서 일곱 여덟 명쯤 되는 시커먼 거지들이 떼거리로 몰려나와 길을 가로막았다. 녀석들은 수레를 끌던 일꾼을 쓰러뜨린 다음, 달려들어 수레 위에 있던 음식통을 땅바닥에 내려놓고는 어떤 놈은 그 속에 머리를 처박고, 또 어떤 놈은 시커먼 손을 통 속에 넣어 음식 찌꺼기를 퍼내 허겁지겁 입에 처넣기 시작했다. 수레를 끌고 가던 일꾼이 그들을 말리려 했지만 속수무책이었다.

막개는 집에서 기르는 가축들에게 먹일 음식물이 엉뚱한 놈들에게 빼앗기게 되자 흥분해서 수레가 있는 곳으로 달려가 녀석들을 통에서 끌어내려 했지만 굶주림에 눈이 뒤집힌 거지들은 오히려 막개를 땅바닥으로 밀어 쓰러뜨리고는 발로 짓밟아버렸다.

거지들은 통 속에 든 음식물을 꺼내어 아귀처럼 입안에 처넣고는 순식간에 목구멍으로 집어삼켰다. 그리고는 다시 음식 찌꺼기가 묻은 시커먼 손으로 음식통을 향해 걸귀처럼 달려들었다. 누런 국물이 흐르는 음식물이 그대로 뺨을 타고 줄줄 흘러내리는가 하면, 음식 찌꺼기가 묻어 있는 손등과 손가락을 미친 듯이 혀로 빠는 녀석들도 있었다. 통에 든 음식 찌꺼기가 반이나 땅바닥에 쏟아져 달콤한 냄새를 풍기자 파리들이 귀신같이 날아들었다. 그래도 거지들은 한 줌의 음식이라도 더 차지하려고 악착같이 사람들의 어깨와 머리 사이로 손을 뻗쳤다.

「저리 비켜라! 이 도둑놈들아.」

막개는 막대기를 들고 녀석들의 머리며 등을 닥치는 대로 두들겨 팼다. 하지만 아무 소용이 없었다. 갑자기 한 거지가 목에 음식이 걸린 듯 죽겠다고 칵칵 거리며 땅바닥에 누워 대굴대굴 굴렀다. 하지만 누구도 그를 거들떠보지도 않았다. 그리고 어떤 거지는 일단 안으로 들여보내기는 했지만 들어가자마자 음식이 그대로 뒤로 쏟아져 바지를 벗을 사이도 없이 설사를 했다. 칵칵 대던 거지가 한참 후, 눈이 뒤집힌 채로 버둥대다가 겨우 정신을 차리고 일어났다. 하지만 음식을 게우는 데 너무 힘이 들었던지 초죽음이 되어 땅바닥에 그대로 멍하니 앉아 먼 하늘만 바라보았다.

「이건 짐승 믹이는 기다! 짐승 믹이는 기이라고! 이 도둑놈들아!」

막개는 분통이 터져 소리만 지를 뿐이었다. 그러나 그의 나쁜 운은 거기서 끝나지 않았다. 며칠 후, 만동이 운영하는 술집에 안주 감으로 돼지고기를 갖다 주고 해가 뉘엿뉘엇 해서 축사로 가기 위해 고개를 막 오르려는데 어디선지 참을 수 없을 정도로 고약한 고기 타는 냄새가 후끈 달아오른 공기 속으로 밀려왔다. 워낙, 짐승을 좋아해 웬만한 고기 냄새는 다 알고 있는 막개였지만 정말이지 이번 것은 이제껏 맡아본 적이 없는 속이 뒤집힐 것만 같은 괴상한 냄새였기에 그는 호기심에 끌려 고개 옆 숲속으로 들어가 보았다. 나뭇가지 사이로 어두워져 가는 해질 무렵의 침침한 공기를 통해 한 사내가 쭈그리고 앉아 뭔가를 불에 굽고 있는 것이 보였다. 얼마나 그 일에 열중하고 있는지 막개가 다가가도 그것을 전혀 눈치채지 못할 정도였다.

「뭣을 굽는 기요?」

막개는 코를 막은 채 조용히 물었다. 갑작스런 막개의 출현에 사내는 흠칫 놀랐다. 그러나 놀란 것은 막개도 마찬가지였다. 사내가 손에 쥐고 굽고 있는 것이 사람의 다리였기 때문이었다. 그리고 옆에는 무언가로 거칠게 잘라 훼손한 두 팔이 풀 위에 던져져 있었다.

「여보시오, 당신은 어데서 온 악마요? 사램을 잡아묵다니, 정신이 있는 기요? 미쳐뿌린 기요!」

막개는 얼결에 소리를 치며 사내에게 달려들었다.

「대체 누구를 쳐직인 긴가. 오, 시상이 말시다. 인간 말종이 여기 또 있었구나! 사램이 같은 사람을 잡아묵는다. 아아. 정말로 무섭고 무서분 시상이다. 이카고도 니캉 내캉 사람이란 말인가?」

막개는 제정신이 아니었다.

「여보, 좀 조용히 하시오.」

의외로 사내가 낮은 소리로 조용히 말문을 열었다. 그러나 그 낮은 목소리가 오히려 막내가 악에 바쳐 떠드는 소리보다 훨씬 더 크고, 충격적으로 들렸다.

「난, 악마가 아니라 당신과 똑 겉은 인간이었소. 헌데, 이자는 할 수 없이 악마가 되고 말았소. 굶주림이 날 이렇게 만든 것이오. 그러니 지발, 나를 꾸짖지만 말고 묵을 것이 있으믄 좀 내놓으시오. 그라믄 난 다시 이전의 다정하고, 따시한 인간으로 되돌아갈 것이오.」

막개는 손에 들고 있던 쌀자루에서 보리쌀을 꺼내 사내의 손바닥에 쏟아주었다. 그것을 사내는 손바닥째로 허겁지겁 제대로 씹지도 않고 그대로 목구멍으로 집어넣었다.

「물이라도 좀 묵으면서 천천히 드시오. 아무도 뺏이갈 사램은 없으니.」

막개는 말을 마치고 찬찬히 사내를 바라보았다. 사내는 사십쯤 되어 보였다. 그리고 죽은 사람은 골격의 크기로 보아 열 살 정도는 돼 보이는 아이처럼 보였다.

「우리는 원래 시 식구였소.」

잠시 후, 사내가 정신을 차리고 말했다.

「헌데, 먼저 아내가 벵으로 죽고, 이번에는 아들꺼지 죽은 것이오. 나는 원래 이 아를 양지바른 언덕에 묻어줄 생각이었소. 허지만 땡볕 아래서 오래 땅을 파다보니 갑자기 헷것이 보이면서 순간적으로 정신을 잃고 이런 짓을 하게 되고 말았소. 아들의 몸뚱이가 옛날에 묵던 소 뒷다리로 보였던 것이오. 그캐서 나도 모르게 고만 갖고 있던 칼로 사지를 잘라 이꼴을 만든 것이요.」

「오, 정말로 무서분 시상이다. 무서분 시상이야!」

막개는 자신의 머리카락을 손가락으로 쥐어뜯으며 미친 듯이 소리쳤다.

「자석이 애비를 잡아묵고, 애비가 자식을 잡아묵는다. 서로 깡그리 잡아묵는다. 아아, 이라고도 우리가 인간이요? 참말로 인간인 것이 맞소? 아니야. 우리는 인간이 아니야. 인간이 이럴 리가 없어. 그라믄. 우리는 모도 짐승이 되고 말았어. 멍멍, 꿀꿀, 꼬고댁, 음메! 시상은 이자 암흑천지가 되고 말았어. 내 장담하지만 당신이나 나나 모도 천 길이나 되는 지옥불구덩이로 떨어져 기름 한 방울 안 남을 때까지 불에 타 죽을 것이 학실해. 암, 그카고도 싸지. 암, 싸지. 싸!」

잠시 후, 막개는 사내와 헤어져 미친 사람처럼 혼자 중얼거리며 산 속을 헤매기 시작했다. 매일 다니던 익숙한 길이었지만, 자신이 있는 곳이 어딘지, 또 어디로 가고 있는지조차 의식하지 못한 채 그는 밤새도록 뿔난 귀신이 이끄는 대로 캄캄한 산속을 헤매고 또 헤맸다. 하지만 아무리 가도 가도 길은 보이지 않았고, 머릿속은 온통 허깨비와 정체를 알 수 없는 귀신들로 가득 차 있었다. 먼동이 터올 무렵이 되어서야 그는 초죽음이 되어 이슬이 흠뻑 내려앉은 풀 위에 쓰러져 잠에 곯아떨어졌다.

그는 그곳에서도 깊은 잠을 못 이루고 뿔 달린 도깨비와 시커먼 옷을 입은 저승사자에게 쫓기는 무서운 꿈을 계속해서 꾸었다. 그들을 피해 아무리 산속으로 죽어라 달리고, 사람들 속으로 몸을 숨겨도 피에 굶주린 악마는 끈질기게 그의 뒤를 쫓아왔다. 어디를 둘러봐도 빛은 하나도 보이지 않았고, 다만 도깨비의 눈에서 여름밤에 하늘을 가르는 번개처럼 번쩍거리는 파란 빛과 피처럼 붉은 빛만이 보였다.

이튿날 아침, 막개는 일꾼들에 의해 바로 집 근처에서 발견되었다. 그는 혼이 나가고, 열병에 걸린 듯 온몸을 부들부들 떨면서 계속 헛소리를 했다.

「사램이 사램을 잡아묵었어! 사램이 사램을 잡아먹었다니께!」

그는 계속해서 그 말만을 되풀이했다. 막개는 며칠 동안 일도 못하고 식음을 전폐한 채 끙끙 누워 앓았다. 할 수 없이 망내는 달래의 성화로 남원에서 유명하다는 장님을 불러다 불경을 외우게 했다. 늙은 장님은 이틀 동안 막개 옆에 앉아 북을 두드리며 밤이고 낮이고 막개의 몸에 붙어 있는 악귀를 쫓아달라며 열심히 불경을 외웠다. 그 덕분인지 막개는 조금씩 의식을 되찾았다.

날이 풀릴수록 굶어 죽는 사람들이 곳곳에 쌓여가고, 질병으로 죽는 사람들이 늘어가자 사람들은 악마로 돌변했다. 이제는 어디를 가려 해도 도둑들 때문에 갈 수가 없었고, 아무것도 아닌 일로 백주 대낮에 서로 사람을 죽이고 물건을 빼앗는 일이 일어나도 놀라는 사람들이 없었다. 게다가 도둑들은 떼를 지어 지방관청을 약탈하고, 옥문을 부수어 그 안에 갇혀 있는 동료들을 풀어주는 대담한 행동까지도 서슴지 않았다.

봄이 깊어갈수록 남원 일대는 폭도들의 횡포로 거의 무법천지가 돼버렸다. 그리고 그것은 남원 일대에만 국한된 것이 아니라 나주, 광주, 임실, 전주, 김제, 태인, 정읍, 금산 등 주로 한종이 관할하는 지역으로 확산되어 관군도 감히 손을 쓸 수 없는 지경이 돼버렸다. 그래서 망내의 사업에도 차질이 생겨 막개가 축사에서 기르는 고기류 외에는 물건의 반입량이 크게 줄어들었다.

2

5월 초, 아침부터 봄비가 부슬부슬 내리는 어느 날, 난데없이 귀남이 망내의 술집에 나타났다. 그리고는 다짜고짜 덕춘의 행방을 대라며 그를 윽박질렀다. 아마, 덕춘이 자기 집안이 매국노로 낙인찍혀 마을에서 쫓겨난 것에 대해 귀남에게 앙심을 품고 자신의 아내와 노모를 해쳤다고 확신하고 있는 것 같았다. 망내는 그를 달래 방으로 데려가 자초지종을 잘 설명해 돌려보냈지만 그 후에도 그는 덕춘의 행방을 쫓는지 사람을 데리고 계속 남원에 머물렀다.

덕춘은 사업에서 밀려난 뒤 전부터 사귀고 있던 남원의 무뢰배들과 어울려 지내는 듯했다. 특히 그는 남원의 무뢰배 순강의 패거리들과 친해서 그와 함께 온갖 못된 짓을 하고 돌아다닌다는 소문이 파다했다. 그들은 십여 명씩 무리를 이루어 산속에 숨어 있다가 지나는 양민들을 약탈하는 것은 물론, 이전에 관리를 지냈거나, 돈푼깨나 있는 사람들까지도 자신들의 일을 방해한다는 이유로 사람들이 보는 앞에서 잔인하게 살해해 공포에 떨게 했던 것이다.

귀남은 덕춘의 행방을 수소문한 끝에 그가 성 밖에 있는 사창가 출입이 잦다는 것을 알아내고 밤낮으로 그곳에서 덕춘이 나타나기를 기다렸다. 마침내 어느 날, 덕춘이 어디서 한잔 걸쳤는지 노래를 흥얼거리면서 그곳에 모습을 드러냈다.

「잘 만났다. 이놈!」

귀남은 덕춘의 앞을 가로막으며 소리쳤다. 덕춘은 술이 확 깨는지 잠시 당황해하다가 곧 침착하게 귀남에게 되물었다.

「누고 할 소리. 내가 그토록 찾아다녔는데 지 발로 걸어오다니. 니야말로 간이 배 밖으로 튀나왔구나. 그래 내 아부지를 죽이고 또 무신 표창장을 받으려고 이까지 왔느냐? 내가 피해자임은 이 시상 사람들이 모도 다 아는 사실이다.」

「내 이 자리에서 니놈의 그 주디를 확 문질러뿌리고, 배지를 갈라 심장이라도 파묵고 싶다만, 니놈의 그 더러븐 피를 내 손에 묻히기 싫으니 나와 겉이 남원부로 가자. 게 가서 법대로 니가 지은 죄의 대가를 치러라. 친구니까 그래도 이만큼 은혜를 베풀어 주는 긴 줄 알거라. 이 문딩이 겉은 자슥아!」

귀남이 한 손에 들고 있던 포승줄을 만지작거리며 말했다. 그의 뒤에는 삼가에서부터 그를 뒤따라온 개똥이라는 건장한 젊은이가 몽둥이를 들고

서 있었다.

「관리들의 꽁무니를 졸졸 따라다니더니 제법이구마. 장비도 갖추고, 포
승줄 같은 것도 갖고 다니다니 니도 마이 컸구나. 그카지만 니가 나를 묶
기 전에 나는 니를 먼저 아부지를 죽인 죄로 관가에 고발할끼다.」

덕춘은 버텼다. 어느새, 주위에는 그들이 떠들썩하게 싸우는 소리를 듣
고 인근 사창가에서 명군들에게 몸을 팔고 있는 여인들이 구경삼아 하나,
둘 몰려나와 두 사람이 옥신각신하고 있는 광경을 재미있다는 듯 지켜보
고 있었다.

귀남은 덕춘이 도망가지 못하게 길을 막은 다음, 그에게 다가가 포승줄
로 두 손을 묶으려 했다.

「잠깐! 난, 아무 죄도 없다. 그카니 기냥 두 발로 걸어가겠다. 그라고 관
에 가서 내 무죄를 따지겠다. 법에 따라 공평하게.」

귀남이 덕춘의 손을 강제로 잡아 포승줄로 묶으려는 순간, 덕춘이 몸을
돌려 미처 방어할 겨를도 없이 손에 들고 있던 날카로운 무언가로 귀남의
얼굴을 휙 긋고는 어둑한 산 쪽으로 재빨리 사라졌다. 귀남은 덕춘의 공격
을 받고 얼굴에 피를 흘리며 그 자리에 쓰러졌다. 칼날이 왼쪽 눈 바로 밑
에서 시작해 콧잔등을 깊이 파고 든 다음 그 여력으로 반대편 뺨 부근까
지 칼날이 지나갔던 것이다.

그 후, 덕춘은 남원을 떠나 순강의 무리와 함께 어딘가로 종적을 감추
었다.

산림이 우거지면서 도둑과 강도들의 등쌀에 사람들이 길을 나설 수 없
을 정도로 무법천지가 계속되자 정부는 마침내 칼을 뽑아들었다.

제일 먼저 전라병사가 지휘하는 토벌대가 남원을 무대로 설치는 도적
떼를 우습게 알고 추격했다가 오히려 덜미를 잡혀 패하는 사태가 벌어졌

다. 그러자 상주목사에게 지원을 요청해 겨우 주모자 중 한 명을 참살하는 데 성공했는데 그래도 남원 일대에서 왕성한 세력을 떨치고 있는 순강과 고근高根 등의 수괴首魁들은 여전히 그 세력을 굳건히 떨치고 있었다.

도적들은 남원 일대를 중심으로 회문산回文山을 배후의 은신처로 삼아 우후죽순처럼 각처에서 무질서하게 동시다발적으로 발생하고 있었다. 그들은 거리에 넘쳐나고 있는 힘없고, 나약한 거렁뱅이들과는 달리 생동감 넘치는 힘과 정부에 대한 저항의식이 분명했으며, 저희끼리 똘똘 뭉쳐 나름대로 규율과 조직을 갖추고 있었다. 해서, 그 뿌리를 찾아 쭉 거슬러 올라가본다면, 그 속에는 대동계원大同契員으로서 정여립을 추종했던 사람들은 물론 근자에는 송유진의 난에 편승해 정부를 전복시키려고 의도했던 사람들도 섞여 있었으며, 아울러 정여립 모반사건으로 애꿎게 희생당해 현실에 한을 품고 있는 억울한 사람들의 가족과 친척들도 한데 섞여 실타래처럼 복잡하게 얽혀 있었다.

관군의 공세에 쫓기던 순강 일당은 운봉 부근에서 관군의 공격을 받아 순강이 죽자 뿔뿔이 흩어져 남원을 떠나 회문산으로 숨어들었다. 이곳에는 각지에서 숨어든 도적 떼와 무뢰배들뿐 아니라 무속신앙을 숭배하는 사람들, 그리고 홀로 우주 만물의 심오한 원리를 깨닫겠다며 바위나 돌 틈에서 살아가는 정체를 알 수 없는 온갖 종류의 사람들이 울창한 삼림과 계곡, 동굴 등을 의지해 은신하고 있었다. 수많은 연봉들과 험준한 골짜기, 그리고 신갈나무와 참나무가 우거진 원시의 삼림은 일단 그 안에 몸을 숨기면 웬만큼 병력을 풀어서는 그들을 찾아내기가 어려웠다. 게다가 뒤는 임실 쪽으로 까마득히 내려다보이는 섬진강 줄기를 향해 급경사를 이루어 접근하기가 힘들었고, 구림천과 옥정호에서 흘러내린 물줄기가 산 오른쪽을 두 팔로 감싸 안듯 흐르고 있어 더없이 좋은 천혜의 요새를 갖추고 있었다.

덕춘은 십여 명의 젊고, 물불을 가리지 않는 자들과 행동을 같이 하고 있었다. 대개 남원 출신들로 이루어진 그들은 어려서부터 한 고향에서 자란 탓에 단합이 잘 됐고, 서로를 아끼는 동지애도 남달랐다. 특히, 배신자에 대해서는 매우 엄격해서 만약 조직을 이탈하거나, 배신하는 경우에는 그날로 가족들도 함께 몰살시킨다는 것이 그들의 불문율이었다.

덕춘은 여자관계가 문란해 민가를 약탈할 때면 반드시 아녀자를 한 명 잡아서 끌고 다녔다. 그렇게 잠깐 데리고 살다가 버린 여자들이 그동안 수도 없이 많았다. 그는 말을 잘 듣지 않으면 온갖 기괴한 방법으로 여자들을 학대했으며, 성욕이 충족될 때까지 여자들을 갖은 방법으로 괴롭혔다. 그런데도 그는 늘 여자에 굶주려 여자가 없으면 잠을 못자고 술을 퍼마시거나, 동료들과 싸움을 일으켜 분란을 일으켰다.

장마가 시작되려는 듯 푹푹 찌는 날씨가 계속되는 어느 날, 키가 커다랗고 훤칠하게 생긴 한 젊은이가 회문산으로 덕춘을 찾아왔다. 그날도 덕춘은 아침부터 술에 취해 동굴 속에서 젊은 여자를 끼고 뒹굴고 있었다.

「웬 놈이냐?」

덕춘은 술에 취해 갈라진 목소리로 시비조로 물었다.

「덕춘 두목님이 맞으십니꺼?」

사내는 어둠 속에서 확인하듯 덕춘의 얼굴을 살피며 물었다.

「그래, 내가 그 유명한 회문산의 개 덕춘이다. 그란데 용건이 머꼬? 한참 신나는 판에 꼬챙이를 들이밀다니. 이바구가 있으면 어서 퍼뜩하고 꺼지라.」

그리고는 밖에 대고 술이 떨어졌다고 아우성을 쳤다.

젊은이는 동굴 속에 벌거벗은 채 누워 있는 젊은 여자를 보고 무안한 듯 고개를 얼른 돌렸다. 그리고 잠시 기다렸다가 덕춘에게 다가가 귀에 대고 뭐라고 속삭였다.

「알았다 알았다. 그래 그래 고맙데이. 그동안 술이나 한잔씩 빨자구나. 회문산에 어렵게 왔으니 여기 술을 마시야지. 하모.」

덕춘은 무슨 말을 들었는지 갑자기 기분이 좋아지면서 화색이 돌고 말수가 많아졌다. 그리고는 얼른 술을 한잔 마시고는 자리에서 일어나 주섬주섬 옷을 입기 시작했다.

「또 어델 갈라카나? 어느 년한테 갈라꼬 비가 억시같이 퍼붓는데 옷을 갈아입고 지랄이냐! 비가 오니께 또 그놈의 벵이 도진 깃까?」

안에서 여인이 찢어지는 목소리로 소리쳤다.

「급히 손을 써야 할 일이 생기서 그렇다. 싸게 처치하고 돌아올 테니 여기 꼼짝 말고 곱게 자빠져 있이라 이년아!」

덕춘은 얼마나 급했던지 칼도 차지 않고 서둘러 밖으로 나갔다. 그 뒤를 젊은이가 허겁지겁 따라왔다. 그는 귀남이 덕춘을 유인하기 위해 남원에서 돈을 주고 산 심부름꾼이었다.

「싸게 가제이. 어두버지기 전에.」

덕춘은 나는 듯이 사내를 앞장 서 거의 뛰다시피 산길을 내려갔다.

「두목님, 여름밤은 깁니다요. 오늘 따라 목화 아씨는 워찌나 옷을 때깔나게 차리 입으셨는지 소인도 몰라볼 정도였다니께라우.」

젊은이가 뒤를 따라오며 덕춘의 기분을 돋우었다.

「마치 이슬을 흠뻑 머금은 활짝 핀 모란꽃 같았당께요. 증말이랑께라우.」

목화木花는 남원의 기생으로 덕춘이 목숨처럼 애지중지하는 여자였다. 하지만 근래 귀남이 남원에 나타나 그를 쫓자 목숨의 위험을 느껴 거의 두 달이나 그녀의 얼굴을 보지 못했던 것이다. 헌데, 바로 그녀가 그런 사정을 알고 사람을 시켜 중간에 있는 주막에서 만나고 싶다는 전갈을 보내온 것이었다.

그들은 약속 장소인 순창을 향해 걸음을 재촉했다. 한낮인데도 두터운 비구름이 짙게 하늘을 뒤덮은 데다 주위가 온통 산으로 둘러싸여 있어 마치 해질 무렵처럼 사방이 병자의 얼굴처럼 어둡고, 음침했다. 그 사이로 고름을 짜낸 것 같은 누런 안개비가 부슬부슬 청승맞게 내리고 있었다.

「제기럴, 올라카믄 펑펑 쏟아지든가. 무신 날이 이런감? 똑 초상이 난 것처럼 사람맴을 우울하게 맹그니.」

갑자기 덕춘이 투덜거렸다.

「초상이라니요? 아따, 가시기만 허믄 따시한 목욕물에 깨끗이 몸단장하시고 금침에 드실 텐디. 이자 쪼깨만 참으시소잉.」

젊은이가 약을 올렸다.

「하모, 하모, 니 말이 맞데이. 여자를 끌어안고 뒹굴기엔 이런 날이 더없이 좋데이. 흐흐. 미치겠구나, 목화를 생각하니.」

한참 후, 흐린 비구름을 헤치고 나지막한 산 하나가 나타났다. 그곳만 넘으면 순창 땅이었다.

「아직도 멀었느냐?」

덕춘이 초조하게 물었다.

「다 왔당께라우. 조, 산만 넘으면 목화 아씨께서 하얀 버선발로 두목님을 맞으려 폴짝 뛰어 달려 나오실 게라우.」

갑자기 휘몰아치는 바람과 함께 빗줄기가 강해지면서 차가운 비가 채찍처럼 얼굴을 후려쳤다. 그들은 서둘러 고갯길로 올라섰다. 길가에 서 있는 키 큰 고목들이 바람에 온몸으로 저항하면서 고통스럽게 거창한 가지를 좌우로 비틀고 있었다. 그 위로 허연 빗줄기가 폭포처럼 퍼부었다. 이제, 주위는 캄캄해져 바로 앞도 잘 보이지 않았다.

「아무것도 안 보이는구마.」

덕춘이 중얼거렸다.

「내 인생과 똑겉구먼. 아무리 애를 쓰고 가도 질이 보이지 않으니.」

고갯마루에 올라서자, 길가를 가로막고 서 있는 큰 나무 뒤에서 뭔가 희뜩하더니 시커먼 사람 둘이 덕춘의 앞을 가로막으며 벽력같이 소리를 질렀다.

「덕춘이 네 이눔! 지옥까지 오느라 억시로 수고 많았다.」

그건 귀남의 목소리였다. 번쩍 하고 큰 나무 위에서 시퍼런 번개가 뱀 대가리처럼 날카롭게 굼틀거리면서 귀남의 얼굴을 사선으로 달리고 있는 칼자국을 푸르스름하게 비추었다. 그는 칼을 손에 든 채 덕춘을 향해 천천히 걸어갔다.

「니놈의 계략에 나가 넘어가다니. 참말로 억울하다.」

덕춘이 중얼거렸다.

「나는 그래도 니가 친구라 관가에 넘겨 정당하게 죄의 심판을 받게 하려고 했다. 헌데, 니는 나를 배신하고 악으로 내 신의를 저뼤렸다. 그것을 생각하믄 니는 두 번 죽어도 마땅할 것이다.」

귀남이 칼을 들고 다가가자 덕춘은 겁에 질려 뒤로 물러서며 무슨 변명인지를 하려 했다. 하지만 그보다 먼저 칼이 그의 가슴을 깊숙이 찔렀다. 덕춘은 '윽' 하고 희미하게 신음 소리를 내면서 퍼붓는 빗속에 무릎을 꿇고 쓰러졌다.

만동이 운영하는 술집은 다른 사업과는 달리 순풍에 돛을 단듯이 잘 나가고 있었다. 손님들은 명나라 지휘관과 전주나 중앙에서 내려온 조선의 역관과 관리들이 주 고객이었고, 그 외에도 명군에게 무언가를 청탁하거나, 이권을 얻기 위해 찾아오는 지역 유지며 돈푼깨나 있는 건달들로 북적거렸기 때문에 망내는 명나라 장수들과 조선 관리들을 대접하느라 눈코 뜰 새가 없었다. 그는 명 상인들을 통해 명의 군인들이 좋아하는 말린 고기며, 중국산 술 등을 상인들로부터 사들여 구색을 갖추었으며, 막개가 직접 도살한 소와 돼지고기를 조선식으로 요리해 명나라 군인들에게 제공하기도 했다.

그곳에는 또 명나라 군인들을 위해 몸을 팔러 온 어린 여자들도 많았다. 이제 겨우 열예닐곱 살밖에 안 된 여자애들은 대개 곤궁한 생활에 빠져 있는 가족들을 살리기 위해 자의반 타의반으로 집을 떠나 이곳에서 명나라 군인들을 만나 살림을 차리거나, 하룻밤 풋사랑으로 병사들의 향수병을 치료해 주는 노류장화路柳牆花의 생활을 하고 있었다.

술집은 장사가 잘 됐지만, 다른 사업은 강도와 도적들이 기승을 부려 통행이 불가능한 지역이 많아지면서 이윤이 예전 같지 않았다. 장수는 물론이고, 구례 쪽도 도둑들의 극성에 사업이 지지부진했다. 다만, 한종만은 그래도 그런 대로 광주 쪽에서 채소와 야채며, 그 지역 특산물을 꾸준히 들여와 제일 짭짤하게 장사를 했다.

세창은 사업이 시들해지면서 구례보다도 남원에 머무는 시간이 더 많았다. 그는 만동을 통해 사귀게 된 명나라 상인과 장수들을 통해 여러 가지 거래를 해 음성적으로 돈을 벌고 있었다. 즉, 관에서 몰래 빼낸 양곡을 명나라 상인들에게 되팔아 상당한 이익을 챙기고 있었는데, 그것은 요동에서 남원까지 오는 운반비를 계산한다면 엄청난 가격 차이가 있기 때문이었다. 그는 그 외에도 명나라 군인들에게서 풀려나온 은화銀貨를 갖고 있다가 시세 차익을 노려 명나라 상인들이 갖고 들어온 비단을 사들여 집 안에 쌓아 놓고 있었다.

「인자 이 일도 그만 때리칠 때가 됐나부다.」

어느 날, 전날 장사를 결산하고 난 뒤 만동이 망내에게 말했다.

「시상이 워낙 흉흉해 한 치 앞도 내다볼 수가 없으니 별 수 있냐.」

망내가 동의하듯 말했다.

「그나저나 제수씨는 우떻게 지내시냐. 잘 기신가?」

「몸을 풀레먼 아즉 한참 더 있이야 한다. 그기는 그기고 강짜가 우찌나 심헌지 내가 쪼매만 한눈을 팔아도 그날 밤은 아예 한숨도 몬 잔다.」

「참말로 그카나?」

망내가 웃으며 말했다.

그는 주방으로 들어가 소주병과 잔 두 개를 들고 방으로 들어왔다.

「여기 일이 끝나믄 머할 기가?」

망내가 잔에 술을 따르며 물었다.

「그래서 사실은 고민 고민 중인데, 이참에 요동으로 가서 한번 살아볼 까 한다.」

만동이 생각에 잠겨 말했다.

「머라꼬? 참말이가?」

「그래, 참말이다. 앞으로 태어날 아를 위해서 결정한 기다. 예서 살믄 사램들로부터 갖은 설움을 받고 자랄 것 아이냐?」

만동은 잠시 말을 끊었다가 다시 말을 이었다.

「그래서 말인데 자네가 잘 알고 있는 명나라 장수에게 부탁해서 철수할 때 함께 따라갈 수 있도록 좀 도와줄 수 없겠노. 그기이 내 마지막 부탁이 데이.」

「부인께서도 허락을 하셨나?」

「하모. 우리가 자유롭게 살려면 이곳에서 멀리 벗어나는 길밖에는 없다. 내가 노비의 자석이니 내 자석도 노비가 되는 기 이 나라의 법 아이가?」

그리고 만동은 술잔을 들지도 않고 깊은 생각에 잠겼다.

7월에 들어 명군의 철수 소식이 알려지면서 남원은 다시 어수선해졌다. 매일같이 만동의 술집에서는 조선 관리들과 명 장수들과의 송별연이 열 렸고, 명의 병참물자를 뒤로 빼돌리기 위한 은밀한 뒷거래와 식량 착복도 기승을 부렸다. 그리고 명나라 군인들과 살림을 차리고 있는 기생들은 그들을 따라 요동으로 건너갈 준비를 하느라 분주했고, 명 상인들은 그들대로 조선으로 갖고 들어온 물건들을 처리하고, 또 대신 명으로 가져가 팔만한 조선 특산물을 사들이느라 혈안이 되어 있었다.

명군 철수가 알려지자, 대복은 그동안 모아두었던 지리산에서 채취한 산삼과 희귀한 약초들을 몽땅 명 상인들에게 팔아 목돈을 쥐었다. 그 대신, 세창은 갖고 있던 은화를 털어 명나라 장사꾼들이 갖고 들어온 고급 비단을 닥치는 대로 싸게 사들여 집에다 갖다 쌓았다. 중국 비단은 조선의 양반층과 부자들이 가장 갖고 싶어 하는 물건이기 때문에 전쟁이 좀 수그러들면 언제고 현금화하는 데에 문제가 없었다. 그리고 한종은 뒷구멍으로 쌀을 사들이는 데 열성이었는데 그는 이전 정여립의 난 때 피를 본 사람들과 연결되어 있다는 소문이 파다했다.

늦더위가 한창 기승을 부리는 날, 그들은 송별회 겸 마지막 모임을 가졌다.

대복은 세창에게 따로 결제할 돈이 있어서 가장 먼저 갑석과 함께 술집에 도착했다. 두 사람은 여름 내 땡볕 속을 걸어다녀 얼굴이 모두 숯덩이처럼 새카맣게 그을려 있었다. 그동안 두 사람은 열심히 장사를 한 끝에 돈을 많이 벌었다. 대복은 그 돈으로 갑석이 헤어진 동생들과 함께 모여 살 수 있게 집과 전답을 구입하고, 자신도 근처에 집을 사서 정착할 생각이었다. 잠시 후, 뒤를 잇듯 금동이 나타났다.

「미리 약속들을 했나? 쌍디처럼 똑같이 나타나니. 그건 그러고 금동이는 얼굴에 꽃이 핀 기이 보니 깨가 쏟아지는 가부다.」

망내가 금동을 껴안으며 한마디 했다.

「아, 인상쓸 일이 머 있십니꺼? 빵빵하게 돈 벌어놨겄다, 묵을 것 걱정 없겄다. 이만하면 됐지. 안 그렇십니꺼, 행님?」

금동은 대복을 보고 눈을 찡긋해 보였다.

「자자, 안으로 들어가입시다.」

망내가 일행을 재촉했다. 모두 방으로 들어가 자리를 잡고 앉자, 그때서야 세창이 뒷짐을 진 채 헛기침을 하면서 나타났다. 그는 구례의 갑부답게 풀을 먹여 빳빳이 다린 흰 모시저고리 차림에 갓을 삐딱이 쓰고, 손에는 난초가 그려진 부채가 들려 있었다. 그는 한창 여름인데도 방에만 들어앉아 있었는지 볕을 쬐지 않아 얼굴이 여자처럼 뽀얗고, 손도 새봄에 막 움튼 어린 새싹처럼 부드럽고 나긋나긋했다.

「이제 남원의 호시절도 다 지나갔당께.」

세창이 방으로 들어서며 들으란 듯 큰 소리로 자신의 존재를 알렸다.

「거리가 텅 비어 부렀어. 색주가의 기집년들도 손님이 없어 울상이고, 떡 장사 아지매들도 앞으로 살길이 막막하다며 맥을 놓고 앉아 파리만 날리고 있으니. 쯧쯧 가련한 백성들은 이제 멀 묵고 산다냐.」

「아따, 감사님은 맨날 지름처럼 번지르르한 말로 한몫 보십니꺼!」

갑석이 한마디 던졌다.

「자고로 백성이 편해야 나라가 편한 법이란다. 좋은 말은 좀 새기들어라, 아그들아.」

그때, 밖이 소란해지면서 명나라 군인들이 들이닥쳤다. 그들은 철수를 앞두고 있어 그런지 기강이 풀어져 낮에도 술을 마시고, 시내를 휩쓸고 돌아다니며 점령군처럼 멋대로 굴고 있었다. 그들이 들어오자 호떡집에 불이라도 난 것처럼 갑자기 술집 전체가 시장바닥처럼 시끄러워졌다.

만동이 나가 그들을 방으로 안내하고 있는 것이 보였다.

「어데 불이라도 났는교? 저놈아들만 들어오면 노상 씨끄러우니.」

갑석이 투덜거렸다.

「절마들은 남군인데, 지난번 평양전투 때 정부가 내걸었던 승리 수당을 아즉도 몬받아 뿔이 단디 나 있다.」

망내가 작은 소리로 말했다.

「가마니 보니 곧 폭동이라도 일으킬 것처럼 분위기가 억수로 살벌하답니다. 돈을 몬받으면 귀대 명령도 거역하고 이곳에 눌러앉는 것도 불사하겠다고 으름장을 놓고 있답니다.」

「그런 일도 있었당가?」

세창이 시큰둥하게 물었다.

「평양성전투 때, 죽어라 목심을 걸고 싸웠는데 인자까지 한푼도 몬받고 있으니 열이 뻗치게도 됐죠.」

망내가 다시 부연 설명을 했다.

「하지만 그란걸 보면 명도 겉으로는 큰소리를 뻥뻥 치지만 돈줄이 엄청마른 깁니다. 바뀌는 제독들마다 싸울 생각은 않고 강화를 서두르니 말입니다. 우찌 됐건 돈이 있어야 전장이고 사업이고 벌릴 기이 아입니까? 그것도 몰르고 조선은 쥐뿔도 없는 주제에 죽기를 각오하고 싸우겠다고만 뎀비니 명도 중간에서 참 난처한 모양입니더.」

「이봐, 말조심하랑께!」

세창이 잽싸게 주위를 돌아보며 끼어들었다.

「강화의 '강講' 자字도 꺼내지 말랑께. 만약에 누고 그걸 듣고 관가에 고발이라도 허는 날에는 그날로 쥐도 새도 모르게 사라져 버리고 만당께. 조정의 관리들도 모두 강화라는 단어만 나오면 쥐죽은 듯이 숨을 삼키고 있는 판이네. 그라니 모두 오래 오래 살고 싶으믄 무조건 일본을 대천지원수라고 침을 튀기며 떠들어야만 목심을 지대로 보존할 수 있다 이 말이네, 내 말은. 모두 알아들었는감?」

근래, 강화講和라는 단어는 조선에서 비수처럼 가장 예민한 단어였다. 수십만의 죄없는 백성들이 바로 엊그저께 일본군의 칼날 앞에 무참히 죽어갔는데 그들과 다시 손을 잡고 화해를 하라고 명이 자꾸만 떼미니 조선 정부로서는 차마 얼굴을 쳐들 수 없을 만큼 치욕적이고, 굴욕적이었던 것이다.

「여봐, 대복이. 자넨 그 존 물건들을 워쩌크롬 그렇게 싸게 팔았당가?」

세창이 대복을 보고 힐난하듯 물었다.

「쪼매만 더 기둘렀으면 값을 더 쳐서 받을 수 있었는디 말이여. 그렇게 죽어라 내 말을 안 듣고 똥고집을 부려 얻은 게 뭐 있당가?」

「됐십니다. 그맨치 받았으면 됐죠, 머. 그란데 감사님은 와 돈이란 돈은 모다 그러모아 비단을 사들이십니꺼? 모두들 굶어 죽어가는 판에 비단옷 입을 사램이 어데 있다꼬.」

대복이 순진하게 물었다.

「여보게.」

세창이 한 수 가르쳐 주겠다는 듯이 부드럽게 말문을 열었다.

「평화가 있으면 전쟁이 있고, 전쟁이 있으면 평화가 멀리 있지 않은 벱.」

세창이 은유적으로 뽐내며 말했다.

「나는 눈앞의 이익보다도 먼 미래를 보고 돈을 투자헌다네. 그기이 내 철학일세. 알아듣겠는감?」

「그기이 먼 뜻입니꺼?」

대복이 어리둥절해서 물었다.

「참새가 워쩌크롬 봉황의 뜻을 알리요?」

세창은 거드름을 피우며 한마디 하고는 왼손에 쥔 부채를 획 펼쳐 희고, 살찐 포동포동한 얼굴로 가져갔다.

「흥.」

구석에 앉아 있던 갑석이 아니꼬운 듯 한마디 했다.

「봉황도 봉황 나름이제. 우리 대복 행님은 배고픈 사람을 보면 불러 한

술 믹이고, 아픈 사람에게는 쉴 곳을 마련해 주시니 행님이야말로 진짜 봉황이제. 지 배만 채우는 주제에 남에게 훈계를 하려 들다니.」

「니가 잘살건 못살건 그란 건 내 알 바 아니고. 니는 머, 대복이 대변인이라도 되느냐? 아니면 대복이 칭찬을 안하믄 입에 가시가 돋는다냐? 자석, 마빡에 피도 안마른 기이.」

세창이 약이 올라 뒤틀린 얼굴로 갑석을 버러지처럼 노려보며 말했다.

「아따, 툭하면 이눔 저눔 하시는데 어데 두고 봅시다.」

갑석이 대놓고 대들었다.

「지도 이자는 집 한 칸 장만하고, 땅 마지기라도 살 수 있는 돈이 있십니다. 그라니 어디 두고 봅시다! 대복 행님과 의기투합해서 조선의 돈을 다 긁어모을 끼니. 그 쥐꼬리만한 재산좀 갖고 있다고 너무 시도 부리지 마씨요! 아셨소?」

세창은 기가 막혔지만, 막무가내로 덤비는 갑석을 당해낼 수 없었기 때문에 분을 삭이며 애꿎은 부채만 만지작거렸다.

「자네 덕춘이 소식 좀 아는가?」

오랜만에 깨끗한 외출복으로 갈아입고 나타난 막개가 쥐죽은 듯 구석에 앉아 있다가 느닷없이 맞은편에 앉아 있는 금동에게 물었다.

「글씨요. 지난봄에 남원에서 한번 보고는 못 봤는데요.」

「그래…?」

막개는 잠시 말을 끊었다가 고개를 흔들며 말을 이었다.

「어짓밤 꿈에 덕춘이를 봤는데 어데 있는지 답답하다면서 자기를 땅속에서 좀 끼내달라고 사정을 하더라고. 나참, 하도 괴이한 꿈이라 꿈을 꾸고 일어났더니 온몸이 다 땀으로 젖어 있더라고. 암만해도 먼가 나쁜 일이 생긴 기 분명해. 회문산인가 오덴가로 들어가더니마 탈이 생긴 기야. 꿈은 안 속이는 벱이거든.」

「그 자석은 죽어도 싼 놈이야. 나한테서 뜯어간 돈을 생각하면 지금도 잠을 자다가 벌떡 벌떡 일어난다니께.」

세창이 덕춘의 얘기는 꺼내지도 말라는 듯 손을 내저으며 말렸다.

「암만해도 죽은 것 같애. 비록 내 두 눈으로 시체를 몬 보았다고 해도 꿈이란 신묘한 벱이거든.」

막개가 망내를 보며 결론처럼 말했다.

「낙동강에서 떠날 때는 셋이었는데, 지금은 자네와 나만 남았네그려. 자슥, 그렇게도 에미, 애비 속을 썩이더니 그랄라고 일찍 뒈졌남.」

맨 마지막으로 한종이 들어왔다.

「동상들, 나 왔네. 워쩌크롬 내가 쪼깨 늦었구만이라.」

그가 반갑게 사람들에게 인사를 했다.

「드디어 동서의 만냄이 이루어졌네요. 경상도와 전라도 대표가 다 모였으니.」

금동이 한마디 했다.

「그라고 보니 견우와 직녀가 만나는 칠석七夕도 얼마 안 남았구먼. 와따, 시월 참 허벌나게 빠르당게.」

세창이 풍류객답게 한마디 했다.

잠시 후, 기생 둘이 쪼르르 방안으로 들어왔다. 어느덧 긴 여름 해도 지고 땅거미가 슬슬 주위를 어슴푸레 물들여 술 생각이 날 때였다. 오리고기가 한 마리 통째로 올라오고, 술 주전자가 방으로 들여졌다.

「그나저나 자네는 그 많은 쌀을 사다가 워디에 쌓으려는가?」

세창이 한종에게 받을 돈이 있는지 돈을 받아 전대 속에 넣으며 말했다.

「지가 다 묵으려고요.」

한종이 웃으며 말했다.

「자네 가족이 그렇게 많을 리는 없고, 혹시 회문산의 적당賊黨들을 믹이려고 그렇게 열심히 일하는 거 아니여?」

세창이 농처럼 한마디 했다.

「원, 성님두. 농담도 잘 하슈.」

한종은 고개를 흔들며 말했다.

「우리 친척이 을매나 되는지 아슈? 거기다 우리 삼형제가 낳아 새끼를 친 게 또 얼마게요? 그 식구들 겨우내 다 걷어 믹이려면 쌀 열 가마도 모지란당께요. 시발에 피랑께요. 그란디 성님은 그 많은 비단을 워다 쓰려고 그리 허벌나게 사들이는 기요? 조선팔도 기생들에게 모지리 선물하려고 사셨당가?」

「와, 그리하믄 안 되는 벱이라도 있당가?」

세창이 웃으며 말했다.

「자자. 이자 사담은 그만들 허고 우리 사업의 멋진 마무리를 위해 어서 풍악을 울리랑께!」

피리 소리가 흥겹게 울리면서 해금이 부드럽게 그 뒤를 받쳤다.

「다들 굶어 죽어가는 판에 오리고기라니 참말로 돈이 좋긴 좋네그려. 안 그렇당가?」

한종이 먼저 상으로 달려들어 두툼하게 살이 붙은 오리다리를 하나 집어 입으로 가져가며 말했다.

「맹나라 상인들은 없는 물건이 없이요. 돈만 주믄 황제가 묵는 음석도 가져다 드릴 테니 돈만 내이소.」

망내가 너스레를 떨었다.

앳돼 보이는 기생 애향愛香이 망내에게 술을 한잔 따르고는 자리로 돌아가 장구를 치며 노래를 시작했다. 용모와는 달린 약간 쉰 듯 칼칼한 목소리가 대쪽처럼 차갑고, 낭랑하게 무더운 공기를 힘차게 흔들었다.

열여덟 살인 애향은 막 소녀티를 벗고 활짝 핀 한 송이 꽃처럼 이제 막 그 아름다움을 세상에 드러내고 있었다. 그녀는 열다섯에 부모를 여의고 친척집에 몸을 의탁하고 있던 중 중개인의 소개로 남원으로 팔려와 어느덧 3년이 다 돼가고 있었다.

망내가 명나라 장수들을 접대하기 위해 그녀를 불렀을 때, 애향은 그 자리가 첫 무대였다. 그녀는 장구를 치며 노래를 불렀는데, 명나라 장수들은 그녀의 맑고 낭랑한 목소리와 그녀의 고운 자태에 매료되어 그 모습을 보기 위해 줄을 섰다. 그녀는 평소에는 다소곳하고 말이 없지만 손님들 앞에서는 이상하게도 남자들을 끌어당기는 매력이 있는 듯 사업에 큰 득이 되었다. 해서, 망내는 특별히 그녀에게는 돈을 더 얹어 주었다. 그런 그녀가 명나라 장수를 따라 명나라로 가겠다고 했다.

그녀는 살포시 눈을 감은 채 노래에 취해 있었다. 물이 흐르듯 촉촉이 젖은 목소리가 흐느끼듯 가슴에 담긴 슬픔을 쥐어짜고, 세파의 소용돌이 속에서도 중심을 잃지 않으려고 안간힘을 쓰는 것 같았다.

「아, 참말로 직이는 목소리다!」

갑석이 흥분해서 소리쳤다.

애향은 망내가 끊어준 모란꽃 빛깔이 나는 고운 중국산 비단 치마에 금빛 저고리를 입고 있었다. 창으로 비껴든 석양이 그녀의 쪽진 머리카락 위로 떨어져 머릿기름을 타고 미끄러지면서 학처럼 매끄러운 목을 거쳐 새하얀 깃 위로 흘러 떨어졌다. 그녀는 한창 때라 입술은 연지를 바르지 않아도 앵두처럼 붉고, 뺨도 노을에 물든 구름처럼 자연스럽고 곱게 분홍빛을 띠고 있었다.

그녀는 자리에서 일어나 희고, 고운 손으로 균형을 잡은 채 장구 장단에 맞춰 살짝 치마 끝을 들어 하얀 버선코를 보였다가는 부끄러운 듯 치맛자락을 내려 감추고, 다시 또 살짝 하얀 버선코를 붉은 치맛자락 사이로 보일듯 말듯 드러내면서 능숙하게 춤사위를 펼치고 있었다. 그녀는 잠시 어둑해진 공기 속에 붙박인 듯 멈춰서서 꼼짝도 하지 않았다. 그러다 막혔던 강물이 터지듯 어깨 위로 치켜 올린 하얀 손가락이 미묘하게 구부렸다 펴지면서 억눌렸던 내면의 감정을 밖으로 드러냈다.

춤이 끝나자, 세창은 애향을 가까이 불러 술을 한잔 따르게 했다. 그리고 아무도 눈치채지 못하게 귀엣말을 하면서 무언가를 애향의 손에 쥐어주었다. 잠시 후, 세창은 애향과 함께 손을 잡고 방 가운데로 나가 손으로 악사들에게 음악을 시작하라는 신호를 보냈다.

피리와 해금, 장구가 일제히 소리를 울리면서 구슬픈 가락을 뽑아내기 시작했다. 세창은 술집 출입이 많은 사람이라 능숙하게 애향의 동작에 자신을 잘 맞췄다. 가락이 느리게 처지면 애절한 몸짓으로 애향에게 다가갔다가 다시 음악이 바뀌면 멀찍이 뒤로 물러나 안타까운 시선으로 그녀를 지켜보았다.

「지난번 정여립 사건 때 전라도 사람 중 쓸 만한 사람들은 거의 다 죽거나, 없어져 버렸지라우. 쬐금만 끄나풀만 있어도 상하고하를 막론하고 모지리 잡아다 때리죽이고, 없는 죄를 맨들어 뒤집어 씌워 반대편 사람들의 씨를 말렸다고라. 그기이 바로 권력이라는 거랑께. 지 편이 아니면 모지리 죽여 버리는 기. 내 말이 틀렸당가?」

무슨 일이 있는지 한종이 침을 튀기며 떠들고 있었다.

「그는 벌써 죽지 않았십니꺼?」

대복이 끼어들었다.

「의심받을 짓을 했으니 지가 스스로 목심을 끊은 기죠. 떳떳하면 와 죽었십니꺼?」

갑석이 끼어들었다.

「워따, 자다가 봉창 뚜디리는 소리 그만 허라. 자네들은 모르겠지만 그 일은 안즉도 결말이 나지 않았당께.」

한종이 갑석의 말을 자르며 말을 이었다.

「모도 무조건대고 정부 말만 믿으면 안 된당께라우. 피해자들 말도 들어 봐야제. 하모, 그라야 공평한 거 아니당가? 무조건 잡아디리다 두들겨 패 뿌리면서 각본대로 말하게 하는디 누가 그 말을 증말로 믿겠는감? 안 그 렇당가?」

금동은 술병을 머리에 이고 사람들 사이를 뛰어넘으며 빈 잔이 보이는 대로 가득 따라 붓고, 자기도 얻어 마시며 신바람이 났다.

이제, 세창은 애향을 데리고 자리로 돌아와 조용히 술만 마시고 있었다. 오늘 따라 그가 그토록 좋아하는 정치 얘기도 하지 않고 오직 애향에게만 몰두하고 있다는 것을 누구라도 눈치챌 수 있었다.

「한잔 또 따르려무나.」

세창은 더위와 술기운에 숨찬 목소리로 애향을 재촉했다.

「오늘 밤 니가 내 말을 잘 듣는다면 명나라로 안 가도 된다.」

그가 호기 있게 말했다.

「어머, 나리께서 그렇게 돈이 많단 말입꺼?」

애향이 짐짓 놀란듯 되물었다.

「하모. 맹나라 장수 따위가 워쩌크롬 나하고 적수가 되겠느냐? 난, 이자 쪼깨만 더 돈을 모으면 전라도 땅을 통째로 다 살 기다.」

「어머, 거짓부렁도! 속치마 하나 사달라고 해도 발발 떠시는 분이.」

애향이 짐짓 간드러진 목소리로 애교 있게 말했다.

「조선 사램들도 맹나라 군인들하고 놀더니 뻥치는 것만 늘었구만이라. 그 사람들은 누구라 할 것 없이 입만 열었다 하믄 수백 배, 수천 배로 부 풀려 말하는 것이 보통이랑께요. 그에 비하면, 일본 사람들은 바늘로 찔러 도 피 한 방울 안 나오는 깍쟁이들이랑께요.」

「니가 남원땅을 떠나면 난 이자 워쩌크롬 산다냐?」

세창이 곧 울음을 터뜨릴 듯이 한숨을 지으며 말했다.

「시상에 널린 게 여자들인디 뭘 그란당가요? 돈 많겄다, 양반이시겄다 인생에 부족한 것이 하나도 없는디.」

애향이 손을 세창의 가슴에 갖다 대자 그의 심장이 갑자기 터질 것처럼 벌렁거렸다.

「도대체, 을마면 되겠느냐?」

세창이 흥정을 시작했다.

「뭐 말씸입니껴?」

애향은 시치미를 떼고 물었다.

「오늘 밤 마지막으로 나와 함께 있어다오. 니가 그냥 맹으로 떠난다면 난 그 슬픔을 견디지 못해 죽고 말 것이다.」

술에 취한 금동이 다가오더니 갑자기 애향의 손목을 잡아끌었다.

「자, 이자부터 나하고 멋들어지게 한번 놀아보자. 저 영감탱이는 혼지 술이나 빨라카고.」

풍악이 다시 울리자, 두 사람은 손을 마주잡고 천천히 방 가운데로 나아갔다. 그리고는 나른한 여름밤의 공기 속에서 애절하게 파고드는 피리 소리에 맞춰 사랑에 취한 듯 두 눈을 지그시 감고 하늘을 나는 한 쌍의 나비들처럼 천천히 몸을 움직이기 시작했다.

세창은 넋을 잃은 채 애향의 몸짓 하나 하나에 온 신경을 집중하고 있었다. 그동안 얼마나 그녀를 짝사랑했던가? 그러나 그런 보람도 없이 애향은 다시는 돌아올 수 없는 머나 먼 요동땅으로 떠나려 하고 있다.

애향은 버선발을 바꾸며 천천히 그러나 율동적으로 몸을 움직였다. 그러다 그림자처럼 소리 없이 금동에게로 다가갔다가 한숨을 지으며 뒤로 물러났다. 그러면 금동도 기다렸다는 듯 그녀를 따라 천천히 몸을 움직였다. 두 젊은 육체는 방 가운데에서 꽃과 나비처럼 가까워졌다가는 다시 멀어지면서 서로의 은밀한 감정을 몸으로 표현하고 있었다. 애향의 은근한 눈길은 감히 금동의 얼굴을 보기가 괴로운 듯 살짝 숙였다가는 자신도 모르게 고개를 들어 금동의 눈을 찾았다. 그리고는 '숨이 차. 이제 그만 됐어'라고 말하듯이 바싹 마른 입술 사이로 한숨을 토하고는 몸을 뒤로 떨어뜨렸다. 그런 동작이 남녀 간에 흐르는 사랑의 물결처럼 계속해서 밀고 당기며 반복되었다.

「워째 두 사람이 심상치가 않구먼.」

망내가 막 일을 끝내고 들어온 만동에게 웃으며 말했다.

「절마 바람기 있는 건 전부터 알고 있었다.」

만동이 맞장구를 치면서 세창이 앉아 있는 곳을 바라보았다.

「그건 그렇고 저 영감 오늘 밤 뭔 일이 일어날 것 같구마. 꼼짝도 않고 애향만 넋이 빠져라 바라보고 있으니.」

「참, 그건 그렇고 이사 준비는 잘 돼가나?」

망내가 물었다.

「준비가 머 있나? 양반 집안이 아니니 가지갈 족보도 없고, 글을 읽지 않는 집안이니 책도 필요 없고. 우리 두 몸뚱이와 벌어 놓은 돈만 챙겨가지고 가면 고만 아이가.」

「어무니는 우찌 할라꼬?」

망내가 물었다.

「어무니는 예서 돌아가신단다. 워낙 먼 길이니 따라갈 수도 없잖나. 미안한 부탁이지만 어무니 뒤를 좀 부탁한데이.」

「알았데이. 그란 건 걱정 말고, 니나 행복하게 잘 살거라. 그기 바로 효도 아이가?」

음악이 멈추자, 애향은 금동의 손을 가만히 마주잡았다. 그 손은 땀으로 흠뻑 젖어 있었다.

「오라버니, 이따 제 방 창 밑에서 기둘려 주세요. 저 영감탱이를 따돌려야 하니까.」

고개를 살짝 돌리며 그녀가 재빨리 금동의 귀에 속삭였다.

이제는 여름밤도 많이 깊어 파장의 시간이 다가오고 있었다. 망내가 자리에서 일어나 건배를 제의했다.

「그동안 여러분들 덕분에 우리의 사업은 아무 탈 없이 잘 돼 왔십니다. 그래서 모도 돈도 마이 벌고, 배고픔을 모르고 잘 살았십니다. 아무쪼록 여러분의 앞날에 행운과 건강이 따르기를 빌며 언진가 다시 만나 새로 사업을 일으킬 날을 꿈꾸며 오늘은 이만 건배를 하고 헤어집시다! 자, 모도 건배!」

「건배! 건배!」

그날밤, 애향은 술청에서 자신을 목이 빠지게 기다리고 있는 세창을 따돌리고, 방 뒤에 있는 창문을 통해 밖으로 나와 술집에서 가까운 곳에 있는 찬모의 집에서 금동을 만났다.

명군의 철수가 시작되었다. 그것은 명의 병부상서 석성石星이 조선이 군량을 제때 대지 못한다는 이유로 조선에서의 철수를 주장해 황제로부터 결제를 받았기 때문에 이루어진 사항이었다.

뜨거운 늦여름의 햇살이 작열하는 가운데 병사들은 부대별로 나뉘어 요동으로 가는 길고 긴 여정에 올랐다. 하지만 그 속에는 그들뿐만 아니라 명의 장수들과 살림을 하고 있던 기생들이나, 명군 밑에서 일하던 사람들 그리고 만동처럼 조선에서 살 수가 없어 떠나는 사람들도 적지 않게 섞여 있었다.

그들이 떠나는 날, 병영 앞 도로는 요동으로 떠나는 가족들을 마지막으로 보기 위해 나온 인파로 인산인해를 이루었으며 이별을 슬퍼하는 울음소리가 남원 전체를 슬픔에 빠뜨렸다.

3

금동은 짐말 위에 겨울에 먹을 양식과 선물을 잔뜩 싣고 위풍당당하게 장수로 귀환했다. 때는 바야흐로 막 초가을로 접어들기 직전으로 낮은 그래도 더웠지만 아침저녁으로 뺨에 와 닿는 바람이 더없이 상쾌하게 느껴지는 그런 때였다.

분이는 어느 때보다도 반갑게 금동을 맞이했다. 이제껏 장사를 한다는 핑계로 감질날 정도로 가끔씩밖에 볼 수가 없었는데, 이제부터는 매일 얼굴을 보게 됐으니 그녀의 기쁨은 말할 수 없이 컸던 것이다.

금동은 며칠 동안 집안에 틀어박혀 꼼짝도 하지 않았다. 명나라 상인들에게서 산 귀한 선물들도 그대로 풀지도 않은 채 구석에 처박아 놓았고, 세수도 분이가 대야에 물을 떠다 바칠 정도로 게으름을 피우며 자리에만 누워 있었다. 그러다 사흘째 되는 날에야 겨우 자리에서 일어나 방문을 열었다.

마당에 빨아 널어놓은 그의 흰 무명옷 너머로 엷은 아침 안개를 헤치고 덕유산의 연봉들이 눈부신 가을 햇살을 받아 선명한 굴곡과 주름을 펼쳐 보이며 왕처럼 늠름하게 빛나고 있었다. 그리고 집 앞 밭에는 곡식들이 하루가 다르게 노랗게 무럭무럭 익어가고 있었다.

「왕자님, 기침하셨십니꺼?」

부엌에서 일을 하고 있던 분이가 잔뜩 애교 섞인 목소리로 말을 걸면서 방문을 열고 방으로 고개를 디밀었다. 순간, 금동은 분이의 손을 잡아 이불 속으로 끌어들였다.

「막 쌀을 안쳤당께요. 이러다 어무이라도 오시면 위째시려고. 도련님, 지발, 잠시만 참으시쇼잉.」

분이는 금동의 넓은 가슴에 안겨 앙탈을 부렸다.

「그까짓 밥 타면 다시 하믄 되지 않소. 뒤주에 쌀이 그득한데, 안 그렇소? 나한테는 뭣보다도 사랑이 먼지라오. 아시겠소?」

두 사람은 이불 속에서 어린애들처럼 깔깔대며 뒹굴었다. 이제, 금동에게는 편히 쉴 집과 자신을 따뜻이 돌봐줄 사랑하는 여인이 있었다. 게다가 장사를 해서 번 돈도 있다. 그렇다면 뭘 더 바라겠는가?늦은 아침을 먹고 금동은 분이와 함께 가을 햇볕이 쏟아지는 뒷산으로 산책을 나갔다. 길가 덤불 속에는 머루며, 산딸기 외에도 온갖 가을 열매들이 탐스럽게 익어가고 있었다. 키는 그리 크지 않지만 날씬하게 생긴 가래나무에는 끝이 뾰족한 원추형의 가래 열매가 무더기를 이루어 이파리 사이에 무겁게 매달려 익어가고 있었고, 키 작은 개암나무에도 열매가 가득 달려 있었다. 그 위로 빨간 고추잠자리들이 한가롭게 무리를 지어 날아다니고 있었다.

분이는 금동에게 길가에 피어 있는 가을꽃들을 일일이 손으로 가리키면서 이름을 가르쳐 주었다. 그러다 흐뭇한 눈길로 금동을 사랑스럽게 바라보았다.

「와, 그리 나를 빤히 치다보는 기요? 머라도 묻었소?」

금동이 멋쩍은 듯 얼굴을 만지며 물었다.

「아니라우.」

분이는 수줍게 웃으며 고개를 살랑살랑 흔들었다.

「서방님의 얼굴이 너무 잘 생겨서 오래오래 새겨두려고라.」

금동은 분이의 손을 잡고 그늘진 숲으로 들어가 오래된 느티나무 아래 앉았다. 햇살은 뜨거웠지만 들판으로부터 바람이 불어와 선선했다. 초가을의 하늘은 하루가 다르게 높아져 구름 한 점 없이 파랗고, 새들은 숲속에서 즐겁게 뛰놀며 노래하고 있었다. 전쟁의 그림자는 어느 구석에도 보이지 않았다.

「도련님이 집에 기셔서 을매나 좋은지 몰라라.」

분이가 파란 풀줄기를 손가락으로 감으며 말했다.

「언제까지 나를 도련님이라고 부를 기요?」

「왜, 싫으시우?」

「우째, 얼라들 같아 싫소.」

「알았어라. 그라믄 인자부텀 서방님이라고 부르면 되겠소?」

그러며 분이는 행복에 겨운 듯 쪽진 머리를 금동의 가슴에 가만히 갖다 댔다.

「서방님, 언지나 지 곁을 떠나지 마시요. 여기서 지와 함께 농사지으며 행복하게 오래오래 살아요. 봄이면 산에서 나물을 캐 묵고, 여름엔 지와 겉이 땀을 흘리며 농사를 짓고, 가슬엔 누렇게 익어가는 들판의 곡식을 보며 겨울의 긴긴 밤을 함께 꿈꿔요. 그라고 어여쁜 아도 하나 놓아기르고요.」

분이는 벅차오르는 행복감을 이길 수 없는지 눈을 지그시 감고 있었다.

「알았소.」

금동은 분이의 손을 감싸 쥐며 말했다.

「그 정도 소원이야 내가 몬 들어주겠소. 염려 마이소.」

분이는 금동의 손길에 온몸이 녹아내리는 듯 얼굴을 하늘로 향한 채 마냥 행복한 웃음을 지었다.

거기서 좀 더 오르자 녹음이 짙어지면서 바위 사이로 덕유산의 맑은 물이 흘러내리는 계곡이 하나 나왔다. 어찌나 서늘한지 그 물에 손을 담그니 손끝이 저릴 정도였다. 계곡 좌우로 하늘을 찌를 듯이 수백 년된 거목들이 거대한 가지를 펼치고 우뚝 서서 한낮의 햇빛을 가로막고 있었다. 그리고 그 밑에는 물가에 사는 지의류와 이끼류, 고사리 같은 식물들이 발 디딜 틈 없이 빽빽이 땅을 뒤덮고 있었다. 바람에 나뭇잎이 흔들릴 때마다 이파리 사이로 스며든 햇살이 초록의 깨끗한 숲 바닥에 떨어져 금빛 반점을 던지며 어룽거렸다. 계곡 안으로 들어서자, 경사진 골짜기 위에서 바위 위로 흘러 떨어지는 물소리가 귀를 먹먹하게 했다.

금동은 몸이 땀으로 젖었기 때문에 옷을 벗어버리고 계곡물이 고여 있는 시원한 못 속으로 개구쟁이처럼 뛰어 들었다. 분이는 바위 위에 다소곳이 앉아 금동이 벌거벗은 몸으로 물속을 헤엄치는 모습을 사뭇 어머니다운 시선으로 걱정스럽게 지켜보고 있었다. 그녀에게는 금동의 모든 행동이 어린애 같고 위험하게 생각되는 것 같았다. 지금도 그녀는 금동이 잘못해서 바위에 부딪쳐 상처를 내지는 않을까, 아니면 너무 오래 찬물에 있다가 감기라도 걸리면 어쩌나 하고 쓸데없는 근심에 사로잡혀 있었다.

겹겹이 막아선 나뭇잎의 녹음 때문에 검푸른 초록빛을 띠고 있는 투명한 물속에서 금동의 발가벗은 몸은 유난히 희고, 아름다워 보였다. 분이는 그 육체의 아름다움에 잠시 넋을 잃고 있었다.

금동은 부드럽게 두 팔을 놀리며 못 속을 헤엄쳐 계곡물이 흘러 떨어지고 있는 바위 위로 올라갔다. 그리고 거기서 잘 익은 산딸기를 발견하고는 허리를 굽혀 따기 시작했다. 나뭇잎 사이로 비쳐든 노란 햇빛이 금동의 잘록한 허리 위로 쏟아지며 그의 몸통을 황금빛으로 물들였다. 순간 분이는 금동의 몸이 이 세상에서 가장 아름다운 조각으로 보였다.

「당신도 들어와 멱 감으소. 물이 생각보다 차지 않소.」

어느 틈에 금동이 입 안 가득 빨간 산딸기를 머금은 채 다가와 생각에 잠겨 있는 분이의 손을 갑자기 잡아끌었다. 분이는 미처 준비할 사이도 없이 매끄러운 바위에서 미끄러져 물속으로 빠졌다. 순간 하복부에 찌르는 듯한 격렬한 통증이 왔다. 그녀는 신음 소리를 지르면서 금동에게 밖으로 끌어내달라고 부탁했다. 장난기 심한 금동도 그녀의 얼굴이 순식간에 백지장처럼 하얗게 변하는 것을 보고 놀라서 그녀를 물 밖으로 들어냈다.

그날 밤 분이는 하혈을 했다. 그녀는 임신중이었던 것이다.

망내와 막개 등은 사업 뒷정리를 하느라 9월이 되어서야 고향으로 돌아왔다. 실로 일 년 반만의 귀향이었다. 마을의 풍경은 이전과 비교하면 쓸쓸하기 그지없었다. 언제나 이맘때면 논과 밭을 장식하던 풍성한 농작물과 무르익어가는 벼이삭들로 풍요롭던 들판은 흉작으로 수확량이 형편없었다. 그리고 집들도 돌보지를 않아 곳곳에 벽이 무너지거나, 지붕의 이엉이 날아가 버려 머리카락이 뭉턱 빠진 노인의 쪽진 머리처럼 처량해 보였다.

　마을 가운데 서 있던 정호의 초가집은 불에 탄 지 벌써 일 년이 넘었지만 그대로 방치된 채 마당에는 잡초가 무성하고, 깨진 그릇이며, 정호가 손수 만들어 사용하던 잡다한 살림살이들이 깨지거나, 부서진 채 그대로 흩어져 있었다. 그리고 거기서 빤히 바라보이는 덕춘의 집은 은비가 친일親日을 했다는 이유로 누군가에 의해 장독이며 그릇 등 세간들이 마당에 내팽개친 채 뒹굴고 있고, 바깥채의 기둥 하나가 쓰러져 지붕 한쪽이 폭삭 주저앉아 있었다. 하지만 그보다 더 놀라운 것은 대수의 아내 춘심이 작년에 일본군들에게 난행을 당해 아이를 밴 뒤 반쯤 미친 상태에서 애를 낳다가 얼마 전에 죽었다는 소식이었다.

　대수의 집으로 가보니, 그는 넋이 나간 사람처럼 멍하니 어린 핏덩이를 안은 채 툇마루 끝에 앉아 있었다. 살림은 말이 아니었다. 농사는 가뭄으로 흉작이었고, 부엌에 들어가 봐야 뭐 하나 씹어 먹을 음식이 아무것도 없었다.

　보다 못해 복래가 측은했던지 대수의 품에 안겨 있는 핏덩이를 뺏어 안았다. 아이는 먹지를 못해 조리복소니처럼 기를 못 펴고 쪼그라든 모습이었다. 그래도 낯선 사람을 만나 반가운 듯 젓가락 같은 손가락을 꼼지락거리며 샛별 같은 눈을 반짝였다.

　막개가 집으로 달려가 쌀을 퍼다 복래에게 주자 그녀는 아이를 안은 채 부엌으로 들어가 불을 피워 죽을 쑤었다.

「집에서 연기를 본 지가 얼매나 됐는지 모르겠다.」

대수가 싱겁게 웃으며 말문을 열었다.

「연기를 보니 그기만 해도 배가 부른 것 같데이.」

「이 사램아, 그래 내 머라 캐쌌나? 우리 사위헌테 와서 겉이 일하자고 했을 때 왔으믄 이 고상은 면하지 않았나. 에이, 사램 참 고집도!」

막개가 한마디 했다.

곧이어 상이 펴지고 하얗고 멀건 죽사발이 세 그릇 놓이자, 식구들은 허겁지겁 달려들어 바닥이 보일 때까지 머리 한번 쳐들지 않고 죽을 퍼먹었다. 복래는 아이가 불쌍하다며 눈물을 찔끔거리다 아이를 안고 자기 집으로 데려갔다. 그녀는 아이를 낳아도 벌써 몇을 낳았을 나이였지만, 사내들이 하나같이 그녀의 외모를 보고는 달아나버렸기 때문에 시집을 가고 싶어도 갈 수가 없었다.

이튿날부터 그녀는 마치 자기가 낳은 자식처럼 아이를 위해 정성을 다했다. 그녀는 집에 있던 자투리 천을 모아 아이에게 입힐 옷을 손수 만들고, 물을 길어다 데워 더운물로 아이의 몸을 깨끗이 씻겼다. 그리고 끼니때마다 맑은 미음을 끓여 자신이 직접 아이에게 먹였으며 밤에 아이가 자다가 깨어 울면 일어나 자장가를 불러주고, 아이와 눈을 맞추며 밤이 새는 줄도 모르고 할머니에게서 들은 옛날이야기를 들려주었다. 또한 그녀는 틈틈이 대수의 집으로 가서 빨래며 허드렛일을 해 주고, 노모에게도 깍듯이 정성을 다했다. 그녀는 두 집 살림을 하느라 몸이 둘이라도 모자랄 지경이었지만 마음은 한없이 행복해 보였다.

망내는 도착하자, 마을 사람들을 동원해 정호의 집터를 깨끗이 밀어버리고 집짓기에 착수했다. 더 추워지기 전에 집을 짓고, 혼례를 치르기 위해서였다. 그는 마을 사람들을 시켜 산에서 소나무들을 베어오게 한 다음 목수인 아버지와 함께 직접 톱으로 나무를 켜고, 대패질을 했다.

마을 사람들이 총동원되어 터 닦기가 끝나자, 기둥이 서고, 그 위에 지붕이 이어졌다. 여자들은 느티나무 옆에 차일을 치고 그곳에서 인부들이 먹을 삼시 밥을 해대느라 바빴고, 아침부터 저녁까지 망치질 소리와 대패 소리 그리고 사람들이 무거운 물건을 들면서 영차, 영차 하고 힘 쓰는 소리가 오랜만에 정적에 빠졌던 마을에 활기를 불어넣었다.

비도 오지 않았고 마르고, 화창한 날이 계속됐기 때문에 작업은 일사천리로 진행되어 한 달이 좀 지나자 집의 윤곽이 드러났다. 그 다음부터는 방을 꾸미고, 도배하는 일만 남았다.

달래는 안주인처럼 집안 곳곳을 꼼꼼히 둘러보며 허술한 곳을 일일이 지적하고, 자기 의견을 내놓았다. 그러면 망내는 군소리 없이 그녀의 말대로 따랐다. 달래는 이제 마을 사람들을 만나도 고개를 꼿꼿이 세운 채 태도가 도도하고, 아주 당당했다. 그녀는 마을에서 가장 크고, 멋진 집을 갖게 되었을 뿐 아니라, 정호가 소유하고 있던 논과 밭도 그대로 망내의 소유로 이전되었기 때문에 사람들은 이제 그녀의 눈치를 보지 않으면 밥 먹기가 어려워졌던 것이다.

그것은 막개도 마찬가지여서 그는 눈꼴이 시릴 정도로 거만해져서 사람들을 만나도 뒷짐을 지고 뻣뻣이 서서 훈장처럼 마을 일에 간섭하려 드는 꼴이 차마 눈 뜨고 못 볼 지경이었다. 그는 옥색 비단으로 지은 옷을 쪽 빼 입고 하는 일 없이 마을을 이리저리 쏘다니다가 이따금 걸음을 멈추고 망내가 새로 지은 집을 흐뭇한 표정으로 바라보고, 다시 몇 걸음 걸어가서는 또 뒤돌아서서 다른 각도에서 보이는 집의 모습을 지치지도 않고 바라보았다.

그 집은 정호의 원래 집보다 대청도 훨씬 넓었고, 사랑채가 ㄴ자형으로 안채를 에워싸고 있었다. 그리고 널찍한 외양간과 창고는 그들의 살림살이

가 결코 적지 않다는 것을 말해 주고 있었다. 게다가 눈을 가득 채우며 마을 앞에 펼쳐진 논들을 바라보노라면 왠지 밥을 며칠 굶어도 배가 그득해지는 기분이었다. 그는 사람들을 만나면 자신이 만나 본 명나라 군인들의 얘기를 들려주면서 조선의 장래에 대해 우국지사처럼 혀를 차며 열변을 토해 사람들을 어리벙벙하게 했다.

잔치가 다가오자, 달래는 의령에서 제일 바느질 솜씨가 좋은 여인에게 혼례 옷을 맡기고 이어 마을 아낙들을 집으로 불러 혼례 준비를 지시했다. 돼지를 잡고, 국수를 만들고, 그 밖에도 술이며, 안주 등 손님들이 먹을 여러 가지 음식들을 준비해야 했던 것이다.

바야흐로 늦가을로 접어드는 맑고, 화창한 가을날, 드디어 집이 완공되고 바로 그 자리에서 잔치가 열렸다. 마을 사람들이 모이는 정자나무 옆 너른 공터에 흰 차일이 두 개 쳐지고, 바닥에는 두터운 멍석을 죽 깔았다. 개울 너머에서 불어오는 차고 건조한 바람이 어느새 시든 낙엽의 냄새를 풍기며 달려와서는 누렇게 물든 길가의 풀들을 흔들고, 차일 지붕의 자락을 펄럭이며 지나갔다. 그와 함께 울긋불긋한 옷으로 차려 입은 풍물패들이 풍악을 울리며 막 산모퉁이를 돌아 혼례식장을 향해 오고 있는 것이 보였다. 커다란 무쇠솥에서는 고기를 삶는 냄새가 진동하고, 전을 부치는지 기름진 냄새가 벌써 사람들의 입맛을 다시게 하고 있었다.

멀리 구례 그리고 순창, 임실, 장수 등지에서 망내의 동업자들이 그의 결혼을 축하하기 위해 찾아왔고, 인근 마을 사람들도 오랜만에 전쟁의 아픔을 잊고 음식을 얻어먹기 위해 망내의 집으로 몰려들었다.

음식은 요리솜씨가 좋은 광덕의 마누라 진금의 몫이었다. 그녀는 이전에 주막집에서 일한 경험이 있었기 때문에 귀남의 아내 강춘과, 그리고 죽은 무승의 아내 감자를 데리고 며칠 전부터 밤잠을 설치면서 음식 준비를 했다. 그리고 혼례의 의식은 신분은 비록 양반이지만 바보 아들과 함께 움집에 살다가 신이 내려 무꾸리로 살림을 꾸려가고 있는 정鄭씨 부인이 맡았다. 그녀는 이번 난리 통에 가족과 헤어진 사람들이 가족의 생사를 물으러 왔을 때 점괘를 잘 맞힌다는 소문이 나 요즘에는 그 신통력으로 인근에서 일약 유명인사가 되어 있었다. 어찌나 그 명성이 자자하던지 멀리 거창, 함양에서도 사람이 찾아올 정도였다. 그들은 점을 봐주는 대가로 양식이나 먹을 것을 가져왔기 때문에 두 사람은 전쟁 전보다 더 낫게 살았다. 하지만 정작 그녀는 자신의 며느리인 어둔於屯이 지난해 진주성전투 때 어디론가 사라진 뒤 아직도 그 생사를 모르고 있었다.

혼례식이 열리기 직전에 약간의 소란과 혼란이 일어났다. 혼례식을 주관하는 정씨 부인이 느닷없이 이참에 복래와 대수의 혼례도 함께 해치우자고 제안했기 때문이었다. 혼례식장은 그 때문에 어수선해졌다. 대수는 그 소식을 듣자 어쩔 줄을 모른 채 마당 한구석에 뚝 떨어져 머쓱히 서 있기만 했다. 집안에서 잠시 큰소리가 한번 나더니 조용해지면서 막개가 방문을 열고 마루로 나왔다. 그리고는 마당에 있는 대수를 불렀다.

「이봐, 게서 얼쩡거리지 말고 자네도 퍼뜩 옷을 갈아입고 준비허게.」

두 사람은 친구 사이인데도 막개는 마치 어른처럼 호령을 했다. 대수가 묵묵부답이자 다시 불호령이 떨어졌다.

「여보게, 장인어른 말이 말 같지 않나? 정말, 장개가기가 싫은 긴가!」

이렇게 해서 대수와 복래의 혼례식도 함께 열리게 되었는데 그렇게 된 것은 복래와 정씨 부인이 사전에 짠 각본에 의한 것이었다.

복래와 달래는 나란히 족두리를 쓰고 멍석 위를 걸어갔다. 달래의 미모는 자신만만한 긍지와 화려한 비단옷으로 휘감은 아름다운 몸매 때문에 가을 햇빛을 무색케 할 정도로 눈부시게 빛나고 있었다. 마을 아낙들은 삐쩍 말라 늘 얼굴에 허옇게 파먹은 마른버짐이 피고, 밥도 제대로 못 얻어먹던 울보요, 코흘리개였던 달래가 한양의 귀부인들이나 몸에 걸치는 번쩍이는 비단옷에 망내가 예물로 선물한 페르시아산 보석으로 몸치장을 한 채 우아하게 걸어가는 모습을 보면서 억누를 수 없는 질투와 선망의 감정에 휩싸여 가슴이 답답해져 옴을 느끼지 않을 수 없었다. 그리고 그 옆에는 평상복을 입은 복래가 애 서넛은 낳은 아줌마처럼 펑퍼짐한 몸매를 좌우로 흔들며 연신 벌어지는 웃음을 참느라 입을 한 손으로 가리고 걸어가고 있었다.

대부분의 마을 아낙들이 달래의 비단옷과 번쩍이는 보석에 정신을 뺏기고 있는 사이, 복래에게 불타는 질투의 시선을 던지는 여자가 한 명 있었는데 그녀는 바로 죽은 무숭의 아내 감자였다. 그녀는 남편이 죽은 뒤부터 줄곧 대수에게 눈독을 들이고 있었는데 난데없이 복래가 다 된 밥에 재를 뿌리듯 홀연히 나타나 대수를 낚아채 가버리자 닭 쫓던 개처럼 그 분한 마음에 금세라도 두 눈이 튀어나올 지경이었다.

이제, 두 사람은 옆에서 부축해 주는 하님의 도움을 받아 각자 앞에 서 있는 남편에게 큰절을 했다. 키가 작달막하고, 자라처럼 목이 거의 어깨에 붙어 있는 망내는 햇볕에 검게 그을린 얼굴에 웃음을 머금은 채 달래를 흐뭇한 마음으로 바라보았다. 그리고 그 옆에는 아직도 영문을 모르는 듯 어리벙벙한 얼굴을 한 대수가 사모관대를 쓴 채 따가운 가을 햇볕에 잔뜩 인상을 찌푸리고 서 있었다.

「절마는 복도 많아. 장개를 두 번씩이나 드니. 그기도 처니 장개 아이가.」

막개가 서 있다가 선심을 쓰듯 한마디 했다.

「둘 다 존 기지요, 머. 도랑치고 가재 잡고, 일석이조니께.」

낙동강전투에서 왼쪽 손목이 잘려나간 광덕이 빈 옷소매를 바람에 펄럭이며 전과는 달리 깍듯하게 막개의 말을 받았다. 이전엔 거의 반말조로 무시하듯 말을 던지곤 했는데, 막개가 망내와 손을 잡고 사업을 해 돈을 많이 벌었다는 것을 알고부터는 왠지 이전같이 막 대하기가 겁이 나는 것 같았다.

「까짓 것, 처니장개면 우떤가. 아 잘 놓고 잘만 살면 되지. 안 그런가? 광덕이.」

「아, 예예. 하모, 그라믄요!」

광덕은 선선히 대답했으나 표정은 뭐 썹은 것처럼 일그러져 있었다.

파란 가을 하늘 저 높이 바람에 찢겨진 솜털 구름 한 조각이 서쪽으로 흘러가다가 무리에서 떨어져 나와 잠깐 잔치구경이라도 하려는지 허공에 떠서 꼼짝도 하지 않았다.

손님들은 차일 아래 빼곡히 서서 북적이고 있었다. 구례에서 온 희고, 멀끔한 세창의 얼굴도 보였고, 키가 보통 사람의 목 하나는 큰 대복의 크고, 환한 얼굴과 갑석의 가무잡잡한 얼굴도 보였다. 그리고 그 옆에는 전날 장수에서 온 금동의 얼굴도 보였다.

「형은 언제 국시 먹을 거야?」

갑석이 금동에게 말을 걸었다.

「글씨다. 아즉 계획을 몬 잡았다.」

「퍼뜩해, 형. 그라야 나도 장개를 갈 기이 아니요.」

「자석, 그캐 장개가 가고 싶노? 그건 그라고 동상들은 우찌 됐냐?」

금동이 궁금한지 물었다.

「형, 나 운봉에다가 땅하고, 집을 샀어. 그래서 곧 동상들을 모도 불러 모아 함께 살 기다. 그라고 대복이 행님도 그 근처에 집을 샀다, 안카나. 참말로 경치 하나는 끝내 준다. 뒤는 지리산 줄기가 받쳐주고, 앞은 덕유산 줄기가 떡 버티고 있다아이가. 암튼 마당에 서면 가심이 억시로 시원하데이. 한번 놀러와, 형. 형수님하고 꼭, 알았제!」

「알았다, 자슥아. 암튼 축하한데이.」

금동은 자기 기쁨처럼 갑석을 꼭 끌어안았다.

「인자, 고상은 끝났다.」

「고마워, 형.」

갑석은 어깨를 으쓱했다.

「시상 참 좋아졌당께. 돈만 있으면 누구든 사람다운 대접을 받으니. 개나 소나 돈만 갖고 있으면 모두 왕이라니께.」

갑자기 뒤에서 세창이 떠드는 소리가 크게 들려왔다.

「저 똥 감사는 와 또 온기가? 성질나뿌리는데 한번 콱 받아뿌릴까?」

갑석이 뒤를 힐끔 쳐다보면서 투덜거렸다.

「기냥 놔둬. 혼지 놀다가 지풀에 지치게.」

옆에 서 있던 금동이 갑석을 말렸다. 식이 끝나고, 피로연이 시작되기 전에 귀남이 폼을 잔뜩 잡으며 나와 마을 대표로 축하말을 했다.

곽재우 휘하에 얼굴을 내민 뒤 귀남은 이곳 지역에 세력을 갖고 있는 남인南人 계열의 지역유지들을 따라다니며 온갖 궂은 심부름을 하면서 친분을 쌓아 이제는 감사까지도 그의 얼굴을 알아볼 정도였다. 그 덕분에 그는 정호의 뒤를 이어 마을 일을 맡아 관가와의 관계는 물론, 마을의 현안 문제들에 대해서도 상당한 영향력을 미치고 있었다. 그는 젊고, 힘 있는 청년들을 조직해 관군의 빈자리를 메우는 한편 솔선수범해 마을의 치안을 유지하고, 벼슬깨나 하고 있는 부유한 인근 유지들의 안전과 이권을 위해 헌신적으로 일을 하고 있었다. 그 덕에 그는 남명 및 퇴계의 문인들로부터 물심양면의 지원을 받아 그 재원으로 마을 청년들을 자기 휘하에 두고 필요할 때마다 그들의 이권을 보호하기 위해 청년들을 동원하고 관리했다. 마을 사람들의 일거수일투족은 그에 의해 즉각 마을 유지와 지방관들에게 보고되었고, 그러면 그들은 자신들이 만든 향약의 규칙에 따라 눈밖에 난 사람들을 잡아들여 곤장을 치거나, 린치를 가했다.

「존경하는 여러분!」

귀남은 양반처럼 헛기침을 한번 한 뒤 큰 소리로 연설을 시작했다.

「그동안 악랄한 일본군들의 압제 하에서 얼마나 고통과 고충이 심하셨습니까? 정부는 그 어느 때보다도 여러분들이 겪고 있는 힘든 고난의 시절을 잘 이해하고 있습니다. 그러니 이런 때일수록 여러분은 일치단결하여 임금님을 떠받들고, 왜적을 물리치는 데 신명을 바쳐야 할 것입니다. 수백 년간 우리들을 지켜준 이 땅의 아름답고, 고상한 강상綱常의 덕은 지금 야만스런 적의 더러분 발아래 짓밟혀 신음하고, 선조들의 무덤은 적들의 손에 파헤쳐져 갈 곳을 잃은 영혼이 되어 밤이면 밤마다 우리 주위를 맴돌며 슬프게 울부짖고 있십니다. 그도 모자라 적은 지금도 남해안 곳곳에 성을 쌓아 놓고 이 땅을 집어삼키려고 호시탐탐 노리고 있십니다. 이 얼마나 가증스럽고, 통탄할 일입니까?」

「집어치워라!」

「이자, 고만해라!」

「이자 그란 말은 지겹고, 신물이 난다!」

여기저기서 야유와 욕설이 쏟아져 나왔다. 그러나 귀남은 퉁방울눈을 한번 홉뜨고는 그 따위는 힘으로 밀어붙여 버리겠다는 듯이 버티고 서서 다시 연설을 시작했다.

「나라가 있어야 우리가 있고, 나가 있는 벱입니다!」

그는 불끈 쥔 주먹을 머리 위로 치켜 올리며 목청을 높였다.

「비록 나라가 위란에 처해 있어도 우리는 임금님과 이 나라를 군건히 지켜야할 막중한 책임이 있십니다. 아시것십니까!」

「니나 잘 지켜라! 우리를 거기서 빼다오!」

누군가 큰 소리로 귀남의 말을 잘랐다.

연설은 거기까지였다. 시끄러워서 더 이상 계속할 수가 없었던 것이다.

「묵을 게 있어야 싸움을 하던가, 말던가 하지!」

「말로는 멀 몬해? 절마도 양반들 뒤를 졸졸 따라다니더니 관리놈들과 한통속이 되았어. 쎄에 기름을 바른 것처럼 번지르르 말을 잘 하잖아.」

「이참에 나라를 확 바꿔삐려야 해! 이 나라는 망내만도 못해. 망내는 그라도 우리들을 배부르게 해 주잖아. 안 그렇소? 헌데, 금마들은 하는 기이 뭐가 있소? 적군을 만내면 도망치고, 백성들이 몰래 감춰놓은 양식을 빼앗는 것밖에 하는 게 머가 있노. 안 그렇소?」

웃음소리가 터지고 "옳소, 옳소" 하고 여기저기서 왁자하게 외치는 소리가 들려왔다.

「일본 놈들보다도 그 씨래기 겉은 놈들부텀 처치해라!」

「처치해라! 처치해라!」

사람들은 낄낄거리며 합창을 했다. 흥겨운 잔치가 이상하게 돌아가고 있었다. 귀남은 그 따위 소리들은 귀에 못이 박히게 들었다는 듯이 아무렇지도 않은 표정으로 많은 사람들 사이를 헤치고 다니면서 보란 듯이 악수를 하고, 얘기를 나누었다.

잠시 후, 장내가 진정되면서 피로연이 시작되었다. 구수한 빈대떡 냄새가 살랑대는 바람결에 두둥실 떠다니고, 채마밭 한가운데 걸어놓은 무쇠 솥에서는 쇠뼈를 넣고 푹 삶은 육수 국물이 먹음직스럽게 흰 김을 뿜어내고 있었다. 망내는 마을 사람들을 위해 소와 돼지를 잡고, 술도 넉넉하게 준비했다. 상 위에는 근래 사람들이 맛도 못 보았던 귀한 음식들이 가득 차려져 있었다. 사람들은 푹신한 멍석 위에 쭈그리고 앉아 오랜만에 고기 국물로 우려낸 따끈한 장국 물에 국수를 말아 먹고, 고기를 안주로 술을 마셨다.

이어, 풍악패들이 마당 한가운데에서 빙글빙글 돌면서 흥겨운 풍악을 울리며 망내와 대수의 결혼을 축하해 주었다. 전쟁이 일어나고 나서 마을에서 풍악 소리가 울린 것은 지금이 처음이었다. 상쇠가 두드리는 꽹과리의 빠른 장단에 맞춰 귀를 째는 나발 소리가 맑은 가을 공기를 쟁쟁하게 울리며 멀리 퍼져나가고, 북과 징소리도 뒤질세라 그 뒤를 이었다.

사람들은 먹을 사람은 그냥 앉아서 계속 먹고, 놀기 좋아하는 사람들은 놀이패가 두드리는 꽹과리와 장구 장단에 맞춰 덩실 덩실 무리를 지어 춤을 추었다. 모두들 맛있는 음식을 양껏 먹고, 술도 한잔 마신 뒤라 신바람이 났다.

「여보게, 큰사위! 이리 퍼뜩 와 내 잔 한잔 받게.」

막개가 차일 아래 펴놓은 상 앞에서 대수를 불렀다. 그러자 대수가 냉큼 앞으로 걸어왔다.

「와 그라는가? 사램들 많은 데서 쑥스럽게.」

대수는 어쩔 줄을 몰라 했다.

「이 사람, 말투가 그기이 먼가? 그기이 어데 장인어른 앞에서 할 소리가? 체통을 좀 지키게.」

사람들은 모두 킥킥 대며 웃음을 참았다. 대수는 마지못해 막개 앞에서 고개를 숙여 예를 갖추는 척했다. 그러나 그는 술을 한잔 받아 쭉 들이켜고는 답답한지 사모관대를 벗어던지고는 놀이패 가운데로 달아나버렸다.

「저런, 사램도. 멋대가리라고는.」

막개가 그의 뒷모습을 보며 혀를 찼다.

대수는 사람들 속에 끼어 혼자 덩실덩실 춤을 추었다. 그러다 흥이 나는지 상쇠가 쓴 상모를 뺏어 자기 머리에 쓰고는 상모를 돌리며 재주를 부리기 시작했다. 사람들은 손뼉을 치며 그의 뛰어난 재주에 호응했다. 그는 짜리몽땅한 키에 가로로 퍼져 보기에는 몸이 둔해 보였지만 폴짝, 폴짝 춤을 출 때는 나비처럼 가볍고, 새처럼 빨랐다.

피로연이 막바지로 치닫자, 마을 여자들도 모두 일손을 놓고 놀이판에 끼어들었다. 춤 솜씨가 좋은 진금은 능숙한 몸놀림으로 대수와 함께 춤판을 주름잡았다. 그곳에 서 있던 모든 남자들은 그녀의 색기 넘친 얼굴과 살랑거리며 흔드는 엉덩이 놀림에 넋이 빠져 정신을 못 차렸다. 광덕은 그 꼴이 보기 싫어서 차일 아래 고개를 처박은 채 쭈그리고 앉아 감자와 애꿎은 술만 들이켜고 있었다.

짓궂은 귀남의 아내 강춘이 복래를 끌고 와 춤판으로 밀어 넣었다. 그것을 본 진금이 그녀의 손을 잡고 대수에게로 끌고 갔다. 대수는 복래의 손을 잡고 흥겹게 어깨춤을 추었다. 복래는 꿰다 놓은 보릿자루처럼 뻣뻣이 서서 대수가 이끄는 대로 그저 이리저리 발걸음을 옮기고 있었다. 하지만 그녀의 표정은 그지없이 행복해 보였고, 대수에 대한 사랑과 헌신으로 빛나고 있었다.

상 앞에 앉아 하염없이 술을 마시고 있던 감자는 복래를 보자 눈이 뒤집혔다. 그녀는 갑자기 자리에서 일어나 비틀거리며 사람들의 울타리를 헤치고 들어가더니 느닷없이 뒤에서 악을 쓰면서 복래에게 덤벼들었다. 겁이 많은 복래는 놀라서 그대로 땅바닥으로 쓰러졌다. 감자는 그 위에 올라타 복래의 머리카락을 양손으로 쥐어뜯으며 고래고래 소리쳤다.

「이년아, 니가 다 된 밥에 재를 뿌려? 나쁜 년, 니가 넘의 서방을 뺏고 백년 만년 잘 살 것 같애! 내, 오늘 니 멀꺼디를 모도 싹 뽑아 뿌릴끼다.」

그녀는 곧 사람들에 의해 저지되어 땅바닥으로 쓰러졌다. 하지만 그녀는 일어설 생각도 않고 그저 땅바닥에 주저앉아 머리를 땅에 부딪치면서 무숭이 죽었을 때도 흘리지 않던 뜨거운 눈물을 하염없이 흘렸다.

잔치는 해가 지고 나서도 한참 동안 더 계속되다가 밤 늦게서야 겨우 끝이 났다. 먼 곳의 손님들은 다 돌아갔고, 마을 사람들은 저녁까지 얻어먹은 뒤에야 다들 집으로 돌아가 잠자리에 들었다.

갑오년 한 해도 이제 얼마 남지 않았다. 명과 일본과의 강화협상은 여전히 지지부진으로 감감 무소식이었고, 곳곳에서 도둑 떼는 더욱 기승을 부렸으며 엎친 데 덮친 격으로 흉년까지 깊어 전쟁에 지친 백성들 앞에는 또다시 춥고, 배고픈 긴 겨울이 우울하게 펼쳐져 있었다.

그런 어느 날, 짧은 겨울해가 노루 꼬리만큼 서산에 남아 있을 때, 한 사내가 쓰러진 덕춘의 집을 한참 기웃거리다가 거기서 가까운 광덕의 집 대문을 두드렸다.

안에서 한 손으로 새끼를 꼬고 있던 광덕이 방문을 열고 내다보니, 사내는 덕춘에게 전할 편지를 한 통 갖고 멀리 김해에서 달려왔는데 집에 사람이 없다며 대신 편지를 좀 전해 줄 수 없느냐고 하소연을 했다. 해서, 광덕은 자신이 전해 주겠다고 약속하고 사내를 돌려보냈다.

그가 돌아간 뒤, 광덕은 손목이 잘린 손으로 편지를 고정하고 성한 손으로 능숙하게 편지를 뜯었다. 그것은 덕춘의 동생 은비가 일본에서 보낸 편지였다.

〈꿈에도 그리운 덕춘 오라버니께〉

우선, 서둘러 조선땅을 떠나지 않으면 안 되었던 소녀의 딱한 처지를 부디 너그러이 용서해 주세요. 무엇보다도 사랑하는 부모님께서는 옥체 만강하시온지요? 늦었지만 멀리서나마 무릎 꿇고 사랑하는 두 분께 큰절을 올립니다. 그리고 오라버니께도 안부 인사를 다시 올립니다. 그동안 소녀는 일본군 장수를 만나 그분을 죽 모셔왔습니다. 가토 장군과 함께 제2군에 속한 나베시마鍋島 장군 밑에서 함경도까지 종군한 분으로, 강화협상이 진행되면서 김해성에 주둔하시다가 저를 만나게 된 것입니다. 다소 나이가 드시기는 하지만 그분은 저를 끔찍이 아끼고, 사랑해 주셨습니다. 그러면서 전쟁의 혼란 속에서 미천한 이 몸이 고향으로 돌아갈 수 없는 딱한 처지를 늘 가엾이 여기며 가슴아파 하셨습니다. 저는 외롭고, 한 치 앞도 내다볼 수 없는 바람 앞의 촛불과 같은 운명이었기에 자연히 그분께 제 몸을 의탁하지 않을 수 없었답니다. 그리고 그분도 낯선 조선땅에서 여자가 그리웠던 참이라 서로 사랑의 인연을 맺게 된 것이랍니다. 저는 그분을 지난가을에 만나, 올봄에 그분의 아이를 갖게 되었습니다. 그런데 갑자기 그분이 상부의 명령을 받아 고향으로 돌아가시게 되고 말았답니다. 당시, 저는 홀로 이 땅에 버려져 사람들로부터 온갖 냉대와 손가락질을 받으며 살아가야 할 제 운명을 생각하고 얼마나 슬프고, 낙담했는지 모른답니다. 저는 괜찮지만 태어날 새 생명에게는 무슨 죄가 있겠습니까? 하지만 그분은 두 달 후에 다시 꿈처럼 조선으로 돌아오셨답니다. 그 기쁨을 뭐라 표현해야 할지 오라버니는 상상이나 하실런지요. 아무튼 그분은 제 품으로 다시 돌아오셨답니다. 그리고 제가 자신의 아이를 가진 것을 알고는 뛸 듯이 기뻐해 주셨습니다. 그분은 오래전에 결혼을 했지만 아직 아이가 없답니다. 그래서 그 기쁨은 더 배가 되었답니다. 오라버니! 배가 불러오면서 저는 아무것도 할 수가 없었답니다. 그러자 그분은 일하는 사람을 한 명 구해 저를 돕도록 조처해 주시고, 따로 제가 몸 풀 때를 계산해 의지가지없는 저를 일본으로 데려갈 계획을 꼼꼼히 세우셨답니다. 그래서 저는 아무 탈 없이 일본으로 가게 된 것이랍니다. 지난달에 저는 예쁜 딸을 낳았답니다. 그분은 저를 꼭 빼닮았다면서 몹시 기뻐하셨답니다. 오라버니! 저는 정말 잘 지내고 있답니다. 지금 그분은 군무 때문에 다시 김해성으로 돌아가셨지만, 이곳 영주님의 믿음을 한몸에 받고 계신 분이시라 살림살이는 아무 걱정이 없고, 모든 일은 하인들이 다 해 준답니다. 이곳은 일본의 맨 서쪽 끝에 있는 규슈 지방으로 제가 살고 있는 곳은 사가佐賀라는 곳이랍니다. 이곳의 기후는 고향의 날씨와 비슷하고, 논농사를 많이 짓는 편입니다. 거리며 상점들이 모두 깔끔하고, 사람들이 몹시 부지런하다는 것만 빼면 조선과 별로 다를 것이 없는 곳이랍니다. 오라버니, 이제까지 너무 제 얘기만 한 것을 용서해 주세요. 이제부터는 제 얘기가 아니라 조선 사람들 얘기를 들려드리겠습니다.

며칠 전에 저는 오랜만에 이곳에 있는 저잣거리로 물건을 사러 나갔다가 포로로 이곳에 끌려온 조선 사람들을 몇 명 만나게 되었답니다. 그들은 성 밑에 따로 거주지를 정해 그들끼리 모여 살고 있는데, 대부분이 지난해 진주성싸움 때 끌려왔다고 합니다. 진주는 물론이고 사천, 고성, 하동 등 모두 제 고향 부근에 살다가 일본군에게 붙잡혀 강제로 끌려왔다고 합니다. 그날 저는 놀랍게도 샌님 댁 병순 도련님을 만났답니다. 그분 얘기로는 자기 외에도 춘심의 동생 춘보와 노비 어둔이도 끌려왔다고 하더군요. 춘보는 고향에서 하던 도기 굽는 일을 하고 있는 모양이고, 어둔이는 그곳에서 좀 떨어진 어느 농가에 하녀로 끌려가 심하게 부림을 당하고 있다고 들었습니다. 샌님 댁 작은도련님은 글을 안다고 해서 아마 대우를 좀 받고 있는 것 같았습니다. 그분들의 부모와 형제들이 그들을 기다리며 마음을 태우고 있을 것을 생각하면 정말이지 눈물이 앞을 가립니다. 부디, 이 편지를 받으시는 대로 그분들의 가족에게 알려 생이별의 고통을 조금이나마 덜어 드리게 하고 싶은 게 소녀의 간절한 바람이랍니다. 그분들께 모두들 잘 지내고 있다고 꼭 전해 주세요. 저도 힘 닿는 대로 그들을 도울 생각이랍니다. 오라버니, 부디 제 대신 연로한 부모님들을 잘 보살펴 주세요. 조선에서처럼 자주 오라버니께 소식을 전할 수는 없겠지만, 찾아보면 연락할 수 있는 길은 사실 많답니다. 그러니 너무 마음 아파하지 마시고 난리 통이라도 정신을 차리셔서 불쌍한 부모님을 잘 봉양해 드리세요. 참고로 그분의 이름을 알려드릴 테니, 혹 어려운 일이 있으면 그분을 찾아가보세요. 제가 부모님 얘기를 많이 했으니 그분도 이해해 주실 거예요. 벌써 또 한 해가 지나가는군요. 고향에 떨어져 계신 부모님을 생각하면 가슴이 찢어질 듯 아프지만 새로 태어난 아이(참, 이름이 아사코랍니다)가 자라는 것을 생각하면 하시도 어미로서의 의무를 게을리 할 수가 없답니다. 비록, 오라버니와 몸은 떨어져 있지만 고향 생각이 나면 늘 북쪽 하늘을 바라보며 시름을 잊는답니다. 하늘은 결코 헤어지는 법 없이 하나로 이어져 있으니까요. 하지만 인간 세상은 온갖 사연으로 구름처럼 갈가리 찢겨져 서로를 그리워하고, 꿈속에서마저도 만나지 못하고 서로를 애타게 찾고 있으니 인간의 운명이란 것이 행복보다도 슬픔이 더 많은 듯 여겨집니다. 아무리 급히 서둘러 말을 한다 해도 하고픈 말이 강물처럼 쏟아져 넓은 대지를 다 채우고도 넘칠 듯한 밤입니다. 하지만 그리움과 슬픔만으로 세상을 살아갈 수만은 없는 법. 하루 빨리 전쟁이 끝나고 평화가 찾아와 오라버니와 부모님을 뵈올 날을 소녀 늘 맑은 마음으로 간절히 빌고 있답니다. 하고픈 말은 태산처럼 많지만 오늘은 여기서 이만 줄이겠습니다. 부디, 몸조심하시고, 다시 한번 무릎 꿇어 저를 낳아주신 부모님께 큰절을 올립니다. 그럼, 모두 안녕히 계세요.

머나먼 이국땅에서 은비 올림

5
:
협상2

1

　유경이 요동으로 돌아가고 나서 얼마 후, 강화를 주장하던 경략 송응창이 반대파에 의해 물러나고 고양겸이 새로이 부임했다. 하지만 그도 역시 송응창과 마찬가지로 일본과의 무역을 통한 강화안을 강력히 주장하는 인물이었다. 그는 부임하자마자 반대파를 누르고 강화를 추진하기 위해 조선으로 하여금 강제로 조선이 명과 일본과의 강화를 바란다는 내용의 주청문奏請文을 직접 명 정부에 올리도록 강요했다. 그것은 강화를 반대하는 세력의 저항을 무마하기 위해 나온 고육지책이었다. 명 정부는 그 목표를 이루기 위해 4월 말 사신 호택湖澤을 조선에 보내 두 달 간이나 한양에 머물며 조선 왕에게 명군의 철수를 무기로 협박도 하고, 으르며 주청문을 요구해 결국 조선 정부는 굴욕적인 요구이기는 하나 달리 뾰족한 수가 없었기 때문에 명의 제안에 굴복했다. 그리하여 3개월 후, 조선의 주청사奏請使 허욱은 일본에 대한 봉공封貢을 허락하여 사직을 보유케 할 것을 청하는 주청문을 명 황제에게 올리게 되었던 것이다.

　조선이 올린 주청문은 어떡하든 전쟁을 끝내려는 강화파의 주장에 즉시 힘을 실어 주어 강화협상에 속도를 내게 했다. 하지만 반대파는 일본과의 무역만은 끝내 강력히 반대했기 때문에 결국 알맹이는 쏙 빠지고 쭉정이만 남은 꼴이었다.

　이번 강화협상에서 초미의 관심사는 봉공封貢이라는 단어에 집중되어 있었다. 즉, 명 조정은 이번의 일본 침략이 지난 닝보의 난으로 두 나라간의 무역거래가 완전히 차단되자 일본이 마지막 수단으로 전쟁을 일으킨 것이라고 판단하고 있었다. 하지만 그들을 달래려고 무작정 양쯔강 입구에 위치한 동남해안의 주요 무역항인 닝보를 개방할 수도 없는 게 명의 입장이었다.

명은 북쪽 국경을 맞대고 있는 오랑캐들에게 매년 조공무역으로 지출하는 비용이 360만 냥에 이르고 있었다. 그에 비해 명의 총 세입은 400만 냥에 불과했다. 만약, 여기에 더해 일본과 무역을 재개한다면 재정 적자로 정부 재정이 파탄날 것은 불 보듯 뻔했다. 명 정부는 이미 200만 냥이라는 거액의 전비를 조선 지원에 지출하고 있었다.

12월 초, 마침내 요동에서 항표降表 문제로 억류되었던 일본 강화사 일행이 요양遼陽에서 2년여 만에 북경으로 입성했다. 그리고 일주일 후, 명 황제는 대궐 안에 있는 동궐東闕에서 각부 장관과 병부의 사관司官 등을 모아 놓고 일본측 사신과 면담케 했으며, 일주일 후 병부상서 석성이 다시 한번 면담을 개최해 일본의 요구사항을 확인한 다음, 최종적으로 병부에서 책봉사를 파견하기로 결정했다.

해가 바뀌고 나서 책봉사가 북경을 출발하기에 앞서 조선 남해안에 주둔하고 있는 일본군의 현지 상황을 직접 눈으로 살피고, 일본군의 완전철수를 재촉하는 명의 사신이 한 달 간격으로 두 차례에 걸려 고니시가 주둔하고 있는 웅천성을 방문했다.

첫 번째 사신은 십여 일을 머물며 일본군의 철수를 직접 보게 해 달라며 떼를 썼지만 고니시가 말장난만 하며 시간을 질질 끌었기 때문에 결국 사신은 아무런 성과도 없이 빈손으로 돌아갔고, 두 번째 사신도 그와 비슷한 처지에 빠졌다. 즉, 일본측의 주장은 책봉사가 나오는 것을 눈으로 직접 확인해야만 병력 철수를 개시하겠다는 것이고, 명측은 일본군이 부산에서 철수하는 것을 직접 눈으로 봐야 책봉사가 남해안으로 내려오겠다는 주장으로 결코 합의를 끌어낼 수 없는 자기주장만 서로 하다가 아무런 소득도 없이 성을 떠났다. 고니시는 그들 편에 심유경을 직접 만나고 싶다는 서신을 보냈다.

고니시는 몹시 어렵고, 힘든 처지에 빠져 있었다. 일본측 강화사가 명으로 떠난 것이 벌써 햇수로 2년이 다 돼 오고 있지만, 일본측 강화사로부터는 아직도 아무런 소식이 없고, 명 조정의 상황이 어떻게 돌아가고 있는지도 정확히 파악할 수가 없었다. 게다가 연초부터 히데요시는 명과의 강화교섭에서 조선의 남부 4도를 획득하지 못할 경우에는 현재 조선에 주둔하고 있는 규슈와 주고쿠 지방의 군대 외에 일본 내에 머물고 있는 예비병력 전부를 총동원해 전라도 지방을 공격하겠다고 다이묘들에게 공공연히 떠들고 있었다. 그 또한 강화문제를 마냥 방치해 둘 수도 없는 입장이었다. 그는 하루가 다르게 체력이 쇠약해지고 있었고, 병으로 누울 때가 잦았다. 그는 어떡하든지 죽기 전에 권력 기반을 확고히 다져 두 살 난 히데요리에게 권력을 넘겨주기를 간절히 원했다. 그러려면 명의 정벌을 기치로 내걸고 시작한 이번 전쟁을 어떤 식으로든 마무리를 지어야 했다. 만약, 아무런 성과 없이 이대로 흐지부지 전쟁이 끝난다면 그의 명예와 권위도 크게 상처를 입게 될 것이 뻔했다.

고니시는 히데요시에게 서신을 내어 전라도 공격의 어려움을 호소했다. 즉, 조선은 이미 황폐해져 한 톨의 식량도 현지에서 얻을 수 없는 형편이다, 그리고 곧 책봉사가 조선으로 나와 바다를 건널 터이니 잠시 군대를 거두고 기다리는 것이 좋겠다는 구구절절한 내용이었다. 반면, 강화협상에 불만을 품고 있는 가토는 강화의 내용이란 것이 조선 분할 문제는 쏙 빠지고 고작 무역이나 책봉에 불과할 것이라는 것을 미리 간파하고, 히데요시에게 은밀히 서신을 보내 당초 목적한 바대로 명 정복을 견지하고, 만약 지금 당장 진격이 어렵다면 10년이라도 좋으니 조선에 계속 눌러 앉아 기회를 엿보겠다는 강경한 자신의 입장을 토로했다.

명의 두 번째 사신이 돌아가고 난 지 얼마 후, 유경이 웅천성에 모습을 드러냈다. 그는 고니시에게 책봉사가 압록강을 건넜다는 소식과 함께 책봉사의 규모를 장황하게 자랑했다.

「유격께서는 언제나 내 진을 다 빼놓고서야 나타나는구려.」

고니시는 책봉사가 출발했다는 소식에 안도의 한숨을 내쉬며 말했다.

「미안하오.」

유경은 언제나처럼 몸을 과장되게 흔들며 덧붙였다.

「하지만 나도 편하게 지낸 것만은 아니요. 반대파들의 입을 막느라 동분서주, 밤잠도 못자고 그들을 설득하느라 정신이 없었소.」

그날 밤, 고니시는 요리사를 친히 불러 술상을 차리게 하고, 지난번 사신들한테는 하나도 내놓지 않고 창고에 감춰두었던 맛좋은 음식을 꺼내 유경을 대접하도록 분부했다. 그리고 술도 특별히 포도주를 내오도록 지시했다.

고니시는 유경에게 포도주를 한잔 따라 건넸다. 유경은 그것을 들어 단숨에 쭉 들이키고는 생선 한 토막을 집어 입에 넣고 우물우물 씹었다.

「오늘은 고니시 님의 대접이 아주 후하군요.」

유경이 웃으며 말했다.

「술은 얼마든지 드릴 테니 어서 강화산지 책봉사가 어디쯤 오고 있는지나 말해 주세요. 히데요시 각하께서 지금 잔뜩 화가 나 계십니다. 그분의 눈 밖에 나면 우리의 운명도 끝나는 거요.」

고니시가 진지하게 말했다.

「너무 걱정하지 마오. 우리는 처음부터 전쟁에 의지하지 않고 서로의 이해관계를 해소시킬 수 있는 방법을 꾸준히 개발하고 연구해 왔소. 그래서 마침내 일본이 원하는 명과의 통교가 실현되는 순간이 도래한 것이 아니요? 그렇게 되면 가토는 코가 납작하게 되어 뒤로 물러나고, 이제껏 협상 전면에 나서 진력해 오신 고니시 님이 히데요시 각하의 실세로 나서게 될 겁니다. 당신이 만약 명의 관료였다면 명名 재상宰相이 됐을 텐데.」

「유격도. 어찌됐든 이제 당신과 나는 미우나 고우나 얽히고설켜 떨어지려 해도 떨어질 수 없는 사이가 돼버린 것만은 분명하지요.」

고니시가 다시 술을 한잔 따르며 말했다.

「너무 걱정하지 마십시오.」

술잔을 비우고 나서 유경이 호탕한 목소리로 말했다.

「우리는 엄청난 선물을 준비했소. 그 행렬이 사십 리가 넘을 정도요. 말만 해도 오백 마리가 넘는다오.」

「그런 겉치레는 말고, 강화안은 잘 받아 들여 질 것 같습니까?」

「분위기가 좋았습니다. 그러니 히데요시 각하께서도 흡족해 하실 안이 나올 것입니다. 만약 강화안이 거부된다면 나는 물론 병부상서와 경략 모두 목숨을 내놓게 될 것이오. 그만큼 이 문제는 내게는 목숨이 달린 문제입니다.」

「난, 조선 문제가 마음에 걸려요.」

잠시 후, 고니시가 어두운 표정으로 말문을 열었다.

「무슨 뜻입니까?」

「히데요시 각하는 일본군이 조선에 주둔하고 있는 것을 마치 조선 전체를 점유하고 있는 것으로 생각하고 계십니다. 그래서 얼마 전에는 쓰시마 영주에게 남해안의 땅 일부를 떼어 그의 영지로 주었답니다. 그러니 가토도 따라서 신바람이 나서 전라도를 공격하겠다고 공공연히 떠들어대고 있는 것입니다. 전, 암만해도 그 문제를 각하께 납득시킬 뾰족한 방법이 없습니다. 만약, 강화의 막바지 단계에서 각하께서 조선 문제를 트집 잡아 강화를 백지화한다면 우리의 계획은 수포로 돌아가게 될 테니까요. 난, 그게 두려워요.」

「하하하. 난 또 뭐라고.」

유경은 걱정 말라는 듯이 큰소리를 쳤다.

「그 문제는 전적으로 나에게 맡겨두세요. 조선 문제는 누가 뭐래도 제가 요리하는 것이 편하고, 수월할 테니까요.」

「유격께서는 무슨 좋은 방법을 갖고 계십니까? 히데요시 각하의 질책을 피할 기발한 수라도?」

「그럼요.」

유경은 파안대소를 한 다음 고니시에게 술을 한잔 따르며 말을 이었다.

「일본이 조선의 일부를 할양해 달라는 요구는 불가능한 일임을 고니시 님께서는 잘 알고 계시죠?」

고니시는 아무 말도 않고 침묵을 지켰다.

「좋습니다! 그럼, 남은 것은 조선에서 왕자를 인질로 보내라는 건데, 이건 내가 조선측과 의논해서 이전에 쓰시마 영주가 쓰던 방법으로 왕자 대신 통신사를 보내는 것으로 절충하겠습니다. 어떻습니까, 내 생각이?」

「글쎄요. 히데요시 각하께서는 인질로 잡힌 왕자 두 명을 지난번에 풀어준 것에 대해 조선측이 한마디 감사의 말도 하지 않고 있다며 몹시 성을 내고 계십니다. 때문에 만약 왕자 대신 거짓 사신을 보냈다가 들통이라도 나면 곤란한 일이 생길지 모릅니다. 그 문제도 대비해야 할 것입니다.」

「참, 걱정도. 조선은 지금 3년에 걸친 전쟁으로 나라 전체가 초토화되어 산과 들에 시체가 쌓여도 치우지도 못하고, 뼈와 가죽만 남은 걸인들이 떼를 지어 짐승처럼 주린 배를 부여잡고 거리를 헤매고 있는 실정입니다. 근데 그런 지경에서 감사의 마음이 우러나오겠습니까? 그러니 사신을 데리고 가서 마치 조선이 히데요시 각하께 감사의 마음을 전하는 것처럼 적당히 꾸며 대면 각하도 못이기는 체 그냥 넘어가실 겁니다.」

「조선은 자신의 땅을 스스로 지키지 못했기 때문에 어떠한 형태로든 그 대가를 치러야 마땅합니다.」

고니시가 차분한 목소리로 말했다.

「패자로서 인질을 보내는 것은 우리나라에서는 당연한 전통입니다.」

「그렇다면 우리는 또 다시 전쟁에 휘말릴 수밖에 없어요. 고니시 님마저 그렇게 생각하신다면 과연 누가 이 피 말리는 전쟁을 그치게 할 수 있겠습니까? 명나라와 일본은 또다시 백성들을 동원해 얼어붙은 강과 거친 바다를 건너 조선으로 보내야 하고, 조선은 그 중간에서 또 피바다가 될 것입니다. 과연, 그게 고니시 님께서 진정으로 바라고 계시는 일입니까?」

그리고 유경은 답답하다는 듯 앞에 놓인 술잔을 들어 쭉 들이켰다.

「내 말은 어떤 형태로든 조선은 히데요시 각하께 감사의 뜻을 표해 그분의 가슴에 응어리져 있는 감정을 풀어드려야 한다 이 말입니다. 그게, 뭐 어려운 일입니까?」

고니시의 언성이 높아졌다.

「나라를 잃는 것보다 잠시 고개를 숙이는 게 뭐 그리 대단한 일입니까? 쓸데없는 아집과 자존심은 모두에게 해가 될 뿐입니다.」

두 사람은 잠시 말 없이 앉아있었다. 강화협상의 대단원이 이제 막 막을 내리려는 순간, 또다시 조선 문제가 튀어나오자 모두 신경이 예민해졌던 것이다.

고니시는 조선이 명에 밀착되어 쌍둥이처럼 일사불란하게 행동하는 것을 볼 때마다 견딜 수 없는 기분에 휩싸이는 자신을 느꼈다. 조선은 무슨 문제가 생길 때마다 명의 그늘에 숨어 분명한 태도를 취하지 못하고 그 눈치만 살폈다. 그리고 명은 그 뒤에서 조선을 원격 조종하면서 일본을 시험했다. 이번 전쟁은 그런 불투명한 두 나라 간의 고리를 끊기 위한 좋은 기회였다. 하지만 아직은 힘에 부친다는 것을 절감했을 뿐이었다.

「자자, 고니시 님, 이제 걱정은 그만하시고 평화를 위해 축배를 함께 듭시다! 우리는 최선을 다했지 않았습니까?」

유경이 건배를 제안했다. 두 사람은 강화가 무사히 이루어지기를 기원하며 건배하고 각자 숙소로 돌아갔다. 이튿날 오후, 갑자기 뒷문 쪽이 어수선해지면서 급보가 날아들었다. 어제 막 명의 책봉사가 한양으로 들어왔다는 기쁜 소식이었다. 그날 저녁, 고니시는 히데요시에게 그 소식을 전하러 일본으로 떠나기에 앞서 마지막으로 협상안을 조율하기 위해 유경과 마주앉았다.

「참, 어제 의논하지 못한 것이 있어 이렇게 다시 불렀소.」

고니시가 다소 상기된 얼굴로 말문을 열었다.

「뭔데요?」

잠이 쏟아지는지 부스스한 얼굴로 유경이 물었다.

「만약 히데요시 각하께서 황녀 문제를 다시 꺼낸다면 뭐라 하면 좋겠소? 제1안 말이요?」

「하하. 그 문젠 걱정 마세요. 이미 준비를 잘해 놨으니까. 뭐 다른 건 또 없습니까?」

「없어요. 대체 준비해 가지고 온 게 뭐요?」

고니시가 물었다.

「말 삼백 필이요!」

「웬 말을 그렇게 많이 갖고 오셨습니까?」

「히데요시 각하께서 만약에 다시 그 얘기를 꺼내신다면 오는 도중에 황녀께서 병에 걸려 돌아가셨다고 둘러 댈 참입니다. 그 대신 하사품으로 말 삼백 필을 내놓을 생각입니다. 어떻습니까?」

고니시는 유경이 말과는 달리 협상준비를 잘하고 있다고 생각했다.

「수고하셨소, 유격. 난 내일 아침에 부산으로 가 곧바로 현해탄을 건널 것이오. 그동안 유격께서는 이곳에 머물며 책봉사를 채근해 가능한 빨리 부산으로 내려오도록 독려해 주세요. 그러면 난, 후시미 성에 머물며 히데요시 각하를 설득하고, 책봉사를 맞을 준비를 차질 없이 하도록 독려할 것이오. 다시 한번 말씀드리지만 아직 협상이 끝난 것이 아니니 긴장의 끈을 풀지 마세요. 히데요시 각하께서 조선에서의 완전 철수 명령을 내리지 않는 한 협상은 끝난 것이 아님을 명심하세요. 아시겠어요?」

「좋습니다. 끝까지 고시니 님을 믿고 행동을 같이 하겠습니다. 제 운명이 바로 고니시 님의 운명이니까요.」

헤어지기 전에 유경은 자신이 가져온 짐 보따리에서 무언가를 꺼내 고니시에게 건넸다.

「이건 우리나라의 황제들만이 먹는 영묘한 약으로, 신선神仙이 사는 지방에서 비밀리에 만든 신비한 약입니다. 어린아이가 이것을 먹으면 육십까지 탈 없이 살 수 있게 해 주고, 늙은이는 다시 청년이 되어 새로운 인생을 꽃필 수 있도록 도와주는 묘약이죠. 부디, 이 약을 히데요시 각하와 귀하신 아드님께 드리시고 만수무강과 무병장수를 기원한다고 전해 주십시오. 이 약을 드시고 영원한 생명을 얻으시기를.」

고니시는 유경의 세심한 배려에 매우 기분이 좋았다. 히데요시 각하께서 그토록 사랑하시는 아드님이 일본의 왕으로 등극하신다면 히데요시 각하뿐만 아니라 그에게도 커다란 기쁨이 아닐 수 없었다.

이튿날 아침, 고니시는 부산을 향해 출발하고, 유경은 성에 머무르며 책봉사의 남하를 독려하면서 고니시를 기다릴 예정이었다.

고니시는 부산에서 규슈의 나고야로 가는 배로 갈아타고 현해탄을 건넜다. 그는 쓰시마에서 하룻밤을 머문 다음, 이끼 섬을 거쳐 전선사령부 나고야 성에 도착했다.

이 성은 히데요시가 명 정벌을 위해 건설한 전선사령부로, 전쟁 발발 직전에 규슈의 영주들에게 명령을 내려 하루 인원 삼만 명을 동원해 강행군으로 완성한 성이었다. 그것은 이곳이 지리적으로 조선과 직선거리로 가장 가까웠고, 여러 섬들이 방파제처럼 현해탄의 거친 파도를 막아주고 있어 배를 정박시키고, 병사와 전쟁 물자를 조선으로 실어 나르기에 더없이 좋은 조건을 갖추고 있기 때문이었다.

성이 완성됨과 동시에 각지에서 올라온 다이묘들의 으리으리한 저택들이 성 주위를 에워쌌다. 그로부터 이곳은 규슈의 한적한 어촌 마을에서 수많은 사람들과 각종 전쟁 물자가 몰려드는 신흥도시로 발전했다. 즉, 오사카, 사카이, 하까다 등으로부터 각종 군수품과 보급품이 운송돼오고, 이번 전쟁에서 한몫 보려는 장사꾼과 모리배들이 전국 각지에서 이곳으로 대거 몰려들었다. 또한 전쟁터로 나가는 병사들에게 필요한 자질구레한 물건을 파는 장사치들이며, 그들의 외로운 마음을 위로하기 위해 술집과 유녀들이 이곳으로 밀어닥쳤다. 그리하여 그 번창함은 인근 가라스唐津라든가, 하까다 등지로까지 확대되어 퍼져나갔다. 하지만 아들 히데요리의 탄생으로 히데요시가 아예 오사카 부근의 후시미 성으로 거처를 옮겨가면서 다이묘들도 모두 그를 따라갔기 때문에 거리는 갑자기 눈에 띄게 활기를 잃고 있었다.

항구에 들어서면, 제일 먼저 눈에 띄는 것은 산 위에 위풍당당하게 서 있는 웅장한 성곽이었다. 그중에서도 유독 작열하는 태양을 받으며 번쩍이는 것은 히데요시가 머무는 천수각의 금빛 기둥과 기와를 얹은 지붕이었다. 성은 반경 약 3킬로미터에 걸쳐 삼단으로 각 용도별로 배치되어 있었으며, 2만5천 명의 충성스런 그의 병사들이 철통같이 성 주위를 지키고 있었다. 그러나 주인이 떠나자 호위병들도 최소의 경비 병력만 남기고 모두 주군을 따라갔다.

고니시는 성 뒤에 있는 거처로 가서 휴식을 취한 다음, 이튿날 오사카로 가는 배를 탔다. 그가 탄 배는 하까다와 시모노세키를 거쳐 내해內海를 따라 항해했다. 벌써, 공기는 뜨겁고, 바다는 시원하고 푸르렀다. 푸른 쪽빛 바다 밑에서는 고기들이 평화롭게 떠다니고 있었다. 그가 지금 가고 있는 이 길은 그가 히데요시와 함께 규슈 정벌을 할 때 선박과 보급품 감독을 맡으면서 수도 없이 지나다녔던 길이었다. 그래서 눈을 감고 있어도 굽이치며 달려가는 복잡한 해안선과 평화로운 어촌 마을의 풍경, 그리고 고깃배들이 드나드는 항구의 모습들이 친근한 그림처럼 저절로 떠올랐다. 그러나 그런 평화로운 마음도 잠시 이제 얼마 안 있으면 다시 전쟁으로 돌입할 것이냐, 아니냐가 결정될 것이라는 생각에 미치자 그의 마음은 다시 무거워졌다.

히데요시의 최측근 참모인 이시다는 가토가 자꾸 강화협상에 제동을 건다면 가만두지 않겠다고 잔뜩 벼르고 있었다. 그는 고니시와 마찬가지로 이번 전쟁이 일본으로서는 무리라는 데 인식을 같이 하고 있었다. 즉, 후일이라면 몰라도 지금의 전력으로 명을 제압한다는 것은 꿈에 가까운 일이라고 판단하고 있었던 것이다.

고니시는 가토, 이시다와 마찬가지로 히데요시 정권을 떠받치고, 일본의 미래를 짊어지고 나갈 젊은 신흥세력 중의 한 명이었다. 그리고 그들 위에는 도쿠가와德川家康와 마에다前田 등 대규모의 자기 영지와 가신단을 소유한 초超다이묘들이 있었다. 젊은 세력들은 히데요시의 권력을 등에 업지 못하는 한 감히 그들의 적수가 되지 못했다. 그 때문에 그들로서는 히데요시가 후계자를 확고히 세우고, 새로운 통치형태까지 깔끔하게 마무리 지어 주기를 내심 바라고 있었다.

날씨는 무더웠다. 사람들은 벌써 시원한 유까다로 갈아입고 있었다. 오랜만에 보는 고국의 나무들은 더없이 푸르고 울창했으며, 하늘에는 뜨거운 구름이 한가롭게 떠 있었다. 그는 천천히 눈앞을 스쳐가는 사람들과 조용한 거리의 모습을 보면서 전쟁의 어둡고, 침체된 기운이 이곳 수도 근방까지 전염되어 있음을 느꼈다. 사람들은 어디에 살건 전쟁 수행을 위해 필요한 식량과 보급품을 대느라 허리가 휘고 있었다. 거기에 전쟁이 확산된다면 모두 다시 전쟁터로 나가 농사마저 어렵게 될 것이 분명했다. 그는 자신의 선택이 옳다고 확신했다. 아무리 생각해도 전쟁에서의 완승은 불가능했다. 그러나 이번 강화로 명과 제한된 것이나마 무역을 재개해 서서히 무역량을 늘리면서 국력을 키워나간다면 언젠가 다시 팽창과 확대의 기회가 찾아올 것이라고 그는 생각했다.

2

갑자기 많은 배가 정박해 있는 사이로 그가 탄 배가 이리저리 빠져나가면서 주위가 몹시 소란스러워졌다. 활기찬 오사카 사람들의 떠들썩한 목소리가 그의 귀를 때렸다. 드디어 목적지에 닿은 것이었다.

고니시는 쉴 틈도 없이 성으로 들어가 이시다의 집무실에서 그를 만나 도착 사실을 보고했다.

「됐네. 이 사람아. 새삼스럽게 인사는. 그보다도 객지에서 노고가 많았네.」

이시다는 반갑게 고니시의 손을 잡으며 창백하고, 굳은 얼굴에 잠시 미소를 떠올렸다. 두 사람은 잠시 마주 앉아 역전의 용사들처럼 조선에서 함께 싸운 이야기를 회상하면서 긴장을 푼 다음, 국내 얘기로 화제를 돌렸다. 이시다는 몹시 분주해 보였다. 그래서 고니시는 속으로 이제는 쓸모가 없게 된 조카로부터 권력을 뺏어 히데요리에게 주기 위한 모종의 음모가 진행되고 있다는 것을 눈치챘다.

「좀 쉬면서 하게. 항상 일에 치여 지내는 자네를 보면 너무 딱해 보인단 말일세.」

고니시는 항상 일에 쫓기고 있는 친구가 걱정되어 한마디 했다.

「고맙네. 그래도 내 걱정해 주는 사람은 자네뿐일세. 다른 사람들은 모두 나를 못 잡아먹어 안달이거든. 영주들은 영주들대로 내가 너무 가혹하게 대한다고 불만이고, 동기 녀석들은 도와주기는커녕 내가 너무 잘난 체를 한다며 뒤에서 수군거리며 헐뜯기만 하지. 나는 비록 하루 종일 이 성 안에 갇혀 지내지만 일본 전국은 물론 조선에서 일어나는 아주 소소한 일까지 거미줄 같은 보고망을 통해 샅샅이 알고 있다네.」

「이 사람아, 그러니 좀 쉬엄쉬엄 하란 말일세. 자네가 히데요시 각하의 눈과 귀라는 것을 모르는 사람이 이 세상에 어디 있나?」

「고맙네. 자네는 언제나 날 걱정해 주는 몇 안 되는 친구의 하나지. 그래, 난, 어서 전쟁이 마무리되어 자네와 같이 이전처럼 일하게 되는 날을 늘 손꼽아 기다리고 있다네. 그리고 보니 자네의 그 고운 머리카락에도 흰 머리가 보이기 시작하는구먼.」

「이 사람아! 전쟁이 시작된 지 벌써 3년일세. 그건 평화로운 속세에서는 십 년 이상의 긴 시간이라네. 그러니 머리카락인들 변하지 않겠는가?」

이시다는 오랜만에 만난 친구를 위해 저녁 때 집에서 만나 식사나 하면서 회포를 풀자고 제안했다. 그동안 고니시는 집으로 돌아가 뜨뜻한 탕에 몸을 담그고 여독에 지친 몸을 풀기로 했다.

저녁이 되자, 고니시는 짙은 남빛이 도는 시원한 유카다로 갈아입고 가벼운 마음으로 집을 나섰다. 태양이 막 호수 너머로 넘어간 직후로, 빛을 빼앗긴 저녁 하늘은 부드러우면서도 차분했다. 호수 쪽에서 서늘한 바람이 불어와 그의 기분을 상쾌하게 흔들었다. 그는 짙푸른 버드나무의 가지들이 물가에 늘어져 있는 개천 변을 따라 걷다가 잠시 걸음을 멈추고 그동안 너무나 번모해 버린 성 주위의 모습에 잠시 넋을 빼앗겼다. 즉, 1년 사이에 성 뒤로 개천 변을 따라 전국 각지에서 올라온 다이묘들의 저택들이 저마다 권력과 재력을 뽐내면서 성 주위를 호위하듯 빽빽이 에워싸고 있었던 것이다. 건물들은 모두 막 새로 지은 것들이라 지붕 위의 기와들은 기름을 바른 듯 반질거리고, 막 칠을 한 벽이며 기둥들은 산뜻해 보였다. 하지만 야트막한 언덕 위에 하늘을 찌를 듯이 우뚝 솟아 있는 후시미 성에 비한다면 모두 초라하고, 소박해 보였다. 비록 지금은 해가 진 뒤라 그 위용이 덜하지만 금박을 입힌 수천 장의 기와와, 우람한 기둥과 날카롭게 솟은 성곽 위로 하늘을 찌를 듯이 네 귀를 힘껏 쳐들고 있는 처마선은 누가 말하지 않더라도 이곳이 일본 최고의 권력자가 머물고 있는 곳임을 만천하에 드러내고 있었다. 그곳에는 지상에서 얻을 수 있는 모든 것이 있었다. 생사여탈권을 쥐고 있는 막강한 권력과 금으로 번쩍이는 방, 그리고 천하의 진귀한 명품들이 창고마다 가득했다.

어느 나무에선가 휘파람새의 울음소리가 들려오다가 잠잠해졌다. 집들의 처마 끝에 서서히 먹물처럼 어둠이 짙게 엉기고 있는 것이 보였다. 정원에 불을 켜야 할 시간이었다. 그의 마음은 오랜만에 한없이 평화롭고 푸근했다. 바람이 그치고, 무더운 공기가 다시 그의 몸을 에워쌌다. 조금 전까지만 해도 선명하게 빛나던 사물들의 표면이 흐릿해지면서 서서히 어둠 속으로 사라지려 하고 있었다.

그는 자신이 과연 평화를 얻을 수 있을지 속으로 저울질하고 있었다. 한때는 싸움과 전투가 그의 삶을 이끌었지만, 지금처럼 평화를 애타게 그린 적은 없었다. 이상하게도 화려한 것을 접하면 접할수록 그는 공허감을 더 느꼈다. 화려함은 순간적인 감각의 자극일 뿐이었다. 영원한 것은 언제나 무無요, 태어나지 않은 것들이었다.

그는 한 손에 친구를 위해 조선에서 가져 온 사발 한 점을 들고 있었다. 다도를 즐기는 친구를 위해 특별히 준비해온 물건으로 좌우 대칭이 맞지 않고, 나팔꽃처럼 약간 뒤틀린 입술이 너부죽하게 벌어진 푸른빛을 띠고 있는 소박한 사발이었는데, 그 어색함과 순박함이 이상하게 보는 이의 마음을 푸근하게 하고, 여유롭게 하는 끌림이 있어 이시다의 선물로 결정한 것이었다.

밖이 어둑할 무렵, 고니시는 이시다가 머무는 거실로 안내되었다. 방에는 불이 켜져 있었다. 그리고 널찍한 다다미 저 너머 불빛이 미치지 않는 곳에 유난히 안색이 희고, 깔끔하게 생긴 한 사내가 어김없이 약속된 시간에 친구를 맞이하기 위해 보료 위에 꼿꼿이 앉아 있었다.

「왔네.」

고니시는 먼저 인사를 건넸다.

「그 손에 들고 있는 보따리는 무언가?」

이시다가 차가운 목소리로 물었다.

「조선에서 가져온 사발일세. 왜, 내가 자네를 해칠 무기라도 갖고 왔는가 해서 그러는가?」

「이곳은 조선과는 달리 음모와 자객이 들끓고 있는 곳이네.」

이시다가 목소리를 낮추며 말을 이었다.

「앉게. 자네에게 긴장감을 불러일으키기 위해 의도적으로 한 말이니 오해는 말게.」

그들은 잠시 날씨를 화제로 삼아 가벼운 이야기부터 시작했다. 고니시는 조선에서의 몹시 추웠던 겨울 얘기를 끄집어냈고, 벽제관전투에 참가한 경험이 있는 이시다도 그의 이야기에 수긍했다.

「참, 조금 있으면 오타니大谷도 올 걸세. 퇴청이 좀 늦어지나 봐.」

이시다가 말했다.

「참, 그를 깜박 잊고 있었네.」

「그건 그렇고, 이번에는 히데요시 각하를 즐겁게 해드릴 뭐 좋은 소식이라도 갖고 왔나?」

이시다가 호기심 있게 물었다.

「명의 강화사가 행차를 시작했으니 그보다 더 좋은 소식이 어디 있나?」

「하지만 각하께서 직접 협상안에 도장을 찍기 전까지는 강화는 존재하지 않는다는 것을 명심해야 할 걸세. 중국 사람들은 워낙 수가 풍부하고 속임수가 많으니 말이야.」

「고맙네, 명심하겠네. 그보다 자네 얼굴이 전보다 많이 상한 것 같은데. 또 피의 소용돌이가 한바탕 휩쓰는 건가? 자네는 왜 그런 일만 떠맡아야 하는지.」

고니시는 말을 멈추고 친구의 얼굴을 측은하다는 듯이 바라보았다.

60이 가까워질 때까지 슬하에 자식이 없자 히데요시는 자신의 후계자로 조카를 세웠다. 하지만 재작년에 아들 히데요시가 태어나자 상황은 급변했다. 즉 조카에게 주었던 권력을 다시 뺏기 위해 피의 살육이 이어졌던 것이다.

「어찌하겠는가? 난, 어차피 히데요시 님과 그 아드님 히데요리 님을 위해 존재하는 몸인 걸.」

두 사람은 이십 세가 되기 전부터 또래의 동료들과 함께 히데요시 밑에서 일본의 통일전쟁에 뛰어들었다. 그중에서도 이시다를 총애하는 히데요시의 마음은 각별해서 그는 일찌감치 동기들을 제치고 그의 최측근에서 정권의 실세로 두각을 나타냈다. 그리고 그가 히데요시의 후광을 업고 각종 실무를 지휘함에 따라 자연히 적들도 많이 생겼다. 그는 히데요시가 어떤 지역을 정복하면 뒤이어 들어가 점령정책을 펴고, 동시에 세를 부과하기 위해 엄격한 검지檢知를 실시했다. 그를 위해 그는 자신이 직접 고안해낸 곡자曲尺를 만들어 실무자들에게 나누어 주고 한 뼘의 땅이라도 오차 없이 측정해 그 지역의 세금을 정하도록 했다. 완벽한 실무주의자였던 그는 당시 일반적으로 쓰이고 있는 자로는 굽고, 경사진 토지나, 자투리땅을 측정하기가 어려움을 알고 특별히 곡자曲尺를 고안해 내 자신이 시행하고 있는 일을 효율적으로 완수했다. 그리고 그렇게 오차 없이 시행된 토지 측량에 의해 각지의 영주들을 꼼짝 못하게 관리하고 통제했다.

그는 히데요시의 비서요, 정권의 핵심관료로서 젊은 나이에 무소불위의 힘을 소유하고 있었다. 하지만 너무 차갑고, 냉철한 합리적 성격의 소유자여서 빈틈이 너무 없는 것이 오히려 흠이었다. 사람들은 그의 차가운 성격 때문에 손을 내밀기를 어려워했고, 치밀한 성격 때문에 그를 두려워했다. 게다가 그의 눈은 곧바로 히데요시의 눈이었고, 말은 그대로 히데요시의 말이었다.

그에 비해, 이제 곧 등장할 오타니는 이시다와 비슷한 일을 하면서도 성격이 유해서 그처럼 동료들로부터 애증의 감정을 불러일으키지는 않았다. 그도 이시다와 마찬가지로 조선전쟁에 종군했는데, 처음에는 병사들을 수송하는 선박 감독으로였고, 다음에는 이시다와 함께 군감이 되어 명과의 강화협상을 주도했기 때문에 고니시와 비록 나이 차이는 있지만 각별한 사이가 되었던 것이다. 그는 이시다와 같은 고향 출신이었다.

잠시 후, 오타니가 수선스럽게 밖에서 등장했다. 그는 요즘 한창 노우를 배우는 중이라 걸음걸이도 그렇고, 목소리에도 노우의 한 장면을 연상시키는 울림이 깃들어 있었다.

「저 친구, 이제는 아예 노우에 미쳤구먼. 목소리도 그렇고, 걸음걸이가 그게 뭔가?」

이시다가 웃으며 농을 걸었다. 오타니는 다다미 위에 서서 양팔을 벌린 채 〈아츠모리敦盛〉의 한 구절을 듣기 좋은 낭랑한 목소리로 읊기 시작했다.

「인생 오십년 모든 것은 그저 한바탕의 꿈, 한번 목숨을 얻어 사라지지 않을 자 어디 있는가?」

「됐네, 그만 됐어. 이제 저녁이나 먹세. 오래전에 오신 고니시 님도 생각해야지.」

이시다는 말을 마치고 하인에게 저녁을 가져오라고 일렀다. 곧 저녁상이 3개 들어왔다. 고니시를 위해 특별히 주문한 싱싱한 생선으로 정성껏 차린 상이었다.

「오랜만에 고국에 오셨으니 생선을 실컷 드시라고 많이 준비했습니다.」

주빈인 이시다가 예의바르게 말했다. 조선에서는 생선을 먹을 기회가 별로 없었다. 그저 밥과 된장국으로 차린 간단한 상이 매일 올라올 뿐이었다.

「고니시 님, 강화협상은 잘 돼가고 있습니까?」

오타니가 친근한 목소리로 물었다.

「덕분에 잘 돼가고 있소. 올해 안에 마무리를 지을 생각으로 열심히 뛰고 있소.」

「우리의 운명이 고니시 님의 손안에 들어 있습니다.」

오타니는 웃으며 고니시를 격려했다.

「부디, 원하시는 대로 일이 추진되기를 기원하겠습니다.」

「감사하오. 최선을 다하겠소.」

식사가 끝나고 이시다를 선두로 세 사람은 집 뒤편에 있는 한적한 다실로 자리를 옮겼다. 이미 어둠이 사방을 짙게 물들이고 있었다. 하지만 한낮의 더위는 한풀 꺾이고, 정원에 심어진 잔디와 나뭇잎으로부터 신선한 저녁공기와 함께 짙은 초목의 향기가 취하도록 코를 찔렀다.

그들은 다실로 가기 위해 지그재그로 이어진 하얀 비석飛石을 따라 걸어갔다. 우거진 나뭇잎 위로 펼쳐진 밤하늘에서 빛나는 별빛이 돌 위에 떨어져 빛나고 있었다. 이시다가 앞에서 각등을 손에 들고 그들을 인도하고 있었다. 주위는 키 큰 나무에 둘러싸여 더없이 고적하고, 간간히 들려오는 풀벌레 소리에 섞여 그들이 내딛는 게다 소리가 규칙적으로 들려왔다.

대나무를 띠로 엮어 만든 엉성한 사립문을 들어서자 은은히 비치는 별빛 속으로 작은 다실이 나타났다. 깊은 산속에 숨어 있는 초가집처럼 풀을 이어 소박하게 꾸민 다실이 잠시 그들을 번잡한 전쟁과 도시의 소음으로부터 벗어나 쓸쓸한 산길을 걷고 있는 듯한 느낌을 불러일으켰다.

　다다미 세 장으로 꾸민 다실 안은 세 사람이 들어서자 꽉 차는 기분이었다. 그러나 그 밀폐된 공간 속에 살을 거의 맞대듯 붙이고 앉아 있으면 온갖 사물에 노출된 산만한 밖과는 달리 훨씬 더 친밀하고, 강한 유대감을 느끼게 되는 인공적인 감정을 느낄 수가 있었다.

　방 한편 벽 위에 중국의 산수화 한 점이 사람의 눈높이에 걸려 있었다. 그림은 아무런 채색도 하지 않고 끝없는 허공 속에 그저 검은 먹선으로 산과 나무들을 흐릿하게 그리고, 아래로 내려와 산 속으로 향하고 있는 굽은 길 하나와 앞으로 툭 튀어나온 바윗덩어리, 그리고 그 너머로 산에서 흘러 떨어지는 웅장한 폭포수 가까이에서 작은 조각배를 타고 어딘가로 막 들어서고 있는 한 인물이 흐릿한 점으로 안개인지 비구름인지 모를 허공 속에 오롯이 찍혀 있었다. 타인의 시선도 없고, 속세에서 벗어나 신선 세계로 들어가고 있는 듯한 기분이 드는 그 그림은 이시다가 온갖 잡무로 머리를 어지럽힌 뒤, 집으로 돌아와 제일 먼저 마주대하는 그림이었다. 그는 그 속에서 낮 동안의 일들을 모두 잊고, 마음의 평화를 얻어 다시 세상 속으로 나가는 힘을 얻었다.

　「참 소박한 찻잔이군요.」

　오타니가 이시다가 들고 있는 찻잔을 보면서 한마디 했다.

　「그렇지요? 이 친구가 조선에서 가져온 귀한 선물이라오.」

　이시다가 찻잔을 잠시 들어 보이며 설명했다.

　「조선의 도자기는 소박하고, 여유가 있어요. 그것은 우리 일본 사람들에게는 파격적인 것이죠.」

「맞아요. 우리는 비대칭을 견디지 못하죠. 언제나 직선이고, 바르지 않으면 감각적으로 혼란을 느끼게 되니까요.」

오타니가 맞장구를 쳤다. 이시다는 말차를 한잔 손수 타서, 고니시에게 건네주며 말했다.

「그래서 2군으로 종군했던 나베시마는 자신의 영지에서도 도자기를 만들어 볼 셈으로 조선의 도공들을 대량으로 끌고 왔답니다.」

「저도 들었습니다.」

오타니가 끼어들었다.

「나베시마는 물론 가토도 무역이라도 해서 구멍난 재정을 메우려고 애쓰고 있다는 것을.」

「조선은 초토화 되었어요. 사람은 물론 먹을 것이라곤 아무것도 남아 있지 않아요.」

고니시가 다소 동정적으로 말했다.

「명과 일본 사이에 끼어 오도 가도 못하는 게 바로 그들이죠.」

오타니가 말을 받았다.

「물론 인간적으로야 동정이 가지만 우린 중국을 생각하지 않을 수 없지 않습니까. 그게 냉엄한 현실이니까요.」

「맞습니다. 우리의 목표는 조선이 아니라 명입니다. 명을 제압해야 진정한 동양의 일인자가 되는 것입니다.」

이시다가 말했다.

「바로 그것이 히데요시 님이 품고 계신 원대한 포부이기도 하고요.」

「그건 그렇고 가토는 좀 달라졌습니까? 아직도 고니시 님을 여전히 괴롭힙니까?」

오타니가 다 알고 있다는 표정을 지으며 물었다.

「그는 조선땅을 한 뼘이라도 얻지 못하면 한 발짝도 움직이지 않겠다며 늘 저에게 으름장을 놓는 답니다. 정말 그를 생각하면 골치가 더럭더럭 아프답니다.」

고니시가 얼굴을 찌푸리며 말했다.

「일단, 지금 우리의 전력으로는 철수하는 것이 옳은 일입니다.」

이시다가 진지한 표정으로 말을 이었다.

「모든 전력을 비교해 볼 때 지나치게 길어진 전선과 그에 따른 병참공급의 어려움, 빈번히 조선 의병들에 의해 교란되고 있는 후방과 전방의 연락체계, 해상 운송과 병력 동원 문제에서 이미 많은 문제점이 노출됐습니다. 물론, 명도 상황이 어려운 것은 우리와 마찬가지입니다. 하지만 그들은 병력면에서 자원이 많은데다, 조선과 육지로 연결돼 있어 병력 이동에도 우위에 있죠. 게다가 무기도 우리와 비교할 때 결코 뒤지지 않습니다. 특히 화포는 상당히 위력적입니다. 만약, 우리가 조선을 지배해 확고한 발판만 만든다면 한번 정면으로 붙어볼 만합니다. 하지만 조선이 저렇게 완강하게 저항하는 한 요동 진출은 무리예요. 가토는 무사의 객기만 믿고 있어요. 물론 죽을 때까지 싸우겠다는 그 의기는 존경합니다. 하지만 죽는다 해도 승리를 위한 죽음이 되어야지 패배의 죽음이 되어서는 곤란한 것 아닙니까?」

그는 잠시 고니시가 선물한 조선 사발에 담긴 차를 한 모금 마신 다음 다시 말을 이었다.

「이번에 고니시 님을 모시고 각하를 뵈러 갈 때도 그런 취지의 말을 할 겁니다. 각하는 거대한 꿈을 품고 계시지만 그렇다고 아무런 준비 없이 일을 벌이시는 무모한 분이 아니십니다. 일단은 병력을 뒤로 물립시다. 그런 다음 아드님이신 히데요리 님 때에 힘을 축적한다면 다시 대명정벌을 시도할 수 있을 것입니다. 일본이 더 넓은 세계로 발판을 넓혀 가고 싶은 것은 우리 모두의 꿈이 아닙니까?」

「옳은 말씀이십니다. 전적으로 저도 동의합니다.」

감동을 받은 듯 오타니의 목소리가 떨렸다.

「히데요시 각하의 꿈은 반드시 아드님이신 히데요리 님에게로 이어져 그 꽃을 피울 것입니다. 전, 그것을 이루기 위해 몸을 던질 각오가 돼 있습니다.」

「고맙소. 제 뜻을 이해해 주시다니.」

이시다가 부드러운 목소리로 화답했다.

「하지만 전 이시다 님께서 적이 너무 많다는 것이 늘 마음에 걸립니다.」

침묵을 지키고 있던 고니시가 끼어들었다.

「이시다 님을 존경하는 동료로서 한마디 드리고 싶은 말은 적이 너무 많으면 우리가 원하는 일을 할 수 없게 되지 않을까 두렵습니다.」

「옳은 말씀이십니다.」

오타니도 찬성을 표했다.

「고니시 님의 말씀을 늘 명심하셨으면 좋겠습니다.」

밤이 깊어가고 있었지만 세 사람은 시간 가는 줄 모르게 세상사와 잡다한 신변 얘기로 이야기꽃을 피웠다. 그리고 나중에는 종교 얘기까지 화제에 올랐다.

「전 노우를 배우면서 인생의 진리를 깨닫게 되었답니다.」

오타니가 노우 예찬론을 폈다.

「어떤 진리를?」

이시다가 호기심을 갖고 물었다.

「살아 있다는 것이 그저 한갓 꿈이라는 것을 말입니다.」

「꿈이라 … 글쎄, 이해가 안 되는 것도 아니지만.」

이시다가 말끝을 흐렸다.

「그건 우리네 인생이 너무 짧다는 뜻인가요?」

「그렇죠. 아무리 길어봤자 육십평생, 무언가를 간절히 원하고, 바라지만 그것이 이루어지는 것도 못보고 생은 끝이 나버리니 저 가을에 무심히 떨어지는 낙엽과 과연 무엇이 다르냐 이 말입니다.」

「목숨을 가진 생명치고 영원히 살 수 있는 것이 어디 있나요. 그래서 인생은 슬프고도, 외로운 길이라 하는 거죠.」

이시다가 자신의 소회를 말했다.

「하지만 고니시 님은 다르시겠죠. 고니시 님은 신실한 그리스도 신자시니까.」

「저라고 뭐가 다르겠습니까?」

고니시가 미소를 띤 채 말했다.

「저도 죽죠. 하지만 육체는 사라져도 영혼만은 영원히 존재하리라는 것을 전 믿는답니다. 그래서 죽음이 무섭지 않아요. 그게 여러분과 좀 다른 것이죠.」

「고니시 님이야말로 진정한 그리스도 신자라는 것을 저는 잘 압니다. 나머지는 그저 무역에서 얻게 되는 이득 때문에 따르는 척할 뿐이죠.」

이시다가 말했다.

「대체 예수는 어떤 사람입니까?」

오타니가 호기심어린 얼굴로 물었다.

「그분은 인류의 죄를 대신해 십자가에 못박혀 죽은 지 사흘 만에 다시 태어나 인류의 영원한 빛으로 살아 계신 분이십니다.」

고니시가 부드러운 목소리로 말했다.

「그분은 인류의 시작이요, 끝이신 분이죠.」

「아무튼 교묘한 이론이에요.」

이시다가 말을 받았다.

「인간이 짓는 죄는 이해할 수가 있지만, 죽었다가 다시 태어난다는 것은 아무래도 특이한 생각이에요. 인간은 누구나 죽음에서 벗어나 영원히 살기를 바라죠. 그래서 우리는 죄를 짓지 않고 정직하게 살다가 죽으면 반드시 서방정토로 간다는 꿈을 꾸며 영원한 잠속으로 들어가죠. 그리고 이웃을 사랑하라는 말도 우리가 아는 자비慈悲와 큰 차이가 없고요. 하지만 다시 태어난다는 말은 어쨌든 기발한 발상이에요. 제 생각은 그 정도입니다.」

「기원정사祇園精舍의 종소리, 제행무상諸行無常을 읊음이로다.」

오타니가 자리에서 일어나더니 양팔을 길게 늘어뜨린 채 〈헤이케 모노가타리平家物語〉의 도입 부분을 읊기 시작했다.

「사라쌍수沙羅雙樹의 꽃색, 성자필쇠盛者必衰의 이치를 나타내누나. 거드름 피우는 자도 오래가지 못하노니 오직 봄날 밤의 꿈이로소이다. 굳건한 자도 끝내는 망하나니 그저 바람 앞의 먼지와 같도다.」

헤이안平安 중기에 탁발승으로 분장한 맹인 예능자들은 바랑을 어깨에 메고 각지를 떠돌아다니면서 비파를 뜯으며 헤이케平家 가문과 겐지源氏 가문 사이에 벌어졌던 피비린내 나는 무인들의 쟁투를 그린 이야기를 들려주면서 끼니를 해결했다. 그리고 그 이야기는 훗날 수라지옥에 떨어져 고통을 겪고 있는 가련한 무사들의 혼을 달래는 노우의 〈수라물修羅物〉로 각색되어 인생의 비애와 덧없음을 상징하는 예술로 다시 꽃을 피웠다.

고니시는 친구들과 헤어져 밤늦게 집으로 돌아왔다. 호수 위 서쪽 하늘에 그믐으로 가는 일그러진 반달이 쓸쓸히 호수를 비추고 있었다. 쥐죽은 듯한 적막 속에서 비단을 길게 늘어뜨리듯 하얀 달빛이 그가 걸어가고 있는 길을 도드라지게 드러내고 있었다. 어디선가 야간 순찰을 돌고 있는 병사들이 막대기를 두드리고 있었다. 도시는 긴장을 푼 채 평온하고, 깊은 잠에 빠져 있었다. 다만, 후시미 성만은 망루마다 불을 환하게 밝힌 채 경호원들이 물샐 틈 없는 경호를 펼치고 있었다.

3

이틀 후, 이시다로부터 성으로 들어오라는 연락이 왔다. 고니시는 목욕 후, 외출복으로 갈아입고 집을 나섰다. 점심 시간이 막 지난 시각이었다. 고니시는 성으로 들어가 일단 이시다의 집무실 옆에서 자신의 면담 순서를 기다렸다. 점심 식사 후, 업무가 시작되면서 각 영지에서 보고차 올라온 관리들과 상인들 그리고 예능인 등 몇 명이 면담을 기다리고 있었다.

노우 대본을 손에 든 예능인이 그를 앞서 안으로 들어갔다. 그는 오무라大村라는 예능인으로 한시漢詩와 와까和歌, 렌까連歌 등에 능했는데 근래에는 히데요시의 무공을 예찬하는 〈군기물軍記物〉을 저술하기도 하고, 그의 사적을 바탕으로 노우의 대본을 써서 히데요시를 기쁘게 하고 있었다. 아울러 그는 조선에서 약탈해 온 각종 서적에도 관심을 기울여 여러 다이묘들을 통해 자신이 원하는 자료를 하나하나 수집하고 있었다. 잠시 후, 안에서 그가 대본을 읽는 듯 웅얼거리는 소리가 들리고, 이어 그에 맞춰 히데요시가 '아이!' '요이!' 하고 신이 나서 박자를 넣는 소리가 들려왔다. 아마 그는 기분이 몹시 좋은 모양이었다.

그의 옆에는 하루다原田라는 사람이 앉아 있었다. 그는 마닐라를 오가며 그곳을 점령하고 있는 스페인 사람들과 무역을 하고 있었는데, 그들은 식민지 멕시코에서 생산되는 은銀을 무기로 마닐라를 거점 삼아 명과 그리고 일본 상인들과 무역을 벌이는 한편, 그들을 따라온 프란시스코회 선교사들은 기독교를 전파하기 위해 먼저 이곳에 와 있던 예수회 선교사들과 포교를 둘러싸고 각축을 벌이고 있었다.

하루다는 비록 명과의 전쟁 때문에 실행에 옮기지는 못했지만 일찍이 스페인 사람들을 몰아내고 일본이 직접 필리핀을 통치하는 안을 히데요시 측근을 통해 제안한 적이 있었는데, 그때 히데요시는 마닐라를 점령하고 있는 스페인 당국자 앞으로 만약 일본에 항복하지 않으면 정벌하겠다는 서한을 보내 그들을 바짝 긴장시킨 적이 있었다. 현재, 마닐라에는 천명에 이르는 일본인들이 거주하면서 일본 상인들을 위해 각종 편의를 제공하고 있었다.

그는 무언지 선물 보따리를 하나 가득 들고 있었다. 아마도 히데요시에게 선물할 남방의 희귀한 선물이리라. 히데요시는 무역상들이 전하는 말에 귀를 기울여 외부세계에서 벌어지고 있는 정보를 얻었다. 그중 일본에 이익이 되는 것이 있으면 기꺼이 그들을 지원해 주고, 무력동원도 마다하지 않았다.

고니시는 3시가 지나서야 온통 금으로 도배를 한 면담 장소로 들어갈 수 있었다. 그곳에는 그 시대 최고의 화가 집단인 칸노우狩野파가 그린 꽃과 나무들이 벽 정면과 좌우 벽을 따라 화려하게 장식돼 있었는데, 그림들은 모두 금가루를 섞은 아교로 바탕을 두껍게 칠해 장식적이고, 매우 사치스러웠으며 화면은 웅대했다. 벽을 가득 채운 대담한 색채며, 웅장한 화폭의 크기, 그리고 화려함은 인간 감각의 풍요로움과 역동성, 그리고 생명감을 불러일으키기에 충분했다. 그 시대에는 어느 곳에서나 금이 사용되는 것이 대유행이었다. 그릇이며, 각종 칠기 그리고 의상과 장신구 등 모든 장식에. 그리고 그림들은 크고, 웅대했다. 조각 이불처럼 각국의 영지로 분산되어 있던 권력이 히데요시 일인에게로 집중되면서 예술도 덩달아 힘차고, 거대한 것들을 추구했던 것이다.

히데요시는 전보다도 더 늙어 보였다. 그러나 눈빛만은 여전히 날카롭게 상대를 압도했다.

「노고가 많구먼. 고니시 군.」

고니시가 깊이 무릎을 꿇고 절을 하자, 히데요시가 다정한 목소리로 인사를 했다.

「난, 요즘 노우에 빠져 있다네. 특히, 세키하라 고마치關寺小町를 아주 좋아하지. 어떤가, 바쁘지 않으면 한번 내 춤을 보고 가지 않겠나? 아, 난 요즘에는 예술적인 재능이 샘물처럼 솟구쳐 나오는 통에 도무지 정신을 차릴 수가 없다네. 그동안 정치와 권력에 억눌려 있던 예술적 재능이 이제야 제때를 만난 것 같아. 그래, 인생이란 정말이지 내일을 알 수가 없는 거야. 내가 이렇게 미친 놈이 되어 춤을 추게 될 줄 누가 알았겠는가? 화려한 보료 위에 근엄한 얼굴로 앉아 체통을 지켜야 할 내가 말이야. 하지만 인생이란 지나고 보면 다 개뿔이지. 그러니 지금 인생이 고달프다고 너무 낙담하지도 말고, 기쁘다고 좋아하지도 말게. 참, 요즘 아버지는 어떻게 지내시는가?」

「각하, 아버님은 이미 돌아가셨습니다.」

고니시가 대답했다.

「죽었다고? 허참. 난 그가 살아 있는 줄 알았는데. 내가 너무 무심했어. 나를 위해 참으로 많은 일을 하셨는데, 죽다니 허무하군. 참, 자네는 요즘도 그 그리스돈가 뭔가를 믿나? 그 뭐야, 예수 말이야.」

「믿고 있습니다.」

「난, 요즘 매일 밤 돌아가신 노부나가信長 님의 꿈을 꾼다네.」

히데요시의 얼굴이 어두워졌다.

「그분은 독실한 불교신자였는데 왜, 죽지 않고 밤마다 나타나 나를 괴롭히는 줄 모르겠어. 그래, 조선에 있는 나의 불쌍한 병사들은 모두들 잘 있는가?」

「네, 그들은 명과의 강화가 하루속히 이루어지기를 손꼽아 기다리며 하루하루를 즐겁게 보내고 있습니다.」

「아니야, 좀 더 기다려야 해. 조선이 완전히 고개를 숙일 때까지 말이야. 승리에는 항상 인내심이 뒤따르지. 그게 내 평생에 얻은 교훈이야. 끝까지 참지 못하는 자는 결코 승리를 할 수가 없는 법이야.」

「지당한 말씀입니다.」

고니시는 동의의 표시로 고개를 잠시 숙였다가 말문을 열었다.

「명의 책봉사가 막 조선땅을 밟았습니다. 그 소식을 듣고 조선에서 곧장 각하께 달려오는 길입니다.」

조용한 침묵 속에서 히데요시의 세찬 숨소리가 들려왔다. 왜, 호흡이 저렇게 불규칙한 것일까, 하고 고니시는 잠시 생각했다.

「그들은 내가 원하는 것을 갖고 올까? 굳게 닫힌 문을 우리 일본에게 활짝 열고, 조선의 반을 일본에게 떼어주겠다고 말이야. 난, 3년이나 그것을 기다렸어. 그럼, 그 정도의 대가는 당연한 거 아닌가?」

그는 힐끗 고니시를 쳐다보고는 다시 말을 계속했다.

「내가 요구한 조건들은 모두 잘 살아 있겠지? 설마, 중간에서 꼬리 머리다 떼어 구워 삶아먹고 고작 종이 짝이나 한 장 달랑 주겠다는 건 아니겠지? 좋아. 그래, 좋은 소식일 거야. 그래서 그 기쁨을 참지 못해 이렇게 헐레벌떡 달려온 게 아닌가? 하지만 가토라면 아마 안 오고 조선땅에 죽치고 있었을 걸. 그는 고집이 대단하지. 칼이 목까지 들어와도 눈 하나 깜짝하지 않고 목표를 관철하니까. 전쟁과 마찬가지로 외교에도 그런 의지가 필요해. 상대가 내 요구를 받아들일 때까지 말이야.」

히데요시의 눈은 다시 이성적으로 변하고 있었다.

「그건 그렇고, 인질을 풀어준 지가 벌써 삼 년이나 돼 오는데 조선에서는 한마디 감사의 편지도 없으니 대체, 이게 예의에 맞는 행동이라고 생각하는가?」

그의 목소리는 분노로 떨리고 있었다. 함경도에서 인질로 잡힌 조선의 두 왕자를 풀어준 것을 갖고 지금 또 이렇게 생색을 내고 있는 것이었다.

「아니옵니다. 각하!」

고니시가 머리를 조아리며 대답했다.

「제가 만났던 조선인들은 모두 두 왕자를 풀어준 것에 대해 깊이 감사해 하고 있었습니다. 다만, 조선은 이번 전쟁으로 나라가 쓰러질 위기에 처해 있기 때문에 미처 그런 격식을 차릴 겨를이 없을 뿐입니다.」

「어쨌든 조선은 내게로 와 무릎을 꿇고 머리를 조아리지 않으면 안 될 거야. 난, 앞으로도 그들의 행동을 계속 주시할 거야. 그리고 군은 명과의 협상에서 일본이 조선에 대해 명과 동등한 권리를 갖고 있다는 사실을 결코 잊어서는 안 될 것이야.」

「지당하신 말씀이십니다.」

「우리는 아직도 조선땅에 16개나 되는 성을 갖고 있다. 그리고 그곳에는 우리 병사들의 귀한 피와 땀이 얼룩져 있단 말이다. 내 새끼들, 귀한 내 새끼들.」

히데요시는 감정이 복받치는지 잠시 말끝이 흐려졌다.

「그들은 나의 명령으로 한 뼘의 땅이라도 얻기 위해 낯설고, 물 다른 이국땅으로 건너가 목숨을 바친 나의 영웅들이다. 나는 결코 그들이 흘린 피와 땀을 헛되게 하지 않을 것이다!」

히데요시는 병사들의 생각으로 마음이 아픈 듯 잠시 말을 멈추고 노도처럼 밀려 들어오는 오후의 햇살 쪽으로 시선을 돌렸다.

「조선에서의 철수는 내 팔 하나를 잘라내는 것과 다름없어.」

히데요시는 결연히 말을 이었다.

「그리고 내 꿈도.」

「각하의 마음을 신은 충분히 이해합니다.」

고니시는 말투를 부드럽게 해 어린애를 달래듯 말을 이었다.

「하지만 일단 철수해서 내실을 기한 다음에 다시 기회를 엿보아도 결코 늦지 않을 것입니다. 우리에게는 떠오르는 태양이신 히데요리 각하가 또 계시지 않습니까?」

「아니야!」

갑자기 히데요시가 소리를 질렀다.

「시간이 없어. 빨리 서둘러야 해. 해가 서산으로 넘어가기 전에 끝을 내야 해. 만약, 조선이 끝까지 내 기분을 저버린다면 모든 병력을 끌고 가 깡그리 죽이고 말 거야. 그리고 남은 것은 모두 불태우고 말 거야.」

히데요시는 아무 말도 하지 않고 입을 앙 다물고 있었다. 무언가 내부에서 격렬한 감정이 소용돌이치고 있는 것 같았다. 이상하게도 그는 조선 얘기만 나오면 신경질적으로 돌변하는 버릇이 있었다. 명에 대해서는 그토록 관대한 그가 왜 조선 얘기만 나오면 짜증을 내고, 안달의 감정에 휩싸여 이성을 잃고 마는 것인가? 그는 무거운 돌을 머리에 이고 있는 사람처럼 한동안 얼굴을 찌푸린 채 꼼짝도 하지 않고 있었다. 그가 인생의 피날레를 장식하기 위해 일으킨 명 정벌이라는 회심의 일격은 목표를 관통하지 못하고 중간에서 강력한 그 무언가의 저항에 부딪혀 꺾이고, 부러지고 있었다. 그 좌절의 감정이 그의 심장을 바늘처럼 콕콕 찔러 그를 안달과 초조감으로 미치게 했다. 최초의 전투는 얼마나 멋지고, 고무적이었던가? 조선은 무방비로 접수됐고, 명으로 가는 압록강은 바로 코앞에 있지 않았던가! 그러나 예상과는 달리 시간이 흐를수록 전황은 나빠져만 갔다. 병참선이 점점 늘어져 충분한 보급이 어려워졌고, 그때를 맞춰 조선 의병들의 저항이 시작되었던 것이다. 그는 그것을 견딜 수가 없었다. 왜, 조선은 명과 한통속이 되어 건건이 일본의 꿈을 가로막는 것인가? 거기서 그의 좌절감은 조선에 대한 증오와 미움으로 바뀌었다.

갑자기 뒷문에서 어린 꼬마가 아장아장 걸어 나오더니 히데요시의 품으로 뛰어들었다. 아들 히데요리秀賴였다.

「오, 사랑하는 히데요리 각하께서 어인 일로 이곳까지 나오셨습니까?」

히데요시는 언제 그랬냐는 듯이 환한 얼굴로 아들을 번쩍 들어 무동을 태우고 다다미 위를 춤추듯 가볍게 미끄러져 갔다. 이제까지 그의 얼굴을 덮고 있던 신경질적이고, 귀찮은 표정은 어느새 다 사라지고 만족과 부드러움이 그의 얼굴을 장식하고 있었다.

「사랑하는 아들아, 저 불타는 태양을 봐라!」

그는 서쪽 하늘에 걸려 있는 시뻘건 태양을 보면서 감격한 듯 외쳤다.

「저것이 우리의 태양이다. 영원히 지지 않는 태양, 그리고 오직 이 세상에 하나뿐인 저 태양을 나는 너에게 줄 것이다. 그럼, 만천하가 너에게 고개를 숙이고, 무릎을 꿇을 것이다. 그런 다음에 이 아비는 사라져간다. 태양이 가라앉는 저 바다 속으로. 하지만 너는 도요토미 가문의 태양이 되어 영원히, 영원히 이 세상을 비출 것이다.」

고니시는 자리에 앉아 두 부자가 정겨운 한때를 보내는 광경을 조용히 지켜보고 있었다. 어찌나 다정하고, 정에 사무친지 히데요시의 말 한마디, 표정 하나하나가 그대로 히데요리의 핏속으로 흘러 들어가는 것 같았다.

고니시는 유경으로부터 받은 신비의 묘약을 히데요시에게 바쳤다. 순간, 히데요시는 어린애처럼 뛸 듯이 기뻐했다.

「그대는 내 마음을 꿰뚫고 있구나.」

히데요시는 아들의 등장으로 다시 원기를 회복한 듯 목소리가 힘차고, 웅장하게 변했다.

「중국 사람들은 대단한 사람들이야. 그들은 항상 영원을 꿈꾸거든. 꿈이 없으면 인생은 서글픈 거야.」

히데요시는 선물의 답례로 사람을 시켜 금괴를 가져오게 했다. 그는 마음이 흡족했던 것이다. 고니시는 앞으로 나아가 무릎을 꿇고 금괴 2개를 받았다. 하나는 유경에게 주는 것이고, 나머지는 고니시의 것이었다. 바로 그때, 히데요시의 팔에 안겨 있던 히데요리가 울음을 터뜨렸다. 자기도 갖고 싶은 모양이었다. 고니시는 하나를 그의 손에 쥐어주었다. 하지만 양이 안 차는지 다시 더 크게 울기 시작했다. 히데요시는 하녀에게 다시 금을 더 가져오라고 명령했다.

그 금은 몇 년 전에 정청政廳으로 교토京都에 새로 지은 쥬유라쿠聚樂第로 초대된 전국의 다이묘들과 그 가족들에게 선물로 주기 위해 특별히 제작한 것으로, 그는 당시 수백 명이나 되는 손님들에게 금 오천 매, 은 3만 매를 베풀고도 아직도 창고에 금은이 많이 남아 있었던 것이다.

잠시 후, 활짝 열어놓은 창문을 통해 폭포처럼 쏟아져 들어오는 기우는 햇빛이 여기저기 다다미 위로 굴러다니는 금덩어리와 사방 벽을 장식하고 있는 금화金畵를 비쳐 방안은 온통 '금金의 궁전'으로 변했다.

히데요리는 다다미 위에 털썩 앉아 금괴를 입에 문 채 작은 이빨로 질경질경 씹고 있었고, 히데요시는 걸음을 옮길 때마다 툭툭 발에 걸리는 금덩어리들을 귀찮은 듯 옆으로 밀면서 근래 배운 노우의 작품을 연기하고 있었다. 그가 신고 있는 하얀 버선발도 주위에 어지럽게 널려 있는 금덩어리 때문에 황금색으로 변해 빛나고 있었고, 주위에 있는 사람들의 얼굴도 장신구들도 모두 누런 금빛으로 덧칠한 듯 눈과 코 등이 모두 사라지고 생명이 없이 무표정한 금의 조각품으로 변해 있었다.

히데요시는 허리에 잔뜩 힘을 준 채 발바닥으로 바닥을 깎듯이 하면서 온통 금으로 채워진 공간 속에서 무언가를 마음속으로 그리며 느릿느릿 몸을 움직이고 있었다. 그는 양팔을 활짝 늘어뜨린 채 지는 해를 향해 다가갔다가는 다시 몸을 회전시켜 돌아오고, 그러다가 이번에는 한 쪽 벽을 향해 꿈꾸듯이 다가갔다가 다시 몸을 반쯤 돌려 창문으로 쏟아져 들어오는 석양 속으로 사라져 가는 듯한 동작을 지루하지도 않은지 계속 반복하고 있었다. 고니시는 이제는 어쩔 수 없이 시들고, 왜소해져 버린 히데요시가 그저 평범한 그림자가 되어 석양 속으로 사라지는 것을 보면서 그가 이

승의 삶을 끝내고, 저 영원한 세상으로 사라져 가는 듯한 인상을 받았다.

그는 이제 입으로 무언가를 중얼거리면서 분류처럼 창으로 비쳐드는 붉은 햇살 속에서 마치 절세의 미인이라도 된 듯이 나긋나긋한 동작으로 우아하게 춤을 추고 있었다. 그는 지금 영원히 되돌아갈 수 없는 자신의 젊은 날을 아쉬워하면서 절세의 미인 오노노코마치小野小町의 인생과 자신을 일치시키고 있는지 몰랐다. 한때는 절세가인歌人으로 명성을 떨쳤으나 지금은 유랑의 몸으로 유리걸식을 하며 살아가는 코마치는 칠석七夕날 저녁, 한 스님에게 이끌려 절에서 열리는 칠석제祭에 백세百歲가 넘는 노구를 이끌고 참석한다. 때는, 바야흐로 바람은 소슬하고, 만물이 조락하기 시작하는 계절. 스산한 바람은 슬픈 곡조를 띤 채 나뭇잎을 비비고, 그녀의 뺨에 몇 올 안 남아 있는 살쩍을 서글프게 흩날린다. 절 마당에는 대나무 끝에 매단 오색五色실이 영롱한 달빛에 흔들리고, 그녀는 어느새 자신의 노구를 잊고 화려했던 젊은 시절로 되돌아간다. 눈부시게 아름다웠던 청춘과 뜨겁게 사랑했던 많은 순간들. 돌아보면, 인생은 아침에 피었다 저녁에 지는 나팔꽃처럼 꿈만 같은데, 어느새 그녀는 백 세를 넘기고도 쇠진한 노구를 땅에 끌면서 고단한 삶을 계속하고 있다. 그녀는 스님에게 인생의 덧없음을 한탄한다.

봄이 오면 꽃은 다시 피고, 새들은 나뭇가지로 날아와 노래하는데 왜, 인간은 젊은 시절로 다시 돌아갈 수 없는 것일까? 드디어, 축제가 막바지에 접어들자, 절에서 심부름하는 아이가 음악에 맞춰 춤을 추기 시작한다. 어린 소년의 몸은 막 새싹을 단 나뭇가지처럼 풋풋하고, 부드럽다. 소년은 자신이 마음먹은 대로 자유롭게 몸을 움직이며 춤을 춘다. 두 발은 작은 새의 발처럼 가볍고, 두 손은 강가에 늘어진 수양버들가지처럼 유연하다. 그녀는 소년의 춤에 이끌려 비슬거리며 이전에 추던 춤을 추기 시작한다. 하지만 마음은 그 옛날로 돌아가도 두 발은 천 근처럼 한없이 무겁기만

하다. 그녀는 쓰러질 듯 아슬아슬하게 균형을 잡으며 춤을 계속한다. 하지만 뼈는 쇠처럼 단단히 굳어 있고, 근육은 한 동작, 한 동작을 취할 때마다 힘에 겨운 듯 경련을 일으킨다.

"백 년은 꽃 속에 있는가, 가련하도다! 고목에 핀 꽃이여! 치맛자락도 발도 힘이 하나 없고, 춤추고 있는 소매는 떠도는 물결처럼 나부끼면서 옛날로 돌아가는구나."

마침내 짧은 초가을 밤이 지나고, 절의 종소리가 울린다. 날이 새기 시작하는 것이다. 숲속의 새들이 분주히 날면서 새벽이 왔음을 알린다. 코마치는 서둘러 절을 빠져나간다. 노인의 추함과 온갖 부끄러움이 드러나는 시간이 다가오고 있는 것이다.

히데요시는 눈을 반쯤 감고 춤에 취해 있었다. 그리고 코마치처럼 비슬거리는 두 발을 용케 상체로 균형을 잡으며 점점 더 작아지고, 오그라드는 노구老軀를 서글프면서도, 애처롭게 사력을 다해 자신을 극한의 세계로 몰고 가고 있었다. 무엇을 생각하고 있는 것일까? 늙음을 아쉬워하는 것인가, 아니면 마음대로 돼 가지 않는 세상을 한탄하고 있는 것일까? 그의 동작에는 아직도 다 타지 않은 인간의 욕망이 마지막 불꽃을 태우고 있었다.

갑자기 그는 창가에 멈춰 서서 홀린 듯이 지는 해를 바라보고 있었다. 그의 눈가에 눈물이 맺히며 조용히 뺨으로 흘러내리고 있는 것이 보였다.

잠시 후, 하녀가 조용히 나타나 히데요리를 안고 사라졌다. 아이는 금덩어리 두 개를 양손에 꼭 움켜 쥔 채 잠들어 있었다.

고니시는 히데요시에게 인사를 하고 나와, 이시다의 집무실로 갔다. 그리고 잠시 면담 내용을 요약해서 들려준 다음 성을 빠져나왔다.

그는 '금의 궁전'에서 나와 이렇게 신선한 저녁 공기를 마실 수 있게 된 것에 대해 감사하면서 천천히 나무 아래를 걸어갔다. 바람이 불면 나뭇잎은 흔들리고, 풀들은 고개를 숙인다. 태어났다가 사라진다는 것은 얼마나 자연스러운 것인가? 지는 것은 모두 서글프다. 하지만 자연과 신神에 대해 복종하며 사라지는 삶은 얼마나 겸손하고, 감동적인 것인가? 그것을 굳이 강제로 일으켜 세운들 그 최초의 아름다움을 되찾을 수 있을까? 호수에서 불어오는 한 줄기 바람이 그의 얼굴을 애무하듯이 스치고 지나갔다. "살아 있다는 것은 얼마나 행복한 일인가? 이렇게 한 줄기 바람에 애무당하며 사라지는 인생은…." 불타던 태양은 이제 지친 듯 호수 너머로 서서히 사라지려 하고 있었다. 호수는 멀리서 비쳐오는 석양빛에 물들어 온통 진홍의 비단을 펼쳐놓은 듯 그의 눈앞에 끝없이 펼쳐져 있었다. 하지만 그것은 번쩍이는 금덩어리와는 달리 눈을 피로하게 하지 않고, 그의 마음을 고요와 평온함으로 몰고 갔다. "보이는 것은 모두 헛것이다. 이 한 줌밖에 안 되는 육신을 모두 인간 세상에 바쳐 그들을 행복하게 하는데 바칠 수 있다면, 전신全身을 다 내주어도 괜찮으리라. 인간이 하는 일은 파도에 씻기는 모래처럼 모두 덧없이 사라져 버린다. 백 년이란 시간도 한 줌 꽃 속에 있으니, 그보다 더 긴다한들 무슨 소용이 있단 말인가. 영원한 세계를 꿈꾸어야 한다. 모든 것은 변한다. 변하는 것을 쫓는 것처럼 어리석은 일은 없다." 그는 '금의 궁전'에서 억눌렸던 마음을 이렇게 스스로에게 보상하고 있었다.

고니시는 오랜만에 돌아가신 아버지가 보고 싶었다. 아버지는 그리스도 교도로서의 본분을 다한 훌륭한 분이었다. 그는 늘 가난하고, 병든 사람들에게 깊은 관심을 가졌으며, 예수회 선교사들은 제일 먼저 그에게 자문을 구했다. 하지만 아버지가 돌아가신 지금, 그는 아버지의 뒤를 이어 가문을 일으켜 세워야 하는 책임이 있었다. 물론 형이 있었지만, 그는 정치보다도 아버지의 대를 이어 불우한 사람들을 돕는 일에 더 열심이었다.

짙게 엉킨 나뭇잎 사이로 부드럽게 회색 황혼이 소리 없이 내리고 있었다. 그것을 뚫고 어디선가 노우를 연습하는 소리가 들려왔다. 그리고 그 소리는 그가 걸음을 옮길 때마다 점점 더 가까이 들려왔다.

「인생 고작 오십 년, 모든 것은 한바탕의 꿈, 지금 살아 있는 자는 모두 사라지려니…」

고니시는 웃음이 나왔다. 요즘 한창 노우를 배우고 있다는 오타니의 환한 얼굴이 떠올랐기 때문이었다. 그는 이시다처럼 그의 강화안을 이해하고 적극적으로 지원해 주는 동지였다. 그는 어딘가 몸이 좋지 않았지만 늘 명랑함을 잃지 않는 좋은 친구였다.

히데요시를 면담한 후, 고니시는 잘 아는 다이묘들을 찾아 귀국인사를 하고, 다회에도 참석하면서 바쁜 시간을 보냈다. 그들을 만나 강화협상에 대해 허심탄회한 얘기를 나누고, 그러면서 자연스럽게 국내 정세에 대해서도 들어보기 위해서였다. 막상 그들을 만나보니, 모두 강화를 은근히 바라는 눈치였다. 하지만 그들은 히데요시를 두려워해 섣불리 자신의 의견을 솔직하게 개진하지 못하는 것 같았다. 모든 영지가 전쟁 수행으로 재정 상태가 좋지 않았고, 백성들의 생활도 점점 팍팍해지고 있었다. 거기에 덧붙여 전쟁이 강요하는 심리적 강압감이 모두를 무겁게 짓누르고 있었다. 하지만 그 모든 결정은 히데요시가 이번 전쟁에 대해 어떻게 생각하고, 판단을 내리느냐에 전적으로 달려 있었다.

며칠 후, 이시다로부터 성으로 들어오라는 연락이 왔다. 고니시는 아침을 먹고 일찌감치 성으로 들어갔다. 이렇게 일찍 면담한다는 것은 중요한 지시가 있을 거라는 징표라고 생각하면서 그는 성문을 지나 잔뜩 긴장한 채 높이 솟은 천수각을 향해 걸음을 옮겼다. 망루마다 그리고 각기 다른 모양으로 장식처럼 은폐해 구멍을 뚫어놓은 총안 속에서 초병들의 눈과 총구가 말없이 그의 일거수일투족을 빈틈없이 지켜보고 있었다.

히데요시는 도쿠가와, 마에다와 함께 담소를 나누고 있었다. 그는 막 목욕을 한 것처럼 얼굴에 윤기가 흐르고 기분이 좋아 보였다. 그 옆에서 두 사람은 그의 말에 장단을 맞춰주고 있었다. 그들은 무슨 이야기를 하고 있었는지 껄껄대고 웃다가 고니시가 들어가자 갑자기 침묵을 지켰다.

「그래, 그간 잘 지냈나?」

히데요시가 유쾌하게 물었다.

「예, 덕분에 달콤한 휴식을 취했습니다.」

「우리는 마침내 조선에서 병력을 철수하기로 결정했다.」

그리고 그는 동의라도 구하듯 옆에 앉아 있는 도쿠가와 마에다를 한 번 둘러보고 나서 다시 말을 이었다.

「가련한 조선인들을 도탄에서 구하고, 우리 병사들도 모두 고향으로 돌아와 편안히 생업에 종사하기를 바라는 마음에서 고심 끝에 내린 용단이다. 이건 나 혼자 내린 결정이 아니라 여기 계신 두 분과 이시다를 비롯한 전 각료의 의견을 종합해 내린 결정이다. 그러니 그대는 심사숙고해서 차질 없이 강화협상을 마무리짓기 바란다.」

그리고는 말문을 돌려 아까 했던 대화를 다시 시작했다. 언젠가 개최된 노우 공연에서 누가 실수한 걸 가지고 히데요시가 흉내를 냈다. 그러자 옆에 있던 두 사람은 그 거동 하나하나에 몸을 들썩이며 웃음을 터뜨렸다.

「노우에서의 실수는 전장에서 칼을 놓치는 것과 마찬가지입니다. 이 히데요시도 끄떡없는데 젊은 사람이 대본을 잊어버리다니 이게 말이나 되는 일입니까? 치욕적인 실수죠. 칼을 받을 만한 거란 말입니다. 하하하!」

그 다음, 그는 히데요리가 간밤에 잠을 자지 않고 늦게까지 재롱부린 일을 두 사람에게 들려주었다. 그렇게 손발이 작고, 약하디 약한 갓난아기가 하루가 다르게 커가는 것이 놀랍고, 신기한 모양이었다.

「군은 왜 거기 앉아 있는가?」

갑자기 히데요시가 느닷없이 고니시를 발견한 듯 물었다.

「병력을 어떻게 철수시킵니까? 모조리 다 철수시킬까요?」

고니시가 물었다.

「이시다 군에게 가면 그가 명령서를 줄 것이다. 그대는 그대로 시행만
하면 된다.」

4

장맛비가 쏟아지는 가운데 고니시는 이시다로부터 받은 명령서를 갖고
후시미를 떠났다. 그는 규슈로 가는 도중에 사카이에 들러 오랜만에 형과
어머님을 만날 생각이었다. 아버지가 돌아가신 뒤 형은 공직에서 물러나
오직 자선병원 운영과 종교활동에만 전념하고 있었다. 그리고 어머니는 여
전히 검소한 생활을 하면서 사카이 시내에 살고 있는 기독교 신자들의 모
범으로서 자신의 임무를 충실히 다하고 있었다. 수도인 교토京都와 내해를
연결하는 주요 지점에 위치한 이곳은 예전부터 명과 그리고 조선 무역의
기항지로 상업이 번창했다. 해서, 항구를 중심으로 상품을 보관하는 창고
며 술집, 그리고 전당포 등이 즐비했고, 주택가에는 호상들의 저택이 들어
차 있었다. 또한 이곳에서는 일찍이 포르투갈로부터 전해진 총포가 대량
생산되어 각 영주들에게 날개 돋친 듯이 팔려나가 그야말로 군수산업의
메카로 각광을 받았다. 그런 이유로 이 지역은 늘 권력자들의 세수확보의
표적이 되어, 직접 히데요시가 지명하는 장관이 임명되는 것이 관례였다.

날씨는 비록 좋지 않았지만, 고니시는 오랜만에 고향땅을 밟은 사람처
럼 골치 아픈 교토의 정치상황에서 벗어나 긴장을 풀면서 휴식을 취했다.
오랜만에 맛보는 고향의 음식도 좋았고, 아버지의 체취가 밴 다실이며 소
박하게 꾸민 정원도 모두 그의 마음을 푸근하게 했다. 게다가 저녁마다
가족이 함께 모여 기도를 올리는 일은 그 무엇과도 바꿀 수 없는 풍요로

운 정신적 체험이었다.

그는 다시 집을 떠나 전선사령부가 있는 나고야로 향했다. 항해 내내 날이 흐리고 간간이 비가 내렸지만, 바다는 고요하고, 조용했다. 그는 차분한 마음으로 배안에 머물며 히데요시가 내린 명령서를 꼼꼼히 되풀이해서 읽었다.

히데요시는 명明 황녀건은 언급하지 않고 있었다. 그러나 조선에 대해서는 여전히 완강한 태도를 견지하고 있었다. 즉, 그는 계속해서 조선 8도 중 4도의 영유권을 주장하고, 인질로서 왕자를 한 명 보낼 것을 요구하라고 명령하고 있었다. 그것은 그가 아직도 조선 문제에 대해 양보할 뜻이 없다는 것을 의미했다. 마지막으로 히데요시는 명이 요구하고 있는 조선에서의 완전철수에 대해 일본군이 조선 남해안을 따라 건설한 16개의 성 중 10개를 파괴하라고 지시하고, 나머지 성의 다이묘들은 최소한의 병력만 남기고 모두 귀국하도록 명령하고 있었다.

배가 시모노세키下關에 도착하자, 벌써 항구에는 철군 소식이 쫙 퍼져있었다. 사람들은 흥분된 얼굴로 병사들이 고향으로 돌아온다는 소식에 고무되어 있었다. 특히, 병력을 많이 동원해 피해가 가장 큰 규슈와 주고쿠中國 지역에서의 기쁨이란 말할 수 없는 것이었다. 한때 사카이로부터 각종 보급품과 병사들을 싣고 분주히 드나들던 크고 작은 배들로 붐볐던 부두는 적막하기 그지없었다. 다만 간몬 해협 너머로 거세게 물결치고 있는 동해의 짙푸른 물결만이 예전 그대로였다.

예부터 이곳은 대륙으로 가는 출구요, 대륙 문물이 들어오는 입구로 늘 화물과 사람의 출입이 빈번한 곳이었다. 그래서 해외의 문물을 제일 먼저 받아들이는 지역이기도 했다. 즉, 저 푸른 동쪽 바다를 통해 중국대륙의 풍부한 문물과 새로운 사상이 쏟아져 들어왔고, 정권의 변화에 따라 한반도의 유민들도 흘러들어와 이 땅에 정착했다. 그리고 이곳은 헤이안平安

말기, 두 무사 집단 겐베이源平 양 씨가 마지막으로 최후의 결전을 벌인 극적인 장소이기도 했다. 하지만 바다는 그 모든 것을 망각한 채 바람에 따라 이리저리 몸을 흔들며 물결을 칼날처럼 날카롭게 세우기도 하고, 힘없이 가라앉으며 무심한 움직임만 되풀이하고 있었다.

고니시는 그곳에서 하루를 머물며 쉬었다가 다시 규슈를 향해 출발했다. 가장 시급한 것은 빠른 시일 내에 명의 책봉사가 바다를 건너는 것이었다. 그러기 위해서는 성 파괴작업을 최대한 빨리 효율적으로 끝내야 했다. 그리고 유경을 재촉해 책봉사를 부산까지 끌고 오게 한다면 일은 거의 끝나는 셈이었다. 조선 문제는 그때 상황을 보아 유경을 통해 진행해도 괜찮을 것이다.

그는 규슈를 거쳐 쓰시마에 도착하자 곧바로 성관에 있는 숙소에 짐을 풀었다. 고니시는 딸 마리아와 몇몇 가신들과 함께 예배를 올린 것을 빼고는 숙소에 머물며 협상안과 불의에 닥칠지도 모르는 돌발 변수 등에 대비하며 조용한 시간을 보냈다. 그리고 가끔 바닷가를 따라 산책을 하는 것이 유일한 위안이었다.

쓰시마의 여름은 조선의 여름만큼 뜨겁지 않다. 옥실의 쓰시마 생활도 어느덧 2년이 돼가고 있었다. 서투르고, 몸에 익숙하지 않은 성관城館에서의 생활도 이제는 몸에 익고, 일본말도 유창하게 해 섬 사람들과 지내는 데 아무런 불편이 없었다. 그녀는 자신의 손으로 직접 조선옷을 지어 입었고, 여전히 길게 머리를 땋아 뒤로 늘어뜨리고 다녔기 때문에 누구나 쉽게 그녀가 조선 여자임을 알 수 있었다.

그녀의 하루는 크게 종교활동과 시를 쓰는 일로 채워졌다. 신앙생활은 마리아와 함께 했고, 한시漢詩는 이곳 가신 중 한시를 좋아하는 분이 계셔서 자주 그분 댁으로 가 시를 읽어주고, 일본말로 번역도 해 주었다. 그녀는 어렸을 때부터 오빠들이 한문 공부를 할 때면 어깨 너머로 기웃거리곤 했는데, 정호로부터 본격적으로 한문을 배운 뒤에는 그 실력이 부쩍 늘어 웬만한 글은 거의 이해를 할 수 있었다. 일본 사람들은 승려들 외에는 전문적으로 한문을 잘 아는 사람들이 별로 없었다. 그래서 옥실은 이곳 사람들에게 귀한 존재로 인정을 받았다.

그녀의 시는 고향을 그리는 시와 사랑하는 부모님을 향한 애틋한 마음에서 차츰 바다와 자연에 대한 예찬으로 옮겨가고 있었다. 그녀는 마리아의 배려로 오후에 한두 시간씩 바다를 산책할 수 있는 시간이 허락되었다. 그러면 그녀는 가까운 바닷가로 나가 바위에 부딪쳐 부서지는 파도 소리를 들으며 홀로 생각에 잠기는 것이었다. 그녀는 이곳으로 오게 되면서 가족들과 함께 지냈던 철부지 시절에는 몰랐던 많은 것들을 깨닫게 되었다. 그녀는 자신이 손수 자질구레한 일을 하게 되면서 어머니의 깊은 사랑을 깨달았고, 아버지의 사랑이 얼마나 자상하고, 애틋한 것이었는지를 절감했다. 하지만 그보다 더 큰 충격은 신부로부터 전해들은 서양의 지식이었다.

그녀는 산책을 하거나, 홀로 있을 때면 신부님이 들려준 이야기를 떠올리며 생각에 잠겼다. 그러면 자신도 모르게 인간은 무엇이고, 살아 있다는 것은 어떤 의미를 지닌 것인가? 하는 질문들이 가슴속에서 샘물처럼 쏟아져 나왔다. 그녀는 그 샘물처럼 쏟아지는 질문들을 다시 주워 모아 자신의 생각과 감정을 잘 드러내는 단어들을 찾아 시로 옮겼다. 그 정선되고 아름답게 다듬어진 시어詩語 속에는 태양이 비치고, 비의 우울함이 교차하며 온갖 사물의 모양과 빛깔들이 무지개처럼 엉키며 일상에서 되풀이되고 있는 인간의 변덕스런 감정을 뛰어넘어 영원한 아름다움의 세계로 그녀를 끌고 갔다. 그곳에는 자연에 대한 순수한 기쁨이 있었고, 거짓과 기만을 가려내는 맑고, 투명한 이성이 있었다. 하지만 그녀가 더 좋아하는 것은 꽃과 나무, 바위와 돌, 새와 곤충 등 온갖 생명을 지닌 것들에 대한 끝없는 관심과 사랑이었다. 그녀는 산책을 하고 돌아오면 즉시 자신이 방금 보고 온 새와 꽃의 형상을 회상하며 백지 위에 그 모습을 그렸다.

그 아름답고, 변함없는 자연세계에 비한다면 그녀의 슬픔과 외로움은 실로 사소한 것일 뿐이었다. 인간은 사사로운 정에 사로잡혀 얼마나 쉽게 진리와 아름다움으로부터 멀어지는 어리석음을 범하는가. 그것을 생각할 때, 예수께서 자신을 낳아준 어머니를 보고, '당신은 누구십니까?' 하고 물은 것은 그녀가 그때까지 서 있던 위치에서 한 단계 더 높은 세계로 도약할 수 있는 계기를 마련해 준 셈이었다. 그녀는 외부 세계로부터 밀어닥친 광포한 힘에 의해 철저히 가족으로부터 버려졌지만 오히려 그럼으로써 이전에 보지 못했던 다채롭고, 넓은 세계를 보고 있었다. 그것은 분명 하느님이 주신 은혜며, 그녀를 보다 고귀한 존재로 이 땅에 서게 하는 힘이었다.

고니시가 오고 나서 이틀째 되는 날, 그녀는 평소보다 조금 늦게 산책을 나갔다가 우연히 성관 앞에서 산책을 하고 돌아오는 그와 정면으로 마주쳤다. 처음에 그는 그녀를 알아보지 못했다. 하지만 그녀가 입고 있는 치마저고리를 보고는 이내 옥실임을 기억해냈다.

「오랜만이구나. 그래, 그동안 잘 있었느냐?」

「네.」

옥실은 허리를 깊이 숙여 예를 다했다.

「세례를 받았다고?」

고니시가 다시 물었다.

「예. 막달레나라고 합니다.」

「아, 나의 어머니와 세례명이 같구나. 조선에 나가 있는 병사들도 너를 칭찬하더구나.」

「송구스러울 뿐입니다.」

「그래, 열심히 신심을 키워 하느님을 기쁘게 해 드리거라.」

「명심하겠습니다.」

옥실은 다시 허리를 숙여 예를 표했다.

「이제, 조선은 곧 전쟁에서 벗어나 평화를 얻게 될 것이다. 그럼, 그때 조선에 가게 될지도 모르겠구나. 불쌍한 그들을 위해 기도를 올려다오. 그곳에는 가난하고, 병든 사람들이 너무 많단다. 누군가 그들을 구해줘야 할 것이다. 부디, 예수님의 이름으로 그들을 위해 기도를 드려다오. 우리는 모두 같은 하느님의 백성이 아니냐?」

「명심하겠습니다.」

「나는 내일 조선으로 건너간다. 가기 전에 내게 시 한 편을 선물해 줄수 있겠느냐? 흔들리는 배 위에서 너의 시를 읽고 싶구나.」

「아직 부족함이 너무 많사옵니다.」

옥실은 부끄러워 감히 고개를 들 수가 없었다.

「아니다. 시란 인간 모두에게 아름다운 것이 아니냐? 난, 네가 쓴 시를 보고 싶구나.」

고니시는 이내 몸을 돌려 나무들이 울창하게 서 있는 오솔길을 향해 걸어갔다. 나뭇잎 사이로 비치는 오후의 금빛 햇살이 그의 웃옷 위에 떨어져 노란 반점을 만들고 있었다.

옥실은 고개를 숙인 채 땅을 바라보다가 힐끗 고개를 돌려 그가 사라진 길로 눈을 돌렸다. 그는 다이묘답게 늠름하고, 자신에 찬 태도로 천천히 그늘 속을 걸어가고 있었다.

다음날, 고니시는 마리아와 가신들의 환송을 받으며 이즈하라嚴原 항을 떠났다. 날씨는 화창했고, 바람도 그리 불지 않는 온화한 날이어서 항해를 하기에 적당한 날이었다. 하지만 쓰시마 주변에는 암초가 많고, 물결이 거친 편이어서 주의해서 배를 몰지 않으면 난파의 위험이 늘 상존했다. 그러나 일단 쓰시마 섬을 벗어나 난바다로 들어서면 물결은 잔잔해지고, 그리 큰 고생을 하지 않고도 현해탄을 건널 수가 있다.

그날 저녁, 섬 북단에 있는 포구에 정박한 고니시는 그곳에서 하루를 묵은 다음에 현해탄을 건넜다. 항해는 순조로웠다. 다소 무더운 날씨로 수평선에는 뭉게구름이 쉴 새 없이 피어오르고 있었다. 그리고 파도가 잔잔한 파란 바다에는 고래와 고기 떼들이 흰 물결 위로 몸을 던지며 평화롭게 뛰어놀고 있었다.

배가 현해탄을 들어선 지 얼마 후, 안정된 항로에 접어들자 고니시는 품속에서 옥실이 건네 준 하얀 종이쪽지를 꺼내 펼쳤다. 그것은 빛 고운 흰 화선지로 그 위에 아름다운 시가 먹으로 아주 정성껏, 또박또박 쓰여 있었다. 그는 창으로 불어오는 시원한 바닷바람을 맞으며 옥실의 시를 읽어 나갔다.

「지난밤,
소녀는 잠결에 어머니의 팔을 베고
고향의 꿈을 꾸었지.
앞마당에는 활짝 핀 배꽃,
달님은 달빛으로 옷을 짓고 있었지.

나, 어릴 적 뛰놀던
그리운 고향 언덕아!
꽃과 나무, 새소리가 끊이지 않는
아름다운 숲이여!
잠들 때나 낮이나 내 어찌 너를 잊으리.

너희들의 고운 얼굴을 생각하면
내 마음 슬프고 눈물이 난다.
어떻게 너희들을 잊을 수 있을까.
아직도 숲에는 내 발자국이
선명히 흙 위에 남아 있는데.

그러니 나를 위해 슬퍼하지 말고
바람과 새들의 지저귐으로
이별 없는 노래를 불러다오.
나는 비록 이곳에 있지만
너희들은 영원히 그곳에 있으니.」

고니시의 눈가에 눈물이 맺혔다. 옥실과 처음 만났던 장면이 낮게 구름이 깔려 있는 바다 위를 날고 있는 갈매기 떼에 겹치면서 그의 뇌리를 스치고 지나갔다. 불타는 폐허 위에 넋을 잃고 서 있던 작고, 가련한 소녀. 눈물마저 말라버린 그녀를 보는 순간 전율처럼 스치고 지나갔던 인간에 대한 한없는 동정심이.

5

사가佐賀는 북 규슈에서 태평양으로 이어지는 아리아케有名 해와 동東마츠우라松浦 반도 사이에 끼어 있는 지역으로 이곳의 영주는 나베시마鍋島直茂이다. 그는 임진란이 발발하자 가신단을 이끌고 가토 군과 함께 제2군을 형성, 조선으로 건너가 함경도를 침공해 일시적이나마 그 지역을 통치했다. 하지만 평양성을 지키고 있던 고니시군이 명의 공격을 받아 패배하게 되자 다른 부대와 함께 함경도를 철수해 남해안으로 내려와 김해에 성을 쌓고 농성했다. 그의 성은 낙동강을 끼고 위치하고 있었는데, 상류쪽에 있는 구포 성과 함께 낙동강을 제압하는 중요한 보류의 하나였다. 그는 강경파로서 가토와 구로다 등 강경파와 손잡고 강화를 저지하려고 애썼다.

그는 고니시나 가토처럼 히데요시 아래서 큰 영주가 아니라 스스로 그 지역에서 자수성가해 주군主君의 지위를 이어받은 사람이었다. 그는 내일이면 육십을 바라보는 나이였지만 북 규슈 지역을 둘러싸고 벌어진 오랜 내란을 통해 산전수전을 다 겪은 노련한 무장이었다.

사가 지역의 북쪽은 산악지대로 세후리脊振 산지가 병풍처럼 가로막아 겨울은 춥고, 여름에는 비가 별로 오지 않는 지역이어서 쓸모가 없고, 오직 남동쪽으로 찌구고筑後천 양안을 따라 발달된 평야지대가 유일한 농업기반이다. 그래서 나베시마가 재정 확대를 위해 생각해 낸 것이 당시 유행하는 다도에 편승해 조선의 도공들을 포로로 잡아다 자기를 생산케 해 영지의 재정을 도모하자는 것이었다. 그는 진주성 함락 후, 사천과 고성, 하동 등을 이 잡듯 뒤져 도공들을 잡아 배로 실어다 성 아래에 거주 구역을 만들어 주고 자기를 생산하도록 독려했다. 하지만 당시 끌려온 사람들은 도공들뿐만이 아니었다. 그들과 함께 다양한 계층의 남녀노소와 직업을 가진 사람들이 닥치는 대로 이곳 사가로 끌려왔던 것이다. 그들은 민간인 집에 맡겨져 엄중한 감시를 받았다. 만약, 탈출을 계획하거나, 아무런 준비 없이 무작정 경계 지역을 벗어났다가는 주요 길목을 지키고 있는 군인들에게 잡혀 목숨을 잃었다.

포로들은 시간이 흐르면서 차츰 일본 생활에 적응해갔다. 그들의 거주지를 따라 조선인들을 위한 밥집과 술집 같은 것이 생겨나고 목수와 물장수, 가마꾼, 하인, 하녀, 상점 점원 등 각자 조선에서 하던 일을 토대로 직업을 얻어 나름대로의 생활을 이어나갔다. 그리고 도공들은 이곳에서 이십여 리쯤 떨어진 산간지대에서 조선에서 만들던 자기를 제작했는데, 그들은 특별한 기술을 가진 자라고 해서 좋은 대우를 받았다.

병순이 탈출에 실패해 이곳에 끌려온 지도 어느새 2년이 다 돼가고 있었다. 그는 출신이 양반이고, 글을 안다는 이유로 힘든 노동은 하지 않고 성 안에 있는 창고에서 조선에서 약탈해 온 서적과 서류들을 정리하거나, 분류하는 일을 했다. 그곳 어두컴컴한 창고에는 병사들이 조선 각지에서 약탈해 온 서적과 도자기, 불상, 범종, 불화 등 다양한 문화재들이 짐도 풀지 않은 채 그대로 방치되어 있었다. 약탈품 중 귀중한 품목들은 모두 히데요시가 머물고 있는 성으로 가져가고 남은 것들이었다. 그 일을 한동안 계속하자 이번에는 『사서오경』이며, 『근사통록』, 『소학』 등의 서적을 필사하라는 지시가 내렸다. 그는 하루 종일 다다미방에 앉아서 진주성 탈출 때 총을 맞아 다친 불편한 오른손으로 매일같이 똑 같은 글자를 붓으로 베껴 썼다. 그것이 어느 정도 모이면 성으로 갖고 들어가 담당자에게 쓴 것을 보여주고, 또 새 용지와 필묵을 갖고 돌아와 같은 일을 계속했다. 그것은 매우 따분한 일이었다.

이곳에서 두 차례에 걸쳐 시도되었던 포로들의 탈출 계획은 모두 실패로 끝났다. 첫 번째 시도는 오자마자 얼마 안 되어 일어났는데, 당시 희생자는 함안 사람으로 가족을 모두 조선에 두고 온 젊은 사내였다. 성질이 불같이 급했던 그는 탈출로도 확실히 정하지 않은 채 밤중에 가라쓰唐津 방면으로 무조건 가다가 민간인들의 신고로 병사들에게 체포되어 이곳에서 본보기로 처형됐다. 그리고 두 번째 사건은 계획 도중에 밀고가 들어가 시도되지도 못하고 무산된 사건이었다. 그래서 이제 탈출에 대해 생각하는 사람은 별로 없었다. 대신, 근자에 들어 명과 일본의 강화소식이 들려

오면서 언젠가 고향으로 돌아갈 수 있을지도 모른다는 희망에 모두 마음
이 부풀어 있었다.

춘보는 자기소에서 일하던 중 일본군이 몰려온다는 소식을 듣고 동료
들과 함께 지리산 밑에 있는 절에 숨어들었다가 발각되어 포로로 끌려왔
다. 일본군은 마을은 물론 산 속 깊은 데까지 들어가 사람들을 발견해 포
로로 삼았으며, 절에 있는 기물 중 범종이며 불상, 석등 등 본국으로 가져
가 돈이 될 만한 것들은 모두 떼어내어 가져가고, 나머지는 목조건물과 함
께 불을 질러버렸다. 그렇게 해서 오랫동안 백성들의 정신적 안식처였던
유서 깊은 사찰들은 삽시간에 불더미에 싸여 사라져 버렸다.

그는 김해, 하동, 사천 등지에서 끌려온 도공들과 함께 이곳서 이십여
리 떨어진 곳에서 일을 했기 때문에 자주 볼 수는 없었지만, 이곳에 오고
나서 밥 굶을 걱정은 안 해도 되니 다행이라며 만족하는 모습이었다. 그
는 잘 먹고, 맘이 편해 그런지 이곳에 오고 나서 혈색도 좋아졌고, 몸도
살이 많이 붙었다.

하지만 많은 사람들과 함께 여기서 좀 떨어진 농가로 끌려간 어둔은 주
인에게 매를 맞으며 거의 짐승 같은 취급을 받고 있었다. 그녀는 남자처럼
뼈가 부서져라 힘든 노동일을 혼자 도맡아 했지만 버선 한 켤레가 없어 겨
울에도 늘 맨발이었고, 주인에게 매를 맞아 팔다리에 시퍼런 멍자국이 가
실 날이 없었다. 그녀는 어쩌다 조선 사람들이 모이는 곳에 오면 아무나
붙잡고 대성통곡을 해서 사람들을 난처하게 했다. 바보이기는 해도 남편
과 살았을 때가 그녀에게는 행복한 시절이었다. 마음 착한 시어머니는 행
여 그녀가 아들을 버리고 달아날까 두려워 극진히 그녀를 대했고, 바보
남편은 아무것도 모르는 천치라 멋대로 행동해도 뭐라는 사람이 없었는
데 이곳에서는 조금만 꾀를 내어 늑장을 부려도 곧장 매서운 매가 날아들
었다. 그녀는 매에 주눅이 들어 항상 잔뜩 겁에 질린 얼굴로 일만 했다. 하

지만 머리가 아둔해서 주인이 말하고, 지시하는 것을 잘 이해하지 못하고 실수를 되풀이했다. 그녀처럼 조선에서 아무 대우도 받지 못하고, 사회의 맨 밑바닥에 있던 사람들은 예외 없이 이곳에 와서도 극심한 차별과 학대를 받았다. 여자들은 어둔처럼 농가로 팔려간 사람들은 별로 없고 대개 하녀나, 하인으로 팔려가 아이를 본다거나, 청소, 간단한 집안 심부름 같은 것을 하면서 생활을 해 나갔다. 남자들도 도공이라든가, 목수 등 기술을 가진 자들은 나름대로 일거리가 있었지만, 대부분은 힘든 육체노동으로 먹을 것을 해결하고 있었다. 이를테면, 물장수라든가 가마꾼, 상점에서 무거운 물건 나르기 같은 것들이었다.

병순은 올봄부터 돈을 벌어 조선으로 돌아가기 위해 새벽이면 시장에 나가 두부를 받아 가지고 일본 가정집들을 돌아다니며 팔았다. 그리고 아침 늦게 집으로 돌아와 밥을 먹고 휴식을 취했다가 저녁 때까지 필사 일을 계속했다. 처음에는 장사를 한다는 것이 다소 어색했지만 일본 집에서 일하는 조선인 하녀들이 물건을 많이 팔아준 덕분에 일은 쉽게 풀려나갔다. 또한 두부는 일본 사람들이 처음 보는 음식이라 새로운 것에 대한 호기심에 더 많이 팔려나갔다. 그는 여기저기로 두부를 팔러 돌아다니면서 무지하고, 아무 방어력도 없는 조선인들이 일본인들에게 일방적으로 매를 맞거나, 차별 받는 것을 보면서 말할 수 없는 분노와 자괴감을 느꼈다. 즉, 그의 분노는 자신이 일찍이 조선의 통치자 계급에 속해 있었다는 것이었고, 후자는 스스로를 지켜내지 못한 자가 어쩔 수 없이 느끼게 되는 수치심과 절망감이었다.

그는 포로로 끌려오는 순간, 그때까지 자신 속에 내면화된 모든 정신세계를 부정하겠다고 마음먹었다. 이를테면, 공자와 맹자 같은 겉만 번드르르하고, 입에 발린 수식어로 가득 찬 모든 세계를 내던지기로 결심했던 것이다. 그 모두 말뿐이고 희생은 따르지 않는, 겉만 휘황한 허황된 이론들

은 조선을 지켜내는 데 아무런 힘도 쓰지 못했기 때문에 마땅히 버려져야
할 것들이었다.

조선은 이제 아무것도 없었다. 수백 년의 역사를 자랑하는 불상이며,
아침저녁으로 하늘에 울려 퍼졌던 범종의 우렁찬 울림은 이제 바다 건너
이국땅으로 와 어두운 창고 속에 잠들어 있었고, 그토록 자랑하던 역사
며 아름다운 시로 가득찼던 서적들도 모두 다 사라져 버렸던 것이다. 그들
은 왜, 이 지경까지 됐을까? 대체, 무엇이 잘못된 것일까? 그토록 멸시하
고, 괄시하던 일본은 오히려 조선을 초토화시키고, 멀리 요동땅까지 손을
뻗치려 했다. 과연, 조선은 그들과 비교해 무엇이 그리 뛰어나고, 월등하단
말인가? 조선은 이제 완전히 사라졌다. 패배자는 역사의 무대에서 사라지
는 것이 거역할 수 없는 순리이다. 그래야 새로운 세계와 새로운 정신이 탄
생할 수 있는 여건이 생기는 것이다. 이것은 병순이 진주성에서 도망쳐 나
와 목숨을 건진 이래 줄곧 그를 따라다니는 질문이었다. 하지만 그는 포
로의 신분이기 때문에 일본 사람들의 명령에 복종해야 했고, 그들이 정해
준 규칙에 따라 행동해야 했다. 그리고 그의 거주지는 엄격히 제한되었다.
해서, 그는 이제 더 이상 자유인도 아니었다. 포로로 잡힌 순간 그의 자유
는 빼앗기고 말았던 것이다.

그는 목숨을 잇기 위해 일본인들에게 자신이 배운 학문과 시를 제공하
고 있었지만, 날이 갈수록 자신이 하고 있는 일에 혐오감이 일었다. 그는
일단 조선으로 돌아가 세상에 단 하나뿐인 사랑하는 동생을 만나고, 그
다음에는 이제까지와는 전혀 다른 삶을 살고 싶었다. 그래서 그는 알음알
음으로 조선에 군인으로 출정했다가 돌아온 일본 사람들을 통해 이곳을
벗어날 수 있는 방법을 찾았다. 그는 그동안 저축해 놓은 돈으로 조그만
배 한 척은 빌릴 수가 있었다. 하지만 뱃길을 아는 사람을 구하지 못한다
면 그것은 아무 소용이 없는 것이었다.

그는 은비를 만나 그 일을 의논했다. 그녀가 막 몸을 풀고 나서 얼마 안 된 때였다. 그녀는 성 밑에 집 하나를 따로 얻어 태어난 아이와 조선인 하녀를 하나 두고 편안하고, 유복하게 살고 있었다. 비록, 정식 부인은 아니지만 영주의 가신단에 속하는 지체 높은 사내의 자식을 낳은 그녀에게 그 정도는 합당한 대우였다.

두 사람은 진주댁이 운영하는 '조선옥'에서 만났다. 막 사람들이 봄꽃놀이를 간다며 들뜬 때였다. 진주댁은 진주에서 잡혀온 여인으로, 처음에는 그저 두어 사람 앉을 만한 비좁은 공간에서 조선인을 상대로 밥장사를 시작했는데, 이제는 제법 손님들이 많아져 애운愛雲이라는 오갈 데 없는 계집애를 하나 둘 정도로 번창하고 있었다. 포로로 끌려온 사람들은 모두 이곳에서 고국의 소식을 들었다. 그리고 서로의 안부를 물었기 때문에 이곳은 조선 사람들의 약속 장소로 널리 알려졌다.

오랫만에 만난 은비는 비록 나이는 어리지만, 남편의 지위에 어울릴 정도로 태도가 의젓하고, 옷 입음새도 제법 품위가 있었다. 그리고 아이를 낳은 뒤 다소 불어난 몸매는 그녀를 한층 유순하면서도 여유로워 보이도록 했다. 만약, 그대로 김해에 버려졌다면 그녀의 운명은 어떻게 되었을까? 적장의 애를 밴 그녀를 사람들은 어떻게 대했을까. 그리고 새로 태어나게 되는 아이의 운명은? 그런 면에서 그녀는 참으로 현명한 여자였다. 사랑하는 사람과 새로 태어날 귀중한 생명을 위해 용감하게 자신을 희생하고 일본을 택했으니 말이다. 그런 면에서 병순은 비록 천한 출신이기는 하나 그녀를 존경했다.

병순은 그녀에게 혹시 아는 일본 사람들 중에 조선에 자주 왕래하는 군인이 있으면 한 명 소개해 달라고 부탁했다. 그리고 이 이야기는 누구에게도 발설하지 말아 달라고 당부했다. 은비는 눈치가 빠른 여인이라 병순이 무엇을 원하고 있는지 알았다. 그러나 그녀는 즉답을 피한 채 한번 생각해 보겠다고 하고, 추후에 집에서 일하는 하녀를 통해 서신으로 연락해 주겠다고 대답했던 것이다.

그 대답이 얼마 전에 왔다. 병순은 조선옥에서 그녀가 소개해 준 일본인을 만났다. 오십이 다 된 중년의 사나이로 기무라木村라고 했다. 그는 전쟁 초부터 병사들과 보급품을 운송하는 부서에서 일해 지금은 책임자의 위치에 있는 인물이었다. 하지만 조선에서 번 돈으로 여자들을 사는 데 탕진할 정도로 여자를 몹시 좋아했다. 그는 병순을 만나자마자 즉시 흥정을 제안했다.

병순은 그가 요구하는 과도한 액수에 실망을 감추지 못했다. 그러자 기무라는 한 명 더 불러오면 값을 좀 깎아주겠다는 반대제안을 내놓았다. 그는 조선에서 돌아온 지 얼마 안 되어 당분간은 고향에 머물며 쉴 생각이라고 했다. 그러며 군대 일이란 워낙 한치 앞을 알 수 없는 일이라 상황이 급변하면 언제 조선으로 건너가게 될지 모른다며 은근히 빠른 결정을 요구했다.

병순은 춘보를 생각하고 그를 만나기 위해 며칠 후, 그가 일하는 곳을 찾아갔다. 자기소는 울창한 나무들이 우거진 산기슭에 외따로 떨어져 있었다. 조선에서처럼 산비탈을 따라 비스듬히 가마가 만들어지고 그 안에서 조선에서 온 도공들이 땀을 흘리며 자기를 굽고 있었다. 머리에 흰 띠를 두른 조선 사람들이 여러 명 여기저기서 흙을 져 나르기도 하고, 물을 뿌리고 있었다. 춘보는 마침 가마 앞에서 땀을 뻘뻘 흘리며 불을 때고 있다가 작업 중이니 잠깐 기다리라며 산 아래에 있는 일꾼들이 머무르는 허름한 간이 막사 같은 곳을 손으로 가리켰다.

그 주위는 온통 나무가 우거진 산으로 둘러싸여 있었다. 고향에서 보던 늠름한 느티나무도 보였고, 벗나무도 보였다. 그리고 이곳에서 흔히 볼 수 있는 잎이 두텁고, 윤기가 흐르는 녹나무며, 후박나무들도 보였다.

잠시 후, 춘보가 수건으로 땀을 훔치며 내려왔다.

「여기는 일본인이 없소?」

병순이 물었다.

「있으믄 머합니꺼? 우리가 알아서 다 하는데. 일본 사람들은 그거 하나는 깨끗합니다. 책임량만 해다 주믄 찍 소리 하지 않으니께. 오히려 그기이 더 편합니더.」

「여기가 조선보다 낫소?」

「가족이 없어 그라지 일하기는 여기가 더 낫죠. 꼴리는 대로 일하고 그 맨치 대가를 받으니까요. 한마디로 조선 관리들처럼 등쳐묵는 사람이 없어서 좋아요. 일한 맨치 돈도 밀리지 않고 딱딱 나오니까요.」

「강화협상이 곧 체결되리라는 소식을 알고 있소?」

병순이 화제를 돌렸다.

「그런 기이 지와 먼 상관이 있십니꺼?」

춘보는 냉정하게 말했다.

「지는 말입니다. 도자기 그릇만 맨들면 됩니다. 다른기는 몰르고 또 알고 싶지도 않십니다. 일만 있으면 묵고 사는 데 아무 문제도 없으니까요.」

「누부가 보고 싶지 않소? 대수 아재도 그렇고.」

「보고 싶지요. 하지만 만나면 또 머합니꺼? 기쁨은 길어봐야 사흘을 넘기지 몬할 깁니다. 그 담에는 또 배고픔과 싸움이 계속될 테니까요. 지는 여기가 좋십니다. 증말입니다. 그라고 지는 곧 이곳 여자와 결혼할 깁니다.」

병순은 탈출 얘기를 꺼낼 기회조차 없었다. 지금 현재 만족하며 살아가고 있는 사람을 굳이 사지死地로 끌고 갈 명분이 없었던 것이다. 그래서 그는 할 말을 잊고 멍하니 허공만 바라보았다.

「강화가 되믄 도련님은 조선으로 가 관리가 되실 깁니까?」

춘보가 비꼬듯 물었다.

「조선이 살려믄 맹자 왈 공자 왈이나 외우며 허송세월을 보내는 사람들은 없어지고 백성을 굶지 않게 하고, 다른 나라의 외침으로부터 막아줄 사람들이 많이 나와야 합니다. 옛날에 벼슬 해묵던 사기꾼 겉은 사람들이 아니라 전혀 새로운 사람들 말입니더. 그라지 않으믄 조선은 앞으로도 희망이 없십니다.」

병순은 그와 헤어져 집으로 돌아오다가 소나기를 만나 조선옥에 들러 술을 한잔 시켰다. 그는 여름에 접어들어 두부 장사를 못해 벌이가 시원치 않았다. 밖은 장대 같은 비가 거세게 퍼붓고 있었다. 허연 빗줄기가 굵은 사선을 그으며 울창한 녹나무 이파리 위로 쉴 새 없이 퍼붓고 있었다. 지우산을 쓴 사람들이 빗속을 뚫고 걸어가고 있었다.

「강화가 되믄 조선 사람들은 다시 조선으로 돌아갈 수가 있십니까?」

진주댁이 궁금한지 병순이 앉은 자리에 바싹 다가와 말을 걸었다.

「글씨요. 일본 사람들이 허가를 해줘야지요. 와, 고향에 가고 싶소?」

「하모, 가고 싶죠. 가고 싶고말고요. 하지만 가면 또 머합니까? 우리 겉은 팔자야 길가에 구르는 돌멩이처럼 오데 있으나 비슷비슷한 기이 아입니까.」

진주댁의 남편은 진주성싸움 때 성 안으로 들어간 뒤 생사를 몰랐다. 그리고 그녀는 두 살 된 아이와 함께 포로로 잡혔던 것이다. 그러나 아이는 굶주림과 열병에 걸려 배에서 죽고, 그녀는 죽은 아이를 며칠이나 품에 끼고 있다가 일본군에 의해 강제로 아이를 바다에 버려야 했다.

이곳에 처음 왔을 때, 그녀는 반쯤 넋이 나간 상태였다. 그녀는 아이를 잃은 슬픔에 머리를 빗지도 않고, 밥도 안 먹고 울기만 했다. 그러다 전에 주막에서 일한 경험을 바탕으로 밥집을 시작하게 되었던 것이다.

「조선에서 돈푼깨나 있고, 아랫사람을 부리며 산 사람들은 이곳 생활을 겐디지 못할 거구마는 길가의 돌멩이처럼 평범한 지 겉은 사램들은 어느 나라에 살건 시금 내고, 복종하면서 사는 건 다 마찬가지 아입니꺼.」

그녀가 혼자 넋두리를 했다.

「지를 좀 보소. 아아를 잃었을 땐 곧 죽을 것 같았는데 이리 버젓이 잘 살고 있잖십니꺼? 사는 데 급급하다보믄 슬픔 따위는 곧 잊혀져뿌리는 깁니다. 허지만 이따금 지를 지다리고 기실 어무이 생각을 하면 가심이 천만 갈래로 찢어지는 것 같십니더. 죽을 때까지 지 생각만 하다가 돌아가실 어무이를 생각하믄….」

진주댁은 말을 끊고 옷소매로 흘러내리는 눈물을 훔쳤다. 애운은 문간에 서서 등을 보인 채 처마에서 땅으로 떨어지는 낙숫물을 하염없이 바라보고 있었다. 슬픔의 비였다. 그 비를 뚫고 그 애가 뭐라고 웅얼거리는 소리가 났다. 하지만 언제나처럼 그 애의 목소리는 불명확하고, 확실한 음절을 이루지 못하고 사라져 버렸다. 그녀는 결코 벙어리가 아니었다. 진주댁은 밤에 함께 잘 때 그녀가 무슨 꿈인지를 꾸면서 헛소리를 하고, 갑자기 벌떡 일어나 겁에 질려 방구석으로 도망가면서 소리를 지른다고 했다. 하지만 해가 뜨고, 사람들이 밥을 먹으로 오기 시작하면 그녀의 입은 다시 굳게 닫혔다.

「그 아는 낭구처럼 말이 없이요.」

언젠가 병순은 진주댁이 그렇게 사람들에게 말하는 것을 들은 적이 있었다.

「언지나 그기에 서 있이믄서도 지를 드러내지 않는 나무 같아요.」

애운의 유일한 친구는 그보다 몇 살 어린 일애─愛였다. 그녀도 포로로 끌려와 이 근방에 사는 어느 집 하녀로 팔려갔는데, 그 애가 하는 일은 주인댁의 어린애를 돌보는 일이었다. 아이가 울거나 칭얼대면 그녀는 살이 쪄 돼지 같은 아이를 등에 업고 하루 종일 거리를 왔다 갔다 하면서 우는 아이를 달랬다. 그러다 아이가 잠잠해지면 진주댁이 하는 밥집 앞에 우두 커니 서서는 사람들이 왕래하는 것을 지켜보는 것이 유일한 일과였다. 그녀는 비록 나이는 열 살이 넘었지만, 잘 먹지를 못해 발육 상태가 좋지 않았다. 그래서 그 젓가락 같은 몸으로 한창 살이 오른 애를 업고 힘겹게 서 있는 것을 보면 사람들은 딱하고, 측은한 감정을 느끼지 않을 수 없었다.

진주댁은 언젠가 칡넝쿨처럼 포대기를 칭칭 감고 있는 헝겊 끈이 그녀의 앙상한 가슴뼈 밑을 파고들어 꺼멓게 멍이 들어 있는 것을 보고, 저 애는 포대기 때문에 죽고 말 것이라며 혀를 찼다.

일애의 힘이 점점 빠지면 빠질수록 아이는 더 크고, 우람하게 자라났다. 그러면 그녀는 그 무거움을 이기기 위해 끈을 더 바싹 졸라매지 않으면 안 되었다. 그것이 안타까워 애운은 그녀만 보면 먹을 것을 쥐어 주고, 조금이라도 도와주려고 애를 썼다.

비가 그쳤는지 밖이 소란스러워졌다. 그 틈을 뚫고 물장수 상근이 물을 지고 가게 안으로 들어왔다. 그는 부엌으로 들어가 물통에 물을 부은 다음 가게에 있는 의자에 앉아 숨을 돌렸다.

「막걸리 한 사발 주까?」

진주댁이 물었다.

「좋지요. 이왕이면 깍두기도 한 종지 주소.」

잠시 후, 애운이 술과 깍두기 한 종지를 갖다 주자, 상근은 막걸리 한 사발을 단번에 쭉 들이켜고는 깍두기를 손가락으로 집어 입에 넣고 맛있다는 듯이 소리를 내어 씹었다.

상근은 하동에 사는 어느 양반 댁의 하인으로 삼십쯤 돼보였는데, 고향에는 아들 둘과 아내가 있었다. 일본군이 마을을 휩쓸며 들이닥치자 가족들을 끌고 지리산 기슭으로 몸을 숨겼는데, 밤에 몰래 집으로 먹을 것을 가지러 갔다가 일본군에게 붙잡혀 이곳으로 끌려온 것이었다. 처음 이곳에 왔을 때, 그는 자기 머리를 땅에 짓찧으며 어쩔 줄을 몰라했다. 마누라는 별로 생각이 나지 않았지만 두고 온 아이들 때문에 잠을 이룰 수가 없었던 것이다. 그는 물지게로 상점이나 식당 등에 물을 져다 주고 한 달에 얼마씩 돈을 받았다. 하지만 아무리 돈을 벌어도 신이 나지 않는 듯 늘 표정이 시무룩했다. 그러나 근래 들려오는 강화소식에 그는 누구보다도 들뜨고 신이 나 있었다.

「고향으로 가기 전에 돈을 많이 벌어야지라. 아들에게 입힐 때때옷도 사고, 이쁜 신도 사줘야지라. 많이 컸을 겁니데이. 큰아는 별로 말이 없이 뚱허지만, 작은놈은 워찌나 싹싹하고, 붙임성이 존지 몰라라. 허지만 손가락 깨물어 안 아픈 놈이 오데 있남? 자식이란 눈에 넣어도 아프지 않은 뱁이니께 말이여.」

그는 기분이 좋은지 진주댁의 맘을 헤아려 보지도 않고 혼자 의자에 앉아 신이 나서 주절거렸다. 그러다가 고개를 돌려 애운을 보며 또 말을 걸었다.

「애운아, 니 나하고 겉이 고향으로 가자. 지리산이 병풍처럼 둘러서 있고, 앞에는 굽이굽이 섬진강이 흘러가는 내 고향 하동으로 니도 겉이 가자. 그곳에 가서 니 굳게 닫힌 맴의 뱅을 고치자.」

애운은 문 앞에 선 채로 물끄러미 상근을 바라보고 있었다. 그러나 그 뜻을 이해한 것도 아니고 그렇다고 아주 못 알아들은 것도 아닌 듯한 애매한 표정을 지을 뿐이었다.

「인자 강화산가 먼 기이가 곧 바다를 건넌다니 머지않아 병사들도 돌아오겠지라. 그라믄 우리들도 고향으로 돌아가게 되겠지라. 쌈이 끝났으니 굳이 잡아둘 이유가 없잖소?」

상근이 병순에게 그렇지 않느냐는 듯이 간절한 얼굴로 다그쳐 물었다. 비는 그쳤으나 구름이 드리워져 어둑어둑했기 때문에 몇 시나 됐는지 종잡을 수가 없었다. 애운은 여전히 문 앞에 서서 어두운 밖을 내다보고 있었다. 일애를 기다리고 있는 것 같았다.

「아가, 그캐 우두커니 서 있지 말고 안으로 들어와 빨래나 개키라. 이리 날이 안 좋은데 아아를 업고 나오겠느냐?」

진주댁이 안에서 말했다. 상근은 자리에서 일어나 다시 물통을 어깨에 걸머졌다. 어두워지기 전에 몇 군데 더 물을 길어다 줘야 했던 것이다. 그는 기분이 좋은지 콧노래를 흥얼거리며 문을 향해 걸어갔다. 그때, 언제 나타났는지 일본인 두 명이 들어오다가 물통에 발이 걸려 넘어질 뻔했다. 그것은 아주 짧은 순간이었는데, 넘어질 뻔했던 사내가 허리를 곧 펴더니 다짜고짜 상근의 뺨을 연속해서 후려쳤다. 눈을 어디에 달고 다니느냐는 것이었다. 상근은 코피를 쏟으며 빗물이 고여 있는 땅바닥으로 쓰러졌다. 창백한 얼굴에 손자국이 선명하게 마치 도장이라도 찍은 것처럼 빨갛게 남아 있었다.

그 소란에 의자에 앉아 빨래를 개고 있던 애운이 비명을 지르며 부엌 쪽으로 달아났다. 잠시 후, 일본 사람들이 돌아간 뒤 병순은 애운에게로 달려가 부엌 옆에 붙어 있는 방으로 그녀를 데려가 아랫목에 눕혔다.

「또 그 벵이 도진 깁니다.」

진주댁이 설명했다.

「아니요.」

병순이 말을 가로막았다.

「일본 사람들을 보더니 갑자기 그리 변했십니더. 어릴 때 무신 충격을 받은 기이 분명해요. 혼자서 감당할 수 없는 큰 충격을.」

진주댁이 손님을 맞으러 나간 사이, 병순은 방에 남아 애운에게 더운 물에 꿀을 진하게 타 먹였다. 그랬더니 차츰 호흡이 안정되면서 편안한 얼굴로 되돌아갔다.

8월로 접어든 어느 날, 병순은 진주댁으로부터 춘보가 일본 여자와 살림을 차렸다는 소문을 들었다. 그리고 며칠 후, 춘보는 사람들의 성화에 못이겨 조선옥에서 결혼 피로연을 열었다.

그날 조선 사람들은 조선옥이 꽉 찰 정도로 인산인해를 이루었다. 그와 함께 일하는 도공들은 물론이고 함께 배를 타고 현해탄을 건너 끌려온 포로들이 그의 혼인을 축하해 주기 위해 모두 그곳으로 모여들었다.

북쪽에서 불어오는 서늘한 바람을 타고 구수한 빈대떡 냄새와 막걸리 냄새가 흥겨운 노랫소리와 함께 오랜만에 맑은 가을 하늘로 퍼져나갔다. 춘보는 연신 싱글거리며 자신의 아내를 사람들에게 소개했다.

「지 각시 아이코愛子입니다. 행복하게 잘 살겄십니더! 차린 기는 없지만 맘껏 드시고 재밌게 놀다 가십시오. 히히. 고맙십니데이! 증말 고맙십니더!」

사람들은 박수를 치면서 그의 결혼을 축하해 주었다. 그리고 이어 병순이 하객 대표로 축하인사를 했다. 그가 연설을 마치고 밖으로 나오니, 일애는 그날도 여전히 아이를 업은 채 그 자리에 서 있었다.

「아가, 내가 잠시 아를 봐줄 게 들어가 머좀 묵고 나오라. 자자, 어서 퍼뜩.」

그는 일애를 겨우 달래 등에 업은 아이를 받아들었다. 그리고 그녀를 밀어 안으로 들어가게 했다. 안에서는 어디서 구했는지 장구 장단에 맞춰 흥겨운 조선 노래가 흘러나오고 있었다. 얼마 만에 불러보는 고향의 노래인가? 그리고 얼마 만에 추어보는 고향의 춤인가? 사람들은 한 덩어리가 되어 서로를 얼싸안은 채 반가움에 눈물을 흘리고, 고향에 두고 온 가족들을 생각하며 또 눈물을 흘려 그 울음소리가 밖까지 크게 들릴 정도였다.

일애는 안으로 들어가 애운과 웃으며 애기를 하고 있었다. 그들끼리는 서로 마음이 통하는 모양이었다. 그녀는 빈대떡을 하나 집어 탐스럽게 입에 넣고 볼이 불룩하도록 씹어 먹고 있었다. 그러다 너무 급해 목에 걸렸는지 잠시 눈물을 찔끔거리며 쩔쩔매는 광경이 보였다.

병순은 일애 대신 아이를 업고 밖에 서 있었다. 아이는 건강한 사내아이로 영양상태가 좋아 혈색이 좋고, 살이 단단했다. 그러나 일애의 몸은 날이 갈수록 마르고, 쇠약해져만 갔다. 그는 아까 조그만 가슴에 동여맨 끈이 일애의 푹 꺼진 앙가슴을 칼로 자르듯 깊숙이 파고 든 것을 보고 마음이 아팠다. 등에 업은 아이가 무거웠기 때문에 그녀는 어떡하든지 아이를 지탱하기 위해 끈을 더 꽉 조이지 않으면 안 되었던 것이다. 만약, 그것이 계속된다면 그녀의 몸은 어떻게 될까? 그는 문득 고목을 감고 기어오르는 덩굴이 생각났다. 덩굴은 뱀처럼 고목을 휘감으며 커간다. 그러면 고목은 햇빛을 못 받아 끝내 말라죽고 말 것이 아닌가? 안에서는 흥겨운 잔치가 계속되고 있었다.

며칠 후, 병순은 필사한 종이를 성에 있는 담당자에게 갖다 주고 돌아오는 길에 잠시 은비를 만나 기무라가 너무 많은 금액을 요구해 곤란한 처지에 빠져있다는 사실을 말했다. 그러자 뜻밖에도 곧 보급선이 조선으로 들어가고 그 편에 남편이 귀국할 것이라며 은비는 자신이 한번 힘을 써 볼 테니 조금만 더 기다려달라고 했다. 즉, 자기가 직접 기무라를 만나 적당한 선에서 가격 조정을 해 보겠다는 뜻이었다.

이제는 여름이 완전히 물러가고 선선한 가을로 접어들고 있었다. 사가의 들판에는 곡식이 누렇게 익어가고 있었다. 사람들은 태풍만 잘 이겨낸다면 풍년이 들 것이라고 말했다. 그리고 가을로 접어들자 두부를 찾는 사람들도 많아져 병순은 수입이 괜찮았다. 그는 만약 옥실만 아니라면 아예 여기서 주저앉아 돈을 모아 맘 편하게 사는 것도 괜찮을 것 같다는 생각이 들었다. 일본 사람들은 부지런하고, 깔끔하지만 상업의 이해에 대해서만은 한 치도 빈틈이 없었다. 그리고 그들은 새로운 것이라면 무엇이든 호기심을 갖고 배우려 들었다. 일본인 시장에 나가보면, 그곳은 늘 활기가 넘쳤고, 조선에서는 보도 못한 서양에서 온 진귀한 물건과 중국 비단이 뒤섞여 사람들의 눈을 현란하게 했다. 포로들 중 약빠른 사람들은 벌써 그 속에서 상리를 배우며 돈을 벌고 있었다. 이곳에서는 현물 대신 공인된 은화가 벌써 상품 대신으로 통용되어 돈만 있으면 무엇이든 사고, 편리하게 대가로 치를 수가 있었다. 그리고 새로운 판로를 찾아 해외로 나가는 무역업자들은 정부와 호상들과 긴밀하게 연결되어 각국의 다양한 물건들을 국내 시장으로 들여오고 있었다.

은비와 만나고 나서 며칠 안 되어, 기무라가 직접 병순을 찾아왔다. 은비가 뒤로 어떤 조건을 제시했는지 모르지만, 그는 훨씬 낮은 가격을 제시했다. 그리고 배의 출항 날짜까지 직접 가르쳐 주었다. 거래는 끝난 것이었다.

병순은 보급품을 실은 화물칸에 몰래 실려 현해탄을 건너게 될 것이었다. 그리고 김해에 도착하면 밤이 되기를 기다렸다가, 기무라의 안내로 화물칸을 빠져나와 육지로 잠입하게 되어 있었다. 병순은 기무라에게 주고 남은 얼마간의 돈으로 일본시장에서 옥실에게 줄 선물을 샀다. 금으로 도금한 나비가 한 마리 조각되어 있는 머리 장식품이었다.

출항을 며칠 앞두고 바다로부터 연일 태풍이 몰려왔다. 며칠 동안 세찬 바람과 함께 비가 억수같이 퍼부어 거리 곳곳에 서 있는 가로수들이 힘없이 바람에 쓰러지고, 누렇게 익어 가던 황금들판은 순식간에 넘치는 물로 가득 찼다. 출항은 연기되었다.

그가 비 때문에 꼼짝 못하고 방에서 지내고 있는 어느 날 아침, 애운이 비를 맞고 울면서 그를 찾아왔다. 그 애는 울면서 일애가 갑자기 어디로 사라졌다고 말했다. 태풍이 몰려오던 바로 그날 저녁 때 홀연히 집을 나가서는 아직껏 연락이 없다는 것이었다.

이튿날 아침, 비가 뜸한 틈을 타서 그는 조선옥으로 갔다. 진주댁은 그곳을 찾아온 손님들에게 일애의 행방불명 사실을 알리고 찾으면 곧바로 연락해 주도록 조치하고 있었다. 해서, 병순은 그곳을 나와 혼자서 성 주변을 돌면서 혹시 일애의 단서를 찾기 위해 이곳저곳을 수소문하고 다녔다. 태풍의 영향으로 거리는 혼란스럽고, 어수선했다. 곳곳에 나무들이 쓰러져 길을 가로막고 있었고, 바람에 불려 날아다니는 나뭇가지며, 지붕의 잔해들이 여기저기 어지럽게 흩어져 뒹굴고 있었다. 병순은 도랑을 가득 메우며 무서운 속도로 흘러가는 물줄기를 바라보면서 혹시나 하는 생각에 머리를 흔들었다.

그는 점심이 훨씬 지나서야 조선옥으로 돌아와 늦은 점심을 먹었다. 빗속을 돌아다녀서 냉기가 온몸을 휩쌌다. 그는 빗속을 헤매고 있을 일애를 생각하자 마음이 아팠다.

이튿날, 날씨는 언제 태풍이 왔었냐는 듯 구름이 멀리 물러가고, 대신 따가운 가을 햇살이 눈부시게 빛났다. 병순은 일찌감치 밥을 먹고 조선옥으로 갔다. 거기서 물장수 상근을 만나 함께 일애를 찾아 나설 계획이었다. 하지만 그가 도착하기도 전에 일애의 행방이 알려졌다. 거기서 십여 리쯤 떨어진 해안가에 조선 계집애 한 명의 시신이 파도에 실려와 해안가 모래밭에 방치되어 있다는 내용이 아침 일찍 전해졌던 것이다.

병순은 상근을 기다렸다가 함께 바닷가를 향해 출발했다. 이곳에 온 지 2년이 넘었지만, 한번도 가본 적이 없는 바다였다. 이곳 사람들이 아리아케有明라고 부르는 태평양으로 이어지는 그 고요한 바다가 일애의 무덤이 될 줄은 아무도 생각지 못한 일이었다. 대체, 그녀는 가녀린 몸으로 어떻게 그 억수같이 내리 퍼붓는 빗속을 뚫고 그 먼 곳까지 갔을까? 일애는 구경나온 사람들에 둘러싸여 모래밭 한편에 조용히 잠들어 있었다. 모래 위에 끌린 흔적이 남아 있는 것으로 보아 누군가 그녀의 몸이 바닷물에 젖는 것을 불쌍히 여겨 마른 모래밭 위로 옮겨놓은 것 같았다. 그리고 그 사람은 홑이불 같은 것을 덮어 일애에게 마지막 친절을 베푼 흔적을 남기고 있었다.

병순은 홑이불을 들추고 일애의 얼굴을 확인했다. 하얗고 창백하게 얼어붙은 뺨에 이방인처럼 낯선 해초 같은 것이 하나 들러붙어 있었다. 그러나 그녀의 표정은 평온했고, 삶을 포기했을 때의 마지막 생각과 상념이 슬픈 그림자처럼 희미하게 남아 있었다.

병순은 사람들의 도움으로 들것을 하나 만들어 일애를 그 위에 실었다. 그리고 그들의 친절에 감사를 표한 뒤 막 그곳을 떠나려 할 때 한 여인이 달려오더니 병순의 소매를 붙잡고 말했다.

「폭풍이 몰아치는 날 이 조선 애는 흠뻑 비에 젖은 채 바닷가를 홀로 헤매고 있었어요. 너무 비바람이 심해서 사람들은 한 명도 밖으로 나오지 않았지요.」

잠시 후, 두 사람은 말없이 앞뒤에서 들것을 들고 앞으로 걸어갔다. 들리는 거라고는 오직 그들의 조심스런 발자국 소리와 바람에 펄럭이는 홑이불 소리뿐, 거리는 온통 가을 햇빛으로 환하게 빛나고 있었다. 그리고 사람들은 아무 일도 없다는 듯이 무심히 그들의 곁을 지나갔다.

병순은 눈물에 가려 앞이 잘 보이지 않았다. 눈물이 샘물처럼 솟아나 걸음을 옮길 때마다 찰랑거리며 눈에서 뺨 위로 흘러내렸다. 모든 사물들이 흐르는 눈물 때문에 부옇게 일그러지고, 심하게 흔들리고 있었다. 멀리 보이는 산은 한쪽 귀퉁이가 무너지면서 흘러내리고 있었고, 길가의 집들은 둘 혹은 셋으로 나뉘어져 무참히 무너져 내리고 있었다.

일애는 어떻게 해서 이 먼 곳까지 오게 된 것일까? 그 약하고 가냘픈 한 줌의 몸은 경제적 가치도 없고, 성적인 노리개의 대상이 될 만한 것도 아니었다. 그런데도 그녀는 한 명의 포로로서 당당히 그 몫을 다했던 것이다. 그녀는 홀연히 바람처럼 왔다가, 홀연히 바람결에 사라져갔다. 그 짧은 시간이 그녀에게는 영원이었고, 인생의 전부였다.

병순은 그녀의 장례식을 보지 못하고 이틀 후 귀국길에 올랐다.

6
⋮
귀향

소슬한 가을바람이 부는 9월 초, 일본군 제2군 병사들의 보급품을 실은 선단은 쓰시마 섬 북단에 있는 오무라大浦 항을 아침 일찍 출발해 현해탄을 건너 저녁 늦게 다대포에 도착했다.

출발할 때는 날씨가 좋았지만, 해협에 들어서자 풍랑이 심해지면서 배가 좌우로 심하게 요동을 쳤기 때문에 배에 익숙지 않은 병순은 먹은 것을 토하며 초죽음이 되어 있었다.

그는 일본 군인들이 병영에서 쓰는 이동용 목욕통 속에 있다가 녹초가되어 배가 조선에 도착한 사실도 모르고 있었다. 그들은 이곳에서 하루를 묵은 다음에 이튿날, 그들이 다케시마竹島라고 부르는 김해성으로 들어갈 예정이었다.

병순이 있는 곳은 배 밑바닥에 있는 화물칸으로 된장이며 야채류, 쌀 등의 부식품으로 빼곡히 채워져 있었다. 이 창문 하나 없이 캄캄하고, 밀폐된 장소에 그는 벌써 며칠째 갇혀 있었다. 유일한 친구라고는 먹이를 찾아 부지런히 배안을 뒤지고 돌아다니는 쥐새끼들뿐. 하지만 이제는 그들과도 정이 들어 몸 여기저기를 타고 다니며 장난을 치며 노는 모습이 귀엽고, 사뭇 사랑스럽기까지 했다.

이튿날, 배는 북쪽 해안선을 따라 2킬로가량 북상한 다음 북서쪽으로 방향을 바꿔 길게 누워 있는 섬을 하나 옆에 끼고서 낙동강 입구를 향하여 나아갔다. 낙동강 입구에서 약 십여 킬로가량 상류 쪽으로 올라가면 왼쪽으로 일본군이 최전방 기지 부산을 방어하고, 전방 보급로를 확보하기 위해 낙동강 중류에 축성한 구포왜성과 서로 마주 바라보는 야트막한 산 위에 김해성이 있었다.

병순은 배 바닥에 누워 배가 물결에 부딪쳐 뒤틀리며 삐걱대는 소리와 노 젓는 소리를 꿈결처럼 들으며 지난 2년간의 시간들을 떠올리고 있었다. 옥실은 난리 중에 무사히 살아 있을까? 아버지와 어머니의 시신은 어떻게 처리됐을까? 그리고 주인을 잃은 고향 집은 어떠한 모습일까? 저녁 무렵, 배가 멈추자 밖이 소란스러워지면서 병사들이 반갑게 인사를 나누는 소리와 함께 시끄럽게 떠드는 소리가 들려왔다. 그리고 또 얼마의 시간이 흐른 뒤에 기무라가 내려와 그를 배 밖으로 인도했다. 밖은 이미 캄캄한 밤이었다.

기무라는 보초들을 피해 목책이 둘러쳐 있는 강가의 으슥한 장소로 그를 데려간 다음, 어둠 저쪽을 손가락으로 가리켰다. 그곳을 향해 가라는 뜻이었다.

김해에서 의령까지는 빨리 걸으면 하루면 족한 거리이다. 그는 잠시 어둠 속에 서서 고향의 공기를 탐욕스럽게 한번 들이마신 다음, 왼쪽 손가락에 낀 은가락지에 입을 맞추며 이렇게 자신을 무사히 고향에 돌아오게 도와주신 어머니께 감사했다.

그는 서쪽으로 방향을 잡았다. 맑은 밤하늘에는 견우와 직녀 성 사이로 은하수가 은빛 강물이 되어 밤바다 위를 하염없이 흐르고 있었다. 그리고 어둠에 잠긴 야트막한 산 위로는 북두칠성이 커다란 국자를 북쪽을 향해 깊숙이 기울인 채 언제나처럼 화려한 모습으로 빛나고 있었다.

일본군과의 접경지대라 이곳은 사람들의 발길이 거의 없었다. 그리고 설혹, 집들이 보인다 해도 거의 텅 비어 있었다. 창원을 거쳐 마산 부근에 이르렀을 때, 동쪽 하늘로부터 먼동이 터왔다. 그는 배가 고파 뭐라도 좀 얻어먹으려고 길가의 한 마을로 들어섰다가, 마을이 비어 있는 것을 보고 다시 돌아 나왔다.

가을걷이가 한창일 때이지만, 밭에는 사람의 그림자 하나 보이지 않고, 나락을 달고 있는 줄기들도 별로 눈에 띄지 않았다. 마치 농사를 짓다 만

것 같았다.

　고개를 하나 넘어 한참 가자, 발 아래로 시원하게 넓은 들판이 펼쳐졌다. 들판 가운데로 유유히 흘러가는 시내가 보이고, 그 옆으로 보기에도 부유한 사람들이 사는 듯한 크고, 번듯한 집들이 한 폭의 그림처럼 옹기종기 어깨를 맞대고 서 있는 것이 보였다. 그곳은 정말로 사람들이 사는 곳처럼 보였다. 들판에는 벼들이 누렇게 익어가고, 밭에도 곡식들이 풍성하게 여물어 가고 있었던 것이다.

　그는 내를 건너 마을로 들어섰다. 그때, 어느 틈에 힘깨나 쓸 것 같은 사납게 생긴 장정 몇이 나타나더니 그의 앞을 가로막았다. 그들의 표정은 사뭇 험악했으며, 손에는 몽둥이를 하나씩 들고 있었다.

　「머하는 자꼬?」

　덩치가 좋고 수염을 텁수룩하게 기른 사내가 따지듯 물었다.

　「의령으로 가는 나그네요. 어제부터 끼니를 굶었습니더. 밥 한술 얻어묵고 가려고 내를 건넜십니더.」

　병순이 공손히 대답했다.

　「니깐 놈한테 줄 밥 없다. 도둑으로 몰려 얻어맞아 죽기 전에 어서, 썩 꺼져뿌리라!」

　그러며 사내는 몽둥이로 병순의 가슴을 밀어 개울 쪽으로 몰고 갔다.

　「지는 2년 동안이나 일본에 포로로 잡혀갔다가 이자 겨우 도망쳐 나와 고향으로 돌아가는 길이오. 아무리 난리로 사람의 인정이 메말랐다지만 저런 대갓집에서 밥 한 그릇 줄 수 없다는 기이 말이 됩니꺼? 게다가 들판에는 저리 많은 곡식들이 익어가고 있는데.」

　「시끄럽다. 니 겉은 놈들이라면 이자 지긋지긋하다. 저 곡식이 공짜로 자란 줄 아느냐? 곡간에 쌀이 가득 쌓여 있다 캐도 니 겉은 걸배이들에게 줄 기는 없다. 어서 썩 꺼져뿌리라. 니가 일본에서 왔건, 지옥에서 왔건 니

캉 내캉 아무 상관없는 일이니.」

「좋소. 그라믄 물이나 한 그릇 얻어묵읍시다.」

병순의 처지가 딱해 보였던지 잠시 후, 한 젊은이가 안으로 뛰어가 물한 그릇을 떠가지고 와 그에게 건넸다.

병순은 물 한 그릇을 얻어먹고 그곳을 나와 다시 내를 따라 걸어갔다. 마을 한복판에 근사하게 지은 기와집이 한 채 보였고, 그 주위를 호위하듯 작고, 소박한 초가집들이 빙 둘러싸고 있었다. 마을 앞으로는 시원하게 내가 달리고, 그 좌우에는 푸르고 너른 들판을 끼고 있으니 얼마나 풍족한 땅인가? 그러니 수십 명의 하인들이 그것을 지키기 위해 마을 곳곳에 순번을 정해 물샐 틈 없이 보초를 서고 있는 것이다.

그는 거의 다 쓰러져 가는 초가집에서 오랜만에 짠지에 꽁보리지만 밥을 한 그릇 얻어먹었다. 늙은 노모를 모시고 어렵게 살아가고 있는 순박한 젊은 주인은 병순의 지난 이야기를 듣고 시종 슬픈 표정을 지었다. 그러면서 한양을 출발한 명의 책봉사가 지금 밀양에 머물고 있다는 것과, 전쟁보다도 가뭄과 질병으로 많은 백성들이 죽어가고 있다며 눈물을 흘렸다.

명의 책봉 사절단은 이미 4월 28일에 한양으로 들어와 머물고 있었지만, 일본군이 바다를 건너 물러가는 것을 확인한 다음에 움직인다는 원칙에 따라 두 달간이나 그대로 꼼짝도 하지 않은 채 뻔질나게 심부름꾼만 남쪽으로 보내 일본군의 움직임과 동태를 엿보면서 상황을 주시하고 있었다. 그러다 고니시가 히데요시를 면담하고 돌아와 각 군에 성을 파괴하고 소각하라는 지시를 내리고, 유경이 그 사실을 서면으로 보고하자 그때서야 움직이기 시작했다.

하지만 그들은 모두 한꺼번에 출발하는 것이 아니라, 일단 부사 양방형楊方亨을 선발대로 출발시키고 정사 이종성李鐘城 일행은 일본군의 철수를 확인한 다음에 출발하기로 결정했다.

이리하여 7월 12일경, 양방형은 전화로 피폐해진 조령鳥嶺을 통하는 지름길을 포기하고, 충청도 전라도를 경유하는 도로를 따라 남하했다.

사절단의 규모는 대규모였다. 정사를 가까이서 수행하는 인원만 해도 장교가 60명에 정예군인이 70명 그리고 종성이 개인적으로 데리고 온 노복의 수가 수백 명이고, 그 외에 관청에서 동원한 쇄마가 3백 필, 짐꾼이 오백 명, 소 구루마가 60대로 그 행렬이 4-5십 리에 걸쳐 길게 이어졌다.

하지만 그 위풍당당한 사절단의 모습과는 달리 그들이 지나가는 도로변에 사는 백성들은 벌써 몇 달 전부터 수레와 우마차가 지나갈 수 있도록 도로를 보수하고, 사절단이 묵고 갈 숙소며 조리시설을 짓느라 힘든 여름을 보내야 했다.

병순은 함안을 거쳐 의암 나루에 도착했다. 지리산에서 흘러내린 맑은 물이 예나 다름없이 진주를 지나 짙푸른 색으로 강가의 마을들을 감싸며 낙동강을 향해 흘러가고 있었다. 그 강을 따라 마을들이 서고, 장이 섰으며 그와 함께 사람들이 만나고 물건의 교환이 이루어졌다. 강가를 따라서 있는 나무들은 하나, 둘 여름의 녹음을 떨치고, 이제는 고운 가을빛으로 물들어가고 있었다. 비록, 왜적에 의해 곳곳이 짓밟히고, 아픈 생채기가 그대로 남아 있었지만, 따스한 햇볕은 상처 입은 대지를 골고루 비추고 있었다.

나루터는 텅 비어 있었다. 전쟁으로 이전의 활기찬 풍경은 어디에도 보이지 않았다. 다만 강물만이 변함없이 강변의 수초들을 훑으며 동쪽으로, 동쪽으로 잔물결을 지으며 흘러가고 있었다. 전쟁 초반, 이곳은 일본군과의 싸움이 가장 치열했던 곳이었다. 일본군은 함안으로부터 이곳을 거쳐 전라도 땅으로 들어가려고 수차에 걸쳐 이곳을 공격했지만 곽재우군에 막혀 실패했던 것이다.

해가 뉘엿뉘엿해질 무렵에야 사람들이 모아져 배가 움직였다. 배에는 남정네 네댓과 여인네 몇이 타고 있었는데, 어디로 먹을 것을 구하러갔다가 오는 모양인 듯 까맣게 그을린 얼굴에 피곤한 모습으로 보따리를 하나씩 들고 있었다.

배는 강물 위를 천천히 흘러갔다. 아버지도 함안 장을 보는 날에는 이곳에서 배를 타고 강을 건넜다. 한 손에는 식구들이 좋아하는 생선을 한아름 들고, 한 손에는 어린 옥실에게 주려고 산 갱엿을 꼭 쥐고 막걸리 몇사발에 불콰해진 얼굴로 흥얼거리며 이 강을 건넜다.

병순은 어두워서야 마을로 통하는 나지막한 고개를 넘어갔다. 그 길은 좌우에 밤나무가 우거져 한낮에도 나무 그늘로 어둑한 곳이었다. 나무들 사이로 집 앞에 서 있는 키 큰 느티나무와 불 켜진 집이 보였다.

그는 대문을 열고 들어가 옥실을 찾았다. 헌데 뜻밖에도 안방 문이 열리며 달래가 얼굴을 내밀었다.

「어메! 어메! 이기이 누구십니꺼?」

달래는 그가 병순인 것을 알고 놀라서 방문을 닫았다. 곧이어 망내가 밖으로 나왔다.

「이기이 대체 우찌된 기고? 내 동생 옥실은 오데 있노? 그라고 당신이 와 여기 있소?」

병순은 어리둥절해서 물었다. 망내는 달래에게 술상을 차려오라고 이른 다음, 병순을 사랑채로 데려가 그동안 일어난 일들을 차근차근 들려주었다.

병순은 자리에 앉아 어색한 듯 자꾸만 방안을 둘러보았다. 아직도 송진 냄새를 풍기고 있는 갓 베어낸 소나무 기둥이며 풋풋한 흙냄새를 풍기고 있는 벽체를 보니, 망내의 말처럼 모조리 불에 타고 없어진 자리에 새로 집을 올린 것이 분명했다. 하지만 집이 앉은 방향과 전체적인 배치는 이전 그대로였다. 이 방은 이전에 아버지와 영생이 머물며 책을 읽고, 글줄이나 읽는 사람들이 모여 세상일을 한탄하며 탁상공론을 벌이던 바로 그곳이었다. 하지만 지금은 책 같은 것은 눈을 씻고 봐도 없고, 곡식 자루며 멍석, 농기구, 종자 같은 것들만 어지럽게 여기저기에 흩어져 있었다.

곧, 간단히 차린 술상이 들여왔다. 그리고 이어 어떻게 알았는지 대수와 막개가 수선을 피우며 나타났다. 대수는 이전처럼 흙 묻은 농군 옷에 더부룩하게 머리를 기르고 있었다. 하지만 막개는 마치 양반처럼 깨끗한 옥빛 바지저고리를 입고서 보란 듯이 뒷짐을 진 채 한껏 으스대고 있었다. 대수는 병순을 보자마자 고개를 조아려 아랫사람으로서의 예의를 깍듯이 표했다. 하지만 막개는 그냥 보는 둥 마는 둥 얼버무리다가 슬그머니 자리에 앉아 병순이 찾아온 이유를 살피는 데만 급급했다.

「인자, 시상은 변했이요.」

막개는 옛날 정호가 하듯이 말문을 점잖게 튼 다음 괜히 헛기침을 한 번 했다. 그꼴이 아니꼬워 대수는 얼굴을 찌푸렸다.

「글을 많이 하는 사람이 출시를 하고, 이 시상을 좌지우지하던 시대는 지나가고, 이자는 지 능력껏 살아가는 시상이 됐다 이 말입니더. 우리 사위는 맨주먹으로 일어나 큰 재산을 일궈 이 집을 샀고, 이쁜 각시도 얻었십니더. 그라고 나도 남의 집을 돌아댕기며 밥이나 얻어묵던 이전의 막개가 아니라 이깁니더. 우리가 산 농토는 모도 그대로 마을 사람들에게 맡겨 농사를 짓게 할 생각입니다. 물론, 수확물은 똑같이 반씩 나눠야지요. 그라고 전적인 관리는 지 큰사위 대수가 맡을 기고, 지와 막내 사위 망내는 장사를 할 깁니다. 그기이 이득이 더 많으니께요. 부지런히 몸을 움직여 존 물건을 싸게 사다가 적당히 이윤을 붙여 되파는 기죠. 헤헤. 가재 잡고 도랑 치고 누이 좋고 매부 좋은 기이 아닙니꺼.」

그는 입고 있는 옷을 자랑하듯 옷매무새를 괜히 손가락으로 툭툭 털면서 습관처럼 헛기침을 하고 다시 잔소리를 늘어놓았다.

「시상은 어지럽고, 빠르게 요동치고 있습니다. 조선은 이자 아무것도 남아 있는 것이 없십니더. 깡그리 죄다 날아가뿌렸으니께. 대체 양반들이 정치를 해서 우리들에게 해 준 기이 머가 있십니꺼? 그 사램들은 우리가 피땀 흘려 농사를 지으면 먼 명목이든 이름을 갖다 붙여 뺏어서는 호의호식하는 데 다 써뿌렸죠. 그라고 돈이 떨어지믄 또 새 이름으로 세금을 맨들어 백성들의 호주머니를 다 털어가뿌렸죠. 지 말이 틀립니꺼? 틀리믄 말씀 하시이소. 그라고 그 돈으로 그들이 한 기이 머가 있십니꺼? 고작해야 나무 그늘 아래 정자를 지어 놓고서는 기생들과 시시덕거리거나, 시 나부랭이나 읊으며 허송세월한 기이 아입니꺼? 그 사램들은 인자까지 손도 대지 않고 코 푸는 식으로 너무 쉽게 살아왔이요. 하모! 하지만 앞으로는 택도 없십니데이.」

「이자 그만 하시이소.」

민망한지 대수가 얼른 나서서 말을 막았다. 망내가 미안한지 병순의 잔에 술을 따라 권했다. 병순은 대수에게 춘보와 어둔의 이야기를 들려주었다. 그리고 그곳에서 살고 있는 조선 사람들의 딱한 처지와, 자신이 보고 겪은 일본 생활에 대해 들려주었다.

「우리도 일본처럼 장시를 해야 합니데이.」

망내가 잠자코 있다가 말했다.

「전쟁을 하더라도 머가 있어야 싸우지예. 다들 아시겠지만, 지난번 낙동강전투 때 우리가 갖고 있었던 기이 먼지 아십니꺼? 그들은 총으로 눈 깜짝할 새에 총알을 날리는데 우리는 활과 몽둥이밖에 없었십니더. 게다가 묵을 기이 없어 쫄쫄 굶다시피 하며 싸웠죠. 그라니 싸울 맛이 나겠십니꺼?」

망내는 이제 장가도 들고, 먹고 사는 것에 시달리지 않아 그런지 이전보다 한층 여유가 있고, 침착해 보였다. 그는 규모가 크지는 않지만, 갖고 있는 돈을 밑천으로 사람들을 산간벽지로 보내 곡식이며, 약재 등을 사오게 한 다음, 그것을 큰 시장으로 내다팔았고, 근래에는 일본군의 눈을 피해 부산 쪽에서 올라오는 소금과 건어물 도매에도 손을 대려 하고 있었다.

　어디선지 아이 우는 소리가 들려왔다. 올봄에 태어난 망내의 아이였다. 이어 달래가 뭐라고 아이를 어르는 소리가 밤공기를 뚫고 평화롭게 들려왔다. 이곳은 행복한 가정의 전형을 보여주고 있는 듯했다. 그 방은 이전에 하씨 부인과 옥실이 머물던 곳이었다. 어머니는 그 방에서 밤새도록 불을 밝힌 채 아버지의 옷을 지었고, 가족들에게 필요한 소소한 물건들을 손수 만드셨다. 그리고 어린 옥실은 그 옆에서 어머니가 들려주는 옛날이야기를 들으며 참새처럼 떠들었다.

　밤이 깊어, 잘 시간이 되자 대수가 자기 집으로 가자며 병순을 잡아끌었다.

　「아재, 고맙기는 하나 예서 아무렇게나 자고 내일 일찍 떠나겠십니더.」

　병순은 사양했다.

　「아니 도련님, 아무런 대책도 없이 대체 오데로 가시겠다는 말씸입니꺼. 안 됩니더. 하모.」

　대수는 막무가내로 병순을 밖으로 잡아끌었다.

　「대책도 없다니요? 금동이 장수에 살고 있다니 그리로 가봐야지요. 설마, 지를 문전박대하기야 하겠십니꺼? 우리는 비록 신분은 다르지만 함께 자랐기 땜에 형제나 다름이 없십니더.」

　「참말로 고집도 여전하십니더.」

　대수는 병순을 밖으로 끌어낸 다음, 목소리를 낮추어 조용히 말했다.

　「실은 막개 땜에 말하지 몬했는데, 지 집에 선상님이 기십니더.」

그러며 얼마 전부터 영생의 건강이 나빠져 자신이 모시고 있다는 사실을 고백했다.

「막개가 만약 이 사실을 알믄 난리가 납니데이. 그라니 아무 말씸 마시고 지를 따라오시이소.」

대수를 따라 그의 집으로 가보니, 집은 예전 그 자리에 있었지만 깨끗이 손을 봐서 마치 새 집 같았다. 그는 그곳에서 복래와 신혼살림을 하고 있었다.

춘심이 일본군과의 사이에서 낳은 아이는 벌써 세 살이 되어 아장아장 걸어 다니며 재롱을 피웠다. 아이는 아비를 닮아 머리가 곱슬머리였지만, 까만 눈동자는 너무도 맑고 영리해 보였다.

대수는 병순을 집 뒤에 있는 헛간 같은 곳으로 데리고 가더니, 그곳의 거적문을 들췄다. 들여다보니, 불도 켜지 않은 캄캄한 공간에 무언가 허연 물체가 길게 누워 있는 것이 보였다.

「선상님, 병순이 왔십니더.」

병순은 목이 메는 것을 참으며 그 안으로 들어갔다. 대수가 불을 들고 뒤따라 들어왔다. 영생이 자리에서 일어나자, 병순은 절을 올리고 자리에 앉았다. 영생은 한눈에도 병색이 완연해 보였다. 혈색이 거의 돌지 않는 해쓱한 얼굴은 온통 수염으로 허옇게 뒤덮여 눈조차 잘 보이지 않을 정도였고, 그 눈빛도 이전의 빛을 잃고 꺼질 듯 가물거리고 있었다.

「선상님, 그동안 얼마나 고상이 심하셨십니꺼?」

병순은 다가가 영생의 마른 손을 부여잡고 말없이 어루만졌다.

「살아 있었구나.」

영생이 말했다.

「그동안 오데 있었느냐?」

「일본군에게 포로로 잡혀갔다가 도망쳐 오는 길입니더.」

「고상이 많았겠구나.」

「고상은 무신. 선상님이 이렇게 되시다니 뵐 면목이 없십니더.」

대수가 안으로 들어가 먹을 것을 가져왔다. 그곳은 두 평이 될까 말까 한 공간으로 헛간 안에 임시로 만든 방이라 두 사람이 앉아도 서로 코를 맞대듯이 하고 앉아야 했다. 다행히 바닥에 짚을 두텁게 깔아 푹신하기는 했다.

「조선이 와 이꼴이 됐는지 모르겠십니더.」

대수가 나가자, 병순이 한숨을 쉬며 말했다. 영생은 굶주린 듯 아무 대꾸도 하지 않고 딱딱하게 굳은 음식을 쩝쩝거리며 씹어 먹기에 바빴다.

「선상님도 엔간하십니더. 이 판국에 꾸역꾸역 묵을 것을 잡수시다니.」

병순이 화가 나서 한마디 했다.

「우떡하느냐? 입에서 땡기니. 꼴은 이래도 묵고 살아야제.」

그리고는 음식 찌꺼기가 묻은 손가락을 바닥에 깔아 놓은 짚에 문지른 다음, 배가 찼는지 등을 흙벽에 갖다 대고 비스듬히 앉았다.

「이럴 줄 알았으면 그때 박씨 부인을 잡아둘걸 그랬다. 그라믄 밥술은 얻어묵을 수 있었을 기이 아니냐.」

「그란 이바구는 이자 해서 머합니꺼? 다 지나간 일인데.」

헛간 서까래 틈으로 별이 보이고, 거적문 틈으로 바람이 솔솔 들어오고 있었다.

「추분 겨울이믄 모르겠지만 아즉은 여기도 괘않다. 누우면 벨도 보이고, 바닥도 짚을 깔아 온돌보다 따뜻하데이.」

그리고는 잠시 말을 끊고 영생은 구석에서 구깃구깃한 종이 한 장을 집어 들어 펼치며 말을 이었다.

「이기는 내가 요즘 쓴 시인데 한번 들어보지 않겠느냐?」

영생은 시 얘기를 하자 갑자기 힘이 솟는 듯 몸을 꼿꼿이 세우고 종이에 적혀 있는 시를 또박또박 읽어나가기 시작했다.

　　「만나고 또 만나니 같으다 아니할꼬
　　만나지 못하고 또 만나지 못하니 같으다 아니할꼬
　　세월아 흐르라 변하지 말고
　　나는 평화와 사랑을 가지려니
　　세월아 흐르라 변하지 말고.」

　영생은 자기 기분에 도취된 듯 몸을 좌우로 흔들며 리듬에 맞춰 계속
시를 읽어 내려갔다.

　　「나는 괴로워하노라 그리고 슬퍼하노라
　　그리고 또 만나니 같으다 아니할꼬
　　나는 만나지 아니하려니 또 만나지 아니하려니
　　세월아 흐르라 변하지 말고
　　그리고 사랑하노라 또 사랑하노라
　　영원히 사랑하노라 또 사랑하노라
　　그리고 만나니 영원히 만나니.」

　「여기 와서 쓴 기다. 어때, 맴에 드느냐?」
　영생은 어린애처럼 기분이 들떠서 병순에게 물었다.
　「사뭇 철학적인 시 같네요. 하지만 전 맴이 너무 울적해서 한마디도 귀
에 들어오지 않십니더.」
　병순이 울적해서 말했다.
　「아무리 난리 통이라고 해도 아름다운 시는 아름다운 기다. 나는 살아

생전에 시집을 한 편 내는 기이 꿈이었다. 그기이 전쟁보다도 더 중요한 일이었는데. 운이 따르질 않는구나, 제기랄!」

영생은 어린애가 자신이 하고 싶은 일을 못해 보채듯 투덜거렸다.

「전쟁은 모든 걸 앗아갔어요.」

병순이 자르듯 말했다.

「그란데 선생님은 시 나부랭이나 짓고 계시다니. 참, 행복하신 건지, 모자라시는 건지 참으로 슬픕니더.」

「너무 슬퍼하지 마라. 샌님께서는 자신의 의무를 다하고 돌아가셨다. 그것을 항상 자랑스럽게 생각하고 살아가거라.」

영생이 달래듯 말했다.

「나라의 일도 개인의 일과 다를 바가 없지 않느냐? 니도 어릴 때 힘 센 아들에게 매를 맞고 울지 않았느냐? 아무리 나라끼리라 해도 문명과 기술의 차가 너무 나면 아무리 안간힘을 써도 문명이 낮은 나라가 높은 나라에게 종속되게 마련이다. 그기이는 물이 높은 곳에서 낮은 곳으로 흐르는 것처럼 자연스런 이 시상의 순리다. 니가 아무리 발버둥쳐도 그 자연의 순리를 거역할 수는 없는 벱이다. 그건 그라고 우물에 가서 퍼뜩 시원한 냉수나 한 사발 떠오거라. 짜게 묵었더니 물이 자꾸 맥히는구나.」

「누가 뺏어 간답니꺼? 그카게 허겁지겁 잡수시더니만.」

병순은 영생에게 핀잔을 준 다음, 밖으로 나와 집에서 조금 떨어진 우물에서 물을 떠가지고 다시 헛간으로 들어갔다. 영생은 병순이 떠온 물을 소리내어 들이켠 다음 트림을 하고는 다시 벽에 몸을 기댔다.

「이자, 오데로 갈 거냐?」

영생이 물었다.

「외삼촌 댁에 들러 인사라도 올리고 나서 다음 일을 생각해 볼 작정입니더. 금동이 장수에 살고 있다고 합니다. 그래서 거기나 한번 가보려꼬요. 그아는 지와 혈육이나 마찬가지 아입니꺼? 요즘은 지가 양반으로 태어났다는 것이 부끄럽고, 죄스러울 뿐입니더.」

「맞다. 조선은 양반들이 모도 망쳐놓았다. 백성들을 방치한 채 서로 권력을 다투고, 재물에 탐욕을 부리다 큰 화를 불러들인 기다.」

「선상님, 이자 조선은 어데로 가는 깁니꺼?」

「조선은 이미 자신의 운명을 스스로 선택할 권리를 잃어버렸다. 일본이 이 땅에 발을 내딛는 순간, 그리고 명나라가 구원군軍을 낸 순간에. 그래, 니는 인자 앞으로 우쩰 셈이냐?」

「잘 모르겠십니더. 모든 기이 하루아침에 엉망이 되어 도대체 머가 먼지 하나도 모르겠십니더. 그저 캄캄할 뿐입니더.」

두 사람은 말없이 허공만 바라보았다. 영생은 정호의 집에 머물 때 창순보다도 병순을 더 아꼈다. 창순은 총명하고 재기가 넘치기는 하나 행동이 가볍고, 자신의 이익에 좇아 처신을 바꿀 때가 많았다. 그리고 공명심이 너무 강해 항상 적이 많았다. 하지만 병순은 감수성은 둔하나 행동이 무겁고 진중했으며, 자기 자신을 늘 세상 밑바닥에 두고 행동했기 때문에 친구들로부터 존경과 사랑을 한몸에 받았다.

「조선이 이 난국을 벗어나려면 새로운 역사적 목표를 제시할 새로운 사람들이 나와야 한다.」

영생이 침묵을 깨고 말했다.

「원래 주자학은 훌륭한 학문이었지만 집권자들이 너무 정치적이고, 이기적으로 이용했기 때문에 이제는 그저 형식뿐이고, 말장난이 되고 말았다. 이눔이 해도 그 말이고, 저눔이 해도 똑같은 허울뿐인 사상으로는 사람들에게 희망을 줄 수가 없다. 내 생각에는 차라리 그보다는 일본 사람들의 칼이 더 정직하고, 효율적이라는 생각이 든다. 칼에는 결단이 있다. 하지만 주자학에는 뭐가 들어 있느냐? 온갖 그럴싸한 말장난과 이렇게 해도 좋고, 저렇게 해도 좋은 양다리와 허례허식, 그리고 아집뿐이 더 있느냐?」

영생은 잠시 말을 멈추었다가 다시 말을 이었다.

「조선이 일본에 당한 첫째 이유는 백성들이 너무 약했다는 기다. 생각해봐라. 배고픈 백성을 데리고 어찌 적과 싸워 이길 수 있겠느냐? 그들의 배는 양반들의 착취로 등짝에 가 붙어 있고, 굶주림은 그들의 용기와 투지를 다 뺏어 가지 않았느냐? 그라니 조선이 힘을 키우려면 우선 굶주린 백성들의 배를 채워주고, 그들에게 이 땅을 사랑하고, 지키며 스스로 살겠다는 의욕을 심어줘야 한다. 그캐야 어떤 나라가 침략해 오더라도 자신의 귀중한 재산과 가족을 지키기 위해 힘을 다해 싸울 기이 아니냐? 나라의 기반은 결국 백성의 피와 땀이다. 그들은 평화 시에는 생산활동에 전념해 세금을 바쳐 나라를 부강케 하고, 전시에는 맨 앞에 나서 자신들의 피를 희생하는 사람들이 아니냐? 나라의 꽃은 왕이 아니라, 바로 백성들의 피와 땀이다.」

「백번 맞십니더, 선상님 말씸이.」

영생은 힘이 드는지 비스듬히 몸을 뉘었다. 다시 무거운 침묵이 이어졌다.

「지는 지금부터 시상으로 뛰어나갈 생각입니더.」

병순이 말했다.

「바람처럼 나그네가 되어 시상의 온갖 풍파를 온몸으로 맛볼 생각입니더.」

「옥실이는 어딘가에 살아 있다.」

영생이 느닷없이 옥실의 얘기를 꺼냈다.

「그기이 무신 말씸입니꺼?」

병순이 놀라서 물었다.

「그 아는 총기가 있는 아이라 쉽게 죽지 않을 기이다. 그리고 죽은 사람은 꿈에 나타나는 법인데 그 아는 한번도 내 꿈에 나타난 적이 없다. 그 아는 어딘가에 살아서 시상의 빛이 되고 있을 기다. 그라니 항상 누부동생을 잊지 말고 살아가거라. 그라믄 인생의 고비 때마다, 아니믄 마음이 힘들고 괴로울 때 덜 외로울 기다. 니는 그만하면 나보다 낫지 않느냐? 젊고, 거느린 것도 없으니.」

병순은 잠자리에 들기 위해 밖으로 나왔다. 차가운 밤바람이 얼굴을 때렸다. 멀리 까마득한 허공 속으로 유성이 빠른 속도로 하늘을 가로지르며 떨어지는 것이 보였다. 인생은 찰나다! 죽음도, 그리고 삶도 흐르는 유성처럼 이 우주 공간에 잠시 존재했다가 티끌이 되어 다시 광활한 우주 속으로 돌아가는 것이다.

모든 사물은 우주 공간 속에 저마다의 자리를 지킨 채 깊은 어둠 속에 잠들어 있었다. 높은 곳에 서 있는 사물은 항상 높은 곳에 존재하고, 땅 아래 누워 있는 것은 언제나 그곳에 존재하듯이. 다만, 그만은 자신이 어디로 가야 할지 방향을 잃은 채 어둠 속에 하염없이 서 있었다.

이튿날, 병순은 늦잠을 자다가 밖에서 대수가 지르는 외마디 소리에 놀라 잠을 깼다. 이미 해가 중천에 뜬 듯 방문 틈으로 붉은 아침 햇살이 날카롭게 비쳐들고 있었다.

「먼 일입니꺼?」

병순이 문밖으로 대수에게 물었다.

「도련님, 선상님께서…」

대수는 두 손을 떨면서 말을 잇지 못했다. 병순은 이상한 예감이 들어 헛간으로 달려가 거적문을 젖히고 안으로 들어갔다. 영생은 입과 코는 물론이고 수염에도 음식물 찌꺼기를 허옇게 뒤집어 쓴 채 마치 잠자고 있는 것처럼 눈을 감고 반듯이 누워 있었다.

「선상님!」

병순은 달려가 이미 딱딱해진 영생의 몸을 흔들었다. 그러나 이미 생명의 온기가 사라진 그의 몸은 장작개비처럼 딱딱하고 뻣뻣했다.

「선상님이 돌아가셨어요.」

대수는 말을 잇지 못하고 어린애처럼 흐느껴 울었다. 영생은 얼굴에 음식물 찌꺼기를 가면처럼 뒤집어 쓴 채 영원한 잠 속에 빠진 듯 고요히, 평화롭게 눈을 감고 있었다. 간밤에 허겁지겁 먹은 음식이 위에서 그대로 식도로 역류해 기도를 막아 그의 숨통을 끊어 버린 것이었다. 아침 식사 후, 병순은 대수와 함께 영생의 몸을 더운 물로 말끔하게 씻긴 다음, 염을 했다. 발가벗은 그의 몸은 몹시 말랐지만, 속살은 눈처럼 희고 깨끗했다.

이튿날, 병순은 마을 사람 몇과 함께 양지바른 뒷산에 영생을 묻어주고, 외삼촌 집으로 향했다. 추수철이라 온 가족이 동원되어 눈코 뜰 새 없이 일을 하고 있었다. 키가 멀대처럼 큰 외숙모는 앙상한 몸으로 몇 안 남은 일꾼들과 하인들을 쉴 새 없이 몰아붙이고 있었다. 그녀는 원래 사람들에게 너그러운 편이 아니었다. 그녀는 전부터 외숙이 정호의 식구들에게 음식을 나누거나, 조카들에게 선물 같은 것을 주는 것을 몹시 못마땅해 했다.

부유하고 넉넉하던 외숙의 집안은 이미 예전의 그 모습이 아니었다. 눈이 닿지 못할 만큼 드넓은 농토는 사람이 없어 반은 버려져 있었고, 그나마도 일꾼들이 다 도망가서 일할 사람이 없었다.

병순은 딱한 사정을 못 본 체 할 수가 없어 그곳에 머물며 일꾼들과 함께 일을 했다. 그는 새벽부터 저녁 늦게까지 일하고, 일꾼들과 함께 행랑채에서 잠을 잤다. 외숙모는 끼니때마다 일꾼들이 먹는 밥그릇을 감시하는 못된 버릇이 있어서 병순은 늘 배가 고팠다.

2

병순은 그곳에서 보름가량을 머문 뒤 장수로 향했다. 그동안 날씨가 쌀 쌀해져서 아침에는 서리가 내리고, 시냇가에는 가을안개가 자욱했다. 들 판에는 부지런한 참새들이 막 베어낸 벼의 그루터기 사이를 뛰어다니며 남은 낟알을 주워 먹느라 분주했다.

그는 발걸음을 재촉해 점심 무렵에는 단성 부근을 지나고 있었다. 지리 산으로 가는 길은 거기서 두 갈래로 갈린다. 오른쪽으로 가면 산청을 거 쳐 오르게 되고, 곧장 가면 시천면을 지나 남쪽 기슭에서 가파른 길을 타 고 천왕봉으로 오르게 된다.

병순은 아버지가 정월 초하루면 으레 시천면 쪽에서 천왕봉을 오른다 는 것을 알고 있었기 때문에 산청으로 가지 않고 아버지의 추억을 더듬기 위해 시천면 쪽으로 방향을 잡았다. 이튿날, 점심 무렵에 그는 천왕봉 정 상에 올랐다. 눈 아래 펼쳐진 구름 너머로 붉게 물든 나뭇잎들의 수해가 끝 간 데 없이 펼쳐져 있는 것이 보이고, 용처럼 꿈틀거리며 남쪽을 향해 힘차게 달려온 산줄기들이 구름 사이에서 숨을 고르듯 시야를 가로막고 누워 있는 것이 보였다. 이제 여기서부터 마천계곡까지는 내리막길로 단 숨에 내달릴 수가 있었다.

장수로 가는 길은 일본군의 발길이 닿지 않아 아직은 집들이 온전했다. 하지만 시도 때도 없이 들끓는 떼강도들의 등쌀에 집들은 반 이상이 비 고, 불안한 치안 때문에 사람들의 왕래도 뜸했다.

금동이 사는 집을 찾아갔을 때, 마침 그는 외출 중이었다. 그래서 그는 분이의 안내로 윗방으로 올라가 그를 기다리기로 했다. 윗방에는 양식 자 루와 함께 마른 버섯이며 나물 등 겨우내 먹을 양식들이 한편에 쌓여 있 고, 옷걸이에는 깨끗이 빨아놓은 남자의 의복 한 벌이 단정히 횃대에 걸려 있었다.

금동은 저녁도 한참 지나 캄캄해서야 돌아왔다. 그는 분이가 손님이 기다리고 계시다는 말을 듣고 방문을 열다가 병순이 방에 있는 것을 보고는 놀라서 소리를 질렀다.

「도련님! 이기이 꿈이오, 생시요? 설마 구신은 아니겄지요? 난, 일본 눔 총에 맞아 영영 가신 줄 알았십니더.」

「죽긴 나가 와 죽노? 니 팔자가 젤로 상팔자구나. 나 없는 새에 예쁜 각시도 얻고. 듣자카니 사업을 해서 돈도 마이 벌었다는데 그 돈 다 어데 감춰놨는교? 나도 그 돈좀 겉이 쓰자.」

「하하. 소문 하나 빠르데이. 맞소. 이 방이 전부 은화로 가득하다오. 그기는 그라고 아주 걸배이가 다 되셨네요.」

떠들썩하는 사이에 분이가 저녁상을 들고 들어왔다. 그녀가 상을 내려놓고 곧 나가려 하자 금동이 그녀를 방으로 끌었다.

「여보, 새삼스럽게 내외할 필요 없소. 지금은 개털이 되셨지만 이분이 바로 전에 나가 모시든 상전 집의 아드님이라오. 인사부텀 허시오.」

금동이 말을 마치자, 분이는 다소곳이 무릎을 구부리고 병순에게 인사를 올렸다. 병순도 따라서 인사를 했다.

「우리는 생일은 다르지만 동갑이라 거의 친형제와 마찬가지라오.」

금동이 덧붙였다.

「말씸 많이 들었당께라우. 이분이 워찌나 말씸을 많이 하던지, 귀에 못이 백혔당께라우.」

분이는 얼굴을 붉히며 눈을 아래로 내리깔았는데 그 모습이 수줍은 소녀 같았다.

「부인, 인사는 이자 그만허구 지난해 담갔던 머루주며, 달래주를 모지리 가져오시오. 아무래도 밀린 이바구를 다 할라믄 오늘밤이 다하도록 마셔도 모지랄 것 겉으니.」

　금동은 겉으로는 허세를 부리고 있지만, 사업을 그만두고 나서는 별로 하는 일 없이 친구들과 어울리면서 그간 벌어놓은 돈을 많이 까먹고 있었다. 그러면서도 집에 들어오면 손 하나 까딱하지 않았다. 집안일은 거의 분이와 남씨 부인이 꾸려가고 있었다. 분이는 집 앞에 있는 채마밭을 일궜으며, 집 뒤에 있는 계단 논에서 농사도 지었다. 그리고 시간이 나면 산으로 가 나물이며, 버섯, 도토리 등의 열매를 주워 겨우내 먹을 양식을 마련했다. 그녀는 돈에는 별 관심이 없었고, 지난번 유산 이래 금동의 아이를 다시 갖기만을 간절히 바라고 있었다.

　두 사람은 일본에서의 포로생활과 이번 난리로 풍비박산 난 마을 얘기로 시간 가는 줄을 몰랐다. 그러다가 금동이 병순에게 장사를 제안했다.

　「이번 난리로 난 누가 뭐라캐도 돈을 마이 벌었다오. 만약, 난리가 안 일어났이믄 안즉도 도련님 댁에서 땅이나 갈며 인생의 황금 같은 시절을 우울하게 보내고 있었을 기이 아이오.」

　「그기는 그렇데이. 니 말이 참말이다. 그래, 무신 장사를 할라꼬?」

　병순이 물었다.

　「지금, 옛날에 낙동강을 무대로 장사를 하던 사람들은 전쟁으로 뱃길이 끊겨 모도 손을 놓고 전쟁이 끝나기만을 부지하시월로 기다리고 있십니더. 그런데 이전에 생선 맛을 본 내륙 사람들은 그 맛을 잊지 몬해 묵고 싶어 환장 아입니꺼? 게다가 음석을 맨들려면 소금이 없어서는 안 되는 기고.」

　「그곳은 지금 일본군들이 우글거리고 있을 텐데.」

　「아따, 핀한 일은 개나 소나 모도 달리들어 묵을 것이 없는 벱이오. 쪼깨 위험하다 카더라도 사램들이 건드리지 않는 일을 해야 이윤이 마이 난다 이 말입니더. 말이 나왔시니 말이지 도련님도 이자는 솔직히 암것도 없는 백수건달에 개털이 아입니꺼? 땅도 가족도 다 없어져삐렸으니 넘의 집 머슴으로나 들어가 밥을 얻어묵는 기밖에 방법이 더 있냐 이 말입니더. 지 말이 틀렸소?」

「맞다. 백번 맞는 말이다.」

병순이 웃으며 말했다.

「요새 지는 새 사업을 구상하느라 집에 붙어 있는 시간이 벨로 없십니 더.」

「부인이 가만있노? 그리 집을 비고 싸돌아댕겨도.」

병순이 웃으며 말했다.

「지는 바램기가 있어 한 곳에 가만 있으면 좀이 쑤셔 겐디질 몬합니더. 저 사람도 그기를 알고 암말도 않소. 그기이는 그라고 집이 없어진 것에 대해서는 너무 심려허지 마이소. 까짓 거 한 방만 터져삐리면 그깐 집 몇 채라도 살 수 있으니께.」

금동은 깊이 따지고, 생각하기보다는 우선 저지르고 보는 편이었다. 그리고 설혹 그 일이 실패하더라도 별로 실망하지도 않았다.

병순은 하루를 더 묵은 다음에 금동과 같이 대복과 갑석이 살고 있는 운봉雲峰으로 떠났다. 운봉은 지리산 북서쪽 사면을 등에 지고, 앞으로는 덕유산을 거쳐 달려온 소백산맥의 산줄기가 멈춰 선 곳에 광활하게 펼쳐 져 있는 전라도와 경상도 경계에 위치해 있는 비옥한 곡창지대다. 또한 그 곳은 경상도와 전라도를 잇는 지름길이라 사람들의 왕래가 끊이지 않았 다. 때문에 금동은 어디를 가던 그곳을 지나쳐야 했기 때문에 자기 집처럼 뻔질나게 드나들었다.

사업을 정리한 뒤, 대복은 갑석과 함께 이곳에 논과 집을 사서 정착했 다. 그리고 갑석은 그동안 헤어져 있던 동생들을 불러들여 오랜만에 행복 한 생활을 하고 있었다. 그들은 올봄에 처음으로 농사를 지었는데 다행히 농사가 잘 됐다. 그들은 일꾼을 사서 추수를 했으며, 잘 여문 곡식들은 가마에 담아 차곡차곡 창고에 쌓아 놓고 있었다.

두 사람이 찾아갔을 때, 갑석은 땀을 뻘뻘 흘리며 어린 동생과 함께 밭일을 하고 있었다.

「행님은 와서 일 좀 도와 돌라캤더니 이자 일이 다 끝내니께 오는 기요?」

금동을 보자마자, 갑석이 핀잔을 주었다.

「빈둥거릴 시간은 있어도 일은 안 하려 하니 대체 언지나 철이 들거유?」

「아, 자슥. 오늘 따라 먼 말이 그리도 많노? 사업 구상을 하느라 억시로 바빴다. 잘 알지도 몬하면서.」

「행님도, 참. 차근차근 일해 돈 모을 생각은 않고 와 무조건 큰 거 한 방만 찾노?」

「아, 자슥. 오늘 따라 디게 말 많네. 술이나 퍼뜩 가져 오거라!」

금동이 소리쳤다. 갑석은 금동이 건달들과 어울려 흥청거리며 한 푼 두 푼 벌어두었던 돈을 날리는 것이 꼴보기 싫어서 만날 때마다 일부러 싫은 소리를 했다.

갑석의 누이동생 갑순이 술상을 차려 가지고 들어왔다. 금동은 병순에게 갑석을 인사시켰다.

「남원의 깡패, 불량배로 유명한 눔인데 지를 만나고서 철이 들었다오. 주먹이 돌주먹이라고 소문이 짜합니데이.」

「아, 행님도 좀 곱다시 소개하면 안 되오? 나도 인자 어엿한 가장이란 말이오. 그란데 어데 존 각시 하나 없수?」

갑석이 금동에게 정색을 하고 물었다.

「와, 니 장개갈라꼬?」

「행님도. 우물물도 아래 위가 있는 벱인데, 대복 행님을 두고 나가 우찌 먼지 장개를 들겄소? 내 말은 대복 행님 중신을 한번 서라 이 말이요. 행수님겉이 참하고, 맴씨 고운 각시로 말이오. 일만 잘 성사되믄 나가 술 한번 크게 살 테니께. 이기는 진짜요. 알겄소? 괜히 그전처럼 걸레 겉은 주막집 년들만 소개허지 말고.」

갑석은 대복의 얘기가 나오자 침을 튀기며 흥분했다.

「그 야기는 인자 고만하고 술이나 들자!」

세 사람은 잔을 부딪치며 건배했다.

「금동이 성, 나가 와 이리 서두르는지 아는교?」

입가로 흘러내리는 막걸리를 흙 묻은 손으로 훔치며 갑석이 말했다.

「추수가 끝나고 나니 맴이 허전하신지 맨날 나가셨다가 밤늦게야 돌아오니 나도 신경이 억시로 쓰인다 이 말이오, 아시겄소? 낼 모레믄 곧 삼십인데 통 장개들 생각을 안 하니. 두들겨 팰 수도 없고.」

갑석은 호기심이 많아 병순에게 일본 사람들이 먹는 음식이며, 옷, 여자들 그리고 이런 저런 물건값을 귀찮을 정도로 물어 댔다.

「인마, 그리 궁금하믄 니가 직접 일본에 한번 다녀와라! 먼 궁금한 기이 그리 많노?」

금동이 한마디 내질렀다.

「그란데 참, 니 올 농사는 몇 섬이나 했노?」

「그기는 와 묻소? 쌀 사시게? 현금 아니믄 안 팔우.」

갑석은 그러며 혀를 쑥 내밀었다. 한참 후, 밖이 어두워져서야 대복이 돌아왔다.

「와 벌씨 오슈? 더 재미 좀 보고 오시지 않고.」

금동이 대복을 놀렸다.

「니는 와 또 왔노? 또 그 사업 이바구니 하려고 왔는고?」

대복이 병순과 인사를 나누고 난 다음 금동을 보고 말했다.

「나도 망내하고 만나 그기를 야기해봤는데, 시국이 어수선해서 좀 더 기둘려봐야 할 것 같데이. 참, 도령, 일본군은 대체 언지나 철수를 하게 될기 같십니꺼?」

대복이 말머리를 병순에게 돌렸다.

「글씨, 보아하니 철수명령은 내려진 것 겉은데, 실제로 일본군이 철수를 했는지는 지도 확인할 길이 없군요.」

병순은 대복의 배려로 운봉에 머물면서 갑석의 가을걷이를 도우며 지냈다. 그리고 금동은 볼일이 있다며 나갔다가 일주일이 다 돼서야 운봉으로 돌아왔다.

「사업에 투자하고 싶은 사램은 퍼뜩 결정을 하시오.」

사람들이 모이자, 금동은 자신의 계획이 잘 진행되고 있다는 듯 호기있게 말했다.

「투자할 사람은 많으니께. 돈을 투자한 액수에 따라 이익이 똑겉이 분배될 기요. 시간이 벨로 없이요. 쌀과 콩 등을 사 모으고, 부산 쪽과도 연락을 해야 하므로 한 달이 퍼뜩 지나갈 기요. 그라믄 설이 코앞에 닥칠 기이 아입니꺼?」

그가 말하는 사업이란 고령, 합천, 거창 쪽에서 추수가 끝난 쌀과 잡곡들을 사들여 모아 개포 나루에서 배에 싣고, 낙동강을 따라 구포까지 가서 그곳 업자에게 물건을 인계하고, 대신 생선과 소금 등을 싣고 올라오는 것이었다. 문제는 화적 떼들이 갈대숲 곳곳에 숨어 있다가 호시탐탐 먹이를 노리고 있다는 것과 혹시 일본군들이 주둔하고 있을지 모르는 위험지역을 통과하지 않으면 안 된다는 사실이었다.

일본군이 철수한다는 소식이 알려지면서 낙동강에는 이전 같지는 않지만 조금씩 물건의 왕래가 이루어지고 있었다. 하지만, 뱃길이 불안해 주로 육로를 이용했기 때문에 취급 품목이며, 그 양이 얼마 되지 않았다. 그러나 금동이 구상하고 있는 것은 다가올 설 특수를 겨냥해 배를 띄워 크게 한번 벌어보자는 것이었다.

이튿날, 금동은 병순과 함께 사업자금을 모으러 간다며 구례로 떠났다. 그곳은 물가라 공기가 차고 맑았다. 게다가 간밤에 비가 내려 공기가 물에 씻은 듯 투명했다. 길가 집들의 지붕도 노을로 붉게 물들고, 감나무에 매달려 있는 감들도 마치 황금을 녹여낸 것처럼 붉게 불타고 있었다.

구례求禮는 지리산 서북 자락에 섬진강을 끼고 자리 잡은 공기 맑고, 자연 풍경이 수려한 곳이다. 북쪽 진안에서 발원한 섬진강이 곡성을 거치면서 북쪽으로 방향을 바꿔 구례분지와 강 좌우로 고운 모래사장을 열어 보이며 동쪽으로 다시 물길을 돌려 하동을 지나 남해로 흘러간다. 이곳에는 맛좋은 은어는 물론이고, 쏘가리 메기 등 담수어들이 많으며, 강변을 끼고 곳곳에 시문詩文을 좋아하는 양반들이 세운 정자들이 그림처럼 서서 아름다운 강 마을의 풍경을 이루고 있었다.

거개가 산간지대인 이곳은 지리산 자락을 끼고 있어서 농지가 매우 적다. 그래도 세창은 조상 대대로 물려받은 강변의 너른 비옥한 농지와 수십여 명의 하인들을 거느리고 있는 이곳의 이름난 유지였다. 곡성 쪽에서 흘러온 섬진강 물이 서쪽으로부터 북류하면서 그의 집 바로 앞에서 활시위처럼 호를 그리며 스치듯 흘러가고 있었다.

「명당이구마.」

병순이 말했다.

「다 부모 잘 만난 덕분이제.」

금동이 내뱉듯 말했다. 그들이 세창의 집에 도착했을 때는 이미 주위가 캄캄해진 뒤였다. 마침, 세창은 출타중이었다. 기가 죽을 만큼 높다란 솟을대문을 두드리자, 일찍이 사업을 할 때 알고 지내던 불정佛丁이라는 하인이 나와 금동을 알아보고 사랑 옆에 있는 방으로 안내를 했다. 이 집은 비록 초가집이었지만 널찍하고, 모든 것이 잘 갖춰져 있었다. 안채를 호위하듯 에워싸고 있는 방마다 하인들이 우글거렸으며, 여러 개의 창고며 헛간도 널찍하고, 높게, 튼튼하게 지어져 있었다. 그리고 모든 문에는 두꺼비 등짝만한 큼직한 자물쇠가 하나씩 굳게 채워져 있었다.

세창은 저녁 늦게 돌아왔다. 어디서 한잔 걸친 듯 얼굴이 불쾌한 것이 기분이 좋아보였다.

「워메, 자네가 워쩐 일이당가?」

그는 반갑게 웃으며 금동을 맞이했다.

「망내 장개갈 때 보고 처음이지라?」

「그건 그라고 좋은 소식이 들리던데, 미리 경하드립니데이.」

금동이 세창의 기분을 맞춰주려는 듯 인사를 했다.

「아니, 자네가 그걸 워찌 안단가?」

「벌써 남원에 소문이 쫙 퍼져뿌렀다 안 캅니까. 재력도 많고, 정계에도 그리 발이 넓으시니 당연히 관직에 오르셔야지요.」

「허허. 쪼깐 수령 자리 하나 가지고.」

세창은 멋지게 다듬은 수염을 괜히 한 손으로 쓰다듬으며 허세를 부렸다.

「곧 시상이 확 바뀌뿌릴 걸세. 그라믄 이, 임세창의 미래도 비온 뒤의 청명한 하늘처럼 환하게 열릴 걸세. 난, 이자부터 고통에 빠져 신음하고 있는 백성들을 위해 마지막으로 신명을 바쳐 헌신할 걸세. 그기이 다 자네들에게도 이득이 되는 기이 아니당가?」

「하모, 그라믄요. 백번 천번 지당하신 말씸이지요. 어차피 사업을 하려믄 관리들을 끼지 않으면 할 수 없는 볍이니까요.」

금동과 병순은 저녁 전이라 배가 몹시 고팠다. 하지만 세창은 그런 것은 묻지 않고 요즘의 정치 얘기만 실컷 늘어놓았다. 그러다 자신은 강화를 반대한다며 열변을 토했다.

「아니, 전에는 침을 튀기며 강화를 주장하시더니 와 갑자기 그새 맴이 변하셨십니꺼?」

금동이 의외라는 듯 웃으며 물었다.

「이 사램아 나가 언지 그랬능가?」

세창은 거품을 물고 펄펄 뛰었다.

「일본은 조선의 철천지원수일세, 하모. 그라니 내 앞에서 갬히 강화의 강자도 꺼내지 말게.」

세창은 근래 남원부사의 소개로 합천을 드나들면서 그곳 사람들과 인맥을 쌓고 있었다. 난리 전에는 남인 계열의 사람들을 통해 관직을 얻으려고 노력했지만, 근래 임진란의 공과功過 다툼에서 정인홍을 주축으로 한 동인계의 강경론이 남인계의 강화론을 누르고 우세를 얻어 권력의 추가 동인 쪽으로 기울기 시작하자 재빨리 그쪽으로 발길을 돌려 정인홍의 문인 등 유력자들을 찾아다니며 자리를 부탁하고 있었던 것이다.

「정치를 하시려믄 돈이 한두 푼 드는 기이 아닐 텐데요?」

「누가 아니당가?」

세창은 우는 시늉을 했다.

「그동안 작년에 벌어놓은 돈 모다 날리뿌렀다. 높은 분들한테 가면 워디 빈손으로 가나? 바리바리 싣고, 그라고 접대에 지집들 딜이대느라 증말로 장난이 아니랑께.」

「너무 그렇게 우는 소리 하지 마이시소. 관직에만 오르시믄 몬해도 서너 배로 튀겨 긁어모으실 텐데. 그건 그라고 사또님, 아즉 우리는 저녁도 몬 묵었십니더. 늦었지만 안에다 씨언한 국시라도 삶아 내오라꼬 해 주십시오. 그라고서 사또님께 진짜로 중요한 야기를 해 드리겠십니더.」

세창의 부름에 안에서 하녀가 자다가 하품을 하며 달려 나왔다. 밥이 있냐고 물으니, 그의 몫으로 남겨 놓은 찬밥 한 그릇밖에 없다고 했다.

「그냥 한 그릇 갖고 둘이서 적당히 비벼서 사이좋게 나눠 묵게, 잉. 백성들이 모다 굶어죽는 판국에 그기도 감지덕지지 뭐. 안그렇당가? 그래, 이자 밥 문제는 해결됐응께 중요하다는 게 뭣인가?」

세창이 궁금한지 물었다.

「밥 먼첨 묵고 천천히 야기하겠십니더.」

두 사람은 안에서 내온 찬밥을 둘로 나누어 다 식은 된장찌개에 넣고 비벼 순식간에 먹어치우고 상을 밖에 내놓았다.

「다 묵었으면 싸게 본론으로 들어가지라. 낼 아침에 부사와 활을 쏘기로 약속이 돼 있응께.」

세창이 금동을 채근했다. 금동은 자신이 구상하고 있는 사업 내용을 세창에게 설명했다.

「구미가 댕기긴 댕기는디 위험 부담이 크구만이라.」

세창이 얼굴을 찌푸리며 말했다.

「낙동강은 일본군이 점령하고 있는 부산 지역의 바로 배후 아닌감? 만약에 일이 잘못돼서 놈들이 나타나 배에 싣고 간 물건들을 홀라당 뺏으믄 말짱 도루묵 아닌가? 그 대비책을 갖고 있는감?」

「그라믄요.」

금동은 병순을 손으로 가리키며 눈을 찡긋했다.

「그래서 만약을 대비해 일본어 통역을 하는 사람을 한 분 고용했십니더. 퍼뜩 인사하시이소?」

「정병순입니다. 일본어 통역은 걱정 마십시오. 일본에 2년 간 있었으니까요.」

병순이 금동이 시키는 대로 적시에 장단을 맞췄다.

「암만해도.」

세창은 잠시 말을 흐렸다가 결심한 듯 말을 이었다.

「난, 이번 일에서 발을 빼는 게 났겠어.」

「머가 그리 겁이 나십니꺼?」

금동이 달래듯 말했다.

「사공은 눈 감고도 낙동강 길을 훤히 꿰뚫고 있는 놈이고. 설마 지가 배를 통찌로 몰고 일본군들이 득실대고 있는 부산에다 갖다 댈 기이 겉십니꺼? 하역은 그들로부터 멀리 떨어진 후방에서 눈 깜짝할 새에 새북에 끝낼 것입니더. 그라고 이 사업은 두 배가 넘게 남는 장사입니더. 지는 이번 사업에 사또님을 배려해서 다른 물주를 제쳐 두고 젤 먼저 구례로 달려온 긴데, 지가 판단을 잘못한 것 같십니더. 함흥감사도 자기가 싫으면 그만이니 더 이상 머라 말씸 드릴 수는 없지만 망내도 이 사업에 쌀 열 가마를 투자했십니더.」

금동은 시원시원하게 나갔다.

「증말로 망내도 이번 사업에 투자했당가?」

금동이 자리에서 일어나려고 하자 황급히 세창이 물었다.

「그라믄요. 그 행님이 우떤 사람입니꺼? 돈이 지 발로 주머니 속으로 기어 들어올라카는데 기냥 보고 있을 사램이겠십니꺼?」

금동은 세창이 망내가 돈 버는 것을 몹시 시기하고 있다는 것을 알기 때문에 거짓말을 했다.

「좋네. 그라믄 나도 끼겄네.」

세창이 말을 바꾸었다.

「그 대신 조건이 있네.」

「멉니꺼?」

「이번 일을 절대로 다른 사람에게 비밀로 해 주게.」

「와요?」

「난, 곧 공직에 오를 사램일세. 그라니 만약, 이 일이 시상에 알려지믄 내 명예에 큰 흠집이 날 거 아니당가. 그라니 지발, 내 이름은 쏙 빼뿌리고 소문 내지 않게 은밀히 추진허겠다고 약속을 해 주게. 그렇게 하겠는감?」

「알겠십니더. 지가 다 뒤집어쓰지요.」

금동이 흔쾌히 대답했다.

「그란 염려는 꽉 붙들어 매시고, 계약이 성사됐으니 빛 좋은 지리산 물로 빚은 술이나 한잔 주십시오.」

금동이 입맛을 다시며 말했다. 잠시 후, 하인이 세 발 달린 상에 안주와 술잔을 갖춰 내왔다. 두 사람은 술과 도토리묵으로 주린 배를 채운 다음, 하인들이 자는 윗방으로 건너가 눈을 붙였다.

이튿날 아침, 아침을 든든히 얻어먹고 그들은 다시 길을 나섰다.

「이자는 어데로 가는 기가?」

병순이 금동에게 물었다.

「돈을 갖다 줘야 물건을 살 기이 아니요? 함양에서 일박 한 다음 거창을 거쳐 고령으로 들어갈 깁니다. 그라믄 나머지는 그쪽에서 다 처리할 깁니다. 그라고 어제 보니 제법 지 장단을 잘 맞추데요. 도련님도 아예 이참에 장삿길로 나서는 기 우떻소? 말씸을 잘 하시는 거 보니 전도가 유망할 거 겉은데. 하하.」

강가에는 비단을 두른 것처럼 아침안개가 자욱했다. 강물은 조용히 잔물결을 지으며 그림처럼 서 있는 마을을 휘돌아 남해 바다를 향해 방향을 틀고 있었다. 그들은 남원을 거치지 않고 지리산으로 들어가 운봉으로 가는 서쪽 길을 탔다.

이제 나뭇잎들도 거의 졌고, 산속으로 들어서자 찬 기운이 몸에 스며들었다. 그 길은 사람들의 왕래가 많은 길이라 이따금 지게에 등짐을 진 사람들이며 볼일을 보러 가는 사람들을 만날 수가 있었다.

얼마쯤 걸은 뒤, 잠시 길가에 앉아 쉬고 있는데, 정령치 쪽에서 한 무리의 사람들이 나타났다. 맨 앞에는 머리를 더부룩하게 기른 젊은 사내가 지게에 노모인지 작고, 꾀죄죄하게 오그라든 늙은 할멈을 지고 있고, 그 옆에는 삼십쯤 돼 보이는 몸매가 호리호리한 여자가 열 살쯤 된 계집애의 손을 잡고서 열심히 사내에게 무언가를 애기하고 있었다. 그리고 그 뒤로는 사십대의 자그마한 사내가 다리를 다친 듯 한쪽 발을 절룩이며 비슷한 또래의 건장한 사내와 보조를 맞추며 걸어오고 있었다.

「좀 쉬었다 갑시다요.」

앞장 서 걸어오던 사내가 병순이 쉬고 있는 길옆에 지게를 내려놓으며 말했다. 그것을 신호로 뒤따라오던 사람들도 모두 걸음을 멈추고 각기 적당한 곳에 엉덩이를 붙이고 앉았다.

사내는 지게를 작대기로 잘 받친 뒤, 깨지기 쉬운 사기그릇을 다루듯 조심스럽게 노인을 안아 땅에 내려놓았다. 그리고는 풀숲으로 소피를 보러 갔다.

「나도 소피를 좀 봐야 쓰겠구먼이라.」

젊은 여자가 혼잣말을 하며 반대쪽 나무숲으로 들어가려 하자, 하동에 사는 건장한 사내가 느끼한 얼굴로 그 뒤를 따라갔다. 그러자 여자가 날카롭게 소리쳤다.

「워딜 따라온단가! 죽을라꼬.」

「위따, 도둑놈들이 들끓어 뒤를 봐주려 했더니만. 싫음, 관두게. 이곳엔 늑대가 많당께. 인간 늑대들이. 히히.」

사내는 그리고는 연신 음흉한 눈빛으로 여자의 엉덩이를 힐끔힐끔 쳐다보았다.

「지랄하구 자빠졌네.」

여자는 당차게 나갔다.

「나한테 걸렸다간 거시기를 잘라뿌릴 테니 걱정 붙들어 매고 그쪽 물건이나 잘 챙기시오잉.」

「행님두. 벌건 낮에 늑대가 워디 있다고 그런당께.」

소피를 보고 나오던 젊은이가 누런 뻐드렁니를 훤히 드러내며 말했다.

「동상은 멋을 모르는구먼이라.」

하동 사내가 싱글거리며 나긋나긋한 목소리로 말했다.

「질에서 소피보다 당한 여자가 얼매나 많은 줄이나 아남? 우리는 그 목을 잘 알지러. 히히. 안 그렇당가, 친구?」

그리고는 먼 하늘만 쳐다보고 있는 다리병신의 어깨를 툭 쳤다.

그들은 전날 남원의 민가에서 하룻밤을 자고 각기 고향집으로 돌아가는 중이었다. 젊은이는 난리를 피해 어머니를 모시고 친척이 사는 진안으로 피난을 갔다가 고향인 구례로 돌아가는 중이었고, 하동 사내는 장모의 초상을 치르고 하동으로 돌아가는 길이었다.

「고향이 좋기는 좋구먼이라.」

젊은이는 흐뭇한 얼굴로 파란 하늘을 잠시 올려다보고는 옆에 있는 다리병신에게 말을 걸었다.

「행님은 그 몸으로 일은 할 수 있겠소?」

「일이 대순감? 맴이 시꺼멓게 타뿌렸는디.」

다리병신이 시큰둥해서 말했다.

「망할 놈의 시상.」

젊은이가 탄식하듯 동정적으로 말했다.

「행님, 지난 일은 다 잊어뿌리고 새 장개 들어 재밌게 사시이소! 땅 있겄다, 자식 있겄다, 머가 걱정이당가.」

「그래, 동상 말대로 떠난 년은 끼끗이 잊어뿌리고 새로 사시오. 나 겉은 놈도 살고 있지 않능감.」

하동 사내도 거들었다.

「남의 일이라고 터진 입으로 말들은 잘 허는구먼.」

어느새 나타났는지 젊은 여자가 끼어들었다.

「사람 정 띠기가 그리 쉽당가? 더구나 넘도 아니고 시동상허고 붙어 달아나뿌렀는디. 시상에 믿을 놈 하나 없당께. 그기도 몰르고 순진한 우리 오라버이는 복수의 일념으로 칼을 품고 조선팔도를 이 잡듯 뒤지고 다니느라 까맸던 멀끄덕은 다 날아가 뿌리고 몇 울 안 남은 놈들도 파뿌리처럼 허옇게 시어부렀구려. 쯧쯧. 가여분 우리 오라버이!」

「아니, 언지 자네 오라바이가 됐다냐? 잘 하믄 구례쯤 가면 여보 당신이 되겠네.」

하동 사내가 여자를 놀려댔다.

「시상이 워찌 돌아가든 남자는 여자가 있어야 꼴이 되고, 여자는 남자가 있어야 자고로 뒤가 든든한 벱이여. 안 그렇당가?」

사연 없는 사람이 어디 있겠는가? 비록 겉으로는 농담을 하고, 우스갯소리를 하지만 그도 이번 난리 때 아내를 잃어버리고 홀아비가 되어 있었다. 2차 진주성 공격 때, 성을 무너뜨린 일본군들이 하동, 구례 쪽으로 몰려가면서 미친 듯이 양민들을 도륙하고, 집과 기물들을 약탈할 때, 그는 마침 볼일을 보느라 순천에 있어 난리를 피했지만 아내는 그대로 일본군들에게 겁탈을 당하고 살해되었던 것이다. 하지만 그는 그런 일을 당하고도 겉으로는 늘 별일 없었다는 듯이 진한 농담을 하면서 사람들을 웃기고 있었다.

「오라버이, 나 오라버이 집으로 가믄 안 될까?」

젊은 여자가 다리병신에게 말했다.

「집에서 신랑이 지다린다고 했잖은가?」

하동 사내가 의아해서 물었다.

「글씨, 떠날 때는 그랬는디 가차워 올수록 맴이 자꾸 흔들리네.」

여자는 말꼬리를 흐리며 머리 위를 흘러가는 구름을 멍하니 바라보았다.

「그라지 말고 나랑 하동으로 겉이 가세. 나가 맨날 섬진강에서 잡은 개기로 호강시켜 줄 테니. 나가 끓인 어죽은 임금님이 묵고 죽어도 모른당께.」

하동 사내가 계속 이죽거렸다.

「난, 개기는 먹어도 생선은 벨로 좋아하지 않으니 고만 뒀당께.」

여자가 입을 삐죽이며 말했다.

「그라믄, 나랑 지리산으로 겉이 가믄 되겠구먼이라.」

옆에서 쭉 이야기를 듣고 있던 젊은 사내가 누런 이를 다시 드러내며 끼어들었다.

「내 사시사철 싱싱헌 나물 반찬만 해 믹일 테니 겉이 갑시데이.」

「이 사램아, 남자가 풀만 묵고 우찌 심을 쓰나? 그라고 저 아그는? 산골 처자 맨들라고? 아지매, 한번의 판단이 인생을 바꾸는 기라. 나와 겉이 하동으로 가기만 하믄 내 끝내주겠소. 낮에는 강에 나가 개기를 낚고, 밤에는 사랑의 밧줄로 아지매를 꽁꽁 묶어 놓을랑께. 이라도 싫소!」

「쎄바닥에 지름들을 쳤나 말들은 기차게 번지르르 하구먼이라.」

여자가 옆에 있는 여자아이를 꼭 끌어안으며 말했다.

「내게는 오직 이 아뿐이라. 이 아만은 나겉이 맨들지 않고 잘 키우믄 내사 머 지금 죽어도 한이 없당께.」

「쪼깨 더 크면 우리 큰아랑 짝을 맺어줘도 되겠구먼이라.」

하동 사내가 아이의 길게 땋은 머리카락을 손으로 만지며 느끼하게 말했다. 그러자 여자가 벌처럼 화를 내며 톡 쏘았다.

「씨도 안 맥히는 소리 잘도 해싼다! 왕의 자손이 워찌 상놈과 혼인을 한당가! 이 아는 비록 못난 에미를 만나 지금 고상을 하지만, 이래 봐도 『천자문』도 떼고, 『명심보감』도 줄줄 외는 전주 이씨 가문의 명민한 아란 말이랑께. 그러니 그런 씨도 안 맥히는 소리는 행여 꿈에라도 하지 마씨오. 알것소?」

「위메, 열녀 났당께. 누고 알믄 판서 딸쯤 되는 줄 알겠구먼이라. 히히.」

하동 사내가 다리병신을 쳐다보며 히죽거렸다.

「내 이 잡것들을 워데 가서 잡는단가!」

갑자기 다리병신이 장탄식을 하듯 큰 소리로 말했다.

「갬히 형 마누라를 넘보다니! 내 그눔의 사지를 갈가리 찢어 직여도 불타는 속이 안 풀릴 거구먼이라.」

「행수가 먼저 꼬랑지를 쳤는지 워찌 압니까?」

젊은 여자가 한마디 했다.

「남녀관계란 모르는 뱁이랑께. 아무리 백날 삼강오륜을 외봐야 워찌 사램 뱃속에 들어앉은 마음까지 알 수 있당가. 그라고 잡으믄 또 머 하겠소? 이미 엎질러진 물이고, 배는 지나간 뒤인디.」

「보소! 그기야 그 양반이 알아서 헐 일이고, 새댁은 우리와 함께 지리산으로 같이 가는 기이 우쩌겠소?」

지게 옆에 그림처럼 앉아 있던 노파가 갑자기 젊은 여자에게 말을 걸었다.

「할매, 나가 워째서 거길 따라간당가?」

젊은 여자가 톡 쏘아붙였다.

「보아하니 새댁도 우리처럼 쥐뿔도 없는 거 겉은데. 사내가 있다고는 허지만 다 구름맨치로 시상을 겉도는 인간들이고, 새댁은 입만 달랑 두 개 갖고 있지 않는교. 그러니 우리 집으로 같이 가자. 숟가락 두 개만 가져오믄 내 재워주고, 믹여줄 테니께. 싫음 관두고! 새댁은 몇 번 재취인지 몰르겄지만, 우리 아는 진짜 총각이라. 그라니 이기이 웬떡이유? 와서 떡두께비 겉은 아들 하나만 낳아줘. 그라믄, 인생이 확 바뀔 것이니께.」

「보시오! 할매, 나가 아무리 남자에 미쳐도 그라지 질에서 만난 이름도, 성도 몰르는 사내를 따라갈 그런 싸구려로 보인당가?」

여자가 날카롭게 쏘아붙였다.

「나, 참 기가 맥혀서. 남자가 없으니께 이자는 저눔의 늙은이까지 나를 물고 한마디 하네.」

「아지매, 노인네에게 먼 말을 그리 심하게 한단가?」

참다못한 젊은 사내가 어머니의 역성을 들며 흥분해서 침을 튀기며 소리를 질렀다.

「하도 사정이 딱해 보여 동정을 했더니만, 겉은 인간끼리 진짜 너무 하는구먼이라. 댁이 전주 이씨하고 무신 관계가 있는지 모르겄지만, 나도 원래는 양반의 후손이요. 아시겄소?」

「야, 진짜 시상 참 많이 좋아졌다. 개나 소나 모다 양반이라고 날뛰는 것 본께.」

여자가 코웃음을 치며 빈정거렸다.

「위메, 저 싸난 년 좀 보게! 은혜를 원시로 갚네그려.」

노인이 악을 쓰며 덤볐다.

「자자. 이자 지대로 정리가 돼가는 것 겉구먼이라.」

하동 사내가 중간에 나서며 말했다.

「지리산은 안 간다, 그라믄 남은 건 하동뿐 아닌감? 그래, 아조 절묘한 선택을 했당께. 하모, 나하고 살믄 임금님이 묵는 어죽을 맨날 묵을 긴데, 뭐 말라죽겄다고 나물 먹으로 지리산 꼭대기까지 다리 아프게 올라간당가. 안 그라라, 아지매. 인자, 곧 겨울이 되믄 은빛 찬란한 싱싱한 은어들이 섬진강 위로 폴딱폴딱 뛰오를 기고 그라믄 그 개기를 잡아 딸 시집도 보내고, 나랑 백년해로하면서 검은 머리 파뿌리 될 때까지 오순도순 살자꼬 라!」

「지랄! 누가 준다냐? 내겐 진짜루 나를 아껴줄 남편이 필요허지 검부럭 지 겉은 사내들은 이자 신물이 난당께.」

여자가 엉덩이에 묻어 있는 마른 검불을 털며 일어나면서 남자에게 주 먹을 을러댔다. 그들은 모두 자리에서 일어나 구례 방향으로 다시 걸어가 기 시작했다. 올 때와는 달리 하동 남자와 여자가 앞장서고, 그 뒤를 다리 병신과 노모를 지게에 진 젊은이가 따랐다.

남원으로 돌아온 금동은 11월 초에 돈을 준비해 가지고 고령에 사는 장사꾼 희손希孫을 만나러 갔다. 그는 전에 금동이 사업할 때 거창에서 몇 번 만나 안면을 튼 사이로 어려서부터 낙동강을 타고 오르내리면서 장사 를 배워 이제는 거창, 고령, 합천은 물론 낙동강 상류 지역까지 올라가 쌀 과 잡곡 등을 매집해 부산 쪽 장사꾼들에게 내다 팔고, 다시 거기서 소금 과 바다 생선을 사다가 낙동강 상류에 되파는 장사꾼으로 커져 있었다.

추수가 끝난 뒤라, 가격도 그렇고 곡식을 사 모으는 데는 별 어려움이 없었다. 중간 상인들이 각지에서 구입한 잡곡이며 곶감 등을 고령에서 이 십여 리 떨어진 개포 나루까지 운반해 오면, 운반선 선창에 차곡차곡 싣 고 낙동강을 따라 부산 쪽 파트너와 약속한 장소로 내려가 싣고 온 물건 을 넘겨주고 그 대신 그 가격만큼의 생선을 싣고 오면 거래는 종료되는 것 이었다.

「행님, 부산 쪽은 잘 돼가고 있십니꺼?」

「하모, 이미 김해 쪽에 다 연락해놨다. 그란데 물건은 쉽게 모을 수가 있 는데 배 탈 놈이 없데이.」

희손이 걱정스럽게 말했다.

「와요?」

「모다 위험하다고 배를 타려고 하지 않는다 안카나. 화적 떼가 기승을 부려 쌀 한두 가마에 목심을 바꿀 수 없다 이기지. 머 그렇다꼬 아무 놈이나 붙였다가 낭중에 나발이라도 불면 뒤가 골치 아프고.」

「걱정하지 마이소.」

금동이 큰소리쳤다.

「칼잡이 호위병을 붙일 테니 너무 염려 마시이소.」

3

11월도 하순에 가까워서야 그들은 짐을 싣고 아침 일찍 약속 장소로 출발할 수 있었다. 배에는 금동과 병순, 그리고 대복과 갑석이 만약을 대비해 무장을 하고 탔다. 약속 장소인 수산까지 가려면 사흘은 잡아야 했다.

출발하던 날은 뒤에서 바람이 불었기 때문에 배를 몰기에는 더없이 좋은 날씨였다. 그리고 겨울날치고는 날씨도 푸근한 편이었다. 그들은 박진 나루에서 일박했다. 배 앞부분에 판자를 이어 만든 바람막이 겸 잠자리가 마련되어 있어 모두들 그 안에서 구부리고 새우잠을 잤다.

이튿날, 아침밥을 먹고 기분 좋게 출발한 배가 점심 무렵 남지를 지나 함안땅으로 막 들어섰을 때, 갑자기 배가 강 가운데서 멈춰 섰다. 누군가 강바닥에 설치해 놓은 목책에 배 밑바닥이 걸린 것이었다. 갑석이 목책을 제거하기 위해 차가운 강물로 뛰어 들었다. 그리고 금동과 병순은 주위를 경계했다. 아니나 다를까 맞은편 갈대 숲속에 숨어 있던 배 한 척이 조용히 그들을 향해 다가왔다. 그 안에는 여남은 명의 도둑들이 타고 있었다.

「지법 배가 무거워 보이는데 안에 멋을 실었는고?」

배가 가까워지자 한 놈이 소리쳤다.

「니가 알아서 멋하게?」

금동이 쏘아붙였다. 배는 오 미터 전방까지 바싹 접근한 다음, 더 이상 다가오지 않았다.

「오라, 쌀을 실었구마. 잘됐데이.」

두목인 듯한 놈이 배 앞에 우뚝 서서 기다란 몽둥이로 뱃전을 두드리며 말했다.

「간뎅이가 보통이 아니네. 통행료를 내고 기냥 곱게 갈랑가, 아니면 뒈지게 맞고 줄랑가?」

「임자를 잘못 만났다. 저 기이는 쌀이 아이라 일본 놈들을 공격할 화약이다. 우리는 시방 일본 놈들을 이 땅에서 몰아내기 위해 목심을 걸고 부산으로 가고 있는 중이다. 그러니 썩 비키라!」

금동이 둘러댔다.

「화약을 실었건, 금뎅이를 실었건 내 눈이 직접 보지 않고는 어떤 것도 난 믿지 않는데이. 나가 한두 번 장사하는 줄 아는감! 갈고리를 던질 테니 비키라! 안 그라믄 대가리가 터질 기다.」

「겉은 조선 사램끼리 말을 하는데 우찌 이리 말이 통하지 않는지 참말로 답답하데이.」

금동이 시간을 끌며 말했다.

「지발, 우리가 가는 길을 막지 말라. 부탁이데이. 이기는 장난이 아이다. 나라의 생사가 달린 일이다 안카나.」

「설레발 고만 치고 썩 비키라! 그놈의 주디를 두들겨 패뿌리기 전에!」

갈고리를 손에 쥔 녀석이 앞으로 나서며 말했다. 그리고는 갈고리를 뱃전으로 향해 던지려 했다.

「잠깐! 이 화약은 여자처럼 예민해서 기침만 크게 해도 폭발하고 만다.

그라믄, 우리는 다 죽고 만다!」

　금동이 다급하게 소리쳤다. 도둑들은 잠시 움찔했다. 금동의 말을 곧이 들어야 할지 말아야 할지 고민하는 것 같았다. 그렇게 녀석들이 어찌해야 할지를 결정하지 못하고 머뭇거리고 있는데 갑자기 배 위에 몰려 있던 녀석들이 한쪽으로 쏠리면서 급기야 배가 옆으로 뒤집히고 말았다. 목책을 뽑기 위해 물 속에 들어가 있던 갑석이 도둑들의 배 밑으로 들어가 배를 엎어 버린 것이었다.

　「이눔들아 물이나 실컷 처묵으면서 게서 개기들하고 잘들 놀거라! 하모, 게가 바로 너그들 용궁이데이!」

　금동이 강물에서 빠져 나오려고 허둥거리는 놈들의 머리에 대고 소리쳤다. 그리하여 이튿날 오후에 그들은 약속 장소인 수산에 무사히 도착할 수 있었다. 그곳은 창원과 김해의 경계 지역으로 삼랑진, 물금, 구포로 이어지는 낙동강 하류의 시작점이었다.

　일찍 저녁을 해먹고 얼마쯤 기다리자 약속 시간에 맞춰 남쪽으로부터 희끄무레한 어둠을 헤치고 강을 따라 올라오는 배의 모습이 보였다. 미리 약속한 대로 배 앞에 단 하얀 깃발이 바람에 나부끼고 있었다.

　배가 그들이 머물고 있는 선착장으로 다가오자 서로 수하를 통해 상대방을 확인한 다음 곧바로 하역작업이 시작되었다. 먼저 선창에 쌓여 있는 짐을 모두 꺼내 모래밭에 부린 다음 그쪽에서 싣고 온 소금과 생선 궤짝들이 배로 옮겨졌다. 금동은 물건을 하나하나 확인한 다음, 부산 쪽에서 온 대경大慶이란 자와 인사를 하고 얘기를 나누었다. 그는 동래 사람으로 오랫동안 일본 사람들과 장사를 한 사람답게 눈치가 빠르고 군더더기가 없었다. 그가 임진년 말부터 일본군의 식량보급이 잦은 풍랑과 오랜 항해로 여의치 않은 것을 눈치채고 희손과 손잡고 일본군에게 쌀을 팔아 상당한 이문을 남겼다는 것은 장사꾼들 사이에 다 알려진 사실이었다. 셈이 끝난 후, 대경은 설 전에 한번 더 물건을 가져올 수 있냐고 물었다.

「하모, 할 수 있십니더.」

금동은 흔쾌히 말하고 손에 들고 있던 술병을 대경에게 건넸다.

「날이 추분데 한잔 하소. 그건 그라고 행님, 한번 올 때마다 일본 놈들에게 얼매씩이나 떼주는 기요?」

「동상은 그런 거 알 거 없고, 물건만 좋은 걸로 가져오게. 내가 값은 확실히 쳐줄 테니.」그리고는 술병을 들어 한 모금 들이켜고는 말린 생선을 한 마리 꺼내 손으로 찢어 입에 넣고 우물우물 씹기 시작했다. 대경은 명의 강화사가 지금 부산에 들어와 있으며 일본군들이 대부분 떠나 이전처럼 경기가 없다고 했다.

얼마 후, 두 배는 아무 일도 없었다는 듯이 한 척은 남쪽으로, 한 척은 북쪽으로 방향을 잡고 그곳을 떠났다.

금동은 설 전에 한 탕 더 할 수 있다는 생각에 기분이 좋았다. 그들은 대경이 특별히 선물한 말린 생선을 안주 삼아 술을 마시며 저마다 다가올 설을 풍족하게 쇨 수 있다는 생각에 마음이 부풀었다. 하지만 대복은 늙은 노모를 지척에 두고도 만날 수가 없어 마음이 아팠다. 주인집 아들을 박살내고, 지리산으로 도망치자 노모 또한 자식의 죄 때문에 살 수가 없어 김해에 사는 딸네 집으로 가고 말았던 것이다.

그들은 함안땅으로 들어와 갈대가 우거진 강변에 잠시 배를 멈추고 눈을 붙인 다음, 다음날 오후에는 어느덧 남지를 지나고 있었다. 무거운 곡식 대신 생선을 실어 짐이 가벼웠다. 아까부터 배 두 척이 끈질기게 그들의 뒤를 쫓아왔다.

「먼지 번에 당했던 놈들이 우리를 기다리고 있었던 것 겉은데.」

병순이 말했다.

「암만해도 한판 벌여야 될 것 같구마.」

뒤쫓던 배들이 거리가 좁혀지자 약속이나 한 듯 날개를 활짝 펼치며 한 척은 왼쪽으로 한 척은 오른쪽 강변을 따라 올라왔다. 양쪽에서 협공을 하겠다는 뜻이었다. 추격하는 배는 곧 그들과 나란히 붙었다. 한 배에 예닐곱 명씩 탔는데, 모두 날카로운 농기구를 들고 바짝 긴장하고 있는 모습이 사전에 빈틈없이 준비를 한 것 같았다.

「살고 싶으믄 퍼뜩 배를 시워라!」

한쪽 배에서 한 놈이 겁을 주었다. 그와 동시에 바람을 가르며 큼직한 돌멩이가 뱃전으로 날아들었다. 강가에 지천으로 깔려 있는 작지만 매끈하고, 단단한 차돌멩이였다.

「잠깐!」

배 바닥에 바짝 엎으려 있던 금동이 고개를 내밀고 외쳤다.

「사나이 대 사나이로 말하자. 원하는 기이 머냐?」

「배에 실려 있는 물건 가운데 딱 반을 떼 다오! 그라믄 먼저 번 일도 끼끗이 용서하겠다.」

그쪽에서 요구사항을 말했다.

「그기는 안 된다. 아무리 도둑이지만 날로 묵으려고 허지 마라.」

금동이 대답했다. 그 순간 돌멩이가 또 우박처럼 배 위로 날아왔다.

「비겁하게 숨어서 돌을 던지지 마라.」

잽싸게 배 바닥으로 고개를 숙이며 금동이 소리쳤다.

「만약, 이쪽에서 희생자가 나오믄 그 몇 곱으로 빚을 갚아줄 기니 반드시 명념해야 할 기다. 반은 너무 과하다. 쪼매만 헐게 협상을 해서 서로 피보는 것만은 피하자!」

상대는 아무 대답도 하지 않고 배를 들이받을 듯이 가까이 접근해 왔다. 그리고 이쪽에서 머리를 들면 사정없이 돌멩이가 날아왔기 때문에 옴짝할 수가 없었다.

「좋다!」

배가 접근하자 병순이 일어나 도적들에게 외쳤다.

「요구사항을 협상하자! 배를 저 모래밭에 갖다 댈 테니 따라와라!」

도적들은 이쪽의 숫자가 매우 적다는 것을 확인하고 안심하고 금동이 타고 있는 배를 따라와 강 오른쪽 모래밭에 배를 멈추고 그들을 에워쌌다. 모두 열댓 명으로 힘좀 쓸 것 같은 젊은이들이 대부분이었다.

키가 후리후리하고 날렵하게 생긴 놈이 재빠른 동작으로 배 위로 올라오려고 했다. 그 순간 병순이 목검을 들고 도둑들이 몰려 서 있는 한가운데로 몸을 날리더니 순식간에 목검으로 에워싸고 있던 녀석들의 머리와 어깨 등을 후려치기 시작했다. 너무나 급작스런 공격에 도적들은 모두 피가 흐르는 머리를 감싸거나 목검에 결딴난 부위를 손으로 움켜쥔 채 도망치기 시작했다. 병순의 칼솜씨가 워낙 대단해서 잘못 덤벼들었다가는 죽을 것 같았던 것이다. 그때서야 배 위에 남아 있던 갑석과 대복이 몽둥이를 들고 내려와 도망가는 도둑들의 뒤를 쫓아 몽둥이찜질을 개시했다.

2년의 포로생활 동안, 병순이 한 일이란 단조롭고 반복적인 필사 일 틈틈이 검술을 연마한 일이었다. 그는 일본 군인들이 조선에서 강탈해간 서적들을 베끼는 지루한 작업을 하는 한편, 간간이 그곳 지식인들이 원하는 한시漢詩도 썼는데, 그러면 그들은 그 대가로 그에게 간단한 선물을 주었다. 어느 날, 그는 한 무사로부터 시를 한 편 부탁받고 써 주면서 대신 그에게 무술을 가르쳐달라고 청했다. 그는 상당한 무예의 소유자로 성주의 아들에게도 무술을 가르쳐줄 정도의 실력을 갖춘 자였다. 병순은 일주일에 한 번 성에 들어갈 때마다 그로부터 무술을 배웠다. 그리고 그 대가로 정성을 다해 자신이 쓴 시를 한 편씩 그에게 바쳤다. 그 인연이 일 년도 넘게 지속되었다. 그러다 그가 조선으로 가는 바람에 훈련이 중단되었던 것이다.

　필사 일이 끝나면, 그는 단조로운 포로생활을 잊기 위해 습관적으로 목검을 잡았다. 그리고 다다미 세 장을 깔아 놓은 어둑한 좁은 방에서 허공을 향해 수천 번씩 검을 휘둘렀다. 어릴 때부터 형 창순의 유창한 문장과 입담에 눌려 기를 펴지 못했던 그에게 유일한 기쁨은 자신의 육체적 능력을 극한의 한계까지 시험해 보는 것이었다. 그는 포로로 잡힐 때 오른쪽 팔꿈치를 총에 맞아 이전처럼 자유롭게 구부릴 수가 없었다. 그것을 보완하기 위해 모든 힘을 왼손으로 집중시키는 훈련을 했기 때문에 지금은 왼손이 오른손 구실을 했다.

　금동은 개포 나루에서 희손을 만나 싣고 온 생선을 인도하고 돈을 받았는데, 투자 금액의 두 배가 넘는 액수였다. 그는 갑석의 집에서 투자비율로 각자의 몫을 계산해 나누어 주고, 이튿날 세창과 셈을 하기 위해 구례로 떠났다.

　12월 초에 다시 물건 대금이 고령 상인 희손의 손에 넘어갔고, 늦어도 중순에는 물건을 싣고 출발하기로 결정이 되었다. 그동안 금동은 장수로 가서 코빼기도 볼 수가 없었다.

　매서운 북풍과 함께 추위가 한번 찾아왔다가 물러간 어느 날, 그들은 예정대로 개포 나루에서 물건을 싣고 두 번째 배를 띄웠다. 설밑이라 이번에는 제수에 쓸 물건들이 대부분이었다. 그런데 이번에는 사공이 다른 사람이었다. 희손에게 물으니, 터무니없는 삯을 요구하기에 얄미워서 다른 사람으로 바꿨다는 거였다.

　날씨는 화창하고, 항해는 순조로웠다. 지난번 추위로 강변을 따라 강물이 하얗게 얼어붙어 있었다. 그러나 배의 운행에는 아무 문제가 없었다. 이번 일은 돈벌이 외에도 중요한 일이 한 가지 있었는데, 그것은 돌아올 때 김해에 들러 대복의 노모를 모시고 운봉으로 돌아오는 일이었다.

예정대로 약속 장소에 도착하니, 이번에는 대경이 안 나오고 함께 일하는 사람이 대신 나왔다. 금동은 김해에 들를 일로 마음이 조급했기 때문에 서둘러 물건을 부리고, 생선 궤짝을 대충 들춰보고 선창에 갖다 실었다.

김해까지는 약 이십 리의 거리였다. 그리고 거기에서 대복의 노모가 살고 있는 곳까지의 거리가 육로로 또 그 정도였다. 그러니 아무리 빨라도 이튿날 새벽에야 대복이 돌아와 출발할 수 있다는 계산이 나왔다.

그들은 생선을 싣고 김해를 향해 출발했다. 흐리지만 겨울치고는 날씨가 포근했다. 이곳은 부산의 배후 도시로 조선군의 낙동강 도하를 제압하고, 서부 경상도 지역을 방어하는 중요성 때문에 일본군이 우글거리던 곳이다. 하지만 지금은 대부분의 병력이 철수하고 성은 비어 있었다.

배가 유동 나루에 정박하자, 대복은 배에서 내려 이내 어둠 속으로 사라졌다. 한 해가 또 이렇게 허무하게 끝나가고 있었다. 병순은 배에서 내려 텅빈 강변을 걸었다. 옥실은 어디에서고 찾을 수가 없고, 그는 자기 한몸을 쉴 곳이 없었다. 그 생각이 기쁨을 빼앗고, 그를 침울하게 했다. 물론 겉으로야 장사를 하고, 바쁜 것처럼 보였지만 그것은 금동 때문에 마지못해 따라하는 것일 뿐 스스로 의욕적으로 하는 것은 아니었다. 모든 것이 시시하고, 분명한 의미를 띠지 못한 채 그의 주위를 맴돌고 있었다.

문득, 눈을 들어 보니 짙은 회색 하늘을 배경으로 커다란 눈송이들이 춤을 추며 강물 위로 떨어지고 있었다. 참으로 오랜만에 보는 고향의 눈이었다. 하지만 그의 고향은 어딘가로 멀리 사라져 버린 느낌이었다. 그는 고향에 발을 딛고 있지만, 결코 그 옛날의 포근함과 따스한 마음을 느낄 수가 없었다. 마치 고향을 떠나 객지에 와 있는 것과 흡사한 기분이었다.

금동과 갑석은 사공과 농담을 주고받으며 술을 마시느라 여념이 없었다. 하지만 병순은 눈 내리는 강변을 따라 걸으며 끝도 없이 이어지는 잡다한 상념에 휩쓸려 갈피를 못 잡고 있었다. 어디로 가야 하나? 어느 곳이 내가 가야 할 길인가? 새벽녘, 모두들 판자벽으로 막은 숙소에서 이불을 들쳐 덮고 선잠을 자고 있는데, 대복이 나타났다. 그의 등에는 늙은 노모가 편안히 잠을 자고 있었다. 개포 나루에서 물건을 넘길 때, 희손은 이번에 가져온 생선들 중 일부가 씨가 작고, 잡어가 섞인 것을 발견하고 노발대발했다. 모두 설 제상에 올릴 것들인데 반은 손가락만한 새끼들뿐이니 어떻게 팔겠느냐는 거였다. 결국, 물건을 일일이 확인하지 않고 실은 금동의 책임이었다.

금동은 그 손해에 대한 책임 소재 문제로 하루 종일 고령에 머물며 희손과 입씨름을 했다. 희손은 값을 빼고 주겠다는 것이고, 금동은 대경을 소개해 준 사람이 희손이니 그도 절반의 책임을 나누어져야 한다는 주장이었다.

결국, 반씩 책임을 지기로 하고 차후에 대경으로부터 손실분을 요구하기로 하고 문제는 일단락되었지만, 이번 장사는 먼저 번처럼 이문을 많이 남기지 못했다. 설이 코앞으로 다가왔기 때문에 금동은 설을 쇠러 장수로 가고, 병순은 운봉에 남았다. 설이 다가오자, 갑석과 대복은 신바람이 나서 제수용품을 이것저것 봐 오느라 분주했다. 그들은 오랜만에 조상들에게 올릴 풍성한 차례 음식을 구하느라 구례, 곡성, 순창은 물론이고 멀리 함양까지 가서 제수용품을 사왔다.

설날 아침, 갑석은 누구보다 먼저 일어나 어디서 구했는지, 흰 두루마기를 입고 차례를 준비했다. 그는 어릴 때부터 아버지가 제사 올리는 것만큼은 엄하게 가르쳐 의례에 밝았던 것이다. 하지만 글을 쓰고, 읽을 줄을 몰라 부득이 지방문만은 병순에게 부탁하지 않으면 안 되었다. 그들은 제사상을 하나 차려 그것으로 합동 제사를 올리기로 했다. 즉, 벽 중간에 갑석, 대복, 병순의 순으로 지방문을 나란히 붙이고 동시에 각자의 조상들에게

절을 올리기로 했던 것이다. 그리고 차례가 끝난 뒤, 대복의 어머니를 아랫목에 앉혀 놓고 모두 함께 큰절을 올리니 모두의 얼굴에는 오랜만에 웃음이 떠나지 않았다. 이제, 명나라의 강화사가 부산으로 들어갔으니 곧 일본으로 건너가 평화협상을 맺으면 전쟁은 끝이 나고, 이전 같은 평화로운 시절이 다시 찾아오리라. 그러면 더 이상 가족 간의 이별도 없고, 고통스런 부역도 없으리라.

흥겨운 설의 분위기도 거의 끝나가는 어느 날, 저녁 무렵에 느닷없이 포졸들이 갑석의 집으로 들이닥치더니 세 사람을 오라에 묶어 남원부로 끌고 갔다. 그리고 하룻밤을 차가운 옥에 가둔 다음, 이튿날부터 심문과 고문이 시작되었다. 죄목은 적과 내통했다는 간첩죄였다. 장수에 있던 금동은 갑석의 동생으로부터 그 소식을 듣자마자 단숨에 구례로 달려가 세창에게 그 소식을 알리고 세 사람을 구할 일을 부탁했다.

「워쩐 늠이 배가 아파 관에 밀고를 한 기여. 에이, 썩을 놈. 좌우당간 넘 잘 되는 꼴은 보지 못하는 기 인간의 맴이랑께.」

이야기를 다 듣고 나서 세창이 말했다.

「갑석과 대복이는 곤장 몇 대 맞고 돈 몇푼 쥐어주면 되겠구먼, 허지만 병순인가 그 사램은 전력이 안 좋응께 골치깨나 썩이것구먼이라.」

이튿날, 그의 말대로 갑석과 대복은 곤장 몇 대만 맞고 집으로 돌아왔다. 하지만 병순은 그 다음날이 되어도 아무 소식이 없었다. 금동은 남원의 술집에서 세창을 다시 만나 병순을 풀어달라고 통사정을 했다.

「병순이 그기 문제라. 일본에서 먼짓을 했고, 와 조선으로 몰래 기들어 왔는지 잠도 안 재우고 추궁을 한 모양인디 꿈쩍도 안하는 모양이랑께. 워쩌크롬 그리 질기당가? 쇠구신처럼.」

「안한 짓을 했냐고 족치니께 그라지 않십니꺼? 포로로 붙잽혀 간 것만

해도 억시로 재수 없는디 매까지 맞고 있으니 을매나 억울하겠소? 입장을 바꿔 생각해 보시이소. 좌우당간 퍼뜩 끼내주소. 안 그라믄 지도 감옥에 들어가겠소. 그라고 이번 일을 죄다 불어버리겠소. 그기이 공평한 기이 아입니꺼? 모도 다 한번씩 감옥에 들가뿌리면 아무도 불평하지 않을 거 아입니꺼」

세창은 금동의 기세에 눌려 움찔했다. 만약, 그가 그들과 한통속임이 들통난다면 그의 체면은 뭐가 되겠는가. 이틀 뒤, 병순은 처참한 몰골로 거의 기다시피 옥에서 풀려났다. 금동은 병순을 등에 업고 갑석의 집으로 데리고 가 며칠간 정성껏 그를 돌보았다. 곤장을 얼마나 맞았는지 엉덩이 살이 거북의 등처럼 갈라 터지고, 찢겨져 피가 범벅이 된 채 옷의 천과 뒤엉켜 엿처럼 들러붙어 있었다. 그는 대복의 노모가 가르쳐 준 대로 민간요법에 따라 독을 빨아내기 위해 밥을 이겨서 상처 부위에 넓게 붙였다. 그리고는 분이가 기다리고 있는 장수로 돌아갔다.

4

며칠 동안, 병순은 꼼짝도 못하고 방에만 누워 있었다. 걸을 수도 없었고, 앉아서 밥을 먹을 수도 없었다. 겨우 혼자 기어다니며 먹을 것을 챙겨 먹고, 대소변도 처리했다. 갑석과 대복은 이제 농사 준비로 바빠 그를 돌볼 여유가 없었다. 그래도 날씨는 나날이 풀려 방문 사이로 들어오는 차가운 칼바람도 훨씬 누그러지고, 집 옆 벚나무 가지에서 울어대는 새소리도 한층 경쾌하고, 즐겁게 들려왔다.

어느 날, 혼자 하루 종일 어둑한 방에 누워 있는데, 이전에 함께 사업을 하던 한종이 웬 소년을 한 명 데리고 와 대복을 찾았다. 마침, 장날이라 갑석과 대복은 장을 보러 가고 집에 없을 때였다.

두 사람은 방문을 열다가, 낯선 사내가 혼자 끙끙 대면서 누워 있는 것을 발견하고 당황했다. 상처가 아물지 않고 계속 고름이 흐르고, 진물이 흘렀기 때문에 고약한 냄새가 방안에 떠돌고 있었던 것이다. 하지만 두 사람은 그런 내색을 하지 않고 조용히 방 한편에 앉아 병순의 상태를 살폈다.

「워디가 워떻게 아프시당께?」

소년이 다가와 병순에게 물었다.

「곤장을 몇 대 맞았소.」

「지가 상처를 좀 봐도 되겠지라우?」

소년이 관심 있게 물었다.

「와, 더럽고 냄새나는 남의 상처를 보려하오?」

병순은 만사가 귀찮다는 듯 한마디 던지고는 신음 소리를 내면서 몸을 비틀었다.

「이 사램은 나이는 어려도 유명한 의원이랑께. 그라니 맘 놓고 몸을 맡겨도 되지라우. 독이 퍼져뿌리면 득될 것이 없지 않소?」

한종이 나서서 한마디 했다. 병순이 가만 있자 소년은 불을 켠 다음, 그가 누워 있는 자리로 다가와 바지를 들추고 상처를 잠시 들여다보았다. 그리고는 밖으로 나가더니, 갑석의 동생 갑순에게 더운 물을 좀 끓여 달라고 부탁했다.

「위메, 위찌 상처가 이 지경이 되었소.」

한종이 끼어들었다.

「허지만 너무 걱정 마씨오. 이 소년 의원은 의술이 대단해서 엔간한 죽을벵도 다 고친당께.」

잠시 후, 소년은 더운 물에 소금물을 탄 다음, 부드러운 헝겊을 적셔 상처 부위를 정성껏 깨끗이 닦아내기 시작했다. 아직도 독이 그대로 퍼져 있어 여기저기가 푸르뎅뎅하게 잔뜩 부어 있고 피가 엉겨 성이 단단히 나 있었다. 하지만 더운 김이 닿자 통증이 가라앉으며 마음이 한결 편안해졌다. 소년은 상처 위에 몸을 기울이고 엎드려 부드러운 헝겊으로 상처를 닦아내고, 밥알이 엉겨 붙어 있는 부위를 꼼꼼히 깨끗하게 씻어냈다.

그를 치료하고 있는 소년의 손발은 계집애처럼 작고 아담했다. 얼굴의 윤곽도 섬세해서 조각으로 오린 듯했고, 눈썹도 가지런해서 계집애처럼 예뻤다. 하지만 소매 사이로 드러난 손을 보니 고생이 심한 듯 살결이 거칠고 상처투성이였다.

상처 부위를 깨끗이 소독하고 나자, 그는 메고 다니는 헝겊 주머니에서 고약이 담긴 종지를 꺼내 그것을 들고 밖으로 나가 불에 연하게 녹여가지고 들어왔다. 그리고는 그것을 기름종이에 쏟아 넓게 펴나갔다. 병순은 그것을 보다가 깜빡 잠이 들었다. 그 짧은 동안에 그는 옥실의 꿈을 꾸었다.

얼마후, 놀라서 눈을 뜨니, 한종은 보이지 않고 소년은 발치께서 비스듬히 벽에 몸을 기댄 채 잠들어 있었다. 소년은 사내아이처럼 머리를 땋고, 머리에 수건을 둘렀기 때문에 남자처럼 보였지만, 자세히 보면 골격이며 얇은 입술, 오똑한 콧날과 오목조목한 얼굴의 윤곽이 보면 볼수록 여자라는 생각이 들게 했다. 그 순간, 소년이 눈을 떴다. 그리고는 자신을 보고 있는 병순의 눈과 마주치자 놀란 듯 양손으로 가슴을 감쌌다.

「낭자, 놀라지 마시오.」

병순이 먼저 말을 걸었다.

「누부동생의 꿈을 꾸다가 막 깼소.」

「지가 남장했다는 것을 눈치채셨구만이라.」

그녀는 솔직히 말했다.

「실은 지 이름은 이화梨花라고 허지라우. 항상 험한 곳을 댕겨야 허기 땜시 이리 변장을 하고 댕기지 않으면 안된당께요. 이해허시씨오.」

「나도 여동상이 한 명 있는데, 난리 통에 행방불명이 되었소. 만약, 살아 있다믄 낭자와 비슷한 또래가 됐을 긴데.」

이화는 자리에서 일어나 병순에게 상처가 좀 어떤지 물었다.

「괘않소. 그동안 잠을 잘 수 없을맨치 아팠는데 고약을 붙이고 나서 아픈 걸 모르겠네요.」

「그만한 기 다행이지라우. 독이 퍼지믄 목심도 뺏아가뿌리는 게 장독이랑께요.」

「우리 아부지께서도 약초에 관심이 많으셔서 마을 사람들이 아프믄 모도 아부님께 와서 약을 지어가곤 했지요.」

병순은 그동안 자신에게 일어난 일들을 이화에게 들려주었다.

「참말이제 이번 난리에 사연 없는 사람이 한 사람도 없구만이요.」

얘기가 끝나자, 이화가 한숨을 쉬며 말했다. 저녁 때가 되어 갑순이 식사 준비가 됐다며 이화를 불렀다. 그리고 병순은 누운 채로 혼자서 밥을 먹었다. 이화는 남원으로 가서 볼일을 보고 회문산으로 들어갈 계획이었는데 병순 때문에 오늘밤은 여기서 묵기로 계획을 바꿨다. 밤이 깊었을 때, 이화가 다시 고약 단지와 기름종이를 들고 와 상처를 살폈다.

「그새 상처가 많이 부드러워졌구만요. 일주일 정도 있으면 걸을 수 있겠구만이라.」

이화가 환하게 웃으며 말했다. 그리고는 먼저 붙였던 고약을 떼어내고 다시 기름종이에 새 고약을 펴 바른 다음 상처 부위에 조심스럽게 갖다 붙였다.

「이 은혜를 우떻게 갚십니꺼? 난 아무것도 줄 기이 없는데.」

「그런 말씸 마소.」

이화는 웃으며 손사래를 쳤다.

「지는 사램 목심 구하는 기 일이니 당연한 것이죠. 다시는 그런 말씸 마소.」

「오늘은 나가 신세를 지지만 다음번에는 꼭 이 은혜를 갚겠소.」

병순이 웃으며 대답했다.

「참말이지라우? 그라믄 지가 있는 곳에 오셔서 지를 좀 도와주소. 많은 사램들이 지 도움을 지다리는데 항시 손이 모지랑깨.」

한종은 원래 호남의 대유大儒 정개청 선생의 수제자로 잘 알려진 도완道浣의 몸종으로, 도완이 정여립의 난 때 여립과 나눈 사신이 발견돼 죽음에 몰리게 되자 목숨을 구하기 위해 남해의 무인도로 들어가면서 한종에게 가족을 맡겼던 것이다. 그러나 그의 불운은 거기서 끝나지 않았다. 도완의 아버지는 자식의 무죄를 주장하다 스스로 목숨을 끊었고, 모친도 그 충격으로 얼마 못 살고 숨을 거두고 말았던 것이다.

한종은 도완의 아내 박씨와 어린 자식 둘을 이끌고 산속에 숨어들어가 초근목피로 겨우 연명하며 산속을 전전하다가 이곳 사람들의 피난처로 잘 알려진 회문산으로 들어와 정착했던 것이다.

그는 산기슭의 땅을 일구어 밭농사를 짓고, 박씨 부인은 산에서 버섯이며, 도토리 등을 주위와 그것으로 부족한 양식을 보충했다. 그 와중에도 한종은 부인의 편지와 그들처럼 정여립의 난으로 고초를 겪고 있는 사람들의 서신을 모아 무인도에 숨어 있는 도완에게 전하는 일을 게을리하지 않았다.

한때는 나주 최고의 명문 집안이고, 동인의 명사들이 다투어 그를 끌어다 지도자로 삼으려 했던 도완의 집안은 이렇게 풍비박산이 났다. 하지만 한종과 박씨 부인의 마음속에는 이 세상을 구하려다 억울한 누명을 쓰고 숨어 있는 도완을 어떡하든지 지켜 다시 세상 밖으로 나오게 해야 한다는 굳건한 결심이 있었다.

반대로, 이화利化의 집안은 첫 번째로 밀어닥친 피의 광풍은 피했지만, 이듬해 그녀의 아버지가 정개청의 문인이라는 이유로 옥중에서 매를 맞다가 죽자, 그녀의 집안도 졸지에 결딴이 나 사랑하는 가족과 식솔들은 각자 목숨을 건지기 위해 사방으로 뿔뿔이 흩어져야 했다. 어린 이화는 오빠의 손을 잡고 문전걸식을 하면서 필사적으로 살기 위해 산속을 헤맸다. 새벽녘에는 너무나 추워 미지근하게 식어가는 어느 집 굴뚝을 껴안고 잠을 잤고, 배가 고파 민가로 들어가 먹을 것을 훔치기도 했다. 그렇게 필사적인 도망 끝에 두 사람은 어머니 쪽으로 먼 친척뻘이 되는 한 노부부가 살고 있는 보성땅까지 갔다. 그러나 오빠는 단 하루만 머물고는 이화를 그 댁에 맡기고 자신은 하동에 있는 친척집으로 갔다.

백발이 성성한 이 댁 노인은 일찍이 학문에 조예가 깊었지만, 관직을 얻지 않고 독학으로 의술을 배워 그것으로 아내와 함께 생활을 꾸려가고 있었는데, 슬하에 자식이 없었기 때문에 이후 이화를 기르는 것을 유일한 낙으로 삼아 학문을 전수하고, 자신이 그동안 축적해 온 의술을 가르치는 재미로 살았다.

그곳에서의 이화의 생활은 이전과는 전혀 다르게 펼쳐졌다. 그녀는 아침 일찍 일어나 밥을 짓고 집안 청소를 했으며, 집안일이 끝나면 사랑으로 나가 노인의 조수가 되어 저녁 때까지 그의 시중을 들었다. 그리고 밤이면 등잔불에 의지해 『명심보감明心寶鑑』 대신 노인으로부터 빌린 의술에 관한 책과 그즈음 중국에서 나온 지 얼마 안 된 『본초강목本草綱目』 같은 약초에 관한 책을 읽었다. 그리고 낮에는 노인과 함께 약초를 찾기 위해 산속을 헤매고 다녔다.

세월은 꿈처럼 흘러갔다. 아울러 쉼 없는 육체노동과 밤의 야학은 그녀를 여린 소녀에서 세상에 맞설 수 있는 강한 여인으로 만들어갔다.

그녀는 2년 후에 한번 오빠를 만나러 갔다. 그리고 작년에 노인이 병이 들어 죽자, 이화는 그로부터 물려받은 침통과 의술서적 몇 권을 갖고 그곳을 나와 오빠를 다시 찾아갔다. 하지만 오빠는 그동안 먼 친척뻘이 되는 아저씨 댁에서 머슴으로 신분을 숨기고 은신해 있다가, 얼마 전에 자신은 중이 될 거라며 앞으로 자신을 찾지 말라는 말을 남기고는 종적을 감추어 버린 뒤였다.

그녀는 남장을 한 채 각지를 떠돌며 자신을 키워준 노인처럼 병든 사람들을 고쳐주고 밥을 얻어먹으며 살아갔다. 그녀의 의술은 거리에서 죽어가는 떠돌이 유랑인은 물론, 부유한 부잣집 사람들을 가리지 않고 똑같이 베풀어졌다.

그녀의 삶은 때론 위험하기도 하고, 예측할 수 없는 불안한 삶이었지만 그녀는 환자들을 돌보는 데서 삶의 보람을 찾았다. 어린 시절, 부모의 한없는 사랑과 풍족하고 부족함이 없는 환경에서는 경험할 수 없는 일들이 그녀의 삶에서 실제로 일어났고, 많은 사람들이 그녀의 손에서 살아나거나 또 죽어갔다.

정처 없이 세상을 떠도는 생활은 그녀의 성性 의식도 변화시켰다. 그녀는 의식적으로 그동안 한번도 거울을 보지 않고 항상 스스로를 남자라고 여기며 살았기 때문에 이제 이화라는 이름은 그저 먼 과거의 어느 낯선 사람의 이름처럼 생소하게 들렸다.

그런 어느 날, 그녀는 순창으로 왕진을 갔다가 그곳에서 한종을 만났다. 그는 도완의 아들 윤允이 갑자기 고열이 나면서 두통과 구토증상이 일주일가량 지속되다가 의식은 겨우 회복됐지만 말을 더듬고, 갑자기 팔다리를 떠는 등 이상한 행동을 보이자 그것을 고치려고 백방으로 뛰어다니다 사람들로부터 그녀가 용하다는 소문을 듣고 회문산에서 그녀가 있는 곳까지 한걸음에 달려갔던 것이다.

이화는 회문산으로 가서 근 일주일을 머물며 아이의 병을 고치려고 노력했지만, 그녀의 정성에도 불구하고 병은 아무 차도가 없었다. 무슨 원인인지 모르지만 뇌의 중요한 부분이 손상된 듯 아이는 이전의 기억력을 모두 잃어버리고 바보가 되어 있었다.

이화는 밤마다 박씨 부인과 함께 잤기 때문에 그녀로부터 정여립 난으로 피해를 본 사람들의 억울한 사연과 그곳에 살고 있는 사람들의 사는 모습을 직접 보고는 부인과 똑 같은 공감을 느끼지 않을 수 없었다.

그곳에는 정치적 박해를 받고 쫓기던 사람들이 하나, 둘 모여들어 양지바른 산기슭에 여기저기 집을 짓고, 이십여 가구쯤 모여 서로 의지하며 오순도순 살아가고 있었는데 그들은 거개가 정여립의 난으로 피해를 입은 사람들이 대부분이었다.

박씨 부인은 이화에게 그곳에 머물며 불쌍하고, 고통 받는 사람들의 병을 고쳐주며 함께 살 것을 제안했다. 이화는 자신과 같은 처지에 빠져 있는 여인으로부터 그런 제안을 받자 이내 흔들렸다. 더구나 부인은 비록 오랜 산골 생활에 행색이며 의복은 초라했지만, 눈빛에는 무언가 확실한 목표를 갖고 있는 사람에게서 발견할 수 있는 삶의 희망과 의욕이 넘치고 있었다.

그녀가 그곳에 머물자 그녀의 소문을 듣고 먼 지방에서 환자들이 하나둘씩 그곳으로 찾아왔다. 거동이 불편한 사람들은 그녀가 직접 찾아가 치료를 해 주었고, 그렇지 않으면 사람을 보내 증상을 말하고 그에 맞는 약을 지어 갔다. 그리하여 어느 날 그녀가 머무는 집 벽에는 먹으로 '소년의 원'이라고 쓴 목간판이 세로로 걸리게 되었던 것이다.

그날 밤, 병순과 이화의 이야기는 밤이 새도록 이어졌다. 이상理想이 맞는 젊은 남녀가 만났을 때 일어나는 흔한 증상으로 열정과 흥분이 대화를 이끌고 가고 있었다.

두 사람은 태어난 곳도 다르고 자라난 환경도 각기 달랐지만 억울함이라는 공통의 정서를 공유하고 있었다. 즉, 이화는 부모가 받은 정치적 박해를 대를 이어 받고 있는 것이고, 병순은 일본에 포로로 끌려갔다 왔다는 이유로 죄인의 낙인이 찍혀 버렸기 때문이었다. 그래서 국가를 대하는 태도도 다른 사람과는 다를 수밖에 없었다. 그것은 집 없는 거지가 추운 겨울날 거리를 떠돌다가 불 켜진 부잣집에서 흘러나오는 음식냄새를 맡을 때 느끼는 것과 비슷한 것이었다.

거지는 춥고 배가 고프지만 결코 그 안으로 들어갈 수가 없다. 그것을 국가로 확대한다면 안에 거주하는 사람들은 권력과 부를 가질 수 있는 권리와 동질의 가치관을 바탕으로 무언가 자신들이 숭앙하는 신을 모셔놓고 비슷한 의식 속에서 함께 살아가는 사람들이다. 만약, 그들이 거지를 한 명 받아들인다면 그만큼 그들의 몫은 줄어들고, 또 이해할 수 없는 의식구조며 지저분한 행색은 정말이지 그들의 평화로운 분위기를 깨뜨리는 치명적인 요소가 될 것이다.

아, 그 대신 밖에서 들려오는 거지들의 애원에 아랑곳없이 귀를 막고, 눈을 가리고 자기들만의 놀이에 취해 노는 것이 얼마나 편한 것인가! 거지가 한 명일 때, 그러한 태도는 문제가 되지 않을지도 모른다. 허나, 하나 둘셋씩 몰려들어 드디어 높은 담을 넘고, 마당을 넘본다면 그때는 상황이 달라지리라.

「핍박받고, 역사에서 소외된 사람들이 사는 곳이니 오죽 허겠지라? 허지만 서로 비슷한 아픔을 갖고 의지하며 사니 맴은 편하당께라.」

이화는 밤을 꼬박 새워 피곤할 텐데도 화사하게 흰 이를 드러내며 웃었다. 굳은 표정 위로 오랜만에 수줍고, 귀여운 여자의 모습이 드러났다. 그러다 그것을 눈치채고는 곧 의지가 굳고, 엄격한 남자의 모습으로 다시 돌아갔다.

「허지만 역사적으로 보면 일종의 수동적인 삶이지라. 권력의 핍박과 압제를 피해 인간의 최소한의 자유를 지키겠다는, 피해의식이 늘 마음 한 켠을 짓누르는 그런 삶 말이라우.」

「나도 가끔 일본에 두고 온 포로들을 생각하믄 죄의식을 느낀답니다.」

병순은 그녀의 말에 동의했다.

「인간은 의식적으로는 자기 자신만을 느낄지 모르지만 최종적으로는 인간이라는 공동체 속에서 생각하고, 판단할 수밖에 없지라우. 인간은 돌멩이가 아니라 감정이 있고 언어를 공유하는 생각허는 동물 아니당가요.」

이화가 웃으며 화답했다.

「맞소.」

병순이 몸을 뒤틀며 말을 이었다.

「내 사전에 양반이라는 단어는 없소. 난, 이미 현해탄을 건널 때 그기를 바다 속에 던져뻬렸소.」

「그라믄 도령은 졸지에 평범한 양민이 되야부렸네요. 하하.」

이화의 웃음소리가 커졌다.

「어메, 나좀 보랑께. 야그하다가 그만 고약 갈 때를 놓쳐부렸네. 얼런 고약을 붙이게 돌아누우소.」

그녀는 방 한켠에 있는 보자기를 끌어당겨 그 속에서 종이에 꼭꼭 싸여 있는 고약을 꺼내 손바닥에 올려놓고 입김의 온기로 얇고, 넓게 펴나갔다.

이화가 다녀간 뒤, 병순의 병세는 빠른 차도를 보여 그녀의 말대로 일주일 후에는 거동을 할 수 있게 되었다.

근 열흘 간 방에만 누워 있다가 밖으로 나오니, 세상은 달라져 보였다. 겨우내 얼어 있던 대지는 어느 틈에 뒤엎어져 붉은 흙을 내보이며 땀을 흘리고 있고, 먼 산엔 아지랑이처럼 연푸른 봄의 연무가 끼어 있었다. 그리고 집에서 가까운 산기슭 언덕에는 산수유가 노랗게 만발해 있었다. 아침 나절에는 공기가 차가웠지만, 한낮은 볕이 포근하고, 한층 부풀어 오른 하늘에는 홑이불처럼 하얀 봄 구름이 거품처럼 따뜻하게 피어올랐다.

사람들은 논과 밭에서 허리를 구부린 채 농사 준비로 분주했다. 논 두둑에는 파랗게 새 풀들이 돋아나고, 나뭇가지에 맺혀 있는 새 봉오리들은 곧 터질 듯이 대기를 향해 활짝 몸을 부풀리고 있었다. 어디서나 새소리가 즐겁고 유쾌하게 들려왔으며, 농기구 소리와 사람들의 목소리가 뒤섞여 지루한 전쟁은 끝나고 평화가 도래한 것 같은 날들이 흘러가고 있었다. 병순은 갑석과 대복에게 그동안 신세진 것에 대해 사례한 다음, 갖고 있던 짐 몇 가지를 챙겨 미련 없이 그곳을 떠났다.

어느덧 전쟁이 일어난 지도 4년으로 접어들고 있었지만, 강화협상은 결말을 짓지 못한 채 여전히 지지부진했다. 해가 바뀌었는데도 명의 강화사 일행은 부산에 있는 일본군 진영에 머무른 채 한가로이 세월만 낚고 있었던 것이다.

그러나 만물은 어디서나 조용히 살아 움직이고 있었다. 그리고 자연은 자애로운 어머니처럼 전쟁이 할퀴고 지나간 상처를 어루만지고, 치유하고 있었다. 그녀는 인간이 온 대지에 흘린 핏자국들을 따뜻한 손길로 씻어냈으며, 바람처럼 사라져간 헛된 죽음들을 공평하게 흙 속에서 부패시켜 다시 우주 공간으로 되돌려 보내고 있었다. 그리고 그 자리에 새로운 생명을 잉태하고 있었다.

산굽이를 돌아나가면 또 다른 산굽이가 나타나 그를 앞으로 끌고 갔다. 머리 위로 펼쳐진 푸른 하늘 저 너머로 바라보이는 덕유산의 웅장한 산봉우리와 산을 지배하고 있는 울창한 나무들은 인간의 패배에도 불구하고 영원히 쓰러지지 않는 전사의 전형처럼 자신을 뽐내며 우뚝 서 있었다. 그들은 어떤 고난과 슬픔이 어깨를 짓누른다 해도 결코 스러지거나, 무릎을 꿇지 않으리라. 피를 흘리면 비로 그 피를 씻어내고, 대지 위의 모든 것들이 불에 타 사라진다 하더라도 땅 속 깊은 곳에 남아 있는 뿌리만은 꿋꿋이 살아남아 먼 훗날 다시 꽃을 피우리라. 지금 인간이 배워야 할 것은 바로 그 패기와 굽히지 않는 삶의 의지였다.

잠시 그가 걸음을 멈추고 산언덕에 서서 산 아래를 굽어보니, 연보라빛 봄 안개에 싸인 들녘 곳곳에 사람들이 일하고 있는 모습이 보였다. 화창하고, 투명했던 아침의 모습과는 달리 산봉우리들은 따뜻한 봄 안개에 녹아 날카로운 윤곽을 무너뜨린 채 눈처럼 눈부시게 부서져 내리고 있었다. 그리고 낮게 드리워진 구름들은 안개와 뒤섞여 부연 분홍빛으로 물들어 있었다. 그 장막처럼 드리워진 희끄무레한 안개 사이로 무언가가 유리알처럼 반짝이며 빛을 발했다. 들녘 가운데를 흘러가는 시냇물이었다. 겨우내 얼어 있던 골짜기의 얼음이 녹으면서 저지대를 촉촉이 적시며 재잘거리며 흘러가고 있었다. 이미 높게 솟은 태양은 춥고, 어두웠던 겨울의 대지 위로 빛의 그물을 빈틈없이 던지고 있었다. 그 빛을 받으며 새싹들이 무거운 땅의 무게를 어깨로 밀어 올리며 힘차게 대지 위로 올라오고 있었다. 이따금 새털처럼 가볍고 엷은 구름이 해를 가리면 그 미묘한 움직임을 따라 대지도 함께 그림자를 던지며 움직였다.

모든 것이 움직이고 살아 꿈틀거리고 있었다. 생명은 절대적인 목소리로 대지의 욕망을 노래하고, 새들은 하늘 높이 날아오르며 살아 있음을 기뻐하듯 목청껏 노래하고 있었다. 그러면 그에 화답하듯 먼 들판으로부터 바람이 일어 수풀을 움직이며 막 돋아난 초록의 새싹들을 손으로 흔들었다. 바람은 잠든 나뭇가지를 흔들어 잠을 깨우고, 구름을 모아 비를 만든다. 모든 것이 살아 움직이고, 생명의 숨을 내쉬고 있었다.

그는 즐거운 마음으로 실타래처럼 끝없이 펼쳐진 길을 따라 앞으로 걸어갔다. 오랜만에 디뎌 보는 대지는 한없이 부드럽고, 친근하게 느껴졌다. 그리고 공기 속에는 온갖 달콤한 냄새가 배어 있는 것 같았다. 그렇다! 이

길은 어머니도 걸어갔던 바로 그 길이었다. 그래서 대지에서는 어머니의 발 냄새가 아련히 났다. 그녀는 그 작은 발로 어디를 가려고 그렇게 서둘렀을까? 봄이다! 그녀는 게으른 일꾼들을 깨워 논과 밭으로 내보내고, 집 안일을 독려해야 한다. 묵은 겨울 빨래는 깨끗이 빨아 뒷마당에 가득 널고, 겨울에 쓰던 놋그릇들도 반짝반짝 빛이 나도록 잘 닦아 헛간에 가지런히 넣어두어야 한다. 아, 얼마나 즐거운가? 새들은 막 새잎을 단 나뭇가지 위로 날아오르며 지저귀고, 나비는 온몸을 흔들며 풀밭 위를 날며, 봄 햇살은 모든 만물 위에 공평하게 비쳐 온기와 풍요로운 에너지를 흡족하게 나누어 주고 있으니.

작은 샛길이 오솔길과 만나고, 오솔길이 다시 작은 신작로와 합치고, 그 길이 다시 큰길과 만나듯 이 길을 통해 수많은 사람들이 왔다가는 역사 속으로 사라져갔다. 그리고 그들은 거개가 고통 받고, 신음하는 가난한 백성들이었다.

왜, 그들은 역사의 물결 속에 당당하고, 떳떳하게 자신의 존재를 드러내지 못하고, 소외되고 버려진 채 세상을 떠돌고 있는가? 그 해답이 그가 지금 가고 있는 회문산에 있었다.

7
∶
회문산

1

임진란 발발 2년여 전, 조선 사회를 피의 소용돌이로 몰고 갔던 정여립 모반사건은 동인과 서인의 정권 쟁탈싸움에서 무리한 상대방 죽이기가 죄 없는 많은 피해자들에게 씻을 수 없는 상처를 안겨준 비극적인 사건이었다.

처음, 여립은 서인의 대표격인 이이李珥 밑에서 학식과 유려한 언변으로 각별한 사랑을 받아 관직의 길로 나갔다. 그러나 이이가 죽자 반대파인 동인 측에 붙어 그를 공격하는 데 앞장섰는데, 그것은 그가 전랑銓郞이라는 관직의 물망에 올랐을 때 이이가 반대했다는 이유에서였다.

이러한 이이 죽이기는 동인 측에게는 호재였지만, 반대파인 서인 측으로 볼 때는 참을 수 없는 일이었다. 결국, 이러한 여립의 행동은 서인 측 사람들에 의해 왕에게까지 알려져 결국 그는 관직을 뒤로 하고 낙향하고 말았던 것이다.

하지만 비록 중앙정계를 떠났지만, 당시 권력을 장악하고 있던 동인 측 명사들이 모두 여립을 지지하고 있었기 때문에 그의 영향력은 여전했다. 그는 고향에서 대동계大同契라는 것을 만들어 사람들을 자기 휘하에 모으는 한편 각종 인사人事에도 깊숙이 관여했다. 해서, 권력에 욕심이 있는 자들은 줄을 대기 위해 저마다 재물을 싸가지고 와 그에게 자리를 청탁했던 것이다. 그 물자로 그는 대동계를 키우고, 세력을 확대했다. 그는 사람들을 만나면 천하는 공물公物인데 어찌 일정한 주인이 있느냐, 또 말하기를 충신은 두 임금을 섬기지 아니한다고 한 것은 성인의 통설이 아니며, 누구를 섬기든 임금이 아니겠는가라며 조선의 사대부들이 목숨보다도 중히 여기는 주자朱子의 명분을 뒤집는 언행을 서슴없이 지껄였으며, 그의 이름을 듣고 찾아오는 정체불명의 사람들의 입을 통해 이씨 조선은 곧 끝나고, 정씨가 일어서리라는 유언비어까지 확대 생산되어 민간에 퍼져나갔던 것이다.

이를 빌미로 삼아 평소 그를 눈엣가시처럼 여기고 있던 서인들은 여립을 역모의 그물로 뒤집어 씌워 그와 교류한 일이 있는 동인 측 인사들은 물론, 자신들에 적대적이라고 판단되는 인사들을 터무니없는 무고와 헛소문에 의지해 수 년에 걸쳐 이 잡듯이 뒤져 철퇴를 가했던 것이다. 이것은 정치권력을 둘러싸고 반대파에게 가해진 사화士禍였다. 그 중에서도 여립의 고향이 호남이었던 관계로 그 지역 사람들의 피해는 천여 명에 이를 정도로 혹독했다.

정부는 한때 도적들과 유랑민들의 무리로 도로가 봉쇄되고, 선량한 양민들을 공포 속으로 몰아넣었던 회문산 일대의 불순세력들을 천여 명에 이르는 대규모의 관군을 동원해 그 소굴을 깨끗이 소탕했지만, 일 년도 채 지나지 않아 그곳에는 언제 그랬느냐는 듯 비온 뒤에 새로 돋아난 새싹들처럼 정체를 알 수 없는 무속인이며, 자칭 어지러운 이 세상을 구원하러 왔다고 주장하는 은둔자들이 다시 우후죽순처럼 동굴 속이나, 바위옆, 아니면 볕이 잘 드는 양지바른 산등성이 곳곳에 나타났다. 아울러 정치적 박해를 받았거나, 전쟁으로 삶의 터전을 잃어버린 사람들, 그리고 죄를 짓거나 일정한 거처가 없이 세상을 떠도는 유랑자들이 하나 둘, 다시 이곳에 자리를 잡고 들어섰다. 이곳은 외지고 골이 깊어 일본군의 공격을 받을 염려도 없고, 관官의 손길도 닿지 않는 소외된 땅으로 그런 지리적 폐쇄성과 고립성이 세상으로부터 핍박받고, 역사의 흐름에서 소외된 많은 사람들을 이곳으로 끌어들였던 것이다.

그들은 나무가 우거진 산기슭이나, 동굴 아니면 바위에 기대 초라한 움막을 짓고 산에서 나는 나물이며 버섯, 열매 등을 따먹으며 목숨을 연명해 나갔다. 그러면서 차츰 경사가 완만한 산기슭의 땅을 개간해 밭작물을 심고, 닭과 개, 돼지 등을 키우며 자급자족의 생활을 해 나갔다.

외부와의 교류와 자극 없이 늘 단조로운 생활이 반복되는 이곳의 시간은 0이라는 숫자 위에 영원히 멈춰서 있는 것처럼 보였다. 그들에게는 오늘이 가고 내일이 온다 해도 새로운 희망이 없었다. 그들이 잠시 머물고 있는 이 삶의 터전은 언제 관군들에 의해 불태워질지 알 수 없었으며, 다시 세상 밖으로 나가 정상적인 생활을 할 수 있다는 보장도 없었던 것이다.

역사의 강물은 이곳에서 만큼은 앞으로 흘러가지 않고, 영원히 한곳에 괴어 있는 것 같았다. 흐르지 않는 강, 멈춰 선 시간. 그렇다면 누가 이들을 이곳에서 끌어내 역사의 동반자로 삼을 것인가?한종이 몇 명의 정여립 난의 피해자 가족들과 함께 이곳에 정착한 것은 2년 전이었다. 그리고 곧 운 좋게 망내의 사업에 뛰어들어 그 돈으로 피해 가족들을 먹여 살렸던 것이다.

그는 도완이 무인도로 피신하면서 부탁한 박씨 부인과 아들을 돌보며 자신의 주인이 돌아오기를 손꼽아 기다리고 있었다. 한때, 정여립의 계원이기도 했던 그는 양반과 상놈이 없는 '만인평등'의 세상이 이 땅에 도래하기를 간절히 바랬다. 그리고 그와 같은 훌륭한 일을 해낼 수 있는 인물은 오직 자신의 주인인 도완과 같은 인물뿐이라고 굳게 믿고 있었다.

그는 수시로 도완이 은신해 있는 무인도로 들어가 가족의 안부와 그를 추종하는 사람들의 서신을 전하면서 세상 돌아가는 이야기를 전하고 돌아왔다.

병순이 회문산에 온 지 얼마 되지 않아, 한종은 술과 음식을 준비해 이곳에 살고 있는 사람들과 인근 마을에 살고 있는 사람들을 모아 조촐한 모임을 열었다. 즉, 매월 보름마다 사람들을 불러 모아 함께 음식을 나누고, 술을 마시면서 화해와 친목의 장을 마련해 보자는 것이었다.

3월 보름의 모임은 화창한 봄 날씨답게 흥겹고, 화기애애한 자리였다. 병순도 처음으로 그 자리에 참석해 사람들과 인사를 나누었다. 사람들은 산 중턱에 펼쳐진 탁 트인 광장 같은 곳에 둘러 앉아 불을 피워 고기를 굽고, 밥을 지어 오랜만에 양껏 배를 채웠다. 그리고 술도 한잔씩 돌렸다. 산 등성이마다 막 봄꽃들이 활짝 피어 있으며, 손톱만한 나뭇잎들도 어느새 커져 땅 위로 엷은 그늘을 던지고 있었다. 그리고 어디선지 개 짖는 소리와 함께 닭 우는 소리도 한가로이 들려왔다.

그곳에 모인 사람들은 대개 가난한 농부와 인간다운 대접을 받아보지 못한 천한 노비, 그리고 일정한 거처가 없이 세상을 떠도는 정체불명의 유랑인들이 대부분이었다. 그리고 약간 세련되고, 지적으로 보이는 사람들은 거개가 정부에 불만을 품고 있는 사람들이었다.

「이거야말로 무릉도원이 따로 없구먼이라.」

술이 얼근히 오른 광수란 자가 불덩이처럼 달아오른 얼굴로 호탕하게 지껄였다.

「여러분, 오늘은 정말 기분이 좋당께. 경상도와 전라도가 이렇게 하나로 만나게 되었웅게. 안 그렇소?」

그는 호기 있게 병순의 잔에 술을 따르며 말을 걸었다.

「보아 허니, 댁은 양반 출신이신 것 같은디 여기서는 그런 계급 딱지는 다 떼고 살아야 헐기요. 댁이나 나나 똑같이 태어날 때 불알 두 쪽만 가지고 태어나지 않았소? 내 말은, 사람은 날 때부터 계급장 같은 건 없이 태어났다 이 말이요. 아시겠소? 그런 의미에서 자, 어서 쭉 드시씨오. 이 술은 혈맹의 술이니 한 방울도 남기면 안 된당께.」

광수는 키가 훤칠하고 다혈질의 성질이 몹시 급한 자로, 그는 임진란이 발발하자 평소 하인들을 잔혹하게 다루어 원성이 높던 주인영감을 마을 뒷산으로 유인해 농기구로 때려죽이고 이곳으로 도망쳐왔는데, 비록 글을 모르고, 단순하기는 하나 주먹이 세고, 의협심이 강해 노비들이 꽤 따랐다. 그는 뼈에 사무친 한이 있는지 양반들의 비행과 폭정에 유난히 흥분을 잘하고, 예민하게 반응했다. 하지만 부하들을 대할 때는 반대로 불 같은 성질을 다 버리고 마치 아버지나 큰형님처럼 자상하고, 사심이 없었다.

병순은 술을 다 마신 다음, 광수의 빈 잔에 술을 가득 따랐다. 그러자 이번에는 옆에 앉아 있던 점박이란 자가 병순에게 손수 술을 따르며 말을 걸었다.

「일본에는 얼매나 기셨소?」

「이 년입니다.」

「그라먼 어느 정도 일본말이 되겠구만이라.」

점박이 관심이 있는지 계속 물었다.

「유창하지는 몬하지만 말은 알아듣십니더.」

「존 재산이요. 앞으로 쓸데가 많이 있을 기라. 당신의 혀 하나가 저 허접 쓰레기 겉은 관군 놈들보다 낫소. 그라고 언제 시간이 나거든 일본에서의 생활을 쪼께 들려주시오. 난, 이래봐도 성격이 개방적이라 낯선 시계에 흥미가 아조 많소.」

그러며 그는 음울하게 히죽 웃었다. 점박은 살빛이 검고, 머리카락이 곱슬머리였다. 그는 표정이 없고, 말을 잘 하지 않는 편이었는데, 납덩이처럼 무거운 그의 눈은 상대방을 살피지만 곧 역겨운 경멸의 빛을 띠면서 무거운 권태 속으로 가라앉곤 했다.

그의 이름은 원래 세박으로, 턱 부근에 점이 하나 있어서 점박이라고 불리었는데, 그는 임진년에 이순신 함대에서 선상근무를 하던 중 겨울 추위와 부족한 부식에 불만을 품고 있던 동료들을 선동해 선상반란을 일으켜 직속상관을 수장시키고 지리산으로 숨어들었다. 그리고 그곳에서 유랑인들과 부랑아들을 끌어 모아 관군의 간담을 서늘케 할 정도로 세력을 떨쳤다. 그는 남원의 힘 있는 무리들과 어울려 백주 대낮에도 민가로 들어가 아녀자들을 겁탈하고, 반항하거나, 관에 밀고하는 자들을 가차 없이 칼로 벴다. 그리고 양반으로서 전에 관직에 있었던 자는 여지없이 결박하여 모두 살해했다. 진안, 장수, 운봉, 남원 일대는 그들의 횡포로 길이 모두 끊기고, 선량한 양민들은 공포에 떨어야 했던 것이다. 그는 관군이 포위하고 있는데도 여자를 곁에 두고 술을 마셨으며, 그리고도 자신들의 부하들을 매복시켜 추격하는 관군을 궤멸시킬 정도로 배포가 크고, 담대했다.

그는 자신이 수군이어서 그런지 주위에 있는 자들도 대개 이전에 관군이었거나, 군에서 문제를 일으킨 자들이 많았다. 그들은 규율이 잘 서고, 충성심과 서열이 엄격했으며 조직이 잘 돼 있어 다른 도적의 무리와는 차원이 달랐다. 또한 그들은 치부에도 신경을 써서 무슨 짓을 하고 돌아다니는지 모르지만 늘 먹을 것이 넉넉했으며, 사람들의 말에 의하면 점박은 항상 옷차림이 깔끔하고, 궁전처럼 꾸민 자신의 거처에 곱상하게 생긴 여염집 마누라까지 두고 있다는 소문이 자자했다. 그는 회문산으로 들어와 가장 안쪽 깊고, 으슥한 곳에 자신의 거처를 정했다. 그의 부하들은 군인처럼 새벽에 일어나 규칙적으로 훈련을 하고, 밤에는 점호를 취할 정도로 규율이 아주 엄격했다.

한종이 망내와의 사업을 정리한 뒤, 정여립 난으로 정치적 박해를 받고 있는 사람들을 이끌고 이곳으로 온 것은 사람들의 눈에 띄지 않는 곳에서 정치적 비밀결사단체를 조직, 훈련해 정부에 맞서는 세력을 만들어보겠다는 야망이 있어서였다.

초록은 동색이라고 한종은 먼저 정부에 반감을 품고 있는 광수와 점박을 설득해 자기편으로 끌어들였다. 그리고 광수에게는 각 지역에 흩어져 있는 호남의 노비들을 비밀리에 조직해 세력화 하는 한편, 점박에게는 군사 훈련과 무기 준비를 맡겼던 것이다.

화창한 하늘에는 안개처럼 구름이 엷게 끼어 있고, 그 사이로 따뜻한 봄 햇살이 막 꽃이 피기 시작하고 있는 산언덕과 산비탈을 따라 초록의 이파리를 펼치고 서 있는 나무들과 그 사이로 드러나 있는 바윗덩어리들을 노랗게 물들이고 있었다.

「나가 원하는 것은 오로지 대동 시상이오! 대동! 모도가 평등하다, 똑같다 이거지라. 나가 주장하는 건. 자, 이번엔 대동을 위해 모도 건배합시다!」

광수가 다시 기고만장한 목소리로 병순에게 건배를 제안하며 소리쳤다. 사람들은 여자와 남자, 애 어른 할 것 없이 햇빛이 비치는 맨땅 위에 끼리끼리 모여 앉아 오랜만에 술과 고기를 뜯어먹으며 한껏 들떠 있었다.

그들은 이 근처에 사는 사람들뿐만 아니라 멀리 임실, 장수, 남원, 순창, 정읍 등 사방 오륙십 리 떨어진 곳에서 온 사람들도 있었다.

「온갖 허접 쓰레기들이 다 몰리와 난장판을 치네.」

사람들이 술을 먹고 서로 치고받고 싸움하는 광경을 물끄러미 지켜보고 있던 점박이 혼잣소리로 못마땅한 듯 중얼거렸다.

「저런 인간들보다는 차라리 일본 놈들이 갖고 있는 조총 몇 자루가 더 가치가 있제. 안 그렇소? 도령.」

「대동! 대동!」

갑자기 누군가가 대동을 선창하자, 전염병처럼 그 단어가 사람들의 입에서 입으로 번져나갔다. 이어 열렬한 박수 소리와 함께 한종이 사람들 앞으로 걸어 나와 인사를 했다.

「여러분! 반갑소.」

한종이 연설조의 목소리로 입을 열었다.

「이토록 화창하고 따시한 봄날, 허지만 안직도 이 땅은 적의 칼 아래 짓밟혀 신음허고, 백성들은 사랑하는 가족과 집을 뺏긴 채 모도 갈 곳을 잃고 거리를 헤매고 있습니다! 대체, 조선이 워쩌다 이꼴이 된 것입니까?」

「양반들이 죄다 말아먹었지라.」

누군가가 던진 야유에 사람들이 웃음을 터뜨렸다.

「맞십니다.」

한종이 다시 말을 이었다.

「국가란 워떤 조직이나, 한 집단이 독점하는 전유물이 아니라 모든 백성들의 공유물입니다. 그라고 우리가 시방 딛고 서 있는 이 땅도 우리가 쪼깨 갖고 있다가 후손들에게 물려줘야 할 자연의 일부에 불과합니다. 그란디 양반들이 그토록 침이 마르도록 자랑하던 조선은 지금 워디로 갔십니까? 그라고 그토록 미친 것모냥으로 백성들을 몰아대믄서 길러내고 가르쳤던 삼강의 윤리는 워디로 다 사라져뿌린 것입니까?」

「산산히 뿌서져 새처럼 날아갔지러.」

재치 있게 새파란 젊은이가 끼어들어 한마디 했다.

「그렇당께라. 조선은 이자 역사 너머로 완전히 사라져삐렸십니다. 그란데도 양반들은 여전히 저그들이 저지른 죄와 잘못을 참회허지 않고 일본의 원흉 히데요시에게 모든 화살을 돌려 자기들의 죄를 씻으려고만 허고 있십니다. 이것이 워찌 통탄할 일이 아니고 멋이겠십니까!」

그 말에 사람들이 박수를 치며 환호했다.

「우리는 이자 조선이 사라진 폐허 위에 다시 새로운 국가를 지대로 세워야 합니다. 우리는 모도 똑겉이 축복을 받으며 이 땅에 태어났지만, 불행허게도 그 기쁨은 적들의 발아래서 피와 절망으로 변하고 말았습니다. 우리는 자신을 지키는 데 실패했고, 우리를 낳아준 자연마저 적으로부터 지켜내는 데 실패했습니다. 그란데도 양반들은 안직도 정신을 못 채리고 여전히 파당이나 지어 저그들의 이익을 지키는 데만 눈이 시뻘개져 있십니다. 누가 그들에게 조종弔鐘을 울리고, 또 분연히 일어나 역사의 이름으로 책임을 묻고, 그 대가를 요구허겄십니까?」

사람들은 한종의 연설에 환호하면서 자동적으로 대동 대동을 연호했다.

「여러분!」

한종은 한 손을 높이 들어 사람들의 함성과 흥분을 제지하면서 외쳤다.

「우리는 시방 새로운 역사를 이끌고 갈 순수하고, 위대한 분을 애타게 찾고 있십니다. 이자 그분이 막 지금 저맨치서 우리에게로 가까이 오고 기십니다. 이 땅의 어둠을 헤치고, 피로 물든 대지를 깨끗이 씻어낼 순수한 분이. 이 땅을 뒤덮고 있는 패배와 절망의 그림자를 희망과 승리의 빛으로 걷어내고, 죽음으로 가고 있는 사램들을 일으켜 세워 새로운 생명의 숨결을 불어넣어 주실 분이.」

「그기 누기요?」

사람들이 동시에 외쳐댔다.

「여러분, 몸과 마음을 끼끗이 허고 그분을 지다리십시오!」

한종은 크게 외쳤다.

「그라고 매일 매일 마음속으로 대동을 크게 외치십시오! 그라믄 그분이 아침 햇빛처럼 우리 앞에 나타나실 것입니다.」

사람들은 모두 일어나 대동을 연호하기 시작했다. 그러면 고통은 끝나고, 광명의 세상이 다가올 것처럼. 한종이 흥분한 군중을 달래며 다시 말을 이었다.

「이자 지는 일본에서 막 돌아오신 손님 한 분을 여러분들께 소개할까 합니다. 그분은 지난 2년 동안 일본에 포로로 잽혀 갔다가 도망쳐 온 분이십니다. 그분은 자신이 직접 일본에서 보고 들은 이야그를 여러분들께 그대로 솔직하게 들려줄 것입니다.」

병순은 한종에게 소개되어 사람들 앞으로 나와 공손히 인사를 했다.

「지는 지가 본 것만을 여러분께 얘기하겠십니다. 단도직입적으로 말해 우리가 여태꺼정 일본에 대해서 들은 것들은 모도 거짓뿌렁입니다.」

그는 이렇게 말문을 열었다.

「왜냐하면 그들은 야만인도 아니고, 우리보다 더 잘 살고 있기 때문입니다. 나는 그들이 이번 전쟁에 동원한 수십만이나 되는 병사들과 항구마다 가득히 쌓여 있는 군수물자들이 배에 실려 개미처럼 꼬리에 꼬리를 물고 조선으로 향하는 것을 직접 보믄서 우뜿게 야만인이 저리 조직적이고, 효율적으로 국가의 목표를 위해 일사불란하게 움직일 수 있는 것인지 물었십니다. 그것뿐만이 아닙니다. 그들은 조선이 삼강오륜이라는 족쇄에 갇혀 입으로만 도덕과 예의를 부르짖는 사이에 조선의 활을 무력화시키는 총포라는 신식 무기를 만들었고, 병사들을 보호하는 각종 무구들도 모도 실용적이고, 효과적인 것들이었십니다. 그란데도 조선의 지배자들은 스스로의 잘못을 깨닫지 몬하고 장님처럼 오직 일본을 원수로 모는 데만 혈안이 되어 있십니다. 여러분! 지금 조선은 머리는 명明에게 잽히고, 발목은 일본에 붙잽혀 옴짝달싹할 수가 없십니다. 머리를 잡아댕기면 머리가 뽑혀나가 몸통만 공허하게 남을 기고, 두 발을 잡아댕기면 머리만 남아 평생 이것저것 생각만 하다가 인생을 종치고 말 것입니다. 벌씨 몇 년째 일본군은 남해안을 점령한 채 버티고 있지만, 우리는 그들을 바다로 밀어낼 엄두도 몬 내고 명의 눈치 보기에만 급급하고 있지 않십니까. 그기이 지가 일본에서 본 조선의 현실입니다! 우리는 과연 우뜿게 해야 우리 자신의 머리와 발을 우리의 의지대로 온전히 자유롭게 쓸 수 있겠십니까? 지는 양반이었지만 일본에 있을 때 그 권리를 다 버렸십니다. 지는 이자부터 여러분과 함께 평범한 백성으로 남아 여러분을 위해 살아갈 생각입니다.」

연설이 끝나자, 병순을 격려하는 박수 소리가 한참 이어졌다. 곧이어, 광수가 후리후리한 몸을 좌우로 건들거리며 나타났다.

「자자, 입이 가려워 근질거리는 사람 없당가? 혼자만 속에 처넣고 끙끙 대지 말고 이럴 때 나와서 확 씨언허게 풀어놓아 보랑께.」

그는 사람들을 둘러보며 말했다.

「가심에 쌓인 원한이 있거나 억한 일이 있는 사람은 누기도 좋으니 나와서 한마디씩 혀보랑께. 그라믄 속이 씨언할 테니. 워디, 입이 근질거리는 사람 없소?」

광수는 눈을 가늘게 뜬 채 사람들을 휘 둘러보다가 희망자가 나타나지 않자 침을 땅바닥에 뱉고는 말했다.

「없는감? 제기럴 쑥스러워허기는 기집년처럼. 허던 짓거리도 멍석을 깔아 놓으면 안 헌다고. 그라믄 씨름이나 빽쩍지근허게 한판 해불까.」

그때, 중간 열에서 한 사내가 목발에 의지해 다리를 절뚝거리며 걸어 나오며 외쳤다.

「잠깐! 씨름은 나중에 하고, 우선 내 말부터 들어보시오!」

그는 몸뚱이에 비해 기형적으로 머리통이 컸다. 언뜻 보아, 외형상으로는 제법 몸이 튼실해 보였지만, 무슨 병이라도 걸렸는지 얼굴 전체가 얼어 터진 것처럼 푸르뎅뎅하고, 겨울에 말린 시레기처럼 시푸르죽죽했으며, 한쪽 발이 짧아 엉성하게 만든 목발에 의지해 겨우 걸음을 옮기고 있었다.

「나는 이 년 동안 원균 함대에서 노잽이로 근무했던 사람이요.」

그는 곧 울음을 터뜨릴 듯한 기세로 자신을 소개했다.

「본시 나는 농사꾼으로 물 근처에 가본 적도 없지만시로 재수 없게 수군에 징집된 기라. 난, 이 년 동안 추부나 더부나 좁아터진 배 밑창에 앉아 줄곧 노만 저었소. 조선을 위해서 말이요. 난, 동료들이 도망가자는 것도 뿌리치고 우직하게 손바닥이 노에 쓸려 버드나무 껍질처럼 몇 번이나 빨갛게 벗겨질 때꺼정 한 번도 쉬지 않고 노를 저었소. 일본군이 총을 비오듯 쏘고 공격 명령이 떨어져 날씬한 일본 배들 새로 배를 돌격시킬 때도 나는 줄곧 노를 놓지 않았단 말이오. 배가 우레 소리를 내질르며 쿵하고 적의 배와 정면으로 부닥쳐 그 충격으로 온몸의 내장이 다 떨어질 것처럼 흔들려도 난 꿈쩍도 하지 않고 배를 사수했다 이깁니다. 거짓뿌렁이 아니오! 위에서는 일본군이 쏘아대는 총알이 콩 볶듯 불을 뿜고, 육박전이 벌어지는지 벵사들이 다급히 몰아쉬는 숨찬 소리가 들려오는 극한 상황이 전개되고 있는데 말입니다. 그라고 생사의 기로에 선 사람들이 배 밑창에서 마지막 힘을 쥐어짤 때 내는 음울한 신음 소리와 칼들이 어지럽게 뒤엉키며 쟁강대는 소리가 들려오는 아비규환 속에서도 우리는 "좌현! 우현!"의 명령에 따라 착오 없이 배의 선수를 돌렸다 이 말이오. 수군은 일 년의 반 이상을 차가운 바다 위에서 살아야 하는 고된 군역이요. 여름에는 그라도 괘안치만, 겨울에는 싸나운 겨울바람에 동상에 걸리지 않는 사람이 없소. 그래서 많은 벵사들이 춥고 배고픔을 참지 몬해 지도 모르게 도망하고 싶은 유혹에 빠지는 것이오. 고된 선상생활에 양식은 늘 택도 없이 부족하고, 몸을 가릴 옷이 없어 비라도 오는 날이면 거적을 겹겹이 뒤집어쓰고 동료들의 바싹 마른 몸뚱이를 꼭 끌어안고 한참을 있어야 겨우 잠을 이룰 수가 있었단 말이오. 그란데도 정신나가 뿌린 지휘관이라는 작자들은 배 위로 술과 음석을 들여와 기상들과 노는 데 정신이 없었던 것입니다. 물론, 저그들 집이 부자라 집에서 가져다 묵는 기를 머라 카겠십니까마는 그라도 벵사들도 사램인데 우찌 기집 생각이 안 나고, 묵고 놀고 싶지가 않겠십니까? 그날도 배 위에서는 여느 날처럼 초저녁부터 시작된 술판이 밤늦게꺼정 계속되고 있었십니다. 다른 배의 지휘관들이 모다 우리 배로 놀러와 배안은 마치 잔칫집처럼 음석 냄새와 기상들의 지분 냄새, 그라고 기상들의 간드러진 웃음소리가 밤바다에 질펀했다 이깁니다. 밤에 배 밑바닥에서 자고 있는데, 근무중이던 동료 한 놈이 지를 깨우더군요. 강쇠라는 놈이었는데, 금마는 마누라를 집에 두고 와 기집에 아조 환장을 하고 있었지요. 금마는 배 위에서 들려오는 기상들의 간드러진 목소리와 남녀가 들러붙어 지분거리는 소리에 잠이 오지 않았던 모양입니더. 무신 일이냐고 물었더니, 녀석이 씩 웃으며 앞으로 재미난 일이 벌어질 테니어서 일어나 노를 잡으라고 하더만요. 그날은 달빛도 억시로 밝은 멋진 밤이었십니다. 정말 술맛 나는 그란 날이었지요. 하하! 일어나 보니, 벌씨 동료들은 다 일어나 있었십니다. 배 위에서는 여전히 난리가 난 것처럼 왁자지껄했지요. 술과 기집이 있으니 땅이 거꾸로 도는지, 바로 도는지도 몰르는 판이었지요. 우리는 강쇠의 지시에 따라 노를 저어 나갔십니다. 강쇠는 지휘관들을 쪼매 놀려주는 것뿐이라며 지를 계속 안심시키더군요. 배는 달빛으로 곱다시 물든 밤바다 위를 그림자처럼 소리 없이 미끄러져 나갔십니다. 목적지는 거기서 얼매 떨어져 있지 않은 무인도였지요. 우리는 가능한 노 소리를 죽인 채 고양이처럼 살금살금 바다 위를 미끄러져 갔십니다. 그동안 배 위에서는 모다 옷이라도 벗고 노는지 아조 노골적이고, 자지러지는 기상들의 목소리가 한층 더 기승을 부리고 있었지요. 잠시 후, 배가 목적지에 가까워지자 강쇠는 분주해지기 시작했십니다. 그는 칼을 차고 계획한 대로 동료들과 함께 배 위로 올라갔십니다. 우리는 눈을 감아도 그 섬을 찾을 수 있었기 땜에 곧 닻을 내렸십니다. 그라자 곧 갑판 위에서 발자국 소리가 어지럽게 들리면서 안에서 놀고 있던 지휘관들과 기상들이 모다 벌거벗은 몸으로 끌려나오더군요. 강쇠와 동료들은 칼끝을 가심에 딜이대며 지휘관들을 배 밖으로 밀어냈십니다. 세 명의 지휘관이 추분가을 밤바람에 몸을 덜덜 떨면서 오도카이 바닷가에 서 있는 모냥이 가관이었지요. 곧이어 출발 명령이 내렸십니다. 지는 다시 지 자리로 돌아가 노를 잡았십니다. 하지만 이번 목적지는 함대가 있는 곳이 아니었십니다. 배가 술 취한 것처럼 밤바다를 정처 없이 방황하는 동안 배 위에서는 기상들과 벵사들이 교대로 재미를 보느라 억시로 바빴지요. 물론, 지도 차례가 돌아와 기집들과 오랜만에 재미를 봤소. 안하믄 바보 아이가, 안 그렇소? 그맨치 죽도록 고상을 했는데 말이오, 히히. 그라고 이튿날 여명에 우리는 배를 으슥한 육지에 대고 각자 고향 앞으로, 아니 각자 원하는 곳으로 모래알처럼 뿔뿔이 흩어져 삐렀던 것입니다.」

그는 잠시 말을 멈추었다가 서글프게 말을 맺었다.

「하지만 막상 고향으로 돌아왔지만 가족들은 집을 버려둔 채 오데로 다 가부렸고, 내 몸은 만신창이가 되어 있었소. 내 얼굴을 한번 자사히 보시오! 한때는 기집들이 줄줄 따라댕기던 매끈하고 잘 생긴 얼굴이 동상으로 걸레조각이 되고 말았소. 코와 뺨, 귓바퀴가 날이 풀리면 근질거리고 가려워 살 수가 없소. 하지만 발에 걸렸던 동상은 끝내 썩어 문드러져삐려 칼로 잘라내지 않으믄 안 되었소. 그기를 고쳐준 사람이 바로 저그 기시는 이화 아가씨요. 고맙십니더, 아가씨!」

그는 말을 멈추고 이화가 서 있는 쪽을 향해 큰절을 하고 다시 말을 이었다.

「우리는 모도 한때는 훌륭한 벵사들이었소. 하지만 이자는 벵신이 되어 쓸모없는 인간이 되고 말았다오. 이기이 모도 누기 잘못이라고 생각합니까?」

사내는 말을 다 마치고도 떠날 생각을 않고 그 자리에 말뚝처럼 우뚝 서 있었다. 그의 뺨 위로 흐르는 눈물이 햇빛을 받아 반짝이고 있었다.

「난, 조선을 위해 모든 기를 다 바쳤소.」

그가 마지막으로 말했다.

「잘 했다!」

「걱정 마라! 이가 없으면 잇몸으로 사는 기다!」

「대동 시상이 오면 니를 수군통제사로 시켜줄랑께 쪼깨 참으랑께.」

동몽상련인지 모두 그 사내에게 동정적인 말을 한마디씩 던졌다. 곧이어, 풀밭에서 마을대항으로 씨름판이 벌어졌다. 각 마을의 대표들이 한 명씩 나와 붙어서 맨 나중에 남는 자가 우승자가 되는 경기였다. 해가 뉘 엿뉘엿할 무렵, 씨름경기가 끝나자 사람들은 이별의 술잔을 나눈 다음, 다음 만남을 기약하고 각자 집으로 돌아갔다.

이튿날, 저녁 무렵 병순이 거처 밖으로 나와 생각에 잠겨 나무 사이를 거닐고 있는데 동굴 안에서 광수가 그를 불렀다.

「잠깐 이것 좀 보시요.」

그가 들어서니, 한종이 병순에게 흰 종이를 한 장 건네며 말을 걸었다.

「이기이 멉니까?」

「우리가 처치헐 양반들의 명단을 뽑아놓은 것이요.」

한종이 설명했다.

「먼 이야길 그리 어렵게 하소? 기냥 살생부라고 간단히 허면 되는 걸 갖 꼬.」

옆에서 광수가 끼어들었다. 종이 위에는 어떤 기준으로 작성한 것인지는 모르지만 각 지역별로 사람들의 이름이 붓글씨로 또박또박 적혀 있었다.

「그놈들은 모다 마을 유지나, 전직 관리들로 백성들의 고혈을 빨아묵거 나, 부당허게 백성들을 학대한 파렴치한 자들이요.」

광수가 다시 나서서 설명을 했다.

「새로운 시상을 위해서는 질 먼저 정리해야 할 놈들이랑께. 긍께 그중에 서 맴에 드는 사람이 있으면 한 명만 딱 찍으씨오.」

「지더러 피를 묻히란 말이오?」

병순이 웃으며 물었다.

「지금은 피보다 쌀이 더 절실하당께. 묵어야 싸우지 않겠소?」

한종이 재빨리 대답했다. 병순은 묵묵히 앉아 있었다. 그것을 보고 광 수가 성질을 참지 못하고 소리를 질렀다.

「도령은 바로 어제 백성들 속으로 들어가 함께 살겠다고 사램들 앞에서 약속했잖소. 그라니 도령도 이자는 우리들에게 행동으로 직접 먼가를 보여줘야 한다 이 말이오, 나 말은. 톡 까놓고 야그해서 이자꺼정 이곳에서 한 달이 넘도록 아무것도 허는 일 없이 곳간만 축내고 있다는 건 거저묵겠다는 양반들의 낡은 행태와 머시가 다르당가. 긍께 단도직입으로 말해 우리는 도령이 우리에게 말보다도 실제적으로 이득이 되는 행동을 혀주기를 바랄뿐이다 이 말이오. 아시겄소?」

「그건 자네 말이 백번 맞다.」

점박이 오랜만에 환하게 미소를 지으며 병순을 힐끗 쳐다보았다. 병순은 한종이 건네 준 종이를 불빛 아래서 죽 훑어보다가 익숙한 이름을 발견하고 손으로 그것을 가리켰다.

「골랐소?」

한종이 물었다.

「구례의 임세창이오.」

「구례의 임세창이라.」

광수가 잘 안다는 듯이 나섰다.

「구례의 좀팽이. 정권에 빌붙어서 살아가는 똥파리 겉은 놈. 하인들에게 이자 돈을 놓아 재산을 불리는 파렴치한 놈. 그 집 하인이 우리 조직원이라 그 자의 이력은 우리가 꽉 쥐고 있당께. 긍께 눈 딱 감고 들어가 자루에 담아 오기만 허면 된당게. 이번 기회에 아조 우리들에게 확실히 실력을 보여 주씨오잉. 진짜 도둑놈이 워떤 건지 나게 쪼깨 보여달란 말이요. 허허허!」

며칠 후, 병순은 동지 다섯 명을 데리고 아침 일찍 구례로 출발했다. 안에서 광수의 조직원인 불정佛丁이 하인들에게 술을 먹여 일찌감치 꿈나라로 보내고, 문을 열어주기로 사전에 약속이 돼 있었다.

병순은 금동과 함께 가본 적이 있었기 때문에 쉽게 길을 찾아갔다. 그들은 저녁 늦게 도착해 세창의 집에서 좀 떨어진 지리산 자락에서 밤이 깊기를 기다렸다. 자정이 넘어 모두가 깊은 잠에 빠져 있을 무렵, 그들은 얼굴에 검은 복면을 뒤집어쓰고 세창의 집으로 다가갔다. 마침, 그날은 구례 장날이어서 마을 전체가 낮에 마신 술에 모두 곯아떨어진 듯 고요했다.

그들은 불정이 미리 열어놓은 문을 통해 안으로 들어간 다음, 우선 하인들이 자는 방으로 들어가 모두 꼼짝 못하게 노끈으로 묶어 방 한구석에 몰아넣고 안방으로 들어갔다. 세창은 전날 저녁에 친구들과 푸짐하게 술과 저녁을 먹고 네 활개를 펼친 채 코를 골면서 자고 있었다. 그리고 그 옆에는 마누라가 등을 돌린 채 이불을 덮고 자고 있었다.

「저 자를 깨워 열쇠를 찾아라!」

병순이 부하들에게 명령했다. 그의 손에는 일본에서 갖고 들어온 칼이 들려 있었다. 막 잠에서 깬 세창이 손을 부들부들 떨면서 부하의 바짓가랑이를 붙잡고 애원했다.

「우리 집은 요새 가세가 기울어 뒤져봐야 쥐새끼 몇 마리밖에 없당께. 나가 진짜 부잣집을 가르쳐 디릴 텐게 그리 한번 가보시오, 지발! 여그서 오 리밖에 안 된다니께. 나가 무달라 거짓뿌렁을 하겄소. 그기이 그쪽도 나도 다 이득이 되는 일 아니겄소.」

「터진 주디로 말은 잘 허는구나.」

그와 동시에 점박의 심복인 부황이라는 자가 세창의 입을 주먹으로 한 방 먹였다. 그 바람에 세창은 누워 있는 마누라의 흐벅진 몸 위로 나가 떨어졌다. 세창은 안 되겠다 싶으면서도 어떡하든 잔머리를 굴리기에 바빴다. 그 바람에 시간만 자꾸 흘러갔다.

「열쇠를 내놓겠느냐, 아니믄 니 목을 내놓겠느냐?」

마침내, 병순이 세창의 목에 칼끝을 갖다 대며 말했다.

「셋을 실 동안에 대답을 해라.」

세창은 목으로 깊숙이 밀고 들어오는 차가운 칼날에 놀라 얼른 장롱에서 곳간 열쇠를 찾아 병순에게 건넸다. 그러나 병순은 거기서 물러나지 않고, 이번에는 막 잠을 깨어 떨고 있는 그의 마누라에게 칼을 겨누었다.

「곳간은 우리도 열 수 있다. 진짜 열쇠를 내놓아라. 안 그람 면전에서 니 마누라가 욕보는 걸 지켜봐야 할 기다. 어느 것을 택하겠느냐? 보물을 버리겠느냐, 아니믄 마누라를 버리겠느냐?」

세창은 머리를 방바닥에 짓찧으며 죽는 시늉을 했다. 그것을 부황이 뒤에서 발로 걷어차는 바람에 그는 방 저쪽으로 굴러 넘어지고 말았다. 부황은 가차 없이 이불을 벗기고 속치마 바람으로 발발 떨고 있는 마누라의 머리채를 거칠게 휘어잡았다. 그러자 여자가 놀라서 외마디 소리를 질렀다.

「여보, 지발, 지좀 살려주시요! 죽으면 그까짓 비단이며 번쩍이는 보석이 무신 소용이 있당가. 마누라가 질이랑께라!」

세창은 어떡하든 위기를 모면하려고 말도 안 되는 변명을 늘어놓고, 나중에는 자신의 정치적 배경을 과시하려고까지 했다. 그 모습이 몹시 비루하고, 역겨울 정도였다. 병순이 끝내 참지 못하고 칼등으로 그의 어깨를 무섭게 내리쳤다. 뼈가 으스러졌는지 세창은 잠시 정신을 잃고 헛소리를 질렀다.

「잠깐!」

그의 아내가 비단을 찢는 소리로 날카롭게 외쳤다.

「저그 장롱 밑을 보소! 그기이 우리 보물 창고요.」

세 명이 들어붙어 장롱을 밀어내고 보니, 정말이지 교묘하게 방구들을 폭 1미터가량 파고서 감춰놓은 뚜껑이 달려 있는 커다란 궤짝이 하나 나왔다. 서둘러 칼등으로 뚜껑을 부수고 열자, 불빛 속으로 온갖 빛깔의 비단이 구름처럼 쏟아져 나왔다. 수년 동안 그가 물불을 가리지 않고 악착같이 모아들인 전 재산이었다.

그들은 궤짝 안에 감춰놓았던 비단을 모두 꺼낸 다음, 병순의 명령에 따라 세창과 그의 아내를 결박지어 보물을 감춰두었던 구덩이에 집어넣고 장롱으로 막았다. 그리고 밖으로 나오는데 점박의 부하 중 한 놈이 비단을 어깨에 잔뜩 걸머지고서 재빨리 어둠 속으로 사라지는 것이 보였다. 병순은 곧 뒤쫓아가 칼등으로 녀석의 등짝을 후려쳐 쓰러뜨린 다음 다시 비단을 갖다 놓으라고 명령했다. 병순은 세창의 방에서 가지고 나온 비단을 모두 안마당 한가운데 수북이 쌓은 다음 그 위에 불을 던졌다. 온갖 아름다운 빛깔에 정교하게 수를 놓은 고운 비단들이 고통스러운 듯 끝을 빨갛게 말면서 순식간에 거대한 불덩어리로 변했다. 그들은 시간이 없었기 때문에 쌀 세 가마를 서로 나누어 등에 지고 서둘러 그곳을 빠져 나왔다.

이튿날, 새벽에 병순이 회문산에 먼저 도착하니 광수가 제일 먼저 그 소식을 듣고 달려 나왔다.

「도령, 진짜로 해부렀구만이라! 허허, 인자 도령은 진짜로 우리 동지가 된 것이오. 수고했소, 정 동지!」

그리고는 병순을 두 팔로 끌어안고 힘껏 잡아 흔들었다.

2

일본과의 강화협상을 위해 파견된 명의 책봉사가 부산에 있는 일본군 진영에 들어간 지도 벌써 4개월이 가까워 오고 있었지만, 강화사 일행은 여전히 부산에 있는 일본군 진영에 머물고 있었다. 그리고 고니시가 더 이상 강화사를 기다리지 못하고 심유경을 동반해 히데요시를 만나러 현해탄을 건넌 지도 3개월이 지났지만 그들로부터도 통 아무런 소식이 없었다. 해서, 부산에 머물고 있던 명의 정사正使 이종성은 차츰 불안과 초조감에 휩싸이기 시작했다.

일본측은 처음부터 의도적으로 정사와 부사의 거처를 별도로 분리해 심리적으로 종성을 완전히 고립시켜 놓고 있었다. 해서, 외교교섭이라고는 한번도 해 본 경험이 없이 단지 황제의 후광만 믿고 그저 무게나 잡고, 선물 꾸러미나 풀고, 히데요시가 베풀 거창한 접대와 화려한 의례 등에만 잔뜩 신경을 쓰고 있던 종성은 차츰 자신의 임무에 대해 불안을 느끼기 시작했다. 뿐만 아니라, 심유경은 애초부터 종성을 따돌리고 부사와 붙어 모든 일을 의논하고, 처리했기 때문에 그는 모든 외교적 행위에 있어서도 철저히 소외되어 있었다. 그는 처음부터 대일 교섭에 참가하지 않았기 때문에 그 안에 도사리고 있는 다양한 문제점들과 양측 간의 미묘한 갈등에 대해 구체적인 지식과 경험을 갖고 있지 못했다. 그리하여 그는 자신이 데리고 온 부하들과 통역, 그리고 이따금 일본측 인사들이 지나가며 던지는 말 한마디 한마디에 따라 갈대처럼 휘둘리는 형편이었다.

그는 명 황제를 대신해서 히데요시를 일본의 왕으로 임명하고, 영주들에게는 선물을 주어 조선에서의 평화회복을 치하하고, 철부지 자식 같은 그들의 등을 두드리고 위로하는 것이 자신의 임무라고 생각하고 알고 있었다. 하지만 그것은 희망사항일 뿐 현지에 직접 와서 상황을 종합해 보니, 히데요시는 명 황제의 임명과는 상관없이 일본의 왕이었고, 가끔 만나는 일본측 인사들이 자신을 노골적으로 무시하고 냉담하게 대하는 것을 보면 명의 책봉사라는 그 멋지고 화려한 직책이 발로 짓밟혀 뭉개지고 있다는 것을 부정할 수가 없었다.

그는 고니시 대신 부산의 일본군 진영을 책임지고 있는 그의 사위 소우宗義智를 만나 허심탄회하게 교섭이 어떻게 진행되고 있고, 심유경은 지금 어디서 무엇을 하고 있는지 궁금한 점들을 알아보고 싶었지만, 뭐가 그리

바쁜지 얼굴도 볼 수가 없었다. 게다가 한양에 머물고 있을 때는 끼니마다 온갖 진수성찬에 술과 계집이 떨어지지 않았는데 이곳에서는 음식도 영 시원치 않고, 사방을 둘러봐야 온통 높은 담장과 잡아먹을 듯이 눈을 부라린 채 자신을 감시하고 있는 일본 병사들뿐이니 뭘 먹어도 속이 더부룩하고 소화도 잘 되지 않았다.

그는 고립과 정보의 부재 속에서 점점 더 혼돈 속으로 빠져 들어갔다. 정확한 정보가 없으니 올바른 판단을 할 수도 없고, 누가 와서 뭐라고 한마디 던져도 그것이 진실인지, 거짓인지 분별할 수가 없었다. 게다가 부하들이나, 통역 그리고 북경에서 온 사자들이 갖고 온 서신들은 한결같이 협상이 지연되고 있는 것에 대해 자신에게 책임이 있는 것처럼 우려와 불만을 드러내고 있었기 때문에 그는 적과 아군 양측으로부터 심리적인 압박을 받고 있는 셈이었다.

3월도 저물어가는 어느 날, 종성은 무료하게 숙소에 누워 조잡하게 짠 창문 너머로 비치는 봄볕을 무심히 바라보며 고향 생각에 잠겨 있었다. 그러다 무슨 생각이 났는지 심부름하는 시동을 불러 수행원 중 한 명인 사융謝隆을 불러오라고 일렀다.

「들어오게.」

종성은 그를 안으로 맞아들인 다음, 시동에게 차를 내오게 했다.

「잠시 고향 생각을 하고 있었지.」

그는 말벗을 만나 기쁜 듯 찌푸렸던 얼굴을 펴며 말을 꺼냈다.

「봄이면 우리 집 정원에는 붉은 비단을 펼쳐놓은 것처럼 온통 모란꽃이 활짝 피어 장관이었지. 하지만 그 꽃을 다시 볼 수 있을까?」

시동이 차를 내와 잠시 말이 끊어졌다. 시동은 종성이 그가 부리려고 고향에서 데려온 사내아이였다.

「아, 언제나 고향 땅을 밟을 수 있을지 모르겠구먼.」

잠시 후, 종성이 자신도 모르게 한탄조로 말했다.

「늦어도 늦봄에는 집에 돌아가겠다고 했는데. 하지만 이꼴이 뭔가? 벌써 네 달째나 콧구멍 같은 닭장에 갇혀 통 바깥세상을 못보고 있으니. 이놈들이 나를 여기에 가둬놓고 아예 말려 죽이려는 심산이야.」

「협상에 임하는 사람이 그렇게 초조해하면 안 됩니다. 그게 바로 적이 노리고 있는 전술입니다. 좀 더 마음을 누그러뜨리고 느긋하게 기다리십시오. 고진감래라는 말도 있지 않습니까?」

사용은 아랫사람답게 공손히 말했다.

「그래, 심유경이한테서는 아직도 감감 무소식인가?」

종성이 초조하게 물었다.

「예. 하지만 그는 꼭 돌아올 겁니다. 누구보다도 이제까지 산전수전을 다 겪은 늙은 구렁이니까요. 정사께서는 속이 부글부글 끓더라도 그저 꾹 참고 기다렸다가 그가 밥상을 다 차려놓고 오면 천천히 건너가셔서 맛있는 것만 골라 잡숫고 오시면 되는 겁니다. 갖고 있는 선물을 몽땅 풀어 일본 놈들에게 생색은 혼자 내시고, 그들이 베푸는 연회석에서는 만국의 임금들이 떠받드는 황제의 대리인이 되어 일장 연설이나 하나 하시고, 이놈 저놈들이 갖다 바치는 진귀한 물건들을 앞에서는 손을 젓고, 뒤로는 눈 딱 감고 챙기시기만 하면 됩니다. 단, 여자에 너무 빠지지는 마시고. 그곳 여자들은 한번 물면 영원히 놓지 않는답니다. 그러니 제발, 조심, 조심, 여자 조심!」

종성은 아무 말 없이 사용의 입을 물끄러미 쳐다보다가 한마디 했다.

「자네는 여자를 좋아하나?」

「그럼요. 왜, 오늘 한잔 사시게요? 조선 여자들도 품으면 괜찮죠. 날이 풀리면서 잡념만 생기고, 시간은 조는 것처럼 더디게 흘러가고 정말 재미없어 죽을 지경입니다.」

여자라는 말에 사용은 들떠서 목청을 높였다.

「자네 우리 집 알지?」

종성이 말했다.

「그럼요! 명나라 개국공신의 후예로 누구나 우러러보는 가문의 아드님이심을 어찌 모르겠습니까? 집은 으리으리하고, 전답은 바다처럼 넓으며 집안에 있는 하인 수만도 수천 명이 넘는 장안에서도 가장 떵떵거리는 지체 높은 집안 아닙니까? 그에 비한다면, 저는 볼품없는 가난뱅이에 불과하죠.」

「그렇게 입 아프게 띄울 필요는 없네. 왕이나 거지나 알고 보면 다 종이 한 장 차이이니까. 그건 그렇고, 사실 난 자네에게 이번 강화사 수행의 공으로 우리 집 하녀 가운데서 반반한 계집 하나를 자네에게 인도하려 하는데 괜찮겠는가?」

「좋죠. 하지만 그보다 먼저 제게 원하시는 게 뭔지 알고 싶군요. 세상에 공짜란 없는 법이니까요.」

눈치 빠른 사용이 말을 잘랐다. 그 또한 종성이 강화사절 가운데서 따돌림을 당하고 있다는 것을 잘 알고 있었다.

「난, 자네가 제1차 강화사절 사용재謝用宰의 조카라는 것을 알고 있네. 그는 강화의 주창자 송응창의 심복으로 맨 먼저 일본으로 건너가 히데요시로부터 강화를 위한 일본측의 조건을 받아 왔지. 난, 그가 그때 받아온 강화 내용을 좀 알고 싶어.」

사용의 얼굴에 긴장하는 빛이 떠올랐다. 그러나 종성은 계속 말을 이었다.

「우리는 대大 명의 체통과 위엄을 버린 채 벌써 네 달째나 이 감옥 같은 곳에서 거친 음식을 먹으며 야수 같은 일본 놈들과 섞여 고락을 함께 하고 있네. 그 인내와 참음은 우리 병사들이 저 먼 이역 땅에서 차가운 사막의 모래폭풍 속에서 눈보라와 싸우며 적의 해골을 벤 채 밤잠을 못 이루며 오랑캐들과 싸우는 것과 무엇이 다른가?」

「맞습니다.」

사용이 맞장구를 쳤다.

「외교란 보이지 않는 전쟁이지요. 칼을 혀로 바꾸고, 두둑한 배포와 임기응변으로 우리가 원하는 것을 빙 둘러서 합법적으로 얻어내는 국가 간의 전술이지요. 그래서 이번 협상이 무사히 끝나면 그 모든 공은 대인과 대인 집안의 무한한 영광으로 돌아갈 것입니다.」

「맞아. 내가 이 영광스러운 임무를 맡은 것은 오직 나라를 위한 피끓는 충성심 때문이었어. 또 솔직히 말해 난, 시 나부랭이나 쓰는 그런 나약한 인간이 아니라, 칼날이 번득이는 적의 수중으로 당당히 걸어 들어가 우리 대명 황제의 위엄을 만천하에 알리고, 피로 얼룩진 이 세상을 깨끗이 정리하고 싶었지. 그래서 말인데, 난 이번 협상이 잘 마무리되면 나를 강아지처럼 우습게 알고, 제멋대로 구는 심유경이나 부사는 제쳐 놓고 자네를 최고 수훈자로 황제께 보고할 거야. 설마, 지금까지 그렇게 고생을 했는데 빈 껍데기로 돌아가고 싶지는 않겠지?」

종성은 달콤한 유혹의 눈빛으로 사용을 지그시 바라보았다. 순간, 사용은 봄눈처럼 부드러운 표정을 지으며 꼬리를 내렸다.

「그럼, 제 목이 지금 당장 날아간다 하더라도 낱낱이 다 털어놓겠습니다. 지금 우리가 얼마나 어마어마한 거짓과 위선 위에 서 있는지를 말입니다.」

이렇게 서론을 늘어놓은 다음, 사용은 자신이 사용재로부터 들어 알고 있는 협상의 진행 과정을 종성 앞에 털어놓았다. 즉, 애당초 히데요시가 요구한 협상조건이 어떻게 협상 담당자들에 의해 변질되고, 윤색되었으며, 그들이 허위로 작성해 황제에게 바친 히데요시의 항복문서와 그리고 그

거짓을 덮기 위해 또 다른 거짓을 그 위에 덧대고, 그 거짓을 감추고, 또 정당화하기 위해 수많은 사람들이 고기그물처럼 촘촘히 연루되었음을 눈물을 흘리며 고백했다.

「에이, 쳐 죽일 놈들! 심유경 내 이놈을 그냥!」

종성은 자기도 모르게 소리를 질렀다. 그 순간, 사용이 달려들어 손으로 그의 입을 틀어막았다.

「대인, 흥분하시면 절대 안 됩니다! 만약, 그것을 발설하신다면 우리는 둘 다 이 이역만리 타향에서 쥐도 새도 모르게 죽거나, 설혹 좀 더 목숨을 연명한다 하더라도 일본으로 가는 배 위에서 몸에 무거운 돌덩이를 매단 채 깊고, 캄캄한 바다 속으로 내던져져 영원히 떠오르지 않는 고기밥이 되고 말 것입니다.」

그날 밤, 종성은 밀려드는 걱정과 두려움으로 잠을 이룰 수가 없었다. 그러다 자포자기의 심정으로 새벽녘이 되어서야 겨우 잠이 들었다.

삼국의 평화가 막 도래하려는 이 마당에 일본과의 강화를 부정하고 새로 처음부터 다시 시작하기에는 너무나 많은 세월이 흘러갔다. 그리고 그 모든 것을 거슬러 올라가 잘못을 고치고, 시시비비를 가릴 능력과 힘도 그에게는 없었다. 그러니 괜히 나서서 다 된 밥에 재를 뿌릴 필요가 뭐가 있겠는가? 그저 모든 사람들이 가는 길로 따라가면 중간은 하게 될 게 아닐까? 게다가 이미 황제께서도 재가하신 일이 아닌가? 하지만 심유경이 모든 것을 좌지우지하면서 춤추고, 노래하고, 박수치고 노는 꼴은 정말이지 눈꼴이 시어 못 볼 지경이었다. 모든 것은 다 눈감아 준다 하더라도 녀석의 방자한 행동만은 결코 용서할 수가 없었다. 설혹, 이번 협상이 잘 성사된다 하더라도 녀석과는 북경에서 또 만나게 될 것이다. 그때, 이 건을 터뜨려 녀석을 영원히 매장시키고 말리라. 이게 그가 잠못 이루고 생각해 내린 결론이었다.

종성은 늦잠을 자고 점심 무렵에야 자리에서 일어났다. 간밤의 근심이 사라진 것을 알리듯 날씨는 화창하고, 햇볕이 따가웠다. 겹겹이 둘러친 담장 너머로 훌쩍 자란 초록의 싱그러운 나뭇잎들을 보자 그의 울적했던 마음은 가벼워졌다. 마침, 하인이 들어와 장충張忠이란 자가 북경으로부터 막 도착했음을 알렸다.

「들라 하라!」

그는 기분이 좋아서 노래하듯 그를 맞이했다. 하지만 그의 예상과는 달리 어두운 소식뿐이었다. 즉, 강화를 반대하는 파들이 병력을 동원해 압록강을 건너와 조선에 여전히 웅거하고 있는 일본군을 소탕하려는 계획을 꾸미고 있고, 북경서 조선으로 출발하기 전에 종성의 집을 잠깐 들렀는데, 가족들이 그의 생사를 몰라 잠을 못 이루고 눈물을 흘리고 있다는 것이었다.

종성은 장충이 집에서 가져온 북경 음식을 오랜만에 먹으며 고향 생각에 목이 메었다. 북경에서는 여전히 강화파와 강경파가 권력투쟁을 벌이고 있는 모양이었다. 그것은 이곳 조선도 예외가 아니어서 일본과의 강화를 주장하는 측과 반대하는 강경파가 결사항전의 자세로 맞서 상대방을 비난하면서 머리가 터져라 싸움에 열을 올리고 있었다.

이튿날에는 일본 사람 셋이 그를 찾아와 일본의 최신 정보를 전해 주었다. 즉, 그들의 말에 의하면 히데요시는 포악하고, 오만한 자로서 명 황제의 봉封 따위는 받지 않을 것이며, 장차 책봉사를 인질로 삼아 명에게 대대적인 굴욕을 주리라는 것이었다. 일본은 그런 허례허식보다는 보다 실질적인 이득이 걸려 있는 무역 재개라든가 조선 할양을 요구할 것이며, 그를 이루기 위해 도쿠가와德川가 손수 대규모 병력을 이끌고 조선을 공격할 것이라는 말도 했다. 그리고 또 한 사람은 말하기를, 히데요시가 지금 병중에 있어 그 때문에 관백關白의 자리를 둘러싸고 권력투쟁이 일어나 일본이 내란에 휩싸일지도 모른다는 괜찮은 소식이었다. 하지만 또 한 사람은 도쿠가와가 병력을 동원해 조선의 남부 지방을 다시 점령한 다음에 강화사를 인질로 삼아 협상에 나설 수도 있다는 가능성을 말했다.

그들이 다녀간 뒤, 종성은 또 머리가 쪼개질 듯이 아파 저녁도 거른 채 자리에 꼼짝 않고 누워 있었다. 아무리 머리를 쥐어짜 봐도 자신이 이곳을 벗어날 수 없다는 절망감이 눈더미처럼 커가는 느낌이었다.

밖이 컴컴해졌지만, 역시 잠을 이룰 수가 없었다. 꿈인지 생시인지 심유경이 히데요시에게 살려달라고 애원하고 있었다. 그것을 히데요시가 매몰차게 거절하자 사납게 생긴 일본 병사가 다가와 그를 어디론가로 끌고 갔다. 일본 병사의 손에 들린 칼끝이 달빛을 받아 새파랗게 빛을 발하고 있었다. 그는 소리를 지르며 자리에서 벌떡 일어났다. 그리고 손을 들어 자신의 말랑말랑한 목살을 만져보았다. 핏줄이 힘차게 펄떡이고 있었다.

이튿날 아침에도 기척이 없자, 노복이 걱정스러운 얼굴로 그의 침상으로 다가와 그의 몸을 가만히 만져보았다.

「도련님, 어디가 편찮으십니까?」

노복이 걱정스럽게 물었다. 그는 종성이 어렸을 때부터 부리던 하인이라 그의 눈빛만 봐도 모든 것을 알아차렸다.

「아, 걱정거리가 계시군요. 그렇게 혼자서 끙끙거리지 말고 저에게 말씀하세요.」

노복이 마치 엄마처럼 달래자 종성은 마음이 풀어져 요 근래 일어났던 일들을 그에게 솔직히 털어놓았다. 그는 묵묵히 듣고 있다가 한참 후, 종성의 귀를 가까이 끌어당기더니 아무도 들을 수 없는 작은 목소리로 죽음이 다가오고 있는 이 낯선 적지에서 벗어날 수 있는 묘안을 들려주었다.

그의 제안에 따라, 종성은 4월 초사흘 저녁에 수중에 갖고 있는 돈을 탁탁 털어 소우宗義智를 자신의 거처로 초대해 성대한 연회를 베풀었다.

음식에 쓰이는 생선류는 모두 부산 현지에서 구입했지만, 요리는 중국식으로 만들어졌다. 아울러 연회를 흥겹게 하기 위해 조선 기생들과 악사도 돈을 주고 불러들였다. 해서, 오는 날도 가는 날도 변함없이 따분하기만 했던 병영 안은 오랜만에 구수한 음식 냄새와 여인들의 화려한 옷차림으로 모처럼 활기를 띠었다.

소우는 해질 무렵에 딱딱한 군복 대신 화려한 옥색 비단 바탕에 문양을 새긴 일상복으로 뽑아 입고, 아버지뻘 돼 보이는 히라도平戶의 영주 시게노부調信와 고니시의 친척이 되는 사내를 한 명 대동하고 모습을 드러냈다. 그는 젊고, 패기만만했을 뿐 아니라 권력면에서도 그들을 압도했기 때문에 그의 행동 하나 하나는 눈에 띄었다.

「어서 와요, 어서! 자자, 옳지.」

종성은 문 앞까지 나와 그들을 반갑게 맞이했다.

「모두들 허리띠는 풀어놓고 오셨겠죠? 중국 음식은 감질나는 일본 음식보다 훨씬 기름지고 푸짐하다오. 밤새도록 음식이 계속 나오니까요. 하하. 그러니 허리띠는 아예 풀어놓고 오시는 게 낫지요. 잃어버릴 염려도 없고. 자자, 들어갑시다.」

소우는 다소 굳은 표정으로 종성이 권하는 자리에 자리를 잡고, 그 옆으로 나머지 사람들이 앉았다. 이어 기다렸다는 듯이 밖에서 음식이 들어오기 시작했다. 음식이 다 들어오자, 주빈으로서 종성이 짧게 인사를 했다.

「내, 이곳에 온 지 4개월이 다 돼가고 있지만, 소우 님과 식사 한번 못한 것이 늘 마음 한구석에 걸렸습니다. 그동안 고니시 님은 현해탄을 건넌 뒤 아무 소식이 없고, 심유경은 생사조차 알 길이 없습니다. 그리고 사나운 가토는 우리의 계속된 철수 주장에도 불구하고 여전히 울산 성에 버티고 앉아 복수의 이빨을 갈고 있죠. 하지만 아무리 검은 먹구름이 밀려오고, 태양을 가린다 하더라도 우리가 함께 굳건히 손을 잡는 한 조선에서의 평화는 반드시 이루어지리라 저는 믿습니다. 온 세상에 빛을 비추는 우리의 위대하신 황제 폐하께서는 저에게 모든 권한을 일임하셨습니다. 저는 그 뜻을 받들어 이 한도 끝도 없이 질질 끄는 무익한 전쟁에 종지부를 찍고, 평화를 수립한 다음에 고향으로 돌아갈 것입니다. 그리고 그러한 생각은 여기 계신 소우 님께서도 마찬가지라고 확신합니다. 황제께서는 여러분의 무모한 도전을 너그러이 용서하시고 히데요시를 일본의 왕으로 흔쾌히 허락하셨습니다. 그러면 여러분도 조선과 마찬가지로 황제 폐하의 영광스러운 신하가 되는 것입니다. 그것은 굉장한 영광이요, 축복입니다. 여러분들은 작고, 고독한 섬나라의 신하들이지만 우리 중화가 갖고 있는 위대한 문명과 빼어난 문물을 함께 향유할 권리를 부여받게 될 것이며, 당당히 중화 세계의 일원으로 그에 합당한 대우를 받게 될 것입니다. 우리는 예부터 미개한 민족을 순하게 보듬은 다음, 중화의 문명 속으로 끌어들여 함께 공존해 나가는 것을 미덕으로 여겨왔습니다. 우리의 역사 속에는 무궁무진한 인류의 지혜가 담겨 있으며, 해 뜨는 동쪽에서 해가 저무는 서쪽까지 펼쳐진 대지에는 인간의 삶에 필요한 온갖 물산이 풍부하게 저장되어 있습니다. 우리는 여러분이 평화협상에 협력한다면 그 모든 것을 골고루 나누어 함께 손잡고 번영의 길을 걸어갈 것입니다.」

종성의 연설이 끝나자 모두 앞에 놓인 술잔을 들고 건배를 했다. 이어 소우의 답사가 시작되었다.

「천사天使 님의 연설은 아주 훌륭했습니다. 하지만 저는 일본 사람답게 짧고, 간단명료하게 말씀드리겠습니다.」

그는 잠시 헛기침을 한 다음 말을 이었다.

「사실 까놓고 얘기해 우리에게 일본 왕이라는 칭호 따위는 별 의미가 없습니다. 왜냐하면 우리 일본은 이제까지 혼자서도 잘 살아왔으니까요. 말이 났으니 말이지, 제 곁에 앉아 계신 히라도 영주님이 갖고 있는 영지는 규슈의 아주 보잘 것 없는 변방으로, 눈에 보이는 거라고는 망망대해와 원숭이 엉덩이만한 조그만 땅덩이뿐이지요. 그것도 농사조차 지을 수 없는 아주 형편없는 땅이죠. 하지만 영주께서는 일찍이 그곳으로 밀려드는 포르투갈 상인들과 장사를 해서 지금은 나보다 더 부자로 떵떵거리며 살고 계십니다. 그들은 우리 동양이 갖고 있지 않은 다양한 지식과 온갖 진기한 물건들을 셀 수 없이 많이 갖고 있습니다. 만약, 명이 우리 일본을 계속 무시한다면 우리는 그들과 손을 잡고 명을 칠 수도 있습니다. 그리고 이번 강화협상은 애초에 명이 먼저 제안한 것이지 우리가 먼저 제안한 것이 아님을 똑똑히 이 자리를 빌어 다시 한번 말씀드리고 싶습니다.」

「무엄하오! 어찌 감히 천사 앞에서 그런 말을 하는 게요?」

명의 수행원 한 사람이 흥분해서 소우의 말을 잘랐다.

「천사는 일국의 왕과 동격이오. 헌데, 쓰시마 영주 따위가 그것을 무시하고 불손한 말을 하다니. 이건 외교 관례고 뭐고 다 버리고 주먹으로 해결하자는 것과 무엇이 다르단 말이오?」

소우는 입을 굳게 다문 채 수행원이 하는 말을 끝까지 듣고 있었다. 얼굴은 하얗게 질려 있었고, 분을 참느라 얼굴의 근육이 파문처럼 파르르 떨리고 있었지만, 눈만은 계속해서 상대방을 칼로 찌르듯 똑바로 노려보고 있었다. 그러나 곧 좌석은 음식을 먹는 소리와 그릇이 부딪치는 소리, 기둥 밑에 자리 잡고 있던 조선 악공들이 풍악을 울리는 소리에 파묻혀 어수선하면서도 들뜬 분위기로 바뀌었다.

「자자, 마음껏 드세요. 범의 굴에 토끼가 왕이라고, 고니시 님이 자리를 비우니 소우 님이 주인이 되셨구려.」

종성은 친근한 친구나 되는 것처럼 맞은편에 앉아 있는 소우를 지그시 바라보며 말을 이었다.

「그건 그렇고 소우 님의 부인께서는 천하의 미인이라 하던데, 얼마나 아름다우시기에 그 소문이 북경까지 났습니까?」

「직접 보시면 알게 될 겁니다.」

옆에 앉아 있던 한 부하가 소우의 눈치를 살피며 거들었다.

「사실 내가 이번에 책봉사로 자원한 것은 협상보다도 소우 님의 부인을 한번 보고 싶어서였답니다. 소우 님, 내가 일본에 가면 부인을 소개해 주시겠습니까?」

소우는 종성의 짓궂은 질문에 어찌할 바를 몰라 얼굴이 붉어졌다.

「왜, 남의 부인을 보고 싶어 그렇게 안달인 거요?」

옆에 있던 시게노부가 끼어들었다.

「우리 명에서는 부인이 아름다우면 방에 가두지 않고, 사람들 앞에 내놓아 그 아름다움을 자랑하는 게 전통입니다. 여인의 아름다움은 가두면 빨리 시드는 꽃처럼 그 빛을 쉬 잃고 맙니다. 하지만 여러 사람들 사이에 놓으면 들끓는 질투심과 경쟁심으로 그 아름다움은 더욱 빛을 발하죠. 우리는 모두 함께 아름다움을 즐깁니다. 그게 뭐 죄입니까? 기쁨이죠.」

종성은 기분이 좋은 듯 껄껄 웃으며 주변의 사람들을 둘러본 후 다시 말을 이었다.

「자, 약속하시죠. 부인을 소개시켜 주면 바다를 건너가고, 안 그러면 여기서 쉬다가 그냥 북경으로 돌아가렵니다.」

「참으로 농담도 잘 하시는구려.」

소우가 잔뜩 찌푸린 표정으로 한마디 쏘아붙였다.

소우와 그의 부인 마리아와의 결혼은 히데요시의 조선 정벌을 위해 피치 못하게 엮인 정략결혼이어서 두 사람 사이에는 애초부터 살가운 애정 같은 것이 없었다. 그리고 종교적인 면에서도 장인인 고니시가 기독교 신자니까 마지못해 따른 면이 많았다. 마리아는 자주 편지를 보내 종교에 대한 열렬한 감정과 함께 여자로서의 자신의 마음을 드러냈다. 하지만 소우는 영지에 관한 일 외에는 자신의 감정을 잘 드러내지 않았다. 그렇다 하더라도 그는 종성이 정면에서 자기 부인을 화제에 올려 안주거리로 삼고 있는 것에 대해서는 참을 수 없는 굴욕을 느꼈다.

술자리는 어두워질수록 점점 더 무르익어 갔다. 따분한 병영생활 끝에 마련된 술자리라 모두들 평소보다 술을 많이 마셨다. 게다가 주장主將인 고니시는 일본에 있으니 누가 뭐라 할 사람도 없었다. 대화 중, 종성이 일본의 형편없는 음식과 손님 대접을 시비삼자, 소우는 한술 더 떠 수행원이 너무 많다며 오히려 명을 탓했다.

「명은 허세가 너무 세요. 나는 명이 쓸데없이 많은 수행원들을 끌고 다니며 여러 나라에 민폐를 끼치는 것을 이해할 수 없어요. 그렇다고 명 황제의 위엄이 더 커지는 것도 아니고. 참, 책봉이 무슨 대단한 행사라고. 그리고 빨리 현해탄을 건너갔으면 조선의 양식도 덜 축나고, 우리도 양식을 절약할 수 있었을 텐데 그냥 똥고집을 피우며 뭉개고 앉아서 하나를 해주면, 또 다른 조건을 내세우면서 버텨서 남는 게 대체 뭡니까?」

그러자 종성도 발끈해서 한마디 했다.

「내 오늘밤, 당장 사람을 조선측에 보내서 이 문제를 해결하도록 조처할 테니, 이따가 밤늦게라도 심부름꾼이 성문을 두드리면 그런 줄 알고 통과시켜 줘요. 떠나기 전에 나도 내가 먹은 밥값은 깨끗이 정산하고 갈 테니까. 더러워서.」

「아, 역시 천사께서는 통이 크십니다. 오백 명의 밥값을 모두 내주신다니 정말 십 년 묵은 체증이 확 뚫리는 기분입니다. 조선에서 나는 쌀은 정말 맛이 그만이죠. 그 기름진 쌀로 밥을 지어 천사님의 상을 차린다면 저로서도 큰 영광이 아닐 수 없습니다.」

소우는 종성의 용단을 칭찬하면서 옆에 앉아 있는 수문장에게 언제든 명의 사절들에게 성문을 활짝 열어 주라며 큰소리를 쳤다. 소우는 밤 열시가 넘어서야 초대에 대한 감사의 인사를 하고 비틀거리며 자신의 처소로 돌아갔다.

이경 무렵, 흥겨운 술자리가 파한 뒤 모두가 달콤한 꿈에 빠져 있는 깊은 시간에 종성이 거처하고 있는 방문이 열리며 그 안에서 5, 6명의 사람들이 긴장된 모습으로 밖으로 나왔다. 그리고는 서둘러 성문을 향해 걸어갔다. 정문에서 일본군 보초가 나와 그들을 제지했다. 하지만 조선측으로 양식을 구하러 가는 사절이라고 하자, 안에 있던 수문장이 내보내라는 신호를 보냈다. 그리하여 일행은 파발마를 타고 무사히 그곳을 빠져나갔다.

4월이라고는 하나, 밤공기는 서늘하고, 이슬은 차가웠다. 종성은 연회 때 입고 있었던 곱고, 화려한 비단옷 대신 하인들이 입는 허름한 옷에 등에는 누런 보따리 같은 것을 메고, 얼굴에는 검정색 보자기 같은 것을 뒤집어써서 귀신처럼 우스꽝스러운 모습이었다. 그는 만약 일본으로 건너갔다가 그곳에서 심유경처럼 감금을 당하거나, 아니면 협상결과에 불만을 품은 히데요시에게 죽임을 당하느니 그에게 줄 황제의 친필문서니, 선물꾸러미, 북경에서부터 자신을 따라온 수족과도 같은 오백여 명의 수행원들을 모두 내팽개친 채 자기만 살겠다고 몰래 성을 도망쳐 나온 것이었다.

그들은 부산에서 가장 가까운 조선측 지역인 양산梁山을 목표로 삼았다. 하지만 동이 틀 때가 다가오는 데도 예상과는 달리 계속 산이 나타나자 그들은 크게 당황했다. 먼동이 터올 무렵, 난데없이 산등성이 위로 붉은 태양이 떠오르면서 전방에 일본군이 축조한 왜성이 나타났다. 정북正北으로 가야 하는데, 북동쪽으로 길을 잘못 들어선 것이었다.

그로부터 나흘 후, 그들은 아무것도 먹지 못하고 굶주린 채 낮에는 산속에 은신해 잠을 자고, 밤이면 올빼미처럼 일어나 갖은 고생을 다한 끝에 마침내 언양彦陽 부근에 있는 역참에 모습을 나타냈다. 근무하고 있던 조선의 역원은 그들의 추레한 모습을 보고 난리에 집을 잃고 헤매는 유랑인들로 판단했다. 그들이 입고 있는 옷은 여기저기가 찢겨져 너덜거리고, 흙투성이였으며 얼굴은 세수를 못해 완전히 거지꼴이었다. 그들이 명의 강화사절임을 확인한 역원은 즉시 그들을 안으로 데려가 물을 떠다 먹이고, 죽을 쑤어 먹인 다음, 감사에게 그 사실을 보고했다.

그리하여 종성은 경주慶州에서 가마를 겨우 얻어 타고 15일에 한양에 도착했다. 하지만 성내에 머물지도 못하고 마중나온 선조로부터 관복 한 벌과 은자銀子 삼십 냥을 얻어가지고 도망치듯이 자기 나라로 줄행랑을 놓았다.

3

이종성 탈출사건이 초미의 화젯거리로 떠올라 정계를 들쑤시고 있는 어수선한 틈을 타 회문산 일대에서는 난데없이 새로운 왕조가 일어나 백성들의 고통을 없애고, 빈부와 계급 차별이 없는 세상을 세우리라는 허무맹랑한 소문이 들불처럼 번져나갔다. 그리고 왕은 정씨의 성을 가진 자가 될 것이며, 그는 이미 하늘로부터 계시를 받고 있기 때문에 이 땅에 살고 있는 사람들은 모두 그를 맞아들임으로써 고통과 압제로부터 벗어나 평화로운 세상을 맞게 될 것이라는 것이었다.

그와 함께 한 사내가 홀연히 회문산에 그 모습을 나타냈다. 그는 바로 5년의 도피생활을 끝내고 돌아온 도완道完이었다.

그의 귀환을 축하하듯 4월의 모임에는 많은 사람들이 모여들었다. 그와 함께 이제껏 평화로웠던 회문산의 공기는 광적인 흥분에 휩싸였다. 동굴마다 움막마다 흰 천에 대동大同이라고 쓴 헝겊이 매달렸으며, 사람들이 많이 모이는 느티나무에도 대동이라고 쓴 커다란 걸개가 걸려 바람에 힘차게 휘날렸다. 사람들은 그 단어를 대하면 신성심神性心과 경외감을 느끼는지 걸개 아래서 양손을 마주잡고 수도 없이 기도와 절을 되풀이 했다.

공터 한가운데에는 햇볕을 막기 위해 넓은 광목 차일을 치고, 이곳에 살고 있는 여자들이 그 안에서 음식을 준비하느라 분주했다. 그리고 남자들은 나무 그늘 아래 끼리끼리 모여 앉아 왁자지껄하게 떠들면서 새로운 세상이 온 것처럼 들떠 있었다. 차일 밖으로는 오후의 따가운 햇볕이 내리쪼이고 있었다. 비가 오랫동안 오지 않아 사람들이 걸어갈 때마다 바싹 마른 붉은 흙들이 노랗게 피어올라 초록빛으로 짙어가는 나뭇잎들 위에 떨어져 달라붙었다. 점심 무렵, 칠팔십 명의 사내들이 모여 웅성대고 있는 곳으로 광수가 건들거리며 다가오더니 모두 공터 가운데로 모이라고 외쳤다.

「자, 동지들! 일단 모다 공터로 모이씨오. 나가 오늘은 여러분들께 화끈한 귀경거리를 하나 보여줄 텅께 그걸 보고나서 모다 모여 맛나게 밥을 묵기로 헙시다, 알았지라?」

그래서 사람들은 하나 둘 자리에서 일어나 햇볕이 내리쬐는 공터로 가 자리를 잡고 앉았다. 잠시 후, 광수의 신호에 따라 산 위쪽 잡목 숲에서 한 사내가 맨 머리에 윗도리가 벗겨진 초췌한 모습으로 광수의 부하 두 사람에게 겨드랑이를 붙잡힌 채 걸어 내려왔다. 그들이 가까이 다가오자, 광수는 공터 앞에 서 있는 키 큰 느티나무를 손가락으로 가리키며 명령을 내렸다.

「그놈을 끌어다 느티나무에다가 꼼짝 못허게 묶어라!」

오십쯤 돼 보이는 사내는 키는 작지만, 살이 피둥피둥 쪘으며 배가 볼록 튀어나와 숨을 헐떡이고 있었다. 그의 두툼한 커다란 얼굴에는 탐욕의 찌꺼기가 더덕더덕 끼어 기름처럼 번질거리고, 어리벙벙한 얼굴로 두리번거리는 두 눈에는 인생을 제멋대로 산 사람에게서 볼 수 있는 뻔뻔함과 파렴치가 그대로 드러났다. 그는 비록 몸은 자유롭지 못했지만, 툭 불거진 두 눈만은 상황이 자신에게 불리한지 유리한지를 살피느라 쉴 새 없이 움직이고 있었다. 광수의 부하들은 그의 등을 느티나무에 기대게 한 다음 노끈으로 여러 번 단단히 묶었다. 어찌나 몸이 뚱뚱한지 굵은 느티나무 줄기가 그의 배로 거의 가려질 정도였다.

「여기 이 사램은 자기가 부리는 종들을 잔인하게 학대허고, 고혈을 빨아묵던 인간으로 담양에서도 악랄하기로 젤로 유명한 양반이요.」

광수가 손가락으로 사내를 가리키며 말했다.

「저, 디룩디룩허니 살찐 허연 배를 좀 보씨오! 을매나 처묵었으면 배가 넓은 회문산 겉지 않소?」

사람들은 광수의 말에 킬킬거리며 웃어댔다. 그것을 보고 사내도 그에 동참해야겠다고 판단했는지 바보처럼 히죽 히죽 따라서 웃었다. 광수는 다시 말을 이었다.

「쩌그 저 인간은 집에서 부리던 종이 일이 허도 고되 도망을 치자 하인들을 시켜 붙잡아 와서는 사흘이나 헛간에 가두고 물 한 모금 안 묵이고, 끝내는 아조 도망을 치지 못허게 불에 달군 인두로 하인의 발바닥을 지진 독한 인간이오. 그기 인간이 겉은 인간에게 헌 짓이오! 그런디도 관가에서는 저 인간을 두둔하고, 쉬쉬하기만 했소. 그것뿐이당가? 집의 숟가락 하나가 없어졌다고 종년의 머리카락을 잘르고, 사람들이 보는 앞에서 젖꺼정 불로 지지는 파렴치한 짓도 해쌌소. 그리 악독하니 종들은 저 인간만 보면 벌레처럼 설설 기면서 숨도 지대로 못쉬고 고개를 땅에 처박고 죄인처럼 살았다 이 말이오. 이기 워찌 인간이 사는 시상이오? 조선은 벱도 없는 무법천지란가! 양반은 생사여탈권뿐만 아니라, 자손대대로 부귀영화를 누리고 있소. 허지만 우리는 옛날이나 이자나 맨날 똑겉이 벌레와 겉은 생활을 계속허고 있지 않소. 허지만 이자부텀 썩어빠진 양반들을 우리 심으로 직접 정리할 것잉게 양반들의 잘못을 따질 것은 똑뿌러지게 따지고 인간은 지들이나 우리나 모다 똑같다는 것을 만천하에 알릴 것이오. 말 잘허는 양반들이라면 쩌그 저 인간이 저지른 못된 작폐를 엿가락처럼 늘여 적어도 책 몇 권은 족히 쓸 수 있겄지만 나는 무식혀서 이 정도로 하겄소.」

말을 끝내자, 그는 주먹을 불끈 쥐고 우렁찬 목소리로 구호를 선창했다.

「대동 만세! 대동 만세!」

사람들은 모두 그를 따라 구호를 연호했다.

「대동 만세!」

「만세!」

「만세!」

그 마지막 구호가 채 사라지기도 전에 군중 속에서 갑자기 한 젊은이가 대나무로 만든 죽창을 손에 들고 달려나오더니 느티나무에 묶여 있는 사내를 향해 달려들었다. 그는 눈 깜짝할 사이에 손에 들고 있던 죽창으로 사내의 배를 찔렀다. 그러자 허연 배 위로 빨간 피가 실처럼 흘러 바지 허리춤 속으로 파고 들어갔다. 그것을 기화로 평소 양반들의 행태에 불만을 품은 노비들이 달려들어 얼굴에 침을 뱉고, 뺨을 때리며 가슴 속에 쌓였던 분을 풀었다.

「저눔을 단칼에 죽여뿌리라!」

사람들이 여기저기서 외쳐대기 시작했다.

「죽이뿌리라! 죽이뿌리라!」

그 말에 고무 받은 나이든 사내가 술 냄새를 풍기며 죽창을 집어 들고 달려가더니 의기양양한 모습으로 사람들을 한번 힐끗 돌아본 다음, 여봐란 듯이 사내의 가슴을 힘껏 찔렀다. 느티나무에 묶인 양반은 공포에 질려 얼굴이 백지장처럼 하얗게 질린 채 고개를 앞으로 떨어뜨렸다. 그리고 또 한 명의 사내가 달려들어 죽창으로 그의 배를 집중적으로 찔렀다. 이제 그의 몸통은 온통 피로 범벅이 되어 있었다.

「한번에 콱 직여뿌려!」

점박이 짜증스러운 듯 소리쳤다. 군중은 서로의 얼굴을 쳐다보았다. 맨 처음 나섰던 사내는 자신이 없는 듯 손을 떨고 있었다. 그것을 물끄러미 바라보고 있던 점박이 옆에 서 있던 부하에게 눈짓을 했다. 그러자 부하 는 기다렸다는 듯 대나무 창을 집어 들고 천천히 앞으로 걸어 나갔다.

양반은 허우대가 좋고, 험상궂게 생긴 젊은이가 천천히 다가오자 드디 어 올 것이 왔다는 것을 예감한 듯 하늘을 힐끗 올려다보았다.

젊은이는 사내의 앞으로 걸어가 잠시 걸음을 멈추고 호흡을 가다듬더 니 순식간에 창끝으로 목의 동맥을 정확히 찔렀다. 노란 햇살 속으로 선 혈이 한 줄기 무지개를 그리며 힘차게 솟구치더니 포물선을 그리며 바싹 마른 땅 위로 떨어졌다. 사람들은 서로 옆에 있는 사람을 얼싸안고 대동 을 미친 듯이 연호하며 펄펄 뛰었다.

「우리가 살 수 있는 길은 우리끼리 똘똘 뭉쳐 양반들의 횡포에 맞서는 것뿐이오.」

광수가 우렁찬 목소리로 말했다.

「여러분은 벌레처럼 굽신대며 비루한 목심을 연명하겠습니까? 아니면, 분연히 일어나 단 하루라도 인간답게 떳떳이 살다가 죽겠습니까?」

「인간답게! 사람답게!」

「양반들의 머리통을 날려뿌리자!」

「피를 볼 때꺼징!」

사람들은 열렬히 박수를 치고 목이 터져라 대동을 연호했으며, 어떤 자 는 넘치는 감정을 주체하지 못해 어린애처럼 소리내어 엉엉 울기까지 했다.

「나는 오늘 첨 여기 왔는디 대동이 대체 머하는 거라우?」

꾀죄죄하게 주름이 진 중노인이 일어서더니 그새 어디 갔다 왔는지 영문을 모르겠다는 표정으로 사람들에게 큰 소리로 물었다.

「머긴 머당가. 모다 차별 없이 똑겉은 밥통으로 밥을 묵는 거제. 부자도 걸뱅이도 밥통 크기가 똑겉으니 하나도 불평할 기이 없다니께, 하면.」

「그라고 상놈도 양반도 모도 똑겉아지니께 으스대고 억압하는 인간들도 없어지고.」

사람들이 저마다 한마디씩 지껄여댔기 때문에 주위가 장터처럼 어수선해졌다.

「보소! 밥부텀 주씨오! 밥만 주믄 대동이 아니라 대동 할배도 하겠소.」

결국에는 이런 말까지 튀어나왔다. 사실 이곳에 온 사람들 중에는 양반 상놈 가릴 것 없이 모임에만 나오면 배불리 먹게 해 준다고 해서 따라온 사람들이 많았던 것이다. 주위가 어수선해지자 안 되겠다 싶었던지 광수가 허리에 칼을 찬 채 앞으로 나와 목에 핏대를 세우며 다시 일장 연설을 했다.

「큰일을 앞에 두고 지발 얼라들맨치로 울지 마씨오! 대동 시상이 오면 모다 팔자 고치는 건디 그래 고작 한두 달을 못 참고 징징대싸요?」

그는 침을 튀기며 다시 말을 이었다.

「대동 시상이 오면 양반들이 갖고 있던 땅은 모지리 우리 것이 되고, 한양에 있는 구중궁궐이며, 고래등 겉은 기와집들도 모다 우리 손으로 들어온당께. 그것뿐인 줄 아시오? 곳간에 쌓아 놓은 흰 쌀은 물론이고 그들이 지니고 있는 패물과 나긋나긋한 기집까지도 모지리 우리 품으로 들어온다 이 말이오. 워떻소, 나는 벌씨 그 생각만 혀도 부자가 되는 감시로 맴이 푸근해진당께.」

「대동! 대동! 대동!」

광수를 지지하는 열렬당원들이 분위기를 띄우기 위해 여기저기 포진해 있다가 일어나, 죽창을 흔들며 목이 터져라 환호성을 질러댔다.

「지금 당장 한양으로 갑시다!」

「갑시다! 한양으로 돌격! 앞으로!」

여기저기서 흥분한 사람들이 입을 크게 벌린 채 폭도처럼 무질서하게 아우성치기 시작했다. 그때, 한종이 군중들 앞으로 걸어나와 그들을 진정시킨 다음 조용히 입을 열었다.

「여러분! 지금 우리들을 고통과 절망의 구렁텅이에서 해방시켜 줄 분이 오고 기십니다. 그분은 태양처럼 환하고, 푸른 하늘처럼 영원한 분이십니다. 그분은 여러분의 고통과 슬픔을 누구보다 가심 아파하시며 여러분이 인간답게 살기를 간절히 바라고 기십니다. 지금 대지는 피로 물들고, 이 땅의 영혼들은 질을 잃은 채 캄캄한 어둠 속을 헤매고 있습니다. 그러나 그분은 그 칠흑 겉은 어둠을 대낮처럼 밝히며 지금 우리들을 향해 오고 기십니다.」

사람들은 한종의 말에 감동한 듯 여기저기서 소리 죽여 흐느껴 울기 시작했다. 이제껏 그들에게 이처럼 다정한 말을 던진 사람이 한 명이라도 있었던가? 더구나 인간이라는 단어는 난생 처음 들어보는 생소한 말이지 않은가?

「우리가 인간이라꼬?」

누군가가 꺽꺽 울면서 소리쳤다.

「나는 여태꺼정 종하고, 놈이라는 말밖에 들은 적이 없는디, 나보고 인간이라꼬!」

그는 얼굴 전체가 눈물로 범벅이 되어 말을 잇지 못했다. 그들은 이제껏 수백 년 동안 엄격한 신분제도 아래서 살아온 사람들이었다. 이씨李氏 조선이 이 땅에 새로운 왕조를 연 이래, 통치자들은 그들의 통치원리로 주자朱子의 성리학을 중국으로부터 들여와 백성들의 일거수일투족을 그 기준에 맞춰 통제했다. 모든 행위, 즉, 삶에서부터 죽음에 이르는 이 땅의 모든 생활, 출생과 혼인, 죽음과 장례 그리고 제사 절차 등이 이 규범에 따르지 않으면 안 되게끔 백성들의 의식을 규격화하고, 제한했다. 그리하여 지배자들이 하는 일이란 규범을 새로 만들거나, 그 해석 방법을 놓고 고민하다가 죽는 일이었다. 그러면 그의 제자들이 그 뒤를 이어 스승의 이름을 걸고 그 이론을 주장하다가 죽어갔다. 그것이 그들이 한 정치행위였다.

이제, 그 세계가 일본의 침략으로 밑바닥에서부터 구멍이 뚫리기 시작하고 있었다. 아울러 백성들의 의식을 규격화된 틀에 넣어 획일화 시키고, 옴짝달싹 못하게 생각의 자유마저 묶고 있던 통제의 끈도 그 충격으로 느슨해지면서 걷잡을 수 없는 속도로 풀리기 시작하고 있었던 것이다. 그들이 그토록 신처럼 우상시하던 그 세계는 과연 누구의 이익과 행복을 위해 존재해 온 것인가? 그리고 그들이 그토록 떠받들던 주자의 정신은 이 땅의 사람들에게 얼마나 많은 자유와 희망을 가져다 준 것일까? 이제, 사람들은 피를 흘리고 있는 대지 위에 서서 흘러간 지난날을 돌이켜보기 시작하고 있었다.

「여러분!」

한종은 조용히 있다가 한 손을 높이 들어 사람들의 함성과 흥분을 제지하면서 외쳤다.

「우리는 이자 새로운 역사를 이끌고 갈 순수하고, 위대한 분을 애타게 기다리고 있습니다. 이자 그분이 지금 우리에게로 오고 기십니다. 이 땅의 어둠을 헤치고, 피로 물든 대지를 깨끗이 씻어낼 순수한 분이. 이 땅을 뒤덮고 있는 패배와 절망의 그림자를 희망과 승리의 빛으로 걷어내고, 죽음으로 가고 있는 사람들을 일으켜 새로운 생명의 숨결을 불어넣어 주실 분이.」

「그기 누고?」

사람들이 동시에 외쳐댔다.

「대동을 시번 크게 외치십시오! 그러면 그분이 나타나실 것입니다.」

사람들이 모두 일어나 큰 소리로 대동을 외치기 시작했다. 그러자 오십여 미터쯤 떨어진 키 큰 느티나무 뒤에서 흰 두루마기를 입은 도완이 신선처럼 환한 햇빛을 받으며 사람들 앞으로 뚜벅뚜벅 걸어 나왔다. 사람들은 다시 목이 터져라 대동을 연호했다. 도완은 그 소리가 끝나기를 기다리며 사람들 앞에 꼼짝도 하지 않고 서 있었다.

「여러분, 국가는 왜 필요한 것입니까?」

주위가 잠잠해지자 그가 맑고, 낭랑한 목소리로 연설을 시작했다.

「우리는 왜, 골치아프게 그것을 만들어 스스로 종이 되려는 것입니까? 그것은 흡혈귀처럼 백성들이 흘린 피와 땀을 먹으며 커가는 공룡과 같은 괴물입니까? 아니면 연약한 우리를 보호하고, 쓰러졌을 때 우리의 손을 잡아 일으켜 주는 어머니와 같은 존재입니까? 여러분은 안전과 목숨을 담보로 국가에 얼마의 돈을 지불하겠습니까? 지금, 조선은 명목과 허울뿐인 주자의 사상으로 온 나라를 도배한 채 눈먼 장님처럼 캄캄한 어둠속을 걸어가고 있습니다. 모든 자연과 사물의 본질이 주자의 율법으로 왜곡되고, 형식화되어 양반은 물론 백성들도 그 규율과 가치를 좇지 않으면 살 수가 없도록 모두의 발에 족쇄가 채워져 있습니다. 그래서 정작 이 땅의 주인은 온 데 간 데가 없고 오직 주자의 법만이 허깨비처럼 이 땅을 활보하며 주인 노릇을 하고 있는 것입니다. 이 어둠과 무지 속에서 지배자들은 백성들에게 유교의 가치와 규율로 만든 가면을 하나씩 주어 눈을 멀게 한 다음, 탐욕과 부정을 자행했습니다. 그들은 여러분으로부터 착취한 재물을 바탕으로 자자손손 부귀영화를 누렸고, 사물의 본질과 핵심을 외면한 채 수사여구와 말 잔치로 학문을 위조하고, 날조했으며, 늘어난 것이라고는 골짜기마다 경치 좋은 곳에 기생들과 놀기 위해 세운 정자들뿐이었습니다. 그들은 오랫동안 그런 생활에 도취해 왔기 때문에 여러분의 눈에서 흐르는 눈물과 고통을 볼 수가 없습니다. 여러분은 그들을 먹여 살리기 위해 혼신의 힘을 다했지만 생산량의 증가보다도 착취양이 더 많았기 때문에 생산량을 늘리기 위해 아무리 머리를 쥐어짜고, 밤잠을 안 자며 몸이 부서져라 일을 해도 그 요구량을 감당할 수가 없었습니다. 여러분은 짐승처럼 논과 밭에서 일만 했습니다. 하지만 아무리해도 생산량은 빼앗기는 것 이상으로 증가하지 않았습니다. 사람들은 제대로 먹지도 못하고 일만 해야 했기 때문에 하나 둘, 기아와 질병으로 죽어갔습니다. 그래도 양반들의 글 읽는 소리와 풍악 소리는 더욱더 높아만 갔습니다. 술독은 더 늘어만 갔고, 기생들의 노랫소리는 새소리와 다투며 하늘을 찔렀습니다. 그때, 그 풍악 소리를 뚫고 일본군이 쏘는 총소리가 들려왔던 것입니다!」

사람들은 숙연한 모습으로 도완의 연설에 심취해 있었다. 이제껏 그런 소리를 그들에게 한 사람이 한 명도 없었기 때문이었다.

도완은 잠시 숨을 골랐다가 다시 말을 이었다.

「그들은 모두 도망치기에 급급했습니다. 그들은 그에 맞서 싸울 기강도 없었고, 싸울 무기도 전혀 갖추고 있지 않았습니다. 위급할 때 사용하기 위해 비축해 놓아야 할 군량은 양반들의 뱃속으로 들어가 텅 텅 비었고, 칼과 창들은 너무나 오랫동안 방치해 두어 녹이 슬고, 변형되어 파리 한 마리도 찔러죽일 수 없을 정도로 쓸모가 없었습니다. 그들은 일본군과 싸우기 위해 백성들을 소집했습니다. 하지만 백성들은 아무도 호응해 오지 않았습니다. 조선은 양반들의 나라이지 백성들의 나라가 아니었기 때문입니다. 여러분! 백성이 없는 나라는 조선밖에 없습니다. 그렇다면 그 나라의 미래는 불 보듯 빤한 것이 아닙니까!」

다시 박수와 환호성이 터져 나와 연설을 삼켜버렸다. 도저히 연설을 계속할 수가 없을 정도였다. 감정이 예민한 이는 눈물을 흘리고 있었고, 정의감에 불타는 사람들은 터져 나오는 분노를 참느라 얼굴이 일그러져 있었다. 잠시 후, 도완은 손을 들어 군중을 안정시킨 다음, 다시 연설을 시작했다.

「그들은 애국을 외치며 백성들을 전쟁터로 몰고가려 했습니다. 하지만 지킬 것이라곤 아무것도 없는 그들에게 싸움터에 나갈 명분이 뭐가 남아 있겠습니까? 그래서 그들은 모두 산속으로 숨어버렸던 것입니다. 여러분! 애국이라는 달콤한 말에 속아서는 안 됩니다. 그 속에는 무서운 독을 품고 있는 뱀들이 득실거리고 있다는 것을 여러분은 깨달아야 합니다. 그 속에는 누군가의 더러운 탐욕이 꿈틀거리고 있고, 부당한 이득을 취하려는 사악한 인간들의 추악한 음모가 도사리고 있습니다. 그들은 위기에 처하자 스스로의 목숨을 구하기 위해 밖으로 눈을 돌렸습니다. 그게 바로 명나라인 것입니다. 명은 4만이라는 병력을 이 땅에 보냈습니다. 그들은 왜, 귀한 젊은이들을 이 땅에 보냈겠습니까? 우리가 잊지 말고 기억해야 할 것은 누군가의 도움을 받으면 반드시 후에 그 몇 배로 빚을 되갚지 않으면 안 된다는 사실입니다. 지금 조선은 명의 군사력에 의지해 마지막 숨을 몰아쉬고 있습니다. 하지만 명백한 것은 이 전쟁이 어떤 결과로 끝이 나든 이 땅에 살아남은 자들은 어떤 형태로든 명나라에게 진 빚을 계속 갚아나가지 않으면 안 된다는 사실입니다. 그들은 건건이 우리의 행동에 간섭하려 들 것이고, 우리의 권리를 부정하려 할 것이며, 우리를 자신들의 손바닥에 올려놓고 뜻대로 조정하려 할 것입니다. 그게 엄연한 역사의 현실인 것입니다. 지금, 조선은 비록 난파는 당했지만 아직 완전히 부서지지는 않아 겨우 물 위에 떠 있을 뿐입니다. 하지만 그 시간은 결코 길지 않을 것입니다. 그렇다면 여러분! 다 쓰러져 가는 배 위에 가만히 앉아 죽기를 기다리고 계시겠습니까? 아니면, 과감하게 배를 버리고 나와 힘을 합해 새로운 배를 건조하는 데 동참하시겠습니까?」

「대동! 대동!」

「만인 평등! 만인 평등!」

「우리를 고통에서 건져주시오!」

도완은 군중 속으로 들어가 일일이 사람들의 손을 잡아주었다. 그 호의에 사람들은 감격해서 허리를 땅에 닿을 듯이 수그리고 연신 눈물을 뚝뚝 흘렸다.

「선상님, 불쌍한 우리들은 이자 오데로 가야 합니꺼?」

군중은 그의 주위에 몰려들어 울부짖었다.

「전쟁은 끝도 없고, 이 땅은 한밤중맨치로 캄캄합니다. 오데를 둘러봐도 질은 보이지 않고, 절망과 고통만이 그림자처럼 자꾸 지를 따라옵니다. 선상님, 이 암흑의 질의 끝은 오데입니꺼? 지발, 우리의 앞길에 환한 빛을 비춰 주십시요! 저, 캄캄한 어둠을 이길 수 있는 따시하고, 환한 빛 말입니더!」

한 노인이 울먹이며 부르짖었다. 도완은 노인의 손을 마주 쥔 채 한동안 말없이 서 있었다. 마치 마주 쥔 손을 통해 노인의 피가 자신에게로 통하기라도 하는 것처럼.

어느새 차일 안에서는 고기를 굽고 있는지 푸르스름한 연기와 함께 구수한 고기 냄새가 퍼져 나오고, 남자들이 어디선지 연신 술동이를 들고 와 그늘 아래 내려놓고 있었다.

「오늘은 양반을 한 놈 잡았으니 실컷 술이나 마시며 그의 영혼을 위로해 주잖께.」

광수가 이미 숨이 끊어져 나무에 축 늘어져 있는 양반의 몰골을 흐뭇한 얼굴로 바라보며 말했다. 잠시 후, 사람들은 모두 서늘한 나무 그늘 아래 옹기종기 모여 앉아 마치 소풍이라도 나온 듯 즐겁게 점심을 먹기 시작했다. 배고프지 않고, 인간의 차별이 없이, 서로가 서로를 도우며 살 수 있다면 얼마나 행복할까? 그런 생각이 마약처럼 그들의 혈관 속으로 스며들어 취하게 하고 있었다.

잠시 후, 주위는 곧 술에 취해 떠들어대는 사람들의 목소리로 떠들썩해졌다. 땡볕 아래 혼자 서서 술에 취해 악을 써가며 노래를 부르는 놈, 싸움을 하는지 삿대질을 하면서 소리소리 지르는 놈, 비틀거리면서 나무에 기대 오줌을 누는 놈, 풀밭에 얼굴을 처박고 우는 놈, 씨름을 하는지 씩씩대며 흙바닥에서 뒹굴고 있는 놈, 그리고 느티나무로 걸어가 고개를 숙이고 죽어 있는 양반의 얼굴에 술을 끼얹는 놈, 별의별 종자가 뒤섞여 소란을 피우고 있었다.

「전라도는 이자 다 우리에게 넘어왔당께. 그놈들이 다 이 광수의 부하란 말이여. 그거나 알아, 이 자슥들아.」

광수가 술에 취해 혼자 주절거리며 걸어왔다. 그것을 보고 점박이 깐죽거렸다.

「또 퍼마셨구만. 무조건 쪽수만 늘린다고 만사가 아니랑께. 쓸맨한 놈들을 키워야지. 죽창 하나 쳐들지 못하는 약골들을 모아 멋에 쓴당가. 여그는 벵영이지, 경로당이 아니도라고. 허접 쓰레기 겉은 놈들만 구더기 끓듯 몰려와서는 밥만 축내니 밥값은 대체 누가 댈 거냐고. 그리 말을 해싸도 소에 경 읽기니.」

「머라 해싸나!」

광수가 흥분해서 소리쳤다. 그리고는 목에 핏대를 세우며 반박을 했다.

「겨우내 고상 고상혀서 동지들의 숫자를 늘여놨더니 인자 와서 다 필요 없다니, 그건 먼 개코 겉은 소리랑께? 그러면 자네는 그동안 한 게 머있남? 동지들을 훈련시킨다고 하고는 동굴 속에 뒤비져 기집 궁뎅이나 주물르고, 술병이나 빨고 있지 않았나? 툭 하면 이순신, 이순신 허고 쳐드는디, 이순신 함대에 있었다는 게 무신 큰 벼슬이라도 한 줄 아는감? 탈영병 주제에. 니는 감옥감이여! 상관을 두 명이나 죽였으니께.」

「봐라, 점잖은 자리서 그리 말을 함부로 허면 안 되지. 아모리 전직이 회문산 도적이라지만 가릴 건 가리면서 말을 해야 쓰지. 안 그렇당께요, 이화 아가씨?」

점박이 회죽거리며 아까부터 말없이 앉아 있는 이화에게 말을 걸었다.

「지금 멋들허고 기신 거랑께?」

이화가 언성을 높이며 두 사람의 얼굴을 노려보았다.

「두 분 다 진짜 동지가 맞는 것이요잉? 만내기만 허면 개와 고양이맹키로 으르렁대니 증말이지 챙피해서 얼굴을 못 들겄네요.」

「동지는 무신 개뿔이나. 내사 말을 안 해서 그렇지 내 아이들을 을매나 못살게 구는지 압니까? 와, 군사훈련을 시킬 때도 내 편, 니 편을 갈라 차별을 하느냐고?」

광수가 흥분해서 점박의 얼굴에 손가락질을 하며 퍼부었다.

「와, 우리 아들을 보면 잡아묵지 못해 그리 안달을 하느냐고?」

「잡아묵긴. 하도 시답지 않은 놈들만 데려오니께 그렇지. 칼날과 칼등도 몰르는 놈들을 델꼬 먼 일을 하겠느냐고? 맨날 돌대가리 아니면, 말라비틀어진 약골들만 데려오니께 그렇지.」

점박도 능글능글 웃으며 지지 않고 자기 말을 했다.

「그만들 허씨요. 증말로 부끄러워서 여기 더 앉아 있을 수가 없당께.」

못 참겠는지 이화가 두 사람 사이로 뛰어들어 말을 잘랐다.

「저 사람들이 여그 와서 멋을 배우고 갈지 생각허면 참으로 한심허네요. 내 약속허지만, 다시 또 지 앞에서 쌈을 허시면 여그 마을 사람들을 모다 불러서 두 사람을 아조 이곳에서 쫓아낼 팅께 그리 아씨오. 아시겄소?」

이화의 서슬이 시퍼런 말투에 이제껏 기세등등하던 두 사람은 슬슬 꽁무늬를 빼더니 어디론가로 사라져 버렸다.

「대동! 대동!」

뙤약볕이 내리쪼이는 공터에서는 배가 부른 사람들이 술에 취해 벌겋게 달아오른 얼굴로 대동을 외치며 삼삼오오 어깨동무를 한 채 발을 구르고 빙글빙글 원을 그리며 신나게 팽이처럼 돌고 있었다. 그러면 땅에서는 바싹 마른 누런 먼지가 구름처럼 피어올랐다.

「실컷 퍼묵어라!」

광수가 나무에 몸을 기댄 채 그 광경을 흐뭇한 얼굴로 바라보며 기세를 올렸다.

「좌우당간 정부를 접수하면 조선팔도의 곳간은 모도 우리 것이 될텐게. 그라믄 곳간을 죄다 열어 동지들에게 모도 똑겉이 공평하게 쌀 한 톨까지 세서 나눠줄 것잉께. 그라니 양껏들 퍼묵고 심들 내라!」

그러자 또 여기저기서 박수와 함께 만세 소리가 터져 나왔다.

「대동 만세! 대동 만세!」

「대동! 대동!」

「으싸! 으싸!」

이곳은 온통 대동大同의 천국이었다. 동굴 벽에도 한자로 대동大同이라고 커다랗게 쓴 걸개가 걸려 있고, 나뭇가지에도 움막에도 걸려 있었다. 그리고 모두 모이기만 하면 신앙처럼 대동이란 단어를 입에 달았다. 사람들은 이제 맨 앞에 대동이라고 쓰여 있는 기다란 걸개를 들고 있는 키 큰 사내의 뒤를 따라 손에 손에 죽창을 하나씩 들고 대동을 연호하며 공터 주위를 맴돌기 시작했다. 그 광경을 죽은 양반이 비스듬히 고개를 외로 꼰 채 바라보고 있었다.

「우리는 이자부텀 한 달에 한 명씩 피를 볼 것이요.」

병순이 키 작은 벚나무 그늘 아래 앉아 쉬고 있는데 한종이 다가와 말을 걸었다.

「피요?」

「그렇소. 정 동지가 앞으로 우리와 함께 일을 하려면 억울하게 죽어간 슬픈 영혼들의 아픔에 동참하지 않으면 안 되오. 그들은 자신들과 반대편에 서 있는 사람들의 옷깃을 스쳤다는 이유로 다 잡아다 죽였소. 긍께 그들의 원통한 죽음을 우리가 풀어주지 않는다면 반역과 혼란은 이 땅에서 영원히 되풀이 될 거란 말이요. 아시겠소?」

태양이 구름 속으로 들어갔는지 주위가 잠시 컴컴해졌다. 군중들은 여전히 어깨동무를 한 채 대동을 연호하며 주위를 미친 듯이 뛰어다니고 있었다.

「안녕하시오. 도령.」

언제 나타났는지 도완이 다가와 병순에게 말을 걸었다.

「그래, 이곳에서 지내시기가 어떠신지요?」

도완은 병순의 대답을 기다리지 않고 다시 말을 이었다.

「여기는 보다시피 얼어붙은 은둔의 땅이요. 그것이 무엇을 의미하는지 아시오?」

「겉만 쪼매 알 뿐이지 그 깊은 상처와 내막을 지가 우찌 알겠십니까?」

「공통의 역사를 갖고 있지만 함께 들어가 공존할 수 없고, 해는 떴지만 영원히 어둠 속에 있어야 하는 사람들이 사는 그런 땅을 아시오?」

도완은 병순을 쳐다보지도 않고 저 먼 곳을 응시하면서 계속 말을 이었다.

「벗어나고 싶어도 과거라는 무거운 족쇄가 두 발에 채워져 깊고, 어두운 구덩이에서 빠져나올 수 없는 사람들의 박제된 삶을 아시오? 살아 있지만 피가 통하지 않고, 온몸이 온기를 잃은 채 차갑고, 해가 비치지 않는 영원한 겨울 속에 머물러 있어야 하는 그런 사람들의 슬픈 몸뚱이를 아시오?」

병순이 그를 가까이서 본 것은 이번이 처음이었다. 그는 한눈에 세상보다는 책과 학문 속에 파묻혀 지낸 사대부처럼 보였다. 그는 다소 말라보이기는 했지만 보기 좋게 키가 훤칠하고 사대가 훌륭했으며, 손은 육체노동을 하지 않아 곱고, 아담했다. 그리고 때 묻지 않은 맑은 눈은 사물을 꿰뚫을 것처럼 냉철하면서도 사람을 끌어당기는 묘한 매력이 있었다. 그는 산 속에 있으면서도 흰 두루마기를 깔끔하게 입고 있었다. 그래서 보통 사람들과 달리 한결 순결하고, 도덕적으로 깨끗한 인간처럼 보였다.

그들이 더 이야기를 나누려는데, 이화가 빠른 걸음으로 공터를 가로질러 그쪽으로 달려오는 것이 보였다.

「여기들 기셨구먼이라.」

그녀가 숨을 헐떡이며 말했다.

「먼 일이십니까?」

병순이 물었다.

「급한 환자가 생겼당께라.」

이화는 병순의 손을 잡아끌었다.

「임실로 환자를 보러 가야 허는디, 거리가 멀어서 새벽에나 돌아오게 될 것 겉구만요. 지와 함께 동행해 주시지 않겠소?」

「알았소.」

병순은 곧 그녀의 뒤를 따라나섰다. 여기서 임실까지는 삼십 리가 넘는 길이다. 그러니 아무리 빨라도 저녁이 되어서야 도착할 수 있을 것이었다. 그들은 산을 타고 내려와 작은 나룻배를 타고 강을 건넜다. 서쪽으로 살짝 기운 태양이 온통 밝은 초록색으로 타오르고 있는 산들을 부드러운 황금빛으로 물들이고 있었다. 그리고 강물은 기우는 햇빛을 비늘처럼 반짝이며 서쪽으로부터 흘러와 남쪽 방향으로 활처럼 곡선을 그리며 흘러가고 있었다.

삼십쯤 된 초라한 몰골의 사내는 배 위에서도 부모의 병환에 대한 근심으로 두 손을 마주 잡고 비볐다가, 마른 침을 삼키며 안절부절못했다. 그는 홀아버지를 모시고 살고 있는데, 아버지께서 처음에는 입술에 종기가 나 식사를 못할 정도로 누런 고름이 흐르다가 다시 그 자리에 새살이 돋고 하기를 몇 번 반복하더니 이즈음에는 그것이 목으로 내려와 목 주위를 따라 밤알만한 멍울이 생기면서 고름이 들어차기 시작했다며 자신과 아내가 번갈아 하루 종일 피고름을 받아 내고 있는데도 도무지 끝이 없다며 아버님을 꼭 살려달라고 이화를 붙잡고 애원을 했다.

이곳은 산간지대라 어디를 둘러보아도 논은 없고, 꽉 막힌 산뿐이다. 그래서 얼마를 가도 사람을 보기가 힘들다. 이따금 산기슭 위에 다 쓰러져 가는 초가집이 몇 채 보이고, 또 한참을 가야 산비탈 위에 겨우 손바닥만한 엉덩이를 걸치고 있는 가난한 농부들의 집이 한두 채 나타났다. 이미 봄꽃은 거의 지고, 보리가 키만큼 자라 있었다.

그들은 사내가 앞서는 대로 꼬불꼬불 이어지는 깊은 산길을 장님처럼 따라갔다. 그리하여 그곳에 닿았을 때는 이미 저녁도 한참이 지난 뒤였다. 그들이 산속에 지은 다 쓰러져 가는 초가집의 방문을 열고 안으로 들어섰을 때, 그곳은 환자의 몸에서 풍기는 피고름 냄새와 몸에서 분비되는 온갖 역겨운 냄새로 숨쉬기조차 힘들 정도였다. 그 음침하고, 어두운 곳에서 애처로울 정도로 몸매가 자그마한 한 젊은 여인이 피로에 지친 새카만 얼굴로 땀을 비 오듯 흘리며 걸레 같은 헝겊으로 환자의 환부에서 흘러내리고 있는 피고름을 받아 연신 옆에 놓인 함지박 같은 곳에 쥐어짜고 있었다.

이화는 환자가 누워 있는 곳으로 다가가 등잔불을 끌어당겨 환부를 들여다보았다. 가물거리는 등잔 불빛이 죽음에 짓눌려 간신히 숨을 쉬고 있는 한 촌부의 어두운 얼굴과 살 속 깊은 곳까지 파헤쳐진 환부를 비추고 있었다. 무언가가 쉴 새 없이 구덩이를 파면서 환자의 몸을 파먹어 들어가고 있는 것 같았다. 그놈은 먼저 피부 주위를 파먹고, 몸 안쪽으로 점점 더 깊이 들어가 살을 파먹고 있었다.

이화는 침통에서 날카로운 칼을 꺼내 환부를 쨌다. 어느새 또 고였는지 팽팽해진 고름 주머니에서 싯누런 피고름이 다시 먹물처럼 밖으로 쏟아져 나왔다. 그녀는 환부 주위를 하나하나 돌아가면서 피고름을 빼냈다. 그것이 거의 한 시간 이상 계속되었다.

이윽고, 목이 타는지 그녀는 병순에게 물 한 사발을 부탁했다. 그녀의 작고, 아담한 손은 물론 옷자락도 피고름이 튀어 범벅이 되어 있었다. 하지만 땀을 비 오듯 흘리며 자신의 일에 집중하고 있는 그녀의 모습은 무척 진지하고 아름다워 보였다.

그녀는 잠시 밖으로 나와 맑은 공기를 쐬어 정신을 맑게 한 다음 다시 들어가 목둘레를 따라 포도송이처럼 매달려 있는 나머지 고름 주머니들을 쨌기 시작했다. 그리고는 작업이 모두 끝나자, 주인에게 약을 달이게 불을 피우라고 이른 다음 가져온 헝겊주머니에서 약초와 자루가 달려 있는 기구를 꺼냈다. 거기에 약초를 넣고 달일 모양이었다.

잠시 후, 그녀는 밖으로 나와 찬물로 세수를 한 다음 부엌으로 들어가 불 앞에 앉아 물을 붓고 약을 달이기 시작했다.

「인동덩굴인디 이걸 물엿하고 함께 달여서 환부에 바를 거라우.」

이화가 옆에 서 있는 병순에게 설명했다. 이제는 한밤중이라 아무것도 보이지 않았다. 다만, 하늘을 가득 채우고 있는 별빛만이 유일한 빛이었다. 어느 정도 물이 끓기 시작하자 그녀는 건더기를 꺼낸 다음 물엿을 첨부하고 다시 막대기로 저으며 끓이기 시작했다. 이윽고, 약초 물과 물엿이 엉겨 고약처럼 덩어리가 지자 그녀는 조심스럽게 막대기 끝에 묻어 있는 약을 살핀 다음에 됐다는 듯 불을 끄고 한숨을 '휴' 하고 쉬었다. 두 사람은 밖으로 나와 고약이 식기를 기다리며 잠시 헛간 같은 곳에서 휴식을 취했다.

「살아날 가망이 있십니까?」

병순이 물었다.

「글씨요. 해봐야지라. 약을 써보고 결과를 기둘려 봐야지라.」

이화가 두텁게 깔아 놓은 볏짚에 등을 기댄 채 나른한 목소리로 대답했다. 간간이 안에서 환자의 신음 소리가 그곳까지 들려왔다. 밤이 되자 산 공기는 제법 차가워졌지만, 사방이 찬 공기를 막아 주어 그리 춥지는 않았다. 이곳은 산간 마을이라 낮과 밤의 일교차가 무척 심했다.

「저 사람들을 보면 지 자신이 너무 무력해져요.」

이화가 혼잣소리로 말했다.

「알아야 할 것도 너무 많고 해야 할 것도 너무 많당께라.」

안에서 고구마 삶은 것을 서너 개 그릇에 담아 내왔다. 그것이 그들의 저녁이었다. 고구마를 한 개씩 나눠 먹고 물 한 사발을 마신 다음 멍 하니 앉아 있는데 이화의 고른 숨소리가 어두운 밤공기를 조용히 흔들었다. 너무 고단해 깜빡 잠이 든 것이었다.

「이 여자를 지켜야 한다. 이 여자를.」

병순은 꿈을 꾸는지 이화의 눈썹이 파르르 떠는 것을 보며 문득 그런 생각에 잠겼다.

4

세창이 회문산 도둑들에게 전 재산을 몽땅 털리고 나서 얼마 후 또 김제에서 양반이 살해되는 사건이 발생하자, 세창은 즉시 자신이 전면에 나서 사건의 내막을 면밀히 검토해 본 다음, 이틀에 걸쳐 유례없이 긴 장문의 격문을 써서 각 지역에 있는 유지와 유력자들에게 발송했다.

「오호, 통재라! 대 조선이 어찌 이꼴이 되고 말았는가? 나라에는 법도가 있고, 세상 만물에는 상하가 분명하거늘 그 지엄한 하늘의 뜻을 누가 감히 거스리겠는가! 우리의 임무는 위로는 임금을 받들고, 아래로는 불쌍한 백성을 돌보는 것임을 한시라도 잊은 적이 있었던가? 일본군의 더러운 발아래 이 땅이 짓밟힌 지 어언 4년, 아름다운 강산엔 풀 한 포기 남아 있지 않고 가련한 민초들은 오늘도 집을 잃고 구름처럼 세상을 떠돌고 있으니 눈에서 피눈물이 흐르는구나! 조선은 지난 수백 년간 유교의 이상理想을 이 땅 위에 실현하면서 예의와 사람의 도리를 지키며 평화롭게 살아왔소. 헌데, 지금은 어떻소? 일본군은 남해안 푸른 물에 한쪽 발을 담그고 서서 조선의 안방을 들여다보고 있고, 설상가상으로 안에서는 도적 떼들이 들끓어 조선을 뿌리째 흔들려고 발광을 하고 있소. 난, 일본 놈들보다도 우리들을 증오하고 있는 그 악의 무리들이 훨씬 더 위험하다고 생각하오. 지금 그 징조가 곳곳에서 독버섯처럼 이 땅 여기저기에 나타나기 시작하고 있소. 물론, 지금은 눈에 띄지 않지만 숫자가 많아진다면 놈들은 미구에 우리를 해치고 이 땅의 주인 행세를 안 한다고 누가 보장하겠소! 각설하고 우리 모두 각자의 정파니 족벌 따위에 얽매이지 말고 함께 힘을 합해 조선의 근간을 갉아먹는 무리들을 처단하는 데 힘을 합칩시다! 나는 그 일을 위해 내 신명을 기꺼이 다 바칠 것이오.」

그 격문이 발송되고 나서 며칠 후, 세창의 제의로 남원의 한 술집에서 곡성, 옥과, 순창, 임실, 운봉 등에서 온 각 고을 대표들이 모임을 가졌다.

「나가 쩌그 격문에도 썼지만시로 요즘 이곳 분위기가 영 심상치 않당께.」

사람들 앞에 나서기를 무엇보다도 좋아하는 세창이 의기양양해서 분위기를 휘어잡으며 말문을 열었다.

「하인 놈들이 저그들끼리 모여 뒷구멍에서 숭숭 대는 것도 그렇고, 새

왕조니, 새로운 시상이니 허면서 떠도는 소문이 지난번 정여립난 때와 비슷허다 이 말입니다. 그래서 각설하고 역도들의 근거지를 이참에 찾아내서 깡그리 불태워뿌리거나 솎아내지 않으면 우리들의 존립 자체가 위태로운 지경에 빠져뿌릴 거란 이 말입니다. 입 아프니게 잔말은 이만허고 사건이 워낙 긴박허게 돌아가기 땜시 지금 당장 이 자리에서 놈들을 일망타진 하기 위해 필요한 병력과 식량 문제 등에 대해 여러분의 고견을 듣고, 구체적인 합의를 끌어내고 싶은디 여러분의 의견은 워떻소?」

「이런 일은 관에서 나서야제 와 우리가 나서야 한당가? 가뜩이나 우리도 묵고 살기가 힘든 판에, 토벌군을 낼 여력이 워디 있단 말이요?」

옥과에서 온 대표가 툴툴 거리며 불평을 토로했다.

「맞지라우. 관에서 병력을 낸다믄 몰라도 토벌대에 보낼 사람이 워디 있당가? 지금맨치로 한창 바쁜 농사철에 사람을 빼다니 그건 어림없는 야기랑께.」

이번에는 운봉에서 온 대표가 반대표를 던졌다.

「그럼, 이대로 퍼질러 앉아 놈들에게 당하겠다 이기요?」

세창이 화가 나서 소리를 질렀다. 하지만 그의 질타에도 불구하고 사람들은 이종성 탈출사건으로 촉발된 일본과의 강화협상의 추이에 더 관심이 많은 듯 조선에서 사신을 보내야 하는지, 말아야 하는지를 놓고 말씨름을 하고 있었다.

이종성의 탈출사건 후, 조선 정부는 명이 새로 임명한 강화사가 현해탄을 건너기에 앞서 일본측의 요구조건 가운데 하나인 조선 통신사의 파견 여부로 곤란한 처지에 빠져 있었다. 그것은 히데요시가 요구하는 강화조건 가운데 하나로, 그는 일본이 포로로 잡은 조선의 두 왕자를 이미 옛날에 풀어주었는데도 조선측에서 그에 대한 인사는커녕, 감사의 말 한마디조차 없는 것을 괘씸히 여겨 그것을 강화조건에까지 집어넣은 것이었다.

「여보시요! 오늘 토론의 핵심은 우리들의 발등에 떨어진 불을 끄는 것이오.」

세창이 침을 튀기며 말했다.

「그란디 워쩌크롬 핵심에서 벗어난 야기들을 갖고 말장난만 허고 기신 거요?」

「불을 끄려고 혀도 머가 있어야 끄던가 말던가 하제?」

순창에서 온 대표가 뿌루퉁한 얼굴로 세창에게 대들었다.

「맞구만이라! 농사는 흉작이고, 하인들은 모다 염병에 걸려 죽거나, 이 때다 하고 다 도망쳐 뿌렸는디 토벌군은 워디서 구하고, 그들에게 믹일 양식은 흙 퍼다가 믹인당가?」

곡성에서 온 제법 의젓하게 생긴 그 지역 유지가 타이르듯 조용히 말했다.

「여기서 이라고 앉아 시간을 낭비할 게 아니라 부사에게로 갑시다. 가서 부사를 족쳐서라도 관에서 뽑아낼 수 있는 것을 최대한으로 지원받는 방법을 강구해 보도록 합시다.」

세창의 친구 인용이 제안을 했다. 인용仁龍은 허우대가 멀쩡하고, 미끈하게 생겼지만 속은 좀 멍청해서 세창이 늘 옆에 달고 다니는 그런 친구였다. 하지만 재산은 타고나서 어려서부터 손에 물 한방울 묻히지 않고 자란 완전 숙맥이었다. 그의 아버지는 과거에 급제한 뒤 현감의 직에 한 번 오르고는 향리에 머물며 글과 시문에만 열중했는데, 아내가 부모로부터 물려받은 땅과 노비들이 워낙 많아 생활에 걱정이 없었기 때문이었다. 그는 함평 출신 정개청의 집에 자주 드나들었지만 성격이 유하고 정치색깔이 없어서 정여립의 난에도 별 탈 없이 살아날 수가 있었다.

「옳소! 옳소!」

사람들은 인용의 제안에 찬성을 표했다. 그래서 그들은 술집을 나와 남원부사가 있는 곳으로 모두 달려갔다.

사람들이 일시에 밀어닥치자 부사는 무슨 일인가 싶어 어리벙벙한 모습이었다.

「우리는 방금 전에 요즘 시상을 시끄럽게 하고 있는 역도의 무리들을 힘을 합해 쓸어버리는 데에 완전히 합의했소.」

세창이 선두에 나서서 말했다.

「우리는 위대한 조선을 위해 몸과 맴을 바칠 각오가 돼 있소. 그란께 부사께서도 정부에서 지원할 수 있는 자원을 적극적으로 지원해 주시기를 간청합니다.」

부사는 무슨 말을 하는지 모르겠다는 듯 어리벙벙한 표정이었다. 강화 협상이 물 흐르듯 잘 진행되고 있는 이 평화로운 시국에 역도라니, 무슨 헛소리를 늘어놓고 있냐는 표정이었다. 그러나 체면을 세워 점잖게 사람들을 위로했다.

「정부는 여러분의 결정에 그저 감사할 따름이요. 물론 여러분들을 돕고 싶은 마음은 굴뚝같지만 일본 놈들은 아직도 물러나지 않고 남해안에서 호시탐탐 우리를 엿보고 있으니 섣불리 병력을 빼낼 수 없는 것이 정부의 입장이오. 물론 명군이 조선에 주둔하고 있다면 이전처럼 병력을 총 동원해 역도의 무리들을 깡그리 소탕하겠지만 아쉽게도 명은 강화를 핑계로 요동으로 전 병력을 철수시켰지 않았습니까? 그 점을 널리 이해해 주셨으면 합니다.」

「아니, 부사 자리는 머 폼으로 앉아 기신 겁니까? 자기 관할 지역에서 살인사건이 났는디 일본 놈을 핑계 대고 뒷짐만 지고 있으면 죽은 사람이 벌떡 살아난답디까? 증말로 부사 자리를 그만두고 싶으신 겁니까?」

옥과에서 온 대표가 무섭게 부사를 몰아붙였다.

「미안하오.」

부사는 다시 사과했다.

「지금 내게는 최소한의 치안유지 병력과 비상식량밖에 가진 것이 없소. 만약, 그것을 사용한다면 나는 더 이상 이 자리에 앉아 있을 수가 없소. 살인사건 하나로 호남을 무방비 상태로 놔둘 수는 없는 것 아니오? 그저 여러분과 백성들의 불타는 애국심에 의지할 뿐이오.」

「애국심! 애국심! 그저 할 말이 없으면 애국심으로 갖다막는 그 행태는 예나 지금이나 변함이 없구먼. 일본 놈이 쳐들어 왔을 때도 애국심, 역도들이 백주 대낮에 살인을 해도 그저 애국심 타령만 하고 있응께.」

운봉에서 온 대표가 푸념을 늘어놓았다.

「자자. 흥분은 고만허시고 이번에는 증말로 관민이 일치단결하여 역도들을 몰아내는 데 힘을 합칩시다.」

세창이 재빨리 나서서 사태를 수습했다.

「지금 한 달에 한 번 꼴로 양반을 상대로 한 불미스러운 사건이 발생한다는 것은 정부에 적대적인 생각을 품고 있는 세력이 계획적으로 움직이고 있다는 증표요. 즉, 벌써 눈에 보이지 않는 어두운 힘이 우리 양반들의 존립기반을 위협하고 있다는 뜻입니다. 아시겠소? 만약에 양반이 무너지면 이 나라는 워디로 가겠습니까? 법도는 땅에 떨어지고, 위가 아래가 되고, 아래가 위가 되는 말세의 시상밖에 더 되겠습니까? 못된 싹은 아예 빨랑 잘라내는 것이 현명한 벱. 만약, 그 싹을 무시하거나 시기를 놓쳐뿌리면 그 독은 야금야금 퍼져서 끝내 우리의 숨통을 조이고 말 것이요. 그란디도 여러분은 태평허게 폼만 잡고 양반 자시로 앉아 기실 겁니까? 지금은 워느 때보담도 헌신과 자기희생이 필요한 때입니다.」

사람들은 서로 눈치만 보고 있었다. 결국은 돈 문제였다.

「옳은 말이오.」

연장자인 옥과 대표가 세창을 두둔하고 나섰다.

「그래서 말인디, 내 생각엔 이렇게 중구난방으로 나설 것이 아니라 한 사람을 앞에 내세워 그를 중심으로 일을 추진해가는 것이 능률적이라 생각허는디. 여러분 생각은 워떻소? 이참에 구례의 임 부자를 토벌대장으로 뽑아 단칼에 역도들을 뿌리째 잘라뿌리는 것이?」

「옳소! 찬성이오!」

「지도 임 부자를 추천하오.」

「그라믄 만장일치요!」

이리하여 세창은 얼결에 토벌대장으로 추대되었다. 그는 평생을 두고 긁어모은 값비싼 비단과 귀중품을 다 날리고 거의 빈털터리가 되어 있었다. 하지만 뜻밖에 토벌대 대장이라는 중책을 맡게 되었으니 이제까지의 평범한 인생을 일변시킬 수 있는 절호의 기회가 찾아온 셈이었다.

그는 집으로 돌아와 뜬눈으로 하룻밤을 지새운 다음, 이튿날부터 본격적으로 일을 준비해 나갔다. 그는 먼저 지난 회문산 토벌에 참가했던 전직 관리와 군관들을 찾아가 당시의 상황을 자세히 들었다. 얘기를 들어보니, 그 산은 워낙 골이 깊고 넓어 수백 명의 병력을 풀어봤자 새발의 피라는 것을 알고는 낙담했다. 그래서 부사를 찾아가 사태의 심각성을 설명하고 떼를 써 봤지만, 그는 남원의 전략적 중요성 때문에 도적을 잡는 데 귀한 병력을 빼낼 수는 없다며 못을 박았다.

세창은 담양, 곡성, 순창, 임실, 진안, 장수 등지를 직접 다니며 그곳의 유지들을 만나 토벌작전에 대해 숙의했지만, 때마침 바쁜 농사철에다가 거듭된 흉년으로 군량을 모으는 일도 결코 쉬운 일이 아니라는 것을 깨닫고 크게 낙심했다. 그러는 사이에 시간은 자꾸 흘러만 갔다. 그렇게 아무런 소득도 없이 시간을 보내고 있는데, 어느 날 그를 위로하기 위해 친구 인용이 집으로 찾아왔다.

「어서 오게.」

그는 반갑게 인용을 방으로 맞아 들였다.

「토벌대장이 훈련을 해야지 이렇게 방에만 죽치고 있으면 워떡한당가. 일은 잘 돼가능감?」

「내 얼굴을 자세히 들여다 보랑께. 이게 잘 돼가는 얼굴인가?」

그러며 세창은 한숨을 푹 쉬었다.

「말만 대장이지 병력이 하나도 없으니 가을 들판에 홀로 서 있는 허수아비와 나가 머시 다르당가.」

「와? 누기 머라던 자네는 토벌대장이네, 하먼. 그런디 전쟁을 하기도 전에 장수가 흔들리면 그 쌈은 워떻게 되겠나? 심을 내게!」

인용이 세창을 위로했다.

「멋이 있어야 싸우던가, 붙던가 하제. 알고 보니께, 모다 불알 두 쪽만 갖고 있더라고. 괜히 분위기에 휩쓸려 승낙을 해가지고 사서 이 고상을 하다니. 나는 분위기에 너무 약한 게 탈이랑께. 그때, 일언지하에 무 잘르듯 단칼에 거절했어야 허는디. 이게 머신가?」

「여보게. 이가 없으면 잇몸으로 대신하고, 싸움은 반드시 칼로 쳐야만 이기는 건가? 우쨌든 이기기만 하면 되는 거지. 폼 나게 이기면 워떻고, 치사허게 이기면 워떤가? 다, 똑겉은 승리 아닌감?」

「여보게, 아닌 밤중에 무신 개똥철학을 내게 읊고 기신가?」

「나 말은, 생각을 바꿔 사물을 보면 절망이 희망으로 바뀌고, 슬픔도 또다른 기쁨으로 바뀔 수 있다 이 말일세. 그건 그라고 씨언한 막걸리나 한 사발 내오라 이르게. 한잔 빨아야 야기가 터질 것 겉응께.」

「알았네.」

잠시 후, 술을 마시면서 인용이 내놓은 제안은 세창이 듣기에도 귀가 솔깃해지는 기발한 제안이었다. 인용은 술과 노름을 좋아하는 건달이라 관리로부터 무뢰배에 이르기까지 신분 고하를 막론하고 아는 친구들이 많았다. 그리고 그중에는 남원을 무대로 주먹깨나 쓰는 무리들도 다수 포함되어 있었다. 그들은 평시에는 양반들이 부탁하는 불법적인 일을 해 주고 푼돈을 얻어 쓰지만, 세상이 혼탁해지면 이내 도적 떼나 강도의 무리로 돌변해 선량한 양민의 재산을 약탈하고, 마음에 들지 않으면 한때 자신들이 모시던 양반들도 없애버리는 것이 다반사였다.

인용에 의하면, 얼마 전에 남원의 무뢰배 중에 전에 점박과 친구로 가깝게 지낸 적이 있는 억근이라는 놈을 만났는데, 녀석이 술자리에서 점박과 있었던 사건 하나를 그에게 들려 주더라는 것이었다. 내용은, 전에 둘이서 공모해 함양의 부잣집을 털었는데 산채로 돌아와 물건을 확인해 보니, 중요한 물건이 몇 개 빠져 있더라는 것이었다. 해서, 성격이 급한 그는 화가 나 운반책이었던 점박의 부하를 때려죽였는데 그것을 기화로 두 사람은 원수처럼 갈라지고 말았다는 것이었다.

「그래서 억근이란 놈이 워쨌다는 건가?」

성미가 급한 세창이 술잔을 손가락으로 빙글빙글 돌리고 앉아 있는 인용을 닦달했다.

「머 좋은 생각이 떠오르지 않는감?」

「나보고 그 도둑놈을 쓰라고?」

「그렇지! 이자 머리가 좀 돌아가는군.」

인용이 무릎을 치며 말했다.

「피 한방울 묻히지 않고 놈들을 깨끗이 소탕할 수 있는 묘안이 떠오르지 않는가?」

「좋은 생각이긴 허지만 도둑놈과 손을 잡는다는 게 영 찜찜허구만.」

「이 사람아.」

인용이 훈수를 하듯 말을 이었다.

「전략은 유연하고, 융통성이 많아야 성공할 확률이 많은 벱일세. 이거 아니면 죽는다 하고 한 가지에만 매달리면 오히려 피 보기가 십상이라네. 알겠나?」

「자네도 많이 늘었구만.」

세창이 술잔을 내려놓으며 인용을 보고 흐뭇한 얼굴로 바라보았다.

「그건 그렇고 저번에 도적들에게 털린 게 전부 을매나 되는가?」

인용이 말을 돌렸다.

「귀중품을 여러 군데 분산시켜 놔서 그렇지, 안 그랬으면 완전히 거덜 날 뻔 했당께. 마누라만 아니었으면 한판 붙는 건데. 좌우당간 이제꺼정 내 돈 묵고 끝꺼정 산 놈은 한 명도 없으니 워디 한번 두고 보라고. 내 이 놈들을 이 잡듯이 잡아 요절을 내고 말 테니께. 그런디 억근이란 놈의 재정 상태는 워떤가?」

「한번 만나보게?」

그는 세창의 얼굴을 한번 보고 씩 웃으며 말을 이었다.

「행편없지러. 산지 사방 노름빚은 호박 넝쿨처럼 잔뜩 깔려 있고, 일거리가 없으니 부하들은 하나 둘 떨어져뿌리고. 게다가 엎어지면 코가 깨진다고 마누라는 아를 낳아 돈은 계속 들어가고. 그야말로 죽을 지경이랑께.」

「좋아. 한번 만나보지!」

세창이 단호하게 말했다.

「이이제이以夷制夷라는 기이 먼가를 나가 자네에게 확실히 보여주겠네.」

이틀 후, 세창은 인용의 주선으로 남원의 한 술집에서 억근을 만났다. 그는 키는 작지만 운동으로 사대가 아주 다부지게 생긴 젊은이였다. 그는 어릴 때부터 남원 일대에서 싸움꾼으로 유명해서 그가 술청에 앉아 주위를 한번 빙 둘러보며 인상을 쓰자 사람들은 주춤거리며 모두 자리를 피하고, 주모도 그의 비위를 거슬리지 않으려고 안간힘을 쓰는 것이 역력했다. 억근의 말을 들어보니, 그는 점박과 함께 회문산에서 오랫동안 지낸 적이 있어 그곳의 지형이나, 취약 지점 등에 대해 관군들보다도 더 상세히 알고 있었다. 세창은 회문산의 얘기는 쏙 빼고 그에게 몇 명의 인원을 동원할 수 있는지 물었다. 그리고 그 숫자에 따라 원하는 금액을 말하라고 했다.

「점박은 보통 눔이 아니오. 정치가들과도 줄을 대고 있을 정도로 용의주도한 놈이죠. 그리고 만약을 대비해 거처도 여러 군데로 나누어 있소.」

억근이 진지하게 말했다.

「이것은 내 목심이 달린 일이오. 그러니 워디 멀리 가서 조용히 살 수 있을 정도의 돈이 아니면 난 달겨들지 않겠소.」

「알았당께. 당신을 실망시키지 않을 테니 차질 없이 델고 있는 아들을 끌어 모은 담에 연락해 주씨요.」

그래서 다음날부터 세창은 각 지역 유지들을 설득해 그의 표현대로 수금을 하러 다니느라 동분서주했다.

5

회문산에는 정체를 알 수 없는 많은 사람들이 밤낮을 가리지 않고 도완을 찾아왔다. 그들은 오십 리는 보통이고, 때론 근 백 리 밖에서까지 찾아오는 열성적인 사람들도 있었는데 그들은 멀쑥하게 생긴 양반에서부터 허리가 구부러진 늙은 촌부까지 그야말로 천차만별이었다.

그들은 자신이 손수 농사 지은 농산물을 보따리에 싸서 들고 오는가 하면, 멀리 바닷가에 사는 사람들은 말린 생선 몇 마리를 손에 들고 오고, 어떤 사람은 꾀죄죄한 품속에서 땀 냄새가 밴 동전 몇 냥을 내놓으며 선생님께 좋은 음식을 해 드리라며 한종에게 몇 번씩 신신당부를 하고 갔다.

도완은 이곳에서 선생님이라 불리며 절대적인 존재로 군림했다. 그의 옷차림은 이곳에 거처하고 있는 박씨 부인의 손에 의해 늘 깨끗하고, 풀을 먹여 빳빳했으며, 식사도 정성껏 따로 차려졌다.

새벽이면 그는 늘 정해진 산길을 따라 산책을 하고, 맑고 차가운 계곡 물로 목욕을 했다. 그리고 아침을 먹고는 손님들을 만나거나, 자신의 거처에서 책을 읽으며 시간을 보냈다.

6월 초 어느 날 아침, 병순은 평소처럼 새벽 운동을 하기 위해 산 정상을 향해 올라갔다. 이미 초여름이라, 산에는 녹음이 짙어 몇 미터 앞도 보이지 않을 정도로 나뭇잎이 우거져 있었다. 하지만 일찍 잠이 깬 새들은 숲속 여기저기서 안개를 흩뜨리며 시끄럽게 지저귀고 있었다. 그가 정상으로 올라가는 소나무 숲을 빠져나와 산 위에 오르자, 가슴이 확 터지면서 임실 쪽으로부터 시원한 바람이 한 줄기 불어왔다. 멀리 사방으로 퍼져 달려 나가는 산줄기들이 두터운 구름 사이로 비쳐오는 신선한 아침 햇빛을 받으며 막 기지개를 켜고 있었다. 그리고 하늘은 온통 끝없이 펼쳐진 꽃분홍의 구름 바다였다. 산 정상에는 평지처럼 초록의 풀밭이 넓게 펼쳐져 있었다. 그 속에서 막 잠을 깬 노란 꽃들이 바람에 머리를 살랑살랑 흔들고 있었다.

병순은 그 풀밭 위에서 한 시간가량 무술 훈련을 하는 것이 매일 아침마다 하는 정해진 일과였다. 그는 옷을 벗어 풀밭 가운데 있는 바위 위에 올려놓은 다음, 칼 대신 봉으로 본격적인 운동을 시작했다. 맨발로 대지를 밟고 몸을 움직인다는 것은 그에게는 항상 뭐라 말할 수 없는 기쁨을 주었다. 온몸으로 이슬에 젖은 대지를 밟고 서면, 대지는 슬쩍 뒤로 물러나는 듯 부드럽게 물러났다가 다시 지그시 그의 온 육체에 저항을 해왔다. 그러면 그는 양발을 대지에 굳게 붙인 채 지그시 온몸을 누르며 대지가 자신을 끌어당기는 힘을 느꼈다.

그 힘으로 그의 봉은 조용하나, 단호히 움직였다. 조금의 힘도 흩어져서는 안 된다. 대지의 힘이 그대로 봉 끝까지 전해져야 비로소 거기서 폭발적인 에너지가 나오는 것이다. 조용히 휘두르는 그의 봉 끝에 풀들은 새색시처럼 고개를 까닥이며 한숨짓고, 빛은 잘게 부서져 신선한 아침 공기 속으로 흩날렸다.

인간의 위대함은 그 보잘 것 없는 육체와 정신의 한계에도 불구하고, 수백 배 수천 배의 힘을 내부로부터 끌어낼 수 있다는 것이다. 그 쉼 없이 뿜어져 나오는 힘의 정체는 무엇인가? 그것은 절망과 고통을 뚫고, 인간을 앞으로 끌고 나가게 하는 보이지 않는 영혼의 힘일까? 아니면 그저 단순한 물리적인 힘인가? 그의 육체는 날렵하면서도 가볍게 풀 위를 움직이고 있었다. 하지만 그의 모든 힘은 봉 끝에 있는 한 점에 모아져 있었다. 힘은 선이 아니라, 점에서 완성되고 소멸된다.

얼마나 지났을까? 동쪽 하늘로부터 비쳐오는 태양 빛이 점점 더 뜨거워지고 있었다. 그리고 주위는 온통 빛의 물결로 소용돌이치고 있었다. 그가 몸을 움직일 때마다 땀방울이 원심력에 의해 얼굴 주위로 흩날렸다. 봉을 잡은 손잡이는 땀으로 축축하고, 그의 눈은 봉 끝을 조용히 응시하고 있었다. 그때, 갑자기 그 점 위로 흰옷을 입은 한 사내가 나타났다. 병순은 봉을 거두고 그를 쳐다보았다. 도완이었다. 아침 산책을 나온 모양이었다.

「운동중이셨군요?」

도완이 웃으며 인사를 건넸다.

「야. 인자 다 끝내고 내리가려던 참이었십니더.」

잠시 후, 두 사람은 동터오는 아침 햇살을 마주한 채 바위에 걸터앉아 있었다.

「길은 끝없이 이어지지만 갈 수 없고, 환히 보이지만 다가갈 수 없는 사람들이 바로 이곳에 살고 있는 사람들의 참 모습입니다.」

도완이 입을 열었다.

「만물은 시간에 따라 다양한 모습을 바꾸며 변화하지만 이곳의 시간은 언제나 겨울이라는 차가운 계절 한복판에 멈춰 서 있습니다. 봄 햇살이 비쳐도 이곳의 추위와 얼음은 녹지 않고, 증오와 미움 속에 굳게 얼어붙어 있습니다. 그들의 감정은 죽어 있고, 피는 증오에 의해 촉발될 때에만 미친 듯이 반응합니다. 하지만 우리는 이들을 모두 끌어안고 역사 속으로 들어가야 합니다. 역사는 수많은 물줄기가 만나고, 부딪치고 뒤섞이면서 때로는 포효하고 때로는 조용히 꿈을 꾸면서 영원히 흘러가는 강물과 같은 것입니다. 그 속에는 깨끗함과 더러움, 귀함과 비루함, 치욕과 영광, 승리와 패배, 충성과 배신, 그리고 증오와 미움마저도 하나의 얼굴처럼 자신의 모든 모습을 드러내는 자유로운 공간입니다.」

「자유요?」

「그렇소. 자유란 모두가 자신의 운명을 스스로 결정할 수 있는 권리를 말합니다. 내가 볼 때, 이 세상은 자유의지의 싸움이라고 생각합니다. 예로써, 이번 전쟁은 일본이 명과 조선에 가한 하나의 커다란 역사적 충격입니다. 물론 지금 당장은 죽음과 질병이라는 외형적 공포가 우리를 지배하고 있지만, 이미 그 충격은 조선의 정신 구조에 변형을 가져오고 있습니다. 즉, 짙은 패배감과 절망감이 바로 그것입니다. 조선이 수백 년간 자랑해 오던 유교의 신분 질서는 이번 전화로 무용지물임이 증명됐습니다. 그러므로 이제 우리는 시대에 적응하지 못하고 있는 유교의 가치를 포기하고 새로운 가치를 찾아나서야 합니다. 하지만 그러기 위해서는 먼저 양반이 아니라 자유롭게 생각할 수 있는 새로운 인간들이 역사의 전면에 등장해야 합니다. 즉, 소수가 권력을 독점해 모든 지상의 권리를 전횡하는 그런 폭력적인 세상이 아니라 보다 다양하고, 균형을 갖춘 창조적인 인간들이 나와야 한다 이 말입니다. 인간의 역사란 태초부터 그 형태가 규격화되고, 정신 구조가 딱히 고정된 것이 아니라 그때 그때 그 안에 살고 있는 동시대의 인간들에 의해 파괴되기도 하고, 또 새로운 것을 찾으며 최고의 가치를 발휘할 수 있는 공동의 가치를 찾아가는 과정의 기록입니다. 그리고 그 가치는 전적으로 얼마나 많은 인간들에게 행복한 삶을 가져다 줄 수 있느냐 없느냐의 여부로 결정되고, 판단되는 것입니다.」

「선생님, 지는 마치 꿈을 꾸고 있는 기분입니다.」

병순이 감동을 받은 듯 한마디 했다.

「하지만 유감스럽게도 현실은 늘 정 반대임을 잊지 마십시오.」

도완이 병순을 돌아보며 말했다.

「강자는 끊임없이 자신을 지키기 위해 약자를 억누르고, 영원히 이 세상을 지배하기를 꿈꿉니다. 해서, 그들은 자신들의 목적을 달성하기 위해 때로는 진실을 은폐하고, 조작하면서까지 인간의 자연스러운 속성을 변형시키고, 변질시키기를 기도합니다. 인간의 파괴는 거기서 비롯되는 것입니다. 조선의 백성들은 거의 일방적으로 지배자들에게 당해 왔기 때문에 자신이 누구인지, 이 땅에서 무엇을 하고 있는 인간인지조차 의식하지 못하는 수동적이고, 나약한 인간으로 변모하고 말았습니다. 그래도 누구 하나 그들을 거들떠 보지 않습니다. 왕은 자신의 이익만 추구하는 양반들에 둘러싸여 눈이 멀고, 귀가 있다 해도 백성들의 소리를 듣지 못합니다. 그리고 양반들은 자신들의 이익을 지키기 위해 저희끼리만 똘똘 뭉쳐 백성들을 억누르고, 눈을 가리는 데만 혈안이 되어 있을 뿐입니다. 하지만 인간의 최후의 승자는 진실과 자유의 편에 서는 사람들에게 최종적으로 돌아갈 것이라고 나는 굳게 믿습니다.」

그는 잠시 말을 멈추었다가 다시 말을 이었다.

「밤마다 나는 억울하게 죽어간 영혼들이 울부짖는 소리에 잠을 이루지 못합니다. 많은 사람들이 나에게 위로를 받기 위해 이곳을 찾아오지만 나는 그들에게 해 줄 것이 아무것도 없습니다. 그들은 너무 수가 적고, 어린

새처럼 무력합니다. 하지만 나는 그들이 스스로 하늘을 날 수 있을 때까지 그들과 함께 할 것입니다.」

「미력하지만 저도 그 대열에 끼겠십니더.」

「고맙소.」

그리고 도완은 들고 있던 지팡이를 내려놓고 희고, 부드러운 손으로 병순의 손등을 한동안 어루만지다가 다시 말을 이었다.

「우리의 육체는 짧고, 제한적이지만 내일 죽더라도 영원永遠한 것을 위해 눈을 감읍시다.」

구름 속을 빠져나온 붉은 태양이 일시에 빛의 화살을 온 주위로 퍼뜨리자, 도완의 육체는 눈부신 빛의 폭포 속에서 산산이 부서져 깡그리 어디론가 사라져 버렸다. 그는 젊고, 순수한 정신의 화신처럼 보였다. 그래서 육체는 사라져도 허공에는 그가 던진 말들이 남아 빛을 따라 춤추고, 노래하고 있는 것 같았다.

그날 오후, 한 사내가 회문산을 방문했다. 그는 보령으로부터 온 팔봉八峰이라는 자였다. 팔봉은 죽은 이화의 아버지와도 친분이 있는 정개청의 문인으로 일찍이 송진우의 난에 가담했다가 거사가 실패로 돌아가자 몸을 피해 충청도 어딘가에 은신해 있었는데 근래 그곳에서 반정부적인 사람들과 어울려 다시 거사 기회를 엿보고 있었다.

그는 도완이 회문산으로 들어왔다는 소식을 어디선가 전해 듣고 충청도 세력과 호남 세력이 함께 힘을 결집해 거사를 일으키는 문제를 의논하기 위해 이렇게 자신이 직접 달려온 것이었다.

「여러분, 이제 때가 점점 무르익어 가고 있는 것 같소.」

팔봉이 먼저 말문을 열었다.

「지금 충청도에는 이몽학이라는 자를 중심으로 여러분과 마찬가지로 오랫동안 때를 기다리고 있는 준비된 무리가 있소. 물론 그들은 지지기반과 생각하는 바가 다른 것도 있지만 공동 행동을 취하기를 바라고 있소. 간단히 말해, 그들이 한양으로 진격하는 동안 여러분이 금강 이남을 지켜주었으면 하고 바라고 있소. 그에 대해 여러분들의 의견은 어떠한지 기탄없이 말해 주시오.」

「그건 먼 말이당가? 우리 보고 들러리를 서달라 그 말이랑께라?」

광수가 끼어들었다.

「아니 그럴 리가 있소. 함께 힘을 합해서 새로운 세상을 만들어 보자 이거지유. 백지장도 맞들면 낫다는 말이 있지 않소?」

팔봉이 설명을 했다.

「근디 이몽학이라는 자는 워떤 인물입니까?」

한종이 팔봉에게 물었다.

「키가 6척 거한에 힘이 장사입니다. 부여 사람으로, 임진란 때 모속관인가, 뭔가를 했었는데 그때부터 충청도 땅을 돌아다니면서 의병을 모집하고, 조련한다는 핑계를 대고 뒷구멍으로 은밀히 조직을 키운 것 같습니다. 따르는 자들도 많고, 훈련도 아주 조직적입니다.」

「규모는 어느 정도라?」

점박이 물었다.

「몇백 명은 족히 됩니다. 그들은 모두 지난 겨울부터 본격적으로 훈련을 한 정예병들이오.」

팔봉이 으쓱해서 대답했다.

「우선, 거사 계획이나 한번 들어봅시다요.」

점박이 궁금한지 물었다.

「우리가 먼저 일어나 불을 지르면 충청도 전역에서 벌 떼처럼 백성들이 들고 일어날 것입니다. 그렇게 되면 우리는 백성들과 합세해 곧바로 북으로 치고 올라가면서 천안에 있는 병기고를 습격해 무기를 강탈해 가지고 한양으로 곧장 쳐 올라갈 계획입니다.」

팔봉이 설명했다.

「그 담에는?」

점박이 다시 물었다.

「우리는 현 정부에 반감을 갖고 있는 명망있는 의병장들을 모두 끌어들여 우리 편으로 삼을 것입니다. 그들은 임진란 때 누구보다도 열심히 싸웠지만 정권에서 소외된 불우한 사람들입니다. 아직 구체적으로 거사 일은 정해지지 안했지만 조만간 우리는 일어날 것이오. 늦어도 일본군이 다시 밀어닥치기 전에 속전속결로 일을 마무리하려 하오.」

「워떤 정권이 들어서건 사람들이 바라고, 원하는 건 양반과 상놈의 차별이 없는 평등한 시상입니다.」

그때까지 침묵을 지키고 있던 이화가 선뜻 나서서 한마디 했다.

「그 바탕 위에서 왕을 바꿔야지 그라지 않으면 백성들에겐 아무런 희망이 없당께라. 다시 말허지만, 우리가 바라는 것은 완전한 신분의 해방이요.」

「이화 아가씨는 역시 화끈허십니다. 어쩜 우리의 뱃속을 그리도 훤히 들여다보고 기신당가.」

광수가 침을 튀기며 끼어들었다.

「거듭거듭 말허지만, 나는 임금을 시켜준다 혀도 계급타파에 찬성하지 않는 놈들과는 상종도 안할 거당께. 나는 죽어도 대동, 살아도 대동이오. 아시겠소? 안 그라믄 난 동지들에게 사기꾼으로 몰려 칼에 맞아 죽을 기이 확실하당께.」

「지금 관군은 사기가 형편없이 떨어져 있습니다.」

팔봉이 다시 말문을 열었다.

「우리가 정탐한 바에 의하면 천안으로부터 한양에 이르는 연변에는 먼지만 풀풀 날릴 뿐 관군들은 개미 새끼 한마리 보이지 않습니다. 게다가 명군은 모두 요동으로 물러나 있으니 이 천우 일우의 기회를 어찌 이대로 놓치겠습니까?」

그는 말을 끊고 그곳에 앉아 있는 사람들의 얼굴을 쓱 둘러본 다음 다시 말을 이었다.

「우리가 만약 한양으로 진격한다 하더라도 뒤가 허하면 이번 거사는 또다시 실패로 끝나고 말 것입니다. 하지만 충청, 호남 양쪽에서 아래위로 흔들어댄다면 전주에 주둔하고 있는 도원수의 병력은 금강 이남에 견제되어 옴짝하지 못할 것이고, 만약 우리의 뒤를 쫓는다면 호남에서 들고 일어난 이곳 반군에게 쫓기는 신세가 되어 큰 힘을 쓰지 못하게 될 거라고 확신합니다.」

팔봉의 진지한 말에 사람들은 침묵에 잠겼다.

「이화 아가씨의 생각은 어떻소?」

이제껏 가만히 듣고만 있던 도완이 이화에게 먼저 질문을 던졌다.

「지는 함께 거사하는 것이 옳다고 본당께라우. 이런 기회는 결코 쉽게 오는 뱁이 아니지라우.」

「병순 도령의 생각은 어떻소?」

도완이 병순에게 물었다.

「지도 이화 아가씨의 생각과 같십니더.」

「신분 해방을 목표로 내건다면 우리 노비들도 모다 이번 거사에 참가하겠소. 허지만 그게 빠지면 우린 빠지겠소.」

광수가 침묵 끝에 자기 의견을 냈다.

「좋소! 그렇다면 신분 해방과 서얼 철폐를 이번 거사의 목표로 내겁시다. 선생님의 의향은 어떠신지요?」

팔봉이 도완에게 물었다.

「좋소! 그런 목표가 없다면 어찌 백성들이 우리의 거사에 합류하겠소?」

도완이 신중하게 말했다.

「이번 거사는 양반들을 위한 것이 아니라 고통 받는 백성들을 위한 것이 되어야 성공할 수 있습니다. 다들 힘을 합해 백성들이 진정으로 원하는 것이 무엇인지를 만천하에 드러내 그들에게 새로운 희망과 꿈을 보여줍시다.」

회의가 끝난 뒤, 늦은 저녁상이 차려져 다 함께 식사를 하고 각자의 숙소로 돌아갔다. 식사를 하고 나서, 병순은 이화와 함께 밖으로 나와 바람을 쐬면서 잠시 잎이 우거진 나무 밑을 거닐었다. 보름으로 가는 꽉 찬 상현달이 주렴을 늘어뜨린 것처럼 환한 달빛을 나무 위로 비추고 있었다.

「달빛이 참말로 아름답지라.」

이화가 먼저 말문을 열었다.

「그라네요.」

병순의 뇌리 속으로 지난 반 년가량의 이곳 생활이 주마등처럼 스치고 지나갔다. 그가 어린 시절 꿈꾸었던 군인의 길은 드디어 그 종착역을 찾아가고 있었다. 반군이 되었건, 관군이 되었건 군인은 싸우다 죽는 것이다. 그런 의미에서 병순은 오랜 체증이 밀려 내려간 듯 마음이 홀가분해졌다. 두 사람은 말없이 산길을 향해 걸음을 옮겼다. 그리고 얼마 후, 두 사람은 길가에 있는 바위에 나란히 앉아 달빛에 젖어 잠들어 있는 산들을 말없이 바라보았다. 어디선가 뻐꾸기가 조용히 울고 있었다.

「도령은 이번 거사가 성공할 거라고 생각허시써요?」

이화가 먼저 물었다.

「글씨요. 그기는 잘 모르겄지만, 나는 이번 기회에 일본에서 떠날 때 그곳에 남아 있는 사람들에게 한 약속을 지키고 싶을 뿐입니더.」

「무신 약속이당가요?」

「양반의 지위를 버리고, 그들 편에 서겠다고 약속했거든요. 그라니 지켜야죠.」

「가난하고 약한 사람들의 편에 선다는 것은 보통의 용기와 믿음이 없이는 불가능한 일이죠. 왜냐하면 많은 욕망을 칼로 도려내야만 가능한 일이니까요.」

이화가 생각에 잠겨 말했다. 아까부터 산 아래쪽 숙소에서 어미를 찾는 듯한 아이의 울음 섞인 소리가 희미하게 들려오더니 그 소리가 점점 커지면서 짐승이 울부짖는 듯한 이상한 소리로 변했다. 이화는 그 소리를 듣고 얼른 자리에서 일어났다.

「윤이가 지를 찾고 있구만이라. 무신 일이 있남? 싸게 지 먼저 내려가 봐야겠네요.」

이화가 돌아간 뒤, 병순은 산길을 따라 산책을 계속했다. 그가 정상 부근에 거의 다다랐을 때 맞은편 산봉우리를 향해 하얀 물체가 흡사 안개처럼 흐느적거리며 하늘로 떠오르듯 바위 위를 올라가는 모습이 눈에 띄었다. 순간, 귀신인가 싶어 섬뜩해서 걸음을 멈추고 그 광경을 지켜보니, 흰 소복 같은 것을 입은 여자가 달빛을 등 뒤로 받으며 험준한 바위 위를 마치 춤이라도 추듯 가볍게 올라가고 있었다. 그는 자신도 모르게 발길을 그쪽으로 돌렸다. 이곳에는 저마다 자신의 신神을 찾는 사람들이 수없이 있었지만, 그 여인은 뭔가 달라 보였던 것이다.

한참 후, 병순은 암벽 사이에 패어 있는 비좁은 틈바구니를 타고 산 정상으로 올라갔다. 올라가 보니, 여인은 벌써 괴상하게 생긴 바위 앞에 앉아 기도에 몰두하고 있었다. 그는 멀찍이 서서 여인의 뒷모습을 잠시 바라보았다. 살집도 약간 있고, 사지가 시원시원하게 생긴 훌륭한 몸매였다. 게다가 옷차림이며, 머릿기름을 발라 잘 손질한 머리카락 등이 지체 높은 사대부 여인처럼 어떤 범하기 힘든 무언의 힘을 은연중에 내뿜고 있었다. 여인의 기도는 쉽게 끝날 것 같지 않았다. 병순은 바위에 걸터앉아 여인을 지켜보다 깜박 잠이 들었다가 "도령" 하고 부르는 여인의 목소리에 놀라 잠이 깼다. 기도를 마친 여인이 그를 깨운 것이었다.

「도령은 누구를 기다리고 계십니까?」

눈앞에서 여인이 웃으며 물었다. 가까이서 보니, 여인의 살결은 백옥처럼 희고, 두 눈은 보름달처럼 크고 맑았다.

「혹시 저를 기다리고 계신 건 아니겠지요?」

「달빛에 비친 모습이 너무 신비로워 이렇게 염치 불구하고 신성한 영역을 침범했습니다. 용서하십시오.」

병순은 여인에게 깊이 머리를 숙였다.

「괜찮소. 우리는 똑같은 인간이 아닙니까?」

여인의 목소리는 부드러우면서도 크게 울려나왔다.

「이곳에 앉아 있으면 온갖 영혼들이 구슬피 울부짖는 소리가 제 귀를 때린답니다. 그 소리는 전쟁이 나고부터 더 심해졌지요. 제대로 죽지 못한 영혼들이 죽어서까지 고통을 받고 있다는 뜻입니다.」

「무신 말씀을 하시는지 지도 이해가 갑니다.」

「또 한번 피보라가 이곳에서 한바탕 몰아칠 것입니다. 그러니 어서 이 산을 내려가십시오.」

여인은 기도라도 하듯 눈을 감은 채 말했다. 밤은 조용히 두 사람의 어깨 위로 흘러내리고 있었다. 만물은 평화롭게 잠이 들고, 땅 위의 생명들은 휴식을 취하며 내일의 태양을 기다리고 있었다. 하지만 그것은 외형적인 모습일 뿐, 기도와 명상으로 지내는 이 여인의 눈에는 앞으로 다가올 새로운 세상의 변화와 그것을 방해하고 저지하려는 자들 간의 잔인한 살육을 암시하는 현상으로 비칠 뿐이었다.

「역사란 대체 무엇입니까?」

여인이 갑자기 물었다.

「우리의 내면에서 꿈처럼 흘러가는 단조로운 시간처럼 그저 시간의 하녀가 되어 정해진 길을 따라 수동적으로 흘러가는 시냇물입니까? 아니면 고통과 침략, 대립을 이겨내면서 더 넓고, 자유로운 세계로 나아가는 희망과 전진의 길입니까?」

그녀는 잠시 말을 끊었다가 다시 말을 이었다.

「하지만 역사를 담고 있는 주인공들의 영혼이 순수하지 못하고 타락해 있다면 역사는 시궁창이나 다름없이 혼탁하고, 역겨운 존재일 뿐입니다. 육체는 썩으면 이내 없어집니다. 하지만 우리의 영혼은 세세손손 대대로 이어지는 영원한 것이 아닙니까? 이것이 내가 이곳에서 십 년을 기도와 명상으로 지내며 내린 결론이랍니다.」

여인은 사십이 좀 넘어 보였다. 하지만 나이보다는 훨씬 더 건강하고, 젊게 보였다. 대체, 그녀는 왜 모든 것에 등을 돌리고 이 깊은 산속에 들어와 홀로 살고 있는 것일까?

「나는 원래 굉장한 대갓집의 며느리였다오.」

마침내 그녀가 입을 열었다.

「파주 일대에서 우리 집 논을 밟지 않고서는 걸어다닐 수 없을 정도로. 게다가 시아버지께서는 율곡 선생과 절친한 사이로 인망도 높으셨으니 재물도 풍부하고, 명망도 높은 그야말로 부족함이 없는 그런 훌륭한 집안이었죠. 그 속에서 저는 물 한방울 묻히지 않고 몸종을 둘이나 거느린 채 갖은 호사를 부리며 살았죠. 하지만 제가 그 댁에 시집을 오고 나서 이십 년쯤 지났을 때, 갑자기 음울한 공기가 그 집안을 덮치면서 걷잡을 수 없는 악의 소용돌이에 휩싸이고 말았답니다. 그것은 역사가 거꾸로 뒤집히면서 그동안 어두운 땅 속 깊은 곳에 묻혀 있던 선대의 죄과가 굳게 닫혀 있는 관을 깨고 광명 대천지로 뛰어나온 것이 그 발단이었죠. 역사를 거슬러 올라가 보면, 선왕 때인 기유년으로부터 신사년에 이르는 동안에 유배인 및 양천인 60여 호가 방면되고, 억울하게 죄를 뒤집어쓴 사람들의 직첩을 환급시키는 대사면이 있었는데, 거기에 저의 시조부님께서 관련이 되어 있었던 거죠. 하지만 그분의 경우는 다른 사람들처럼 억울한 죄를 씻은 것이 아니라, 거꾸로 상대에게 무고하게 죄를 뒤집어씌운 죄였죠. 그 때문에 은밀히 덮어두었던 추악한 죄가 만천하에 드러나면서 우리 집안은 파멸의 길을 내달리게 된 거랍니다. 그 일이 폭로된 후, 시아버지께서는 출세의 길이 막혀 관직의 길로 나갈 수가 없게 되었지만 율곡 등 당대의 명사들과 친분이 두텁고, 선대로부터 물려받은 재물이 워낙 많아 별로 위축되지 않고 이전처럼 사셨죠. 하지만 일은 그게 끝이 아니라 시작일 뿐이었답니다. 선조宣祖왕 대에 들어와, 한 토지 소송사건으로 동인과 서인이 서로 패가 나뉘어 첨예한 대립을 벌이게 되었을 때 그분은 율곡을 정점으로 하는 서인들을 위해 맨 앞에 나서서 맹렬히 동인에 맞서 싸우셨죠. 그러자 동인의 공격 화살이 일제히 우리 집안으로 집중되었답니다. 동인들은 시조부가 무고하게 죄를 뒤집어씌웠던 집안의 후손들에게 접근, 그들의 증오심을 부채질해 온갖 달콤한 말로 그들을 달래고 꼬드겨 우리 집안의 치부를 파헤치기 시작했죠. 그야말로 먼지 하나 남기지 않고 샅샅이 말예요. 그리하여 오랫동안 땅속에 묻혀 있던 엄청난 비밀과 음모가 넝쿨째 땅위로 모습을 드러내게 되었답니다. 시조부의 부친께서는 어머니가 노비인 첩의 딸이었습니다. 그래서 시조부께서는 그 때문에 외갓집에 갈 때마다 자존심이 많이 상했던 거 같습니다. 외가 쪽은 그 무렵 한창 잘나가고 있었으니까요. 외삼촌은 당대에 좌의정까지 오른 명사이시고, 사림士林을 장려하여 직접 조광조를 등용한 인물이기도 하셨으니까요. 하지만 기유사옥이 일어나자 그도 파직되고, 나중에는 나라를 그르쳤다는 죄로 관작을 박탈당하기까지 하셨죠. 그래서 그의 자식들은 울분에 차서 아버지의 죄를 씻으려고 백방으로 온힘을 다했죠. 그의 어머니, 그러니까 우리 쪽에서는 외숙모가 되시는 분이 돌아가시자, 시조부께서는 외숙모를 문상하러 그댁에 가셨습니다. 많은 문상객들이 모인 자리에서 평소 아버지의 억울한 죽음에 울분과 분노에 가득 차 있던 외사촌은 분을 억누르지 못하고 사람들이 많이 모여 있는 자리에서 당시 사림세력을 억누르고 있던 권좌의 사람들 이름을 하나하나 호명하면서 그들을 없애야 사림이 살 수 있다는 등, 온갖 막말을 늘어놓은 모양입니다. 평소 그댁의 위세에 눌려 질투심에 불타고 있던 시조부께서는 집으로 돌아와, 자신이 그곳에서 들은 이야기와 그 자리에 있던 사람들의 명단을 적어 대신들을 죽이려 한다는 죄로 외사촌을 관에 고발했습니다. 하지만 고발 내용은 정치적 이해를 갖고 있는 당시 세력들에 의해 몇 배로 부풀려지고, 거짓이 덧붙여져 확대되다가 끝내는 '역모죄'로 날조돼 해당 관련자들은 물론 집안 권속 모두가 멸문의 화를 당하는 사건으로 비화되었죠. 그 고발의 공으로, 시조부께서는 죄인들의 전답과 노비를 차지해 엄청난 부를 얻었고, 관직에서도 승승장구해 온갖 부귀영화를 누리며 팔십 세까지 수를 누리셨던 것입니다. 하지만 이제 그 죄를 후손들이 고스란히 받게 된 셈이죠. 아니, 그 죄는 너무나 더럽고, 추악해서 지금까지도 나라 전체를 퀴퀴한 똥 무더기와 파리, 구더기들로 들끓게 하면서 썩은 냄새를 풍기고 있죠. 이제, 우리 집안의 약점을 알아낸 동인들은 의기양양해서 이번에는 피해자인 외갓집 사람들을 선동, 교사해 시조부의 어머니를 낳은 분이 실은 집에 있던 가비家婢이며, 그녀가 낳은 딸도 전부 소생의 미량자未良者라며 그들을 다시 원래 노비의 신분으로 되돌아가게 해 달라고 법사에 제소를 했답니다. 그것은 실로 잔인한 형벌이었습니다. 나라의 법전에도 엄연히 60년이 지난 추노推奴는 심리를 하지 않는다고 명백히 법으로 규정이 되어 있는데, 증오와 복수심에 눈이 뒤집어진 동인들은 그 법을 무시하고 저의 시아버지를 필두로 집안의 모든 권속들을 다시 천민으로 되돌리는 가혹한 조치를 내린 것입니다. 해서, 한때는 위풍당당했던 우리 집안은 모든 전답과 정든 집을 빼앗긴 채 모두 빈손으로 뿔뿔이 흩어져 세상으로부터 숨어 은신하거나, 도피를 하면서 목숨을 이어가는 슬픈 신세가 되고 말았던 겁니다. 나는 역사가는 아니지만 하나를 알면 열을 헤아려 알 수 있는 법이기에 내 얘기를 도령에게 들려드리는 겁니다.」

부인은 한번 크게 심호흡을 한 다음, 바람에 휘날리는 귀밑 머리카락을 손가락으로 정리한 다음 다시 얘기를 계속했다.

「우리가 이렇게 캄캄한 어둠 속에서 도피생활을 하고 있을 때, 이때, 바로 정여립이 나타난 겁니다. 도처에 많은 친구를 두고, 권력자들과 친밀했던 시아버지께서는 율곡이 죽자, 갑자기 동인 측으로 돌아선 여립이 고향 전주로 내려가 이상한 행동을 하고 있다는 정보를 입수하고는 마침내 올 것이 왔다는 듯이 손뼉을 치며 그를 덫으로 몰아 동인 측 인사들을 일거에 파멸시킬 계획을 세우기 시작했습니다. 그는 은밀히 사람들을 여립이 활동하고 있는 호남으로 내려 보내 그가 무슨 말을 하고 다니는지, 어떤 사람들과 교유하고 있는지 등을 정탐케 해 여립에 관한 정보를 하나도 빠뜨리지 않고 모았죠. 그런 다음, 그것을 증거로 삼아 서인 측 관리들을 통해 여립의 역모 계획을 법사에 고발했던 것입니다. 알고 계시듯, 서인들은 이 사건을 이용해 자신들이 전에 받았던 고통의 몇 배를 동인의 명사들과 그 가족들에게 가했습니다. 그 통에 많은 애꿎은 목숨들이 원통하게 목숨을 잃었죠. 그리고도 이 사건은 끝이 나지 않고 아직도 피해자와 가해자 모두의 가슴 속에서 증오의 불꽃을 피워 올리면서 여전히 진행형인 것입니다.」

부인은 잠시 말을 멈추고 무슨 소리가 들리는지 귀를 쫑긋하며 병순에게 물었다.

「도령, 저 소리가 들립니까?」

「무신 소리 말입니까?」

병순은 고개를 돌려 산 아래를 내려다보았다. 어느새 멀리 두터운 구름 틈으로 푸르스름한 새벽빛이 새어들고 있었다. 동이 트려는 것이었다. 무언지 고통으로 울부짖는 불쾌한 소리가 또 들려왔다. 그것은 도완의 병신 아들 윤이 울부짖는 소리였다.

「새벽마다 아이가 우는 소리랍니다.」

부인이 말했다.

「처음에 저 소리는 인간이 아니라, 짐승이 우는 것처럼 들렸죠. 대체, 저 아이는 왜, 새벽마다 저렇게 고통스럽게 울부짖고 있는 것일까요? 마치 영혼이 파멸된 것처럼 말예요. 저 소리는 악마가 울부짖고 있는 거예요. 원한과 악에 받쳐서 내부 깊숙한 곳에서 우는 소리예요. 들리나요? 심장을 후벼 파는 것 같은 소름 끼치는 저, 소리가?」

병순은 말없이 부인의 얼굴을 바라보았다. 세속을 떠났기 때문인가, 아니면 원래 영성이 강한 사람인지 부인의 눈은 세속과는 거리가 먼 신성한 기운을 밖으로 내뿜고 있었다.

「나는 정여립의 난이 일어나기 바로 전에 모든 세속사를 정리하고 이곳으로 들어왔답니다.」

부인이 말을 이었다.

「남편은 병으로 죽고, 자식을 낳지 못한 홀가분한 몸이었으니까요. 그리고 십여 년을 이곳에 앉아 죽은 원혼들과 얘기하고, 그들의 슬픈 영혼을 달래며 살고 있죠. 하지만 이 외진 곳에 있다고 세상일에 어두운 것은 아니랍니다. 많은 사람들이 전국 각지에서 자신의 운명을 알기 위해 이곳으로 저를 찾아오니까요. 대체, 저 아이는 왜, 저렇게 날마다 절규하듯 고통스럽게 울고 있는 것일까요? 억울하게 죽은 아버지와 어머니의 원수를 갚아달라고 저렇게 울부짖고 있는 걸까요? 아니면, 정말로 몸의 어디가 아파서 울부짖고 있는 걸까요? 아니면, 악마가 아이의 뱃속에 들어 앉아 심심하니까 아이를 때리며 괴롭히고 있는 걸까요?」

부인은 말을 멈추고 잠시 동터 오는 동쪽 하늘을 생각에 잠겨 물끄러미 바라보았다. 두 사람은 이곳에 앉아 밤을 꼬박 새운 것이었다. 그녀는 다시 말을 이었다.

「복수심과 증오심은 인간의 눈을 멀게 하는 맹목적인 힘입니다. 그 마귀 같은 힘에 들씌우면 사람들은 비록 함께 살아도 영혼이 갈가리 찢겨져 서로를 용서할 수도 없고, 같은 말을 하면서도 이방인처럼 알아듣지 못하고 설혹 듣는다 해도 이해하지 못하는 것입니다. 거기서 어떻게 애국과 사랑의 마음이 생기겠습니까? 영혼이 타락하면, 아무리 많은 물질도 의미가 없는 것입니다. 살아 있지만 어둠 속에 있으니 그것은 죽음과 매한가지이죠. 사람들은 내게 찾아와 영원한 부와 생명을 원합니다. 하지만 지금 그것이 이 땅에서 가능한 일입니까? 우리는 저마다 내부 속으로 들어가 더 오랫동안 침묵하고, 울어야 합니다. 죄로 물든 영혼이 깨끗해질 때까지 울고, 또 울어야 합니다. 아, 또 들려오는군요. 해가 저렇게 높이 솟았는데도 저 아이의 눈물과 절규는 끝이 나지 않는군요. 자, 어서 내려가 피로 얼룩진 이곳을 떠나세요. 이게 내가 도령에게 권하는 마지막 부탁입니다. 그럼.」

그리고 부인은 눈 깜짝할 사이에 바위를 타고 내려가기 시작했다.

6

아직 확실하게 날짜를 못박지는 않았지만, 7월 모(某)일에 함께 거사를 일으키기로 일단 약속하고, 팔봉은 보령으로 돌아갔다. 거사일까지 한 달 가량 시간이 남았기 때문에 병순은 산속에 거주하는 남자들을 상대로 무술훈련을 강화했고, 광수는 광수대로 각 지역에 퍼져 있는 연락원들을 끌어모았다. 그는 일단 반란의 횃불만 올리면 노비들이 들불처럼 일어나 조선의 반을 차지하는 것은 시간문제라고 자신했다. 하지만 관군과 많이 싸워본 경험이 있는 점박은 지금의 전력으로는 전주 공격은 불가하고, 대신 지리산에 흩어져 있는 유랑배들과 합세해 남원을 먼저 쳐서 전주의 배후를 흔드는 것이 훨씬 더 효과적이라는 주장을 폈다. 즉, 공격 방향을 어디에 둘 것인지에 대해 서로 의견이 갈렸던 것이다.

병순은 무술훈련을 하면서도 얼마 전 새벽에 정체를 알 수 없는 여인으로부터 들은 얘기가 늘 머릿속에서 떠나지 않았다. 미래에 일어날 일을 미리 예언하는 사람들의 말은 비현실적이고 증명할 수 없는 것이기는 하나 때론 허황된 것이라고 웃어넘길 수만도 없는 신비한 마력이 있다. 그녀는 대체 어떤 정보의 기반 위에서 그런 판단을 내리게 된 것일까? 과연 신이라는 것이 존재해 줄을 서서 기다리고 있는 미래의 일들을 힐끗 보고 그녀의 기도에 감응해 그 비밀을 가르쳐준 것일까? 병순은 그 후 생각이 하도 뒤숭숭해서 그 얘기를 하려고 이화가 거처하는 곳을 찾아갔다. 때마침 그녀는 방 옆에 설치해 놓은 화덕 앞에 앉아 땀을 뻘뻘 흘리며 고약을 만들고 있었다. 그래서 그는 밖에서 작업이 끝나기를 기다려야 했다. 그녀의 방은 각종 약재를 매단 봉지와 나무에서 추출한 약초들 그리고 막 읽고 그대로 펼쳐져 있는 의약서며 저울, 작두 등으로 어지러웠다. 그러나 방 한편에 병순이 만들어준 죽도가 곱게 놓여 있는 것을 보자 그는 마음이 흐뭇해졌다. 그녀는 얼마 전부터 병순을 졸라 무술을 배우고 있었던 것이다.

「구례에 사는 환자의 고약을 만들던 중이었지라. 뭔 일이당가요?」

이화가 수건으로 땀을 훔치며 방으로 들어왔다.

「기냥 놀러왔소. 밥 묵기 전에 시간이 좀 나서.」

「그리 헐일이 없으믄 약초나 잘라주고 가쇼잉.」

이화가 웃으며 말했다.

「얼마 전에 이상한 꿈을 꿨어요.」

「꿈이라고라? 난, 바빠서 꿈꿀 시간도 없는디. 도령께선 얼라들처럼 뭔 꿈이랑께? 때가 됐으니 밥이나 묵으십다요.」

점심 무렵이라, 이화는 곧 부엌으로 들어가 점심을 준비해왔다. 손바닥만한 소반 위에 보리밥과 반찬으로 오이지와 상추 그리고 된장과 뭔가 파랗고 길쭉하게 생긴 것이 몇 개 놓여 있었다. 두 사람은 방을 대충 치운 다음, 소반을 마주하고 앉았다. 숟가락을 쥔 이화의 손 여기저기에 거멓게 고약이 달라붙어 있는 것이 보였다.

「이거 좀 잡숴볼랑가요?」

이화가 길쭉하게 생긴 것을 하나 집어 병순에게 건네며 말했다.

「이기 뭐요?」

「묵어도 죽지 않는 기니 잡숴 봐요.」

그러며 이화는 먼저 그것을 된장에 찍어 입에 넣고 우쩍우쩍 씹기 시작했다. 그러다 매운지 눈물을 찔끔 흘리기까지 했다. 병순도 그녀를 따라서 그것을 된장에 찍어 눈 딱 감고 입에 넣고 씹었다. 그 순간, 목안이 불타듯 화끈거리고 눈물이 핑 돌았다.

「이 기이 대체 멉니꺼?」

「놀라셨지라. 환자를 돌보러 다니다가 워떤 집에서 종자를 얻어 와 이곳에 심었는디 이렇게 자랐당께요. 아마 이번 전쟁 때 일본 사람들이 들여온 거 같은디 이름도 몰르고 한번 먹어봤는데 맛이 괜찮길래 여러 사람들과 나누어 묵는 답니다.」

그것은 일본 사람들이 조선에 들어오면서 가져온 고추였다. 점심을 먹고 난 뒤, 병순은 무녀에게서 들은 얘기를 이화에게 들려주며 잠시 몸을 피하는 것이 어떻겠느냐고 물었다. 하지만 그녀는 펄쩍 뛰면서 콧방귀도 뀌지 않았기 때문에 오히려 병순이 어색해졌다. 마침, 구례에서 고약을 가지러 온 사람이 이화를 붙잡고 환자의 상태에 대해 수선을 피우는 바람에 병순은 저녁 때 무술연습을 할 때 차근차근 다시 얘기하기로 하고, 격문 쓰는 것을 의논하기 위해 도완의 거처로 올라갔다.

그날 저녁, 병순은 식사 후 좀 쉬었다가 무술연습을 하기 위해 산 위에 있는 풀밭으로 올라갔다. 그리고 바위에 앉아 이화가 오기를 기다렸다. 하지만 한참을 기다려도 이화가 나타나지 않자 무슨 일인가 싶어 그녀의 거처 쪽으로 내려가는데 마침 박씨 부인이 그 안에서 나왔다.

「무신 일이 있습니꺼? 나와 기시게?」

병순이 물었다.

「환자를 보고 오겠다면서 웬 사내와 나간 지가 꽤 됐는디, 안즉까지 아무 소식이 없어서 걱정이 되어 나왔답니다.」

그러며 부인은 이화가 간 곳을 대강 가르쳐 주었다. 보통 늦게 돌아와야 할 때는 병순이 따라가는 게 통례였는데, 여기서 그리 멀지 않은 곳이라 혼자 간 것 같았다. 부인이 말한 마을은 이곳에서 순창 방향으로 십 리가량 떨어진 아주 가까운 곳이었다. 고개도 없고 길은 강줄기를 따라 완만하게 이어지는 평탄한 길이었다.

병순은 젊은 사람 둘을 불러 횃불을 들게 하고 이화를 찾아 나섰다. 하지만 한달음에 부인이 가르쳐준 마을로 들어가 사내의 집을 찾았지만 그런 이름을 가진 사람의 집은 그곳에 없었고, 아픈 환자도 없다는 말을 듣고 덜컥 가슴이 내려앉았다. 불길한 예감이었다. 그는 회문산으로 돌아와 자는 사람들을 깨워 횃불을 하나씩 들고 이화를 찾아 나서도록 독려했다. 사람들은 세 군데로 길을 나눠 밤늦게까지 그녀를 찾아 다녔지만 어디에서도 그녀를 찾을 수가 없었다.

　새벽이 가까울 무렵, 허탕을 치고 돌아오던 한 팀이 회문산으로 들어가는 입구 왼편 숲속에서 무언가 허연 물체가 쓰러져 있는 것을 발견했다. 그것은 누군가 의도적으로 이화를 죽이고 시신을 유기한 것이었다.

　이화의 급작스런 죽음에 사람들은 큰 슬픔에 빠졌다. 이튿날, 해가 뜨자 벌써 소문을 들은 인근 사람들이 누가 시키지 않았는데도 그녀의 슬픔에 동참하기 위해 삼삼오오 짝을 지어 회문산으로 모여들기 시작했다. 회문산 중턱에 있는 넓은 공터에는 하얀 광목 차일을 치고 그곳에서 병순은 찾아오는 문상객들을 맞았다. 땅에 닿을 듯이 허리가 굽은 수염이 허연 노인에서 손이 논바닥처럼 까맣게 갈라터진 촌부들, 그리고 나이 어린 젊은 여자들까지 깊은 슬픔에 빠져 그곳을 찾아왔다.

　그들에게 사람들의 병을 고쳐주는 이화의 존재는 무한한 존경과 전폭적인 믿음을 주는 신적인 존재였다. 그러나 이제 누가 그들의 병을 고쳐주고, 마음의 평화를 줄 것인가? 며칠 동안, 회문산 중턱에는 불을 환하게 밝힌 횃불이 이화의 혼을 마지막까지 지켜주기 위해 타올랐다. 그리고 사람들은 멀리 정읍, 전주에서까지 줄을 이었다.

　5일째 되는 날, 이화는 고향과도 같은 그곳 산중턱 양지바른 언덕 위에 묻혀 조용히 눈을 감았다. 그날 밤, 회문산 사람들은 연일 밀려드는 손님과 장례 준비에 지쳐 초저녁부터 일찌감치 잠에 곯아떨어졌다. 그 정적을 뚫고 한밤중에 회문산의 가장 험한 북쪽 경사면을 타고 백여 명이 넘는 무장병력이 바위와 울창한 나뭇가지를 헤치며 조용히 일사불란하게 정상을 향해 기어오르고 있었다.

　그들은 세창이 이끄는 토벌대로 그는 억근을 사주해 이화를 죽인 다음, 남원부에서 군관 두 명과 오십 명 남짓한 병사를 차출하고, 인근 유지들로부터 동원한 무사와 하인들 그리고 힘좀 쓰는 무뢰배 삼십여 명을 은밀히 동원해 전날 밤 임실 부근에 있는 산 속에 숨어 있다가 이제 새벽에 잠에 곯아떨어진 역적의 무리들을 덮치려는 것이었다.

그들은 억근이 가르쳐준 정보대로 회문산 배후 면을 타고 올라와 정상 가까운 곳에서 마지막 휴식을 취한 다음, 여명과 함께 역적들이 숨어 있는 본부를 기습공격했다.

「정병순, 니 이눔! 니가 내 돈 처묵고 잘 살 것 같당가? 어서 내 돈 돌리도! 어서! 안 그라믄 이 칼을 받아라!」

세창은 산 경사면에 우뚝 서서 고래고래 소리를 질렀다. 그는 마치 장군이나 된 듯이 머리에는 투구를 쓰고, 등에는 화살통을 멨으며, 어디서 빌렸는지 갑옷까지 턱 걸치고 있었다.

그들은 잠에 취해 있는 사람들을 헤집고 다니며 무자비한 살육을 시작했다. 기세가 등등한 그들은 막 떠오르는 여명을 받아 희뿌연 새벽 공기 속에서 아직 집에 가지 않고 땅바닥에서 자고 있던 문상객들은 물론, 동굴 입구와 부근에 거적처럼 흩어져 있는 움막을 하나하나 찾아다니며 닥치는 대로 그 안에서 자고 있던 사람들을 칼로 찌르고 몽둥이로 온몸을 난타한 다음 불을 질렀다.

잠결에 뛰어 나온 한종이 먼저 한 병사의 창에 찔려 피를 흘리며 쓰러진 것을 뒤에서 따르던 병사들이 다시 칼로 그의 목을 베었다. 잠시 후, 그들은 그곳을 나와 거기서 얼마 떨어져 있지 않은 광수와 도완의 거처를 덮쳤다. 광수는 도망가지 않고 우뚝 선 채로 군관 한 명에게 치명상을 입히고 끝까지 관군에 칼을 들고 저항했다. 하지만 워낙 많은 숫자라 당해내지 못하고 결국 온몸에 칼을 받고 죽었다. 그리고 도완은 자신이 적에게 완전히 포위되어 있음을 깨닫고는 동굴 아래 바위 절벽으로 몸을 던져 스스로 목숨을 끊었다.

병순은 자신을 향해 몰려오는 적들을 피해 산 위 숲속으로 올라가 정읍 쪽으로 나가는 산줄기를 탔다. 그가 얼마쯤 키 낮은 덤불을 헤치며 바위 사이를 빠져나가고 있는데 갑자기 누가 뒤에서 그를 붙잡았다. 점박이었다.

「도령, 나를 따라오시오.」

그는 점박을 따라 산등성이 사이로 굽이굽이 이어진 산길을 한참이나 걸어갔다. 때론 나무가 우거져 앞이 보이지 않았지만 점박은 평지를 걷듯 날렵하게 바위와 바위 사이를 건너뛰고, 땅 위로 튀어나온 울퉁불퉁한 나무뿌리들을 요리조리 피하면서 우거진 나무 사이를 다람쥐처럼 빠져나갔다.

「자, 이자 다 왔당께.」

거의 반 시간가량이 지나서 점박이 뒤를 돌아보며 말했다.

「바로 저그요!」

갑자기 머리 위로 암벽으로 이루어진 바위산이 하나 나타났다. 점박은 바위산을 돌아 밧줄을 타고 그 위로 올라갔다. 풀과 나뭇가지로 은폐된 동굴 안은 의외로 아늑하고, 정돈이 잘 되어 있었다. 그곳은 바위가 침식되어 생긴 구멍을 사람이 끌과 정으로 파 들어가 사람이 기거할 수 있도록 충분한 공간을 만들고 방을 꾸민 곳이었다.

안에는 등잔불이 켜져 있었고, 양반집 사랑방처럼 자리에는 보료와 함께 기다란 사방침도 하나 놓여 있었다. 밖에서 천을 가려 방처럼 꾸민 곳에서 젊은 여자가 한 명 걸어 나왔다.

「귀한 손님이 오셨으니 술 한상 차려오게.」

점박이 여자에게 말했다. 그리고는 병순을 친히 안쪽에 앉게 했다.

「도령, 걱정 마시오. 여그는 귀신도 못 찾는 곳이오. 그런께 편히 앉아 일본에서 겪었던 야기며, 우리들의 미래에 대해 허심탄회하게 야기를 나눕시다. 보다시피 이곳에는 없는 것이 없소. 난, 도둑이지만 가난만큼은 참질 못한당께. 허허허.」

병순은 산속에 이런 곳이 있다니 그저 놀라워 입이 다물어지지 않았다.

「자, 요리 바싹 땡겨 앉으씨오.」

점박이 병순의 손을 잡아당기며 말했다.

「내가 이런 생활을 하게 된 건 어릴 때의 어두운 추억 때문이오.」

그는 옛날 일을 회상하듯 잠시 말을 끊었다가 말을 이었다.

「다섯 살 때 엄니께서 묵을 것을 얻으려고 이웃 양반집으로 일을 허러 갔는디, 워떤 놈의 모함으로 도둑의 누명을 쓰게 됐지라. 엄니는 아니라고 거듭거듭 부인을 했지만, 그 댁 쥔은 사람들의 말만 믿고 무조건 엄니에게 매타작을 한 다음에, 헛간에 가두고 말았지라. 그라고 매일겉이 밖으로 끌어내서는 훔친 물겐을 내놓으라고 갖은 고문을 다했지라. 어린 나는 갬히 그 안으로 들어가지도 못허고 울타리 너머로 엄니의 찢어지는 비명 소리를 들었지라. 엄니는 나흘 만에 풀려나 집으로 돌아왔는디, 곱고 풍성하던 멀카락은 죄다 뽑혀뿌리고, 뜨거운 인두로 몸 여기저기를 지져 그꼴이 참말로 처참했지라. 그 후, 양반들은 나의 웬수가 돼버리고 말았뿌렀당께. 마을 친구들과 어울려 군대에 가기는 했지만, 난 그곳 생활을 견딜 수가 없었지라. 특히, 나의 내부에 쌓여 있는 증오심 때문에 어떤 상관의 명령도 받아들일 수가 없었당께라. 그래서 맴에 맞는 놈들과 선상반란을 일으켜 상관을 죽여 수장시키고 이곳으로 도망쳐 온 것이랑께.」

술상이 들어와 두 사람 사이에 놓였다. 칠이 잘 되어 있는 깨끗한 상 위에 그릇들도 여염집에서 손님을 대접할 때 쓰는 것들로 어디에 내놔도 손색이 없을 정도였다.

「필요한 것이 있으시면 언지라도 부르시씨요.」

여자가 병순에게 살짝 눈웃음을 지으며 말하고는 뒤로 물러났다. 점박은 우윳빛 광택이 나는 멋진 백자 술병을 들어 정중하게 병순의 잔에 먼저 술을 따르고는 건배를 청했다.

「우리의 영원한 우정을 위하여!」

병순은 점박이 따라 주는 대로 술을 받아 마셨다.

「도령은 칼 다루는 솜씨가 보통이 아닌 듯헌데 워디서 그것을 배웠당께라?」

「하루 한 편씩 시를 써 주는 대가로 일본 무사에게서 배운 깁니다.」

「도령의 몸에는 무예의 기예가 흐른당께. 그건 선천적으로 무예를 좋아해야 생기는 것이지라.」

점박은 병순을 추켜세웠다. 잠시 후, 술기운으로 기분이 좋아진 점박은 동굴 안으로 병순을 끌고 가더니 겹겹이 채워넣은 짚을 들어내고 동굴 바닥을 파고 깊숙이 감춰놓은 나무궤짝 하나를 꺼냈다.

「자.」

그는 병순을 돌아보며 말했다.

「이 속에는 도령이 보지 못한 온갖 진귀한 보물들이 다 들어 있소. 그동안 나가 거사를 위해서 보관하고 있는 것들이요.」

점박이 뚜껑을 열자 금으로 장식한 금관이며, 왕비들이나 사용하는 금으로 만든 나비, 꽃 모양을 본뜬 뒤꽂이와 옥비녀, 그리고 팔찌와 금붙이들이 쏟아져 나왔다.

「이것들은 모도 올바른 물건들이 아닌 것 같십니더.」

병순이 얼굴을 찌푸리며 말했다.

「알고 있소. 이것들은 모다 일본군들이 낙동강을 통해 일본으로 가져가려 했던 조선왕조의 보물들이지라. 난, 길목을 노리고 있다가 놈들에게서 이것을 빼앗았소.」

점박은 뚜껑을 닫고 다시 그 위에 싸개 같은 것으로 정성껏 덮은 다음, 병순을 자리로 이끌었다.

「나가 오늘 도령을 이곳으로 데려온 건 긴히 할말이 있기 때문이요.」

점박이 병순을 바라보며 말했다.

「이자, 나의 꿈은 깨져부렸소. 그래서 말인디 난, 이자 조선을 떠날 생각이요.」

병순은 점박을 뚫어지게 쳐다보았다.

「나는 이자 이 땅에 사는디 지쳐뿌렀소. 워디 새로운 시상으로 가서 새로 인상을 살고 싶소. 참말이랑께. 모든 것으로부텀 떠나고만 싶다고라. 알겠소, 나 맴을?」

「여기서 도망치시려꼬요?」

병순이 웃으며 물었다.

「워떻게 말하든 그란 건 상관

당께.」

점박이 웃으며 대답했다.

「조선의 백성들은 매년 나라에 꼬박꼬박 세금을 바치죠잉. 그란디 돌아오는 게 머가 있당가? 그것을 묵고 힘이 더 쎄지고, 덩지가 커진 권력자들이 휘두르는 주먹 아니요? 그라고는 한술 더 떠 더 내놓으라고 협박까지 허지 않는감? 혀서, 순진한 백성들은 더 맞지 않으려고 또 세금을 갖다 바치는 것이요. 대체, 언제까지 가족들을 굶기며 그렇게 살아야 한당께? 도령은 또 애국심으로 나 말을 덮으려는 건 아니겠지라. 사실, 조선처럼 애국자가 넘치는 나라가 또 워디 있었소? 헌디, 조용할 때는 온통 애국을 부르짖어싸던 자들이 전장만 일어나믄 워디 다 이사라도 가뿌렸는지 코빼기도 볼 수가 없으니 그기 먼 말라죽을 애국이당가. 그들은 모다 요란한 빈 수레처럼 이 시상을 시끄럽게 맨드는 이기주의자들이요. 나 말이 틀렸는감?」

「아니오, 맞소. 그래서 거사를 일으키려는 기이 아닙니까.」

「나가 이곳에 정착한 것은 대동이니, 신분 해방이니 하는 번지르르한 말잔치보다도 이화 아씨 때문이었소.」

점박이 다시 말을 이었다.

「보다시피, 나는 분열과 증오의 화신化身이요. 나는 워디든 쑤시고 들어가 사람들을 갈기갈기 분열시켜 파당을 짓게 한 다음, 하나 하나 내 손으로 처치하는 데 타의 추종을 불허하는 타고난 재주를 갖고 있는 사람이요. 아, 용서하씨요, 도령. 허지만 그게 나가 타고난 심성인 걸 우찌하겠소. 하지만 이화 아가씨를 만나고 나서 나의 맴은 변해갔소. 나는 시상에 살면서 그렇게 순수하고, 희생적인 영혼을 가진 사람을 만난 적이 없소. 그라서 참말로 오랜만에 종이라도 되는 심정으로 극진히 아씨를 섬겼던 것이요. 나처럼 쓰레기 겉은 인간이 워쩌크롬 그런 아씨를 흠모할 수 있게 됐는지 나도 알 수가 없당께라. 자자, 아씨의 순수한 영혼을 위해 한잔 합시다.」

두 사람은 잔을 들어 이화의 영혼을 위해 술을 마셨다.

「도령, 이자 시간이 없소.」

점박이 서둘러 말을 꺼냈다.

「나와 겉이 저것들을 갖고서 일본으로 갑시다. 와, 여그서 굳이 쫓기고, 구박을 받으며 살려고 한당가? 가서 멋드러지게 도령 야그처럼 자유롭게 삽시다. 워떻소? 나와 함께 가지 않겠소?」

「난, 거사에 참가할 것이요.」

병순은 단호히 말했다.

「성님도 그 훌륭한 재능을 백성들을 위해 한번 써보시지요? 이번 거사는 성님이나 지나 사내답게 죽을 수 있는 마지막 기회인 것 겉으니.」

「역시 도령은 정신이 올바로 백힌 사람이요.」

점박이 호탕하게 웃으며 말했다.

「그래서 나는 도령을 피의 동지로 정했지라. 정의를 위해 물불을 가리지 않고, 죽음도 두려워하지 않는 그 높은 기상을 말이요. 아, 조선의 젊은이들이 모다 도령과 같다면 조선의 미래는 결코 지지 않는 태양처럼 영원히 빛날 텐디. 허지만, 유감스럽게도 난 그 길을 갈 수가 없소.」

「와요?」

「도령. 나가 볼 때 거사는 누가 일으켜도 성공하기가 어렵소. 죽창과 맨손으로 거기다 하루살이 겉은 오합지졸들을 갖고 나라를 뒤엎는다는 것은 꿈같은 야그요. 뜻은 가상하오만, 나와 겉이 조선을 떠나 다른 곳으로 멀리 가서 새로운 삶을 펼칩시다. 머, 일본이 아니면 워떻겄소? 명도 괜찮고, 섬나라도 상관없소. 거듭 말하지만, 이자 우리는 살고 싶어도 이 땅에서는 더 이상 발 붙이고 살 수도 없소. 그건 알고 계시겠지라?」

「알고 있소. 하지만 난, 이미 이화 아가씨와 약속을 했소.」

「멋을 말이요?」

「거사에 참가하기로.」

점박은 병순이 이미 마음의 결정을 내린 것을 알고 더 이상 아무 말도 하지 않았다.

「마지막으로 도령에게 한 가지 부탁이 있소.」

한참 있다가 점박이 말문을 열었다.

「뭣이요?」

「김해성의 성주 나베시마에게 서신을 한 통 써 주시오. 일본으로 건너가게 해달라는 내용으로.」

「좋소.」

병순은 흔쾌히 대답했다.

「그 대신 조건이 하나 있소.」

「머당가?」

「저기 땅속에 감춰놓은 보물들은 그대로 두고 빈 몸으로 가시오.」

「워떻게 낯선 이방인인 나보고 빈 몸으로 떠나라는 기요?」

점박이 정색을 하고 물었다.

「저것들은 성님 것이 아니지 않소? 그라니 마땅히 이곳에 두고 가야지요. 지 말이 틀렸십니꺼? 그렇게 하시겠습니꺼?」

「알았소. 약속하오.」

그날 밤, 병순은 그곳에 머물며 나베시마 앞으로 서신을 한 통 써서 점박에게 주고, 날이 새자 곧 산 아래로 내려왔다. 그들이 모임을 위해 늘 모이곤 하던 공터는 여기저기 흩어져 있는 사람의 시체와 불에 타버린 물건들로 난장판이었다. 곳곳에 관군들이 놓은 불에 시커멓게 그을린 옷가지며 깨진 가재도구들이 어지럽게 흩어져 있고, 울창한 숲의 나무들도 불길에 검게 그슬려 숯이 되어 있었다.

그러나 더 놀라운 것은 이화의 시체였다. 누군가 관에서 그녀의 가녀린 몸을 끄집어내서 형상을 알아볼 수 없을 정도로 시신을 훼손해 놓은 것이었다. 병순은 이화의 몸을 다시 잘 수습해 아침이면 해를 바라볼 수 있는 양지바른 언덕에 정성껏 묻어주었다. 그리고 곧 그곳을 떠났다.

8
:
포로들의 합창

1

병순은 이화에게 작별 인사를 하고 회문산을 떠났다. 그러나 보령으로 가기 전에 그에게는 한 가지 해야 할 일이 남아 있었다. 그는 임실을 거쳐 장수로 향했다. 장마가 끝나면서 무더위와 뜨거운 폭염이 작열하는 날이 계속되고 있었다. 그러나 나뭇잎들은 장마로 한층 두툼해졌으며 더욱 짙은 초록색을 띠고 있었다. 나뭇가지 사이에는 어느덧 파랗고, 어린 열매들이 매달려 있었다. 그것들은 이제부터 눈부신 여름햇살과 함께 쑥쑥 자라 가을이면 달고, 잘 익은 과육을 선사할 것이다.

농부들은 남녀를 불문하고 다 해진 베잠방이로 겨우 몸을 가린 채 땀을 흘리며 김을 매느라 여념이 없었다. 그들의 얼굴은 볕에 그을려 새카맣고, 굵은 땀방울이 주름살이 파놓은 이랑을 따라 폭포처럼 흘러내리고 있었다. 그들의 푹 꺼진 배를 보면 그들의 삶이 얼마나 고단한지를 알 수 있었다. 굽은 길을 돌고, 가파른 고개를 오르면 또 그만그만한 산들이 앞에 나타나고 멀리 초록의 산들 사이로 구비치며 달려가는 노란 길들이 손에 잡힐 듯 다가왔다. 하늘은 쇠를 달군 것처럼 뜨겁고 화끈거렸으며, 산 등성이 위에는 목화솜처럼 깨끗한 뭉게구름이 무겁게 걸려 있었다. 땀이 흘러 앙가슴 사이를 차갑게 흘러내렸다. 그러면 어느 틈에 길은 나무 그늘로 바뀌어 서늘한 산들바람이 마주 불어왔다.

사랑스런 갈색 개암나무여! 나날이 익어가는 숲속의 열매들이여. 참으로 얼마 만에 너희들의 이름을 불러보는 것이냐! 먼 타국에 있을 때나, 잠시 고향을 떠났을 때 내 어찌 잠시라도 너희들의 모습을 잊은 적이 있었던가? 그대, 대지의 자식들이여! 너희에게서는 언제나 어릴 적 어머니의 냄새가 난다. 슬플 때나 괴로울 때나 내 마음을 어루만지며 평화로운 꿈속으로 끌고 가던 그립고, 정다운 시냇물이여! 나 홀로 어두운 밤에 외로운 길을 걷거나, 삶에 지쳐 흔들릴 때 그대는 별이 되어 길을 비추고, 나를 감싸니. 그대의 사랑은 죽음보다 영원하리라! 비록 그대의 대지는 상처를 입고 누워 있지만, 고개를 들어 웅장한 산봉우리와 깊게 파인 골짜기를 바라보라!

인간에게는 패배와 절망을 뛰어넘는 빛나는 정신이 있다! 그것은 속박과 죽음의 공포를 넘어 인간을 환희와 끝없는 자유의 공간으로 인도한다. 나, 이제 오직 그대를 사랑하는 마음으로 대지 위를 걸어가리니. 스치는 풀 하나 구르는 돌멩이 하나 그대의 것 아닌 것이 어디 있으랴? 우리는 흔들리는 풀처럼 잠시 대지에 누워 있다가 승리에 합류하리니. 그대는 흐르는 눈물을 보지 말고 천둥과 폭풍우로 우리의 심장을 고동치게 하라!

점심 무렵, 그는 한 농가로 들어가 깡보리밥을 한 그릇 얻어먹은 다음 다시 길을 재촉했다. 늦은 여름해가 서산으로 넘어갈 무렵, 그는 금동의 집이 바라보이는 산언덕에 앉아 잠시 쉬면서 어두워지기를 기다렸다. 행여 자신으로 인해 금동에게 피해가 갈까 걱정이 되었기 때문이었다. 눈 아래로 보이는 너른 들판엔 끝 간 데 없이 벼들이 익어가고 있었다. 그 뒤로 멀찍이 덕유산의 산봉우리들이 석양을 받아 황금의 투구를 쓴 것처럼 붉게 물들어 가고 있었다.

어스름 황혼이 깃들면서 여기저기 집들의 굴뚝에서 저녁연기가 솟아오르고 있었다. 손가락만한 굴뚝에서 빠져나온 푸르스름한 연기는 잠시 똑바로 치솟다가 이어 바람에 흔들리면서 구불거리다가 어스름한 잿빛 공기 속으로 사라져갔다. 땅거미 진 어둑한 길 위로 하루 종일 논일을 한 농부들이 이제야 고단한 허리를 펴고서 집으로 돌아가고 있었다.

어둠이 완전히 사방을 감싸자 그는 자리에서 일어나 산 뒷길을 통해 금동의 집으로 가 그의 방 뒷문을 조심스럽게 두드렸다.

「음메, 이기이 대체 무신 일이오?」

금동은 놀라서 물었다.

「우선 저녁이나 다오. 이바구는 나중에 하고.」

병순은 저녁을 먹은 다음, 그간 자신에게 일어난 일을 모두 상세히 금동에게 들려주었다.

「회문산의 도적이라는 소문이 정말이었구려.」

「그래서 이곳을 떠나 멀리 가기 전에 마지막으로 니 얼굴을 볼려고 들른 기이 아닌가. 난, 내일 아침 일찍 제수씨가 깨기 전에 이곳을 떠날 기다. 그 전에 나가 전에 맡겨놓았던 짐 보따리를 꺼내주고, 이 기이를 옥실을 만나거든 전해다오.」

「먼데요?」

「지난번 진주성싸움 때 어무이가 맡기신 은가락지 말이다. 이것을 맡았다가 혹 옥실을 만나거든 전해다오.」

그는 금동의 손을 잡고 손바닥 위에 어머니로부터 받은 은가락지를 꼭 쥐어 주었다. 그날 밤, 나란히 자리에 누웠지만 두 사람은 잠이 오지 않았다.

「제수씨는 그 후로 아 소식이 없느냐?」

자리에 누운 채 병순이 물었다.

「글씨, 잘 모르겠소. 말을 잘 안 하니께.」

「제수씨를 행복하게 해줘라. 여자에게는 돈보다도 사랑이 더 필요한 벱이니께.」

「여자와 한번도 살림을 해 보지 못한 사램이 우째 그리 잘 압니꺼?」

금동이 빈정거렸다.

「넘들 사는 기 보니까 다 그란 것 같더라.」

이튿날, 동이 트기 전에 병순은 자리에서 일어나 금동에게 맡긴 보따리를 들고 조용히 방문을 열고 밖으로 나왔다. 그러나 채 두어 걸음을 떼기도 전에 금동이 급히 달려나와 뒤에서 못가게 그의 몸을 꼭 끌어안았다.

「도련님, 꼭 살아오셔야 합니더. 목심을 가벼이 해서는 결코 안 됩니더. 아시겠습니꺼?」

그러며 그는 은화 한 닢을 병순의 손에 꼭 쥐어 주었다. 병순은 금동의 눈물에 젖은 얼굴을 힐끗 쳐다본 다음, 발길을 돌려 새벽의 여명 속으로 힘차게 발길을 던졌다.

어디로 가나? 어디로 가야 하나? 길은 눈앞에 천 갈래 만 갈래로 펼쳐져 있지만 갈 길은 오직 하나. 그것이 인간의 운명이다!그는 전주를 거쳐 익산에 닿았다. 그리고 거기서 하루를 쉰 다음, 강경을 거쳐 금강을 건너 부여로 들어갈 생각이었다. 이곳은 산이 없이 눈길이 닿는 데까지 끝없이 들판이 펼쳐진 천혜의 곡창지대다. 해서, 일본군은 이곳을 뺏기 위해 육지로는 충청도로, 그리고 바다로는 남해안을 통해 필사적으로 공세를 취했던 것이다. 이튿날, 그는 다시 끝없이 펼쳐진 들길을 따라 북으로, 북으로 올라갔다. 보이는 것이라고는 좌우로 끝없이 누워 있는 평평한 대지뿐. 그리고는 뜨거운 폭염만이 살갗을 태울 듯이 머리 위에서 쨍쨍 내리쪼이고 있었다.

그는 함열 못미처에서 논에서 점심을 먹고 있는 한 무리의 농부들로부터 밥을 한 끼 얻어먹고 잠시 쉬었다. 보니, 너른 들판엔 여기저기서 김을 매고 있는 농부들이 많이 눈에 띄었다.

「워디로 가는 기유?」

볕에 얼굴이 까맣게 그을린 촌부가 병순이 자리에서 일어서려 하자 물었다.

「갈 데가 없으면 여기서 우리와 함께 지내지라. 밥 묵고 배 따시하면 고향이지 뭐. 고향이 별 거지라?」

「고맙십니더. 하지만 해가 지기 전에 강경에 닿아야 합니다.」

북으로 올라갈수록 전라도 사투리는 충청도 사투리와 뒤섞여 구분이 잘 안 된다. 농부들은 허리를 구부리고 김을 매느라 사람이 지나가도 쳐다볼 새가 없다. 새벽부터 하루 종일 논에서 살지만 벼 하나하나를 자식처럼 돌봐야 하니 긴 여름날도 그들에게는 짧게만 여겨지는 것이었다.

추수가 끝나면 광활한 들판은 텅 비고, 곡식들은 하나하나 가마에 담겨 금강錦江 물줄기를 따라 전국의 시장으로 실려 나가 사람들의 밥상에 오른다.

그는 부지런히 걸은 덕분에 해지기 전에 강경에 도착했다. 그의 앞에는 열기로 후끈 달아오른 흐린 공기 사이로 장마로 강폭이 넓어진 금강이 유유히 흘러가고 있었다. 전라도 장수에서 발원한 금강은 대전 북쪽을 휘감고 돌아 공주, 부여를 거친 다음, 이곳 강경에서 논산 천과 강경 천을 만나면서 강폭을 넓혀 멀리 군산까지 이어진다. 그 강줄기를 따라 싱싱한 서해의 해산물과 비옥한 이곳 평야에서 생산된 곡식들이 만나면서 이곳에 큰 시장이 이루어졌다. 또 역사를 거슬러 올라가면, 나당羅唐 연합군에 패한 백제의 유민들이 배를 타고 강물을 따라 서해를 통해 일본으로 건너갔던 곳도 바로 이곳이었다.

그는 금동이 준 돈으로 나루터에 있는 주막집에서 메기매운탕과 탁주를 시켜 배가 터지게 포식을 했다. 포구에는 크고 작은 배들이 즐비했으며, 생선의 비린내가 진동했다. 밀물 때가 되면 바닷물이 멀리 부여 부근까지 올라가기 때문이다. 그래서 이곳에는 고기들이 다양하게 잡힌다.

그는 강가로 나 있는 창가에 앉아 지친 몸을 쉬기 위해 잠시 눈을 붙였다. 해가 기울면서 강변을 따라 서 있는 버드나무 이파리들이 흔들리며 시원한 강바람이 불어왔다. 장마로 모래가 씻겨나간 강변 위로 기운 햇살이 떨어져 모래밭을 주황빛으로 물들이고 있었다. 그 모래 위 여기저기에 강물의 범람으로 장마의 잔해들을 잔뜩 가지에 걸친 버드나무들이 보였다.

주막집 안에서는 어부인 듯한 사내들 몇이 조선의 수신사를 일본으로 보내야 하느니, 말아야 하느냐로 언성을 높이고 있었다. 전라도 땅이건 경상도 땅이건 백성들의 관심사는 비슷하다. 그들의 목청이 점점 더 높고, 격렬해지자 병순은 밖으로 나왔다. 오후 시간도 꽤 된 듯 아침에 나갔던 고깃배들이 포구로 돌아오고 있었다. 그들은 잡은 고기를 주막집에 팔아 그 돈으로 한잔 걸친 다음, 저녁에나 집으로 돌아가리라.

그는 배를 타기 위해 나루 쪽으로 걸어갔다. 기울어가는 석양의 햇살을 받으며 하나 둘 흰옷을 입은 사람들이 보따리를 하나씩 손에 들거나 등에 걸머지고 모여들고 있었다. 이곳 장에서 물건을 사가지고 부여 쪽으로 건너가는 사람들이었다. 강변을 따라 서 있는 버드나무 가지 사이로 열기를 다 토해 버린 태양이 천천히 강바닥으로 가라앉고 있었다. 그와 함께 강변의 풍경은 부드러운 노을로 붉게 물들어갔다.

지는 해는 장중하면서도 애잔하다. 해가 떨어질 때 살아 있는 모든 것들은 사라지는 시간 앞에서 착잡하고, 온갖 회한에 사로잡힌다. 찬란한 아침 해는 젊음과 함께 사라지고, 청년의 분망함을 맛보기도 전에 삶의 태양은 이미 기울기 시작한다. 원하는 것을 손에 넣었건, 그렇지 못하건 살아 있는 모든 것들은 지는 해를 따라 사라지지 않으면 안 된다. 그러니 태양이 사라지기 전에 마지막 불꽃을 불태워야 한다.

태양은 서쪽 하늘을 가리고 있는 엷은 옥색 구름과 흐린 대지의 열기에 갇혀 끝없는 바닥으로 추락할 준비를 서두르고 있었다. 하지만 아직 추락할 때는 아니었다. 바닥이 가까워질수록 강물은 수평으로 비쳐드는 노을빛에 물들면서 핏빛으로 변해갔다. 그 선명한 피는 이화의 가슴을 적시며 흐르던 피였고, 어머니가 이 땅에 흘린 피였다.

나룻배는 부여 쪽으로 가는 한 떼의 사람들을 싣고 강을 건너기 시작했다. 잡다한 포구의 소음도 저무는 황혼과 함께 차차 잦아들고, 모든 사물은 정적 속에서 하나로 녹아드는 것 같았다. 병순은 그날 저녁 부여에서 하루를 묵은 다음, 이튿날 저녁에야 첩첩산중으로 둘러싸인 한 사찰에 도착했다. 그는 먼저 팔봉에게 인사를 하고, 절 뒤에 있는 암자에서 이몽학 일당과 정식으로 인사를 나누었다. 모인 사람은 몽학과 그의 친구 응생應生, 그리고 그 절의 스님인 몽운夢雲이었다.

「경상도에서는 고작 당신 한 명뿐이유?」

응생이 불만스러운 투로 힐난하듯 병순에게 물었다.

「그렇십니다. 관군들이 새벽에 기습해 대항도 못해 보고 모도 목심을 잃고 말았십니더.」

「아, 알았소, 알았소.」

이몽학이 한 손을 저으며 굵고, 잘 울리는 목소리로 끼어들었다. 그는 구척장신의 거구로 작은 암자 안을 혼자서 다 메울 기세였다.

「애당초 난 경상도 쪽은 기대하지도 않았소. 그러니 실망할 것도 없소. 우린 우리 병력만으로도 원하는 일을 할 수가 있소. 그러니 동요하지 말고 내 뒤만 따라오시유. 한양까지 가는 길은 이 손바닥 안에 있으니.」

「아무리 그렇다 해도 뒤를 든든히 해 놓지 않으면 앞으로 갈 수가 없소이다.」

팔봉이 반론을 폈다.

「그리고 공격은 반드시 내포 쪽에서 먼저 승인이 떨어져야 가능하다는 것을 명심하십시오.」

「알았소. 우리의 공격은 전광석화처럼 짧으면서도 강력하게 눈 깜짝할 사이에 전개될 것이오.」

몽학은 병순을 손으로 가리키며 말을 이었다.

「그러면 그때 병력을 좀 빼서 정鄭 대장에게 맡길 테니 후위를 맡아주시오. 내 정 대장의 실력은 익히 들어 알고 있으니 말이유. 그동안에 우리는 바람처럼 한양으로 쳐 올라가 새 왕을 옹립할 것이오.」

「여보게, 왜 그리 서두르는가?」

덩지 큰 몽학의 옆에 앉아 눈에 잘 띄지 않는 응생이 눈빛을 반짝이며 날카로운 말투로 따지듯 물었다.

「팔봉이 아저씨 말대로 양쪽이 동시에 들고 일어난다면 충청도는 반드시 우리 수중에 들어올 기여. 허지만 어느 한 쪽이라도 서둘러 앞서나가거나, 공격의 때를 놓치면 우리의 계획은 수포로 돌아갈 것이여. 우린 무슨 일이 있어도 쌍디처럼 한몸이 되어 움직여야 한다고.」

「표현이 멋지군그려. 자네는 예술적 기질이 풍부해.」

몽학이 껄껄 웃으며 말했다.

「단언하건대, 난 절대로 독단적인 공격은 하지 않을 걸세. 그러니 그런 염려는 붙들어 매고 술이나 좀 작작 마시게.」

그것은 아마 응생이 술을 좋아하기 때문에 하는 말 같았다.

「거사일이 결정될 때까지는 누구라도 경솔하게 몸을 움직여서는 안 됩니다.」

팔봉이 조용히 말했다.

「마치 죽은 것처럼 숨만 쉬고 있어야 합니다. 백성들은 처음에는 우리가 움직이는 대로 따라올 것입니다. 하지만 그들은 변덕스러운 존재들이라 바람의 방향이 조금만 바뀌어도 마음이 변한다는 것을 모두 명심하지 않으면 안 됩니다.」

팔봉은 양반 출신의 공부도 많이 하고, 합리적인 인물로, 이번 거사의 실질적인 주모자인 한현韓絢이 공을 들여 끌어들인 사람이었다. 일찍이 그가 송유진과 함께 일으켰던 반란은 실패로 돌아갔지만, 그는 여전히 충청도와 전라도 일대에서 그를 따르는 잔존 세력들과 관계를 맺고 나라를 무너뜨릴 기회를 엿보고 있었다. 즉, 임진란의 발발로 급격히 힘을 잃고 비틀거리는 왕조를 일거에 무너뜨리고 새로운 왕을 추대해 나라를 일신하겠다는 꿈에 부풀어 있었던 것이다. 그는 새로운 국가의 전제 조건으로 '서얼 철폐'와 '백성을 위한 당'의 창설을 주장했다. 만약, 계획이 성공한다면 그는 정권에서 소외된 세력 즉, 동인 측 인사와 백성들에게 신망이 높은 저명한 의병장들과 손을 잡기로 이미 한현과 약속이 되어 있었다.

그들의 대화중에 내포內浦라는 단어가 빈번히 등장했는데 그것은 몽학이 임진란 때, 모속관募粟官으로 일하면서 모시고 있던 상관 한현韓絢이 머물고 있는 곳을 가리키는 것으로, 그들은 거사를 일으키기 전에 양쪽에서 긴밀히 사전에 협력하기로 약속이 되어 있었다.

몽학이 한현과 관계를 맺게 된 것은 임진란 발발 직후로, 어사御使 밑에서 충청도 지역의 병력 차출과 군량 동원을 위해 동분서주하고 있던 그가 몽학을 부여에서 만나게 되면서였다. 그 후, 몽학은 한현을 쫓아 충청도 여러 곳을 돌아다니며, 의병에 지원하는 백성들을 모아 조련시키는 한편, 각 지역의 유지들을 방문하여 군량과 병력 동원을 호소했다. 그러나 명군의 구원과 그리고 이어진 의병의 해체로 두 사람은 다음 만남을 기약하고 일시 각자의 고향으로 돌아갔던 것이다.

얼마 후, 한현은 당시 병법인 속오법束伍法을 안다는 것을 빌미로 군에 자원해 다시 어사御使 밑에서 그 선봉장이 되어 이번에는 병사들을 조련하는 일을 맡게 되었다. 그러면서 다시 몽학을 자기 휘하로 불러들였던 것이다.

두 사람은 똑같이 서자 출신으로, 동련의 상처를 가슴에 품고 있었다. 한현은 두뇌가 명석하고, 사물을 파악하는 능력도 뛰어났지만 어머니가 첩이라는 이유로 번번이 출세의 장벽에 막혀 좌절하기가 일쑤였다. 그리하여 고작 얻은 것이 겸사복이라는 말단 무인의 직이었다. 거기서 신분의 한계를 깨고 더 위로 치고 올라가 출세를 한다는 것은 코끼리가 바늘구멍을 통과하는 것만큼이나 그에게는 불가능한 일이었다. 그러한 사정은 몽학도 마찬가지였다. 그도 왕족의 핏줄을 갖고 있었지만 서출이라는 이유로 세상에 합류하지 못하고 아버지가 계신 한양에서 쫓겨나 궁벽한 시골 구석에 처박힌 채 젊음과 야망에 몸부림치면서 울분에 찬 나날을 보내고 있었던 것이다.

공통의 상처를 갖고 있는 두 사람은 화끈하게 뭔가 근사한 일을 벌여 보자는 데 의기투합했다. 한현은 오랜 기간 군사 일을 맡은 경험을 바탕으로 당시 군 병력의 전반적인 배치나, 수비 현황 그리고 수도 한양의 방비 등에 관해 상세한 정보를 갖고 있었다. 더구나 충청도는 한양과 그리 멀지 않은 거리라 일거에 병력을 동원할 수만 있다면 파죽지세로 쳐 올라가 정권을 뒤집을 수 있는 유리한 위치에 있다고 판단했다.

몽학도 한현의 밑에서 일한 것이 인연이 되어 충청도 중에서도 좌도, 그러니까 부여를 중심으로 보령, 홍주, 청양, 광천, 서천 등지의 사람들에게 얼굴이 많이 알려져 기회만 주어진다면 많은 사람들이 그를 따를 확률이 높았던 것이다. 몽학은 한현의 지시를 받아 같은 서얼로서 늘 불만에 차, 술로 울분의 나날을 보내고 있던 절친한 고향 친구 응생을 끌어들였다. 그리고 그를 시켜 사람들을 은밀히 동원하도록 지시했다. 그리하여 얼마 전부터 보령에서 이십 리가량 떨어진 이 외지고, 으슥한 절에서 한 달에 한 번씩 사람들을 모아 친목 모임을 가지며 거사의 때를 기다리고 있었던 것이다.

응생은 공주의 권세가요, 대부호인 윤 참판의 아들이었다. 하지만 그는 첩의 소생이라 그를 아버지라 부를 수 없었고, 명절 때가 되어도 찾아가 세배조차 할 수가 없었다. 예민하고, 자존심이 강했던 그는 끝내 자신의 운명을 견디지 못하고 스스로 목숨을 끊어 이 세상과 작별하려고 배를 칼로 찔렀다. 하지만 산에서 나무를 하고 내려오던 나무꾼에 의해 발견돼운 좋게 목숨을 건질 수가 있었다.

　그 후, 그는 갖고 있던 책을 모두 불살라버리고 장돌뱅이처럼 못된 친구들과 어울려 돌아다니며 술을 마시고, 싸움질로 화풀이를 하며 세월을 허비했다. 한번은 술을 먹고 싸움이 붙었는데, 힘이 달리자 칼로 상대방을 찔러 관가에 붙잡혀간 것을 윤 참판이 몰래 힘을 써서 풀려나게 한 적도 있었다. 어머니는 응생을 결혼시켜 마음을 잡아주려 했다. 그래서 청양에 사는 평범한 집안의 여자를 데려다 혼례를 올려 주었는데, 그래도 예전 버릇은 조금도 나아지지 않았다.

　윤 참판이 죽자, 응생은 집으로 돌아와 두문불출했다. 그리고 마음이 변했는지 집안에만 틀어박혀 지냈다. 그는 전에 버렸던 책을 다시 잡고, 그리고 틈틈이 그림을 그렸는데, 어찌나 열중하는지 한번 붓을 잡으면 며칠을 잠을 자지 않고 그림 그리는 데만 몰두했다. 그의 그림을 한번 본 사람들은 그 칼로 후벼 파는 듯한 날카로운 붓질과 폭발하듯 외부로 내뿜는 광기어린 선의 공격 앞에 압도당해 한동안 말을 잊을 정도였다.

　사람들은 돈을 주고서라도 그의 그림을 원했다. 하지만 응생은 결코 그런 것을 자신에게 용납하지 않았다.

　이튿날부터 병순은 절 옆에 있는 너른 공터에서 장정들과 함께 무술 훈련을 시작했다. 그들은 거개가 인근 지역에 흩어져 있는 절에 은신하고 있던 자들로 비록 머리는 중처럼 깎고 있었지만 속마음은 현실 정치에 불만을 품고 있는 자들이었다. 그들은 이 절에 머물고 있는 몽운의 지도아래 일사불란하게 움직였고, 훈련도 잘 돼 있었다.

　몽운夢雲은 아버지가 정여립의 난에 연루되어 목숨이 위태로워지자 깊은 산속으로 숨어들었다가 스님으로 변신, 이곳 충청도에 많은 신도들을 거느리고 있었는데, 몽학의 어머니가 독실한 불교 신자여서 몽학과 알게 된 것이었다. 그는 중생을 어둠 속에서 구하기 위해서는 기도와 깨우침만으로는 부족하다고 보고 보다 더 근본적이고, 적극적인 현실변혁이 필요하다고 강조했다. 그래서 암자에 갇혀 기도만 할 것이 아니라 몸소 세상에 뛰어들어 중생들과 함께 고통을 짊어져야 한다고 주장했다.

15세까지 아버지 밑에서 유교 경전만 읽으며 성장했던 몽운은 절에 들어오면서 비로소 처음으로 불교에 눈을 떴다. 그러면서 그는 이전의 딱딱하고, 인간을 모두 고정된 틀에 가두려는 교조화敎條化된 유교의 강요된 세계로부터 자유로워졌다.

몽운은 몽학의 계획을 듣고, 모임의 장소는 물론 절 옆을 따라 흐르는 도랑 너머에 있는 넓은 채마밭을 통째로 훈련장으로 쓰라고 빌려줬다. 그리고 여러 절에 머물고 있는 부랑인들을 모아 몽학에게 소개했다. 그들은 이전에 병역을 피해 몰래 절로 숨어들어 오거나, 아니면 의지할 곳이 없어 흘러들어 온 유랑인들이 대부분으로 비록 신분을 숨기기 위해 머리를 깎고 중인 채 행세를 했지만 실은 일정한 곳에 속하지 못하고 세상을 떠도는 사람들이었다. 그들은 한 달에 한 번 그곳에 모여 몽학으로부터 훈련을 받았는데, 그 숫자가 거의 백여 명에 이르렀다.

몽운은 만약을 대비해 훈련장 입구에 '일본군 타도'라고 쓴 대형 걸개를 내걸어 사람들의 의심을 받지 않도록 했으며, 자신이 손수 시주해 온 쌀을 그들에게 내놓기도 했다.

웅장하면서도 어머니의 품처럼 아늑한 만수산을 등에 지고 서 있는 절은 들어오는 입구가 딱 하나일 정도로 외지고, 세상과 동떨어진 곳에 위치해 음모를 꾸미기에 더없이 적당한 장소였다. 그곳에는 사방 곳곳에 수백 년이 넘는 키 큰 아름드리 나무들이 절 주위를 에워싸 낮에도 밤처럼 그늘이 져 어두웠으며, 하루 종일 들리는 소리라고는 산새 소리와 바람이 나뭇잎과 풀 위를 스치고 지나가는 소리, 그리고 이따금 절 처마 끝에 매달려 바람에 흔들리는 풍경 소리뿐이었다.

거사일이 가까워오면서 분위기가 급박하게 돌아갔다. 병순은 매일 새벽, 절 옆에 있는 공터에서 무술 훈련을 계속했다. 웃통을 벗어던진 오십여 명가량의 건장한 장정들이 그의 우렁찬 호령에 따라 안개 자욱한 새벽 공기 속에서 일사불란하게 열을 지어 몽둥이를 휘두르며 기합을 넣는 광경은 제법 볼만했다.

6월 이십 일게, 내포 쪽으로 심부름을 갔던 몽학의 심복 개똥이 돌아와 팔봉에게 편지를 전했다. 내용은 어지러운 현 시국에 대해 장황하게 논한 다음, 이달에 일본으로 떠나는 통신사들의 귀추와 일본의 재침 여부를 보면서 거사일을 결정하자는 것으로 자신은 그곳 일이 바빠 자리를 비울 수 없는 형편이니 팔봉이 한번 방문해 주기를 바란다는 다소 밋밋한 내용이었다.

「그 양반은 너무 생각이 많은 게 탈이라니께.」

늦어도 7월에는 끝을 보고 말겠다고 바짝 달아 있던 몽학은 그 소식을 듣자 펄펄뛰었다.

「까짓거 계속 이렇게 나오면 우리들만으로 거사를 벌입시다! 벌써 몇 번째유? 그렇게 하는 게 훨씬 더 효율적일 것 겉소.」

응생이 몽학을 거들었다.

「만약에 이쪽에서 먼저 일을 벌여 한양으로 치고 올라가면 지들도 따라오지 않겠슈?」

「아따, 서두르기는.」

팔봉이 그들을 달랬다.

「그래봤자 한두 달 사인데 그걸 못 참아서야 어떻게 큰일을 성사시키겠소?」

「지 말은 너무 기다리다 김이 다 빠질까봐 그러는 거유.」

응생이 투덜거렸다. 내포에 갔다 온 개똥의 보고에 의하면, 그곳 군세가 어찌나 대단한지 작전만 잘 짜면 이번 거사는 이미 반은 성공한 것이라며 몽학의 기분을 들뜨게 했다.

「훈련하는 걸 지가 한번 봤는디, 모두 군기가 씨게 들어 있더라고라. 칼들은 하나같이 반짝거리고, 모두 싱싱한 젊은 놈들이라 힘과 패기가 넘치더라구유.」

개똥이 신이 나서 자랑을 늘어놓았다.

「걱정할 것 없다.」

몽학이 개똥의 말을 제지했다.

「우리는 임진란 초기부터 의병 생활을 해서 산전수전 다 겪은 역전의 용사들이다. 비록, 정부로부터 훈장은커녕 쌀 한 톨 못 받았지만 일본 놈들도 무서워 벌벌 떨었지 않느냐?」

어려서부터 몽학의 집 하인이었던 개똥은 이번 거사만 성공하면 천한 노비 신분에서 벗어나 그가 꿈꾸던 땅과 집을 얻어 신분 해방이 된다는 말에 고무되어 누구보다도 시키는 일에 열심이었다. 그는 거리에서 만나는 사람마다 침을 튀기며 서얼 철폐와 신분 해방을 늘어놓으며 곧 좋은 세상이 올 것이라고 설레발을 치고 다녔다.

며칠 후, 팔봉이 한현을 직접 만나기 위해 내포로 떠나고, 몽학도 자리를 비우자 절은 오랜만에 고요한 정적에 빠졌다. 하지만 병순은 절에 남아 있는 사람들을 데리고 훈련을 계속했다.

6월 말, 팔봉이 내포로부터 돌아와 동지들을 모아놓고 최종 결정을 알렸다.

「드디어 우리가 그토록 고대하던 운명의 날이 다가왔소.」

그는 떨리는 목소리로 말문을 열었다.

「마침내 공격 명령이 떨어졌소. 우리들의 준비는 완벽하오. 우리는 안

방이나 마찬가지인 충청도 남부를 일거에 석권하고, 내포군과 전격적으로 합류해 충청도의 마지막 보류인 홍주성을 점령한 다음, 그 여세를 몰아 한양으로 올라갈 것이오. 게다가 우리가 우리 편으로 끌어들이기 위해 공들여 온 의병장들도 우리들의 거사에 속속 합세하기로 결정이 되었다 하니 우리가 바라는 세상이 한발짝 더 가까이 다가온 것 같소.」

의병장들이 합류하기로 했다는 소식에 사람들은 크게 술렁거렸다. 그들은 농민들처럼 오합지졸이 아니라 일본군과 직접 싸운 풍부한 경험이 있어 관군과의 싸움에서도 큰 힘이 될 것이기 때문이었다. 팔봉은 다시 말을 이었다.

「그들은 자신들이 목숨을 바쳐 일본군과 싸워 얻은 공을 싸움 한번 하지 않은 관리들이 가로채는 것을 보고 용광로처럼 분노로 들끓고 있소. 그들의 희생이 없었다면 어떻게 조선이 명군이 구원할 때까지 그 명맥을 유지할 수 있었겠소? 우리는 이번 거사가 성공할 경우 그들뿐 아니라 여러분에게도 그에 합당한 포상과 지위를 지불할 것이오. 거사 날짜는 지금 이 자리에서 밝힐 수 없소. 그것은 바로 전날, 지휘관들을 통해 하달될 것이오. 그러니 준비를 단단히 하고 최종 명령을 기다리시오. 아시겠소?」

「내포의 병력은 모두 얼마나 됩니까?」

응생이 궁금한 듯 물었다.

「정확한 숫자는 말할 수 없소. 하지만 그쪽이 주공主攻이고, 우리는 지원군이라는 것만은 확실하오. 그만큼 그곳의 비중이 크다는 뜻이오.」

「길고 짧은 건 대봐야지라. 우리를 물로 봤다간 큰코 다치제.」

승군을 이끄는 만석萬石이란 사내가 으르렁거렸다. 그는 머리를 박박 깎고 염주를 목에 걸고 있었는데, 어깨가 떡 벌어지고 머리통이 커다란 수박만 했다.

「참, 스님은 워쩌실 기유? 우리와 행동을 함께 하시겄수?」

응생이 옆에 서 있는 몽운에게 물었다.

「아니요. 중이 살생을 할 수는 없죠.」

몽운이 조용히 말했다.

「여러분이 거사를 일으키면 난 그날로 깊은 산으로 들어가 수행에 정진할 것입니다.」

2

7월 6일, 여명에 절에 모인 사람들은 삼삼오오 무리를 지어 그곳을 빠져나와 부여 쪽으로 이동하기 시작했다. 안개가 자욱했고, 아직 길에는 왕래하는 사람이 하나도 없을 때였다.

얼마 후, 시간이 흐르면서 안개 속에서 사람들이 유령처럼 제방 위로, 이슬이 내린 길가의 숲 사이로, 그리고 기울어진 초가집 지붕 너머로 하나 둘 모습을 드러내면서 합류하기 시작했다. 그들은 막 잠에서 깬 부스스한 얼굴로 머리에는 흰 띠를 두르고, 한 손에는 몽둥이나, 농기구 같은 것을 들고 있었다.

오후에 그들은 미리 약속한 개울물이 흐르는 제방을 등지고 마을별로 정렬했다. 맨 앞에는 만석이 거느리고 있는 승군僧軍이 위풍당당한 모습으로 몽학 앞에 정렬해 있었고, 그 주위를 부여 일대의 각 고을에서 모여 든 농민들이 빙 둘러싸고 있었다.

한참 후, 대오를 갖춘 사람들이 제방을 가득 메우자 이윽고 몽학이 중앙에 모습을 드러냈다.

「사랑하는 고향의 친구 동생들이여!」

몽학이 연설을 시작했다.

「오늘 우리가 이곳에 모인 것은 쥐새끼처럼 우리를 야금야금 갉아 먹고 있는 일본 놈들을 바다 속으로 쓸어 넣고, 이 땅에 백성들이 진정으로 원하는 새 나라를 세우기 위한 것이오. 그동안 여러분들은 누구보다도 근면하고, 열심히 일했으면서도 항상 양반들로부터 핍박과 구박을 받으며 고난의 짐을 짊어져야 했소. 어찌하여 그대들의 목숨과 정신이 양반들의 그것과 비교해 가볍단 말인가? 이제, 과감히 그대들이 지고 있는 무거운 짐을 내려놓고 나와 함께 만민이 평등하고, 골고루 잘 사는 새로운 세상을 만드는 일에 동참하지 않겠는가!」

「대장 만세!」

「만세!」

여기저기서 환호성이 터져나오며 연설을 가로막았다. 몽학은 계속했다.

「이제 나는 여러분과 함께 힘을 합쳐 역사의 무대로 들어가려 하오. 비록, 어제까지는 종이었지만 이제부터는 여러분이 스스로의 주인이 되어 새로운 나라를 건설하는 데 동참해 주기 바라오.」

그러고는 손에 들고 있던 칼을 머리 위로 높이 들어 올리며 지축을 흔들 듯이 크게 외쳤다.

「그대들은 정녕 내 뒤를 따르겠는가?」

「따르겠소! 죽을 때까지! 대장 만세! 만세!」

여기저기서 연설에 화답하는 힘찬 목소리가 뜨거워진 공기를 쩌렁쩌렁 뒤흔들었다.

「전진하라!」

몽학의 손에 들려 있던 칼이 힘차게 아래로 떨어지다가 한 지점에서 딱 멈추었다. 그 호령에 따라 삼사백은 족히 될 병력이 무리를 지어 나무가 우거진 산기슭을 따라 진군을 개시했다.

어둠이 깃들 무렵, 그들은 제일 먼저 그곳에서 가까운 홍산현 관가로

들이닥쳤다. 그들은 이제 막 업무를 끝내려는 아전들을 제치고 안으로 들어가 현감을 붙잡아 포박하고, 그를 위협해 무기고를 연 다음, 관인官印과 현 내의 병력현황이 적혀 있는 병적부를 빼앗았다. 그런 다음, 그 여세를 몰아 이번에는 동쪽으로 방향을 바꿔 금강에서 가까운 임천군을 목표로 나아갔다. 그들을 가로막는 것은 아무것도 없었고, 대신 그들에게 가담해 오는 농민들의 숫자는 점점 늘어갔다. 그들은 한밤중에 무방비 상태인 임천 관아를 손쉽게 수중에 넣고, 그곳에서 하루를 머물렀다.

이튿날 동이 트자, 반란군의 행동은 입소문을 타고 빠르게 각 고을로 퍼져 나가 해가 솟기도 전에 그에 합류하려는 사람과 피난을 가는 사람들로 인근 마을은 북새통을 이루었다. 반군은 임천에서 일찍 밥을 먹은 다음, 이번에는 북쪽으로 방향을 잡고 행동을 개시했다. 하룻밤 새 무리가 배로 늘어 그 기세가 하늘을 찌를 듯했다.

7월의 땡볕 아래, 논에서 허리를 굽히고 일하고 있던 농부들은 영문도 모르고 자신과 비슷한 처지인 한 무리의 농민들이 어디론가 향하고 있는 것을 보고 손을 흔들어 격려했다. 그리고 흥분한 이들은 손에 들고 있던 농기구를 집어던지고 황급히 그들의 뒤를 쫓아오기도 했다. 짙은 초록빛을 띤 푸른 벼들은 이제 한창 여물어 갈 때였다. 하지만 오랫동안 비가 오지 않아 개울 바닥은 바싹 말라 있었고, 벼들은 생육이 시원치 않았다. 산 사이로 굽이치며 달려 나가는 노란 흙길을 따라 한 무리의 농민들이 먼지를 뽀얗게 일으키며 빠져나가면 대지는 다시 찌는 듯한 무더위에 쥐죽은 듯이 고요했다.

몽학은 자신의 고향에서 모집한 부여 농민들을 주력군으로 삼아 자신이 직접 지휘하고, 승군은 만석과 병순에게 맡겼다. 관군은 이미 미리 겁을 집어먹고 개미 새끼도 보이지 않았다. 농민군의 숫자는 앞으로 갈수록 눈덩이처럼 불어났다. 게다가 민가가 있는 마을을 지날 때면, 언제 알았는지 농민들이 다투어 달려와 먹을 것을 던져주고, 물을 떠다 주며 그들을 격려했다.

　그날 오후, 농민군은 부여를 지나 거기서 십여 리 정도 떨어진 정산현縣을 싸움 없이 수중에 넣었다. 이제, 남은 곳은 청양靑陽과, 그 북쪽에 있는 대흥면을 손에 넣으면 충청좌도는 거의 다 석권하는 셈이었다. 그날 밤, 반군은 사기 진작을 위해 관아 뜰에서 술자리를 벌였다. 인근 고을에서 농민군이 들고 일어났다는 소문을 듣고 그에 동조하는 사람들이 술과 먹을 것을 들고 찾아왔던 것이다.

　이튿날, 아침을 먹은 농민군은 청양을 점령하기 위해 다시 진격했다. 거의 600여 명에 가까운 농민군은 점심 무렵, 뱀처럼 길게 줄을 지어 왼쪽으로 험준한 칠갑산을 끼고 가파른 한치 고개를 넘어 물밀듯이 청양을 향해 나아갔다. 그들이 밀어닥쳤을 때 현감은 벌써 소문을 듣고 도망을 가고, 아전들만이 나와 몽학 앞에 엎드려 그를 주인처럼 맞이했다. 팔봉은 그곳에서 좌도의 상황을 상세히 적은 보고서를 작성하여 내포로 보낸 다음 회의를 열었다.

　그들은 생각보다 일이 너무 쉽게 풀리는 것에 매우 고무되어 있었다. 게다가 예상치도 못했던 농민들의 합세와 격려로 그들의 사기는 충천했다. 팔봉은 포고문을 손수 써서 사람들이 많이 다니는 곳에 붙이도록 했는데, 그 내용은 이러했다.

　첫째, 만민은 평등하다.
　둘째, 서얼을 철폐하여 그들에게도 자식으로서의 동등한 권리를 부여한다.
　셋째, 백성들도 양반처럼 스스로 당을 만들 권리가 있다.

이튿날 아침, 몽학이 이끄는 농민군은 청양 북쪽에 있는 대홍현을 향해 출발했다. 그곳은 예산과 맞닿은 지역으로 그곳만 점령하면 충청좌도에는 부사府使가 머물고 있는 홍주성洪州城만이 달랑 외롭게 남게 된다.

점심 무렵, 그들은 뜨겁게 내리쬐는 햇볕을 받으며 대홍현 쪽으로 흘러가는 하천변을 따라 북쪽으로 올라가고 있었다. 시오리쯤 가자, 왼쪽으로 높은 산 하나가 우뚝 서 있는 것이 보였다. 그 옛날 백제의 유민들이 마지막으로 신라군에 항거하던 성이다. 대홍현 관아는 거기서 얼마 되지 않았다.

응생은 관군의 기습을 대비해 척후병을 먼저 보냈다. 그리고 얼마 후, 전방에는 개미 새끼 한 마리도 없다는 보고가 들어왔다. 반란군은 사기가 충천하여 즉시 대홍현 관아로 쳐들어갔다. 하지만 현감은 이미 어디론가로 내뺀 뒤였다.

「싸움 한번 변변히 못해 보고 충청도의 절반을 차지하다니 너무 시시하구나. 이렇게 힘 한번 써보지 못하고 거사가 종료된단 말인가!」

몽학이 현감이 앉던 의자에 앉으며 우쭐해서 말했다.

「지금의 상황은 폭풍 전야의 고요에 불과합니다요. 이러다 순식간에 관군이 들이닥칠지 모르니 항상 긴장의 끈을 풀지 말고 군기를 엄격히 하면서 다음을 준비해야 합니다.」

팔봉이 참모답게 자신의 의견을 개진했다.

「이렇게 시간을 허투루 낭비하고 있을 게 아니라 어둠을 틈타 홍주성 코앞에 병력을 매복해 두었다가 새벽에 단숨에 놈들을 쳐버립시다. 거기만 떨어지면 충청도는 우리 수중으로 다 들어오는 게 아니겠수?」

만석이 식식거리며 나섰다.

「너무 서두르지 마시오.」

팔봉이 만석을 제지하며 말했다.

「내포로부터 별도의 지시가 올 테니 그때까지 차분히 기둘리시요.」

이렇게 그들이 다음 공격 시점을 놓고 갑론을박을 벌이고 있을 때, 갑자기 문 밖이 소란스러워지면서 사람들이 다투는 소리가 들려왔다. 잠시 후, 농민군을 헤치며 키가 훤칠하고, 멀끔하게 생긴 한 사내가 한 손에 칼을 들고 뜰 안으로 성큼성큼 들어오더니 몽학 앞에 넙죽 엎드려 큰절을 올렸다. 몽학이 당황해서 물었다.

「댁은 뉘시유?」

「지는 이곳에 사는 김복룡伏龍이라고 혀유.」

　　그는 그대로 고개를 숙인 채 말을 이었다.

「지가 이곳에 온 이유는 간밤에 아주 기이한 꿈을 꿔서 그것을 말씀드리려고 이렇게 일부러 찾아온 것이유.」

「계속 말을 하시오.」

　　몽학이 궁금해서 물었다.

「꿈에 지는 볼일이 있어 현감을 만나러 가고 있었지유. 근디, 집에서 한 중간쯤 왔을 때 저기서 현감이 허겁지겁 걸어오고 있지 않겠시유. 그래서 길을 막고 무슨 일인가 물었더니, 그의 말이 관아에 귀하신 분이 오셨다며 자신은 자리를 피하기 위해 친구 집으로 가는 중이라며 뒤도 돌아보지 않고 사라져 버리더라고유. 지는 잠시 서서 생각하다가 관아로 달려갔지유. 가보니, 사람들은 하나도 보이지 않고 대신 참새 떼들이 까맣게 관아 주변을 에워싸고 있지 않겠시유? 지는 관아로 들어가려고 무진 애를 썼지만 도저히 그들을 헤치고 앞으로 나갈 수가 없었시유. 그래서 한참 후, 숨이 턱에 차고 지쳐서 포기하고 앉아 있는디 까맣게 뒤덮인 참새 떼들 너머로 햇빛이 환하게 비치면서 근사하게 생긴 봉황 한 마리가 현감이 앉는 자리에 앉아 있는 게 아니겠시유?」

「그래서유?」

　　개똥이 참지 못하고 복룡을 다그쳤다.

「지는 놀라서 잠에서 깼지유. 이른 새벽으로 아직 동도 트지 않은 때였죠. 지는 잠도 자지 않고 곰곰이 꿈을 되새기며 자리에 마냥 누워 있었지유. 하지만 암만 눈을 감고 있어도, 뜨고 있어도 빛나는 봉황의 모습이 지 눈에서 당최 지워지질 않더구만유. 여러분! 도대체, 이것이 무슨 꿈이유? 새까만 참새 떼는 무엇이고, 봉황은 멋이란 말입니까?」

「뭐긴 뭐이야? 참새 떼는 백성이고, 봉황은 새 임금이지.」

개똥이 손뼉을 치며 큰 소리로 말했다. 그리고는 「새 임금이 나타나셨다!」고 외치며 밖으로 뛰쳐나갔다.

복룡은 계속해서 너스레를 떨었다. 그는 자신이 대흥면 사람으로 임란 때 조헌과 함께 금산성전투에 참가한 경험이 있고, 곽재우 김덕룡 등 의병장들과도 잘 아는 사이라고 으스댔다. 그러면서 자신이 대흥현 사람들을 지휘하여 몽학을 위해 공을 세우고 싶다는 뜻을 피력했다.

「고맙소.」

몽학은 자리에서 일어나 복룡에게 다가가 그의 손을 잡아 일으키며 격려했다.

「내 그대의 뜻을 가상히 여겨 반드시 긴요할 때 그대를 쓸 것이니 내 곁을 떠나지 말고 남아 주시오.」

그렇게 몽학이 붕 떠서 마음의 갈피를 못 잡고 있는데, 이번에는 홍주성에서 왔다는 사람 둘이 그의 부하가 되겠다며 나타났다. 그들은 홍주성의 방어상황을 상세히 전하며 자신들을 그 선봉에 세워달라고 애원했다. 그뿐만이 아니었다. 농민군의 세력이 급격히 늘어나면서 각지에서 다양한 계층의 사람들이 찾아와 몽학의 부하가 되기를 자처했기 때문에 응생은 그들을 처리하느라 입이 열 개라도 모자랄 지경이었다.

「이놈들은 다 사기꾼들이야. 알아? 바람만 살짝 불어도 모두 훅 날아가 버릴 검부러기 같은 놈들이라고. 내, 니놈들의 속을 모를 줄 알고. 달면 냉

큰 입에 넣고, 쓰면 뱉어버리는 간에 붙었다 쓸개에 붙었다 종잡을 수 없는 놈들!」

그의 말에는 사실 일리가 있었다. 각지에서 많은 사람들이 구름처럼 몰려들기는 했지만, 사실 쓸 만한 무기 하나 변변히 없고, 따로 지휘를 하는 사람도 없는 오합지졸들이었기 때문이었다. 그들이 다시 공격 시점을 놓고 언쟁을 벌이고 있을 때, 홍주성에서 왔다는 두 사람이 다시 몽학에게 와 무릎을 꿇으며 오늘 밤 홍주성으로 일단 돌아가 적들의 사정을 살핀 다음 내일 저녁에 성 안에서 호응을 할 테니 그때까지 공격을 미루기를 요청했다.

「우리가 당신 말을 어떻게 믿고 부지하세월로 기다리라는 거요?」

응생이 눈을 부라리며 따져 물었다.

「오늘 공격하건 내일 공격하건 그건 대장님 마음입니다.」

그중 한 명이 눈을 부라리며 또렷한 목소리로 말했다.

「하지만 곰곰이 생각해 보시유. 적이 성문을 굳게 닫고 지키는 성은 그보다 몇 배의 병력으로 공격한다 해도 성공하기가 힘들다는 것이 싸움의 기본이유. 더구나 농민군은 변변한 공성 무기조차 없는 적수공권이 아니유. 그런데도 무조건 아무 대책도 없이 공격을 하겠단 겁니까?」

말다툼을 하느라 시간은 어느덧 한밤중이 되어가고 있었다. 일찍 공격을 서둘렀다면 지금쯤 홍주성 코앞에 가 있을 시각이었다. 하지만 그들은 아직도 공격 시점을 결정짓지 못한 채 귀중한 시간을 허비하고 있었다.

「쇠뿔도 단김에 빼라고 지금이라도 병력을 홍주성으로 진격시키는 게 현명한 기여. 우물쭈물하다간 저놈들 맴이 싹 변해서 움직이지 않을지도 모른다고. 그러면 죽 쒀 개 주는 꼴 아닌가.」

응생이 초조하게 말했다.

「맞십니다.」

병순이 오랜만에 입을 열었다.

「저들은 정규 군인들이 아니기 때문에 규율도 없고, 조직도 없는 일시적인 세력에 불과합니다. 하지만 주의해서 잘 다루면 지 홀로 바람을 타고 퍼져 가는 들불처럼 큰 힘이 될 수도 있지요. 저들은 지금 한창 몸이 달아 있습니다. 그러므로 의욕이 식기 전에 결단을 내리는 것이 좋을 것입니다.」

「대장군! 지게 선봉을 맡겨 주십시유!」

복룡이 앞으로 나서며 쩌렁쩌렁 울리는 목소리로 외쳤다.

「지금 당장 달려가 어둠이 가시기 전에 목사牧使의 목을 베어 그 피가 식기 전에 따끈따끈한 심장을 대장군 앞에 갖다 바치겠습니다! 그런 다음, 왕의 선포식을 성대하게 올리십시유.」

「흥! 굴러온 돌짝이 백힌 돌짝을 빼낸다고 지가 혼자 북 치고, 장고 치고 다하는구먼.」

응생이 혼자서 투덜거렸다.

「나 참, 어디서 굴러온 개뼈다귀인지도 모르는디 말이여.」

「그런데 내포에서는 왜 아직도 아무 소식이 없는 거유?」

잠시 후, 몽학이 팔봉에게 물었다.

「보고서를 보낸 게 벌써 이틀 전 아니유?」

「그래서 초저녁에 다시 사람을 보냈소. 만약, 내일까지도 아무 소식이 없으면 그때는 대장군의 처분에 맡기겠습니다.」

팔봉이 다소 풀이 죽어 말했다.

「좋소! 그럼 공격 일을 내일로 결정합시다.」

몽학이 마침내 최종 결정을 내렸다. 무더운 여름밤이 느릿느릿 지나가고 있었다. 농민군은 여기저기 관아 건물 지붕 밑이나, 마당, 창고, 나무 아래 널브러져 잠에 곯아 떨어져 있었다. 그리고 일부는 인근 마을에 들어가 눈을 붙였다.

이튿날, 점심 때가 지나 곧 공격이 개시될 것이라는 소문이 떠돌기 시작하면서 농민군은 술렁거리기 시작했다.

「걱정마시오!」

오후로 접어들자, 몽학은 농민군을 모두 관아뜰에 모아놓고 연설을 했다.

「썩어가는 이 나라를 구하기 위해 우리뿐만 아니라, 각지의 유능한 의병장들이 모두 들고 일어났소. 곽재우, 김덕룡, 홍계남. 여러분은 조선을 구한 이들의 빛나는 이름을 익히 잘 알고 있지 않소? 그들은 이미 한양을 목표로 움직이고 있소. 그러니 무엇을 두려워하겠소!」

그 당당한 위세에 사람들은 힘을 얻어 만세를 부르며 환호했다.

「저 서산으로 기우는 해처럼 조선도 곧 역사 속에서 사라져 갈 것이오.」

「나는 여러분들을 그곳으로 데려 갈 것이오. 서얼은 없어지고, 백성들은 누구나 평등하게 사는 고통 없는 세상으로!」

농민군은 이른 저녁을 먹고 공격 진영을 갖추었다. 복룡의 간청으로 그에게 선봉을 맡기기로 했다. 그 다음에는 병순이 이끄는 승군僧軍으로 구성된 정예 병력이 따르고, 이어 지역별로 부여군軍, 임천군軍, 청양군軍 순으로 공격군이 편성되었다. 공격군은 인근 마을에서 나온 농부들의 열렬한 환호를 받으며 홍주성을 향해 출발했다.

오후가 훨씬 지났지만, 태양은 여전히 이글거리며 농민군의 머리 위에서 작열하고 있었다. 고을마다 사람들이 몰려 나와 마치 자식처럼 흙 묻은 시커먼 손으로 그들의 등을 쓰다듬으며 무운을 빌었다. 땀에 흠뻑 젖어 내달린 끝에 그들은 마침내 홍주성 전방 십 리 앞까지 이르렀다. 그때서야 산 너머로 태양이 서서히 가라앉기 시작했다. 그들은 나무 그늘에 앉아 휴식을 취하면서 어둠이 완전히 깃들기를 기다렸다.

9시경, 복룡이 이끄는 대흥군軍이 먼저 성을 향해 출발했다. 그리고 그 뒤를 약간의 간격을 두고 병순이 이끄는 승군이 따랐다. 공격군이 전진을 시작한 지 약 십 분쯤이나 되었을까, 갑자기 앞서 가던 대홍군의 전열이 순식간에 무너지면서 후퇴를 해왔다. 병순은 쫓기는 복룡을 붙잡고 자초지종을 물었다. 하지만 복룡은 겁에 질려 도망치기에만 바빴다.

「네, 이놈! 네가 이래도 대장이라 할 수 있겠느냐? 목을 베기 전에 썩 걸음을 멈추어라!」

병순의 명령에 뒤따르던 만석이 복룡을 붙잡아 데려왔다.

「어데로 가려는 거냐? 비겁하게.」

「산모퉁이를 막 돌아가려는데 갑자기 어둠 속에서 적 수십 명이 나타나 우리들을 덮쳤소.」

복룡이 숨을 몰아쉬며 말했다.

「도망치는 것이 아니라 대장군께 직접 가서 상황을 보고하려던 참이었소.」

병순은 복룡을 보내고 그의 병력을 자기 휘하에 둔 다음, 만석을 불러 적 병력이 그리 많지 않은 것 같으니 그가 선봉으로 나서 적과 일전할 것처럼 싸움을 걸면, 자신은 나머지 부대를 이끌고 뒤로 빠진 다음 적을 우회해 뒤에서 기습공격하겠다는 뜻을 밝혔다. 만석은 즉시 그 뜻을 이해하고 병력을 이끌고 적진을 향해 출발했다.

십여 분 후, 앞에서 만석의 병력이 적과 싸움을 시작하자 병순은 그를 따르던 후위 병력을 오른쪽 나무 그늘 속으로 3~4백 미터가량 이동시킨 다음, 갑자기 방향을 바꾸어 나무가 우거진 언덕을 향해 돌진했다.

잠시 후, 요란하게 두드리는 꽹과리 소리와 함께 뒤에서 갑자기 나타난 반군의 출현에 놀란 적은 메뚜기처럼 이리저리 흩어졌다. 그 속으로 병순이 비호같이 뛰어들더니 적 7~8명을 단칼에 베어버렸다. 그러자 적은 죽어라고 홍주성 방면으로 도망치기에 바빴다. 농민군은 그 광경에 신이나서 꽹과리를 두드리며 연신 함성을 질러댔다.

농민군은 어둠 속에서 사기가 충천하여 성을 향해 진격했다. 비록, 무기도 변변치 않고, 조직력도 엉성했지만 그 숫자만은 상대에게 겁을 줄만했다. 그들이 성에 가까이 접근했을 때, 성은 이상할 정도로 숨을 죽인 듯 고요했다. 다만, 주변의 민가에서 놀란 백성들이 뛰어나와 피난을 가느라 분주할 뿐, 하늘에는 달이 환하게 대지를 비추고 있었다.

「목사는 어서 나와 무릎을 꿇어라!」

응생이 성문 앞에 바싹 다가가 안에 대고 소리쳤다.

「이미 새로운 시대가 도래했거늘 그대는 왜, 아직도 낡은 생각을 깨우치지 못하고 좁은 우리 안에 갇혀 있는가? 어서 성문을 열고 나와 우리와 같이 새로운 세상에 합류하라!」

그 소리에 맞춰 농민군은 꽹과리를 치고, 발을 구르며 함성을 질렀다. 그와 거의 동시에 쥐죽은 듯 잠잠하던 성 위로 갑자기 화염이 붉게 솟구치면서 포와 불화살이 농민군의 머리 위로 날아왔다. 기습공격이었다. 아울러 성 밖에 밀집돼 있는 민가의 초가지붕에 불이 붙으면서 불길이 어두운 밤하늘을 대낮처럼 환하게 밝혔다. 농민군은 주춤하며 뒤로 물러났다. 몽학은 앞으로 나서서 그들을 격려했다.

「겁내지 말라! 우리의 병력은 막강하다. 서쪽에서는 내포군軍이 공격 채비를 갖추고 있고, 의병장들도 우리를 도우려고 각지에서 병력을 거느리고 오고 있는 중이다.」

하지만 공세가 워낙 거세고, 조직적이었기 때문에 농민군은 감히 성에 접근할 엄두조차 못냈다. 사실, 성 안에는 인근 지역에서 몰려든 많은 구원군이 강력한 수비선을 구축하고 있을 뿐 아니라, 내포군과의 연계도 차단하고 있었다. 해서, 내포군은 그에 견제되어 이몽학군과 합류할 수가 없었던 것이다. 농민군은 일단 병력을 뒤로 물리고 전열을 가다듬었다. 민가의 초가집들이 계속 불에 타면서 밀려오는 뜨거운 열기에 더 버티기도 힘들었다.

「우리와 합류하기로 약속한 한현군은 도대체 어디에 있는 거요?」

응생이 팔봉에게 화를 내며 물었다.

「좀더 기둘려 보시오. 안즉 시간이 남아 있으니.」

팔봉이 변명처럼 말했다.

「장담하오?」

응생이 거듭 물었다.

「그분은 결코 약속을 어기실 분이 아니요.」

「알겠소. 그 말에 책임을 지시요. 여기 있는 모든 사람들이 들었으니까.」

응생이 잔뜩 화가 난 눈으로 팔봉을 노려보며 말했다.

「정 장군의 생각은 어떻소?」

몽학이 병순에게 의견을 물었다.

「글씨요. 지금으로선 단독 공격은 무리라고 생각합니다. 우리에게는 무기도 모자라고, 공성攻城용 장비도 하나도 없지 않십니꺼?」

사태가 불리하다고 판단했는지 벌써 눈치 빠른 농민들은 하나 둘 전열에서 이탈하고 있었다.

「자, 용기를 내시오!」

몽학이 비장한 목소리로 말했다.

「한현군만 온다면 한번에 성을 무너뜨리고, 충청도를 통째로 우리 품으로 가져올 수 있을 것이오. 그러니 그때까지만 버팁시다.」

그들이 후방으로 물러나 어둠 속에서 잠시 휴식을 취하고 있는데, 어디서 나타났는지 알 수 없는 일단의 관군이 그들의 후위를 기습적으로 공격해왔다. 그래서 그들은 다시 우왕좌왕하면서 좌우로 흩어졌다. 그들은 성에서 나온 병력이 아니었다. 그렇다면 적은 곳곳에 포진해서 그들의 뒤를 호시탐탐 노리고 있다는 뜻이었다.

그들은 겨우 적들을 물리친 다음 허둥대며 그 위험 속을 빠져나갔다. 그러나 오 리도 채 못갔을 때, 이번에는 나무가 우거진 야트막한 언덕 뒤에 매복하고 있던 적이 좌측면에서 공격을 가해왔다. 병순은 몽학과 지휘부가 한현군과 안전하게 합류하도록 먼저 덕산德山 방면으로 보낸 다음, 후방을 지키기 위해 만석과 함께 언덕 아래 평지에서 관군을 맞아 싸웠다. 그들의 병력은 삼십여 명에 불과했지만 관군은 백 명이 넘는 병력이었다. 그러나 관군은 섬광처럼 빠른 병순의 칼 솜씨에 겁을 집어먹고 오히려 참새 떼처럼 떨며 주춤거리고 있었다. 그때 그들을 헤치고 한 사내가 선뜻 앞으로 나섰다. 그는 홍주에 거주하고 있는 이로 성이 위태로워지자 제일 먼저 목사를 돕기 위해 구원에 나선 무사였다.

두 사람은 달빛이 은은히 비치는 풀밭 위에서 잠시 대치했다. 무사가 먼저 단칼에 끝내려는 듯 무서운 기세로 칼을 휘두르며 공격해왔다. 한번 칼을 휘두를 때마다 칼날의 섬광이 달빛을 받아 허공에서 커다란 원을 그렸다. 두 개의 칼날이 몇 번 부딪치면서 금속성의 날카로운 비명을 질렀다. 그때마다 몸이 작은 병순은 그 충격에 비틀거렸다.

병순은 몸매는 작았지만 발이 빨랐기 때문에 상대의 공격을 피하면서 가능한 행동반경이 큰 상대의 몸 안쪽에 바싹 붙어 공격을 노렸다. 무사는 숨을 몰아 쉬면서 거세게 병순을 밀어붙였다. 그의 칼날이 머리 위로, 그리고 어깨 위로 계속해서 쉬지 않고 날아왔다. 하지만 병순은 침착하게 그의 칼날을 피하며 허점을 찾았다. 얼마 후, 공격을 서두르던 상대가 울퉁불퉁한 땅을 밟고 잠시 균형을 잃으며 텅 빈 옆구리를 보였다. 그 순간, 병순의 칼이 그의 옆구리의 부드러운 살을 단번에 깊숙이 찔렀다. 그 광경을 본 적군은 모두 놀라 성 쪽으로 부리나케 다투어 도망치기 시작했다.

「한 놈도 남기지 말라!」

병순이 칼을 높이 들고 백 미터가량 관군을 추격했을 때, 갑자기 어둠 속에서 그를 노리고 있던 대여섯 발의 화살이 날아와 그의 목과 몸통을 꿰뚫었다. 농민군은 거의 다 달아나고 백여 명밖에 남아 있지 않았다. 자정이 가까워오고 있었지만 한현 군은 어디에도 개미 새끼 한 마리 보이지 않았다.

농민군은 덕산 부근에 있는 산 속에서 휴식을 취하고 있었다. 지난 사흘간의 흥분과 열정이 차갑게 식으면서 왠지 온몸의 맥이 쫙 빠지는 순간이었다.

「비겁한 놈!」

갑자기 풀밭에서 웅생이 벌떡 일어나더니 곁에 있는 팔봉을 보고 소리쳤다.

「우리를 전장에 놔두고 자신은 구경만 하겠다! 너도 그놈과 한통속이렸다!」

그리고는 칼을 들어 분풀이로 팔봉의 머리를 베었다. 몽학은 임시로 만든 대장 막사에서 눈을 좀 붙이기로 했다. 지난 사오 일간 한숨도 잠을 못 잤던 것이다.

농민군은 보초를 세우고 모두 코를 골며 풀 위에서 잠이 들었다. 사방은 쥐죽은 듯 고요하고, 어둠 속에서 어디선가 풀벌레 소리만이 들려올 뿐이었다.

「너희들은 모두 포위되었다!」

얼마나 지났을까. 어둠 속에서 누군가가 그들에게 큰 소리로 말을 걸어왔다.

「도원수와 전라감사, 그리고 의병장 김덕령이 이끄는 수만의 병력이 너희들을 포위하고 있다.」

그것은 도원수 휘하에 있는 군관이 반군들에게 투항을 권유하는 소리였다. 그 소리가 잠시 그쳤다가 다시 이어졌다.

「지금이라도 괴수의 목을 베어 투항한다면 목숨을 보장하겠다. 그러니 귀한 목숨을 헛되이 하지 말고 우리와 합류하라!」

몽학은 며칠 동안 못잔 잠을 벌충하듯 코를 골며 자고 있었다. 개똥이 옆에서 보초를 서고 있었다. 응생은 사람을 시켜 개똥을 불러냈다. 그 사이에 그는 부하들을 데리고 몽학이 자고 있는 곳으로 다가갔다. 몽학은 아무것도 모른 채 네 활개를 펼치고 편안히 잠들어 있었다. 아마 왕의 꿈을 꾸고 있는지도 몰랐다.

응생은 그의 얼굴을 한번 쓱 쳐다본 다음, 씩 웃으며 칼을 들어 그의 목을 힘껏 내리쳤다. 그리고는 떨어진 목을 칼에 꿰어 들고 밖으로 나와 관군이 주둔하고 있는 곳으로 달려가기 시작했다.

3

명明 정부는 일본군 진영에서 무단 탈출한 정사 이종성을 옥에 가두고, 대신 부사를 정사로 삼고, 심유경을 부사로 대체해 신표와 관복 등을 다시 주어 일본으로 출발시켰다.

그들은 조선으로 건너와 그들과 함께 일본으로 동행할 조선 통신사의 파견을 정부에 재촉했다. 하지만 조선 정부가 쉽게 결정을 내리지 못하고 계속 시간만 허비하자 더 기다리지 못하고 강화사 일행은 6월 15일에 먼저 부산을 출발했다.

조선 정부는 그들이 떠나고 나서 얼마 있다가 부랴부랴 통신사를 임명하고, 8월 8일에야 그들을 일본으로 출발시켰다. 그들이 쓰시마를 거쳐 사카이堺항에 도착하자, 먼저 와 있던 명나라 사절단이 부두에 나와 그들을 맞이했다. 그들은 얼마 전에 새로 지은 후시미伏見 성에서 히데요시를 접견할 예정이었다. 그런데 수도 부근에서 발생한 대지진으로 후시미 성이 파괴됐기 때문에 장소가 오사카 성으로 변경되었다.

9월 1일, 명明 사절은 오사카 성에서 히데요시를 접견했다. 그리고 이튿날, 히데요시는 그들을 위해 향연을 베풀었다. 하지만 조선 통신사들은 늦게 도착했고, 또 일본이 왕자 등 인질을 흔쾌히 송환했는데도 불구하고 말단 미직의 신하들을 파견했다는 이유로 접견조차 허락되지 않았다.

히데요시와 각 성의 영주들은 저마다 명에서 선물로 보내온 관복을 입고, 명의 예법에 따라 정중하게 예식을 거행했다. 즉, 중국식 책봉식이었다. 그리고 히데요시의 지시로 오산五山의 선승이 명 황제가 내린 유서를 읽게 했다.

그러나 '너를 봉하여 일본 국왕으로 삼는다'는 대목만 나오고 그가 요구했던 나머지 조항들은 모두 빠져버린 것을 알자, 히데요시는 갑자기 얼굴이 붉으락푸르락해지며 미친 듯이 날뛰기 시작했다.

「집어치워라! 향연이고 나발이고 다 집어치워라!」

그는 울화통이 터지는 듯 버럭버럭 소리를 지르며 고니시와 유경을 잡아와 당장 목을 베라고 호통쳤다.

그는 자신이 처음에 주장했던 7개조의 강화안이 하나도 성사되지 않은 것을 알고 분노했다. 그래서 그는 자신이 고니시와 심유경의 농간에 속았다는 것을 알고 즉시 그들을 참수하려고 했다. 하지만 주위의 만류로 그치고 대신 명의 책봉사와 조선 통신사의 퇴거를 명령했다. 동시에 그 자리에서 조선 재침 명령이 전군에 하달되었다. 정유재란의 시작이었다.

그렇다면 히데요시는 왜 그토록 화를 낸 것일까? 그가 볼 때 4년이나 전쟁을 끌었지만, 일본은 아무것도 얻은 것이 없었다. 물론, 그것은 명도 마찬가지였다. 하지만 전쟁을 일으킨 당사자인 그에게는 분명한 목적이 있었다. 그것은 즉, 영토의 확장이라는 눈에 보이는 확실한 결과물이었다. 그는 조선 전부는 몰라도 반이라도 얻어야 이 전쟁을 일으킨 명분이 섰다. 그 희망사항이 이제 물거품이 되고 말았다. 그는 그것을 받아들일 수 없었던 것이다.

반대로 명은 동양의 종주국이라는 방어자의 입장에서 이 전쟁을 맞이했다. 그리고 그것을 조선과 함께 지켜내는 데 성공했다. 하지만 군대의 동원과 그들이 부담한 전쟁물자는 결코 가벼운 것이 아니었다. 그래서 강화를 통해 현 상태를 유지하는 선에서 발을 빼려 했던 것이고, 목적한 대로 조선에서의 종주권을 지켜내는 데 성공했던 것이다.

그렇다면 조선의 존재 근거는 이제 어디서 찾는단 말인가? 조선은 4년이라는 긴 시간 동안 자신의 땅에서 전쟁을 치렀기 때문에 가장 극심한 피해를 입었다. 그러면서도 명과 일본 사이에 끼어 한번도 제대로 자신의 목소리를 내지 못했다. 강화는 전적으로 명에 의해 주도되었고, 일본이 요구한 수신사 파견 조건은 패전국이 전승국에 행하는 외교 관례가 아닌가? 즉, 수신사 파견은 패배를 인정한다는 항복과 비슷한 굴욕적인 요구 조건이었던 것이다. 그리고 그것을 조선은 명의 강요로 따르지 않으면 안 되었던 것이다.

히데요시는 명과의 강화를 방해했다는 이유로 국내로 들어와 근신 처분을 받고 있던 가토를 다시 불러들여 친히 재침 준비를 시키고, 고니시에게는 공을 세워 죄를 씻으라는 명령을 내렸다. 그리고 이듬해 2월로 출정 날짜를 못 박았다. 하지만 경쟁 관계에 있는 두 사람은 그보다 일찍 서둘러 조선으로 건너가 전쟁 준비에 돌입했다.

서생포로 귀환한 가토는 우선 조선측에 조선 영토의 분할과 인질을 요구하는 서한을 보내고, 따로 유경을 불러 그 내용을 거듭 반복해서 설명하고 설득했다. 이제 이번 전쟁의 진짜 목적이 분명히 드러났다. 즉 히데요시는 기어이 한 뼘의 땅이라도 뺏고야 말겠다는 의지를 천명한 것이었다.

가토의 뒤를 이어 각 군軍의 병력이 이듬해 봄부터 초여름에 걸쳐 착착 조선 남해안에 도착, 다시 새로 성을 쌓고 전투 준비에 들어갔다.

조선은 이듬해 2월에 즉시 명에 급고사急告使를 보내 사태의 위급함을 명 정부에 알리고 구원을 요청했다. 그리하여 5월에는 양원이 이끄는 선봉군이, 그리고 6월에는 오유충이 이끄는 부대가 한양으로 들어왔다.

6월 18일, 양원군이 남원으로 내려왔을 때, 만동도 중국 친구 몇 명과 함께 그들의 뒤를 따라 명군이 먹을 음식이며, 일상용품들을 수레에 싣고 그곳으로 내려왔다. 그로서는 실로 3년만의 귀향이었다. 그는 이제 장사꾼이 다 돼 있었다. 그리고 중국말도 유창해 조선 사람 같지 않았다. 강씨 부인은 그곳에서 사내애를 낳고, 작년에는 계집애를 낳아 만동은 어느새 두 아이의 아버지가 되어 있었다.

만동은 부대 안에서 병사들에게 물건을 파는 한편, 시간이 나면 밖으로 나와 이전에 사업하던 친구들을 잠시 만나 회포를 풀었다. 남원에 온지 며칠 안 돼, 만동은 사람을 시켜 금동과 망내에게 연락을 취했다. 그리하여 며칠 후, 이전에 그들이 경영하던 술집에서 환영식이 열렸다.

만동은 그간 많은 변화를 겪어 그런지 전보다 많이 노련하고, 진중해 보였다. 그리고 그 특유의 뚝심도 장사꾼의 무던한 인내심으로 누그러져 다소 살이 붙은 다부진 몸매와 잘 어울렸다.

「이자 보니, 명나라 사람이 다 됐네, 성!」

금동은 어깨를 얼싸안으며 만동의 성공을 맨 먼저 축하했다.

「혼지만 잘 살지 말고 나도 좀 데려가소!」

「마누라는 우쩌고?」

망내가 한마디 했다.

「까짓 거 그기 가서 이쁜 명나라 여자 얻어 다시 살면 안 되겠나.」

금동은 호기를 부렸다. 금동은 분이가 다음 달이 해산달이라 집에 가도 별로 재미가 없었다. 다시 이전처럼 장사를 하고 싶었다. 망내도 이제 아버지가 되어 제법 어른티가 났다. 그는 이전에 번 돈을 이자놀이로 약빠르게 굴려 고향에서 확실한 부자로서의 위치를 굳건히 굳혀가고 있었다. 게다가 마을의 논 전부가 그와 막개의 소유였기 때문에 마을 사람들은 그의 눈치를 보지 않으면 안 되는 형편이었다.

전쟁이 코앞으로 다가와 어수선한 분위기였지만, 그들은 사업 얘기에 시간 가는 줄을 몰랐다. 다시 전쟁이 붙는다면 돈 벌 곳은 명나라 군인들을 상대로 한 장사 외에는 별 수가 없다는 것은 불 보듯 빤한 일이었다.

「언지쯤 붙는 기가? 붙으려면 빨리 붙던지, 맨날 관에서 우찌 들들 볶아대는지 살 수가 없다, 안카나. 어서 팍 터져뿌리서 결말이 나 뿌렸으면 좋겠다.」

금동이 불평을 털어놓았다.

만동은 그들보다 더 많은 정보를 갖고 있었는데, 명은 전면전을 할 생각은 추호도 없고 일본과 어느 정도 싸운 다음에 적당한 선에서 발을 뺄 것이라며 이전보다 더 길게 가지는 않으리라고 판단했다.

만동은 고향 사람들의 근황에 대해서는 별로 묻지 않고, 자신의 사업 이야기만 했다. 그는 조선 국경에서 조선 상인들로부터 조선 특산품을 사서 북경으로 가져가 파는 중간 무역상으로 제법 그 규모가 크고, 취급하는 물건이 다양한 편이었다. 그는 그곳의 엄청나게 추운 날씨와 중국인들의 허세와 장사술에 대해 얘기하면서 그간 돈을 많이 벌어 이번 전쟁이 끝나면 북경에 집을 마련해 아이들을 그곳에서 교육시킬 것이라는 말도 했다. 그러고는 손에 들고 온 보따리를 하나 끌러 그 안에서 약재 같은 뭉치 하나와 옷감을 싼 종이 꾸러미 두 개를 꺼내 망내 앞에 내밀었다.

「이기 먼데?」

망내가 그것을 보고 물었다.

「어무니께 드리는 약과 옷감일세. 약은 오래 사시라고 드리는 기고, 옷감은 돌아가시기 전에 한번 지어 입으시라고 가져온 걸세.」

만동은 망내를 힐끗 쳐다보고 다시 말을 이었다.

「우선 이것들을 어머니께 좀 갖다 드리게. 나는 나중에 자리가 잽히는 대로 찾아가 뵐 테니께. 지금은 자리를 비울 수가 없어서 그렇구만. 그리해 줄 수 있겠나?」

「알겠네. 그런 부탁을 몬 들어주겠는가?」

망내는 그가 부탁한 물건을 받아 챙겼다. 만동의 어머니는 그가 명나라로 강씨 부인과 함께 떠나자 그 마을에 더 이상 살기가 부끄럽다며 밀양에 사는 친척 집으로 가서 살고 있었는데, 지금 살아 있다면 육십이 넘었을 것이다. 만동이 남원에 머물게 되자, 금동은 남원으로 와 만동의 일을 거들었다.

7월에 접어들어, 전쟁의 어두운 그림자가 다시 짙게 드리워지면서 일본군의 공격 방향이 전라도로 집중될 것이라는 소문이 떠돌며 민심은 흉흉해졌다. 그러자 명의 지휘관 양원은 백성들을 동원해 성 주위를 따라 참호를 파고, 성벽의 높이를 3미터 정도까지 증축시켰으며, 곳곳에 울타리를 세우고 총안銃眼을 뚫은 다음 사방 성문 위에 3문씩 포를 거치했다. 백성들은 이미 봄부터 잡다한 전쟁 준비에 시달려 집안 농사조차 돌볼 수 없을 정도로 심신이 지쳐 있었다. 해서, 노역을 견디다 못해 하나 둘 짐을 꾸려 고향을 떠나는 사람들이 늘어났다.

이렇게 전쟁 분위기가 점점 짙어 가는 7월 초의 어느 무더운 여름 날, 일단의 명나라 사람들이 의령 부근에 모습을 나타냈다. 그들은 당당하게 명나라의 기를 앞세우고 말에 탄 한 사내를 호위하고 있었는데, 날씨 때문인지 아니면 오랜 여정 때문인지 다들 힘이 빠지고, 풀이 죽은 모습이었다.

「힘을 내라! 곧 조선 관원들이 신발을 벗고 나와 우리를 반겨줄 것이다.」

그것은 심유경의 목소리였다. 그는 작년에 강화협상이 결렬되어 사신들이 모두 명나라로 돌아갔는데도 불구하고 뒤에 남아 혼자서라도 강화를 끝내 관철시키고 말겠다고 고집을 부리며 이곳에 눌러앉아 있었다. 하지만 실은 조국으로 돌아가면 반대파에 의해 곧장 목이 달아날 것이 빤했기 때문에 이곳에서 조선의 밥을 얻어먹으며 하루하루 목숨을 연명하고 있는 중이었다.

연초에 선발대로 가토와 고니시의 군이 조선으로 먼저 들어오자, 그는 즉시 조선에 주둔하고 있는 유정을 통해 강화교섭에 착수했다. 하지만, 가토는 완강하게 조선의 영토 할양과 양국의 화의를 증명하는 조선의 인질을 일본으로 송환하라는 종전의 주장을 되풀이했기 때문에 협상은 조금도 진전이 없었다.

유경은 고니시와 조선 관리들 사이를 오가며 어떻게든 강화를 성립시켜 살아남기 위해 안간힘을 썼다. 하지만 고니시는 강화 따위는 이미 물 건너갔다는 듯 자신의 실패를 만회하기 위해 전투 준비에만 열을 올렸고, 그 밖의 일본군의 대우도 그지없이 차갑고, 냉랭하기만 했다. 고니시는 그래도 덜했지만 그의 사위 소우宗義智는 유경이 가도 쳐다보지도 않았다. 그는 이미 다 끝난 일이니 더 이상 심유경의 부하들에게 식사를 제공할 수 없다고 딱 잘라 말했다. 그리고는 아무 힘도 권한도 없는데 왜, 부하들은 그렇게 줄줄 매달고 다니느냐며 비아냥대기조차 했다. 그래도 유경은 참을 수밖에 없었다.

고니시는 마지막으로 유경을 만나 이제 곧 일본의 대군이 바다를 건너 공격을 개시할 것이니 모든 미련을 버리고 고향으로 돌아가 당당히 죄의 대가를 받고 새로운 인생을 살라고 충고했다. 하지만 죽는 줄 빤히 알면서 돌아갈 수는 없는 노릇이 아닌가? 유경은 마지막으로 고니시에게 일본에의 망명을 간곡히 부탁했다.

「사랑하는 친구여!」

유경은 마지막으로 고니시의 손을 부여잡고 애타는 마음으로 말했다.

「사지에 몰린 친구를 정녕 내버릴 것인가. 싸움을 거부하고 협상으로 평화를 사랑했고, 증오와 미움보다는 화해와 대화를 통해 동양의 평화에 온몸을 바친 나는 한 사람의 욕망에 의해 점화된 이번 전쟁을 세 치 혀로 껐고, 숱한 조선 양민의 목숨을 그대와 함께 구하지 않았는가? 이제 그 꿈을 이루려는 순간에 나는 죽음의 깊은 구덩이에 빠지고 말았소. 부디, 이 외로운 목숨을 사지에서 건져내 남은 여생을 고통 없이 살다가 사라지게 해다오!」

그러나 고니시는 그의 소원을 들어줄 처지가 아니었다. 그는 죄인이었다. 그러니 죄인이 죄인을 어떻게 도와줄 수 있단 말인가? 그로부터 유경의 끝없는 유랑이 시작되었다. 그는 조선의 관리들을 만나 강화협상의 가능성을 유창한 말솜씨로 설명하면서 피 한방울 흘리지 않고 전쟁을 종결시키는 방법을 알고 있다며 허풍을 치고 돌아다니며 밥을 얻어먹었다. 그러나 그의 행동은 곧 조선에 주둔하고 있는 명나라 지휘관들의 귀에 들어갔고, 그를 체포하라는 명령이 각 군에 하달되었다. 유경은 잠자리는 고사하고, 밥을 제대로 먹지 못해 몰골이 말이 아니었다. 기름이 흐르듯 번지르르하게 휘날리던 멋진 수염은 시커먼 먼지와 때로 누렇게 변색이 되어 있었고, 제대로 먹지를 못해 피부도 이전 같은 윤기를 잃고 거칠해져 있었다. 그래도 그는 조선 관리들만 만나면 아직도 건재하다는 듯 침을 이리저리 튀기며 강화협상만이 조선과 일본을 구할 수 있는 마지막 수단이라며 열변을 토했다. 그리고 얼렁뚱땅 밥 한술을 얻어먹었다.

「이봐, 저 찬란한 해를 한번 봐!」

산 모퉁이를 돌자 갑자기 정면으로부터 비쳐오는 시뻘건 석양의 햇살을 손으로 가리키며 유경이 말했다.

「살아 있다는 것은 정말 멋진 거야. 아직도 저렇게 아름다운 석양을 볼 수 있다니 정말 행복한 거 아닌가, 친구!」

그 말이 끝나기도 전에, 석양의 그림자로 서늘해진 풀숲 속에서 일단의 병사들이 뛰어나와 그들의 길을 가로막았다. 그들은 심유경이 오늘 밤 그곳에서 머물 것이라는 첩보를 갖고 미리 그곳에 매복하고 있던 남원 주둔 명나라 병사들이었다. 그들은 재빨리 달려 나와 유경을 포박해 곧장 남원으로 끌고갔다. 그리고 유경은 거기서 다시 자신의 죄를 정식으로 받기 위해 북경으로 가는 길고 긴 죽음의 여정에 올랐다.

그 무렵, 명군은 제독 마귀가 수천의 병력을 이끌고 한양에 도착했고, 경리經理 양호도 평양에 도착해 일본군을 칠 준비를 하고 있었다.

7월 중순, 일본군이 칠천량에서 원균이 이끄는 조선 수군을 궤멸시키자 전세는 급격히 기울어졌다. 그동안 남해안으로 통하는 바닷길을 완벽하게 차단하고 있던 이순신 함대가 원균에게로 지휘권이 넘어가면서 조선 수군의 완패로 끝나자 육로와 해로, 두 방면으로 전라도로 가는 공격로가 활짝 열리게 된 것이었다.

명군은 급히 여순旅順에 주둔하고 있는 명 수군을 동원해 조선으로 급파했으며, 한강과 대동강 입구를 막고, 행여나 일본군의 침투가 우려되는 천진天津, 등주登州, 래주萊州의 해로를 차단했다. 조선 수군의 패전 소식이 전해지자, 백성들은 곧 다가올 일본군의 공격과 그들이 저지를 만행을 예측하고 공포와 두려움에 휩싸였다. 그와 동시에 먼 남해안으로부터 지리산 자락까지 피난민의 행렬이 다시 이어졌다.

7월도 하순에 접어들어 제법 공기가 서늘해진 어느 날, 만동은 금동과 함께 오랜만에 한가하게 남원 중심부에 있는 술집에서 술을 마시고 있었다. 금동은 아내가 해산하는 것이 이번이 처음이었기 때문에 주로 여자들이 애 낳는 것에 대해 만동에게 이것저것을 물으며 무척 심란해 있었다.

「우리 아내는 둘째를 낳을 때 나가 밖에 나갔다 오니까 벌써 혼자서 아를 낳았더라고.」

만동이 웃으며 말했다.

「참말이요?」

「그렇다니께. 도무지 겁이 없는 사람이라 나도 가끔씩 깜짝깜짝 놀란다, 안카나.」

「나도 그랬으면 얼매나 좋을까.」

금동이 머리를 긁적이며 말했다.

「우리 각시는 쪼매만 나가 보이지 않아도 얼라처럼 칭얼거리고, 보채서 귀찮을 정도라니께. 지발, 조용히 아를 낳으면 좋겠는데.」

그들이 이렇게 한가하게 노닥이고 있는데 문 밖으로 세창이 하인들과 함께 짐을 하나 가득 지게에 싣고 부지런히 어딘가로 급히 가고 있는 것이 보였다. 그것을 보고 금동이 나가 불러 세웠다.

「오데를 그리 급히 가십니꺼? 일본군이라도 쳐들어온답니까?」

「이 사램 안직 소식이 깜깜이군.」

세창은 혀를 차며 말을 이었다.

「수군이 박살났으니 전라도가 박살나는 기는 시간문제 아니당가? 그렇게 폼만 잡고 서 있지 말고 자네도 살고 싶으믄 어서 산 속으로 도망가랑께.」

「아재, 다 도망가쁠면 누가 조선을 지킵니까?」

만동이 그 소리를 듣고 안에서 큰 소리로 물었다.

「이 사람아, 명나라 군대가 빵빵하게 있지 않은감?」

세창이 냅다 큰 소리를 쳤다.

「허허. 그라믄, 지금 아재 심장은 누구 기요?」

만동이 재미있다는 듯 다시 물었다.

「누구 기긴 내 끼지, 하면.」

「명나라 군사 것이 아니고요!」

만동이 껄껄 웃으며 되묻자, 세창은 얼굴이 벌개지면서 서둘러 하인들의 뒤를 쫓아갔다.

일본군은 6월에 히데요시가 내린 명령에 따라 공격군을 좌우로 나누었는데, 고니시가 선봉장을 맡은 좌군左軍은 약 5만 명 가토가 선봉장을 맡고 있는 우군右軍은 약 6만5천 명의 병력이었다. 거기에 수군과 남해안을 따라 구축한 성에 주둔하고 있는 병력까지 합하면 모두 15만 명에 이르는 대병력이었다. 그에 맞서는 명군은 남원에 3천 명, 전주에 2천 명, 그리고 충주에 4천 명, 한양에 8천 명의 병력이 전부였다.

8월 초, 일본군은 공격방향을 좌우로 나누어 좌군은 수륙 양면으로 남원성을 목표로 삼고, 우군은 양산에서 창녕을 거쳐 지리산 북쪽의 험준한 산악지대를 넘어 전주에서 좌군과 조우하기로 정하고 공격을 개시했다.

좌군은 사천 부근에서 집결한 다음, 5일에는 하동에 진을 치고, 10일에는 수군과 합류해 하동을 출발, 남원을 향해 진격했다. 이에 놀란 명의 양원은 남원성 서북방에 있는 교룡산성을 일본군이 점령하는 것을 두려워해 그곳의 모든 건물들을 불태우고, 전방의 시야를 확보하기 위해 성 밖의 민가와 들판까지도 싹 비우고 일본군의 공격을 기다렸다.

간밤의 비가 그치고 눈부신 한가위 보름달이 동쪽 하늘 높이 휘영청 떠올랐을 때, 일본군은 성 사방에서 포위망을 좁히며 일제히 공격을 개시했다. 그에 맞선 명군은 전주의 지원군이 오기를 학수고대했지만 아무리

기다려도 오지 않자 제대로 싸움 한번 해 보지 못하고 궤멸하고 말았다.

일본군은 성으로 밀려들어가 닥치는 대로 명군과 조선군을 살육했다. 그러나 이번에는 히데요시의 명령에 의해 임진란 때처럼 목을 베지 않고 코를 베어 각 군의 전과를 증명하는 징표로 삼았다.

양원의 병력은 남원에 올 때 3천백여 명이었지만, 이 전투에서 살아남은 자는 몇 백도 되지 않았다. 양원은 목숨을 겨우 구해 가까스로 성을 빠져 나갔으며, 아울러 전라병사 등 조선의 지휘관 모두가 그곳에서 전사했다.

일본군은 이틀간 남원에 머물며 살육과 약탈을 자행한 다음, 그곳을 출발, 임실로 향했다. 그리고 그 뒤에는 하이에나처럼 전과를 획득하려는 영악한 장사꾼들이 남았다. 일본군이 상륙한 사천으로부터 하동, 구례, 남원 등 진격로를 따라 6만 명에 이르는 대군이 메뚜기 떼처럼 가옥과 들판을 휩쓸고 지나가면서 그곳에는 아무것도 남아나지 않았다. 거기에 더해 이번에는 사람 사냥이 기승을 부리기 시작했다.

일본군 선박 부서는 임진란 때 병사들과 병참품을 조선으로 실어 나르던 보급선들이 빈 배로 현해탄을 넘다가 선체가 너무 가벼워 풍랑에 전복되거나 선체가 파손당한 경험을 갖고 있었다. 해서, 이번에는 그 피해를 줄이는 방법으로 가능한 많은 조선인들을 포로로 잡아 그들을 짐 대신 빈 선창에 가득 채워 배의 무게중심을 낮추려 했다. 그리고 포로로 잡아온 조선인들을 포르투갈 무역선들이 들어오는 규슈의 항구로 끌고가 그곳에서 나이와 성별, 육체적 능력에 따라 분류해 포르투갈 노예 상인들의 손에 넘기면 배도 안전하고, 또 포로를 팔아서 따로 돈도 버는 일석이조의 효과가 생기는 것이었다. 그리고 거기서 번 돈은 다시 영주의 호주머니 속으로 들어가 군수물자를 구입하고, 병사들의 비용으로 지출할 수 있게 된다.

남원성이 함락되어 명군이 모두 후퇴해 버리자, 금동은 할일이 없어졌다. 피난을 가고 싶어도 분이 때문에 꼼짝할 수가 없었다. 그녀가 언제 아이를 낳을지 모르는 상황이었기 때문이었다.

전쟁이 또다시 대지를 할퀴고 있었지만, 덕유산의 깊은 골짜기들은 아름다운 가을 색으로 곱게 물들어가고 있었다. 숲으로 들어가면 벌어진 아람 사이로 잘 익은 갈색의 윤기를 띤 밤송이들과 도토리들이 구름 한 점 없는 맑은 가을 하늘을 가리고 있었고, 간간이 바람에 열매 떨어지는 소리가 들려왔다. 하지만 그곳엔 사람의 모습은 보이지 않고 고추잠자리와 곤충들만 뛰어 날고 있었다.

분이는 몹시 힘들어 하면서도 산만큼 부풀어 오른 배를 두 손으로 감싼 채 잘 견디고 있었다. 그녀는 이미 아이에게 입힐 배냇저고리며, 버선 등을 만들어 놓았으며, 애가 덮을 손바닥만한 요도 손수 지어 놓았다. 그녀는 그것을 머리맡에 놓고 눈에 띌 때마다 한번씩 바라보면서 아이와 함께 오순도순 살아가는 세 사람의 미래를 그리고 있었다.

어느 날 오후, 그녀는 마당에서 어머니가 산에서 캐온 산나물을 손으로 다듬고 있었다. 그때, 진통이 시작되었다. 그녀는 방으로 들어가 어머니를 불렀다. 방에는 해산에 필요한 물건들이 모두 준비되어 있었다. 한낮부터 시작된 진통이 해질 무렵까지 계속되었다. 때문에 분이는 거의 실신 상태에 빠졌고, 그것을 지켜보는 어머니도 사태가 심상치 않음을 알고 근심에 휩싸이기 시작했다.

금동은 그것도 모르고 부엌 바닥에 앉아 땀을 흘리며 커다란 솥에 불을 지펴 물을 끓이고 있었다. 그때, 가슴을 찌르는 것 같은 분이의 비명소리가 들리고, 곧이어 장모가 다급한 얼굴로 그를 찾았다. 그는 방으로 들어가 땀으로 범벅이 된 분이의 창백한 얼굴을 바라보았다.

「여보, 지 손을 좀 잡아주시요.」

그녀가 애원하듯 바싹 마른 입술을 달싹이며 말했다.

「그라고 당신 멀꺼디 좀 치버봐유. 그기이 잘 생긴 당신 얼굴을 가리니께 영 지 맴이 답답혀구만이요.」

금동은 분이의 작고, 아담한 손을 꼭 잡아주었다. 비록 지금은 힘이 하나도 없지만, 그 손은 사시사철 그의 옷을 빨아주고, 때마다 따뜻한 밥을 지어준 그 손이 아닌가? 그리고 사랑할 때 그 손은 얼마나 뜨겁고, 힘 있게 그를 껴안았던가?

진통이 가라앉았는지 잠시 평화가 찾아왔다. 어느덧 땅거미가 내리면서 사물은 모두 조용히 대지에 지친 등을 기댄 채 휴식을 취하고 있었다. 분이는 이제 모든 고통을 다 겪은 듯 금동의 손을 꼭 쥔 채 조용히 잠들어 있었다. 서글픈 황혼의 회색 그림자가 멀리서 다가오는 바다물결처럼 소리 없이 그녀의 고운 얼굴을 야금야금 파들어 오고 있었다. 금동은 견딜 수 없는 적막감에 손을 뺐다. 그러자 분이가 실눈을 뜨며 그대로 있어 달라는 표정을 지었다.

「암만혀도 이상허니, 자네가 남원에 있는 의원엘 싸게 댕겨왔으면 좋겠구만이라.」

장모가 분이가 듣지 못하게 금동의 귀에 대고 작은 소리로 말했다.

「먼가가 앞에서 질을 막고 있는 것 같단 말이여.」

금동이 살그머니 손을 빼자 분이가 눈을 떴다.

「가지 마시요.」

그녀의 목소리는 가늘게 떨리고 있었다.

「당신이 없으면 죽을 것 같구만이라.」

「무신 소리를. 잠시 칙간에 좀 다녀오겠소.」

장수까지는 이십 리쯤 되는 거리였다. 금동은 어둠이 밀려오기 시작하고 있는 산길을 내달리기 시작했다. 산속의 어둠은 계곡에서 쏟아져 내려오는 물처럼 그를 훨씬 앞서 숲을 까맣게 물들이며 시야를 가로막았다.

골짜기에서 흘러 내려오는 차가운 개울을 건너 한 시간쯤 달리자, 의원 집으로 통하는 야트막한 언덕이 나타났다. 그곳만 넘으면 바로 의원 집이었다. 그곳에는 길 양쪽을 따라 밤나무들이 빽빽이 들어서 한낮에도 밤중처럼 어두웠다. 그가 밤나무 숲을 빠져나와 고개를 막 내려서는데, 어둠 저쪽에서 미처 피할 겨를도 없이 이쪽으로 다가오고 있는 일단의 일본군과 딱 마주치게 되었다. 그들은 조선인 포로들을 수십 명 잡아가지고 남원 쪽으로 가고 있던 중이었다.

금동은 일본군 병사에게 붙잡혀 뒤에서 쫓아오고 있던 민간인들에게 넘겨졌다. 그리고 그는 곧 양손을 노끈에 묶인 채 포로들 틈에 끼어 어둠의 행진을 시작했다.

4

칠흑 같은 어둠 속에서 오륙십 명쯤 되는 포로들은 양손을 모두 묶인 채 가파른 산길을 따라 올라가기 시작했다. 그 길을 계속 가면 전라도와 경상도를 잇는 육십령 고개에 이르게 된다. 그 고개는 예부터 산이 험준하기로 유명한 곳으로 늘 도둑과 강도들이 들끓어 한낮에도 무리를 지어 움직이지 않으면 넘을 수 없는 위험한 지역이었다.

길은 차츰 구부러지면서 사람의 발길이 닿지 않은 천혜의 원시림 속으로 깊이 파고 들어갔다. 들리는 것이라고는 옆 사람의 무거운 발소리와 점점 더 가빠오는 거친 숨소리뿐.

포로들은 남녀가 한데 섞여 있었다. 그리고 연령도 소년에서부터 중년에 이르기까지 다양했는데 대부분 농민들이었고, 양반은 댓 명밖에 보이지 않았다. 그들은 모두 도망가지 못하도록 여러 명을 한데 묶어놓아 행동이 자유롭지 못했다. 그리고 무장을 한 일본인들이 앞뒤에서 그들의 행동을 감시하고 있었다. 그들은 행여 포로들이 서툰 짓을 할까봐 일체의 대화를 금했다. 어디를 둘러보나, 캄캄한 암흑과 깊이를 측량할 수 없는 아득한 골짜기가 어둠 속에서 아가리를 크게 벌리고 있고, 울창한 나무들이 겹겹이 둘러싸 하늘조차 보이지 않았다.

누군가 소변을 보고 싶다고 해서 행진이 잠시 지체되었다. 어둠 속에서 여자 한 명이 길 가운데서 치마를 내리고 주저앉아 그대로 오줌을 누었다. 그래도 누구 하나 그런 것에 신경도 쓰지 않았다.

다시 행진이 시작되었다. 앞으로 가면 갈수록 길은 하늘에 닿을 듯 가파르고, 깊이를 가늠할 수 없는 골짜기들은 죽음을 유혹하듯 음험하게 입을 크게 벌리고 누워 있다. 그것을 아는지 모르는지 가을의 한복판에선 풀벌레의 울음소리가 요란했다. 고개 하나를 오르면 또 다른 고개가 그들 앞에 입을 벌리고 나타난다. 포로들은 자신들이 어디로 가고 있는지도 모르는 채 무조건 앞으로 나아간다. 걷지 않으면 여지없이 뒤에서 회초리와 채찍이 사정없이 등에 떨어진다. 그들에게는 이미 자유 의지가 없기 때문에 생명까지도 상대의 뜻에 따라 좌우된다. 그것이 포로의 운명이다.

대여섯 개나 되는 고개를 오르고 또 올랐을 때, 갑자기 열 가운데서 갓난아이의 울음소리가 한밤의 깊은 정적을 깨뜨렸다. 여인은 일본인의 심기를 건드릴까 두려워 등에 업힌 아이를 달래려고 안간힘을 썼다. 하지만 잠시 잠잠했다가 아이는 다시 찢어지는 울음을 터뜨렸다. 배고픔과 갈증, 끝없이 계속되는 어둠의 공포, 밤의 찬이슬이 아이의 비어 있는 창자를 내부에서 갈기갈기 찢고 있는 듯했다. 그것이 두어 번가량 아슬아슬하게 계속되었다.

세 번째로 아이가 울음을 터뜨리자, 앞에서 걸어가던 일본인 한 명이 이제 그만됐다는 듯이 확고한 걸음으로 열 속으로 들어오더니 여인의 등에서 아이를 강제로 뺏어들었다. 그리고는 뒤도 돌아보지 않고 길 가장자리로 몇 걸음 걸어가더니 손에 들고 있던 아이를 골짜기 아래로 집어던졌다. 잠깐 동안 아이의 울음소리가 암흑의 깊은 밑바닥으로부터 환청처럼 희미하게 들리는 듯싶더니 언제 그런 일이 있었냐는 듯 밤의 고요와 적막이 모든 것을 지워버렸다.

아이를 잃은 여인이 슬픔을 이기지 못하고 흐느껴 울었다. 하지만 그것조차도 뒤에서 날아오는 채찍과 연이어 밀려오는 포로들의 무거운 발걸음 속에 사라져 버리고 말았다.

밤은 점점 깊어갔지만, 행진은 계속 이어졌다. 옆의 사람이 지쳐 쓰러지면 그 옆에 있는 사람들이 함께 끌고 가야 했다. 그렇지 않으면 그 열에 속해 있는 사람들 모두의 머리와 등으로 회초리와 채찍이 떨어졌다.

포로들은 반수면 상태 속에서 무의식적으로 걸음을 옮기고 있었다. 이미 스스로를 포기한 사람들은 생각을 한다든가, 삶의 의욕을 내버린 채 순순히 운명에 복종하는 동물적인 감각만 남아 있는 것 같았다. 그들이 생각을 하건, 안 하건, 살고 싶은 의욕을 갖고 있건 말건 육체는 계속해서 무의식적으로 앞으로 나아가고 있었다. 하지만 스스로의 목표를 갖지 못한 육체는 무의미하고 공허할 뿐이다. 그래서 더 힘이 들고, 고달픈 것이다. 그들의 앞에는 사람 몇이 겨우 지나갈 수 있는 비좁은 길만이 끝없이 이어질 뿐, 마실 물이 흐르는 샘도 없고, 잠시 몸을 뉘일 공간도 없었다. 그저 끝없이 펼쳐진 길 위를 쓰러질 때까지 계속 걸어갈 뿐이었다.

금동의 앞줄에 있는 한 사내가 고개 중간부터 다른 동료의 부축을 받으며 겨우 걸음을 옮기고 있었다. 허우대는 제법 멀쩡해 보이는데 무슨 병이 있는 것 같았다. 몇 시나 됐을까? 아직 동이 트기에는 이른 시각이었다. 오랜만에 마른 나뭇잎 사이로 별이 보이고, 서늘한 가을바람이 불어왔다. 포로들은 모두 얇은 여름옷 차림이라 추위에 몸을 떨었다. 그들은 바람을 피하기 위해 한 덩어리가 되어 약간 우묵한 장소에 옹기종기 모여 앉았다.

「워디로 가는 거랑께?」

금동의 옆에서 한 사내가 작은 소리로 물었다. 금동은 벌써 몇 시간을 그 사람과 함께 줄곧 걸어왔지만, 한번도 그의 얼굴을 보지 못했다.

「그걸 알믄 나가 여기 있겠소?」

「설마 죽이지는 않겠지라. 우리는 아무 죄도 저지른 기 없지 않소?」

사내는 몹시 불안해 보였다. 고향에 가족을 두고 온 것이 분명했다. 열 앞에서 젊은 여인이 일본인들과 농짓거리를 하는지 방탕한 웃음소리가 간드러지게 들려왔다. 그녀는 일본군과 손짓 발짓으로 대화를 하면서 즐거워하고 있었다. 어둠 속이기는 하나 그녀의 용모는 보통이 아닌 듯했다. 서너 명의 일본인들이 모두 그녀를 둘러싸고 있지 않은가?「쌍년, 지 혼저 살아보겠다고 일본 놈들에게 아양을 떨고 있구만.」

한 사내가 욕을 하면서 투덜거렸다.

「저년은 젊으니께 쓰러져도 일본 눔들이 옆고 갈 기라. 허지만 우리 겉은 것들은 그냥 내삐리고 갈 기다.」

「저 아지매는 우떡하든 살려고 저러는 기다. 부평초가 머신가 했더니 나가 그꼴이 돼 시상을 떠도는 신세가 될지 누고 알았겄어?」

중년의 사내가 혀를 차며 말했다. 휴식을 취한 후 행진이 다시 시작되었다. 한 시간쯤 지나 고갯마루에 오르자, 먼동이 트려는 듯 동쪽 하늘이 부융해지는 것이 보였다. 그와 함께 별빛이 사라지면서 차고 싸늘한 새벽바람이 옷깃을 파고들었다.

포로들은 병풍처럼 좌우로 늘어 서 있는 산들 사이로 난 산길을 따라 길을 재촉했다. 주위에는 집 한 채 없고, 어디를 둘러보나 온통 산뿐이다. 한참 후, 왼쪽 산 계곡 위에 지은 멋진 누각이 한 채 눈을 끌었다. 이 지역에 사는 돈푼깨나 있는 지역 유지가 아름다운 산세와 천하의 절경을 즐기려고 지은 것이리라. 포로들은 줄로 서로서로의 몸을 연결한 채 묵묵히 앞으로 걸어갔다. 태양이 길 앞쪽으로부터 솟으면서 그들의 잠에서 덜 깬 지친 얼굴과 후줄근한 흰옷을 붉게 물들이고, 그 뒤로 길게 그림자를 드리웠다. 그리고 그들의 앞뒤에는 눈매가 매서운 일본 상인들이 행여 자신들의 상품이 파손되거나, 훼손될까봐 회초리를 꼭 쥔 채 쉴 새 없이 눈알을 좌우로 굴리고 있었다.

그들과 거래를 하게 될 포르투갈 상인들은 아프리카 항로를 발견한 이래 이미 오래전부터 아프리카 연안의 흑인들을 싸게 사서 각국에 노예로 팔고 있었다. 이제, 조선인 포로들이 일본으로 가게 되면 그들은 포르투갈 상인들에게 넘겨져 아프리카인들과 같은 운명을 겪게 될 것이다. 즉, 근육이 강하고 힘센 남자들은 힘든 육체노동을 하는 곳으로 팔려갈 것이고, 여자들은 하녀나 집안의 심부름꾼, 아니면 남자들의 성적 대상으로 팔려나갈 것이다.

안의安義를 지났다. 길은 계속해서 남으로, 남으로 이어지고 있었다. 그 끝은 과연 어디인가? 저녁 무렵, 함양에 들어섰다. 양반의 고향답게 이곳의 집들은 크고, 운치가 있다. 어디선가 공자 왈, 맹자 왈 하고 글 읽는 소리가 한가롭게 들려올 것만 같다. 하지만 지금은 포로들의 구슬픈 울음소리만 처량하게 가을밤의 공기를 울릴 뿐이다.

새벽부터 꼬박 걸었더니 모두 발바닥이 갈라지고, 쥐가 났다. 일본인들과 친해진 젊은 여인 홍련紅蓮이 중간에 나서 휴식을 요청해 포로들은 잠시 강가에 앉아 쉴 수가 있었다. 일본인들은 좀 떨어진 곳에 불을 피워놓고 자기들끼리 모여서 불을 쬐었다.

음력 9월의 밤은 차다. 더구나 강가라 찬 기운이 온몸에 스며든다. 포로들은 차가운 강물로 목을 축인 다음, 저마다 오도카니 앉아 무심히 흘러가는 강물을 바라보며 두고 온 고향 집과 사랑하는 가족들의 얼굴을 떠올리며 슬픔에 잠겼다. 아기를 잃은 여인은 넋을 잃은 채 흐르는 강물을 하염없이 바라보고 있고, 한 소년은 영문도 모른 채 강가에 있는 조약돌을 집어 무심히 강가로 던지고 있었다. 강물은 포로들의 심정을 아는지 모르는지, 노래하듯 재잘거리며 유쾌하게 남쪽으로 흘러가고 있었다. 그리고 머리 위 하늘에서는 별들이 강강술래라도 하는지 서로 손을 마주잡은 채 춤을 추며 돌고 있었다.

「우리가 전생에 대체 무신 죄를 지었다고 이꼴을 당하는지 모르겠소.」

한 사내가 넋두리처럼 금동에게 말을 걸었다.

「그기를 알믄 무당이 됐지요.」

금동의 말에 모두 웃음이 터졌다.

「그렇게 서로 인정사정없이 지것만 챙기겠다고 악다구니를 치더니만 이자 그 벌을 받는 기라.」

한 사내가 차갑게 말했다.

「나라가 망하믄 왕부터 걸배이꺼지 사람 취급을 몬 받고 부평초처럼 세상을 떠도는 기 세상 이치여. 그렇지 않소? 우리는 이자 족보도 없소. 그라니 누기 우리를 인간으로 대해 주겠냐고?」

사내의 말이 모두의 입을 얼어붙게 한 듯 무거운 침묵이 흘렀다. 어둠속에서 홍련이 손에 뭔가를 들고 걸어왔다. 그리고는 일본 사람들에게서 얻어온 먹을 것을 아이를 잃고 시름에 잠겨 있는 젊은 여인의 손에 쥐어주었다.

「새댁, 이거 묵고 힘 내시요잉! 아야 또 낳으면 되지 않소?」

밤의 행진이 다시 시작되었다. 그러나 금동의 앞에 있던 한 사내가 일어날 생각을 않고 자리에 앉아 꼼짝을 하지 않았다. 잠시 후, 그것을 발견한 일본인이 득달같이 달려와 들고 있던 회초리로 그의 등을 사정없이 후려쳤다. 그는 처음부터 시원치 않아 보였던 바로 그 사내였다. 그는 땀을 비 오 듯 흘리며 일어나려고 안간힘을 썼다. 그것이 안 돼 보였던지 옆에 있던 사 내가 그에게 손을 내밀었다. 하지만 사내는 그것을 잡을 힘도 없는지 일어 서다가는 이내 땅바닥으로 고꾸라지고 말았다. 벌어진 옷자락 사이로 뼈 만 앙상하게 남은 말라빠진 하얀 앙가슴과 쑥 들어간 홀쭉한 배가 보였다.

일본인은 일어나지 않으면 죽이겠다는 표시로 허리에 차고 있던 칼을 뽑아 그의 얼굴에 바싹 갖다 댔다. 병든 인간 한 명 때문에 행진을 늦출 수는 없다. 그들을 빨리 인계하고 또 다른 포로들을 잡으러 가야 했다. 그 래야 돈벌이가 되는 것이다. 잠시 후, 그들은 저희들끼리 모여 사내의 일을 의논하는지 숙덕거렸다. 이윽고, 그 중 의사결정권을 쥐고 있는 듯한 자가 쓰러진 사내 앞으로 다가와 병색이 완연한 누렇고, 시커먼 얼굴을 유심히 들여다보고는 다시 무리 속으로 돌아가 뭐라고 일행에게 명령을 내렸다. 일본인 두 명이 병든 사내의 손에 묶인 노끈을 푼 다음, 강가에 서 있는 버드나무 옆으로 사내를 질질 끌고 가 그 앞에 세웠다.

사내의 얼굴은 거의 흙빛이었다. 그리고 눈동자는 이미 흐릿하고, 초점 이 없었다. 그가 힘없이 주저앉으려 하자 또 다른 일본인이 재빨리 달려들 어 노끈으로 사내를 쓰러지지 않게 나무에 묶었다. 사십쯤 돼 보이는 사내 는 골격으로 봐서는 나무랄 데 없는 사내의 풍모를 갖추고 있었다. 하지만 오랜 병과 힘겨운 여독으로 삶의 의지와 기력이 고갈되어 스스로를 지킬 힘도 남아 있지 않은 것 같았다. 그가 세워지자, 이제 갓 소년티를 벗은 듯 한 새파란 일본 청년이 칼을 들고 앞으로 나왔다. 어둠 속에서 청년의 유 난히 희고, 긴장된 얼굴이 보였다. 그는 저항 의지가 전혀 없는 사내를 향 해 천천히 걸어갔다. 그와 동시에 두 손으로 꽉 쥐고 있던 칼끝이 천천히 위로 올라가다가 정수리 바로 위에 딱 멈추었다.

시간이 없다! 이것은 그의 담력을 시험할 수 있는 절호의 기회였다. 청년의 기합 소리와 함께 사내의 몸은 미친 듯이 춤추는 칼날에 의해 볏 짚단이 바람에 날리듯 좌우로 무참히 베어졌다. 어둠 속에서 피와 살점이 사방으로 튀어 흩어지면서 칼날에 베어진 살점과 뼈 조각들이 낙엽처럼 버드나무 앞에 수북이 쌓였다. 포로들은 지체된 시간을 벌충하기 위해 다시 행진을 서둘렀다.

이튿날, 그들은 산청을 거쳐 오후에는 진주로 들어서고 있었다. 가을 햇빛에 빛나는 푸른 남강변을 따라 그곳을 지나면서 보니, 그토록 위풍당당하게 강가에 서 있던 진주성은 자취도 없이 사라지고, 부서진 성벽과 불타 버린 인가들 사이로 잡초만 무성히 자라 가을바람에 쓸쓸히 휘날리고 있었다. 그 폐허 위에서 허연 수염을 길게 기른 한 노인이 일본군들에게 끌려가고 있는 포로들을 바라보면서 낭랑한 목소리로 노래를 부르고 있었다. 그 소리가 가을바람에 실려 포로들의 귀에까지 또렷이 들려왔다.

누가 우리의 자유를 앗아갔는가?
고향에서는 양반들이, 밖에 나오면 일본 놈들이
우리의 인생은 한시도 편할 날이 없구나.

옷이 다 헤져, 치부가 드러나는데도
여인들은 살 감추는 것을 잊어버렸다.
그토록 자랑하던 정절과 은장도는 어디로 갔는가?

수백 년 쌓아올린 높은 성곽과
하늘 높이 치솟던 팔작지붕들은
다 어디로 사라졌는가?

조상의 얼이 담긴 서적들은

깨진 기와 더미 아래 뒹굴고,

족보는 기둥 밑에 깔려 갈가리 찢겨졌구나.

도덕의 군자君子들아! 그대들은 모두 어디로 갔는가?

충효를 부르짖던 왕족과 권력과 가문을 자랑하던

정치가와 관리들은 다 어디로 갔는가?

백성을 착취할 때는 그토록 추상 같던 그대들이여,

왜, 난폭한 적 앞에서는 그처럼 얌전하고,

새색시처럼 쩔쩔 매는가?

같은 형제끼리 싸우고, 서로 원수처럼 편을 갈라

피 튀기는 싸움도 이젠 안녕,

우리는 고향을 등지고 노예처럼 낯선 땅으로 끌려간다.

남은 자들이여! 이 굴욕을 잊지 말고 기억하라!

무능한 왕을 미워하고, 권력에 눈먼 자를 증오할지라도

고향의 푸른 산과 언덕은 어찌 잊으리요?

그 모습이 눈에 밟혀 발길이 떨어지지를 않는구나.

그러면 채찍이 사정없이 날아온다. 우리는 스스로 걷지 못하고,

매를 맞아야 움직이는 인간이 되고 말았구나!

아, 정든 고향이여! 지금은 발길이 떨어지지 않지만

곧 네 모습도 잊혀지겠지. 그리고 우리도 잊혀지겠지.
하지만 우리는 한 배腹에서 난 같은 형제가 아니더냐?

눈물도 소용 없고, 통곡도 이제는 필요 없다.
우리는 형제를 잃고, 부모 자식과 헤어져
어두운 세상을 걸어가게 되리니, 그때를 위해 눈물을 아껴두라.

마침내, 포로들은 마산馬山에 도착했다. 그들은 인원 점검을 하고 바닷가에서 가까운 노천 임시수용소 같은 곳에 모두 갇혔다. 그곳에는 각지에서 끌려온 포로들이 목책으로 구획된 짐승 우리 같은 곳에 수백 명씩 수용되어 있었는데, 그런 수용소가 바닷가 언덕을 따라 여러 곳에 산재되어 있었다. 그리고 바다로부터 쑥 들어온 만에는 그들을 싣고 갈 선박들이 질서정연하게 줄을 지어 정박해 있었다.

포로들은 주먹밥을 한 덩어리씩 먹은 다음, 지붕도 없는 노천 수용소에서 맨 땅바닥에 쪼그리고 앉아 그날 밤을 보냈다. 그곳에는 목책이 높게 쳐져 있었고, 주위를 따라 일본군들이 포로들의 탈출을 엄중히 감시하고 있었다.

포로들은 잠을 이루지 못하고 쌀쌀한 밤공기에 몸을 웅크린 채 저마다 생각에 잠겨 뜬눈으로 고국에서의 마지막 밤을 지새웠다. 어린 소년, 소녀들은 어른들 틈에 끼어 두고 온 부모를 그리워하며 훌쩍이고, 여인들은 헤어진 자식과 사랑하는 남편을 생각하며 소리 없이 눈물을 흘렸다. 그 소리 없는, 가슴을 찢는 듯한 울음소리가 밤바람을 타고 바다 위로 멀리 퍼져나갔다.

이튿날, 아침 첫배의 출항과 함께 항구 안은 통곡과 눈물의 울음바다로 돌변했다. 영혼을 갈가리 찢는 듯한 이별의 슬픔이 포로들에게 전염병처럼 번져 나가 하루 종일 눈물이 바다를 메우고, 가슴을 찢는 울음소리가 청명한 가을 하늘을 원혼처럼 맴돌았다.

좀더 잘 했더라면 이꼴을 안 당했을 텐데. 그래, 서로를 증오하고, 미워하는 대신 용서하고, 사랑했다면 이꼴은 안 당했으리라. 다투지 않고 서로를 사랑하면서 살았더라면 이렇게 남과 북으로 육신이 갈가리 찢기는 고통은 없었을 텐데.

이제, 어머니의 태胎에서 떨어져나간 우리들은 영원히 어머니를 그리워하며 이 세상을 떠돌게 될 것이다. 아, 누가 우리에게 따뜻하고, 친절한 사랑의 손길을 주고, 흐르는 눈물을 닦아줄 것인가? 누가 추위에 떨며 밖에서 돌아올 때, 따뜻한 음식을 주고 잠자리를 펴줄 것인가? 아, 어미를 잃은 귀여운 새끼들은 천덕꾸러기가 되어 아무도 거들떠보지 않는 낯선 이방의 세계를 떠도는 가련한 신세가 되고 말았구나!

오, 사랑하는 어머니! 내, 언제 다시 살아 돌아와 어머니의 고운 얼굴을 볼 수 있을까요? 아니, 비록 세상을 떠나시더라도 무덤 앞에서나마 다시 인사나 올릴 수 있을런지요? 아, 사랑하는 어머니는 자식을 기다리다 지쳐 한 송이 붉은 꽃으로 피어 있겠죠.

하루 종일 포로들의 울음소리가 조그만 남해의 어항을 떠나지 않고 따가운 초가을 햇볕 속을 슬피 맴돌았다. 이제는 고향의 푸른 하늘도 더 이상 볼 수 없고, 사랑하는 가족과 고향 마을과도 영원히 이별이다! 어머니와 연결된 탯줄은 이제 끊어지기 일보 직전이다.

다음 날, 금동은 다른 포로들과 섞여 길이가 이십여 미터쯤 되는 가볍고, 날씬한 배에 올라탔다. 약 오십여 명쯤 되는 포로들이 줄을 지어 배맨 밑바닥으로 내려가 굴비처럼 안에서부터 차례로 밀폐된 공간에 채워졌다. 여자들이 맨 안측으로 들어갔고, 이어 십여 세가량 되는 어린 소년들이 중간에 앉고, 그리고 나머지는 성인 남자들로 채워졌다. 인원 점검이 몇 번씩이나 반복된 다음, 배는 이윽고 사람들의 무게로 중심을 잡고 천천히 바다로 나아갔다. 사람이 설 수조차 없는 꽉 막힌 뱃바닥은 빛이 들어오지 않아 몹시 어두웠다. 다만 위로 열리는 나무 뚜껑과 촘촘히 깔아놓은 판자 사이로 희미하게 줄무늬 빛이 비치고 있을 뿐이었다.

「우리는 이자 모도 워떻게 되는 거랑께요?」

멸치 대가리같이 생긴 얼굴에 몸매가 호리호리한 사내가 심술궂은 두 눈을 반짝이며 앞에 앉아 있는 사내에게 물었다. 상대는 상투를 틀고 망건을 쓴 것으로 보아 양반이 틀림없었다.

「모르네.」

양반은 점잖게 대꾸한 다음, 명상이라도 하는지 다시 눈을 지그시 감았다. 그러나 멸치 대가리는 거기서 멈추지 않고 계속 물고 늘어졌다.

「와, 모릅니꺼? 양반이 그란 것도 모른당가?」

그 말에 여기저기서 웃음이 터져 나왔다. 양반은 아무 말도 못하고 얼굴만 씰룩거렸다. 속으로 분을 삭이고 있는 것이 분명했다.

「난, 알지러.」

약간 모자라 보이는 한 젊은이가 바보처럼 비실비실 웃으며 끼어들었다.

「워딘데?」

「바다. 우리는 지금 용궁으로 가고 있는 기라. 거그 가서 이쁜 고기를 많이 잡아서 엄니헌티 갖다 줘야지라. 아참, 여의주가 있으믄 그것도 꼭 가져와야지라. 히히.」

그리고는 자기가 한 말에 도취되어 혼자 배를 잡고 깔깔댔다. 그의 이름은 자룡子龍으로 깊은 산속에서 어머니와 단둘이 밭을 일구며 살았는데, 일을 하다가 일본군에게 붙잡혀 끌려온 것이었다.

어둠에 눈이 익어지면서 포로들의 얼굴이 하나 둘 눈에 들어왔다. 여자들이 십여 명, 그리고 열 살에서 열댓 살까지의 소년이 그만큼, 그리고 나머지는 모두 남자였다. 노비와 일반 백성이 대부분인 가운데 아까 그 양반과 십오륙 세쯤 돼 보이는 곱상하게 생긴 소년이 눈을 끌었다. 소년은 머리를 길게 땋고 있었으며, 등에는 커다란 붓을 지고 있었다. 그렇다면 그는 양반의 자제임이 분명했다. 그는 슬픔에 잠겨 무리와는 완전히 동떨어진 채 자신만의 세계에 깊이 빠져 있었다.

멸치 대가리는 제 세상처럼 쉬지 않고 지껄여댔다. 그는 일본군들에게 붙잡혔지만 탈출을 시도했다가 엄청나게 얻어 터졌다며 아직도 채찍 자국이 선명히 남아 있는 등의 상처를 보여주었다.

「엄니가 지리산에 들어가 백일기도를 드린 끝에 나를 낳았당께. 그래서 이름도 이산李山이라고 지어주셨지라. 산의 아들이라 이거지. 하하. 허지만 그렇게 귀하게 이 시상에 태어났지만 나의 삶은 완전 실패작이라. 성질이 지랄이라 엄니 속만 허벌나게 썩였으니께. 나의 약점은 쪼깨만 비딱한 것을 봐도 못 참는다는 거라. 물론, 양반도 예외는 아니지라. 일단 욱하면 들이박고 보니께. 덕분에 양반 눔들에게 맨날 죽사발이 되게 디게 맞았지라.」

포로들은 서로의 얼굴을 물끄러미 바라본 채 무료하게 여기저기 널브러져 누워있었다. 하지만 양반은 달랐다. 그는 꼿꼿이 앉아 어디서 구했는지 품속에서 책을 한 권 꺼내 앞에 펼쳐놓고 연신 입으로 중얼거리며 무언가를 읽고 있었다. 그것을 한참 쳐다보고 있던 이산이 한마디 했다.

「양반은 역시 달르당께. 항상 손에서 책이 떠날 날이 없으니 말이여.」

그는 사람들의 반응을 살핀 다음 다시 말을 이었다.

「그라지 말고 쪼깨 크게 읽으슈. 우리도 겉이 공부허게. 공부하는 기이 남는 거 아니당가.」

양반은 사람들이 모두 자신을 쳐다보는 것을 느끼고는 머쓱해서 마지못해 입을 열었다.

「이 책은 이 세상에서 우리 조선에만 있는 『명심보감』이라는 책이오. 한 글자, 한 글자가 모두 금쪽같이 귀한 구절이라 읽으면 읽을수록 마음이 거울처럼 맑아지지요. 말로 아름다운 구슬을 꿰어 인간들에게 바른길을 가르쳐 주는 것으로는 세상에 이 책만한 것이 없을 것이오. 난, 하루에 한 번이라도 이 책을 읽지 않으면 잠을 이루지 못한다오. 그래서 어디를 가든이 책을 꼭 품 안에 넣고 다니죠.」

그리고는 자못 자랑스러운 얼굴로 사람들을 둘러보았다.

「역시 양반들은 지름을 바른 것처럼 쎄가 청산유수야. 멋하나 흠 잡을데 없이 완벽하잖소?」

이산이 잽싸게 나서서 말을 가로챘다.

「허지만 이놈이 해도 그 말, 저놈이 해도 그 말, 모다 약속이나 한 듯이 앵무새처럼 똑겉은 말만 해싸니 낭중엔 그저 해도 그만 안 해도 그만, 들어도 그만 안 들어도 그만인 고런 말이 되고 만다 이 말이라. 그기이 왜 그런지 아슈? 쎄바닥은 기생집에 가 있고, 몸뚱이는 똥통에 빠져 있기 때문이오. 아시겠소? 하하하.」

양반은 얼굴이 벌겋게 되어 어찌할 바를 몰랐다. 모두가 그를 비난하듯 쳐다보고 있었다. 여자들도 아이들도 모두 다 그를 애처롭다는 듯이 쳐다보고 있었다.

「여러분, 비록 일본 놈들이 우리를 이꼴로 만들었지만, 조선은 위대한 민족이오.」

그는 안간힘을 쓰면서 연설조로 말을 이었다.

「우리에게는 일본에게는 없는 수천 년의 찬란한 문화와 삼강오륜이라는 전대미문의 훌륭한 정신적 가치가 있소. 그리고 면면히 이 땅을 지켜온 훌륭한 조상들이 있소. 그것을 생각하면 지금의 이 고통은 아무것도 아니오. 비좁은 배안도 아방궁처럼 편하게 느껴질 것이오. 비록 지금은 포로의 몸이지만 곧 우리 임금님께서 우리를 구해 주실 것이오. 그때까지 꾹 참고 있다가 모두 함께 살아서 고향으로 돌아갑시다.」

「음메, 지금 당장 배가 가라앉고 있는디 그건 무신 귀신 씨나락 까묵는 소리랑가!」

처음부터 난잡하고, 볼썽사나운 행동으로 사람들의 눈살을 찌푸리게 하던 홍련이 막말을 퍼부었다.

「당신들이 우리 백성들을 한번이라도 지대로 사람처럼 대한 적이 있었소? 있으믄 워디 말해 보시오! 백성들이 쎄 빠지게 농사 지어 놓으면 다 뺏어다 지들만 호의호식해 놓고는 인자 와서 우리를 이꼴로 만든당가! 좋아! 워디로 끌려가든 나는 상관없어. 난, 인자 너거 겉은 인간들이 없는 곳에 가서 두 발 쭉 뻗고 살고 싶으니께.」

그리고 그녀는 자기 기분에 도취되어 꺼이꺼이 울기 시작했다. 홍련은 노비로 태어나 얼굴이 곱다는 이유로 주인집 아들의 노리개가 됐다가 도둑의 누명을 쓰고 그 집을 쫓겨난 뒤 혼례 한번 못 올리고 살아온 가련한 여인이었다.

등에 붓을 지고 있는 소년 양반이 측은한 눈으로 홍련이 흐느껴 우는 모습을 물끄러미 바라보고 있었다. 소년은 이번 난리에 아버지와 형, 그리고 형수를 졸지에 잃었다. 갑자기 일본군이 들이닥쳐 형수를 범하려 하자 아버지가 달려들다가 칼에 맞아 죽고, 그것을 보고 눈이 뒤집힌 형이 대항하다가 모두 칼에 맞아 죽은 것이었다. 그 광경을 본 소년은 제정신이 아닌 상태로 산 속을 걷다가 외갓집이 있는 구례 부근에서 일본군들에게 포로로 잡혀 끌려오게 된 것이었다.

소년은 여자가 점잖은 양반에게 대들고, 차마 입에 담을 수 없는 막말을 퍼붓는 것을 보면서 속으로 전율하고 있었다. 전쟁은 지금까지 그가 보고, 들은 세상의 모습을 완전히 다른 것으로 바꿔놓고 있었다. 이제껏 숭앙 받아오던 가치며, 누구나 당연하다고 지켜온 규범들이 지금 바로 그의 눈앞에서 사람들의 발에 짓밟히고, 뭉개져 사라지고 있었던 것이다.

배는 조용히 앞으로 나아가고 있었다. 나무 틈으로 새어 들어오는 빛으로 보아 오후도 훨씬 지난 것 같았다. 저녁이 되어, 배는 어딘가에 정박했다. 그리고 잠시 후, 천장에 달려 있는 문이 열리면서 주먹밥이 들어왔다. 그것을 홍련이 받아 포로들에게 하나씩 나눠주었다. 그런데 다 나눠주고 보니, 남자들 몫이 몇 개 모자랐다. 누가 남의 몫을 슬쩍 가로챈 것이었다.

「베룩이 간을 빼묵지 워떤 연놈이 슬쩍한 기여? 싸게 뱉어!」

홍련은 약이 올라 길길이 날뛰었다. 이번에는 못 받은 사람들이 왜 자기 몫을 주지 않는 거냐며 바락바락 소리치기 시작했다. 그러자 홍련은 더럽다는 듯 손에 들고 있던 자기 몫을 그들 앞으로 집어던졌다. 그것을 가운데 놓고 세 사람이 서로 집으려고 싸움이 붙었다.

「잘 헌다!」

이산이 재미있다는 듯 박수를 치며 열을 올렸다.

「쌈이라도 해야 세월은 흘러간다.」

세 사람은 아귀같이 주먹밥을 뺏기지 않으려고 서로 치고받으며 싸웠다. 한 사람이 잡고 돌아서서 입으로 가져가려 하면 두 사람이 양쪽에서 달려들어 뺏었기 때문에 아무도 그것을 입에 넣지 못하고 손에서 손으로 계속 손 바뀜만 되풀이되고 있었다. 하지만 그 바람에 주먹밥은 부서지고, 깨져 점점 더 작아지다가 결국에는 세 사람의 손가락에 밥알 몇 개만 남기고 모두 바닥에 뭉개져 먹을 수가 없게 되고 말았다.

「저 잡것들이 안직 배애지가 불렀어!」

홍련이 악에 받쳐 소리쳤다. 구석에 앉아 그것을 지켜보고 있던 양반 소년이 자기 손에 쥐고 있던 주먹밥을 들고 와 그것을 반으로 갈라 그들에게 하나씩 나눠주었다. 그것을 두 사람은 인사도 없이 또 뺏길까 두려워 얼른 입으로 쑤셔 넣었다.

「니놈들이 조선의 진수를 보여 주는구나.」

이산이 한마디 했다.

「존심이고 나발이고 다 팽개쳐뿔고 내 배부텀 먼첨 채우고 보겄다 이거지. 에라 이 벌거지 겉은 놈들아.」

홍련은 동금同今이라는 비슷한 또래의 여인이 건네준 주먹밥을 나눠 먹었는데, 그녀는 홍련과는 달리 있는지 없는지 모를 정도로 조용하고 다소곳한 여인이었다.

배는 날이 샜는데도 꼼짝을 하지 않았다. 그러나 밖은 사람들의 어지러운 발자국 소리와 뭐라고 떠드는 소리로 어수선했다. 이튿날, 갑자기 배가 움직이기 시작했다. 포로들은 자신들이 어디로 가는지도 모르고 환호성을 질렀다. 하지만 이번 뱃길은 이제까지와는 완연히 다른 고난의 항로였다. 난바다로 나간 지 한 시간도 채 안 돼, 배의 흔들림이 시작되었다. 그와 함께 위가 뒤틀리고 출렁대면서 포로들은 헛구역질을 하면서 먹은 것을 토하기 시작했다. 그리고 앞으로 나가면 나갈수록 배의 요동은 점점 더 심해져 벽을 잡고 있지 않으면 몸의 중심을 잡기도 힘들 지경이었다.

「이자 진짜로 용궁으로 들어가는구만. 두고 보라고!」

자룡이 배의 요동에 맞춰 살찐 몸을 장난삼아 여자들 있는 쪽으로 굴리며 재미있다는 듯이 떠들었다. 그러면 여자들 속에서 비명 소리가 터져 나왔다. 그것이 재미있는지 그는 그 장난을 계속했다. 시간이 흐를수록 배 안은 점점 더 아수라장으로 변해갔다. 뱃멀미가 계속되면서 사람들이 먹은 음식을 계속해서 토해냈고, 그것이 배 밑바닥을 덮으면서 썩은 냄새를 풍겼다. 하지만 그것은 고작 시작일 뿐이었다.

심해로 접어들자, 풍랑과 함께 배의 롤링이 심해지면서 대부분의 포로들은 아무것도 못 먹은 채 토악질과 어지럼증에 시달렸다. 특히, 먹은 것을 다 토해 위가 비자 그 고통은 더 심했다. 캄캄한 어둠 속에서 입에서 흘러나온 걸쭉한 침과 위에서 토해낸 위액, 더러운 몸에서 퀴퀴하게 썩어가는 땀 냄새, 그리고 각종 오물 냄새가 뒤엉켜 밀폐된 공간을 떠돌며 사람들의 숨통을 탁탁 조였다. 몸이 약한 사람이나, 멀미가 심한 사람 중에는 의식을 잃고 사경을 헤매는 사람도 나타나기 시작했다.

마침내, 줄곧 책상다리로 앉아 최후의 자존심을 지키고 있던 양반도 멀미를 이기지 못하고 뱃바닥을 뒹굴기 시작했다. 얼굴은 백지장처럼 하얗게 질려 식은땀을 줄줄 흘리고, 어지럼증 때문에 눈을 제대로 뜨지도 못한 채 고통스럽게 술통처럼 배 밑바닥을 이리저리 굴러다닐 뿐이었다.

그 와중에도 홍련은 동금과 함께 끼니 때면 배 위로 올라가 포로들이 먹을 음식을 타다가 배급하는 일을 계속했다. 그녀는 선실에서 돌아올 때마다 먹을 것을 몰래 치마 속에 감춰 가지고 와서는 뱃멀미를 심하게 하는 여자들에게 먹였다. 어느 날, 그녀만 돌아오고 동금이 보이지 않자 이산이 물었다.

「왜, 자네만 오는고?」

「궁금하면 올라가서 직접 물어보랑께.」

그리고는 휙 몸을 돌려 자기 자리로 돌아가서는 그대로 드러누워 버렸다.

「여보! 서방을 놔두고 저녁에 오데를 갔다 온 긴가?」

자룡이 아무것도 모르고 홍련에게 농담을 던졌다.

「꼴값하지 마! 이게 다 너그들겉이 불알 찬 놈들이 칠칠치 못해서 이런 거야. 알고나 있어? 내 손가락 하나만 건드려 봐라. 니놈 그것을 잘라 뿌릴 팅께. 저리 가서 가만히 자빠져 있어!」

홍련은 뭔가 단단히 뒤틀린 듯 입술을 부들부들 떨었다.

「와, 그라는가? 그렇게 흥분하면 지명에 못 죽는다.」

이산이 자리에서 일어나 홍련을 달랬다.

「저놈들이 동금을 건드리려고 허는디 나가 흥분 안허게 생겼당가?」

그 소리에 배 안은 쥐죽은 듯 조용해졌다.

동금은 아이 둘이 딸린 어미였지만, 남편이 계집을 얻어 나가 따로 살림을 차리는 바람에 과부 아닌 과부가 되었는데 그것도 모자라 일본군의 포로로 잡혀와 그들의 시중까지 들게 되었으니 모두들 그녀의 처지를 동정하지 않는 자가 없었다. 그래도 배는 물결에 어지럽게 춤을 추면서 계속해서 나아가고 있었다. 지옥이 따로 없다. 이곳은 끝없이 밤만 계속되며, 먹을 것도 신선한 공기도 한 조각 없이 오물과 악취와 비좁은 공간에서 흐느끼는 포로들의 울음소리와 어두운 한숨뿐.

밤은 더없이 지루하고, 고통스럽게 흘러갔다. 꽉 막힌 어둠 속에서 들리는 것이라고는 곳곳에서 들려오는 신음 소리와 한숨 소리, 그리고 한탄, 의미 없는 주절거림, 그리고 미침이 이어졌다.

드디어 심신이 허약한 자들이 먼저 숨 쉬기조차 힘든 밀폐된 공간과 오랜 항해에 신경이 끊어져버린 듯 헛소리를 지르고, 환청에 빠져 지 혼자 지껄이기 시작했다. 그들은 자다가 갑자기 벌떡 일어나서는 무엇에 씌운 듯 양팔을 허공에 휘저으며 되지도 않는 말을 지껄이는가 하면, 미친놈처럼 옆에 누워 있는 사람을 발로 걷어차기도 하고, 어떤 자는 조용히 배의 벽을 마주 보고 누워 지 혼자 벽에게 묻고, 대답하며 혼자 낄낄대기도 하고, 꺽꺽 울기도 했다.

새벽에 천장 문이 열리며 동금이 그곳에서 내려왔다. 사람들의 모든 시선이 그녀에게로 쏠렸다. 치욕과 저주의 시선이기도 하고, 질투와 부러움도 섞인 온갖 감정이 섞인 복잡한 눈빛이었다. 그녀는 조용히 사람들 사이를 헤치고 걸어와 자기 자리로 돌아가 누웠다.

「혼지자서 얌전한 척 하더카만 지가 먼저 부뚜막에 올라가네.」

「과부라 겐딜 수가 없었나부제.」

여기저기서 비아냥거림과 비난이 우박처럼 떨어졌다. 그날, 아침 식사

시간이 다가오는데도 동금은 자리에서 일어나지 않았다. 그래서 홍련은 함께 일할 다른 사람을 구했는데 예상 외로 지원자가 넘쳤다.

「너그들도 똑같은 년들이랑께. 근디, 동금이 새북에 돌아왔다고 그리 난리를 치고 지랄이당가!」

홍련이 한마디 했다.

「쪼깨만 편하면 다 벗고 덤빌 년들이.」

사람들은 더러운 똥이라도 밟은 듯 동금을 쳐다보지도 않았다. 특히, 양반 나리는 더했다. 그는 아예 몸을 90도 방향으로 틀고 앉아 여전히 『명심보감』 읽기에 열중했다. 그날 밤, 칠흑같이 캄캄한 어둠 속에서 여인의 비명 소리가 사람들의 무거운 잠을 깨웠다.

「와, 이래? 일본 놈은 주고 나한테는 몬 주겠다는 거가?」

그것은 자룡의 노골적인 목소리였다. 잠시 엎치락뒤치락하는 듯 식식대는 소리가 들리더니, 갑자기 둔탁한 소리와 함께 잠잠해졌다.

「니 겉은 놈은 아예 그걸 뽑아뿌려야 해.」

그것은 홍련의 목소리였다. 그녀는 자룡의 몸에 올라타서 길게 자란 손톱으로 그의 넙대대한 얼굴을 사정없이 할퀴고, 후벼 팠다. 그것을 보고 주위에 있던 여자들이 모두 달려들어 그의 온몸을 물어뜯고, 쥐어 패는 바람에 나중에 그는 온몸이 피멍이 든 채 쭉 뻗어버렸다.

「말세로구나. 풍속의 나라 조선이 와 이리 됐는고?」

양반 나리께서 한탄하듯 일침을 가했다.

「도덕군자의 나라가 어찌 야수만도 못한 나라가 됐는고? 이 모든 것이 공자님과 맹자님의 말씀을 평소에 등한시한 탓이로다.」

그때, 죽은 듯 누워 있던 자룡이 벌떡 일어나더니 순식간에 양반을 향해 곰처럼 큰 몸을 기습적으로 날렸다. 그와 거의 동시에 누가 미처 말릴 틈도 없이 양반은 자룡의 머리에 가슴이 받쳐 배 횡벽에 엄청난 충격을 받고 걸레처럼 구겨져 의식을 잃고 말았다.

출렁대던 배가 잠잠해지면서 오랜만에 일본 사람들의 똑똑 끊어지는 듯한 낭랑한 목소리가 밖에서 들려왔다. 드디어 일본땅에 들어선 것이었다. 그날 저녁, 일단의 일본 사람들이 배 안으로 들어와 포로들에게 밥과 물을 나누어 주었다. 그들은 섬에 사는 민간인들로 조선 포로들에게 도움을 주기 위해 자청한 사람들이었다.

이곳은 쓰시마의 최북단에 위치한 포구로, 현해탄을 오고갈 때 반드시 배들이 거쳐 가는 기항지였다. 눈에 보이는 것이라고는 거친 바다를 향해 날카로운 이빨을 세우고 있는 높은 절벽과 끝없이 펼쳐진 망망대해, 그리고 낯선 몇 채의 일본식 건물뿐. 그래도 포로들은 오랜만에 맑은 물과 신선한 공기를 마음껏 마실 수 있어서 행복했다.

이미 도착한 몇 척의 배들이 배를 수선하고, 부식 등을 준비하면서 출발을 기다리고 있었다. 포로들은 배 안에 갇힌 채 또다시 하염없이 출발하기만을 기다렸다. 이틀 후, 배는 다시 출발했다. 그런데 출발하고 보니, 동금이 보이지 않았다.

「동금 아줌마가 안 보이는구만. 워디 간 기여?」

자룡이 멋도 모르고 홍련에게 물었다.

「바보 멍충이들아. 가긴 워딜 가? 일본 놈들에게 팔려갔지.」

그녀의 얼굴이 반반한 것을 보고 장사꾼이 그녀를 빼내 이곳에 사는 어떤 사내에게 팔아넘긴 것이었다.

뱃길은 여전히 위험하고, 험난했다. 파도는 거칠게 튀어오르며 배의 앞을 가로막았으며, 그때마다 배를 조립한 나무들이 뒤틀리면서 신음 소리를 냈다. 이 험난한 뱃길을 따라 일본군은 십만이 넘는 대병력과 엄청난 전쟁 물자를 조선으로 수송했다.

거의 열흘 이상 지속된 지옥과도 같은 배 밑바닥에서 풀려난 포로들의 머리 위로 갑자기 따가운 초가을 햇살과 함께 하늘 높이 우뚝 서 있는 낯선 일본 성城의 모습이 눈에 들어왔다. 나고야 성이었다.

수십 척으로 이루어진 선단에서 내린 조선 포로들은 일본군과 일본 상인들의 감시하에 뱀처럼 길게 줄을 이어 항구를 빠져나갔다. 하늘은 고향의 하늘처럼 푸르고, 맑고 선선한 가을바람도 또한 그러했다. 그것은 고향의 어느 가을날을 연상시키는 그런 날씨였다.

해안을 벗어난 포로들은 척박한 북 규슈의 산간 지대를 따라 행진을 시작했다. 이곳은 화산의 분출로 생긴 현무암 지대라 농지가 별로 보이지 않았다. 이따금 마을이 나타날 때마다 그들을 불쌍하게 여긴 촌민들이 달려와 마실 물과 먹을 것을 손에 쥐어주었다. 그러면 잠시 행진이 멈추고 포로들은 휴식을 취했다. 하지만 일본 상인들은 빨리 포로들을 넘기고 돈을 받으려는 생각에 몸이 달아 포로들을 회초리로 때리며 앞으로 내몰았다. 그 때문에 촌민들과의 사이에 가벼운 실랑이가 벌어지기도 했다.

이튿날, 그들이 조선 도공들이 집단촌을 이루고 있는 한 마을을 지나게 되었을 때, 임진란 초기에 포로로 잡혀와 이미 그곳에 자리를 잡고 살고 있던 도공들이 맨발로 달려와 포로들의 손을 잡고 울음을 터뜨렸다. 그들은 조선 포로들이 그곳을 지나간다는 것을 이미 알고 있었던 듯 빈대떡이며, 떡 같은 조선 음식을 만들어 가지고 나와 포로들에게 일일이 나누어주며 뜨거운 눈물을 흘렸다.

5

이곳은 십여 년 전까지만 해도 규슈 서쪽 끝에 붙어 있는 작고, 빈한한 어촌에 불과했지만, 영주였던 오오무라大村純忠가 포르투갈 상인들과의 무역을 조건으로 그리스도교의 포교를 허락한 이래 무역선들이 드나들게 되면서 이제는 규슈 최대의 무역항으로 각광을 받고 있는 나가사키長崎 항이다. 인도의 고아를 거점으로 마카오에 무역 전진기지를 둔 포르투갈 상인들은 중국 배인 정크선에 중국산 비단과 생사, 그리고 군수용으로 사용되는 초석과 납 등을 싣고 와 이곳에서 짐을 풀고 긴 항해의 여정을 멈춘다.

동東 중국해의 거친 물결은 길고 좁다랗게 파고들어 온 이곳 항만을 따라 펼쳐진 바위투성이의 울멍줄멍한 산들에 막혀 여자처럼 온순해져 긴 항해를 끝내고 들어오는 배들의 아늑한 안식처가 되어 준다. 하지만 대지가 협소해 주거지들은 거의 산비탈 위에 발달해 있었다.

배가 정박하고 있는 부두에는 하루 종일 물건을 싣고 내리는 인부들의 하역작업이 분주하게 이어지고, 크고 작은 배들이 쉴 새 없이 항구를 드나들면서 사람들과 물건을 내려놓는다. 배에는 포르투갈 상인뿐만 아니라 신부들도 동승했다. 그들은 먼 지구 반대편에서 이곳까지 상인들과 함께 기독교의 복음을 전하기 위해 아프리카의 서해안을 거쳐 희망봉을 돌아 아라비아와 인도, 동남아시아의 항구와 항구를 거쳐 이곳에 이른다. 키가 큰 포르투갈 상인들은 불룩하면서 밑단을 졸라맨 넉넉한 원색의 화려한 바지와 허리를 죄는 꼭 맞는 윗도리에, 목에는 새 깃털처럼 풍성하게 주름을 넣은 하얀 린넨 천을 둘러 한껏 멋을 부리고, 살빛이 검은 아프리카 흑인들의 시중을 받고 있었다. 그들은 아프리카 해안을 따라 동양 항로를 개척하면서 노예로 삼은 원주민들이었다. 그들은 포르투갈 인들의 뒤에서 무거운 짐을 들거나, 양산을 받쳐 들거나, 주인을 가마에 태워 메고 갔다. 그들이 몸에 지니고 있는 모든 것들은 다 화려한 원색이어서 사람들의 눈길을 끌었다.

이곳은 언제나 이국사람들로 북적거렸다. 부두에는 일본 상인들이 펴놓은 좌판이나, 이동식 점포가 줄을 지어 서서 먹을 것과, 자잘한 일본산 공예품 따위를 외국인들에게 팔았으며, 선원들이 드나드는 즐비한 술집과 그를 상대하는 여인들의 간드러진 웃음소리가 떠나지 않았다. 그 외에도 선원들이 밥을 사먹는 식당이며 여인숙 그리고 배에 필요한 야채며 밧줄 등 각종 선박용품을 파는 가게들과 일상용품을 취급하는 온갖 상점들이 좁은 공간에 어깨를 바싹 맞대고 서서 전쟁과는 아랑곳없이 개미처럼 분주히 움직이고 있었다.

이즈음, 나가사키는 조선 포로들뿐만 아니라 일본 내지에서 기독교의 탄압을 피해 몰려드는 사람들로 급격히 인구가 증가하고 있었다. 그것은 얼마 전, 그러니까 작년 연말에 마카오에서 멕시코로 향하다 풍랑을 만나 표류해 온 배에 타고 있던 프란시스코회의 신부 6명과 일본인 신자 17명, 그리고 예수회 소속의 일본인 3명 등이 올봄에 이곳 니시사카西坂 언덕에서 십자가에 매달려 죽은 사건으로 이곳 기독교 사회에 커다란 파문을 불러일으킨 사건이었다. 해서, 전쟁이 확대될수록 비좁은 항구는 밀려드는 조선 포로들과 기독교 탄압을 피해 각 영지에서 이주해 오는 내국인들을 수용하기 위해 산비탈을 깎고, 메워 주거지를 확대해 가고 있었다.

이튿날, 조선 포로들은 이곳 산 중턱에 있는 노천 수용소에 대기하면서 아침밥을 먹었다. 그곳에는 이미 그들처럼 조선으로부터 끌려온 포로들이 여러 곳에 분산되어 수용되어 있었다.

해가 높이 솟자 여기저기서 포로 거래가 시작되었다. 포로들이 일렬로 서서 앞으로 나오면 그곳에 서 있던 포르투갈 상인들과 일본 사람들이 포로들의 몸을 꼼꼼하게 훑어 본 다음 손가락으로 마음에 드는 포로를 가리킨다. 그러면 포로는 대열 밖으로 나와 기다렸다가 주인이 셈을 치르면 그를 따라갔다.

그들을 사가는 사람들은 포르투갈 상인들이 단연 많았고, 일본 내지로 팔려가는 사람들도 상당했다. 포로를 배에 실은 포르투갈 상인들은 그들의 기항지인 마카오, 고아 등을 거치면서 그곳 사람들에게 이윤을 붙여 되팔았다. 조선인들이 어떤 운명을 겪게 될지는 전적으로 그곳 주인의 의지에 달려 있다. 그들은 대개 단순 노동자나, 집에서 부리는 하인 등으로 팔려나갔다. 그리고 그들은 언제라도 다시 다른 사람에게 되팔 수가 있었다.

오후가 되자, 가격을 흥정하는 소리와 자신의 마음에 드는 포로들을 먼저 선점하려는 경쟁으로 거래는 한층 열기를 더했다. 거래가 끝나면, 포로들은 포르투갈 상인들의 뒤를 따라 무리를 지어 항구에 정박하고 있는 배로 걸어갔다. 포승줄에 묶인 그들은 체념한 듯 모두 고개를 푹 수그린 채 아무 말도 하지 않았다.

해가 서산으로 뉘엿뉘엿 질 무렵, 어디선지 여러 사람이 부르는 노랫소리가 바람을 타고 금동이 속해 있는 포로들의 머리 위로 들려왔다. 슬프면서도 어딘지 마음을 부드럽게 애무하는 듯한 그 노래는 잔잔한 오르간의 반주에 맞추어 이어지고 있었다. 노래가 흘러나오고 있는 건물 지붕에는 그들이 생전 보지 못한 나무로 된 십자가가 높이 걸려 있었다. 창으로 흘러나온 노랫소리는 지붕 위로 두둥실 떠올라 맑은 가을 하늘 위로 끝없이 퍼져나가는 것 같았다. 잠시 후, 노래가 그치며 그 안에서 사람들이 밖으로 나오는 것이 보였다.

포로들은 이곳에 도착하면, 다시 재심사를 받아 추려졌다. 즉, 신분과 기술 여부에 따라 단순 노동 시장에 내놓을 자와 일본의 발전에 도움이 될 자를 따로 추려내는 작업이 그것이었다. 각 영지로부터 파견된 관리가 글을 읽을 줄 아는 양반과 도예나, 의술 등 특수한 기술을 가진 자를 골라 별도로 분리했다. 금동과 함께 탔던 두 명의 양반도 모두 그리로 갔다. 하지만 금동은 계속 그곳에 남았다.

「양반은 여그꺼정 와서도 특별대우를 받는구만. 나, 참 더러워서.」

한 사내가 침을 뱉으며 투덜거렸다. 재심사가 거의 끝날 무렵, 한 무리의 여자들이 검은 내리닫이 옷을 입은 신부를 앞세우고 포로들이 있는 곳을 향해 걸어왔다. 그 가운데 흰 저고리와 검정색 치마의 조선옷을 입은 여자가 한 명 눈에 띄었다. 순간, 금동은 흠칫했다. 고개를 숙인 채 걸어오는 그 여자가 옥실의 모습과 너무 흡사했기 때문이었다.

하지만 믿기지 않는 일이 현실 속에서 이루어지고 있었다. 가까이 다가온 그녀는 분명 옥실이었던 것이다. 옥실을 확인한 금동은 열에서 튀어나와 그녀의 이름을 부르며 달려갔다. 옥실도 너무 뜻밖이라 충격을 받은 듯 금동을 보자 정신이 나간 사람처럼 잠시 아무 말도 하지를 못했다.

「잠시만 기둘려.」

그녀는 곧 정신을 차려 침착하게 말을 이었다.

「할 일이 있어. 하지만 곧 끝날 기여.」

그리고는 허둥지둥 일행이 있는 곳으로 가 포로들에게 나누어 줄 음식과 물 따위를 준비하기 시작했다. 검정색 유니폼을 입은 신부가 포로들 앞에 서더니 잠시 뭐라고 기도를 시작했다. 그러자 옆에 서 있던 여자들도 그를 따라서 성호를 그었다.

옥실은 그동안 쓰시마에서 영주의 딸인 마리아의 사랑을 받으며 불편함이 없이 지내고 있었다. 하지만 전쟁이 다시 발발해 많은 조선인들이 일본으로 끌려가 포르투갈 상인들에게 팔려간다는 소식을 듣고는 더 이상 편히 그곳에 머물러 있을 수가 없었다. 그녀는 마리아를 졸라 조선에서 포로로 잡혀온 참한 계집애 하나를 자기 대신 시중들게 한 다음, 혈혈단신으로 무조건 고니시군의 병선을 집어타고 나가사키로 와서 이곳에서 활동중인 포르투갈 신부를 찾아갔다.

그녀가 이곳에 왔을 때 포로들의 상태는 비참하기 그지없었다. 오랜 선상 생활과 굶주림으로 몰골은 비참하기 그지없었고, 조금만 꾸물대고 말을 못 알아들어도 일본 상인들의 회초리가 여지없이 날아와 그들의 등을 후려쳤다.

그들이 멀리서 걸어오면, 벌써 욕지기가 날 것 같은 시큼하고, 퀴퀴한 썩은 냄새가 먼저 코를 찔렀다. 그들이 입고 있는 옷은 때가 켜켜이 끼어 다해진 걸레조각을 몸에 두른 것 같았고, 더부룩한 머리카락은 흙과 먼지가 엉겨 떡이 되어 있었다. 게다가 어린 포로들은 밤낮으로 부모를 그리며 울어댔기 때문에 그 울음소리가 항구에서 떠날 날이 없었다.

일본 상인들은 더럽고, 시궁창 냄새를 풍기는 조선인들을 거의 노예처럼 대했다. 그리고 설혹 친절을 베푼다 하더라도 그들의 마음속에는 승리자라는 우월감과 여유가 깃들어 있었다. 매일같이 수많은 조선인들이 흡사 짐 보따리처럼 배에 실려 어디론가로 떠나갔다. 한두 명이 아니라, 수십 명 혹은 그 이상의 조선인들이 포르투갈 상인들의 배에 짐짝처럼 실려 항구를 떠났다. 그리고도 포로들은 계속해서 항구로 줄을 지어 밀려들고 있었다.

옥실은 그 모든 광경을 지켜보면서 자신이 해야 할 일을 찾아 나섰다. 그녀는 우선 포르투갈 신부들에게 조선 포로들의 참상을 알린 다음, 그곳에 거주하는 일본인 신자들과 힘을 합해 포로들의 구호에 나섰다.

포로들 가운데는 오랜 항해에 지쳐 육체적으로 쇠약해진 자와 병든 자가 있었다. 그들을 포로들 가운데서 선별해 내어 돌봐주는 것이 그녀가 해야 할 일이었다. 그러나 가을에 접어들면서 많은 포로들이 감당할 수 없을 정도로 걷잡을 수 없이 밀려들었기 때문에 그녀는 하루 종일 쉴 틈이 없었다. 이튿날, 옥실은 쓰시마를 떠날 때 마리아가 마련해 준 여비로 금동의 몸값을 지불하고 그를 자유의 몸으로 풀어 주었다.

그녀는 이미 진주성싸움에서 그 안에 있던 민간인들이 모두 전멸했다는 것을 알고 있었다. 다만, 작은오빠의 소식이 궁금했는데, 그것은 금동도 뭐라고 단정적으로 말할 수가 없는 일이었다. 옥실은 자신의 가족에 관한 일은 거의 포기한 듯 별로 묻지도 않고 금동이 건네 준 빛바랜 어머니의 반지만 애처롭게 만지작거렸다.

「얼마나 아프셨을까? 얼마나…」

이게 그녀가 말한 모두였다. 옥실은 하루 종일 불당佛堂을 개조해서 만든 성당에서 그곳 신자들과 함께 포로들을 돌보느라 바빴다. 그래서 금동도 당장은 그녀가 하는 일을 도우며 그곳에서 지낼 수밖에 없었다. 가장 시급한 일은 밀려드는 조선 포로들에게 자유를 주는 일이었다. 하지만 그러려면 막대한 돈이 필요했다.

일본 상인들은 먼 이국땅에서 이곳까지 끌고 온 포로들에 대해 금전적 대가를 원했다. 그러나 신부들은 그만한 돈이 없었기 때문에 그저 쓰러져 가는 포로들에게 의료행위를 베풀거나, 음식을 구해 먹이는 것이 고작이었다.

옥실은 나가사키의 포교장布敎長은 물론, 잠시 나가사키를 거쳐 가는 포르투갈 신부들을 만날 때마다 종단 차원에서의 조선 포로 문제를 제기해 줄 것을 요구했다. 하지만 그들이 포르투갈로 가서 그곳 사람들에게 이 문제를 알리려면 몇 년이 걸릴지 알 수 없는 일이었다.

일단, 조국의 품을 떠난 사람들은 배에서 내리는 순간, 고아처럼 누구도 거들떠보지 않는 의지가지없는 존재로 전락하고 만다. 물론, 지식이 있고 영악한 사람들은 이내 이국생활에 적응해 나름대로 살아가게 될 것이다. 하지만 조국에서 버림받은 사람들은 이곳에서도 역시 누구의 도움도 받지 못한 채 노예의 처지로 떨어지는 것이 통례였다.

금동은 성당과 포로들이 머물고 있는 수용소를 오가며 옥실이 하는 일을 도우며 시간을 보냈다. 그가 하는 일이란 하루 종일 산 정상에 있는 우물에서 물을 길어다 성당 옆에 있는 커다란 나무통에 갖다 붓는 것이었다.

그러면 여자들이 그것을 작은 통에 담아 목마른 포로들에게 가져갔다.

번잡한 부두의 모습도 새로운 이국의 풍물도 이제는 어느 정도 익숙해졌고, 산기슭을 따라 곱게 물들어 있던 단풍도 어느덧 사라져가고 있었다. 어느 날, 금동은 부두를 어슬렁거리다 동춘東春이라는 조선 사람을 한 명 만났다. 그는 오랫동안 배를 탄 듯 검게 그을린 얼굴에 뱃사람다운 다부진 몸매를 하고 있었는데, 그의 말에 의하면, 임진란 때 부산에서 건너와 줄곧 포르투갈 배와 일본 배를 탔다며 자랑을 늘어놓았다. 그는 낯선 타향에서 조선 사람을 만나 반가운지 금동을 부근에 있는 식당으로 끌고 가 밥을 사 주고, 술도 대접했다. 그러며 배를 타면서 겪은 경험들을 자랑스럽게 떠벌였다.

그는 마카오는 말할 것도 없고 동남아 각 지역과 필리핀, 멀리 인도까지 안 가본 곳이 없다고 했다. 그러며 배가 난파되어 죽을 뻔했던 일이며, 도적질로 엄청난 횡재를 했던 일, 객기를 부리다 바다에 빠져 고기밥이 된 동료의 일화, 그리고 고아에 두고 온 여자 얘기까지 화제가 끊이지 않았다. 그는 돈은 좀 모은 것 같았는데, 배를 타느라 아직 결혼은 못했다고 했다. 저녁 무렵, 그는 밖으로 나와 금동에게 자신이 타고 나갈 배를 가리키며 작별의 인사를 청했다.

「억시로 크지? 그라도 먼 바다에 나가면 나뭇잎처럼 작아서 보이지도 않는데이. 난, 내일 저 배를 타고 고아까지 갈 기다. 그라고 거기서 좀 쉬었다 마카오나 이곳으로 오는 배를 탈 기다. 그라믄, 일 년이 훌쩍 지나간다. 그기 우리 뱃놈들의 생활아이가. 하지만 이번에 돌아오면 장개들어 눌러앉을 기다. 맨날 청춘은 아니다 안카나? 아도 놓고, 이자는 좀 편하게 살고 싶데이. 자, 그라믄, 자네도 이곳에서 자유롭게 멋진 인생을 펼쳐보래이!」

금동은 그곳에 한참 동안 서서 그가 타고 갈 배를 부러운듯이 바라보았다. 배는 우선 그 크기로 그를 제압했다. 그 배는 이제껏 조선에서 보아

왔던 배와는 달리 작은 산처럼 선체가 높고, 폭이 넓었으며, 거기에 이물과 고물이 하늘 위로 툭 튀어나와 보는 이를 압도했다. 또한 갑판 위에 높이 세워져 있는 돛대도 하나가 아니라 앞뒤로 여러 개였고 거기에는 돛을 풀거나 잡아당기기 위한 도르래와 줄들이 복잡하게 얽혀 있었다.

오랜 항해중에 먹을 식량이며, 야채, 땔감, 물, 그리고 잡다한 선상용품들을 잔뜩 실은 작은 배 한 척이 늙고, 노회한 거인처럼 크고 우람한 배 옆구리에 달라붙어 물건들을 배 위로 올리고 있었다. 수십 명의 선원들이 몇 달간 먹을 식량이라 그 양이 엄청났다. 갑판 위에서는 선원들이 돛을 새로 교체하는지 줄을 당겨 돛을 활짝 폈다가 다시 당겨보면서 뭐라고 시끄럽게 떠들어대고 있었다. 그 하얀 돛 위로 기우는 석양이 비쳐 일순 돛이 불타는 것처럼 보였다.

동춘에게 자극을 받은 금동은 자신도 그처럼 넓은 바다로 한번 나가고 싶었다. 옥실에게 반지를 전해 준 이상 이제 육지에서의 그의 임무는 모두 끝난 셈이었다. 그는 동춘처럼 바다로 나가 새로운 세상을 구경하고 인생을 도전과 모험으로 장식하고 싶었다. 하지만 선원 소개소를 다 다녀봤지만, 새봄이 되어야 일자리가 생길 거라는 대답을 듣고 그는 낙담했다. 겨울이 다가왔지만, 이곳은 바닷가라 그런지 추위가 그리 매섭지 않았다. 그리고 눈도 오지 않았다. 하지만 바다로부터 불어오는 차고, 축축한 바람은 때로 온몸을 얼어붙게 했다.

조선으로부터 끌려오는 포로들의 숫자는 조금도 줄어들지 않고 항구로 밀려들었다. 옥실은 포르투갈 신부들을 만날 때마다 조선 포로들의 부당한 대우를 호소하고, 그 대책을 요구했다. 특히, 어린 소년 소녀나 병들고 쇠약한 환자들을 억지로 끌고 와 거래하는 일본인들의 처사에 그녀는 크게 분노했다. 사람이 사람을 돈으로 팔고 사는 것은 기독교적 윤리로 봐도 옳지 못한 일이었다. 그래서 신부들도 옥실의 요구를 감히 무시할 수 없었다. 하지만 그들이 포르투갈 정부로부터 지원받는 돈은 그 액수가 얼마 되지 않았기 때문에 그들의 선행에는 한계가 있었다. 해서, 그들은 옥실과 함께 포르투갈 무역상들을 일일이 찾아다니며 포로 매매를 중단할 것을 호소하거나, 본국에다가 그 부당함을 널리 알리려고 애썼다.

새벽이면 옥실은 누구보다도 먼저 일어나 몸단장을 마치고, 성당 안에 마련되어 있는 성모마리아 상 앞에서 돌아가신 부모님과 가련한 조선 포로들을 위해 기도했다. 그런 다음, 성당 안에 머물고 있는 조선 포로들을 돌보는 데 정성을 다했다.

쓰시마에 있을 때 그녀는 마리아의 배려로 누구보다도 자유롭고, 가치 있는 시간을 보냈다. 4년의 기간 동안, 마리아는 옥실을 친동생으로 여겨 극진히 대해 주고, 웬만한 일들은 자유롭게 놔두었다. 해서, 그녀에 대한 옥실의 존경심과 사랑도 그만큼 커져갔다. 밤마다 두 사람은 침실 가운데 앉아 멀리서 들려오는 밤바다의 파도 소리를 들으며 얼마나 깊고, 진지하게 기도를 했던가? 그리고 계절을 따라 피어나는 아름다운 꽃들을 보면서 얼마나 자연의 아름다움에 도취했던가? 이제, 비록 그 모든 추억들이 다시는 돌아오지 않는다 하더라도 그런 시절이 있었음을 기억하는 한 옥실의 삶은 무엇과도 비교할 수 없는 풍요롭고, 값진 것이 되리라.

날씨가 따뜻해지면서 공기는 한층 더 부드러워지고, 어느새 이곳 산언덕에도 조선에서처럼 진달래꽃이 다시 꽃망울을 터뜨렸다. 그러나 전쟁은 여전히 계속중이었고, 밀려드는 포로들을 돌보는 것도 이제는 일상사처럼 익숙한 일이 되어 있었다. 그런 와중에 금동이 배를 타러 간다는 말을 전하기 위해 성당으로 옥실을 찾아왔다.

「음메, 그런 말을 이자 하다니.」

옥실은 당황해서 외쳤다.

「미안해요, 아씨. 괜한 걱정을 끼치고 싶지 않아서요.」

「얼매나 걸리는데?」

옥실이 걱정스럽게 물었다.

「한 1년 걸리겠죠.」

「그렇게나 오래?」

「그라믄요. 그 정도는 짧은 거지요. 아무튼 아씨를 잘 보살펴드려야 하는데 이렇게 훌쩍 떠나게 돼 죄송하구만요.」

「죄송하긴. 우린 모두 똑겉은 처지인데 그런 말을 와 해?」

그렇게 말을 하면서도 옥실의 눈가에는 아쉬운 구석이 역력했다.

「가고 싶으면 퍼뜩 가. 이곳에서 맨날 물이나 질으며 귀중한 시간을 보낼 수는 없잖아.」

금동은 쓸쓸한 마음으로 무릎 위에 가지런히 놓여 있는 옥실의 작은 손을 물끄러미 바라보았다. 이제야 진짜 주인을 만난 하씨 부인의 은가락지가 그녀의 왼손에서 영원한 사랑의 징표처럼 햇빛을 받아 환하게 빛을 발하고 있었다. 헤어질 때, 옥실은 자신이 목에 걸고 있던 나무 십자가를 벗어 금동에게 주며 그의 행운을 빌었다.

「성모님께서 항상 니가 가는 길을 보살펴 주실 기야. 힘들면 언지든 십자가를 꺼내 봐! 그라믄 힘이 솟을 테니까.」

9
：
에필로그

화창한 봄날 아침, 금동이 탄 정크선은 닻을 올리고 앞에서 인도하는 수로 안내 선을 따라 천천히 나가사키의 좁은 수로를 빠져나가고 있었다. 하늘에는 봄의 따뜻한 구름이 거품처럼 피어오르고, 봄꽃들이 산기슭을 따라 앞다퉈 꽃망울을 터뜨리는 시기였다.

이 배는 일본산 동銅과 몇 가지 잡화류를 싣고 마카오로 가 짐을 푼 다음, 다시 도자기와 비단을 싣고 말라카로 갈 예정이었다. 얼마 후, 배는 복잡한 만을 빠져나와 일제히 돛을 펴고 망망한 동東 중국해로 들어섰다. 이 해역은 양자강 하구를 기점으로 남으로는 대만, 북으로는 제주도, 그리고 동쪽으로는 일본 규슈로부터 오키나와를 거쳐 대만에 이르는 여러 섬으로 에워싸인 동아시아 3개국이 만드는 삼각三角지대다.

맨 처음 이 해역의 길을 연 사람들은 중국인들이었다. 그들은 양자강 하구에서 배를 타고 계절풍을 이용해 일본의 규슈로 건너와 무역을 시작했다. 이어, 일본인들이 그들의 뒤를 따르면서 양국의 종교적, 문화적, 경제적 교류가 이루어졌다. 그 기점이 규슈의 하카다(지금의 후쿠오카)였다.

양자강 하구에 위치한 닝보寧波는 중국 내륙의 모든 물자들이 강물처럼 흘러드는 상품의 집산지요, 국제적인 무역항이었다. 특히, 그들이 자랑하는 질 좋은 비단과 생사, 그리고 도자기는 모든 이들이 탐내는 상품이었다. 하지만 중국 정부는 관제 무역을 통해 주변국들을 간접적으로 통제하는 정책을 구사했기 때문에 무역은 늘 제한적이고 선택적이었다.

닝보의 난으로 명과의 무역이 중단된 틈을 타서 향료무역을 위해 지구 반대편에서 등장한 포르투갈 상인들이 이 지역 무역에 뛰어들었다. 그들은 원양 항해를 위해 제작한 천 톤이 넘는 엄청난 크기의 대범선과 막강한 화력을 갖춘 화포를 앞세워 인도의 고아까지 바싹 진출, 점차 아시아

지역을 자신들의 무역권역으로 확대해 갔다. 즉, 그들은 자신들이 개척한 항로를 따라 항구를 제압할 수 있는 유리한 지역에 포대를 설치하고 자신들의 거주지를 만들었으며, 그 안에는 병사들이 머무는 숙소는 물론 성당과 원로원, 병원, 창고 등이 갖추어져 그들만의 자급자족적인 거류지를 형성하고 있었다.

포르투갈 상인들은 명과 일본의 무역이 중단되자, 그 중간에서 중개무역을 통해 큰 이득을 얻었다. 그들은 닝보에서 싣고 온 비단과 생사를 중국인들로부터 임대한 정크선에 가득 싣고 일본으로 건너가 두 배의 가격을 받고 그곳 상인들에게 넘겼다. 그 장사는 그들이 힘겹게 목숨을 걸고 아시아와 유럽을 오가며 향료무역을 통해 벌어들이는 이익만큼 짭짤한 장사였다.

1557년, 그들은 중국 연해를 날뛰며 행패를 부리는 무장 해적들을 소탕해 주는 대가로 명 정부로부터 광동廣東 남방의 작은 반도, 마카오에 그들의 무역기지를 얻는 데 성공했다. 이로써 그들은 그토록 염원하던 동방에서의 기독교 포교와 무역의 발판을 동양세계에 구축하는 데 성공하게 된 셈이었다. 하지만 그들의 뒤를 이어 스페인과, 그리고 뒤이어 동방무역에 뛰어든 네덜란드의 합류로 그때까지 우위에 섰던 포르투갈의 위치는 차츰 위험에 직면하고 있었다. 즉, 포르투갈과의 조약에 의해 남아메리카 이서以西 지역에 대한 경영권과 기독교 포교 임무를 나누어 갖게 된 스페인이 포르투갈과는 정반대의 항로를 통해 태평양을 횡단, 필리핀을 발견하게 되면서 양국은 아시아에서 치열한 경쟁관계에 들어갔기 때문이었다.

스페인 인들은 마닐라시를 건설, 그곳을 기지로 삼아 멕시코산 은銀을 자본으로 중국인들과 활발한 무역을 펼쳤다. 매년 4, 5십 척의 정크선들이 중국으로부터 마닐라로 건너와 필리핀과 멕시코를 오가는 대大선단에 비단을 공급했다. 그러면 스페인 인들은 그 대가로 스페인 은을 지불했으며 그 묵은墨銀은 다시 중국 연안으로 흘러들어가 주요 통화로 통용되었다.

무역이 활발해지자, 많은 상인들과 모험가들이 마닐라로 몰려들었다. 그 중 대다수는 중국인들로 그들은 곧 그 지역의 소매무역을 장악하여 스페인 인들의 안전을 위협할 정도로 급속히 성장했다. 그리고 약빠른 일본인들도 그 뒤를 이어 그 규모는 작지만 자신들의 거주지를 형성하면서 하나의 지역사회를 형성해 나갔다.

항해는 순조로웠다. 선원들은 대부분이 이곳 항로에 익숙한 중국인들로 구성되어 있었다. 배는 원양 항해에 견디게끔 내부가 대나무 마디처럼 각각 차단되어 선체 중 일부가 침수당해도 배가 침몰하지 않도록 건조되어 있었으며, 돛도 비대칭의 돛을 2장 달아 횡풍과 역풍에도 달리기 좋고, 조종에도 편리하게 되어 있었다.

약 한 달 후, 금동이 탄 배는 대만을 거쳐 마카오에 도착했다. 그곳에서 그는 한 달가량 머물다가 도자기를 싣고 말라카를 향해 다시 남쪽으로 내려갔다. 남쪽으로 내려갈수록 덥고, 끈적끈적한 아열대공기가 밀려왔다. 이따금 비가 오고 바람이 거세게 불기도 했지만, 아직 본격적으로 우기가 시작될 때는 아니었다.

배는 도중 베트남 동부해안에 있는 항구에서 잠시 쉬었다가, 다시 남쪽으로 방향을 잡았다. 이따금 도중에서 여러 나라의 배와 마주치곤 했는데, 그때마다 선원들은 경계를 늦추지 않았다. 그것은 이 지역이 해적들이 들끓는 위험 지역이었기 때문이었다.

금동은 중국 선원들로부터 마닐라에 거점을 둔 일본인들이 이곳까지 세력을 뻗쳐 해상에서 배에 실은 물건을 약탈하고, 육지에 난입해 이곳 주민들을 살육하고 있다는 소식을 듣고 놀랐다. 뿐만 아니라, 얼마 전에는 필리핀을 점령하고 있는 스페인 사람들과 손을 잡고 메콩강을 따라 프놈

펜까지 침입해 그곳 왕을 죽인 일도 있을 정도로 일본인은 이미 이곳에서 명성을 떨치고 있었다.

배가 열대 지역에 들어서자 자주 비가 왔다. 그러나 비가 그치면 언제 그랬냐는 듯 하늘은 개고, 뜨거운 열대의 태양이 머리 위에서 내리쬐었다. 바다는 수평선 끝까지 파란 잉크를 뿌린 것처럼 푸르고, 거대한 태양은 아침부터 저녁까지 이글거리며 머리 위를 지나갔다. 더위에 몸은 기진맥진해 늘어지고, 아무리 물을 마셔도 갈증이 가시지 않았다. 그래도 선원들은 닥쳐올 우기에 대비해 갑판 위로 올라가 물이 스며들지 못하도록 나무 틈에 역청을 바르는 작업을 계속했다.

6월도 훨씬 지나서야 배는 말라카에 도착했다. 이곳은 포르투갈 인들이 맨 먼저 아시아 진출의 교두보로 세운 무역기지로 항구를 굽어보는 언덕 위에 마카오와 마찬가지로 포대와 붉은 벽돌로 지은 성당이 해협을 굽어보고 있었다. 그들은 바로 이 해협을 통해 말루쿠에서 나는 향료를 유럽으로 실어 날랐던 것이다.

항구는 마카오보다 더 복잡했다. 다양한 상품을 실은 배들은 물론, 피부색이 짙은 인도인, 아랍인 등이 뒤섞여 항구와 맞은편 시장통을 가득 메우고 있었다. 이곳은 인도와 아랍인들에게는 향료무역의 중계지로 유명한 곳일 뿐 아니라, 또한 중국의 비단과 도자기, 그리고 열대우림 지역에서 나는 백단 등도 이곳에서 거래되는 중요한 교역품 중의 하나였다.

금동은 이곳에서 우기가 끝나기를 기다리며 거의 두 달을 머물렀다. 그런 다음, 우기가 끝날 무렵 다시 인도와 아랍 상인들로부터 산 다양한 잡화품을 싣고 다시 마카오로 출발했다. 마카오에서 짐을 풀고 잠시 쉬었다가 다시 비단과 생사를 사서 싣고 나가사키로 들어가면 이번 항해의 여정은 끝나는 것이었다.

금동은 겨울을 마카오에서 보내고 이듬해 봄, 나가사키로 돌아왔다. 그 동안 지루한 전쟁도 끝이 나고, 포로들로 시끌벅적하던 항구는 적막할 정도로 차분하고 조용했다. 그는 옥실을 만나 마카오에서 사가지고 온 인도산 장식품을 선물한 다음, 그녀가 몸값으로 대신 치른 돈을 갚았다.

「이자야 증말로 자유의 몸이 된 기분입니다.」

금동은 반짝이는 은화를 옥실의 손에 쥐어주며 호탕하게 웃었다.

「아이 참, 나가 그걸 바라고 그랬나? 당연히 해야 할 일을 갖고.」

옥실은 수줍게 웃으며 그 돈을 받아 손에 꼭 쥐었다.

「우쨌든 공돈이 생겨 기분이 좋긴 좋네.」

두 사람은 성당 마당에 있는 나무 의자에 나란히 앉아 항구 쪽을 내려다보고 있었다. 금동이 떠날 때처럼 맞은편 산언덕을 따라 진달래가 활짝 피어 있고, 벚꽃들도 뒤질세라 막 꽃망울을 터뜨리고 있었다. 어디서나 삶의 희망과 의욕이 느껴지는 그런 때였다. 하지만 세상은 빠르게 변해가고 있었다. 전쟁을 일으킨 당사자인 히데요시가 작년 여름 오랜 병치레 끝에 죽자, 도쿠가와德川家康를 포함한 정권 합의체인 5대로五大老들은 전쟁을 종식시키기로 결정하고, 조선에 파병되어 있던 병사들에게 모두 본국으로 철수하라는 명령을 내렸다. 그와 함께 6년이나 질질 끌어오던 전쟁은 마침내 종지부를 찍게 되었던 것이다.

「이자 아씨는 우찌 살아갈 깁니까?」

금동이 침묵을 깨고 옥실에게 물었다.

「멀?」

「맨날 이렇게 혼자 살 수는 없지 않십니까?」

「와, 나가 우째서? 성당에 할 일이 얼매나 많은데. 그라고 돌봐줘야 할 사람들도 참으로 많고. 난 바빠서 그런 생각을 한번도 해 본 적이 없다.」

옥실은 그간 조선 포로들을 몇 명 성당에 기거하게 해 돌보는 한편, 근

래에는 이곳에 사는 일본인 신자들과 함께 농사를 지어 거기서 나오는 야
채 등을 장에 내다팔아 생계를 유지하고 있었다. 그녀는 이제 소녀가 아니
라 어엿한 한 명의 성숙한 여인으로 변해 있었다. 노동을 꾸준히 한 탓에
팔뚝이며 손마디도 이전보다 굵어졌고, 어깨도 더 벌어진 것 같았다.

「또 바다로 나갈 거야?」

옥실이 물었다.

「하모, 나가야지요. 육지에 있으면 난 갑갑해요.」

「조선 사람들이 모여 있는 곳으로 가서 한번 일자리를 구해 보면 어때?」

「농사는 이자 싫어요. 땅에 매여 살고 싶지 않아요.」

점심 나절이라 주위는 고요하고, 마당 가득히 햇살이 다사롭게 비치고
있었다. 막 새로 돋은 초록의 싱그러운 이파리들이 눈을 끌었고, 나비들
이 날개를 팔랑이며 풀밭 위를 날아다니고 있었다. 이제, 전쟁이 끝났으니
새로운 세상이 펼쳐지리라.

「아씨는 조선으로 돌아가고 싶지 않십니꺼?」

「가고 싶지만, 어데 방법이 있어야지. 그리고 이자는 이곳에서도 할 일
이 많아서 꼼짝할 수가 없어.」

「난, 쪼매 쉬었다 이번엔 일본 배를 탈 생각이에요. 그기이 벌이가 억시
로 괘않다 안캅니까? 그라믄, 그 돈을 종잣돈으로 삼아 나하고 부두에서
함께 장사를 하면서 살아요. 괘않은 생각 아닙니까?」

옥실은 고개를 숙인 채 아무 말도 하지 않았다.

「조선에서라믄 모도 머라고들 하겠지요. 허지만 이곳에서는 누기도 우
리에게 머라칼 사람이 없십니더. 아씨는 안직도 나를 집안의 노비쯤으로
생각하고 있는 건 아니겠죠? 누기 머라카든 난, 이자 자유인이요. 전쟁이
나를 이리 자유롭게 풀어줬지요. 나는 바다로 나가고 싶으면 언지든 육지
를 떠날 수 있고, 아씨에게 정식으로 청혼해 이곳에 정착할 수도 있어요.

왜냐하믄 난 이자 누기에게도 맨 몸이 아니기 때문이죠.」

옥실은 생각에 잠겨 엄지손가락을 무의식적으로 비비면서 먼 바다 쪽을 말없이 응시하고 있었다.

「때론 고향 생각이 나기도 하겠지만, 돈만 있으믄 어데서 살든 무신 상관입니까? 권력을 얻을 기도 아니고, 명예를 탐할 기도 아닌데 어데서 살든 무신 문제가 되느냐 이 말이요? 우리들은 안직 젊고, 앞으로 살아갈 날들이 많이 있지 않아요? 우리를 구속할 수 있는 건 이 시상에 아무것도 없어요. 저 망망한 바다처럼 우리 앞에는 아무것도 거칠 것이 없구만이요. 그라니 우찌 슬픔에 잠길 시간이 있겠십니까?」

옥실은 포로들은 물론, 일본 각지에서 종교적 박해를 피해 이곳으로 온 신자들을 돌보고, 각종 기도 행사는 물론 그들의 먹을거리를 구하느라 늘 바빴다. 새로운 지역에서 이주해 온 신자들의 생활이 안정될 때까지 도와주고 베풀어 주는 것이 그들 공동체의 의무였기 때문이었다. 하지만 비록 몸은 고달퍼도 그녀의 마음은 늘 고요하고, 행복했다. 해서, 고난에 처한 사람들은 그녀를 의지해 마음의 평안을 얻고, 그녀의 꿋꿋한 자세에서 세상을 헤쳐 나가는 힘을 얻었다.

그리고 누구보다도 신자들에게 영향력을 미치고 있는 그녀의 능력을 잘 알고 있는 이 지역 신부들은 그녀를 통해 그리스도의 정신을 널리 포교하고자 원했으며, 그것을 본국과 마카오 등지에 있는 예수회 신부들에게도 알렸다. 옥실은 이제 이곳에서 모르는 사람이 없었다. 그녀는 사랑하는 아버지와 어머니를 잃은 슬픔을 타인에 대한 사랑으로 승화시킴으로써 자신이 가야 할 길을 준비하고 있는 듯했다. 하지만 언덕을 따라 다투듯 봄꽃이 만발하고, 바다 위로 떠오른 둥근 보름달이 황홀한 달빛을 창으로 비칠 때면 그녀 또한 여자다운 가벼운 한숨과 함께 결심이 흔들리는 것이었다.

평범한 여인이 되어, 사랑하는 사람의 품에 안겨 달콤한 사랑에 취해 봤으면. 어릴 적 꿈꾸었던 무지개 같은 고운 꿈들은 다 어디로 가버렸을까? 어머니는 왜, 이 넓은 세상에 그녀만 홀로 남겨놓고 그리 서둘러 세상을 떠나셨을까? 아, 그리운 어머니! 그런 밤이면 옥실은 손가락에 낀 어머니의 반지를 쓰다듬으며 베개를 눈물로 적셨다. 하지만 아침이 오고, 다시 사람들이 찾아와 밖이 분주해지기 시작하면 언제 그랬냐는 듯 슬픔을 잊고 자신이 해야 할 일에 몰두했다.

마리아는 쓰시마에서 규슈로 나오는 배편을 통해 자주 옥실에게 서신을 보냈다. 옥실이 떠난 뒤, 그녀는 몹시 외로워하고 있는 듯했다. 물론, 영주의 부인으로 그런 사사로운 감정을 밖으로 드러내서는 안 되는 것이지만 옥실이 떠남으로써 유일한 친구이자, 말벗을 잃은 것은 분명했다.

옥실은 절절한 그리움과 존경심을 담아 자신의 근황과 신앙에 관한 얘기, 그리고 이곳에서 일어난 시시콜콜한 얘기를 담아 답장을 보냈다. 그녀는 지루한 전쟁이 끝났으니 마리아에게도 즐겁고, 행복한 나날들이 이어지기를 진심으로 기도했다. 아울러 남편과 함께 지내게 되었으니 예쁜 아기도 생겼으면 했다. 만약, 그리 된다면 쓰시마로 한걸음에 달려가 꼭 아기를 안아보고 싶었다. 하지만 요 근래에는 전후 처리로 바쁜지 서신이 뚝 끊겨, 그곳의 소식을 알 수가 없었다.

전쟁이 끝나면서 조선 포로들의 행렬은 그치고, 대신 전선에서 귀환하는 일본 병사들의 행렬이 규슈의 해안가를 따라 이어졌다. 길고 긴 전쟁은 이곳 주민들의 생활에도 깊은 주름을 남겼다. 그들은 근 6년 이상 조선 원정군의 식량과 무기를 사서 보내느라 등골이 휘어질 지경이었던 것이다.

잠시 후, 두 사람은 항구 쪽으로 내려가 길가 좌판에서 꼬치를 사서 나누어 먹으며 오랜만에 한가롭게 항구를 따라 산보했다. 봄을 맞아 사람들의 옷차림도 밝고, 가벼워졌으며 거리의 풍경도 꽃그늘에 가려 아름다운 정취를 더하고 있었다. 키가 크고 눈이 파란 외국인들과 피부가 검은 아프리카 노예들, 그리고 중국인들과 일본인 선원들이 뒤섞여 거리를 활기차게 활보하고 있었다. 상점들은 이국의 선물을 사려는 손님들로 북적대고, 식당에도 사람이 넘쳤다.

금동은 자신이 직접 보고 온 낯선 세상에 대해 옥실에게 이것저것 들려주었다. 남쪽으로 내려가면서 보았던 작고, 살빛이 까무잡잡한 사람들이며 뜨거운 태양 아래 벌거벗고 살아가는 미개한 사람들의 이야기, 그리고 머리를 수건 같은 것으로 두른 아라비아 사람들과 그들이 믿고 있는 이상한 종교, 하지만 이국의 풍물을 들려주는 기쁨 뒤에는 오랜 항해에서 감내해야만 하는 외로움과 고독의 밤이 있다는 것을 말할 수는 없었다. 그것은 남자만이 견뎌야 하는 외로움이었기 때문이었다.

그날 밤, 금동과 헤어져 돌아온 옥실은 저녁 기도를 마치고 평소와는 달리 들뜬 마음으로 자리에 누웠다. 금동이 한 말이 계속 머릿속에서 맴돌고 있었기 때문이었다. 이제까지 그녀가 이 세상에서 믿고 의지하고 있는 사람은 오직 예수님 한 분뿐이었다. 그런데 금동이 그 옆에 나란히 서서 그녀를 향해 환하게 웃고 있었다.

그녀는 밤새 잠을 못 이루고 몸을 뒤척였다. 지붕 밑에 있는 격자창으로부터 달빛이 흘러들어 방안을 환하게 비추었다. 어서 잠을 해야지 하면서 베개 위에 무거운 머리를 얹고 눈을 꼭 감아보지만 눈을 뜨면 넘실거리며 밀려드는 달빛 속에서 금동의 사내다운 얼굴이 환하게 웃고 있었다. 봄밤은 길다. 항구 쪽에서는 늦게까지 배꾼들이 떠드는 소리가 끊이지 않고, 부드러운 공기 속에는 나뭇잎의 싱그러운 냄새와 함께 향기로운 꽃냄새가 뒤섞여 그녀의 마음을 흔들고 있었다.

금동은 이따금 성당으로 옥실을 만나러 왔다. 그는 부두 근처에 거처를 정하고 그곳에서 숙식을 해결하고 있다고 했다. 하지만 옥실이 자리를 비울 수 없을 만큼 늘 바빴기 때문에 별로 이야기도 하지 못하고 돌아가는 일이 다반사였다.

여름에 접어든 지 얼마 후, 옥실은 더위에 지쳤는지 과로로 며칠을 앓아 누웠다. 그것을 어떻게 알았는지 어느 날, 금동이 싱싱한 횟감을 사가지고 그녀를 위문하러 왔다.

「자, 아씨, 이 싱싱한 회를 묵고 벌떡 일어나시요.」

그는 어디서 가져왔는지 막 회를 떠서 싱싱한 생선살만 담은 커다란 접시를 내밀며 그녀를 재촉했다. 옥실은 날 생선을 먹어보지 않았기 때문에 얼굴을 잔뜩 찌푸린 채 한참 동안 접시만 노려보았다.

「아씨, 자, 보시요.」

금동은 보란 듯이 젓가락으로 먹음직스럽게 생긴 큼직한 생선 한 점을 옆에 놓인 매콤한 겨자에 찍어 한 입에 털어놓고는 맛있다는 듯이 우물우물 소리를 내며 씹어 먹고는 「뱃사람들이 우떻게 그 힘들고, 험한 바다 생활을 이겨내는지 아시요? 그기이 다 이 생선 때문이요. 조선에서는 쇠고기가 젤이지만 이곳에서는 생선이 젤입디더. 아시겠소? 자자, 어서 드시요, 나가 다 뺏어묵기 전에. 자, 어서요.」

하고 너스레를 떨었다.

옥실은 용기를 내어 생선 한 점을 젓가락으로 집어 금동을 따라 겨자에 찍어 입에 넣었다. 순간, 어찌나 매운지 눈물이 핑 돌았다.

「어메, 잘 드시네. 나가 이눔을 사려고 새벽부터 잠도 몬자고 바다에 나가 지키고 있다가 잘 아는 어부한테 사온 거랍니더. 아조 팔딱 팔딱 뛰는 싱싱한 놈으로 말이요.」

씹을수록 촉촉이 입안에 스며드는 생선의 달콤하면서도 고소한 맛이 입맛을 자극했는지 옥실은 금동의 눈치도 보지 않고 접시에 남아 있는 생선을 순식간에 다 먹어치우고는 부끄러운 듯 고개를 살짝 숙였다.

그 생선의 효력이 있었는지 옥실은 곧 자리에서 일어나 일상으로 돌아 갔다. 그녀는 주일은 물론이고, 평일에도 신자들의 집을 방문해 함께 기도하며 밤늦게까지 나가사키 주변 마을을 돌아다녔다. 그런 다음, 10시가 지나서야 겨우 거처로 돌아와 몸을 씻고 잠자리에 들었다.

이듬해 봄, 금동은 다시 바다로 나갔다. 이번에 탄 배는 일본의 무역선으로 마카오와 마닐라 및 동남아시아 등을 왕래하는 배로서 순전히 일본 선원들로 구성이 되어 있었다. 그들은 먼저 마카오로 가서 중국산 비단을 선적한 다음, 남중국해를 넘어 마닐라로 갈 예정이었다. 떠나기 전 금동은 옥실을 만나 작별을 고했다.

「이번에는 시간이 쪼매 걸릴 깁니다.」

그는 성당 마당에 서서 옥실의 손을 꼭 잡고 말했다.

「하지만 그 대신 돈을 많이 벌어 올 테니 그 돈을 밑천 삼아 같이 살 집도 구하고, 장사도 시작합시다. 돈만 두둑하믄 인상의 반은 성공한 기나 매한가지라 안 캅니까. 안 그렇십니까? 하하. 그럼, 항상 몸조심하시고, 나를 위해 많이 기도해줘요!」

옥실은 항구까지 가지 않고 언덕 중간까지 내려와 금동을 배웅했다.

「잘 다녀와요. 밤마다 당신을 위해 기도하겠어요.」

「고맙십니더.」

금동이 탄 배는 마카오로 건너가 비단을 싣고, 마닐라로 갔다. 그곳은 스페인의 점령 이래, 중국과의 비단 무역의 중계지로 급부상해 한창 번성하고 있었다. 포르투갈 인들과 마찬가지로 그들도 항구를 굽어보는 곳에 포대를 설치하고 교회를 세웠으며, 군대와 원로원 등을 두어 외부 세계와 차단된 안정된 그들만의 독립된 거류지를 형성하고 있었다. 그리고 그 아래에는 중국인들이 형성한 거리와 일본인들의 거류지가 서로 마주보고 있었다. 중국인들의 숫자는 만 명을 넘을 정도로 그 규모가 엄청나 마닐라 지역의 소매경제를 좌지우지하고 있었다. 그에 맞서 일본인들도 그 정도는 안 되지만 수천 명이 거주지를 형성해 그들만의 세계를 구축하고 있었다. 항구에는 원양 항해에 견딜 수 있는 3층 높이의 크고, 위풍당당한 배들이 즐비했는데 그것은 멕시코 쪽에서 건너온 스페인 배들이었다.

이곳에서 화수분처럼 쏟아져 나오는 멕시코산 은화銀貨는 중국과 일본 상인들이 침을 흘리는 돈이었다. 그 돈만 있다면 세계 어디에서나 값진 물건을 마음대로 살 수가 있었다. 그것을 알고 히데요시는 한때 이곳을 정복하려는 야심을 품었던 것이다.

금동은 일본인 거주지에서 여름을 보낸 다음, 우기가 끝나자 베트남으로 건너갔다. 그리고 일본 선원들과 함께 그곳 해안에 있는 일본인 거류지를 근거지로 해안선을 따라, 아니면 좀더 심해로 들어가 남중국해 해상을 통과하는 방비가 취약한 선박들을 골라 배에 실려 있는 물건을 약탈하는 일에 참가했다.

그들은 일본에서 가져온 조잡한 공예품을 가지고 원주민들과 흥정을 하는 것처럼 위장하거나, 구조를 청하는 것처럼 가장해 상대방을 안심시킨 다음, 배에 접근해서 배에 실려 있는 값비싼 물건들을 털었다. 그리고 어느 때는 남쪽으로 쑥 내려와 메콩강을 따라 캄보디아로 들어가 강가에 살고 있는 원주민들의 근거지를 약탈하고, 공포에 질린 부녀자들을 잡아 굶주린 욕정을 채운 다음, 다시 바다로 나와 이번에는 샴(태국)으로 가 그곳에 형성돼 있는 일본지 거류지를 근거로 또 한바탕 해안을 휩쓸고 다니며 해적질을 벌였다.

그들은 공인된 약탈자들로 무역보다도 해적질이 사업의 근간을 이루고 있었다. 상대가 조금이라도 약하거나, 빈틈을 보이면 그들은 인정사정없이 갖고 있는 물건을 빼앗고, 여자들을 약탈했다. 그리고 저항하면 간단히 죽여서 바다로 집어던졌다.

겨울이 되자, 그들은 별 다른 자본 없이 벌어들인 약탈품을 가득 싣고 북쪽으로 유유히 뱃머리를 돌려 중국의 동남해안을 따라 마카오로 갔다. 그리고 거기서 비단을 사서 실은 다음, 점잖게 나가사키로 향했다.

금동은 이번 항해에서 이전보다 몇 배의 큰돈을 벌었다. 무역 외에 벌어들인 수입에 대해서는 선원 모두 균등하게 나눠 갖는다는 것이 그 배의 규칙이었기 때문이었다.

항구에 도착하자, 금동은 배에서 내려 성당으로 향했다. 언덕을 오르며 사방을 둘러보니, 2년 새에 못 보던 작은 집들이 조개껍데기처럼 산비탈을 온통 뒤덮고 있었다. 초여름이라 언덕의 나무들은 짙은 초록색을 띠고 있었고, 사람들은 어느새 가벼운 여름옷으로 갈아입고 있었다.

평일이라 성당은 조용했다. 두 사람이 앉곤 하던 의자도 여전히 그 자리에 있었다. 그는 성당으로 들어가 옥실을 찾았다. 헌데, 그녀는 보이지 않고, 안에서 젊은 사내가 나와 그를 맞았다. 옥실을 찾자 사내는 성당 위에 있는 한 작은 집으로 그를 안내했다. 그곳은 방 하나에 마루가 달린 작은 목조 가옥으로 앞쪽에 손바닥만한 마당이 달려 바다 쪽을 향하고 있었다. 그곳에 몸이 야위어 보이는 낯선 여인이 의자에 앉아 멍하니 바다 쪽을 응시하고 있었다.

사뭇 기품이 느껴지는 그 일본 여인은 얼굴이 유난히 희고, 해쓱해 오랫동안 앓다가 오랜만에 밖으로 나온 사람처럼 보였다. 그녀는 서민들이 입는 소박한 옷을 대충 입고 있었는데, 눈빛이며 하나하나의 거동은 어딘지 보통 사람과는 다른 품위와 기품이 엿보였다. 사내는 여인을 향해 깍듯이 절을 올린 다음, 안으로 들어가 옥실을 찾았다.

「어메, 놀라라!」

마침 마루에서 걸레질을 하고 있던 옥실은 금동을 보자 깜짝 놀란 듯 손으로 가슴을 쓸었다. 그리고는 곧 나갈 테니 성당에서 기다려달라고 부탁했다. 젊은 사내는 사라지고, 마당에는 아까처럼 여인만 홀로 남아 마당 한편에 피어 있는 붉은 꽃을 애처롭게 바라보고 있었다. 뺨을 스치는 바람이 여인의 귀밑머리를 어지럽게 휘날리고 있었지만 여인은 무심히 바다 쪽만 바라보고 있었다.

여인은 쓰시마 영주의 부인 마리아였다. 그녀는 왜, 이곳에서 옥실과 함께 지내고 있는 것일까?전쟁이 끝난 지 2년 후, 5대로五大老의 한 명이었던 도쿠가와德川家康는 아들 히데요리를 부탁한다는 히데요시의 유명을 어기고, 조선 전쟁 내내 갈등과 대립을 일으켰던 이시다石田三成를 중심으로 하는 관료파와 가토加藤淸正를 중심으로 한 무단파의 대립을 이용해 무단파와 손을 잡고 히데요시의 아들 히데요리를 옹호하는 이시다를 중심으로 한 서군西軍을 세키하라전투에서 격파하고 히데요시에 이어 천하의 대권을 거머쥐었다.

단 하루 동안 벌어진 이 전투에서 마리아의 아버지 고니시는 서군西軍에 참가했다가 패배, 적의 손에 생포되어 참수되었고, 그의 동생이 대신 지키고 있던 우치 성도 가토군의 공격을 받아 함락됨으로써 고니시 일가는 하루아침에 몰락했다. 그리고 그에 따라 그를 따르던 가신들이며 하인들도 모두 주인을 잃고 각자 살길을 찾아 규슈 각 지역으로 뿔뿔이 흩어졌다. 그리고 마리아는 그 해에 동군東軍 측에 가담했던 쓰시마 영주에게 이혼을 당하고 버려졌다. 그녀는 포르투갈 신부에 의지해 빈 몸으로 쓰시마에서 나가사키로 나왔다. 그때, 그녀를 따뜻이 맞이해 준 사람이 바로 옥실이었다. 옥실은 그녀를 위해 집을 하나 얻어 자신이 직접 마리아를 돌보았다. 그녀는 자신이 조선에서 포로로 끌려왔을 때 친절하게 대해 준 마리아의 은혜를 잊지 않고 정성껏 마리아를 모셨던 것이다.

금동은 옥실을 보자 반가운 듯 의자에서 벌떡 일어났다.

「미안해요. 많이 기다렸죠?」

옥실은 흘러내리는 머리카락을 손가락으로 넘기며 수줍게 입을 열었다.

「마리아 님과 같이 성당에서 살 수가 없어서 집을 하나 얻어 따로 나왔어요. 그래서 늘 집안일이 많아요.」

금동은 사랑에 가득 찬 눈빛으로 옥실을 바라보았다. 그러자 옥실은 얼굴이 발갛게 물들며 고개를 숙였다.

「자자, 의자에 앉아 천천히 야기합시다.」

「미안해요. 나 얘기만 해서. 그래, 항해는 재미있었나요?」

「그라믄요. 재미있었죠, 아조. 뱃놈의 생활은 나 체질에 맞아요. 잠시도 한곳에 머물지 않고 나를 이리저리로 끌고 다니거든요.」

「얼굴을 보니 참말로 뱃사람이 다 됐네. 힘이 많이 들었나요?」

옥실이 궁금한 듯 물었다.

「심은 머. 열대 지방을 돌아댕기느라 살이 탄 기지요. 그쪽 사람들은 옷이 없어요. 사시사철 더우니께 다 발가벗고 살아요. 나도 배 위에서는 벌거벗고 지냈으니께요. 한번 볼래요?」

「어머, 됐어요. 나가 준 십자가는 잘 간직하고 있나요?」

「그라믄요. 잘 때도 항상 목에 걸고 자죠. 당신의 분신이니께. 오랜만에 만났는데, 부두로 내려가 나가 잘 다니는 식당에서 저녁이나 겉이 먹읍시다.」

금동이 의자에서 일어서며 말했다.

「어머, 어쩌죠?」

옥실은 미안해 어쩔 줄을 몰라했다.

「와 그래요?」

「마리아 님 저녁을 해 드려야 해요. 몸이 안 좋으셔서 나가 보살펴드리지 않으면…큰 충격을 받으셔서 그런지 몸이 많이 약해지셨어요.」

「와, 아가씨가 그분을 보살펴요? 다른 신자들은 없나요?」

금동은 아무 생각 없이 퉁명스럽게 말을 던졌다. 그러자 옥실은 당황한 듯 얼굴색이 변했다.

「미안해요. 난 그저. 아가씨가 딱해 보여서 말한 것뿐이니께.」

금동은 아차 했지만 옥실은 그 말에 상처를 받은 듯 얼굴에 그림자가 드리워졌다.

「미안해요. 이만, 가봐야 해요.」

옥실이 의자에서 일어서며 나직이 말했다.

「난, 그분에게서 받은 은혜가 있어요. 그러니 그 은혜를 갚아야 해요.」

그녀의 고집을 누가 꺾을 수 있단 말인가? 금동은 옥실과 헤어져 부두로 내려갔다. 어쩌면 배에서 내렸을 때의 그 들뜬 기분과 지금의 기분이 이렇게 다를 수 있단 말인가? 그때는 당장이라도 옥실과 혼례를 올리고 새로 산 집에서 살 꿈을 꾸었는데, 난데없이 마리안가 뭔가 하는 여인이 나타나 그 꿈은 얘기도 못 꺼내고, 싸움만 하고 헤어지다니.

해가 기울면서 부두 거리를 따라 늘어서 있는 상점 문 앞에 친 노렌과 처마 위로 엷은 회색 황혼이 스며들고 있었다. 여기저기서 선원들이 나타나 떠들썩하게 술집과 식당으로 들어가고 있었다. 금동은 부두에 있는 술집으로 들어가 한잔 하고 숙소로 들어가 잠을 청했다. 그는 옥실이 마리아에게 매여 있다는 사실에 기분이 상했다. 하지만 옥실은 금동의 그런 마음에는 별 신경을 쓰지 않는 것 같았다. 그녀는 성당 일과 마리아를 돌보는 일로 눈코 뜰 새가 없었기 때문이었다. 게다가 도쿠가와 정권이 들어서면서 여기저기서 기독교 탄압이 한층 강화되자 그를 피해 이곳으로 몰려드는 신자들의 숫자가 점점 늘어나고 있었다. 그 숫자는 다른 어떤 영지보다도 고니시의 옛 영지에서 온 신자들이 가장 많았는데, 그것은 열렬한 일련교도인 가토가 고니시의 영지를 차지하게 되면서 제일 먼저 기독교 탄압에 나섰기 때문이었다.

기독교에 대한 탄압이 강화되자 공식적인 포교활동은 모두 금지되고, 신도들도 사람들의 눈에 띄지 않는 장소에 모여 기도를 드리지 않으면 안 되었다. 그녀는 밤에는 신자들이 조직한 형제회兄弟會 모임에 참가하고, 낮에는 마리아를 돌보며 지냈다. 형제회란 사회악과 맞서 싸우고 세상에서 낙오된 자들을 구제하기 위해 그 지역 신도들 스스로 결성한 조직으로, 그 외에도 그들은 서로 힘을 다해 견인불굴의 신앙을 연마하면서 자기 성화聖化에 몰두하고 있었다.

어렵고, 뒤처진 사람들을 동정하고, 이끌어 주는 일은 옥실에게는 너무나 자연스럽고, 즐거운 일이었다. 하물며 자신을 돌봐주었던 사람을 자신이 돌본다는 것은 더 말할 필요조차 없는 것이었다. 그녀의 극진한 보살핌 때문인지 마리아의 얼굴에도 차츰 화색이 돌기 시작했다. 한때는 모든 것을 갖고 있었지만, 한순간에 부모와 남편을 다 잃고 고아가 되어 버린 가련한 여인! 그보다 더 슬픈 여인이 이 세상에 또 있을까? 금동은 한동안 코빼기도 비치지 않다가 여름이 다갈 무렵에야 옥실을 찾아왔다. 그날도 금동은 집에 들어가지 못하고 성당 마당에 있는 의자에서 옥실을 만났다.

「그동안 사가에 있는 일본 친구 집에 다녀왔이요. 참, 그란데 거기 가보니 조선 사람들이 많이 살더군요. 거기서 우연히 춘보 형을 만났지예. 아조 잘 살고 있더라구요. 도자기 장사가 잘 돼 돈도 많이 벌고, 아도 둘이나 두었더라고요.」

그러며 금동은 춘보에게서 받은 선물 꾸러미 하나를 풀어보았다. 그것은 빛이 우유처럼 뽀얗고, 여인의 살결처럼 표면이 고운 조선 백자였다.

「아가씨 얘기를 했더니 이기를 전해달라며 주더라구요.」

춘보의 집안은 너무나 가난해서 밥을 죽 먹듯 하며 살았다. 헌데, 이제
는 부자가 되어 잘 살고 있다는 말을 듣고 옥실은 자기 일처럼 기뻐했다.

「다들 잘 살고 있다니 기뻐요. 그리고 이렇게 이쁜 도자기를 만들다니
정말 그 솜씨가 자랑스러워요.」

「그 성은 원래 어려서부터 손재주가 있었잖아요. 헌데, 조선에서는 실력
을 발휘하지 몬하다가 여기 와서 비로소 임자를 만난 거지요. 나보고 그
리로 와 함께 살자 카더군요. 우찌나 기뻐하던지 마치 지 가족처럼 나를
대해 주더라고요.」

금동은 신이 나서 계속 말을 이었다.

「이자 추석도 얼마 안 남았으니, 이번 추석에는 나하고 겉이 사가나 다녀
옵시데이. 그때는 그 근방에 사는 조선 사램들이 모도 한두 푼씩 추렴해서
함께 조선 음석을 해 묵고, 하루 종일 꽹과리를 두드리며 춤추고 노래하며
어울려 논답니더. 그리고 떡도 하고, 지지미도 부치고, 막걸리에, 하하.」

금동은 어린애처럼 즐거워했다. 그러면서 옥실의 눈치를 살폈다.

「어때요? 이번 추석 때 사가로 나랑 함께 가서 신나게 놀다 와요. 추석
은 조선의 큰 명절이니 마리아 님도 이해해 주시겠죠, 뭐.」

「미안해요.」

옥실이 작은 목소리로 말했다.

「아직은.」

그러자 금동은 실망한 듯 굳게 입을 다물었다. 거리에는 어느새 저녁을
준비하러 집으로 돌아가는 사람들의 발길로 분주했다. 그러자 옥실의 마
음도 조급해졌다.

「마리아 님의 곁을 떠날 수가 없어요. 미안해요.」

그 한마디를 하고 옥실은 또 안절부절못했다. 금동은 먼저 자리에서 일
어났다.

「저녁 바람이 차니 그만 들어가 보시요.」

그들은 의자에서 일어나 언덕길을 내려갔다. 옥실은 기도라도 하듯 고개를 숙인 채 뒤에서 걷고 있었다. 마치 주님이시여! 제가 가야 할 길을 가르쳐 주시옵소서 하고 기도라도 하듯 입을 꼭 다문 채.

그날 저녁, 마리아는 각혈을 했다. 옥실은 아무도 없는 빈 집에서 한 잠도 자지 못하고 마리아를 돌보았다. 물을 데워 손발을 따뜻하게 하고, 미음을 쑤어 떠먹이는 갖은 정성 끝에 마리아는 새벽녘에야 겨우 잠이 들었다. 어둑한 새벽 여명에 비친 마리아의 얼굴은 너무나 창백하고, 야위어 눈물이 났다. 처음, 그녀를 봤을 때, 그녀의 얼굴은 얼마나 빛나고, 눈은 얼마나 기품에 넘쳐 있었던가? 하지만 지금은 핏기 가신 쓸쓸한 얼굴에 별처럼 반짝이던 두 눈은 도망이라도 치듯 자꾸만 뒤로 달아나고 있었다.

옥실은 마리아의 가냘픈 손을 잡고 간절히 기도를 올렸다. 그녀는 마리아가 살아날 수만 있다면 자신의 피를 나누어 주고, 몸의 한 부분을 떼어 줄 정도로 그녀를 깊이 사랑하고 있었다. 마리아의 병세는 호전되지도, 크게 악화되지도 않은 채 지지부진하게 계속되었다. 이전처럼 포르투갈 신부들의 도움을 받고 좋은 음식으로 섭생을 할 수 있다면 그녀의 병세는 호전될 수 있을지 몰랐다. 하지만 그들 또한 정부의 기독교 탄압으로 지하로 숨어들었기 때문에 도움을 줄 형편이 못 되었다. 그리고 조악한 음식은 환자에게 겨우 목숨을 부지하는 데 불과할 뿐이었다.

가을이 되자, 옥실은 이웃에 사는 일본 여인과 함께 생선 장사를 시작했다. 생활비가 쪼들리고 있었고, 마리아를 보살피려면 돈이 절실히 필요했기 때문이었다. 그녀는 아침마다 광주리를 머리에 이고 부두로 나가 어부들이 인근 바다에서 갓 잡아온 싱싱한 생선을 사서 머리에 이고 언덕길을 따라 서 있는 집들의 대문을 두드려가며 생선을 팔았다. 그리고 점심 무렵에 집으로 돌아와 마리아와 함께 점심을 먹었다. 비록 돈은 많이 벌지 못하지만 마리아에게 싱싱한 생선을 먹일 수 있다는 것만으로도 커다란 이득이었다.

「오, 막달레나! 사랑하는 나의 여인이여!」

잠들기 전에 마리아는 옥실의 손을 꼭 잡으며 말했다.

「나는 막달레나에게 준 것이 아무것도 없는데, 막달레나는 나에게 이렇게 많은 것을 베풀어 주니 난, 지금 눈을 감는다 해도 행복해.」

「어머, 마리아 님도. 또 그런 말을 하신다. 누가 칭찬을 받으려고 이러는 줄 아세요?」

옥실은 마리아의 앙상한 손을 마주 쥔 채 희미하게 미소 짓고 있는 그녀의 슬픈 눈을 사랑스럽게 들여다보며 말했다.

「마리아 님은 잊으셨나요? 저를 처음 봤을 때 동생처럼 대해 주시겠다고 하신 말씀을. 그 최초의 말이 제게 얼마나 많은 힘을 줬는지 아세요? 동생이 언니를 보살펴 주는 것은 일본이나 조선이나 당연한 일 아니에요? 안 그래요? 나의 마리아 님!」

「고마워. 막달레나! 난, 정말 운이 좋은 사람이야. 운명이 아무리 가혹하다 해도 막달레나 같은 좋은 동생을 만났으니 말이야.」

「그렇고말고요. 그러니 다시 이전처럼 밥 많이 먹고 힘을 내세요. 이전에 우리가 쓰시마에서 함께 읽었던 아름다운 시와 밤새도록 나누었던 이야기들을 기억해 봐요. 인생은 정말이지 알면 알수록 신비로운 것 투성이에요.」

「그래. 인생은 한바탕 꿈과 같아.」

마리아가 나직이 한숨지으며 말했다.

「어느 것이 진짜 현실이고, 꿈인지 구분이 잘 안 되니 말이야. 꿈인가하면 서글픈 현실이 눈물짓고, 떨어지는 눈물을 닦다보면 눈물은 어느새 기쁨으로 변하니 말이야.」

「인생은 변덕스런 새 같아요.」

옥실이 깔깔대며 말했다.

「새들은 그날그날 기분에 따라 다른 노래를 부르잖아요.」

그렇게 밤새도록 실컷 수다를 떨다가 마리아는 어린애처럼 모든 시름을 잊고 편안히 잠을 잤다.

추석이 며칠 안 남은 날, 금동은 옥실을 다시 찾아왔다. 그녀는 금동에게 성당으로 가서 기다리라고 한 다음, 이제는 익숙해진 솜씨로 팔다 남은 생선을 다듬어 저녁 준비를 마치고 부지런히 성당으로 올라갔다. 도중, 그녀는 급한 마음에 머리도 제대로 빗지 못한 것을 깨닫고 금동에게 미안한 마음이 들었다. 그리고 옷 여기저기에 혹시 생선비늘이 튀지는 않았는지 여간 걱정이 되지 않았다. 금동은 옥실이 다가가자 얼른 의자에서 일어났다.

「어서 와요. 마리아 님의 건강은 좀 어떻십니꺼?」

「그만그만하세요. 너무 서둘러 나오느라 손도 지대로 몬 닦고 나왔어요.」

옥실이 수줍게 자신의 거칠어진 손을 치마폭으로 가리며 변명하듯 말했다.

「괜않소. 혼자 곰곰이 생각해 봤는데 이번에 사가에 가는 길에 거기서 사는 기를 한번 생각해 봐야겠어요. 우선 조선 사람들이 많이 모여 있으니 서로 의지할 수 있고 또 시장도 크고 물겐이 많더라고요. 가봐서 살 만한 집이 있으믄 마리아 님을 모시고 그리로 가서 삽시다. 이곳은 바닷바람이 세서 여자들 살기에는 안 좋은 것 같으니.」

「고맙지만, 아직은 그분의 상태가 안 좋아요. 가끔 각혈을 하시거든요. 그래서 나가 꼭 옆에 붙어 있어야 해요. 이번에 가서 춘보를 만나면 좋은 선물을 보내줘 고맙다고 꼭 전해줘요. 비록, 나는 몬가지만 대신 가서 맛있는 조선 음석 많이 묵고, 재미있게 놀다 와요. 그라믄 나도 기쁠 테니까요.」

「아참. 함께 가지 몬하는데 뭐가 기쁘다는 겁니꺼? 사람을 한 명 구해 하루 저녁만 봐달라고 부탁하면 안 됩니꺼?」

「미안해요. 함께 가지 몬해서. 그분을 생각하면 발걸음이 떨어지지 않아요. 그란디 워찌 나 혼자 좋은 음식을 묵고, 기뻐할 수가 있겠어요?」

금동과 헤어져 돌아오는 옥실의 눈에는 눈물이 그렁그렁했다. 금동의 사랑을 받아들일 수 없는 자신의 현실과 마리아에 대한 연민의 감정이 뒤엉켜 마음이 아팠던 것이다. 그날 밤, 옥실의 마음을 눈치 챈 마리아는 그녀의 손을 잡고 자신을 그만 버리고, 사랑하는 남자를 따라가라고 애원했다.

「막달레나, 나는 이미 서산으로 지는 황혼이에요. 왜, 그것을 굳이 붙잡으려는 거야? 제발, 나를 그만 봐주고 새처럼 자유롭게 사랑하는 사람과 함께 길을 떠나요. 그것이 나를 도와주는 것이고 하느님을 기쁘게 하는 거예요.」

「마리아 님, 제발 그런 말을 하지 마세요.」

옥실은 마리아의 입을 막으며 말했다.

「제게는 사랑하는 남자를 따라가는 것만큼이나 마리아 님과 함께 있는 것도 그지없는 기쁨이에요. 마리아 님에게 이 세상에 의지할 사람이라곤 저뿐인 것처럼, 제게는 마리아 님뿐이잖아요?」

「나는 내가 막달레나의 짐이 되는 것이 너무 싫어. 제발, 나를 내려놔 줘.」

옥실은 만약 자기가 손을 놓으면 마리아의 생명은 그리 오래가지 않으리라는 것을 예감하고 있었다. 그것을 빤히 알면서 어떻게 그녀를 버리고 떠날 수 있단 말인가? 금동은 추석을 쇠러 간다고 떠난 뒤, 겨울이 다가왔는데도 한번도 나타나지 않았다.

겨울이 되면서 옥실의 손은 거친 바닷바람에 쓸려 손등이 거북의 등처럼 여기저기가 터지고, 갈라져 보기에 흉했다. 그래도 그녀는 집에서 자신을 기다리고 있을 마리아를 생각하면 기운이 배가 되어 생선이 담긴 광주리를 머리에 이고 가파른 언덕을 수도 없이 종종걸음으로 오르내렸다.

사람들은 일주일에 한 번씩 그녀의 집에 모여 함께 기도하면서 마리아의 쾌유를 기원했다. 그들은 고니시의 옛 영주민들로 대개 종교탄압을 피해 이곳으로 온 사람들이었다.

　정부의 단속이 심해지면서 그들은 밤마다 순번을 정해 신도들의 집을 돌며 미사를 보고, 기도했다. 그리고 집에서 각자 가져온 음식을 나누어 먹었다. 이제, 이전에 그토록 기쁘게 부르던 성가들은 더 이상 불려지지 않았고, 다만 침묵 속에서 마음속으로만 멜로디를 회상할 뿐이었다. 그들은 비록 가난하고, 무력했지만 예수님의 사랑 안에서 살고, 그 안에서 죽기를 진정으로 바라는 사람들이었다. 그것이 세속의 어떤 가치보다도 더 값어치가 있고, 보람 있는 삶이라고 굳게 믿는 사람들이었다. 그들의 앞에서 신부들이 하나 둘 사라져갔다. 하지만 그럴수록 그들의 신앙심은 오히려 더 강하고, 굳건해졌다.

　겨울이 가고 다시 봄이 찾아왔다. 마리아는 옥실이 지난해에 심어 놓은 키 작은 매화나무에서 매화꽃이 불꽃처럼 활짝 핀 것을 보고 입을 다물지 못했다. 비록, 마당은 손바닥만 해도 옥실은 그곳에 꽃을 많이 심어 놓았다. 그것들은 계절이 바뀔 때마다 아름다운 꽃으로 피어 그들의 눈을 즐겁게 하고, 단조로운 나날의 삶에 또 다른 희망을 기다리는 기쁨을 주었다.

　4월 초, 금동은 배를 타고 나가기 전에 마지막으로 옥실을 찾아왔다. 그는 그동안 옥실의 외모가 꺼칠해진 것을 보고 마음이 아팠다. 게다가 항상 물을 만져 손이 엉망인 것을 보고 그녀의 고생이 말이 아니라는 것을 알았다. 그는 이전에 함께 배에 탔던 일본 사람들과 같이 한 2년 더 배를 탈 계획이라고 말했다. 그러며 품안에서 큼직한 초록색 보석 하나를 꺼내 옥실의 손에 쥐어주었다.

「지난번 샴에 들렀을 때 거기서 사온 거예요. 갖고 있으믄 꽤 큰돈이 될

기에요. 심들 때 이기를 팔아서 써요. 도움이 될 테니께.」

하지만 옥실은 사양했다. 비록 돈을 많이 벌지는 못하지만 그녀는 생선 장사만 해도 그럭저럭 살 수 있었기 때문이었다.

「고마워요. 하지만 난 받을 수가 없어요.」

옥실은 사양했다.

「아, 너무 부담 갖지 말아요. 나가 뭐 이 선물로 아가씨의 맴을 옭아매려는 것도 아인데.」

「이런 보석은 왕이나 귀족들이 심심풀이로 갖는 것이지 나 겉은 사램한테는 벨로 소용이 없어요. 그래서 사양하는 거예요. 허지만 친절한 그 맴은 언지나 잊지 않고 맴속에 간직할께요.」

결국, 금동은 보석을 다시 손에 넣고 되돌아갔다. 이제, 그의 앞에는 또다시 드넓은 바다가 그를 향해 손짓하고 있었다. 그는 툭 트인 바다로 나가 거친 파도를 자장가 삼고, 변덕스런 날씨와 싸우며 역경을 길잡이 삼아 폭풍과 비바람이 몰아치는 바다 위를 달려갈 것이다. 축 늘어진 범포는 불어오는 바람을 받아 팽팽해지고, 하늘 높이 솟은 돛대는 거친 바람에 신음 소리를 내며 떨리라. 거센 바다의 물결은 흰 갈기처럼 물보라를 사방으로 흩뿌리며 때론 사자처럼 거칠고, 무섭게 갑판 위로 달려들지만 바람이 자고나면 언제 그랬냐는 듯 여인처럼 부드러워지리라. 비록, 비좁은 갑판에 하루 종일 갇혀 외롭고 황량한 바다를 떠돌지만, 눈부신 수평선만 넘으면 새로운 모험과 처음 보는 세상이 기다린다. 지금은 한푼 없는 건달이지만, 저곳만 넘어서면 단번에 부자가 될 수도 있다. 하지만 그렇게 되려면 하찮은 목숨 따위는 바다에 버릴 준비가 되어 있어야 한다. 거기서 인간의 운명은 갈라지는 것이다.

그가 탄 배는 마카오에서 비단을 싣고 검푸른 파도가 넘실대는 동중국해를 넘어 마닐라로 향할 것이다. 그리고 그곳에서 다시 베트남과 샴으로 달려갈 것이다. 벌써, 그의 눈에는 그가 가야 할 뱃길이 눈앞에 훤히 떠올랐다.

2년 후, 금동은 다시 나가사키로 돌아왔다. 그가 부두에서 내려 맨 먼저 습관적으로 성당 쪽을 쳐다봤을 때, 성당 건물이 보이지 않는 것을 보고 그는 가슴이 철렁했다. 그는 짐을 풀 겨를도 없이 성당을 향해 올라갔다. 가보니, 늘 그곳에 서서 그에게 옥실의 존재를 상기시켜 주던 건물은 흔적도 없이 사라져 없어지고 완전히 폐허로 변해 있었다. 그리고 그들이 함께 앉곤 하던 의자도.

그는 성당 마당에 잠시 멍하니 서 있다가 옥실이 살던 집으로 향했다. 그가 밖에서 인기척을 내자 안에서 머리가 하얀 노파가 나왔다. 그는 옥실의 이름을 대고 그녀를 찾았다.

「아, 막달레나 님을 찾으시는군요. 그런데 어쩌죠? 한발 늦으셨으니.」

그리고 노파는 막달레나와 마리아의 일을 금동에게 들려주었다.

「봄에 모시고 있던 마리아 님이 돌아가시자 그분을 신자들과 함께 묘지에 묻고, 그들과 같이 이곳을 떠나셨답니다. 정부에서 신자들을 찾아내 강제로 개종시키려 했기 때문이었죠. 나도 신자였지만 개종을 했기 때문에 이곳에 남아 있는 거라오. 주님! 저를 용서해 주시옵소서. 그리고 막달레나 님에게 제가 받지 못한 은총의 빛을 대신 듬뿍 내려 주시옵소서.」

해는 이미 서쪽 하늘 너머로 사라졌지만, 그 끝은 아직도 마지막 석양으로 붉게 불타고 있었다. 산 아래 한층 어둑해진 부두 위로 잿빛 땅거미가 빠르게 내리고 있었다. 그 속을 각지에서 온 선원들이 떠들썩하게 떼를 지어 한잔 하기 위해 하나 둘 술집과 식당으로 몰려가고 있었다.

끝

옥실, 1592

초판 1쇄 발행 · 2017년 4월 20일
글 · 이호천 | 발행인 · 김윤태 | 발행처 · 도서출판 선 | 교정 · 김창현
출판등록일 · 1995년 3월 27일 | 등록번호 · 제15-201호
주소 · 서울시 종로구 삼일대로 30길 21 종로오피스텔 1218호
전화 · (02) 762-3335 | 팩스 · (02) 762-3371

ISBN 978-89-6312-562-6   03810